Frederick Forsyt[...]
29 Jahren der j[...]
Ausscheiden wa[...]
dent in Frankrei[...]
slowakei. Ab 19[...]
ersten Roman, »Der Schakal«, erreichten alle seine Thriller sofort die
Spitzen der Bestsellerlisten. Vier seiner Romane wurden verfilmt.

Von Frederick Forsyth ist außerdem erschienen:

In Irland gibt es keine Schlangen (Band 1182)

Dieses Buch wurde auf chlor- und säurefreiem Papier gedruckt.

Vollständige Taschenbuchausgabe Mai 1993
Droemersche Verlagsanstalt Th. Knaur Nachf., München
● 1991 für die deutschsprachige Ausgabe
   R. Piper GmbH & Co. KG, München
© 1991 Frederick Forsyth
Titel der Originalausgabe »The Deceiver«
Aus dem Englischen von Christian Spiel und Rudolf Hermstein
Die Seiten 5–140 und 369–494 wurden von Christian Spiel, die Seiten
141–368 von Rudolf Hermstein übersetzt.
Originalverlag Bantam Press, London
Umschlaggestaltung Adolf Bachmann, Reischach
Druck und Bindung Ebner Ulm
Printed in Germany 5 4 3 2 1
ISBN 3-426-67014-3

Frederick Forsyth

McCreadys Doppelspiel

Thriller

Knaur®

Der Kalte Krieg dauerte vierzig Jahre. Unbestreitbar ist, daß der Westen ihn gewonnen hat. Aber nicht ohne Opfer. Dieses Buch ist all denen gewidmet, die ihr Leben lang im Dunkeln gewirkt haben. *Those were the days, my friends.*

London, Century House

Im Sommer des Jahres 1983 hob der damalige Chef des britischen Geheimdienstes SIS gegen einen gewissen Widerstand innerhalb seiner Behörde eine neue Abteilung aus der Taufe.

Die Opposition ging vor allem von den etablierten Abteilungen aus, die fast alle territoriale »Lehen« in sämtlichen Weltgegenden hatten, denn die neue Abteilung sollte umfassende Kompetenzen erhalten, die in andere Zuständigkeitsbereiche eingriffen.

Die Einrichtung der neuen Abteilung ging im wesentlichen auf zwei Gründe zurück. Der eine war die Hochstimmung, die nach dem britischen Erfolg im Falklandkrieg des Vorjahres in Westminster und Whitehall, vor allem aber innerhalb der konservativen Regierung herrschte. Trotz des militärischen Sieges hatte die Episode zu einer unerquicklichen und zuweilen giftigen Auseinandersetzung um die Frage geführt: Wie konnte es geschehen, daß wir derart überrumpelt wurden, als General Galtieris Streitkräfte in Fort Stanley landeten?

Zwischen den Ressorts schwelte der Streit über ein Jahr lang, und unvermeidlich verkam er zu Beschuldigungen und Gegenbeschuldigungen nach dem Motto: Wir-wurden-nicht-gewarnt-Doch-ihr-wurdet-gewarnt. Der Außenminister, Lord Carrington, sah sich genötigt, seinen Hut zu nehmen. Jahre später brach in den USA ein ähnlicher Zwist aus, als nach der Zerstörung der Pan-Am-Maschine über Lockerbie ein Geheimdienst behauptete, er habe eine Warnung weitergegeben, und ein anderer, er habe sie nie erhalten.

Den zweiten Anstoß lieferte der Umstand, daß Juri W. Andropow, fünfzehn Jahre lang KGB-Chef, in die höchste Machtposition gelangt war, als er Generalsekretär der Kommunistischen Partei der Sowjetunion wurde. Unter Andropow, der seinem alten Geheimdienst die Gunst bewahrte, weitete der KGB seine aggressive Spionage und die sogenannten »aktiven Maßnahmen« gegen den Westen stark aus. Es war bekannt, daß Andropow, was die »aktiven

Maßnahmen« anging, das Mittel der Desinformation bevorzugte: Lügen, demoralisierende Propaganda, gezielte Irreführung.

Margaret Thatcher, die sich zu jener Zeit ihren (von sowjetischer Seite verliehenen) Titel der »Eisernen Lady« verdiente, vertrat die Ansicht, daß man den Spieß auch umdrehen könne, und ließ durchblicken, sie würde nicht gerade erschrecken bei der Vorstellung, daß Englands eigener Geheimdienst den Sowjets auf diesem Gebiet ein wenig Kontra gäbe.

Die neue Abteilung erhielt einen höchst gewichtigen Namen: *Deception, Disinformation and Psychological Operations* (Täuschung, Desinformation und psychologische Operationen). Die Bezeichnung wurde natürlich sofort auf *DD and P* und schließlich nur noch auf DD verkürzt.

Ein neuer Abteilungschef wurde ernannt. So wie der Mann, der für das Gerät zuständig war, *Der Quartiermeister*, und der Mann, dem die Rechtsabteilung unterstand, *Der Anwalt* hieß, so wurde dem neuen Chef von DD von irgendeinem Witzbold in der Kantine der Beiname *Der Täuscher* verpaßt.

Im Besitz der Weisheit des Hinterher-Wissens, jener kostbaren Gabe, die viel häufiger gewährt wird als ihr Gegenstück, die kluge Voraussicht, hätte man (was später auch geschah) an der Wahl Sir Arthurs, des SIS-Chefs, Kritik üben können. Seine Wahl fiel nicht auf einen Karrierebeamten aus der Chefetage, gewohnt, Umsicht und Behutsamkeit walten zu lassen, wie es einem wahren Beamten ansteht, sondern auf einen ehemaligen Außenagenten, der der Abteilung DDR angehörte.

Der Mann hieß Sam McCready, und er leitete die neue Abteilung sieben Jahre lang. Aber alle guten Dinge haben einmal ein Ende. Im Spätfrühjahr 1990 fand im Herzen des Regierungsviertels Whitehall ein Gespräch statt ...

Der junge Sekretär erhob sich mit einem geübten Lächeln hinter seinem Schreibtisch im Vorzimmer.

»Ah, Sir Mark. Der Herr Staatssekretär hat Weisung erteilt, Sie sofort zu ihm zu führen.«

Er öffnete die Tür zum Privatbüro des Beamteten Staatssekretärs im Außen- und Commonwealth-Ministerium, ließ den Besucher eintreten und schloß hinter ihm die Tür. Der Staatssekretär, Sir Robert Inglis, begrüßte seinen Gast mit betonter Freundlichkeit.

»Mark, mein lieber Junge, wie nett von Ihnen, daß Sie gekommen sind.«

Man wird nicht Chef des SIS, ohne – auch wenn man erst kurz im Amt war – ein gewisses Mißtrauen zu entwickeln, wenn einem ein Mann, den man kaum kennt, mit solcher Herzlichkeit entgegentritt und sich sichtlich anschickt, einen wie einen Blutsbruder zu behandeln. Sir Mark wappnete sich für ein heikles Gespräch.

Als er wieder saß, öffnete der höchste Beamte im Außenministerium die abgenützte Kuriertasche, die auf seinem Schreibtisch lag, und entnahm ihr ein lederbraunes Dossier, geschmückt mit dem roten diagonalen Kreuz, das je zwei Ecken miteinander verbindet.

»Sie haben eine Inspektionsreise durch Ihre Provinzen hinter sich und werden mir zweifellos Ihre Eindrücke schildern, nicht?« fragte er.

»Gewiß, Robert – zu gegebener Zeit.«

Sir Robert Inglis ließ auf das streng geheime Dossier eine Mappe folgen, deren Rücken eine schwarze Kunststoffspirale bildete.

»Ich habe«, begann er, »Ihre Vorschläge ›Der SIS in den neunziger Jahren‹ zusammen mit der neuesten Einkaufsliste des Koordinators der Geheimdienste gelesen. Sie haben, wie es scheint, seinen Anforderungen vollkommen entsprochen.«

»Danke, Robert«, sagte der SIS-Chef. »Ich darf also mit der Unterstützung des Außenministeriums rechnen?«

Das Lächeln des Diplomaten hätte in einer amerikanischen Quiz-Sendung Preise errungen.

»Mein lieber Mark, wir haben keine Schwierigkeiten mit dem Tenor Ihrer Vorschläge. Aber einige wenige Punkte würde ich doch gern mit Ihnen durchsprechen.«

Aha, jetzt kommt's, dachte der SIS-Chef.

»Darf ich es beispielsweise so verstehen, daß diese zusätzlichen Auslandsfilialen, die Sie vorschlagen, die Zustimmung des Schatzamtes gefunden haben und die notwendigen Gelder in irgendein Budget eingeschmuggelt worden sind?«

Den beiden Männern war natürlich bestens bekannt, daß das Budget für den Unterhalt des SIS nicht zur Gänze vom Foreign Office bestritten wird. Ja, tatsächlich stammt nur ein kleiner Teil aus dem Budget des Außenministeriums. Die tatsächlichen Aufwendungen für den beinahe unsichtbaren SIS, der sich, anders als die amerikanische CIA, ungemein zurückhält, werden auf alle Ministerien aufgeteilt. Einen Beitrag muß, überraschenderweise, sogar das Ministerium für Landwirtschaft, Fischwirtschaft und Ernährung leisten – vielleicht weil man dort eines Tages möglicherweise wissen möchte, wieviel Tonnen Kabeljau die Isländer aus dem Nordatlantik holen.

Weil die Zuschüsse für den SIS so breit verteilt und so gut versteckt sind, kann das Außenministerium mit der Drohung, Gelder zurückzuhalten, wenn seinen Wünschen nicht entsprochen wird, den SIS nicht unter Druck setzen. Sir Mark nickte.

»In diesem Punkt gibt es keine Probleme. Der Koordinator und ich waren im Schatzamt. Wir haben die Situation geschildert, und das Schatzamt hat die notwendigen Summen bewilligt, alle in den Forschungs- und Entwicklungsbudgets der Ministerien versteckt, wo man sie am wenigsten vermutet.«

»Ausgezeichnet«, sagte der Staatssekretär strahlend, ob seine Zufriedenheit nun echt war oder nicht. »Dann wollen wir uns jetzt einmal etwas vornehmen, was nun wirklich in meinen Zuständigkeitsbereich fällt.

Ich weiß nicht, wie Sie zur Personalproblematik stehen, aber wir sehen uns gewissen Schwierigkeiten gegenüber, was den gestiegenen Personalbedarf für den diplomatischen Dienst betrifft, der sich als Folge der Beendigung des Kalten Krieges und der Befreiung von Ländern in Mittel- und Osteuropa ergeben wird. Sie verstehen, was ich meine?«

Sir Mark wußte genau, was Sir Robert meinte. Der praktische Zusammenbruch des Kommunismus während der beiden vergangenen Jahre veränderte die diplomatische Karte des Globus, und zwar sehr rasch. Die britischen Diplomaten erhofften sich erweiterte Chancen überall in Mitteleuropa, Osteuropa und auf dem Balkan. Möglicherweise dachte man schon an Mini-Botschaften in Lettland, Estland und Litauen, falls es den baltischen Staaten gelingen sollte, sich von Moskau unabhängig zu machen. Damit gab Sir Robert zu verstehen, daß nun, da der Kalte Krieg das Zeitliche gesegnet hatte, die Situation für seine Kollegen vom Geheimdienst sich genau umgekehrt entwickeln werde. Das wollte Sir Mark nicht gelten lassen.

»Genauso wie Ihnen bleibt auch uns nichts anderes übrig, als Leute anzuwerben. Aber abgesehen davon nimmt allein die Ausbildung ein halbes Jahr in Anspruch; erst dann können wir einen Neuen ins Century House holen und einen, der schon Erfahrung gesammelt hat, ins Ausland schicken.«

Der Staatssekretär hörte zu lächeln auf und beugte sich mit ernster Miene vor.

»Mein lieber Mark. Damit sind wir genau bei dem Thema, über das ich mit Ihnen diskutieren wollte. Die Zuteilung von Räumen in unseren Botschaften und an wen.«

Sir Mark stöhnte innerlich. Der Kerl wollte ihm einen Tiefschlag verpassen. Das Außenministerium kann dem SIS zwar nicht im Punkt der etatmäßigen Ausstattung beikommen, hat aber immer eine Trumpfkarte in der Hinterhand. Die große Mehrzahl der im Ausland dienenden Geheimdienstmitglieder arbeitet unter dem Schutz der britischen Botschaften. Die betreffende Botschaft wird damit für sie zur Gastgeberin. Stellt die Botschaft keine Räume zur Verfügung, kann der SIS niemanden hinschicken.

»Und wie sehen Sie allgemein die Zukunft, lieber Robert?« fragte er.

»In Zukunft, fürchte ich, werden wir einfach nicht in der Lage sein, Alibijobs für einige Ihrer ... exotischeren Mitarbeiter anzubieten. Beamte, die eindeutig enttarnt worden sind. Mit dem Messingtäfelchen ›Agent‹ an der Tür. Während des Kalten Krieges konnte man das akzeptieren, aber in dem neuen Europa würden sie nur Anstoß erregen. Ich bin überzeugt, daß Sie das einsehen.«

»Illegale« Agenten arbeiten nicht unter dem Schutz der Botschaft und interessierten daher Sir Robert Inglis nicht. Geheimdienstbeamte, deren Wirkungsbereich innerhalb der Botschaft war, waren entweder »declared« oder »undeclared«.

»Declared« war ein Geheimdienstmann, dessen wirkliche Tätigkeit weithin bekannt war. In der Vergangenheit waren mit solchen Leuten in britischen Botschaften traumhafte Erfolge erzielt worden. Überall in der kommunistischen und in der Dritten Welt wußten Dissidenten, Oppositionelle und andere Unzufriedene, wem sie ihre Kümmernisse anvertrauen konnten wie einem Beichtvater. Eine reiche Ernte an Informationen wurde auf diese Weise eingefahren, so mancher prominente Überläufer zum Absprung veranlaßt.

Die Worte des Staatssekretärs bedeuteten, daß er solche Leute nicht mehr in den Botschaften haben wollte und ihnen keine Räume mehr zur Verfügung stellen würde. Sein ganzer Eifer galt dem Ziel, die schöne Tradition seines Ministeriums zu erhalten, allem, was nicht britisch war, mit Beschwichtigungspolitik zu begegnen.

»Ich höre, was Sie sagen, lieber Robert, aber ich kann und werde meine Amtszeit als SIS-Chef nicht damit beginnen, hochgestellte Beamte, die dem Amt lange, loyal und gut gedient haben, um ihre Posten zu bringen.«

»Suchen Sie andere Posten für sie«, schlug Sir Robert vor. »Zentralamerika, Südamerika, Afrika ...«

»Ich kann sie doch nicht so lange nach Burundi verfrachten, bis sie das Pensionierungsalter erreicht haben.«

»Dann Verwaltungsarbeit. Hier zu Hause.«

»Sie meinen, was man als ›reizlose Beschäftigungen‹ bezeichnet«, sagte der SIS-Chef. »Die meisten werden so etwas nicht akzeptieren.«

»Dann müssen sie eben um ihre Frühpensionierung einkommen«, sagte der Diplomat glatt. Wieder beugte er sich nach vorne.

»Mark, mein lieber Junge, hier gibt es nichts zu verhandeln. Ich werde in diesem Punkt die Fünf Weisen auf meiner Seite haben, lassen Sie sich das gesagt sein. Ich gehöre ja selbst dazu. Wir werden uns bereitfinden, ansehnliche Entschädigungen ...«

Die Fünf Weisen sind die Beamteten Staatssekretäre des Cabinet Office, des Außenministeriums, des Innenministeriums, des Verteidigungsministeriums und des Schatzamtes. Zusammen üben diese fünf Männer eine enorme Macht in den Korridoren der Regierung aus. Unter anderem ernennen sie den SIS-Chef und den Generaldirektor des Security Service MI-5. (Beziehungsweise sie sprechen gegenüber dem Premierminister entsprechende Empfehlungen aus, was praktisch auf das gleiche hinausläuft.) Sir Mark war zwar todunglücklich, aber er kannte die Realitäten der Macht nur zu gut. Er würde nachgeben müssen.

»In Gottes Namen, aber ich brauche eine ›Empfehlung‹, wie ich vorzugehen habe.«

Er wollte damit sagen, daß er, seiner Position gegenüber seinen Mitarbeiter zuliebe, den Eindruck erwecken wollte, man habe sich über ihn hinweggesetzt. Sir Robert Inglis zeigte sich aufgeschlossen; er konnte es sich leisten.

»Die ›Empfehlung‹ wird Ihnen sofort erteilt werden«, sagte er. »Ich werde die anderen Weisen um eine Anhörung ersuchen, und wir werden neue Richtlinien für die veränderte Situation festlegen. Mein Vorschlag geht dahin, daß Sie gemäß diesen neuen Regeln, die Ihnen übermittelt werden, einen ›Musterprozeß‹, wie es die Juristen nennen, in die Wege leiten.

»Musterprozeß. Wovon reden Sie da eigentlich?« fragte Sir Mark.
»Von einem Präzendenzfall, mein lieber Mark. Einem Präzendenzfall, der dann für die ganze Gruppe gültig sein wird.«
»Ein Sündenbock?«
»Das ist unfreundlich ausgedrückt. Von einem Sündenbock kann schwerlich die Rede sein, wenn jemand mit ansehnlichen Bezügen in den Vorruhestand geschickt wird. Sie nehmen einen Beamten, bei dem man sich vorstellen kann, daß er sein frühes Ausscheiden aus dem Dienst ohne Widerspruch schluckt, halten eine Anhörung ab und haben damit Ihren Präzedenzfall geschaffen.«
»Einen Beamten? Haben Sie an einen bestimmten Mann gedacht?«
Sir Robert legte die Fingerspitzen aneinander, so daß seine Hände eine Art Giebel bildeten, und schaute sinnend zur Decke hinauf.
»Nun ja, Sam McCready wäre ein solcher Kandidat.«
Natürlich. Der »Täuscher«. Seit McCreadys energischem, wenn auch nicht autorisiertem Auftritt in der Karibik ein Vierteljahr vorher hatte Sir Mark immer wieder gespürt, daß man im Außenministerium McCready als eine Art von der Leine gelassenen Dschingis-Khan betrachtete. Wirklich sonderbar. Dieser ... zerknautschte Typ.
Sir Mark war sehr nachdenklicher Stimmung, während er über die Themse in sein Amt zurückgefahren wurde. Er wußte, der Staatssekretär im Außenministerium hatte nicht nur »vorgeschlagen«, daß Sam McCready aus dem Dienst ausscheiden sollte – er *bestand* darauf. Vom Standpunkt des SIS-Chefs hätte Sir Robert keine heiklere Forderung erheben können.
1983, als Sam McCready zum Leiter der DD-Abteilung ernannt worden war, war Sir Mark Deputy Controller gewesen, ebenso alt wie McCready und nur eine Rangstufe über ihm. Er hatte den respektlosen, eigenwilligen Agenten gern, dem Sir Arthur den neuen Posten übertragen hatte, aber schließlich fanden beinahe alle im Amt McCready sympathisch.
Kurz danach war Sir Mark auf drei Jahre in den Fernen Osten geschickt worden (er sprach fließend Mandarin) und nach seiner Rückkehr 1986 zum stellvertretenden Chef aufgerückt. Sir Arthur trat in den Ruhestand, und auf dem Schleudersitz saß ein neuer Chef. Diesen wiederum hatte Sir Mark dann im vorigen Januar abgelöst.
Vor seiner Abreise nach China hatte Sir Mark, wie auch andere, angenommen, daß Sam McCready sich nicht lange würde halten

können. Der »Täuscher«, so die allgemeine Ansicht, ein Mann mit einer rauhen Schale, würde mit der »Innenpolitik« im Century House nicht so leicht zurechtkommen.

Zum einen würde keine der regionalen Abteilungen es begrüßen, wenn der Neue versuchte, in ihren eifersüchtig gehüteten Territorien zu operieren. Es würde zu »Revierkriegen« kommen, in denen sich nur ein diplomatisches Genie behaupten konnte, und diese Eigenschaft traute, bei all seinen Talenten, niemand McCready zu.

Zum anderen würde sich der in seinem Äußeren etwas schlampige Sam kaum in die Welt geschniegelter hoher Beamter einfügen, von denen die meisten Produkte der exklusiven Internatsschulen Englands waren.

Zu seiner Überraschung hatte Sir Mark bei seiner Rückkehr festgestellt, daß Sam McCready offensichtlich bestens zurechtkam. Anscheinend gelang es ihm in beneidenswerter Weise, die Loyalität seiner eigenen Leute zu gewinnen und zugleich die konservativsten Chefs der »territorialen« Abteilungen nicht gegen sich aufzubringen, wenn er sie um eine Gefälligkeit ersuchte.

Er konnte sich mit den anderen Außenagenten, wenn sie auf Heimaturlaub oder zu einer Einsatzbesprechung nach Hause kamen, im Jargon des Metiers unterhalten und brachte es offenbar fertig, von ihnen mit einer Fülle an Informationen versorgt zu werden, die sie eigentlich für sich hätten behalten sollen.

Es war bekannt, daß er sich gern mit den technischen Kadern, den Männern und Frauen der Praxis, zu einem Bier zusammensetzte – solche Kameraderie stand den hohen Beamten nicht immer zu Gebote – und auf diese Weise zu einer Verwanzung eines Telefons, einer aufgefangenen Funkmeldung oder einem gefälschten Paß kam, während andere Abteilungsleiter noch damit beschäftigt waren, Formulare auszufüllen.

All dies und so manche Marotte, der unbekümmerte Umgang mit Vorschriften oder daß er verschwand, wie es ihm gerade in den Sinn kam, waren schwerlich dazu angetan, ihn höheren Orts beliebt zu machen. Aber er blieb auf seinem Posten, und der Grund dafür war einfach – er lieferte das Produkt, das Material. Er führte einen Laden, der dafür sorgte, daß der KGB die Bauchschmerzen nicht los wurde. Also blieb er ... bis jetzt.

Sir Mark stieg in der unterirdischen Garage des Century House seufzend aus seinem Jaguar und fuhr mit dem Lift hinauf in sein

Dienstzimmer in der obersten Etage. Fürs erste brauchte er nichts zu unternehmen. Sir Robert Inglis würde sich mit seinen Kollegen besprechen und die neuen Richtlinien für die veränderten Umstände formulieren, die es dem bekümmerten SIS-Chef ermöglichen würden, wahrheitsgemäß und schweren Herzens zu erklären: »Mir bleibt nichts anderes übrig.«

Erst Anfang Juni traf aus dem Außenministerium die »Empfehlung« oder vielmehr das Diktat ein, und Sir Mark berief seine beiden Stellvertreter zu sich.

»Das ist ein ziemlich starkes Stück«, sagte Basil Gray. »Können Sie sich nicht dagegen wehren?«

»In diesem Fall nicht«, sagte der Chef. »Inglis hat den Bissen zwischen den Zähnen und, wie Sie sehen, die anderen vier Weisen auf seiner Seite.«

Das Papier, das er seinen beiden Stellvertretern zu lesen gab, war ein Muster an Klarheit und makelloser Logik. Darin wurde festgestellt, daß die DDR, einst der erfolgreichste der osteuropäischen Staaten unter einem kommunistischen Regime, am 3. Oktober praktisch zu existieren aufhören werde. Es würde keine britische Botschaft in Ost-Berlin mehr geben, die Mauer sei längst eine Farce, die gefürchtete Geheimpolizei, der Staatssicherheitsdienst, im Begriff, das Feld zu räumen, die sowjetischen Streitkräfte würden über kurz oder lang abziehen. Ein für den SIS einst wichtiger und umfassender Tätigkeitsbereich werde zu einer Nebensache verkümmern.

Außerdem, hieß es in der Denkschrift weiter, sei dieser sympathische Vaclav Havel im Begriff, die tschechoslowakische Präsidentschaft zu übernehmen, und es sei zu erwarten, daß der tschechoslowakische Geheimdienst künftig im Kirchenchor mitsingen werde. Wenn man den Zusammenbruch der kommunistischen Herrschaft in Polen, Ungarn und Rumänien und die sich anbahnende Auflösung des Regimes in Bulgarien dazurechne, könne man sich ausmalen, wie die Zukunft ungefähr aussehen werde.

»Nun ja«, sagte Timothy Edwards seufzend, »man muß zugeben, daß wir in Osteuropa nicht mehr so viel zu tun haben werden wie früher und auch weniger Personal dort brauchen. Das muß man ihnen lassen.«

»Wie nett von Ihnen«, sagte der Chef lächelnd.

Basil Gray hatte er selbst befördert, seine erste Amtshandlung, nachdem er im Januar SIS-Chef geworden war. Timothy Edwards hatte er von seinem Vorgänger übernommen. Er wußte, daß Edwards darauf brannte, in drei Jahren selbst im Chefsessel zu sitzen; und er wußte auch, daß er selbst keineswegs gesonnen war, Edwards zu empfehlen. Nicht daß Edwards ein Schwachkopf wäre. Im Gegenteil, er war brillant, aber ...

»Sie erwähnen nichts von den anderen Gefahren«, knurrte Gray. »Kein Wort über den internationalen Terrorismus, den Aufstieg der Drogenkartelle, die Privatarmeen ... und auch kein einziges Wort über die Weiterverbreitung von Atomwaffen.«

In seinem eigenen Memorandum »Der SIS in den neunziger Jahren« (das Sir Robert Inglis gelesen und anscheinend gebilligt hatte) hatte Sir Mark hervorgehoben, daß die globalen Bedrohungen nicht geringer würden, sondern sich nur verlagerten. An der Spitze dieser Gefahren stand die Weiterverbreitung von Massenvernichtungswaffen – die gewaltigen Waffenarsenale, die Diktatoren, einige von ihnen völlig unberechenbar, ansammelten; kein überschüssiges Kriegsmaterial wie in früheren Zeiten, sondern High-Tech-Ausrüstung, Raketen, chemisch oder bakteriell bestückte Gefechtsköpfe, sogar Kernwaffen. Das Papier, das vor ihm lag, glitt über diese Dinge sorglos hinweg.

»Was passiert also jetzt?« fragte Timothy Edwards.

»Was jetzt passiert?« sagte der Chef milde. »Wir werden eine Bevölkerungsverschiebung erleben – eine Verschiebung unserer Bevölkerung. Aus Osteuropa zurück in die Heimatbasis.«

Er wollte damit sagen, daß die Veteranen des Kalten Krieges, die ihre Operationen, ihre »aktiven Maßnahmen« durchgeführt, die von den britischen Botschaften hinter dem Eisernen Vorhang aus ihre lokalen Agentennetze gesteuert hatten, nach Hause kommen würden – wo es keine Jobs für sie gab. Sie würden natürlich Nachfolger erhalten, aber jüngere Männer, deren wahre Tätigkeit verschleiert blieb und die sich unerkannt unter das Botschaftspersonal mischten, um bei den sich herausbildenden Demokratien im Osten keinen Anstoß zu erregen. Die Anwerbung würde natürlich weitergehen; der Dienst mußte ja ergänzt werden. Aber es blieb das Problem der Veteranen. Wohin mit ihnen? Es gab nur eine einzige Antwort – in den Ruhestand abschieben.

»Wir müssen einen Präzedenzfall schaffen«, sagte Sir Mark. »Einen Präzedenzfall, der für die übrigen den Weg für einen glatten Übergang in den vorzeitigen Ruhestand freimacht.«

»Denken Sie da an jemand Bestimmten?« fragte Gray.

»Sir Robert Inglis denkt an einen Bestimmten. An Sam McCready.«

Basil Gray blieb der Mund offenstehen.

»Chef, Sie können doch nicht Sam an die Luft setzen!«

»Niemand setzt Sam an die Luft«, sagte Sir Mark. Er griff Robert Inglis' Worte auf. »Von einem Sündenbock kann schwerlich die Rede sein, wenn jemand mit ansehnlichen Bezügen in den vorzeitigen Ruhestand geschickt wird.«

Der Gedanke ging ihm durch den Kopf, wie schwer die dreißig Silberlinge wohl wogen, als die Römer sie Judas auszahlten.

»Es ist natürlich traurig, weil wir alle Sam sehr gern haben«, sagte Edwards. »Aber der Chef muß seinen Laden am Laufen halten.«

»Genau. Danke Ihnen«, sagte Sir Mark.

Plötzlich wurde ihm zum erstenmal klar, warum er Timothy Edwards nicht empfehlen würde, wenn es eines Tages darum ging, wer sein Nachfolger werden sollte. Er, der Chef, würde tun, was getan werden mußte, aber er würde es höchst ungern tun. Edwards würde es tun, weil es seiner Karriere zugute kommen würde.

»Wir müssen ihm drei Alternativjobs anbieten«, sagte Gray. »Vielleicht akzeptiert er einen davon.«

»Vielleicht.«

»Woran denken Sie dabei, Chef?« fragte Edwards.

Sir Mark schlug einen Aktendeckel auf, der die Ergebnisse eines Gesprächs mit dem Personalchef enthielt.

»Drei Positionen stehen zur Verfügung: im Schulungszentrum, in der Rechnungsabteilung oder der Dokumentenabteilung.«

Edwards lächelte schwach. Das müßte eigentlich hinhauen.

Zwei Wochen später trabte der Gegenstand all dieser Gespräche und Konferenzen wie ein Raubtier durch sein Büro, während sein Stellvertreter, Denis Gaunt, düster auf das Blatt starrte, das vor ihm lag.

»So schlimm ist es auch wieder nicht, Sam«, sagte er. »Sie wollen, daß Sie bleiben. Es geht nur darum, in welcher Position.«

»Irgend jemand will mich rauswerfen«, sagte McCready mit ausdrucksloser Stimme.«

London wurde in diesem Sommer von einer Hitzewelle heimgesucht. Das Fenster des Büros stand offen, und beide Männer hatten ihre Sakkos ausgezogen. Gaunt hatte ein elegantes, hellblaues Hemd von der Firma Turnbull and Asser an; McCready steckte in einem Viyella-Hemd, das vom häufigen Waschen wollähnlich geworden war. Außerdem hatte er es nicht richtig zugeknöpft, so daß die rechte Seite höher stand als die linke. Bis zum Mittag, dachte Gaunt, wird sicher irgendeine Sekretärin die Schlamperei entdeckt und mit gespielter Mißbilligung behoben haben. Die jungen Frauen im Century House warteten anscheinend nur darauf, Sam McCready umsorgen zu können.

Für Gaunt war McCreadys Wirkung auf Frauen ein Rätsel. Übrigens nicht nur für ihn, sondern für alle. Er, Denis Gaunt, war groß und überragte seinen Boß um fünf Zentimeter. Er war blond, sah gut aus und war als Junggeselle nicht schüchtern, was Frauen anging.

Sein Abteilungsleiter war von mittlerer Größe, mittlerer Statur, hatte schütteres, braunes, zumeist unordentliches Haar, und die Sachen, die er trug, sahen immer aus, als hätte er darin geschlafen. Gaunt wußte, daß McCready seit einigen Jahren Witwer war, nicht mehr geheiratet hatte und es anscheinend vorzog, in seiner kleinen Wohnung in Kensington allein zu leben.

Es muß doch jemanden geben, der ihm die Wohnung putzt, sinnierte Gaunt, der ihm das Geschirr spült und die Wäsche besorgt. Eine Putzhilfe vielleicht. Aber danach fragte nie jemand, und von sich aus sprach McCready auch nie darüber.

»Sie könnten natürlich einen der Jobs akzeptieren«, sagte Gaunt. »Es würde ihnen den Boden unter den Füßen wegziehen.«

»Denis«, antwortete McCready sanft, »ich bin kein Schulmeister, ich bin kein Buchhalter und ich bin kein Scheißbibliothekar. Richten Sie ihnen aus, daß ich um eine Anhörung ersuche.«

»Das könnte den Ausschlag geben«, stimmte ihm Gaunt zu. »Es muß nicht unbedingt sein, daß die Kommission mit der Entscheidung einverstanden ist.«

Die Anhörung im Century House fand wie immer an einem Montagvormittag statt, im Sitzungssaal eine Etage unter den Diensträumen des SIS-Chefs.

Den Vorsitz führte der stellvertretende Chef, Timothy Edwards, in seinem dunklen Blades-Anzug und mit der College-Krawatte wie immer wie aus dem Ei gepellt. Er wurde flankiert von den Controllern der Abteilungen »Inlandsoperationen« und »Westliche Hemisphäre«. An der Seite saß der Personalchef, neben einem jungen Mann der Dokumentarabteilung, der vor sich einen umfangreichen Stapel Aktendeckel hatte.

Sam McCready trat als letzter ein und setzte sich auf den Stuhl, der dem Tisch gegenüberstand. Mit seinen einundfünfzig Jahren war er noch immer schlank und wirkte fit. Aber er hatte nichts Auffallendes an sich: ein Mann von der Sorte, die es leicht schafft, unbemerkt zu bleiben. Und das hatte ihn so gut, so verdammt gut gemacht. Das und dazu, was in seinem Kopf steckte.

Man hatte ihm bereits die drei vorgeschriebenen Alternativjobs angeboten: Kommandeur des Schulungszentrums, irgendein hoher Posten in der Verwaltung (ein besserer Büroangestellter, hatte er dazu bemerkt) und Chef des Zentralregisters (ein blöder Bibliothekar). Er hatte alle drei abgelehnt, was nicht anders erwartet worden war.

Sie kannten alle die Regeln. Wurden drei »reizlose Beschäftigungen« abgelehnt, konnten sie von einem verlangen, sich vorzeitig pensionieren zu lassen. Aber er hatte Anspruch auf eine Anhörung, bei der er für eine Ausnahmeregelung plädieren konnte.

Er hatte, als Sprecher in seiner, McCreadys, Sache, seinen Stellvertreter Denis Gaunt mitgebracht, der zehn Jahre jünger war und den er im Lauf von fünf Jahren zu seiner Nummer Zwei herangezogen hatte. Denis mit seinem strahlenden Lächeln und seiner PublicSchool-Krawatte, so nahm McCready an, würde mit ihnen besser umgehen, als er selbst es könnte.

Alle Männer in diesem Raum kannten einander und redeten sich mit Vornamen an, sogar der junge Mann von der Dokumentenabteilung. Vielleicht weil das Century House eine so abgeschlossene Welt ist, herrscht in seinen Mauern die Tradition, daß jeder jeden mit Vornamen anreden darf, abgesehen vom Chef, der mit »Sir« und »Chief« angesprochen wird, während man hinter seinem Rücken vom »Master« oder ähnlichem spricht. Die Tür wurde geschlossen, und Edwards gebot mit seinem Räuspern Stille. Das war so seine Art.

»Schön. Wir sind hier, um uns mit Sams Antrag zu befassen, eine Anweisung aus der Zentrale abzuändern, wobei es nicht um die Wiedergutmachung eines Unrechts geht. Einverstanden?«

Alle Anwesenden stimmten zu. Es wurde festgestellt, daß Sam McCready keinen Anlaß zu einer Beschwerde hatte, da ja gegen keine Vorschriften verstoßen worden war.

»Denis, ich nehme an, daß Sie für Sam sprechen wollen?«
»Ja, Timothy.«
Der SIS in seiner heutigen Form wurde von einem Admiral, Sir Mansfield Cumming, geschaffen, und viele der internen Traditionen (allerdings nicht die Vertraulichkeit im Umgang) haben noch heute etwas, was vage an die Navy erinnert. Dazu gehört auch das Recht eines Mannes, sich bei einer Anhörung durch einen »Offizierskameraden« vertreten zu lassen.

Die Erklärung des Personalchefs fiel kurz und sachlich aus. Die maßgeblichen Stellen hätten beschlossen, Sam McCready aus dem Referat DD in einen neuen Tätigkeitsbereich zu versetzen. Er habe sich geweigert, eine der drei angebotenen Positionen zu akzeptieren. Das sei gleichbedeutend mit der Entscheidung, vorzeitig in den Ruhestand zu treten. McCready ersuche darum, Chef von DD bleiben zu können oder wieder für praktische Aufgaben eingesetzt zu werden oder einer Abteilung zugeteilt zu werden, die sich mit den Außeneinsätzen von Agenten befaßte. Ein solcher Posten sei nicht zu vergeben. Quod erat demonstrandum.

Denis Gaunt erhob sich.

»Wir kennen doch alle die Regeln«, begann er. »Und wir kennen alle die Realitäten. Es stimmt, daß Sam darum gebeten hat, nicht dem Schulungszentrum, der Rechnungs- oder der Dokumentenabteilung zugeteilt zu werden. Weil er nach seiner Ausbildung und Begabung ein Mann für den Außeneinsatz ist. Und einer der besten dazu, wenn nicht überhaupt der beste.«

»Unbestritten«, murmelte der Controller für die Westliche Hemisphäre. Edwards warf ihm einen warnenden Blick zu.

»Die Sache ist die«, fuhr Gaunt fort, »wenn der SIS wirklich wollte, ließe sich wahrscheinlich etwas für Sam finden. Rußland, Osteuropa, Nordamerika, Frankreich, Deutschland, Italien. Ich schlage vor, daß man sich darum bemüht, weil ...«

Er trat an den Schreibtisch, an dem der Mann von der Dokumentenabteilung saß, und nahm einen Akt zur Hand.

»... weil er noch vier Jahre bis zur Pensionierung mit vollen Bezügen hat ...«

»Man hat ihm eine ansehnliche Ausgleichszahlung offeriert«, warf Edwards ein, »manche würden sie vielleicht sogar als äußerst großzügig bezeichnen.«

»Weil er«, nahm Gaunt seinen Faden wieder auf, »dem SIS lange

Jahre loyal gedient hat, oft unter sehr unerquicklichen und manchmal unter höchst gefährlichen Umständen. Es geht nicht um das Geld, es geht darum, ob der Dienst bereit ist, sich für einen seiner Männer wirklich einzusetzen.«

Er hatte natürlich keine Ahnung von dem Gespräch, das einige Zeit vorher zwischen dem Chef, Sir Mark, und Sir Robert Inglis im Außenministerium stattgefunden hatte.

»Ich schlage vor, daß wir uns vier Fälle ansehen, mit denen Sam in den letzten sechs Jahren befaßt war. Beginnen wir mit folgendem...«

Timothy Edwards warf einen Blick auf seine Uhr. Er hatte gehofft, die Sache werde sich noch an diesem Tag erledigen lassen. Jetzt kamen ihm Zweifel, ob das möglich war.

»Ich denke, wir erinnern uns alle daran«, sagte Gaunt. »Die Geschichte mit dem sowjetischen General, Jewgeni Pankratin...«

Grenzgänge

1

Mai 1983

Der russische Oberst trat langsam und vorsichtig aus dem Schatten, obwohl er das Signal gesehen und erkannt hatte. Begegnungen mit seinem britischen Führungsoffizier waren gefährlich und daher tunlichst zu vermeiden. Um die heutige aber hatte er selbst gebeten. Er mußte ihm Dinge sagen, Forderungen stellen, die nicht in Form einer schriftlichen Nachricht in einen toten Briefkasten geworfen werden konnten. Ein Stück Blech auf dem Dach eines Schuppens weiter unten am Bahngleis flatterte knarrend, als es von einem frühmorgendlichen Windstoß erfaßt wurde. Er drehte sich um, registrierte die Quelle des Geräuschs und starrte wieder auf den dunklen Fleck neben der Lokomotivendrehscheibe.

»Sam?« rief er leise.

Sam McCready lag schon auf der Lauer. Bereits seit einer Stunde wartete er im Dunkeln auf dem aufgelassenen Rangierbahnhof am Stadtrand von Ost-Berlin. Er hatte gesehen oder vielmehr gehört, wie der Russe eintraf, aber trotzdem gewartet, um sich zu vergewissern, daß auf dem staub- und schuttbedeckten Gelände keine anderen Schritte zu hören waren. So oft er das alles auch schon erlebt hatte, der Knoten unten im Magen wollte sich nicht auflösen.

Zur verabredeten Zeit, nachdem er die Überzeugung gewonnen hatte, daß außer ihnen beiden niemand hier war, hatte er mit dem Daumennagel das Zündholz angerissen, so daß es einmal kurz aufflammte und dann verlosch. Der Russe hatte das Signal gesehen und war hinter dem alten Wartungshäuschen zum Vorschein gekommen. Die beiden Männer hatten allen Grund, lieber in der Dunkelheit zu operieren, denn der eine war ein Verräter und der andere ein Spion.

McCready trat aus dem Dunkel und blieb stehen, damit der Russe ihn sehen und sich vergewissern konnte, daß auch er allein war. Dann trat er auf den Russen zu.

»Jewgeni! Lange nicht gesehen, mein Freund.«

In einem Abstand von fünf Schritten konnten sie einander deutlich sehen und feststellen, daß sie keinem Double gegenüberstanden, daß sie nicht hinters Licht geführt worden waren. Denn das war immer das Gefährliche bei einer Begegnung von Mann zu Mann. Es hätte sein können, daß man den Russen enttarnt und ihm bei den Verhören das Kreuz gebrochen hatte, so daß der KGB und der Staatssicherheitsdienst der DDR einen hochrangigen britischen Geheimdienstmann in eine Falle locken konnten. Oder aber die Nachricht des Russen war abgefangen worden, und nun ging er in die Falle und anschließend in die lange dunkle Nacht der Verhöre, die schließlich mit einem Genickschuß endete. Mütterchen Rußland kannte kein Erbarmen mit seiner Verräter-Elite.

McCready umarmte den andern nicht, gab ihm nicht einmal die Hand. Manche Spitzenleute brauchten das; die persönliche Note, den ermutigenden körperlichen Kontakt. Jewgeni Pankratin, Oberst der Roten Armee, Angehöriger der sowjetischen Streitkräfte in der DDR, war eine kalte Natur, reserviert, verschlossen, voll selbstbewußter Arroganz.

Er war zum erstenmal 1980 in Moskau dem scharfen Auge eines Attachés an der Britischen Botschaft aufgefallen. Auf einem diplomatischen Empfang mit höflich-banaler Konversation plötzlich die beißende Bemerkung des Russen über die Gesellschaft seines eigenen Landes. Der Diplomat hatte sich nichts anmerken lassen, kein Wort gesagt. Aber er hatte die Bemerkung registriert und weitergemeldet. Ein möglicher Kandidat. Zwei Monate danach war ein erster, tastender Annäherungsversuch unternommen worden. Oberst Pankratin hatte unverbindlich, aber nicht abweisend reagiert. Das galt als ein positives Zeichen. Dann war er versetzt worden, nach Potsdam, zur Westgruppe der sowjetischen Streitkräfte, der aus zweiundzwanzig Divisionen mit 330 000 Mann bestehenden Armee, die dafür sorgte, daß die Ostdeutschen botmäßig blieben, daß die Marionette Honecker sich an der Macht hielt, die Westberliner in Furcht lebten und die NATO sich für einen alles niederwalzenden Vormarsch durch die norddeutsche Tiefebene in Bereitschaft hielt.

McCready hatte den Fall übernommen; es war sein Revier. 1981 unternahm er selbst einen Annäherungsversuch, und Pankratin wurde gewonnen. Kein großes Theater, keine Gefühlsausbrüche, die man sich anhören und für die man Verständnis zeigen mußte ... Er machte kein Hehl daraus, daß er Geld sehen wollte.

Menschen verraten das Land ihrer Väter aus vielerlei Gründen: aus persönlichem Groll, aus ideologischen Motiven, wegen einer entgangenen Beförderung, aus Haß auf einen bestimmten Vorgesetzten, aus Scham wegen bestimmter sexueller Vorlieben, aus Angst, wegen eines Versagens zur Rechenschaft gezogen zu werden. Bei den Russen war es in der Regel eine tiefe Ernüchterung; sie hatten genug von der Korruption, den Lügen und der Vetternwirtschaft, die sie rings um sich erlebten. Pankratin jedoch handelte aus rein materiellen Beweggründen, ihm ging es schlicht und einfach nur ums Geld. Eines Tages, sagte er, werde er hinüberkommen, aber dann wolle er ein reicher Mann sein. Er hatte das Treffen in Ost-Berlin, das im Morgengrauen stattfand, vereinbart, um mehr herauszuschinden.

Pankratin griff in seinen Trenchcoat und zog einen dicken, braunen Umschlag heraus, den er McCready reichte. Kühl beschrieb er den Inhalt des Umschlags, während McCready das Päckchen in seiner dicken Jacke unsichtbar verstaute: Namen, Örtlichkeiten, Gefechtsbereitschaft einzelner Divisionen, Operationsbefehle, Truppenbewegungen, Abkommandierungen, Verbesserungen von Waffensystemen. Am wichtigsten war natürlich, was Pankratin über die SS-20 beizusteuern hatte, die schreckenerregenden Mittelstreckenraketen auf mobilen Abschußrampen, jede mit drei nuklearen Sprengköpfen bestückt, die individuell gesteuert werden konnten und auf britische oder kontinental-europäische Städte gerichtet waren. Pankratin zufolge rückten sie zu dieser Zeit in die Wälder Sachsens und Thüringens, in größere Grenznähe vor, so daß sie Ziele in einem Bogen, der von Oslo über Dublin bis nach Palermo reichte, bedrohen konnten. Im Westen zogen gleichzeitig gewaltige Kolonnen naiver Linker, die es aufrichtig meinten, hinter den Bannern der Friedensbewegung durch die Städte und forderten, ihre Regierungen sollten als Zeichen ihrer Friedensliebe auf ihre Defensivwaffen verzichten.

»Es hat natürlich seinen Preis«, sagte der Russe.

»Klar.«

»200 000 Pfund Sterling.«

»Einverstanden.« Seine Regierung hatte zwar nicht ihr Einverständnis erklärt, aber McCready wußte, daß man das Geld irgendwo auftreiben würde.

»Noch etwas. Soviel ich weiß, bin ich für eine Beförderung vorgesehen. Zum Generalmajor. Und für eine Versetzung. Zurück nach Moskau.«

»Gratulation. Und was sollen Sie dort werden, Jewgeni?«

Pankratin legte eine Pause ein, um seine Eröffnung wirken zu lassen.

»Stellvertretender Direktor des gemeinsamen Planungsstabs im Verteidigungsministerium.«

McCready war beeindruckt. In Moskau, in der Frunse-Straße Nr. 19, einen Mann zu haben, das wäre einzigartig.

»Und wenn ich hinüberkomme, möchte ich eine große Luxuswohnanlage haben. In Kalifornien. Auf meinen Namen im Grundbuch eingetragen. Vielleicht in Santa Barbara. Dort soll es sehr schön sein.«

»Das stimmt«, sagte McCready. »Sie möchten sich nicht in England niederlassen? Wir würden uns um Sie kümmern.«

»Nein, ich möchte in der Sonne leben. In der Sonne Kaliforniens. Und eine Million Dollar, US-Dollar, auf mein Konto dort.«

»Eine Wohnung, das ließe sich einrichten«, sagte McCready. »Und auch eine Million Dollar. Wenn das Material stimmt.«

»Keine Wohnung, Sam. Eine Luxuswohnanlage. Damit ich von den Mieteinnahmen leben kann.«

»Jewgeni, Sie verlangen da zwischen fünf und acht Millionen US-Dollar. Ich glaube nicht, daß meine Leute eine solche Summe aufbringen können. Nicht einmal für Ihr Material.«

Unter dem militärischen Schnauzbart des Russen schimmerten in einem kurzen Lächeln die Zähne auf.

»Wenn ich in Moskau bin, wird das Material, das ich Ihnen liefern werde, Ihre kühnsten Erwartungen übertreffen. Sie werden das Geld schon auftreiben.«

»Warten wir erst mal ab, bis Sie befördert werden, Jewgeni. Dann sprechen wir über eine Wohnanlage in Kalifornien.«

Fünf Minuten später trennten sie sich, der Russe, um an seinen Schreibtisch in Potsdam zurückzukehren, der Engländer, um durch die Mauer nach West-Berlin zurückzuschlüpfen. Am Checkpoint Charlie würde man ihn durchsuchen. Daher würde das Päckchen die Mauer auf einem anderen Weg, sicherer, aber langsamer, überwinden. Erst wenn er es in West-Berlin wieder in Händen hatte, würde Sam McCready nach London zurückfliegen.

Oktober 1983

Bruno Morenz klopfte an die Tür und trat ein, als er das joviale »Herein« hörte. Sein Vorgesetzter war allein in dem Büro, er saß in seinem gewichtigen, ledernen Drehsessel hinter seinem gewichtigen Schreibtisch. Er rührte gerade genüßlich seine erste Tasse Kaffee an diesem Tag um, den ihm das aufmerksame Fräulein Keppel, die gepflegte alte Jungfer, die alle seine legitimen Bedürfnisse befriedigte, in der Tasse aus Chinaporzellan serviert hatte.

Wie Morenz gehörte auch der »Herr Direktor« der Generation an, die sich noch an das Kriegsende und an die Nachkriegsjahre erinnerte, als die Deutschen sich mit Zichorienkaffee behelfen mußten und nur die amerikanischen Besatzer und gelegentlich die Engländer an echten Kaffee herankamen. Diese Zeiten waren vorüber. Dieter Aust genoß seinen kolumbianischen Kaffee am Morgen. Morenz bot er keinen an.

Beide Männer gingen auf die Fünfzig zu, doch damit waren die Gemeinsamkeiten auch schon zu Ende. Aust war klein, rundlich, sorgfältig rasiert und gekleidet und stand an der Spitze des Kölner Amtes. Morenz war größer, kräftig, ergraut. Aber er hielt sich schlecht, schien beim Gehen zu watscheln, und bot einen klobigen, schlampigen Anblick in seinem Tweedanzug. Außerdem war er ein bescheidener Beamter, der nicht im Traum daran gedacht hätte, nach dem Direktorentitel zu streben, samt dem dazugehörigen hochbedeutsamen Büro und einem Fräulein Keppel, das ihm seinen kolumbianischen Kaffee in Chinaporzellan servierte, ehe er sich an die Arbeit setzte.

Die Szene, wie ein Vorgesetzter einen Untergebenen zu einem Gespräch zu sich bestellte, spielte sich an diesem Morgen wahrscheinlich in zahlreichen Chefbüros überall in Deutschland ab, doch der Arbeitsbereich dieser beiden Männer hätte wohl schwerlich einen Vergleich gefunden. Und dies galt auch für die anschließende Unterhaltung. Denn Dieter Aust war Chef der Kölner Außenstelle des Bundesnachrichtendienstes (BND).

Die Zentrale des BND befindet sich in einem ausgedehnten, von einer hohen Mauer umgebenen Gelände am Rand der bayerischen Gemeinde Pullach, rund acht Kilometer südlich von München auf dem Hochufer der Isar gelegen – auf den ersten Blick eine Kuriosität, wenn man bedenkt, daß seit 1949 Bonn am Rhein, Hunderte von

Kilometern entfernt, Bundeshauptstadt ist. Der Grund ist historischer Natur. Die Amerikaner nämlich schufen nach dem Krieg eine westdeutsche Spionageorganisation, um ein Gegengewicht zu den Bemühungen des neuen Feindes, der UdSSR, auf diesem Gebiet zu schaffen. Zum Leiter dieses Dienstes bestimmten sie Reinhard Gehlen, früher Leiter der Abteilung Fremde Heere Ost der deutschen Wehrmacht im Zweiten Weltkrieg, und der Dienst selbst trug nur die schlichte Bezeichnung »Organisation Gehlen«. Die Amerikaner wollten Gehlen innerhalb ihrer Besatzungszone halten, und dazu gehörte eben auch Bayern.

Konrad Adenauer, Oberbürgermeister von Köln, war damals ein noch nicht sehr bekannter Politiker. Als 1949 die Bundesrepublik Deutschland ins Leben gerufen und Adenauer ihr erster Kanzler wurde, bestimmte man erstaunlicherweise seine Heimatstadt Bonn zur Hauptstadt. Beinahe sämtlichen Bundesorganen wurde nahegelegt, dort ihren Sitz zu nehmen, doch Gehlen widersetzte sich, und seine Organisation, inzwischen in BND umbenannt, blieb in Pullach, wo sich noch heute die Zentrale des Bundesnachrichtendienstes befindet. Allerdings unterhält der BND in sämtlichen Bundesländern Außenstellen, und eine der wichtigsten findet sich in Köln. Der Grund liegt darin, daß Köln Bonn am nächsten liegt. Schon allein die zahlreichen Ausländer in Bonn boten ein reiches Betätigungsfeld für den BND, der sich im Unterschied zu seiner Schwesterorganisation, dem Bundesamt für Verfassungsschutz (BfV), mit der Auslandsaufklärung befaßt.

Morenz folgte Austs Aufforderung, Platz zu nehmen, und überlegte, was er, wenn überhaupt, falsch gemacht haben könnte. Die Antwort lautete: nichts.

»Mein lieber Morenz, ich will nicht lange um die Sache herumreden.« Aust betupfte sich mit einem frischen Leinentaschentuch die Lippen. »Nächste Woche tritt unser Kollege Dorn in den Ruhestand, wie Sie natürlich wissen. Seine Pflichten übernimmt sein Nachfolger. Er ist viel jünger und, das dürfen Sie mir glauben, ein Typ, der es noch weit bringen wird. Eine Aufgabe aus seinem Bereich verlangt jedoch einen Mann in reiferen Jahren. Ich hätte gern, daß Sie sie übernehmen.«

Morenz nickte, als hätte er verstanden, was keineswegs der Fall war. Aust formte mit seinen pummeligen Fingern eine Art Giebel und blickte versonnen zum Fenster hinaus, wobei sein Gesicht einen

Ausdruck des Schmerzes über die Extravaganzen seiner Mitmenschen annahm. Er wählte seine Worte mit Bedacht.

»Hin und wieder treffen bei uns Gäste ein, ausländische Politiker, die nach einem mit Verhandlungen oder offiziellen Begegnungen verbrachten Tag das Bedürfnis nach Zerstreuung ... nach Unterhaltung verspüren. Unsere verschiedenen Ministerien arrangieren natürlich gerne Besuche in erstklassigen Restaurants, von Konzerten, von Opern und Ballettaufführungen. Sie verstehen?«

Morenz nickte wieder. Die Sache war klar wie Kloßbrühe.

»Leider gibt es unter unseren Gästen einige, zumindest aus arabischen oder afrikanischen Ländern, gelegentlich auch aus europäischen, die recht deutlich zu verstehen geben, daß sie sich lieber in weiblicher Gesellschaft entspannen würden. In bezahlter weiblicher Gesellschaft.«

»Callgirls«, sagte Morenz.

»Kurzum: ja. Und, um zu vermeiden, daß wichtige ausländische Besucher die Dienste von Hotelportiers oder Taxifahrern in Anspruch nehmen, den Rotlichtbezirk in der Hornstraße aufsuchen oder in Bars und Nachtklubs in Schwierigkeiten geraten, bietet die Bundesregierung ihnen eine bestimmte Telefonnummer an. Glauben Sie mir, lieber Morenz, so etwas geschieht in jeder Hauptstadt der Welt. Wir bilden da keine Ausnahme.«

»Wir beschäftigen Callgirls?« fragte Morenz. Aust war schokkiert.

»Beschäftigen? Davon kann keine Rede sein. Wir beschäftigen und wir bezahlen sie nicht. Das tut der Kunde. Und, ich muß das betonen, wir werten auch nicht die Erkenntnisse bezüglich der Gepflogenheiten einiger unserer hochgestellten ausländischen Gäste aus, die dabei vielleicht anfallen. Die sogenannte Honigfalle. Wir können uns nicht über die Vorschriften und Bestimmungen unserer Verfassung hinwegsetzen, die ganz eindeutig sind. Die Honigfallen überlassen wir den Russen und ...« Er rümpfte die Nase, »... den Franzosen.«

Er nahm drei Aktendeckel von seinem Schreibtisch und reichte sie Morenz.

»Es handelt sich um drei junge Frauen. Körperlich ganz verschiedene Typen. Ich bitte Sie, diese Sache zu übernehmen, weil Sie ein reifer, verheirateter Mann sind. Beaufsichtigen Sie die drei jungen Damen mit einem väterlichen Blick. Sorgen Sie dafür, daß sie sich regelmäßig ärztlich untersuchen lassen und auf ihr Äußeres achten. Kontrollieren Sie, ob sie in der Stadt oder krank oder auf Urlaub sind – kurzum: ob sie verfügbar sind.

Und als letztes: Es kann sein, daß Sie hin und wieder von einem Herrn Jakobsen angerufen werden. Denken Sie sich nichts, wenn sich die Stimme des Anrufers verändert – es handelt sich immer um Herrn Jakobsen. Entsprechend den Neigungen des jeweiligen Gastes, über die Herr Jakobsen Sie aufklären wird, wählen Sie eine der drei Damen aus, legen den Zeitpunkt für einen Besuch fest, sorgen dafür, daß sie zur Verfügung steht. Herr Jakobsen wird sich dann bei Ihnen telefonisch nach Zeit und Ort erkundigen und beides dem Besucher mitteilen. Das übrige überlassen wir dem Callgirl und dem Kunden. Wirklich keine sehr beschwerliche Aufgabe. Sie dürfte Ihre übrigen Pflichten kaum beeinträchtigen.«

Morenz, die Aktendeckel in der Hand, rappelte sich schwerfällig hoch. Toll, dachte er, als er das Chefbüro verließ, da habe ich dem BND dreißig Jahre lang treu gedient, und drei Jahre vor der Pensionierung kommt es so weit, daß ich Nutten für Ausländer betreuen muß, die eine Nacht über die Stränge schlagen wollen.

November 1983

Sam McCready saß in einem abgedunkelten Raum in einem tiefen Kellergeschoß des Century House in London, der Zentrale des britischen Geheimdienstes SIS, von der Presse zumeist fälschlich MI-6 und von den Insidern »die Firma« genannt. McCready blickte auf einen zuckenden Bildschirm, auf dem die geballte militärische Macht der UdSSR (beziehungsweise ein Teil davon) in endloser Formation über den Roten Platz zog. Die Sowjetführung hält zweimal in jedem Jahr auf diesem Platz voller Stolz eine gewaltige Parade ab; die eine zum 1. Mai und die andere zur Feier der Großen Oktoberrevolution. Letztere findet am 7. November statt, und heute war der 8. November. Die Kamera verließ die Kolonnen dahinrumpelnder Panzer und schwenkte über die Reihe der Gesichter auf der Tribüne oberhalb des Lenin-Mausoleums.

»Langsamer«, sagte McCready. Der Techniker neben ihm fuhr mit einer Hand über das Pult, und der Schwenk wurde langsamer. Präsident Reagans »Reich des Bösen« (wie er die Sowjetunion später nannte) machte mehr den Eindruck eines Altersheims. Vor dem kalten Wind verschwanden die verfallenen, vom Alter gezeichneten Gesichter beinahe in den hochgeschlagenen Mantelkrägen, die fast bis zu den grauen Filzhüten oder Tschapkas reichten.

Der Generalsekretär selbst war nicht anwesend. Juri V. Andropow, KGB-Chef von 1963 bis 1978, der Ende 1982 die Nachfolge des allzu spät verstorbenen Leonid Breschnew angetreten hatte, ging in der Politbüro-Klinik draußen in Kunzewo selbst Schritt für Schritt dem Tod entgegen. Er hatte sich seit dem vergangenen August nicht mehr in der Öffentlichkeit gezeigt, und dazu sollte es auch nicht mehr kommen.

Tschernenko (der ein paar Monate später Andropows Nachfolger werden sollte) stand oben auf der Tribüne, zusammen mit Gromyko, Kirilenko, Tichonow und dem Parteitheoretiker Suslow. Der Verteidigungsminister, Ustinow, war in seinen Marschallmantel gehüllt, der vom Kinn bis zur Taille derart mit Orden geschmückt war, daß er sicher einen guten Windschutz abgab. Ein paar der Anwesenden waren immerhin noch jung genug, daß man qualifizierte Arbeit von ihnen erwarten konnte, beispielsweise der Moskauer Parteichef Grischin und der Parteiboß von Leningrad, Romanow. Am Rand stand der jüngste von allen und noch immer ein Außenseiter, ein untersetzter Mann namens Gorbatschow.

Die Kamera schwenkte nach oben, um die Gruppe der Offiziere ins Bild zu bringen, die hinter Marschall Ustinow standen.

»Moment«, sagte McCready. Das Bild erstarrte. »Der dort, der dritte von links. Kann ich den schärfer haben, können Sie ihn ranholen?«

Der Techniker warf einen Blick auf sein Pult und tat das Gewünschte. Die Gruppe der Offiziere kam immer näher. Manche gerieten aus dem Bild. Derjenige, den McCready gemeint hatte, rückte zu sehr nach rechts. Der Techniker ging drei oder vier Bilder zurück, bis der Mann ganz in der Mitte war, und holte ihn näher heran. Der Offizier war durch einen General der Strategischen Raketentruppen halb verdeckt, aber sein Schnauzbart, bei sowjetischen Offizieren etwas Unübliches, beseitigte jeden Zweifel. Die Schulterstücke auf dem Offiziersmantel zeigten, daß er Generalmajor war.

»Donnerwetter«, flüsterte McCready, »er hat es geschafft! Er hat es nach dort oben geschafft.« Er wandte sich dem Techniker mit seiner unbewegten Miene zu. »Jimmy, wie zum Teufel kommen wir an eine Luxuswohnanlage in Kalifornien ran?«

»Nun, die Antwort ist kurz, mein lieber Sam«, sagte Timothy Edwards zwei Tage später. »Das schaffen wir nicht. Ich weiß, es ist bitter, aber ich habe die Sache dem Chef und den Geldfritzen vorgelegt, und die Antwort lautet: Er ist für uns zu kostspielig.«

»Aber sein Material ist von unschätzbarem Wert«, protestierte McCready. »Der Mann ist mehr wert als Gold. Er ist eine Hauptader aus reinem Platin.«

»Das ist unbestritten«, sagte Edwards ruhig. Er war zehn Jahre jünger als McCready, ein Erfolgstyp mit einem guten Universitätsdiplom, und kam aus begüterten Verhältnissen. Er hatte kaum die Dreißiger hinter sich und war bereits Stellvertreter des Chefs. Die meisten Männer seines Alters würden sich glücklich schätzen, wenn sie an der Spitze einer Auslandsstation stünden, Abteilungschef wären, würden sich danach sehnen, es zum Controller zu bringen. Und Edwards hatte schon beinahe die oberste Etage erreicht.

»Sehen Sie«, sagte er, »der Chef war gerade in Washington. Er hat Ihren Mann erwähnt, für den Fall, daß der wirklich befördert wird. Unsere amerikanischen Vettern haben immer sein Material bekommen, seit Sie ihn an Land gezogen haben. Sie waren immer begeistert darüber. Und jetzt hat es den Anschein, daß sie ihn mit Freuden übernehmen und auch die Kohle rausrücken werden, die er verlangt.«

»Er ist empfindlich, mimosenhaft. Er kennt nur mich. Vielleicht will er für niemand anderen arbeiten.«

»Jetzt aber, Sam. Sie werden mir als erster zugeben, daß es ihm nur ums Materielle geht. Der Typ geht dorthin, wo das Geld lockt. Und wir bekommen ja das Material. Sorgen Sie bitte dafür, daß die Übergabe glatt vor sich geht.«

Er legte eine Pause ein und strahlte McCready mit seinem gewinnendsten Lächeln an.

»Übrigens, der Chef möchte Sie sehen. Morgen früh um zehn. Ich denke nicht, daß ich meine Kompetenzen überschreite, wenn ich Ihnen verrate, daß er an einen neuen Auftrag für Sie denkt. Ein Schritt nach oben, Sam. Sehen Sie, manchmal entwickelt sich alles so, daß es gar nicht besser gehen könnte. Pankratin ist wieder in Moskau, und damit kommen Sie schwerer an ihn heran; Sie haben sich eine ganze Ewigkeit mit Ostdeutschland beschäftigt. Unsere Vettern sind bereit, die Sache zu übernehmen, und Sie bekommen eine wohlverdiente Beförderung. Vielleicht eine Abteilung.«

»Ich bin ein Mann für die Front«, sagte McCready.

»Warum hören Sie sich nicht erst einmal an, was der Chef Ihnen erzählen wird«, schlug Edwards vor.

Vierundzwanzig Stunden später wurde Sam McCready zum Chef von *DD and P* ernannt. Betreuung, Führung und Bezahlung von General Jewgeni Pankratin übernahm die CIA.

Juli 1985

In diesem Sommer war es in Köln sehr heiß. Wer es sich leisten konnte, hatte Frau und Kinder an die Seen, in waldige Gegenden, ins Gebirge oder auch in die Villa am Mittelmeer geschickt und plante, sich ihnen später zuzugesellen. Bruno Morenz besaß kein Feriendomizil. Er war ein unermüdlicher Arbeiter. Sein Gehalt war nicht hoch und würde vermutlich auch nicht mehr steigen, denn eine weitere Beförderung war ganz unwahrscheinlich, da er nur noch drei Jahre bis zu seiner Pensionierung hatte.

Er saß auf einer Caféterrasse und trank kleine Schlucke aus seinem hohen Bierglas. Er hatte die Krawatte gelockert und das Sakko über die Stuhllehne gehängt. Niemand würdigte ihn auch nur eines flüchtigen Blickes. Er hatte seinen winterlichen Tweedanzug gegen einen aus Leinen vertauscht, der womöglich noch formloser wirkte. Er saß vornübergebeugt bei seinem Bier und fuhr sich hin und wieder mit der Hand durch das dichte, graue Haar, bis es zerzaust war. Bruno Morenz war ein Mann ohne jede Eitelkeit, was sein Äußeres anging, denn sonst wäre er sich mit einem Kamm durchs Haar gefahren, hätte er sich ein bißchen sorgfältiger rasiert, ein anständiges Kölnisch Wasser benutzt (schließlich lebte er in der Stadt, wo es erfunden worden war) und sich einen eleganten, gutgeschnittenen Anzug zugelegt. Er hätte das Hemd mit den leicht ausgefransten Manschetten weggeworfen und die Schultern durchgedrückt. Dann hätte er durchaus den Eindruck eines Mannes gemacht, von dem Autorität ausgeht. Nein, persönliche Eitelkeit kannte er nicht.

Träume immerhin hatte er. Oder vielmehr: Er hatte sie gehabt. Früher, vor langer Zeit. Sie waren nicht in Erfüllung gegangen. Ein Mann von zweiundfünfzig Jahren, verheiratet und Vater zweier erwachsener Kinder, starrte Bruno Morenz düster auf die Passanten drunten auf dem Gehsteig. Er litt, ohne sich dessen bewußt zu sein, an Torschlußpanik.

Hinter der Fassade des stämmigen, freundlichen Mannes, der unverdrossen seiner Arbeit nachging, am Monatsende sein bescheidenes Gehalt entgegennahm und jeden Abend in den trauten Familienkreis zurückkehrte, war Bruno Morenz ein zutiefst unglücklicher Mann.

Er war in einer Ehe ohne Liebe an seine Frau Irmtraut gekettet, ein Wesen von abgrundtiefer Torheit und den Konturen einer Kartoffel, die es sich, indes die Jahre dahingingen, sogar abgewöhnt hatte, über sein kärgliches Gehalt und die ausgebliebenen Beförderungen zu jammern. Was seinen Beruf betraf, wußte sie nur, daß er in einer der staatlichen Dienststellen arbeitete, die sich mit der Beamtenversorgung beschäftigten, und es interessierte sie auch gar nicht. Wenn er ungepflegt aussah, mit ungebügelten Hemden und in einem unförmigen Anzug, lag das zum Teil daran, daß Irmtraut Morenz sich auch dafür nicht mehr interessierte. Sie sorgte dafür, daß ihre kleine Wohnung in einer gesichtslosen Straße in Porz halbwegs in Schuß und aufgeräumt war, und wenn er abends nach Hause kam, stand zehn Minuten später sein Abendessen auf dem Tisch, kalt, wenn er verspätet eintraf.

Seine Tochter Ute hatte sich sofort nach dem Schulabschluß von den Eltern abgesetzt, sich verschiedenen linken Ideen verschrieben (er hatte sich wegen Utes politischer Aktivitäten in seinem Amt überprüfen lassen müssen, ob er nicht ein Sicherheitsrisiko darstelle) und lebte nun zusammen mit mehreren gitarrenklimpernden Hippies in einem besetzten Haus in Düsseldorf. Bruno Morenz wurde sich nie klar darüber, mit welchem von ihnen sie etwas hatte – vielleicht mit allen. Sein Sohn Lutz lebte noch zu Hause, wo er unausgesetzt vor der Glotze hockte. Der picklige Jüngling war durch jede Prüfung gerasselt, an der er jemals teilgenommen hatte, und wollte von Bildung und einer Welt, die auf derlei Dinge viel Wert legte, nichts mehr wissen. Statt dessen hatte er sich, als Zeichen seines persönlichen Protests gegen die Gesellschaft, eine Punkfrisur und entsprechende Klamotten zugelegt, und sich zugleich gehütet, irgendeine Arbeit zu akzeptieren, welche ihm diese Gesellschaft vielleicht anzubieten bereit war.

Bruno Morenz hatte sich Mühe gegeben; jedenfalls sah er es so. Er hatte sein Bestes getan, so wie er es verstand. Er hatte fleißig gearbeitet, seine Steuern gezahlt, seine Familie nach bestem Vermögen durchgebracht und selbst nicht viel, ja, herzlich wenig vom Leben gehabt.

In drei Jahren, in ganzen sechsunddreißig Monaten, würde man ihn aufs Altenteil schicken. Im Büro würde es eine kleine Party geben, Aust eine Rede halten, man würde mit Sektgläsern anstoßen, und dann ging er seiner Wege. Wohin? Er bezog dann seine Pension, und er hatte die Ersparnisse aus seiner »anderen Arbeit«, die er in verschiedenen deutschen Städten auf kleinen bis mittleren Konten sorgsam gehortet hatte. Es würde genug da sein, mehr als irgend jemand annahm oder argwöhnte; genug, um ein Heim für seinen Lebensabend zu kaufen und zu tun, woran ihm wirklich etwas lag ...

Hinter seiner freundlichen Fassade hatte Bruno Morenz auch seine Geheimnisse. Er hatte niemals Aust oder sonst jemandem in der Organisation von der »anderen Arbeit« erzählt – es war schließlich eine streng verbotene Tätigkeit, und wäre sie ruchbar geworden, hätte dies zu seiner sofortigen Entlassung geführt. Auch Irmtraut hatte er nie etwas über diese Arbeit und ebensowenig über seine geheimen Ersparnisse anvertraut. Aber das war nicht sein eigentliches Problem – so, wie er die Sache sah.

Sein wirkliches Problem, so wie er es sah, das war sein Wunsch, frei zu sein. Er wollte noch einmal von vorne anfangen, und genau zur rechten Zeit war ihm auch klar geworden, wie. Denn Bruno Morenz, ein Mann in vorgerückten Jahren, hatte sich verliebt. Hatte sich bis über beide Ohren rettungslos verliebt. Und das Wunderbare daran war, daß Renate, seine phantastische Renate in ihrer jugendlichen Schönheit, in ihn ebenso verliebt war, wie er in sie.

Dort, in diesem Cafe, an diesem Sommernachmittag, faßte Bruno Morenz endlich seinen Entschluß. Ich werde es tun, nahm er sich vor, ich werde es ihr sagen. Er würde ihr sagen, daß er vorhatte, Irmtraut – wohlversorgt – zu verlassen, in Frühpension zu gehen und sie mitzunehmen in ein neues Leben, in dem Traumhaus, das sie sich droben im Norden seiner Heimat an der Küste zulegen würden.

Bruno Morenz' wirkliches Problem, wie er es *nicht* sah, bestand darin, daß er auf eine massive Mid-life-crisis nicht etwa zusteuerte, sondern daß er schon mitten drin steckte. Weil er das nicht erkannte und weil er in seinem Beruf gelernt hatte, sich zu verstellen, bemerkte auch sonst niemand etwas davon.

Renate Heimendorf war sechsundzwanzig, eine mit 1,75 Meter hochgewachsene und wohlproportionierte Brünette. Mit achtzehn Jahren war sie die Geliebte und Gespielin eines wohlhabenden Unternehmers, dreimal so alt wie sie, geworden, und dieses Verhältnis hatte fünf Jahre gedauert. Als ihr Liebhaber an einer Herzattacke verschied, die er sich vermutlich durch allzu üppigen Genuß von Essen, Trinken, Zigarren und Liebesfreuden mit Renate zugezogen hatte, hatte er ungalanterweise vergessen, sie in seinem Testament zu bedenken, und die rachsüchtige Witwe war nicht gesonnen, diesem Versäumnis abzuhelfen.

Renate Heimendorf war es gelungen, die Ausstattung ihres teuer eingerichteten Liebesnestes zu verscherbeln, die zusammen mit dem Schmuck und den Kinkerlitzchen, die er ihr im Laufe der Jahre geschenkt hatte, bei einer Versteigerung eine ansehnliche Summe erbrachte.

Allerdings nicht genug, um sich damit zur Ruhe zu setzen, nicht genug, um den Lebensstil, an den sie sich gewöhnt hatte, aufrechterhalten zu können. Sie hatte nicht die Absicht, darauf zu verzichten und sich mit der Position und dem armseligen Gehalt einer Sekretärin zu begnügen. So beschloß sie, ins Geschäftsleben einzusteigen. Angesichts ihrer Begabung, aus einem übergewichtigen älteren Mann ohne jede Kondition eine gewisse Erregung herauszukitzeln, gab es eigentlich nur eine einzige Branche, in der sie sich etablieren konnte.

Sie schloß einen langfristigen Mietvertrag für ihre Wohnung im ruhigen und bürgerlich-gesetzten Hahnwald ab, einem baumreichen Villenvorort von Köln. Die Behausungen in dieser Gegend waren solide Back- oder Sandsteinhäuser, auch das Haus, in dem sie wohnte und wirkte. Es war ein vierstöckiges Gebäude, dessen Wohnungen jeweils eine ganze Etage einnahmen. Ihr Zuhause befand sich im ersten Stock. Nachdem sie eingezogen war, ließ sie einige Umbauten vornehmen.

Die Wohnung hatte ein Wohnzimmer, eine Küche, ein Bad, zwei Schlafzimmer sowie eine große Diele und einen Korridor. Das Wohnzimmer befand sich links von der Diele, die Küche daneben. Noch weiter hinten, links vom Korridor, der von der Diele aus nach rechts führte, waren ein Schlaf- und das Badezimmer. Das größere der beiden Schlafzimmer befand sich am Ende des Flurs, so daß das Badezimmer zwischen den Schlafzimmern lag. Bis zur Tür des größeren Schlafzimmers war in die linke Wand ein zwei Meter breiter Schrank für Winterkleidung eingebaut, der dem Badezimmer etwas Platz wegnahm.

Renate Heimendorf schlief in dem kleineren Schlafzimmer und benützte das größere am Ende des Korridors als Arbeitsstätte. Zu den Arbeiten, die sie hatte vornehmen lassen, hatte neben dem Einbau des Schranks die Schallisolierung des großen Schlafzimmers gehört: die Wände wurden mit Korkplatten verkleidet, die Tür erhielt an der Innenseite eine dicke Polsterung. Aus dem Zimmer konnten nur wenige Geräusche nach außen dringen und die Nachbarn stören oder alarmieren, was kein Schaden war. Der Raum mit seiner ungewöhnlichen Ausstattung war immer sorgfältig verschlossen.

Der Schrank im Korridor enthielt nur normale Wintersachen und Regenmäntel. Weitere Schränke im »Arbeitszimmer« bargen ein reichhaltiges Sortiment exotischer Damenunterwäsche, alle möglichen Outfits vom Schul- und Dienstmädchen über Braut und Kellnerin, Kinderfrau, Krankenschwester, Erzieherin, Schuldirektorin, Stewardeß, Polizistin, BDM-Mädchen und KZ-Wärterin bis zur Pfadfinderführerin; und dazu noch die üblichen Leder- und PVC-Gerätschaften, samt hüfthohen Stiefeln, Umhängen und Gesichtsmasken.

Eine Kommode enthielt ein kleineres Sortiment von Kleidungsstücken für Kunden, die nichts mitgebracht hatten, so etwa für die Verkleidung als Pfadfinder, Schuljungen und römische Sklaven. In einem Winkel waren der Hocker für den Missetäter und der Fußblock versteckt, während eine Truhe die Ketten, Handschellen, Riemen und Reitpeitschen enthielt, die für die Versklavungs- und Züchtigungsszene gebraucht wurden.

Sie war eine Hure, die ihre Sache verstand, und erfolgreich sowieso. Viele ihrer Kunden kamen regelmäßig wieder. Ein Stück weit Schauspielerin – alle Nutten müssen etwas von einer Schauspielerin haben, das Umgekehrte kommt wahrscheinlich eher selten vor –, konnte sie sich vollkommen überzeugend in die Wunschphantasien ihrer jeweiligen Kunden einleben. Doch zugleich blieb sie immer distanziert-beobachtend, registrierend, von heimlicher Verachtung erfüllt. Nichts an ihrer Tätigkeit berührte sie selbst – ihre persönlichen Vorlieben sahen *ganz* anders aus.

Sie war seit drei Jahren in der Branche tätig und beabsichtigte, sich nach zwei weiteren Jahren zurückzuziehen, einmal wirklich ordentlich abzusahnen und irgendwo weit weg von ihrem gutangelegten Geld ein Leben im Luxus zu führen.

An diesem Nachmittag klingelte es an der Wohnungstür. Sie war, wie immer, spät aufgestanden und noch im Negligé und Morgenmantel. Sie runzelte die Stirn; Kunden kamen nur zu der vereinbarten Zeit. Ein Blick durch das Guckloch in ihrer Wohnungstür zeigte, wie in einem Goldfischbecken, das zerzauste graue Haar von Bruno Morenz, ihrem väterlichen Freund aus dem Außenministerium. Sie seufzte, setzte ein ekstatisches Willkommenslächeln auf und öffnete die Tür.

»Bruno, Liiiiiebling ...«

Zwei Tage später wurde Sam McCready von Timothy Edwards zum Lunch in den Brook's Club im Londoner Stadtteil St. James ausgeführt. Edwards war in mehreren Herrenklubs Mitglied, aber zum Mittagessen suchte er am liebsten Brook's auf. Dort bestand immer eine gute Chance, daß man bei einem zufälligen Zusammentreffen ein paar Worte mit Robert Amstrong, dem Kabinettssekretär, wechseln konnte, der als der vielleicht einflußreichste Mann in England galt, ganz sicher aber als der Wortführer der fünf Weisen, die eines Tages beschließen würden, wen sie Margaret Thatcher als neuen Chef der SIS empfehlen wollten.

Beim Kaffee in der Bibliothek, unter den Porträts der *Dilettantes*, der Gründer des Klubs, kam Edwards allmählich zur Sache.

»Wie ich unten schon gesagt habe, Sam, alle sind sehr zufrieden mit Ihnen, wirklich sehr zufrieden. Aber jetzt bricht eine neue Ära an, Sam, eine Ära, die, dafür spricht viel, unter dem Leitmotiv ›immer äußerst korrekt‹ stehen muß. Es geht darum, daß ein paar von den alten Methoden, zum Beispiel das Umgehen von Vorschriften – wie soll ich mich ausdrücken? – gezügelt werden müssen.«

»Gezügelt ist sehr gut ausgedrückt«, pflichtete Sam McCready bei.

»Ausgezeichnet. Nun, und wenn man die Unterlagen durchblättert, dann zeigt sich, daß Sie nach wie vor – zugegeben: nur von Fall zu Fall – gewisse Mitarbeiter einsetzen, die wirklich nicht mehr von Nutzen sind. Alte Freunde vielleicht. Kein Problem, sofern sie nicht in sensiblen Positionen sitzen und die Firma nicht in echte Schwierigkeiten gerät, wenn die Leute von ihren eigentlichen Arbeitgebern enttarnt werden ...«

»Beispiel?« fragte McCready. Das war das Dumme an schriftlichen

Belegen: sie waren immer auffindbar, bei den Akten. Sobald man irgend jemanden für einen Auftrag bezahlte, entstand ein Zahlungsbeleg. Edwards hörte auf, um den heißen Brei herumzureden.

»Ich spreche von Poltergeist. Sam, ich verstehe nicht, wie das so lange übersehen werden konnte. Poltergeist ist fest angestellter Mitarbeiter beim BND. Es gäbe einen Riesenskandal, sollte man in Pullach irgendwann dahinterkommen, daß er schwarz für sie gearbeitet hat. Er verstößt gegen sämtliche Vorschriften. Wir ›führen‹ niemals, ich betone *niemals*, Angehörige befreundeter Dienste. Das ist völlig indiskutabel. Streichen Sie ihn von der Gehaltsliste. Lassen Sie die Finger von ihm, Sam. Und zwar umgehend.«

»Er ist ein alter Kumpel«, sagte McCready. »Wir kennen uns schon sehr lange. Seit dem Bau der Berliner Mauer. Er hat damals gute Arbeit geleistet, gefährliche Aufträge für uns durchgeführt, wenn wir Leute wie ihn brauchten. Wir wurden von den Ereignissen überrumpelt, wir hatten niemanden oder nicht genügend Leute, die bereit und imstande waren, nach drüben zu gehen, ohne lange zu fackeln.«

»Ich lasse mich auf keinen Handel ein, Sam.«

»Ich habe Vertrauen zu ihm, und er zu mir. Er würde mich nie im Stich lassen. Sowas kann man nicht kaufen. Es braucht Jahre, bis sich so etwas entwickelt. Ein kleiner Ehrensold ist dafür ein geringer Preis.«

Edwards stand auf, zog sein Taschentuch aus einem Ärmel und tupfte sich den Rest des Portweins von den Lippen.

»Lassen Sie die Finger von ihm, Sam. Es tut mir leid, aber das ist ein Befehl. Poltergeist wird abgeschafft.«

An diesem Wochenende saß Majorin Ludmilla Wanawskaja in ihrem Büro. Sie stieß einen müden Seufzer aus, streckte sich und lehnte sich zurück. Es war eine mühselige Arbeit gewesen. Sie griff nach ihrem Päckchen Marlboro aus sowjetischer Produktion, bemerkte, daß der Aschenbecher überquoll, und drückte auf einen Klingelknopf an ihrem Schreibtisch.

Aus dem Vorzimmer erschien ein junger Korporal. Sie sagte kein Wort zu ihm, deutete nur mit einer Fingerspitze auf den Aschenbecher. Er nahm ihn rasch weg, verließ das Büro und brachte ihn ein paar Sekunden später gesäubert zurück. Sie nickte. Er ging wieder hinaus und schloß die Tür hinter sich.

Kein Wort war gefallen, schon gar kein neckendes. Majorin Wanawskaja hatte diese Wirkung auf Männer. In früheren Jahren hatten ein paar von den jungen Schürzenjägern das glänzende, kurz geschnittene Blondhaar über der frischen Dienstbluse und dem schmalen, grünen Rock bemerkt und ihr Glück versucht. Zwecklos. Mit fünfundzwanzig hatte sie, aus Karrieregründen, einen Oberst geheiratet, und drei Jahre später waren sie geschieden worden. Seine Karriere war ins Stocken geraten, ihre hatte steil nach oben geführt. Jetzt, mit fünfunddreißig, trug sie nicht mehr Uniform, sondern das strenge, maßgeschneiderte dunkelgraue Kostüm und darunter die weiße Bluse mit der schlaff herabhängenden Schleife am Hals.

Manche dachten immer noch, sie könnten sie ins Bett bringen, bis sie eine Salve aus ihren eiskalten blauen Augen abbekamen. Im KGB – keine Organisation von Liberalen – stand Majorin Wanawskaja im Ruf einer Fanatikerin. Und Fanatiker wirken einschüchternd.

Der Fanatismus der Majorin galt ihrer Arbeit – und Verrätern. Als treue Kommunistin, von keinerlei ideologischen Zweifeln angefochten, hatte sie sich aus eigenem Entschluß die Verfolgung von Verrätern zum Anliegen gemacht. Sie haßte sie mit einer eisigen Leidenschaft. Sie hatte es zuwege gebracht, daß sie aus dem Zweiten Hauptdirektorat, dessen Objekte gelegentliche Erscheinungen wie ein aufsässiger Dichter oder ein unzufriedener Arbeiter waren, ins unabhängige Dritte Direktorat versetzt wurde, das auch Streitkräfte-Direktorat genannt wurde. Wenn es hier Verräter gab, würden sie höhere Ränge bekleiden: gefährlichere Typen, die des Eifers und des Hasses der Majorin würdig waren.

Die Versetzung ins Dritte Direktorat – von ihrem Ehemann, dem Oberst, in den letzten Tagen ihrer Ehe eingefädelt, als er sich noch verzweifelt bemühte, sie wieder für sich einzunehmen – hatte sie in dieses gesichtslose Bürogebäude an einer Seitenstraße der Sadowaja-Spasskaja, eines Abschnitts der Moskauer Ringstraße, an diesen Schreibtisch und zu dem Dossier geführt, das jetzt vor ihr lag.

Zwei Jahre Arbeit waren in diese Akte eingegangen; allerdings hatte sie sie zwischen ihre anderen Pflichten einschieben müssen, bis man ihr höheren Orts Glauben zu schenken begann. Zwei Jahre, in denen sie Spuren geprüft und wieder überprüft, um die Mitarbeit anderer Abteilungen gebettelt hatte, immer im Kampf gegen die Vertuschungsmanöver jener Kerle in der Armee, die unentwegt füreinander Partei ergriffen. Zwei Jahre lang hatte sie winzige Informationssplitter zusammengefügt, bis sich ein Bild herauszuschälen begann.

Majorin Wanawskajas Aufgabe beziehungsweise Berufung bestand darin, auf die schiefe Bahn geratene oder subversive Elemente oder gelegentlich auch einen richtiggehenden Verräter innerhalb der Armee, Marine oder Luftwaffe aufzuspüren. Die Veruntreuung wertvoller Ausrüstungsgegenstände aus staatlichem Besitz war schon schlimm genug, ein Mangel an Tatkraft auf dem afghanischen Kriegsschauplatz war schlimmer, doch das Dossier auf ihrem Schreibtisch war etwas ganz anderes. Sie war überzeugt, daß irgend jemand in der Armee Geheimnisse verriet. Und der Betreffende war ein hochgestellter, ein verdammt ranghoher Offizier.

Auf dem ersten Blatt des vor ihr liegenden Dossiers stand eine Liste mit acht Namen. Fünf davon waren durchgestrichen. Hinter zweien stand ein Fragezeichen. Aber ihr Blick fiel immer wieder auf den achten Namen. Sie hob einen Telefonhörer ab und bat, man möge sie mit einem Major, dem Sekretär von General Schaljapin, Chef des Dritten Direktorats, verbinden.

»Ja, Majorin. Ein persönliches Gespräch? Mit niemand anderem? So ... Das Problem ist, daß der Genosse General sich im Fernen Osten befindet ... Nicht vor nächsten Dienstag. Also schön, wenn es sein muß, nächsten Dienstag.«

Majorin Wanawskaja legte den Hörer auf und zog die Stirn kraus. Vier Tage. Na ja, sie hatte zwei Jahre gewartet, da konnte sie noch weitere vier Tage zulegen.

»Ich denke, die Sache ist gelaufen«, sagte Bruno Morenz am folgenden Sonntagvormittag mit kindlicher Begeisterung zu Renate. »Ich habe den Kaufpreis beisammen und außerdem noch ein bißchen Geld für die Malerarbeiten und die Ausstattung. Es ist eine wunderbare, kleine Bar.«

Sie lagen in ihrem eigenen Schlafzimmer im Bett – es war eine Gunst, die sie ihm manchmal gewährte, weil ihm das »Arbeitsschlafzimmer« ebensosehr verhaßt war wie ihr »Beruf«.

»Erzähl mir noch einmal davon«, gurrte sie. »Ich hör es zu gern.«

Er lächelte. Er hatte das Häuschen zwar erst ein einziges Mal gesehen, war ihm aber richtig verfallen. Es war, was er sich immer erträumt hatte, und auch genau dort, wo er es hatte haben wollen:

am offenen Meer, wo die Brisen aus dem Norden dafür sorgten, daß die Luft immer frisch war. Im Winter war es natürlich kalt, aber es gab eine Zentralheizung, die nur noch repariert werden mußte.

»Also – es heißt ›Laternenbar‹ und hat ein Kneipenschild mit einer alten Schiffslaterne. Es steht am Kai, direkt am Bremerhavener Hafenbecken. Von den Fenstern im ersten Stock aus hat man freien Blick bis zur Insel Mellum – wir könnten uns ein Segelboot zulegen, wenn das Geschäft gutgeht, und im Sommer hinsegeln.

In der Bar gibt es einen Tresen mit einer altmodischen Messingplatte – dahinter stehen wir später und bedienen die Gäste –, und oben ist eine hübsche, gemütliche Wohnung. Nicht so groß wie die hier, aber schnuckelig, sobald wir sie instandgesetzt haben. Ich habe den Kaufpreis akzeptiert und die Anzahlung geleistet. Ende September ist alles fertig. Dann kann ich dich aus alledem hier herausholen.«

Sie konnte sich kaum davon abhalten, laut herauszulachen.

»Liebling, ich kann es nicht erwarten. Es wird ein wunderbares Leben werden ... Möchtest du es noch einmal versuchen? Vielleicht klappt es diesmal.«

Wäre Renate gutmütiger gewesen, dann wäre sie mit dem Mann, der ja schon in die Jahre gekommen war, glimpflicher umgesprungen, hätte sie ihm erklärt, daß sie nicht die Absicht habe, sich aus »alledem« herausholen, geschweige denn an einen öden Kai in Bremerhaven schleppen zu lassen. Aber es machte ihr Spaß, ihn in seinen Wahnideen zu wiegen, damit das Erwachen um so grausamer wurde.

Eine Stunde nach diesem Gespräch in Köln rauschte eine Jaguar-Limousine vom Motorway M 3 herunter und über die stilleren Landstraßen der Grafschaft Hampshire, unweit des Dorfes Dummer. Es war Timothy Edwards' Privatwagen, und am Steuer war sein Dienstchauffeur. Im Fond saß Sam McCready, der durch einen Anruf des stellvertretenden Chefs aus den gewohnten Sonntagsfreuden in seiner Wohnung in Abingdon Villas gerissen worden war.

»Es geht nicht anders, tut mir leid, Sam. Es ist dringend.«

Er war genießerisch in einem heißen Bad gelegen, mit Vivaldi aus der Kompaktanlage, als der Anruf kam. Überall auf dem Fußboden im Wohnzimmer waren in einem schönen Durcheinander die Sonntagszeitungen verstreut. Er hatte gerade noch Zeit, ein Sporthemd und einen Cordsamtanzug anzuziehen, da stand John, der den Jaguar aus der Fahrbereitschaft geholt hatte, schon an der Haustür.

Die Limousine rollte auf den kiesbedeckten Vorhof eines ansehnlichen georgianischen Landhauses und kam zum Stehen. John ging um den Wagen herum, um die hintere Tür zu öffnen, doch McCready kam ihm zuvor. Es war ihm verhaßt, wenn man ein Getue um ihn machte.

»Ich soll Ihnen sagen, daß sie hinten sind, Sir, auf der Terrasse«, sagte John.

McCready begutachtete das Herrenhaus. Timothy Edwards hatte zehn Jahre vorher die Tochter eines Herzogs geheiratet, der entgegenkommenderweise schon in mittleren Jahren das Zeitliche gesegnet und seinen beiden Sprößlingen, dem neuen Herzog und Lady Margaret, ein ansehnliches Erbe hinterlassen hatte. Lady Margaret hatte an die drei Millionen Pfund eingestrichen. Nach McCreadys Schätzung war ungefähr die Hälfte dieser Summe in diesem hervorragenden Beispiel ländlicher Architektur in Hampshire angelegt worden. Er ging um das Haus herum zur Rückseite mit der säulengeschmückten Terrasse.

Vier Korbsessel waren im Kreis gruppiert, drei davon besetzt. Weiter hinten war auf einem weißlackierten Tisch aus Gußeisen für drei Personen zum Lunch gedeckt. Lady Margaret würde also sicher im Haus bleiben. Nicht am Lunch teilnehmen. Und er selbst auch nicht. Die beiden Männer in den Rohrsesseln erhoben sich.

»Sieh an, Sam«, sagte Edwards, »freut mich, daß Sie kommen konnten.«

Das ist doch ein starkes Stück, dachte McCready. Als hätte mir der Schuft eine Wahl gelassen.

Edwards musterte McCready und fragte sich, nicht zum erstenmal, warum sein so hochbegabter Kollege zu einer Party in einem Herrenhaus in Hampshire unbedingt in einem Aufzug erscheinen mußte, als käme er gerade von der Gartenarbeit – auch wenn er nicht lange blieb. Edwards selbst trug glänzend gewienerte, perforierte Halbschuhe, eine gelbbraune Hose mit messerscharfen Bügelfalten und über einem Seidenhemd mit Halstuch einen Blazer.

McCready erwiderte den starren Blick und fragte sich, warum Edwards sein Taschentuch immer in den linken Ärmel stecken mußte. Der Brauch stammte aus der Armee und war in den Kavallerieregimentern aufgekommen, weil die Offiziere an den Abenden, an denen auch Frauen Zutritt zum Kasino hatten, derart enge karierte Hosen trugen, daß ein hervortretendes Taschentuch in einer Hosentasche den Damen das Gefühl gegeben hätte, sie hätten eine Spur zuviel Parfüm aufgelegt. Aber Edwards war nie bei der Kavallerie gewesen. Er war aus Oxford zur Truppe gekommen.

»Ich glaube, Sie kennen Chris Appleyard noch nicht«, sagte Edwards, als der hochgewachsene Amerikaner die Hand ausstreckte. Er hatte das lederne Aussehen eines texanischen Cowboys, kam aber in Wirklichkeit aus Boston. Das lederne Aussehen hatte seinen Grund in den Camels, von denen er eine an der anderen ansteckte. Sein Gesicht war nicht sonnengebräunt, sondern nur halb durchgebraten. Deswegen also, ging es McCready durch den Kopf, wird im Freien gegessen. Edwards wollte vermutlich nicht, daß seine Canalettos einen Nikotinüberzug bekamen.

»Schätzungsweise nicht«, sagte Appleyard. »Freut mich, Sie kennenzulernen, Sam. Ihre Ruf ist mir bekannt.«

McCready wußte nach dem Namen und von Fotos, an die er sich erinnerte, wen er vor sich hatte: den stellvertretenden Chef der Europaabteilung der CIA. Die Frau in dem dritten Korbsessel beugte sich nach vorne und streckte eine Hand aus.

»Hallo, Sam, wie geht's Ihnen in der letzten Zeit?«

Claudia Stuart, noch mit vierzig eine toll aussehende Frau. Sie hielt seinen Blick und seine Hand eine Winzigkeit länger als nötig fest.

»Großartig, danke, Claudia. Einfach großartig.«

Aus ihren Augen sprach, daß sie ihm das nicht abnahm. Keine Frau, mit der einmal ein Mann das Bett geteilt hat, schätzt die Vorstellung, daß dieser sich von dem Erlebnis je wieder ganz erholen könnte.

Jahre vorher, in Berlin, hatten sie eine kurze, aber leidenschaftliche Affäre gehabt. Sie gehörte damals der West-Berliner CIA-Filiale an; er war zu Besuch in der Stadt. Er hatte ihr nie erzählt, was ihn nach Berlin geführt hatte. Tatsächlich warb er den damaligen Oberst Pankratin an. Das erfuhr sie erst später, als sie Pankratin übernahm.

Die Körpersprache war Edwards nicht entgangen. Er überlegte, was sich dahinter verbergen mochte, und tippte richtig. Immer wieder erstaunte es ihn, daß Frauen Sam offenbar sympathisch fanden. Er war doch so ... zerknautscht. Es wurde gemunkelt, daß etliche der jungen Dinger im Century House ihm gern die Krawatte zurechtrücken, einen Knopf annähen würden – oder auch mehr. Er fand das unerklärlich.

»Es tut mir leid, daß May gestorben ist.«

»Danke«, sagte McCready. May. Seine Frau. Drei Jahre waren seit ihrem Tod vergangen. May, die in den frühen Jahren all die langen Nächte auf ihn gewartet hatte, die immer dagewesen war, wenn er von seinen Ausflügen hinter den Eisernen Vorhang nach Hause kam, die nie eine Frage gestellt, sich nie beklagt hatte. Die Multiple Sklerose ist eine Krankheit, die rasch oder langsam zum Tod führen kann. In Mays Fall war es rasch gegangen. Schon nach einem Jahr war sie an den Rollstuhl gefesselt gewesen, zwei Jahre später gestorben. Seither lebte er in der Wohnung in Kensington allein. Gottlob war ihr gemeinsamer Sohn im College gewesen und nur zum Begräbnis nach Hause geholt worden. Er hatte nicht mitbekommen, wie sehr sein Vater litt, wie verzweifelt er war.

Ein Butler – hier muß es doch einen Butler geben, dachte McCready – erschien mit einem Glas Champagner auf einem Tablett. McCready zog eine Augenbraue hoch. Edwards flüsterte dem Butler etwas ins Ohr, der daraufhin verschwand und mit einem Humpen Bier zurückkehrte. McCready nahm einen kleinen Schluck davon. Sie beobachteten ihn. Lager. Modegesöff. Ein ausländisches Produkt. Er seufzte. Ein bitteres Ale, Zimmertemperatur, nach schottischem Malz und Hopfen aus Kent duftend, wäre ihm lieber gewesen.

»Wir haben ein Problem, Sam«, sagte Appleyard. »Claudia, erklären Sie es doch Sam.«

»Pankratin«, sagte Claudia. »Erinnern Sie sich an ihn?«

McCready hielt den Blick auf seinen Bierhumpen gerichtet und nickte.

»In Moskau haben wir ihn in der Hauptsache über tote Briefkästen gesteuert, par distance. Sehr wenig Kontakte. Phantastisches Material und sehr teure Entlohnung. Aber kaum persönliche Begegnungen. Jetzt hat er eine Nachricht geschickt. Eine dringliche Nachricht.«

Schweigen ringsum. McCready hob den Blick und starrte Claudia an.

»Er behauptet, er hätte ein nicht registriertes Exemplar des Aufmarschplans der sowjetischen Armee in die Hand bekommen. Für die Westfront in ihrer ganzen Ausdehnung. Wir brauchen es, Sam, wir brauchen es unbedingt.«

»Dann holt es euch doch«, sagte McCready.

»Diesmal will er keinen toten Briefkasten benutzen. Er sagt, es ist zu umfangreich. Zu auffällig. Er will es nur jemandem übergeben, den er kennt und dem er vertraut. Er möchte Sie.«

»In *Moskau?*«

»Nein, in Ostdeutschland. Er tritt demnächst eine Inspektionsreise an. Die dauert eine Woche. Er möchte, daß die Übergabe in Thüringen stattfindet. Seine Rundreise wird ihn nach Süden und Westen führen, über Cottbus, Dresden, Karl-Marx-Stadt und weiter nach Gera und Erfurt. Er möchte das Material am Dienstag- oder Mittwochvormittag übergeben. Er kennt sich in der Gegend nicht aus. Er möchte Parkplätze benützen. Alles übrige hat er schon genau geplant; wie er sich absetzen und die Sache abwickeln kann.«

»Ich glaube, ich sollte darauf hinweisen, daß Sam das nicht übernehmen kann«, mischte sich Edwards ein. »Ich habe darüber bereits mit dem Chef gesprochen, und er ist auch meiner Meinung. Sam ist vom Staatssicherheitsdienst zum Abschuß freigegeben.«

Claudia zog eine Augenbraue hoch.

»Sie werden ihn verhören und erschießen«, fügte Edwards überflüssigerweise hinzu. Appleyard stieß einen Pfiff aus.

»*Boy*, das ist gegen die Regeln. Sie müssen die ganz schön aufgescheucht haben.«

»Man tut, was man kann«, sagte McCready wehmütig. »Übrigens, wenn ich nicht in Frage komme, gibt es einen Mann, der die Sache übernehmen könnte. Timothy und ich haben letzte Woche im Club über ihn gesprochen.«

Edwards hätte sich beinahe an seinem Champagner verschluckt.

»Poltergeist? Aber Pankratin hat doch erklärt, daß er das Material nur jemandem aushändigen wird, den er kennt.«

»Er kennt Poltergeist. Erinnern Sie sich, daß ich Ihnen erzählt habe, wie er mir in der Anfangszeit geholfen hat? Anno 81, als ich ihn angeworben habe, mußte Poltergeist auf ihn aufpassen, bis ich dort ankam. Er mag Poltergeist übrigens. Er würde ihn wiedererkennen und ihm das Material aushändigen.«

Edwards schob das seidene Halstuch zurecht.

»Also in Gottes Namen, Sam. Aber das ist das letzte Mal.«

»Die Sache ist gefährlich, höchst riskant. Ich möchte eine Belohnung für ihn. Zehntausend Pfund.«

»Einverstanden«, sagte Appleyard, ohne zu zögern. Er zog ein Blatt Papier aus der Tasche. »Hier sind die Details, die Pankratin für die Übergabe angegeben hat«, sagte er. »Zwei Treffpunkte müssen vereinbart werden. Der zweite für den Notfall. Können Sie uns in vierundzwanzig Stunden die Parkplätze angeben, die Sie ausgesucht haben? Wir werden ihn darüber informieren.«

»Ich kann Poltergeist nicht zwingen hinüberzugehen«, sagte McCready warnend. »Er ist ja kein Mitarbeiter von uns, sondern operiert unabhängig.«

»Versuchen Sie es, Sam, versuchen Sie bitte Ihr Bestes«, sagte Claudia. McCready stand auf.

»Übrigens, dieser ›Dienstag‹ – welcher ist damit gemeint?«

»Übermorgen in einer Woche«, sagte Appleyard. »In genau acht Tagen.«

»Mein Gott!« sagte McCready.

2

Montag

Sam McCready brütete den größten Teil des Tages über Landkarten und Luftaufnahmen. Er suchte alte Freunde auf, die noch in der Ostdeutschland-Abteilung beschäftigt waren, und bat sie um ein paar Gefälligkeiten. Obwohl sie ihren Bereich eifersüchtig hüteten, fügten sie sich – er hatte Vollmacht. Auch waren sie klug genug, den Chef von *DD and P* nicht zu fragen, was er im Schilde führte.

Bis zum Nachmittag hatte er zwei geeignete Treffpunkte ausfindig gemacht. Der eine war ein schwer einzusehender Parkplatz an der Staatsstraße 7 in der DDR, die in ost-westlicher Richtung parallel zur E40 verläuft. Die kleinere Straße verbindet die Industriestadt Jena mit dem mehr ländlichen Weimar und führt von dort aus zu dem ungegliedert ins Land wuchernden Stadtgebiet von Erfurt. Der erste Parkplatz, für den McCready sich entschied, war westlich von Jena, dicht bei der Stadt, der zweite war an derselben Straße, aber auf halbem Weg zwischen Weimar und Erfurt, keine fünf Kilometer von dem sowjetischen Militärstützpunkt in Nohra entfernt.

Falls der russische General am folgenden Dienstag und Mittwoch auf seiner Inspektionsfahrt irgendwo zwischen Jena und Erfurt sein sollte, hätte er es bis zu den beiden Treffpunkten nicht weit. Um fünf Uhr berichtete McCready telefonisch Claudia Stuart in der amerikanischen Botschaft am Grosvenor Square über die Treffpunkte, die er ausgesucht hatte. Eine verschlüsselte Nachricht ging zur CIA-Zentrale in Langley, im amerikanischen Bundesstaat Virginia, ab, wo McCreadys Vorschläge gebilligt wurden. Anschließend wurde Pankratins Führungsoffizier in Moskau davon in Kenntnis gesetzt. Die Nachricht landete am frühen Morgen des nächsten Tages in einem toten Briefkasten hinter einem gelockerten Ziegelstein in einer Mauer des Friedhofs des Nowodewitschi-Klosters, und vier Stunden später holte General Pankratin sie auf seinem Weg ins Ministerium ab.

Noch vor Sonnenuntergang schickte McCready eine chiffrierte Nachricht an den Chef der SIS-Filiale in Bonn, der sie las und anschließend vernichtete. Dann hob er den Telefonhörer zu einem Ortsgespräch ab.

Um sieben Uhr am Abend dieses Tages kam Bruno Morenz nach Hause. Er hatte sein Abendessen zur Hälfte verzehrt, als seiner Frau plötzlich etwas einfiel.

»Dein Zahnarzt hat angerufen. Dr. Fischer.«

Morenz hob den Kopf und starrte dann auf den erkaltenden Fraß vor ihm.

»Ach Gott!«

»Er hat gesagt, er müßte sich diese Plombe noch mal ansehen. Morgen. Ob du um sechs in seine Praxis kommen könntest.«

Sie vertiefte sich wieder in das abendliche Quiz auf dem Fernsehschirm. Bruno konnte nur hoffen, daß sie die Nachricht präzise verstanden hatte. Sein Zahnarzt hieß nicht Dr. Fischer. Und es gab zwei Kneipen, wo sich McCready möglicherweise mit ihm treffen wollte. Die eine hieß »Praxis«, die andere »Klinik«. Und sechs bedeutete ein Uhr mittags.

Dienstag

McCready ließ sich von Denis Gaunt nach Heathrow fahren, wo er die Morgenmaschine nach Köln nehmen wollte.

»Morgen abend bin ich wieder da«, sagte er. »Passen Sie für mich gut auf den Laden auf.«

Er traf, nur mit einer Aktentasche als Gepäck, auf dem Kölner Flughafen ein, passierte rasch Paßkontrolle und Zollabfertigung, nahm ein Taxi und wurde kurz nach elf vor dem Opernhaus abgesetzt. Die nächsten vierzig Minuten wanderte er um den Platz herum, die

Kreuzgasse hinunter und durch die belebte Fußgängerzone in der Schildergasse. Er blieb vor vielen Schaufenstern stehen, machte plötzlich kehrt, betrat ein Geschäft durch den Vordereingang und verließ es durch den Hinterausgang. Fünf Minuten vor zwölf, nun sicher, daß ihm kein »Schatten« folgte, bog er in die schmale Krebsgasse ein und ging auf die altdeutsche Bar zu, über deren Eingang der Name in goldenen Frakturlettern stand. Die kleinen Buntglasfenster sorgten dafür, daß es im Innern düster war. Er setzte sich an einen Ecktisch am anderen Ende, bestellte ein Glas Dortmunder Bier und wartete. Fünf Minuten später ließ sich die massige Gestalt von Bruno Morenz auf dem Stuhl gegenüber nieder.

»Lange nicht gesehen, alter Freund«, sagte McCready.

Morenz nickte.

»Was möchten Sie von mir, Sam?«

McCready sagte es ihm. Es nahm zehn Minuten in Anspruch. Morenz schüttelte den Kopf.

»Sam, ich bin jetzt zweiundfünfzig und gehe bald in Pension. Ich habe Pläne geschmiedet. Früher war das anders, aufregend. Jetzt aber, wenn ich ehrlich bin, machen mir die Typen da drüben Angst.«

»Mir auch, Bruno. Ich würde hinübergehen, wenn ich könnte. Aber wenn sie mich erwischen, ist es aus mit mir. Sie sind ein unbeschriebenes Blatt. Es ist eine schnelle Sache – morgens hinüber, bei Einbruch der Nacht wieder zurück. Selbst wenn es beim erstenmal nicht klappt, sind Sie am Tag darauf zurück, nachmittags. Sie bieten zehntausend Pfund an, bar auf die Hand.«

Morenz starrte ihn an.

»Das ist eine hübsche Summe – es muß doch andere geben, die sie nehmen würden. Warum gerade ich?«

»Er kennt Sie. Er mag Sie. Er wird nicht kehrtmachen, wenn er sieht, daß Sie an meiner Stelle gekommen sind. Es fällt mir sehr schwer, Sie darum bitten zu müssen, aber es ist wirklich für mich. Das letzte Mal, ich schwöre es Ihnen. Tun Sie's in Erinnerung an die alten Zeiten.«

Bruno Morenz trank sein Glas aus und stand auf.

»Ich muß zurück ... also gut, Sam. Ihnen zuliebe. Wegen der alten Zeiten. Aber danach steige ich aus, verlassen Sie sich darauf. Endgültig.«

»Sie haben mein Wort, Bruno. Nie wieder. Vertrauen Sie mir. Ich werde Sie nicht enttäuschen.«

Sie verabredeten, sich am folgenden Montag im Morgengrauen wieder zu treffen. Bruno Morenz kehrte in sein Büro zurück. McCready wartete zehn Minuten, spazierte dann zum Taxistand an der Tunisstraße und ließ sich nach Bonn fahren. Den Rest des Tages und den Mittwoch verbrachte er damit, mit der Bonner Filiale alles zu besprechen, was er brauchte. Es gab eine Menge zu tun, und die Zeit war knapp.

Zwei Zeitzonen voraus, in Moskau, wurde Majorin Ludmilla Wanawskaja kurz nach dem Mittagessen von General Schaljapin zu dem Gespräch empfangen, um das sie ersucht hatte. Er saß hinter seinem Schreibtisch und las ihr Dossier sorgfältig, ein kahlköpfiger, grüblerischer sibirischer Bauer, der den Eindruck von Entschlossenheit und Schlauheit vermittelte. Als er mit der Lektüre fertig war, schob er ihr das Schriftstück wieder zu.

»Indizien«, sagte er. Er brachte seine Untergebenen gern in die Situation, daß sie ihre Behauptungen verteidigen mußten. In den alten Zeiten, und aus denen stammte General Schaljapin noch, hätte das Material da vor ihm ausgereicht. In der Lubjanka war immer noch Platz. Doch die Zeiten hatten sich geändert und änderten sich noch immer.

»Bislang, Genosse General«, räumte Ludmilla Wanawskaja ein. »Aber eine Fülle von Indizien. Die SS-20-Raketen in Ostdeutschland vor zwei Jahren – die Yanks haben zu rasch davon Wind bekommen.«

»In Ostdeutschland wimmelt es von Spionen und Verrätern. Die Amerikaner haben Satelliten, RORSATS ...«

»Die Bewegungen der Roten Flotte, die in den nördlichen Häfen liegt. Die Imperialisten wissen offenbar immer...«

Schaljapin mußte über den Eifer der jungen Frau lächeln. Er schätzte es nie gering, wenn die Mitglieder seines Stabs Wachsamkeit zeigten, dafür waren sie ja da. Doch selbst er sprach nicht mehr von Imperialisten, wenn er NATO-Streitkräfte meinte. Das war Komsomol-Gerede, für Jugendliche mit strahlenden Augen, die die Regeln des Überlebens noch nicht gelernt hatten.

»Vielleicht gibt es eine undichte Stelle«, räumte er ein. »Oder auch mehrere. Nachlässigkeit, Gequatsche, eine Gruppe kleiner Agenten. Aber Sie glauben, es handelt sich um einen bestimmten Mann...«

»Um diesen Mann.« Sie beugte sich nach vorne und klopfte mit einem Finger auf das Foto, das oben an dem Dossier befestigt war.

»Warum? Warum er?«

»Weil er immer an Ort und Stelle ist.«
»In der Nähe«, korrigierte er sie.
»In der Nähe. Im Umfeld, auf demselben Schauplatz. Jederzeit verfügbar.«

General Schaljapin hatte sich lange Zeit über Wasser gehalten und gedachte, das noch etliche Jahre fortzusetzen. Im vergangenen März war ihm klargeworden, daß sich so manches verändern würde. Nach dem Tod eines weiteren Greises, Tschernenko, war Michail Gorbatschow rasch und einmütig zum Generalsekretär gewählt worden. Er war jung, tatkräftig und würde sich möglicherweise lange im Amt halten. Er wollte Reformen. Schon hatte er begonnen, die Partei von Elementen zu säubern, die allzu offensichtlich nutzloser Ballast waren.

Schaljapin kannte die Regeln. Selbst ein Generalsekretär konnte sich immer nur eine der drei Säulen des sowjetischen Staates zum Feind machen. Wenn er sich die alte Garde der Partei vornahm, mußte er dafür sorgen, daß ihm KGB und Armee gewogen blieben. Schaljapin beugte sich über den Schreibtisch und richtete einen pummeligen Zeigefinger auf die Majorin, deren Gesicht sich gerötet hatte.

»Ich kann aufgrund dieses Materials nicht die Verhaftung eines hochrangigen Stabsoffiziers anordnen. Noch nicht. Etwas Handfesteres, ich brauche etwas Handfestes, einen winzigen, aber stichhaltigen Beweis!«

»Erlauben Sie, daß ich ihn überwachen lasse«, drängte Ludmilla Wanawskaja.

»Diskret überwachen.«

»Gut, Genosse General, diskret überwachen.«

»Dann bin ich einverstanden. Ich werde Ihnen die Leute zur Verfügung stellen.«

Mittwoch

«Nur ein paar Tage, Herr Direktor. Eine kurze Pause statt eines richtigen Sommerurlaubs. Ich würde gern mit meiner Frau und meinem Sohn ein paar Tage wegfahren. Übers Wochenende bis einschließlich Mittwoch.«

Dieter Aust war in Gönnerlaune. Außerdem wußte er natürlich, daß seinen Untergebenen ihr Sommerurlaub zustand. Es überraschte ihn sowieso immer wieder, wie wenig Urlaub Morenz nahm. Vielleicht konnte er es sich nicht leisten.

»Fünf Tage, das ist kein Problem. Wenn Sie es uns vielleicht ein bißchen früher gesagt ... aber nein, es geht schon in Ordnung. Ich werde Fräulein Keppel bitten, den Dienstplan entsprechend abzuändern.«

Als Bruno Morenz am Abend dieses Tages nach Hause kam, erzählte er seiner Frau, er müsse eine fünftägige Dienstreise antreten.

»Das Wochenende und bis einschließlich nächsten Mittwoch«, sagte er. »Mein Direktor möchte, daß ich ihn begleite.«

»Das ist aber nett«, sagte sie und starrte gebannt auf den Fernsehschirm.

In Wahrheit plante Morenz, ein langes, genußreiches, romantisches Wochenende mit Renate zu verbringen, den Montag Sam McCready und der Einweisung in seine Aufgabe zu widmen und am Dienstag über die Grenze in die DDR zu gehen. Selbst wenn er wegen des zweiten Treffens die Nacht in der DDR verbringen mußte, würde er am Mittwochabend wieder im Westen sein und konnte die Nacht durch fahren, so daß er am Donnerstag rechtzeitig zum Arbeitsbeginn in Köln war. Dann würde er um seine Frühpensionierung einkommen, den September über seine Arbeit abwickeln, sich von seiner Frau trennen und mit Renate nach Bremerhaven abreisen. Er hatte seine Zweifel, ob Irmtraut sich viel daraus machen würde; sie bemerkte ja kaum, ob er da war oder nicht.

Donnerstag

Majorin Wanawskaja gab einen sehr undamenhaften Kraftausdruck von sich und knallte den Hörer auf die Gabel. Ihr Überwachungsteam war versammelt, bereit, ihr Objekt, den Stabsoffizier, zu beschatten. Zunächst einmal mußte sie aber ungefähr wissen, wie sein üblicher Tagesablauf aussah. Um das herauszufinden, hatte sie Kontakt zu einem der zahlreichen Spitzel des Dritten Direktorats des KGB innerhalb des militärischen Nachrichtendienstes, des GRU, aufgenommen.

Obwohl der KGB und sein militärisches Pendant, der GRU, oft

miteinander auf Kriegsfuß standen, bestand wenig Zweifel, wer von beiden der Hund und wer der Schwanz war. Der KGB war ungleich mächtiger und hatte seine Vorrangstellung noch verstärkt, seit in den frühen sechziger Jahren ein GRU-Oberst namens Oleg Penkowsky so viele sowjetische Geheimnisse verraten hatte wie noch kein anderer Überläufer vor ihm. Seitdem hatte das Politbüro es dem KGB erlaubt, scharenweise eigene Leute in den GRU einzuschleusen. Obwohl sie Uniform trugen und Tag und Nacht mit den Militärs Umgang hatten, waren sie dem KGB zutiefst ergeben. Die echten GRU-Offiziere wußten, woher die anderen kamen, und versuchten sie möglichst abzudrängen, was jedoch nicht immer ganz einfach war.

»Tut mir leid, Majorin«, hatte der junge KGB-Mann innerhalb des GRU zu ihr am Telefon gesagt. »Die Reisegenehmigung liegt hier vor mir. Ihr Mann tritt morgen eine Inspektionsfahrt zu unseren wichtigsten Garnisonen in Deutschland an. Ja, ich habe seinen Terminplan hier.«

Er hatte ihn ihr diktiert, ehe sie auflegte. Eine Weile saß sie in Gedanken versunken da, und dann kam sie selbst um die Genehmigung ein, die Leute vom Dritten Direktorat in der KGB-Zentrale in Ost-Berlin besuchen zu dürfen. Zwei Tage dauerte es, bis der Antrag abgesegnet war. Sie sollte am Samstagvormittag nach Deutschland abfliegen.

Freitag

Bruno Morenz ließ es sich angelegen sein, seine Arbeit an diesem Tag möglichst rasch hinter sich zu bringen, um früh aus dem Büro loszukommen. Da er seinen Pensionierungsantrag einreichen wollte, sobald er in der Mitte der kommenden Woche zurück war, räumte er sogar ein paar Schreibtischschubladen aus. Seine letzte »Hausarbeit« galt seinem kleinen Bürotresor. Die Papiere, die durch seine Hände gingen, hatten eine so niedrige Geheimhaltungsstufe, daß er den Tresor kaum je benutzte. Die Schubladen seines Schreibtisches ließen sich abschließen, die Bürotür wurde abends immer abgesperrt und das Gebäude sorgfältig bewacht. Trotzdem sortierte er die paar Papiere in dem Tresor. Ganz unten unter all dem Zeug lag seine Dienstwaffe, eine automatische Pistole.

Die Walther PPK war staubbedeckt. Er hatte sie seit dem vorgeschriebenen Probeschießen vor Jahren auf dem Schießgelände in Pullach nie mehr in die Hand genommen. Aber sie war derart verstaubt, daß er fand, sie gehörte eigentlich gesäubert, bevor er sie in der kommenden Woche zurückgab. Seine Reinigungsutensilien waren bei ihm zu Hause in Porz. Zehn vor fünf steckte er die Waffe in eine Seitentasche seines Leinensakkos und verließ das Büro.

Als er im Lift nach unten ins Erdgeschoß fuhr, schlug die Pistole so schmerzhaft gegen die Hüfte, daß er sie in den Hosenbund klemmte und das Sakko darüber zuknöpfte. Er lächelte bei dem Gedanken, daß er das Schießeisen Renate zum erstenmal zeigen würde. Vielleicht würde sie dann glauben, was für einen bedeutenden Posten er bekleidete. Nicht, daß das wichtig wäre. Sie liebte ihn ja sowieso.

Er machte ein paar Einkäufe in der Innenstadt, bevor er nach Hahnwald hinausfuhr – ein paar Kalbsschnitzel, frisches Gemüse, eine Flasche Bordeaux. Er würde ihr und sich ein schnuckeliges Abendessen kochen; es machte ihm Spaß, in der Küche zu stehen. Sein letzter Einkauf war ein riesiger Blumenstrauß.

Er parkte seinen Opel Kadett um die Ecke – wie immer – und ging zu Fuß zu ihrem Haus. Er hatte ihr nicht übers Autotelefon angekündigt, daß er bald da sein werde, denn er wollte sie überraschen. Mit den Blumen. Das würde ihr eine Freude machen. Er hatte einen eigenen Schlüssel zu ihrer Wohnung.

Er schloß leise auf, um die Überraschung perfekt zu machen. In der Diele herrschte Stille. Er öffnete den Mund und wollte schon rufen: »Renate, Schätzchen, ich bin's...«, als er hörte, wie sie schallend lachte. Er lächelte. Sie sah sich sicher einen Trickfilm im Fernsehen an. Er steckte den Kopf ins Wohnzimmer. Niemand da. Wieder war das Lachen zu hören, vom Schlafzimmer her. Er fuhr zusammen, als ihm klar wurde, was für einen dummen Fehler er gemacht hatte: Vielleicht war ein Kunde bei ihr. Und dann wurde ihm klar, daß sie, wenn sie einen Freier bei sich hatte, im »Arbeitsschlafzimmer« war, bei geschlossener Tür, und die Tür war schalldicht. Schon wollte er rufen, als er jemand anderen lachen hörte, und dieser Jemand war ein Mann. Morenz trat von der Diele in den Korridor.

Die Tür zum großen Schlafzimmer stand ein paar Zentimeter offen, und der Spalt wurde zum Teil dadurch verdeckt, daß die Türen des großen Schranks ebenfalls offenstanden. Auf dem Fußboden lagen Mäntel verstreut.

»Was für ein Arschloch«, sagte der Mann. »Bildet der sich wirklich ein, daß du ihn heiraten wirst?«

»Bis über beide Ohren verliebt, vernarrt, der Blödmann. Schau ihn dir nur an.« Das war ihre Stimme.

Morenz legte die Blumen und die eingekauften Lebensmittel ab und ging weiter den Flur entlang. Er war einfach verwirrt. Er machte die Schranktüren leise zu, um daran vorbeizukommen, und schob die Tür mit dem Fuß weiter auf.

Renate saß am Rand des riesigen Betts und rauchte eine Marihuanazigarette. In der Luft hing schwer der Duft von Cannabis. Auf dem Bett rekelte sich ein Mann, den Morenz noch nie gesehen hatte, jung, hager, sportlich, in Jeans und einer ledernen Motorradjacke. Die beiden bemerkten, daß die Tür sich bewegte, und sprangen vom Bett hoch, der Mann mit einem Satz, so daß er hinter Renate auf die Füße kam. Er hatte ein gemeines Gesicht und schmutzig-blondes Haar. Was ihren privaten Geschmack betraf, bevorzugte Renate anscheinend den Typ, der als »Brutalo« bekannt war, und dieser, ihr fester Freund, hätte gar nicht brutaler aussehen können.

Morenz' Blick fixierte noch immer den Videofilm auf dem Fernsehapparat hinter dem Fußende des Bettes. Kein älterer Mann wirkt bei einer Bettszene sehr würdevoll, und schon gar nicht, wenn es bei ihm nicht klappt. Mit wachsender Scham und Verzweiflung beobachtete er sein eigenes Bild auf dem Fernsehschirm. Renate war ebenfalls zu sehen, sie blickte hin und wieder über seinen Rücken in die Kamera und machte geringschätzige Gesten. Das war offenbar die Ursache des Gelächters gewesen.

Renate, die vor ihm stand, war beinahe splitternackt, aber sie erholte sich sehr schnell von ihrer Überraschung. Ihr Gesicht rötete sich vor Wut. Als sie sprach, tat sie es nicht in den Tönen, die er gewohnt war, sondern sie kreischte wie ein Fischweib.

»Was hast du denn hier zu suchen, du Scheißkerl?«

»Ich wollte dir eine Überraschung bereiten«, murmelte er.

»Ja, das hast du geschafft, du Scheißkerl. Und jetzt verpiß dich. Fahr nach Hause zu deinem beschissenen Kartoffelsack in Porz!«

Morenz holte tief Luft.

»Daß du mir nichts gesagt hast, das tut wirklich weh«, sagte er. »Du hättest mich nicht so zum Idioten machen dürfen. Denn ich habe dich wirklich geliebt.«

Ihr Gesicht war wutverzerrt. Sie spuckte die Worte förmlich aus.

»Dazu brauchst du mich nicht. Du bist ein Idiot. Ein fetter, alter Idiot. Im Bett und auch sonst. Und jetzt hau ab!«

Er schlug zu. Es war kein Faustschlag, sondern eine Ohrfeige mit der flachen Hand. Irgend etwas in ihm zersprang, und er ohrfeigte sie. Sie verlor das Gleichgewicht. Morenz war ein kräftiger Mann, und die Wucht des Schlages streckte sie zu Boden. Was dem blonden Typ durch den Kopf gegangen war, wurde Bruno Morenz nie klar. Ohnehin wollte er nichts wie weg von hier. Aber der Zuhälter griff in seine Lederjacke. Anscheinend war er bewaffnet. Morenz riß die PKK aus dem Hosenbund. Er glaubte, sie sei gesichert, was sie auch hätte sein sollen. Er wollte den Luden dazu bringen, daß er die Arme hob und ihn gehen ließ. Aber der Zuhälter zerrte noch immer an seiner Jacke. Morenz drückte ab. Mochte die Walther auch verstaubt sein – sie funktionierte.

Auf dem Schießgelände war Morenz außerstande gewesen, ein Scheunentor zu treffen. Und er war seit Jahren nicht mehr auf dem Schießstand gewesen. Wirkliche Meisterschützen üben beinahe täglich. Anfängerglück – die Kugel traf den Luden aus fünf Metern direkt ins Herz. Sie riß ihn um, auf seinem Gesicht erschien ein ungläubiger Ausdruck. Aber ob es nun eine rein motorische Reaktion war oder nicht, seine Rechte, eine Beretta umklammernd, hob sich weiter. Morenz feuerte noch einmal. Ausgerechnet in diesem Augenblick rappelte sich Renate vom Boden hoch. Die zweite Kugel traf ihren Hinterkopf. Die gepolsterte Tür war während der Auseinandersetzung zugefallen, so daß kein Geräusch nach außen drang.

Morenz stand mehrere Minuten da und starrte auf die beiden Toten. Er war wie betäubt, es schwindelte ihm leicht. Schließlich verließ er das Zimmer und zog hinter sich die Tür ins Schloß, sperrte sie aber nicht ab. Trotz seines verwirrten Zustands fragte er sich, als er über die winterlichen Kleidungsstücke im Korridor zu steigen begann, warum sie da auf dem Boden lagen. Er blickte in den Schrank und bemerkte, daß die Rückwand anscheinend locker war. Er zog sie zu sich her...

Bruno Morenz verbrachte noch eine weitere Viertelstunde in der Wohnung und verließ sie dann. Er nahm das Videoband, das ihn selbst zeigte, die eingekauften Lebensmittel, die Blumen und eine Leinentasche mit, die ihm nicht gehörte. Später konnte er sich nicht erklären, warum er das getan hatte. Zwei Meilen von Hahnwald entfernt warf er die Lebensmittel, den Wein und die Blumen jeweils in eine andere Mülltonne am Straßenrand. Dann fuhr er beinahe eine Stunde weiter, warf das Videoband und seine Waffe von der Severinbrücke in den Rhein und verließ das Stadtgebiet von Köln, deponierte die Leinentasche in einem Schließfach und schlug schließlich die Richtung nach Hause ein. Seine Frau sagte kein Wort, als er um halb zehn ins Wohnzimmer trat.

»Meine Reise mit unserem Direktor ist verschoben worden«, sagte er. »Ich werde statt dessen ganz früh am Montagmorgen wegfahren.«

»Das ist aber nett«, sagte sie.

Manchmal dachte er, er könnte an irgendeinem Abend aus dem Büro nach Hause kommen, erklären, er sei kurz nach Bonn gefahren und habe Bundeskanzler Kohl erschossen, und sie würde auch dann noch sagen: »Das ist aber nett.«

Sein Abendessen war ungenießbar, und so rührte er es nicht an.

»Ich gehe was trinken«, sagte er. Sie nahm sich noch eine Praline, bot Lutz eine an, und dann starrten sie weiter auf den Bildschirm.

An diesem Abend betrank sich Bruno Morenz. Ganz allein. Er bemerkte, daß seine Hände heftig zitterten, und immer wieder brach ihm der Schweiß aus. Er glaubte, daß eine Sommergrippe im Anzug sei. Er war kein Psychiater und kannte auch keinen, weshalb ihm niemand sagen konnte, daß er einem kompletten Nervenzusammenbruch entgegentrieb.

Sonnabend

Majorin Wanawskaja traf auf dem Flugplatz Berlin-Schönefeld ein und wurde in einem nicht gekennzeichneten Wagen zur KGB-Zentrale in Ost-Berlin gefahren. Sie erkundigte sich sofort nach dem Aufenthaltsort des Mannes, den sie jagte. Er befand sich in Cottbus und war mit einem Militärkonvoi und umgeben von Armeeoffizieren auf dem Weg nach Dresden – für sie unerreichbar. Am Sonntag würde er in Karl-Marx-Stadt, am Montag in Zwickau und am Dienstag in Jena eintreffen. Ihr Überwachungsauftrag schloß die DDR nicht ein. Er konnte zwar erweitert werden, aber das würde Schreibereien erforderlich machen. Immer dieser elende Papierkram, dachte sie ärgerlich.

Sonntag

Sam McCready traf wieder in Deutschland ein und konferierte während des folgenden Tages mit dem Chef der Bonner SIS-Filiale. Am Abend nahm er den BMW und die Wagenpapiere in Empfang und fuhr nach Köln. Im Holiday Inn Hotel am Flughafen nahm er ein Zimmer für zwei Nächte und zahlte im voraus.

Montag

Bruno Morenz stand viel früher auf als seine Angehörigen, packte einen kleinen Handkoffer, obwohl er wußte, daß er ihn nicht brauchen würde, und verließ leise das Haus. Gegen sieben Uhr an diesem klaren Septembermorgen erreichte er das Holiday Inn und suchte McCready in seinem Zimmer auf. Der Engländer bestellte beim Zimmerservice Frühstück für sie beide, und als der Kellner gegangen war, breitete er eine riesige Autokarte von Deutschland, West und Ost, aus.

»Nehmen wir uns zuerst die Route vor«, sagte er. »Sie fahren morgen früh um vier Uhr von hier ab. Da es eine lange Fahrt wird, lassen Sie sich Zeit, legen Sie Pausen ein. Nehmen Sie die E35 von hier, vorbei an Bonn, Limburg und Frankfurt. Dann auf die E41 und die E45, vorbei an Würzburg und Nürnberg. Nördlich von Nürnberg zweigen Sie nach links auf die E51 ab, an Bayreuth vorbei bis zur DDR-Grenze. Zur Grenzstation an der Saalebrücke. Die Fahrt dauert etwa sechs Stunden. Sie sollten gegen elf dort sein. Ich werde vor Ihnen eintreffen und aus einer verdeckten Position alles beobachten. Fühlen Sie sich denn wohl?«

Morenz schwitzte, obwohl er das Sakko abgelegt hatte.

»Es ist heiß hier im Zimmer«, sagte er. McCready stellte die Aircondition auf »Niedrigtemperatur«.

»Nach der Grenze fahren Sie geradeaus nach Norden bis zum Hermsdorfer Kreuz. Dort biegen Sie nach links auf die E40 ab, die nach Westen führt. Bei Mellingen verlassen Sie die Autobahn und fahren in Richtung Weimar. Dort suchen Sie die Staatsstraße 7 und fahren wieder in westlicher Richtung. Sechs Kilometer westlich von Weimar ist rechts ein Parkplatz ...«

McCready zeigte eine stark vergrößerte fotografische Aufnahme dieses Straßenabschnitts, von einem Flugzeug aus großer Höhe aufgenommen. Morenz sah den kleinen Parkplatz, ein paar Bauernhäuser und sogar die Bäume, die die kiesbedeckte Stelle beschatteten, die als erster Treffpunkt ausgewählt worden war. Mit akribischer Sorgfalt wies McCready ihn in die Prozedur ein, an die er sich halten sollte, und erläuterte ihm, wie und wo er, sollte der erste Übergabeversuch scheitern, die Nacht verbringen und wann und wo er sich zum zweiten Treffen mit Pankratin einfinden sollte. Um zehn Uhr legten sie eine Kaffeepause ein.

Um neun Uhr an diesem Vormittag erschien Frau Popovic zur Arbeit in Renate Heimendorfs Wohnung in Hahnwald. Sie war die Putzhilfe, eine Jugoslawin, die jeden Tag von neun bis elf hier arbeitete. Sie hatte ihre eigenen Schlüssel für Haus- und Wohnungstür. Sie wußte, daß Fräulein Heimendorf gern lange schlief, schloß also immer selbst die Wohnungstür auf und begann mit der Arbeit, wobei sie das Schlafzimmer aussparte, so daß ihre Arbeitgeberin bis halb elf schlummern konnte. Anschließend nahm sie sich immer das Schlafzimmer vor. Den abgesperrten Raum am Ende des Korridors betrat sie nie. Sie hatte die Auskunft akzeptiert, daß in diesem kleinen Zimmer Möbel eingestellt seien. Womit ihre Arbeitgeberin ihr Brot verdiente, davon hatte Frau Popovic keine Ahnung.

An diesem Vormittag begann sie mit der Küche und wandte sich anschließend Diele und Korridor zu. Sie war damit beschäftigt, im Korridor bis zu der Tür am Ende staubzusaugen, als sie auf der Schwelle dieses Zimmers etwas bemerkte, was sie für einen braunen, seidenen Unterrock hielt. Sie wollte ihn aufheben, aber es war kein seidener Unterrock, sondern ein großer, brauner Fleck, eine eingetrocknete Flüssigkeit, die anscheinend unter der Tür durchgesickert war. Sie knurrte ärgerlich wegen der zusätzlichen Arbeit, den Fleck zu beseitigen, und ging, Wasser und eine Bürste holen. Sie arbeitete auf Händen und Knien und stieß plötzlich gegen die Tür. Überraschenderweise bewegte sie sich. Sie drückte die Klinke und stellte fest, daß sie nicht verschlossen war.

Der Fleck widersetzte sich hartnäckig ihren Versuchen, ihn wegzuscheuern, schließlich öffnete sie die Tür, um nachzusehen, was die Ursache war. Sekunden später rannte sie schreiend die Treppe hinunter, hämmerte gegen die Tür der Parterrewohnung, um den pensionierten Buchhändler zu alarmieren, der hier wohnte. Er ging nicht nach oben, rief aber doch unter der Nummer 110 die Polizei an.

Der Anruf ging im Polizeipräsidium am Waidmarkt um 9.31 Uhr

ein. Am Schauplatz des Geschehens traf ein Streifenwagen mit zwei uniformierten Polizisten ein. Einer der beiden Beamten blieb unten bei Frau Popovic, deren sich die Ehefrau des Buchhändlers angenommen hatte, während der andere nach oben ging. Er berührte nichts, ging nur durch den Korridor und schaute durch die halboffene Tür. Er gab einen Pfiff der Verblüffung von sich und ging wieder nach unten, um über den Apparat des Buchhändlers zu telefonieren. Er mußte kein Sherlock Holmes sein, um sich zu sagen, daß es sich hier um einen Fall für die Mordkommission handelte.

Seinen Vorschriften gemäß rief er als erstes den Notarzt an. Dann das Polizeipräsidium. Er schilderte kurz den Sachverhalt und ersuchte um zwei weitere Beamte. Die Nachricht ging hinauf zur Mordkommission im zehnten und elften Stockwerk des grünen, häßlich-funktionalen Betonbaus, der eine ganze Seite des Waidmarkts einnimmt. Ein Kommissar und zwei Polizeimeister wurden mit der Klärung des Falles beauftragt. Die Aufzeichnungen zeigten später, daß die Männer um 10.40 Uhr in der Wohnung in Hahnwald eintrafen, just in dem Augenblick, als der Notarzt wegfuhr.

Er hatte sich die Toten genauer angesehen als der Polizeibeamte, nach Lebenszeichen gesucht, aber sonst nichts berührt und dann die Wohnung verlassen, um seinen amtlichen Bericht abzufassen. Der Kommissar Peter Schiller begegnete dem Arzt auf den Eingangsstufen. Schiller kannte ihn.

»Und was gibt's?« fragte er. Der Arzt hatte nicht die Aufgabe, eine Obduktion durchzuführen, sondern nur die Tatsache des Todes festzustellen.

»Zwei Leichen. Eine männliche, eine weibliche. Die eine bekleidet, die andere unbekleidet.«

»Todesursache?« fragte Schiller.

»Schußverletzungen, würde ich sagen. Die Obduktion wird es zeigen.«

»Tatzeit?«

»Ich bin nicht der Pathologe. Ein bis drei Tage, würde ich sagen. Die Totenstarre ist schon deutlich fortgeschritten. Das ist übrigens inoffiziell. Meine Arbeit ist erledigt. Ich gehe.«

Schiller ging mit einem Beamten die Treppe hinauf. Der andere versuchte, Frau Popovic und den Buchhändler zu Aussagen zu bewegen. Nachbarn begannen zusammenzuströmen. Vor dem Mietshaus standen jetzt drei amtliche Fahrzeuge.

Wie sein uniformierter Kollege stieß Schiller einen leisen Pfiff aus, als er das Bild sah, das sich in dem Schlafzimmer bot. Renate Heimendorf und ihr Zuhälter lagen noch dort, wo sie zusammengebrochen waren, der Kopf der beinahe nackten Frau nahe bei der Tür, über deren Schwelle das Blut aus ihrer Kopfwunde gesickert war. Der Zuhälter war mit dem Rücken gegen das Fernsehgerät gesunken, das Gesicht trug noch den überraschten Ausdruck. Der Apparat war abgeschaltet. Das Bett mit dem schwarzen Seidenlaken zeigte die Abdrücke der beiden Körper.

Schiller bewegte sich sorgfältig durch den Raum und öffnete mehrere Schränke und Schubfächer.

»Eine Nutte«, sagte er, »ein Callgirl oder sowas Ähnliches. Ob die Leute unten wohl Bescheid wissen? Wir werden sie fragen. Ja, wir brauchen sämtliche Mieter. Fangen Sie an, eine Namensliste aufzustellen.«

Der Polizeimeister, Wiechert mit Namen, der gerade hinausgehen wollte, sagte: »Ich habe den Kerl schon mal wo gesehen... Hoppe. Bernhard Hoppe. Bankräuber, glaube ich. Ein abgebrühter Typ.«

In der Wohnung gab es zwei Telefonapparate, aber Schiller benützte keinen von beiden, auch nicht mit übergestreiften Handschuhen. Er hätte Fingerabdrücke verwischen können. Er ging nach unten und bat den Buchhändler, seinen Apparat benutzen zu dürfen. Vorher postierte er noch zwei uniformierte Beamte an der Haustür, einen unten im Hauseingang und einen vierten vor der Wohnungstür.

Er rief seinen Chef, Rainer Hartwig, Leiter der Mordkommission, an und berichtete ihm von den möglichen Verbindungen zur Unterwelt. Hartwig befand es für klüger, seinen eigenen Chef, den Direktor des Kriminalamtes, davon in Kenntnis zu setzen. Wenn Wiechert recht hatte und der Tote auf dem Schlafzimmerboden ein Gangster war, mußten Experten aus anderen Dezernaten, zuständig für Raub und organisierte Erpressung beispielsweise, hinzugezogen werden.

Inzwischen schickte Hartwig den Erkennungsdienst, einen Fotografen und vier Fingerabdruckspezialisten an den Tatort. Auf Stunden hinaus blieb die Wohnung ihnen ganz allein überlassen, bis buchstäblich jeder Abdruck und Kratzer, jede Faser und jedes Partikel, das von Interesse sein konnte, für eine Analyse gesammelt worden waren. Hartwig holte noch acht weitere Männer von ihren

Schreibtischen weg. Viele Leute mußten bei der Suche nach Zeugen befragt werden, die einen Mann oder mehrere Männer hatten kommen oder gehen sehen.

Das Dienstbuch zeigte später, daß der Erkennungsdienst um 11.31 Uhr eintraf und beinahe acht Stunden in der Wohnung blieb.

Zu dieser Stunde trank Sam McCready seine zweite Tasse Kaffee aus und faltete die Landkarte zusammen. Er hatte Morenz sorgfältig in beide Treffen mit Pankratin eingewiesen, ihm das neueste Foto des sowjetischen Generals gezeigt und dargelegt, daß der Mann in der formlosen Arbeitsuniform eines sowjetischen Armeekorporals stekken, eine ins Gesicht gezogene Feldmütze tragen und einen GAZ-Jeep fahren würde. So hatte es der Russe bestimmt.

»Leider nimmt er an, daß er sich mit mir treffen wird. Wir können nur hoffen, daß er sich an Sie aus Berlin erinnert und das Material trotzdem übergibt. So, und jetzt zu dem Wagen. Er steht unten auf dem Parkplatz. Wir machen nach dem Mittagessen eine kleine Tour, damit Sie sich daran gewöhnen.

Es ist eine BMW-Limousine, schwarz, mit Würzburger Nummernschildern. Das hat seinen Grund darin, daß Sie zwar gebürtiger Rheinländer sind, jetzt aber in Würzburg wohnen und arbeiten. Ihre volle Cover-story und die dazugehörigen Papiere gebe ich Ihnen später. Den Wagen mit diesen Kennzeichen gibt es tatsächlich, und er ist eine schwarze BMW-Limousine.

Es ist ein Firmenwagen. Er hat den Grenzübergang an der Saalebrücke schon mehrmals passiert, und so ist zu hoffen, daß man ihn kennt. Die Fahrer waren jedesmal andere, weil es sich ja um einen Firmenwagen handelt. Er war jedesmal nach Jena unterwegs, anscheinend zu den Zeiss-Werken dort. Und er war jedesmal ›clean‹. Aber diesmal ist an ihm eine Veränderung vorgenommen worden. Unter der Batterieplatte befindet sich ein flaches Fach, das nur zu sehen ist, wenn man wirklich danach sucht. Es ist groß genug für das Buch, das Sie von Smolensk erhalten werden.«

(Morenz hatte, weil er nur das Nötigste wissen sollte, nie Pankratins richtigen Namen erfahren. Er wußte nicht einmal, daß der Mann es inzwischen zum Generalmajor gebracht hatte und in Moskau stationiert war. Bei Morenz' letzter Begegnung mit Pankratin in OstBerlin war dieser noch Oberst gewesen und hatte den Decknamen Smolensk getragen.)

»Jetzt essen wir was«, sagte McCready.

Während des Mittagessens, das ihnen auf dem Zimmer serviert wurde, sprach Morenz gierig dem Wein zu. Seine Hände zitterten heftig.

»Fühlen Sie sich nicht wohl?«

»Doch. Es ist nur diese verdammte Sommergrippe. Und ein bißchen Nervosität. Aber das ist nur natürlich.«

McCready nickte. Nervosität war etwas Normales. Bei Schauspielern, bevor sie auf die Bühne gehen. Bei Soldaten vor dem Kampfeinsatz. Bei Agenten vor einem illegalen Ausflug in den Ostblock.

»Gehen wir hinunter zu Ihrem Wagen«, sagte McCready.

In Deutschland passiert nicht viel, wovon die Presse nicht Wind bekommt. Veteran und As unter den Polizeireportern in Köln war und ist noch heute Günther Braun vom *Kölner Stadtanzeiger*. Er saß zu dieser Stunde beim Mittagessen, mit seinem Kontaktmann bei der Polizei, der erwähnte, daß in Hahnwald helle Aufregung herrsche, weil irgend etwas passiert sei.

Kurz vor drei traf Braun zusammen mit seinem Fotografen Walter Schiestel vor dem Haus ein. Er versuchte, sich mit Kommissar Schiller in Verbindung zu setzen, aber dieser war oben im ersten Stock und ließ ausrichten, daß er beschäftigt sei. Er verwies Braun an das Pressebüro des Präsidiums. Eine gewisse Chance. Er würde das Polizeikommuniqué später bekommen. Er begann sich umzuhören, Fragen zu stellen. Dann machte er ein paar Anrufe. Am frühen Abend, rechtzeitig für die Morgenausgabe seiner Zeitung, hatte er seine Story beisammen. Eine gute Story. Rundfunk und Fernsehen würden ihm zwar zuvorkommen und in groben Zügen berichten, aber er wußte, daß er einen Informationsvorsprung hatte.

Oben im ersten Stock war der Erkennungsdienst mit den Leichen fertig geworden. Der Fotograf hatte die Toten aus jedem erdenklichen Winkel aufgenommen und dazu das Bett, den riesigen Spiegel hinter dessen Kopfende, die Gerätschaften in den Schränken und Truhen. Die Lage der Toten wurde mit Kreidelinien markiert, dann wurden sie in Leinensäcken verstaut und zur Obduktion weggebracht. Die Kriminalpolizei brauchte die Todeszeit und die tödlichen Kugeln – und zwar dringend.

Die gesamte Wohnung hatte neunzehn verschiedene Gruppen von Fingerabdrücken erbracht. Drei davon schieden aus, die der beiden Toten und von Frau Popovic, die jetzt im Präsidium war, wo man ihre Fingerabdrücke zu den Akten genommen hatte. Damit blieben sechzehn übrig.

»Vermutlich von den Freiern«, murmelte Schiller.

»Und vom Killer?« bemerkte Wiechert.

»Das bezweifle ich. Mir kommt das Ganze ziemlich profihaft vor. Vermutlich hat er Handschuhe getragen.«

Das Hauptproblem, sinnierte Schiller, bestand nicht im Fehlen eines Motivs, sondern darin, daß es zu viele denkbare Tatgründe gab. War das Mädchen das Opfer, auf das man es abgesehen hatte? Ein empörter Freier, ein Ex-Gatte, eine rachsüchtige Ehefrau, eine Rivalin aus der Branche, ein ergrimmter, abgehalfterter Lude? Oder war sie ein Zufallsopfer und ihr Zuhälter das eigentliche Ziel gewesen? Es hatte sich bestätigt, daß es sich um Bernhard Hoppe handelte, einen Hochstapler, Bankräuber, Gangster, einen ganz üblen Ganoven. War hier eine Rechnung beglichen worden, hatte es sich um ein Drogengeschäft gehandelt, das schiefgegangen war, oder um eine Abrechnung zwischen rivalisierenden Schutzgelderpressern? Schiller hatte das Gefühl, daß das ein haariger Fall werden würde.

Den Aussagen der Mitmieter und der Nachbarn war zu entnehmen, daß niemand von Renate Heimendorfs geheimgehaltenem Gewerbe gewußt hatte. Sie hatte männlichen Besuch empfangen, das schon, aber immer seriöse Leute. Keine nächtlichen Partys, keine lärmende Musik.

Der Erkennungsdienst gab immer mehr Bereiche der Wohnung frei, und so konnte sich Schiller ungehinderter bewegen. Er ging ins Badezimmer. Irgend etwas stimmte nicht damit, aber er kam nicht dahinter, was es war. Kurz nach sieben war das Team des Erkennungsdienstes mit seiner Arbeit fertig, und die Leute riefen ihm zu, daß sie jetzt nach Hause gingen. Er stöberte eine Stunde lang in der Wohnung herum, während Wiechert jammerte, daß er nach Hause zum Abendessen wolle. Kurz nach acht machte Kommissar Schiller für diesen Tag achselzuckend Schluß. Er wollte sich den Fall am nächsten Morgen im Polizeipräsidium wieder vornehmen. Er versiegelte die Wohnungstür, ließ einen uniformierten Beamten unten im Hauseingang zurück, für den Fall, daß – was schon vorgekommen war – der Täter zum Schauplatz des Verbrechens zurückkehrte, und fuhr nach Hause. Irgend etwas an dieser Wohnung ging ihm noch immer nicht aus dem Kopf. Er war ein sehr intelligenter und scharfsichtiger junger Kriminalbeamter.

McCready verbrachte den Nachmittag damit, Bruno Morenz abschließend zu instruieren.

»Sie sind Hans Grauber, fünfzig Jahre alt, verheiratet, drei Kinder. Wie alle stolzen Familienväter tragen Sie Fotos von Ihrer Familie bei sich. Hier ist sie, im Urlaub. Heidi, Ihre Frau, zusammen mit Hans jr., Lotte und Ursula, Uschi genannt. Sie sind bei BKI, Optische Werke in Würzburg, angestellt – die Firma gibt es wirklich, und der Wagen gehört ihr tatsächlich. Zum Glück haben Sie einmal in einem solchen Unternehmen gearbeitet, so daß Sie den Jargon beherrschen, falls das nötig wird.

Sie haben einen Termin beim Leiter für Auslandsverkäufe der Carl-Zeiss-Werke in Jena. Hier ist sein Brief. Das Papier ist echt, und den Mann gibt es auch. Die Unterschrift sieht so aus, als wäre sie von ihm, aber sie ist von uns fabriziert worden. Der Termin ist morgen um 15.00 Uhr. Wenn alles glatt geht, schließen Sie mit ihm einen Auftrag über die Lieferung von Präzisionslinsen ab und kehren am selben Abend in den Westen zurück. Sollten weitere Gespräche notwendig werden, müssen Sie vielleicht über Nacht bleiben. Das ist nur für den Fall, daß die Grenzpolizisten Sie ausquetschen.

Es ist höchst unwahrscheinlich, daß die Grenzpolizei bei Zeiss nachfragt. Der Staatssicherheitsdienst würde es tun, aber mit Zeiss stehen so viele westliche Geschäftsleute in Kontakt, daß einer mehr oder weniger nicht auffällt. So, hier sind Ihr Paß, Briefe von Ihrer Frau, Kreditkarten, Führerschein und ein Schlüsselbund, an dem auch der Zündschlüssel für den BMW hängt. Das wär's.

Sie brauchen nur die Aktentasche und die Reisetasche. Machen Sie sich mit dem Inhalt der Aktentasche vertraut. Das Sicherheitsschloß läßt sich mit der Zahlenkombination Ihres angeblichen Geburtstages, 5.4.34, öffnen.

Die Papiere haben alle mit Ihrem Auftrag zu tun, Zeiss-Produkte für Ihre Firma zu kaufen. Ihre Unterschrift ist ›Hans Grauber‹ in Ihrer eigenen Schrift. Die Kleider und das Necessaire wurden alle in Würzburg gekauft. Die Sachen sind gebraucht und frisch gewaschen, mit Etiketts einer Würzburger Wäscherei. So, alter Freund, und jetzt wird zu Abend gegessen.«

Dieter Aust, der Chef der Kölner BND-Filiale, verpaßte die Abendnachrichten im Fernsehen. Er war zum Essen ausgegangen, was er später bereuen sollte.

Um Mitternacht wurde McCready von Johnson, einem Nachrichtenexperten von der SIS-Filiale in Bonn, in einem Range Rover abgeholt. Dann machten sie sich auf den Weg, um vor Morenz an der Saale zu sein.

Dienstag

Bruno Morenz ließ sich vom Zimmerservice Nachschub bringen und trank weiter. Nach zwei Stunden, um drei Uhr, riß ihn der Wecker neben dem Bett aus einem unruhigen Schlaf. Um vier Uhr verließ er das Holiday Inn, setzte sich in den BMW und fuhr in der Dunkelheit nach Süden, zur Autobahn.

Zur selben Stunde erwachte in Köln Peter Schiller neben seiner schlafenden Frau, und in diesem Augenblick wurde ihm klar, was ihm an der Wohnung in Hahnwald so großes Kopfzerbrechen bereitet hatte. Er ging ans Telefon, weckte Wiechert, der stocksauer war, und instruierte ihn, um sieben vor dem Haus in Hahnwald zu sein.

Bruno Morenz war ein bißchen zu früh dran. Kurz vor der Grenze machte er fünfundzwanzig Minuten in der Raststätte Frankenwald Pause. Er trank keinen Alkohol, sondern Kaffee. Aber er füllte seinen Flachmann.

Um fünf vor elf Uhr an diesem Dienstagvormittag befand sich Sam McCready zusammen mit Johnson in einem Kiefernwäldchen auf einer Anhöhe südlich der Saale. Der Range Rover war außer Sichtweite im Wald abgestellt. Vom Waldsaum aus konnten sie die westdeutsche Grenzstation unten in der Tiefe, ungefähr einen Kilometer weit weg sehen. Dahinter war in den Hügeln eine Lücke, und durch diese Lücke sah man die Dächer der DDR-Grenzstation, einen knappen Kilometer weiter.

Da die Ostdeutschen ihre Abfertigung ein gutes Stück weit auf ihrem eigenen Territorium gebaut hatten, befand sich ein Autofahrer sofort in der DDR, sobald er den westdeutschen Kontrollposten passiert hatte. Hier begann eine Straße mit zwei Fahrbahnen, rechts und links umgeben von einem Maschendrahtzaun. Hinter dem Zaun standen die Wachtürme. Von seinem Platz am Waldsaum aus konnte McCready mit Hilfe eines starken Fernglases die Grenzwachen hinter den Fenstern sehen, die ihrerseits mit Ferngläsern nach Westen spähten. Er sah auch die Maschinengewehre. Dieser Korridor innerhalb Ostdeutschlands war angelegt worden, damit DDR-Flüchtlinge, die den ostdeutschen Grenzposten durchbrachen, zwischen dem doppelten Maschendrahtzaun erledigt werden konnten, ehe sie den Westen erreichten.

Zwei Minuten vor elf bekam McCready den schwarzen BMW ins Blickfeld, der die flüchtigen Kontrollen auf westdeutscher Seite passierte. Dann glitt er in den Korridor, dem Land entgegen, wo die professionellste und am meisten gefürchtete Geheimpolizei des Ostblocks, der Staatssicherheitsdienst der DDR, das Regiment führte.

»Das Badezimmer ist es, es muß das Badezimmer sein«, sagte Kommissar Schiller kurz nach sieben Uhr morgens, als er den verschlafenen und widerwilligen Wiechert in die Wohnung führte.

»Ich kann nichts daran entdecken«, knurrte Wiechert, »und außerdem haben es die Jungs vom Erkennungsdienst ausgemistet.«

»Die haben nach Fingerabdrücken gesucht, nicht nach Maßen«, sagte Schiller. »Sehen Sie sich diesen Schrank im Korridor an. Er ist zwei Meter breit, stimmt's?«

»Ja, ungefähr.«

»Der Schrank endet an der Wand mit der Tür zum ›Arbeitszimmer‹ des Callgirls. Die Wand ist auf gleicher Höhe wie der Spiegel über dem Bett. Nun, und da die Tür zum Bad von hinten gesehen hinter dem Einbauschank ist, was schließen Sie daraus?«

»Daß ich Hunger habe«, sagte Wiechert.

»Klappe. Sehen Sie, wenn Sie das Bad betreten und sich nach rechts drehen, müßte die Badezimmerwand zwei Meter entfernt sein. Die Breite des Einbauschranks draußen, okay?«

Wiechert trat ins Bad und drehte sich nach rechts.

»Ein Meter«, sagte er.

»Genau. Das war es, was mir Kopfzerbrechen gemacht hat. Zwischen dem Spiegel hinter dem Waschbecken und dem Spiegel hinter dem Kopfende des Bettes fehlt ein Meter.«

Schiller stocherte eine halbe Stunde in dem Korridorschrank herum, bis er den Verschluß fand, ein schlau getarntes Astloch in der Fichtenholz-Verkleidung. Als die Rückwand des Schranks aufging, erkannte Schiller dahinter einen Lichtschalter. Mit Hilfe eines Bleistifts drehte er ihn, und das Licht in dem Kämmerchen ging an, eine einzelne Glühbirne, die von der Decke hing.

»Jetzt schlägt's dreizehn«, sagte Wiechert, der Schiller über die Schulter blickte. Das geheime Kämmerchen war drei Meter lang, wie das Badezimmer, aber nur einen Meter breit. Doch das genügte.

Rechts von ihnen war die Rückseite des Spiegels über dem Kopfende des Bettes nebenan, eine Spionglasscheibe, die das ganze Schlafzimmer dem Blick freigab. Auf einem Stativ vor der Mitte des Spiegels stand die Videokamera, ein hochmodernes Gerät, das selbst durch die Glasscheibe und bei gedämpfter Beleuchtung scharfe Bilder lieferte. Auch die Tonausrüstung war auf dem letzten Stand der Technik. Das hintere Ende des Kämmerchens bestand aus Regalfächern, vom Boden bis zur Decke, und jedes Fach enthielt eine Reihe von Videokassetten. Jede Kassette trug auf dem Rücken ein Etikett mit einer Nummer. Schiller verließ rückwärts den Verschlag.

Da der Erkennungsdienst am Vortag alle Fingerabdrücke vom Telefonapparat abgenommen hatte, konnte es jetzt benutzt werden. Schiller rief im Polizeipräsidium an und wurde sofort mit Rainer Hartwig, seinem Chef, verbunden.

»Schöne Bescherung«, sagte Hartwig, als er die Details gehört hatte. »Gute Arbeit. Bleiben Sie dort. Ich schicke zwei Fingerabdruckspezialisten hin.«

Es war 8.15 Uhr, und Dieter Aust war beim Rasieren. Im Schlafzimmer lief das morgendliche Fernsehprogramm. Der Nachrichtenüberblick. Er hörte ihn vom Badezimmer aus. Er achtete nicht weiter auf die Meldung von einem Doppelmord in Hahnwald, bis der Sprecher sagte:

»Eines der beiden Opfer, das Luxus-Callgirl Renate Heimendorf ...«

In diesem Augenblick schnitt sich der Kölner BND-Chef böse in seine rosige Wange. Zehn Minuten später saß er im Wagen und fuhr in hohem Tempo zu seinem Büro, wo er eine Stunde zu früh eintraf. Fräulein Keppel, die immer eine Stunde vor ihm da war, war fassungslos.

»Diese Nummer«, sagte Aust, »die Nummer, die Morenz uns gab und unter der er im Urlaub zu erreichen ist. Suchen Sie sie bitte, ja?«

Als er sie wählte, hörte er weder Belegt- noch Freizeichen. Er erkundigte sich beim zuständigen Fernmeldeamt, aber man sagte ihm, anscheinend sei der Anschluß gestört. Er konnte nicht ahnen, daß einer von McCreadys Männern ein Ferienhaus gemietet, das Telefon manipuliert und dann die Haustür abgeschlossen hatte. Um keine Möglichkeit auszulassen, versuchte Aust es mit Morenz' Privatnummer in Porz, wo zu seinem Erstaunen Frau Morenz an den

Apparat kam. Die Familie mußte vorzeitig nach Hause zurückgekehrt sein.

»Könnte ich bitte Ihren Mann sprechen? Ich bin Direktor Aust und rufe aus seinem Büro an.«

»Aber er ist doch bei Ihnen, Herr Direktor«, antwortete sie geduldig. »Unterwegs. Auf einer Reise. Kommt morgen spät abends zurück.

»Ach ja, schon recht, ich danke Ihnen, Frau Morenz.«

Er legte besorgt den Hörer auf. Morenz hatte gelogen – was führte er im Schilde? Ein Wochenende mit einer Freundin im Schwarzwald? Möglich, aber die Sache gefiel ihm nicht. Er ließ sich über eine abhörsichere Leitung mit Pullach verbinden und sprach mit dem stellvertretenden Direktor der Abteilung, für die sie beide arbeiteten. Dr. Lothar Herrmann reagierte frostig, hörte aber sehr aufmerksam zu.

»Das ermordete Callgirl und ihr Zuhälter – wie wurden sie getötet?«

»Sie wurden erschossen.«

»Hat Morenz eine Dienstwaffe?« fragte die Stimme aus Pullach.

»Ich ... äh ... ja, ich glaube schon.«

»Wo wurde sie ausgegeben, von wem und wann?« fragte Dr. Herrmann, setzte dann aber hinzu: »Nein, lassen Sie. Das muß hier gewesen sein. Bleiben Sie im Büro, ich rufe Sie zurück.«

Zehn Minuten später meldete er sich.

»Er hat eine Walther PPK. Sie stammt von hier. Sie wurde auf dem Schießstand und im Labor getestet, bevor wir sie ihm gaben. Vor zehn Jahren. Wo ist sie jetzt?«

»Sie müßte in seinem Bürotresor sein«, sagte Aust.

»Und ist sie das?« fragte Herrmann in kaltem Ton.

»Ich werde das überprüfen und zurückrufen«, sagte der hochnervöse Aust. Er hatte den Hauptschlüssel für alle Tresore in der Dienststelle. Fünf Minuten später sprach er wieder mit Dr. Herrmann am Telefon.

»Sie ist verschwunden«, sagte er. »Könnte natürlich sein, er hat sie mit nach Hause genommen.«

»Das ist streng verboten. Und verboten ist es auch, einen Vorgesetzten zu belügen, gleich, aus welchem Grund. Ich denke, ich komme lieber mal nach Köln. Holen Sie mich bitte von der nächsten Maschine aus München ab. Egal, welche Linie, ich bin in dem Flugzeug.«

Bevor Dr. Herrmann Pullach verließ, machte er drei Anrufe. Das hatte zur Folge, daß im Schwarzwald Polizisten mit dem Schlüssel des Eigentümers die Tür des gemieteten Ferienhauses öffneten und feststellten, daß der Apparat außer Funktion gesetzt war, die Betten aber nicht benützt worden waren. Kein einziges Mal. Das stand später in dem Bericht. Dr. Herrmann traf fünf Minuten vor zwölf auf dem Kölner Flughafen ein.

Bruno Morenz steuerte den BMW in den Komplex von Betongebäuden, aus denen der ostdeutsche Grenzübergang bestand, und wurde in eine Inspektionsbucht gewinkt. Ein grün uniformierter Grenzpolizist erschien am Fenster der Fahrerseite.

»Aussteigen bitte. Ihre Papiere.«

Er stieg aus und hielt dem Polizisten seinen Paß hin. Andere Grenzpolizisten versammelten sich um den Wagen, was völlig normal war.

»Kühlerhaube und Kofferraum öffnen, bitte.«

Er öffnete beides; sie begannen mit der Suche. Ein Spiegel auf Rollen wurde unter den Wagen geschoben. Ein Mann musterte prüfend den Motorraum. Morenz zwang sich, nicht hinzusehen, als der Grenzpolizist die Batterie betrachtete.

»Der Zweck Ihres Besuches in der Deutschen Demokratischen Republik?«

Er wandte den Blick wieder dem Mann vor ihm zu. Blaue Augen hinter einer randlosen Brille starrten ihn an. Er erläuterte, daß er nach Jena unterwegs sei, um über den Ankauf optischer Linsen mit Zeiss zu verhandeln. Wenn alles glatt ging, würde er noch an diesem Abend nach Hause zurückkehren; wenn nicht, müßte er sich morgen vormittag noch einmal mit dem Direktor der Abteilung für Auslandsverkäufe zusammensetzen. Ausdruckslose Gesichter. Sie winkten ihn zur Zollabfertigung.

Es ist alles ganz normal, sagte er zu sich. Es wäre besser, wenn sie selbst die Papiere fänden, hatte McCready gemeint. Nicht zuviel von sich aus anbieten. Sie filzten seine Aktentasche, sahen sich die zwischen Zeiss und BKI in Würzburg gewechselten Briefe beziehungsweise Durchschläge an. Seine Taschen wurden geschlossen. Er trug sie zurück zum Wagen. Die Untersuchung des Fahrzeugs war abgeschlossen. In der Nähe stand ein Grenzpolizist mit einem riesigen Schäferhund. Hinter Fenstern schauten zwei Männer in Zivil her. Staatssicherheitsdienst.

»Viel Erfolg bei Ihrem Besuch in der Deutschen Demokratischen

Republik«, sagte der ranghöchste der Grenzpolizisten. Er sah nicht so aus, als meinte er das ernst. In diesem Augenblick waren ein Schrei und mehrere Rufe von der Reihe der Fahrzeuge auf der anderen Seite der Betonwand, die die Fahrbahnen voneinander trennte, zu hören. Alle Leute verrenkten die Hälse, um etwas zu sehen. Morenz saß am Steuer. Voll Entsetzen starrte er hin.

An der Spitze der Kolonne auf der Gegenfahrbahn stand ein kleiner, blauer Kombi. Westdeutsches Kennzeichen. Zwei Polizisten zerrten ein junges Mädchen aus dem Kofferraum, wo sie es unter dem Boden in einem winzigen, für diesen Zweck gebauten Versteck entdeckt hatten. Sie schrie. Die Freundin des jungen Westdeutschen, der den Kombi fuhr. Er wurde herausgezerrt und in einen Kreis aus schußbereiten Maschinenpistolen und aggressiven Hunden gestoßen, die an ihren Leinen zerrten. Kreidebleich warf er die Hände hoch.

»Laßt die Finger von ihr, ihr Arschlöcher!« brüllte er. Jemand versetzte ihm einen Hieb in die Magengrube, und er brach zusammen.

»Los, weiter!« bellte der Grenzpolizist, der neben Morenz' Wagen stand. Morenz nahm den Fuß von der Kupplung, und der BMW schoß nach vorne. Er umfuhr die Barrieren und hielt vor der Zweigstelle der Volksbank, um DM zum Kurs von 1:1 gegen wertlose Ostmark zu tauschen. Der Kassierer machte einen bedrückten Eindruck. Morenz' Hände zitterten heftig. Als er wieder in seinem Wagen saß, blickte er in den Rückspiegel und sah, wie der junge Mann und das Mädchen, noch immer schreiend, in einen Betonschuppen gezerrt wurden.

Stark schwitzend fuhr er in nördlicher Richtung davon. Er wußte, daß in der DDR Alkohol am Steuer absolut verboten war, griff aber trotzdem nach seinem Flachmann und nahm einen kräftigen Schluck. Jetzt war ihm besser. Er hätte wissen sollen, daß seine Nerven total ruiniert waren. Er war ausgebrannt; nur die jahrelange Routine hielt ihn noch aufrecht. Und sein fester Entschluß, seinen Freund McCready nicht zu enttäuschen. So fuhr er in einem gleichmäßigen Tempo dahin. Nicht zu schnell und nicht zu langsam. Er schaute auf seine Uhr. Reichlich Zeit. Mittag. Das Treffen sollte um vier Uhr stattfinden. Zwei Stunden Fahrt bis zum Treffpunkt. Doch die Furcht, die nagende Furcht eines Agenten auf einer »schwarzen« Mission, ohne diplomatischen Schutz, dem zehn Jahre in einem Zwangsarbeitslager drohten, wenn er erwischt wurde, sie hatte begonnen, seinem Nervensystem zuzusetzen, das ohnedies schon in einem schlimmen Zustand war.

McCready hatte mit dem Glas verfolgt, wie Morenz in den Korridor zwischen den beiden Grenzübergängen einfuhr, ihn dann aber aus dem Blickfeld verloren. Den Zwischenfall mit dem Mädchen und dem jungen Mann konnte er nicht sehen. Der Hügel ließ nicht zu, daß er mehr sah als die Dächer auf der ostdeutschen Seite und die große Fahne mit dem Hammer und dem Zirkel im Ährenkranz, die darüber im Wind flatterte. Kurz vor zwölf erkannte er in der Ferne den schwarzen BMW, der in Richtung Thüringen davonfuhr.

»Er ist durch«, sagte er zu Johnson. »Jetzt bleibt uns nichts übrig, als abzuwarten.«

»Wollen Sie es Bonn oder London melden?« fragte Johnson.

McCready schüttelte den Kopf.

»Sie können nichts machen«, sagte er. »Im Moment kann überhaupt niemand etwas machen. Alles hängt an Poltergeist.«

Auf dem Rücksitz des Range Rover hatte Johnson etwas liegen, was wie ein Koffer aussah. Darin befand sich ein mobiles Funktelefon mit speziellen Funktionen. Über den Apparat konnte man mit dem GCHQ, dem Kommunikationszentrum der britischen Regierung in der Nähe von Cheltenham, dem Century House oder der Bonner SIS-Filiale sprechen. Der Hörer sah aus wie der eines gewöhnlichen mobilen Telefons, mit numerierten Knöpfen zum Wählen. McCready hatte um das Gerät ersucht, damit er Verbindung zu seiner eigenen Basis halten und sie informieren konnte, sobald Poltergeist heil zurückkehrte.

In der Wohnung in Hahnwald waren die beiden Fingerabdruckspezialisten mit dem Geheimkämmerchen fertig geworden und fortgegangen. Sie hatten dreierlei Sorten von Fingerabdrücken gesichert.

»Gehören die zu den neunzehn, die Sie gestern gefunden haben?« fragte Schiller.

»Das weiß ich nicht«, sagte der eine. »Das muß ich mir erst im Labor ansehen. Ich gebe Ihnen Bescheid. Jedenfalls können Sie jetzt reingehen.«

Schiller trat ein und inspizierte die Fächer mit den Kassetten. Nichts deutete darauf, was sie enthielten. Sie trugen lediglich Nummern auf den Rücken. Er zog willkürlich eine heraus, ging in das »Arbeitsschlafzimmer« und schob sie in das Videogerät. Mit der

Fernsteuerung schaltete er Video und Fernsehschirm zugleich ein und drückte dann auf den »Play«-Knopf. Er setzte sich auf den Rand des abgeräumten Bettes. Zwei Minuten später stand er auf und schaltete den Apparat ab – ein ziemlich erschütterter junger Mann.

»Donnerwetter!« flüsterte Wiechert von der Tür her, wo er stand und ein Stück Pizza verdrückte.

Der Minister aus Baden-Württemberg war, obwohl nur ein Provinzpolitiker, bundesweit bekannt, weil er bei seinen häufigen Auftritten im Fernsehen immer wieder eine Rückkehr zur alten Moral und ein Verbot der Pornografie gefordert hatte. Seine Wähler hatten ihn schon in vielen Posen erlebt – wie er Kindern übers Haar fuhr, Babys küßte, kirchliche Feste eröffnete, Reden vor konservativen Wählerinnen hielt. Aber schwerlich hatten sie gesehen, wie er auf allen vieren nackt in einem Zimmer herumkroch, um den Hals ein Hundehalsband mit Eisenspitzen. An dem Halsband war eine lange Leine befestigt, gehalten von einer jungen Frau in Schuhen mit Pfennigabsätzen, die eine Reitpeitsche schwang.

»Bleiben Sie hier«, sagte Schiller. »Gehen Sie nicht weg, nicht einmal aus dem Zimmer. Ich fahre ins Präsidium.«

Es war zwei Uhr.

Morenz warf einen Blick auf seine Uhr. Er war schon ziemlich weit westlich des Hermsdorfer Kreuzes, wo die Autobahn von Berlin nach dem Süden sich mit der von Dresden nach Erfurt kreuzt. Er war um einiges zu früh dran. Er wollte zu dem Treffen mit Smolensk um zehn vor vier auf dem Parkplatz sein, nicht früher, weil es Verdacht wecken würde, wenn ein westdeutscher Wagen zu lange dort geparkt war.

Ja, allein schon anzuhalten würde Aufsehen erregen, denn Geschäftsleute aus der Bundesrepublik fuhren meist ohne jeden Zwischenaufenthalt zu ihrem Reiseziel, erledigten das Geschäftliche und traten sofort danach die Rückfahrt an. Er beschloß, an Jena und Weimar vorbei bis kurz vor Erfurt weiterzufahren und dann in Richtung Weimar umzukehren. Auf der linken Spur überholte ihn ein grün-weiß lackierter Wartburg der Volkspolizei, geschmückt mit zwei Blaulichtern und einem übergroßen Megaphon. Die beiden uniformierten Polizisten starrten mit ausdruckslosen Gesichtern zu ihm herüber.

Er hielt das Steuer fest und kämpfte die aufsteigende Panik nieder.

»Die wissen Bescheid«, sagte eine schwache, tückische Stimme in ihm immer wieder. »Es ist alles eine Falle. Smolensk ist aufgeflogen. Die werden auf dich warten. Sie sind dir nur nachgefahren, weil du an Jena vorbeigefahren bist.«

»Sei nicht albern«, redete die Stimme der Vernunft auf ihn ein. Aber dann dachte er an Renate, und die schwarze Verzweiflung vereinte sich mit der Angst, und die Angst war am Gewinnen.

»Hör zu«, sagte die Stimme der Vernunft. »Du hast eine große Dummheit begangen. Aber du hast es nicht absichtlich getan. Und danach hast du die Nerven behalten. Die Leichen werden erst nach Wochen entdeckt werden. Inzwischen bist du aus dem Dienst ausgeschieden und in einem Land, wo sie dich in Ruhe lassen. Mehr willst du ja jetzt nicht als Frieden. In Ruhe gelassen werden. Und man wird dich in Ruhe lassen – wegen der Videobänder.«

Der Wartburg der Vopos drosselte das Tempo, die Polizisten beäugten ihn. Er begann zu schwitzen. Die Angst wurde noch stärker und war im Begriff, die Oberhand zu gewinnen. Er konnte nicht wissen, daß die jungen Polizisten Autofreaks waren und die neue BMW-Limousine zum erstenmal sahen.

Kommissar Schiller verbrachte eine halbe Stunde mit dem Direktor der Mordkommission, und legte ihm dar, was er gefunden hatte. Hartwig biß sich auf die Lippen.

»Das wird eine beschissene Geschichte«, sagte er. »Hatte sie schon mit Erpressungen angefangen oder sollte das ihre Altersversorgung werden? Wir wissen es nicht.«

Er nahm den Hörer ab und wurde mit dem Labor des Erkennungsdienstes verbunden.

»Ich möchte die Analysen der Geschosse und die Fingerabdrücke, die neunzehn von gestern und die drei von heute morgen, in einer Stunde hier in meinem Büro haben.« Dann stand er auf und sah Schiller an.

»Kommen Sie. Wir fahren hin. Ich möchte mir die Wohnung mal selber ansehn.«

Direktor Hartwig war es beschieden, das Notizbuch zu finden. Es war ihm rätselhaft, daß jemand in einem so gut versteckten Raum das Notizbuch noch einmal eigens versteckte. Es war am untersten Fach der Videoband-Sammlung mit einem Klebestreifen befestigt.

Wie sich zeigte, hatte Renate Heimendorf hier ihre sämtlichen Kunden aufgeführt. Sie war offensichtlich eine sehr schlaue Person und alles ihre eigene Idee gewesen, bis hin zu der geschickten Umgestaltung der Wohnung und der harmlos wirkenden Fernbedienung, mit der sich die Kamera hinter dem Spiegel an- und abschalten ließ. Die Männer vom Erkennungsdienst hatten sie im Schlafzimmer gesehen, aber gedacht, sie gehöre zum Fernsehgerät.

Hartwig ging die Namen in dem Notizbuch durch, die den Zahlen an den Videokassetten entsprachen. Manche waren ihm bekannt, andere nicht. Diejenigen, die er nicht kannte, gehörten nach seiner Vermutung Männern, die nicht in Deutschland lebten, aber wichtige Positionen bekleideten. Zu jenen, deren Namen er kannte, gehörten zwei Länderminister, ein Abgeordneter (von der Regierungspartei), ein Finanzier, ein Bankier (aus Köln), drei Industrielle, der Erbe einer großen Brauerei, ein Richter, ein prominenter Chirurg, und ein landesweit bekannter Fernsehstar. Acht Namen gehörten anscheinend Angelsachsen (Briten? Amerikanern? Kanadiern?) und zwei Franzosen. Er zählte die übrigen.

»Einundachtzig Namen«, sagte er. »Einundachtzig Bänder. Mein Gott, wenn man von den Namen ausgeht, die ich kenne, muß hier genug Material liegen, um mehrere Länderregierungen, vielleicht sogar die in Bonn zu stürzen.«

»Eigenartig«, sagte Schiller. »Es sind nur einundsechzig Bänder da.«

Sie zählten sie beide. Einundsechzig.

»Sie haben gesagt, hier wurden dreierlei Fingerabdrücke gesichert, ja?«

»Jawohl.«

»Angenommen, es waren welche von der Heimendorf und diesem Hoppe, dann stammten die anderen vermutlich von unserem Mörder. Und ich habe das scheußliche Gefühl, daß er zwanzig Bänder mitgenommen hat. Kommen Sie, ich muß dem Präsidenten Bericht erstatten. Hier geht es um weit mehr als einen Mord, um viel, viel mehr.«

Dr. Herrmann beendete gerade das Mittagessen mit seinem Untergebenen Aust.

»Mein lieber Aust, wir wissen bislang noch nichts. Wir haben nur Grund zur Besorgnis. Es kann sein, daß die Polizei schon bald einen Gangster verhaftet, und es ist auch möglich, daß Morenz nach einem sündigen Wochenende mit seiner Freundin, das sie irgendwo anders als im Schwarzwald verbracht haben, pünktlich zurückkommt. Ich muß allerdings sagen, daß an seiner sofortigen Pensionierung mit gekürzten Bezügen nicht der Schimmer eines Zweifels besteht. Aber im Augenblick möchte ich nur, daß Sie versuchen, ihn aufzuspüren. Ich möchte, daß sich eine Kriminalbeamtin bei seiner Frau einquartiert, für den Fall, daß er anruft. Nennen Sie als Grund, was Sie wollen. Ich werde festzustellen versuchen, wie weit die Ermittlungen der Polizei gediehen sind. Sie kennen ja mein Hotel. Rufen Sie mich dort an, wenn es etwas Neues gibt.«

Sam McCready saß in der Sonne, hoch über der Saale, auf der Ladeklappe des Range Rover und trank aus einer Thermosflasche mit kleinen Schlucken Kaffee. Johnson legte den Hörer seines Telefonapparats auf. Er hatte mit Cheltenham gesprochen, dem riesigen Horchposten im Westen Englands.

»Nichts«, sagte er, »alles normal. In keinem Bereich, bei den Russen, beim SSD oder der Volkspolizei, zusätzlicher Funkverkehr. Nur das Übliche.«

McCready sah auf seine Uhr. Zehn vor vier. Morenz müßte sich jetzt dem Parkplatz westlich von Weimar nähern. Er hatte ihn angewiesen, fünf Minuten früher dort zu sein und nicht länger als fünfundzwanzig Minuten zu warten, falls Smolensk nicht auftauchen sollte. Er gab sich vor Johnson zwar gelassen, aber das Warten war ihm zuwider. Das war immer das schlimmste: auf einen Agenten warten, der über die Grenze gegangen ist. Die Phantasie spielte einem Streiche, gaukelte einem alle möglichen Dinge vor, die dem Agenten passiert sein könnten, wahrscheinlich aber nicht passiert waren. Zum hundertsten Mal rechnete er die Zeitplanung durch. Fünf Minuten auf dem Parkplatz; der Russe übergibt; zehn Minuten Warten, während der Russe sich vom Schauplatz entfernt. Viertel nach vier Aufbruch. Fünf Minuten, um das Buch aus der Innentasche des Jackets zu ziehen und in dem Fach unter der Batterie zu verstauen; eine Stunde und vierzig Minuten Fahrt – Morenz müßte gegen sechs im Blickfeld des Fernglases auftauchen ... Noch ein Becher Kaffee.

Der Kölner Polizeipräsident, Arnim von Starnberg, hörte sich mit bedenklichem Gesichtsausdruck den Bericht des jungen Kommissars an. Rechts und links von ihm saßen Hartwig von der Mordkommission und Horst Fränkel, der Direktor des Kriminalamtes. Die beiden Chefs hatten es für angebracht gehalten, ihn unverzüglich aufzusuchen. Als er die Details hörte, stimmte er zu, daß sie richtig gehandelt hätten. Diese Geschichte sprengte nicht nur den Rahmen eines Mordes, sie überstieg auch die Möglichkeiten der Kölner Polizei. Er hatte sich bereits vorgenommen, sie höheren Orts zur Sprache zu bringen. Der junge Schiller beendete seinen Bericht.

»Sie werden vollkommenes Schweigen über diese Sache bewahren, Kommissar«, sagte von Starnberg. »Sie und auch Ihr Kollege Wiechert. Ihre Karrieren hängen davon ab, ist das klar?« Er wandte sich Hartwig zu. »Das gleiche gilt für die beiden Fingerabdruckspezialisten, die den Raum mit der Kamera gesehen haben.«

Er entließ Schiller und sah die anderen Kriminalbeamten an.

»Wie weit sind Sie eigentlich schon gekommen?«

Fränkel nickte Hartwig zu, der mehrere große Fotos in Nahaufnahme auf den Tisch legte.

»Herr Präsident, wir haben jetzt die Kugeln, die das Callgirl und ihren Freund tödlich verwundet haben. Jetzt müssen wir die Waffe finden, aus der diese Projektile abgefeuert wurden.« Er klopfte auf zwei Fotos. »Genau zwei Kugeln, in jeder Leiche eine. Außerdem die Fingerabdrücke. In der Kammer mit der Kamera haben wir dreierlei davon gefunden. Zwei Garnituren von dem Callgirl und ihrem Zuhälter. Die dritte stammt nach unserer Ansicht von dem Killer. Wir sind auch der Meinung, daß er derjenige gewesen sein muß, der die fehlenden Kassetten gestohlen hat.«

Keiner der drei Männer konnte wissen, daß einundzwanzig Kassetten fehlten. Morenz hatte die einundzwanzigste, die ihn selbst zeigte, am Freitagabend in den Rhein geworfen, und er war in dem Notizbuch nicht verzeichnet, weil Renate, was ihn betraf, keine großen Möglichkeiten für eine Erpressung gesehen und sich aus ihm nur ein Gaudium gemacht hatte.

»Wo sind die anderen einundsechzig Bänder?« wollte von Starnberg wissen.

»Im Tresor in meinem Büro«, sagte Fränkel.

»Lassen Sie sie bitte sofort hier heraufbringen. Niemand darf sie ansehen.«

Als Präsident von Starnberg allein war, begann er zu telefonieren. An diesem Nachmittag kletterte die Zuständigkeit für diese Affäre die Leiter der Hierarchie rascher hinauf als ein Affe auf einen Baum. Köln reichte sie an das Landeskriminalamt in der Landeshauptstadt Düsseldorf weiter, das sie unverzüglich dem Bundeskriminalamt in Wiesbaden übergab. Bewachte Limousinen mit den einundsechzig Videobändern und dem Notizbuch brausten von einer Stadt zur anderen. In Wiesbaden trat eine Pause ein, während hochgestellte

Beamte überlegten, wie man dem Bundesjustizminister in Bonn die Sache beibringen könne – er war der nächste auf der Leiter. Mittlerweile waren einundsechzig Sexualathleten identifiziert worden. Die eine Hälfte bestand aus Männern, die nur begütert waren, die andere setzte sich aus solchen zusammen, die sowohl reich als auch prominent waren. Schlimmer: Sechs Landesminister oder Abgeordnete der regierenden Partei waren verwickelt, dazu zwei aus der Opposition, zwei hochrangige Beamte und ein Bundeswehrgeneral. Das waren nur die Deutschen. Die Liste umfaßte auch zwei in Bonn stationierte Diplomaten (einer davon aus einem NATO-Mitgliedsland), zwei ausländische Politiker, die auf Besuch in Bonn gewesen waren, und ein Ronald Reagan nahestehendes Mitglied des Stabs im Weißen Haus.

Aber noch schlimmer war, daß man inzwischen die zwanzig Männer identifiziert hatte, deren auf Video aufgezeichnete Eskapaden abgängig waren. Unter ihnen war ein Vorstandsmitglied der regierenden Partei, ein weiterer Minister (der Bundesregierung), noch ein Abgeordneter (Bundestag), ein Richter (Bundesgerichtshof), ein weiterer hochrangiger Offizier (diesmal von der Bundesluftwaffe), der Biermagnat, den Hartwig entdeckt hatte, und ein aufstrebender Staatssekretär. Dazu kamen noch einige Mitglieder der Wirtschaftselite des Landes.

»Über Sünder aus der Privatwirtschaft kann man mit einem Lachen hinweggehen«, sagte ein hoher Beamter im Bundeskriminalamt in Wiesbaden. »Wenn sie sich zugrunde richten, ist das ihre eigene Schuld. Aber dieses Miststück hat sich auf besonders einflußreiche Prominente spezialisiert.«

Am späten Nachmittag wurde der Ordnung halber das Bundesamt für Verfassungsschutz von der Angelegenheit in Kenntnis gesetzt. Das Amt wurde nicht über sämtliche Namen der Betroffenen, sondern nur über den Hergang der Untersuchung und den derzeitigen Stand der Ermittlungen informiert. Ironischerweise hat das BfV seinen Sitz in Köln, wo die ganze Affäre ihren Ausgang genommen hatte. Das von mehreren Abteilungen erstellte Memorandum landete auf dem Schreibtisch eines höheren Beamten in der Spionageabwehr, eines Mannes namens Johann Prinz.

Bruno Morenz fuhr auf der Staatsstraße 7 gemächlich dahin. Er war rund sechs Kilometer westlich von Weimar und einen guten Kilometer von den großen, mit einer weißen Mauer umgebenen sowjetischen Kasernen in Nohra entfernt. Hinter einer Kurve lag der Parkplatz, genau wie McCready es ihm angekündigt hatte. Er schaute auf seine Uhr: acht Minuten vor vier. Die Straße war leer. Er drosselte das Tempo und fuhr auf den Parkplatz.

Seinen Anweisungen folgend, stieg er aus, öffnete den Kofferraum und holte den Werkzeugkasten heraus. Er klappte ihn auf und stellte ihn neben das Vorderrad auf der Fahrerseite, daß ihn vorbeifahrende Autofahrer sehen konnten. Anschließend entriegelte er die Motorhaube und stellte sie hoch. Sein Magen begann sich zu rühren. Hinter dem Parkplatz und zur Straße hin waren Büsche und Bäume. In seiner Einbildung sah er die kauernden Agenten des SSD, die darauf lauerten, die zwei Männer festzunehmen. Sein Mund war trocken, aber über seinen Rücken rann der Schweiß in kleinen Bächen hinab. Am Ende seiner Nervenkraft angekommen, hielt ihn nur noch eine innere Reserve aufrecht, die aber auch drauf und dran war, zu reißen wie ein überdehntes Gummiband.

Er nahm einen Schraubenschlüssel aus dem Werkzeugkasten, die richtige Größe, und senkte den Kopf in den Motorraum. McCready hatte ihm gezeigt, wie man die Mutter lockert, die den Wasserschlauch mit dem Kühler verbindet. Er lockerte sie, worauf ein bißchen Wasser herausrann. Er vertauschte den Schraubenschlüssel mit einem anderen, eindeutig von der verkehrten Größe, und versuchte vergebens, die Mutter wieder anzuziehen.

Die Minuten verrannen. Erfolglos machte er sich im Motorraum zu schaffen. Ein kurzer Blick auf seine Uhr. Sechs nach vier. Wo zum Teufel bleibst du denn? fragte er stumm. Beinahe im selben Augenblick war ein leises Knirschen von Rädern auf Kies zu hören, als ein Fahrzeug zum Stehen kam. Der Russe würde herbeikommen und mit seinem starken Akzent auf deutsch sagen: »Wenn Sie Schwierigkeiten haben, vielleicht habe ich eine bessere Werkzeuggarnitur« und ihm den flachen, hölzernen Werkzeugkasten aus seinem Jeep anbieten. Der sowjetische Aufmarschplan würde in einer roten Plastikhülle unter den Schraubenschlüsseln liegen ...

Der Schatten eines näherkommenden Mannes verdeckte die untergehende Sonne. Stiefel kamen knirschend auf dem Kies heran. Der Mann war jetzt neben und hinter ihm. Er schwieg. Morenz richtete sich auf. Vier Meter weiter stand das Polizeifahrzeug, und an der offenen Fahrertür wartete ein grün uniformierter Polizist. Der andere stand neben Morenz und schaute angelegentlich nach unten, in den geöffneten Motorraum des BMW.

Morenz war nahe daran, sich zu übergeben. Sein Magen pumpte Säure in seinen Blutkreislauf. Er spürte, daß seine Knie schlappmachten, versuchte sich aufzurichten und wäre beinahe umgeknickt. Die Augen des Polizisten begegneten seinem Blick.

»Haben Sie Probleme?« fragte er.

Natürlich war es eine Masche, Höflichkeit, um den Triumph zu tarnen, die hilfsbereite Frage, auf die Schreie, Gebrüll und die Verhaftung folgen würden. Morenz hatte das Gefühl, als wäre seine Zunge am Gaumen festgeklebt.

»Ich habe den Eindruck, daß Wasser ausläuft«, sagte er. Der Polizist steckte den Kopf in den Motorraum und betrachtete prüfend den Kühler. Er nahm Morenz den Schraubenschlüssel aus der Hand, beugte sich nach unten und vertauschte ihn mit einem anderen.

»Der hier paßt sicher«, sagte er. Morenz nahm ihn und zog die Mutter wieder an. Das Tröpfeln hörte auf.

»Verkehrter Schraubenschlüssel«, sagte der Polizist. Er starrte auf den Motor hinab. Sein Blick war, so schien es Morenz, ganz auf die Batterie konzentriert. »Schöner Wagen«, sagte der Polizist. »Wo logieren Sie?«

»In Jena«, antwortete Morenz. »Ich habe morgen vormittag ein Gespräch mit dem Direktor der Auslandsverkaufsabteilung in den Zeiss-Werken. Ich möchte bei ihnen Produkte für meine Firma kaufen.«

Der Polizist nickte.

»Bei uns in der DDR werden viele Qualitätsprodukte hergestellt«, sagte er. Das war ganz und gar unzutreffend. In Ostdeutschland gab es nur eine einzige Fabrik, die auf westlichem Niveau produzierte, eben die Zeiss-Werke in Jena.

»Und was führt Sie hierher?«

»Ich wollte mir Weimar ansehen ... das Goethe-Haus.«

»Da fahren Sie in der verkehrten Richtung. Weimar ist dort.«

Der Polizist deutete an Morenz vorbei in die Gegenrichtung. In diesem Augenblick rollte ein sowjetischer Jeep vorbei. Der Fahrer, die Feldmütze über die Augen herabgezogen, schaute zu Morenz hin, begegnete eine Sekunde lang dessen Blick, registrierte das geparkte Volkspolizeifahrzeug und setzte die Fahrt fort. Die Sache war mißglückt. Smolensk würde jetzt nicht herkommen.

»Ja, ich habe bei der Fahrt aus der Stadt eine falsche Abzweigung erwischt. Ich wollte gerade nach einer Möglichkeit zum Wenden suchen, als ich sah, daß mit dem Wasserstand was nicht stimmt ...«

Die Vopos kontrollierten, daß er die Gegenrichtung einschlug und folgten ihm zurück nach Weimar. Am Ortseingang gaben sie Gas und fuhren davon. Morenz fuhr weiter nach Jena und nahm sich im Hotel *Schwarzer Bär* ein Zimmer.

Dr. Herrmann hatte einen Vertrauensmann beim BfV. Vor Jahren, während des Guillaume-Skandals – als ein Referent von Bundeskanzler Willy Brandt als DDR-Agent enttarnt worden war – hatten die beiden Männer sich kennengelernt und zusammengearbeitet. An diesem Abend um sechs Uhr rief Dr. Herrmann den BfV in Köln an und ließ sich weiterverbinden.

»Johann? Hier spricht Lothar Herrmann ... Nein, bin ich nicht. Ich bin hier in Köln. Ach, nur routinemäßig ... Ich dachte, es wäre schön, wenn ich Sie zum Abendessen einladen könnte. Ausgezeichnet. Hören Sie, ich bin hier im *Dom-Hotel*. Treffen wir uns doch in der Bar. Gegen acht? Ich freue mich.«

Johann Prinz legte den Hörer auf und überlegte, was Herrmann wohl nach Köln geführt haben könnte. Eine »Truppeninspektion«? Vielleicht ...

Um acht senkte Sam McCready auf dem Hügel über dem Saaletal sein Fernglas. Die einbrechende Dämmerung machte es unmöglich, den ostdeutschen Grenzübergang und die Straße dahinter noch einzusehen. Er war müde, ausgelaugt. Irgend etwas war dort drüben hinter den Minenfeldern und dem Zaun mit dem rasiermesserscharfen Draht schiefgelaufen. Vielleicht war es nichts Wichtiges, ein geplatzter Reifen, ein Verkehrsstau ... Unwahrscheinlich. Vielleicht war sein Mann in diesem Augenblick in südlicher Richtung unterwegs, der Grenze entgegen. Vielleicht hatte Pankratin das erste Treffen verpaßt, vielleicht hatte er keinen Jeep bekommen, sich nicht absetzen können. Das Warten war immer das schlimmste, warten zu müssen und nicht zu wissen, was schiefgegangen war.

»Wir fahren hinunter zur Straße«, sagte er zu Johnson. »Hier kann ich sowieso nichts mehr sehen.«

Er postierte Johnson auf dem Parkplatz der Raststätte Frankenwald. Der Wagen stand in Richtung Norden, zur Grenze hin. Johnson würde die ganze Nacht hier sitzen und nach dem BMW Ausschau halten. McCready fand einen Lastwagenfahrer, der Richtung Süden unterwegs war, erklärte, daß er eine Motorpanne habe, und ließ sich zehn Kilometer weit mitnehmen. An der Ausfahrt Münchberg stieg er aus, marschierte die anderthalb Kilometer in den Ort und nahm im *Braunschweiger Hof* ein Zimmer. Er hatte sein mobiles Telefon in einer Einkaufstasche mitgenommen, für den Fall, daß Johnson ihn anrufen wollte. Er bestellte ein Taxi für sechs Uhr morgens.

Herrmann und Prinz saßen an einem Ecktisch und gaben ihre Bestellung auf. Bislang hatten sie nur sachte die Klingen gekreuzt. Wie geht's so? Alles in Ordnung ... Beim Krabbencocktail machte Herrmann einen kleinen Schritt nach vorne.

»Ich nehme an, Sie sind über die Callgirl-Affäre informiert ...?«

Prinz war überrascht. Wann hatte der BND davon erfahren? Er selbst hatte das Dossier erst um fünf Uhr zu sehen bekommen. Herrmann hatte ihn um sechs angerufen, und da war er bereits in Köln gewesen.

»Ja«, sagte er. »Ich habe die Meldung heute nachmittag auf den Schreibtisch bekommen.«

Jetzt war Herrmann überrascht. Warum wurde die Nachricht über einen Doppelmord in Köln an die Spionageabwehr weitergeleitet? Er hatte erwartet, Prinz die Sache erklären zu müssen, ehe er ihn um den Gefallen bat.

»Scheußliche Geschichte«, murmelte er, als das Steak kam.

»Und es kommt noch schlimmer«, sagte Prinz. »Das wird denen in Bonn nicht gefallen, wenn diese Sexbänder weiß Gott wo kursieren.«

Herrmann ließ sich nichts anmerken, aber der Magen drehte sich ihm um. »Sexbänder? Lieber Gott, was denn für Sexbänder?« Er heuchelte eine matte Überraschung und goß sich Wein nach.

»So weit ist die Sache also herumgekommen. Ich war sicher nicht im Büro, als die neuesten Details eintrafen. Würden Sie mich bitte ins Bild setzen?«

Prinz kam der Bitte nach. Nun verging Herrmann der Appetit völlig. Nicht der Duft des Bordeaux stieg ihm in die Nasenlöcher, sondern der Gestank eines Skandals von katastrophalen Ausmaßen.

»Und immer noch keine Hinweise«, murmelte er kummervoll.

»Nein, nicht sehr viele«, sagte Prinz. »Die Kriminalpolizei hat die Anweisung erhalten, sämtliche Leute von sämtlichen anderen Fällen abzuziehen und auf diesen anzusetzen. Gefahndet wird natürlich nach der Tatwaffe und dem Mann, von dem die Fingerabdrücke stammen.«

Lothar Herrmann seufzte.

»Ich frage mich, ob der Täter ein Ausländer sein könnte«, sagte er sinnend. Prinz löffelte den Rest seiner Eiscreme und legte dann den Löffel weg. Er grinste.

»Aha, jetzt verstehe ich. Unsere Auslandsaufklärung ist interessiert?«

Herrmann zuckte abschätzig die Achseln.

»Mein lieber Freund, wir beide führen weitgehend die gleiche Aufgabe aus. Unsere politischen Asse zu beschützen ...«

Wie alle hochgestellten Beamten hatten auch diese beiden Männer eine Meinung von ihren politischen Assen, die sich deutlich von der Selbsteinschätzung der Politiker unterschied.

»Wir haben natürlich selbst einiges Material«, sagte Herrmann. »Fingerabdrücke von Ausländern, auf die wir aufmerksam geworden sind ... Leider aber besitzen wir keine Kopien von den Abdrücken, die unsere Freunde von der Kripo gern hätten ...«

»Sie könnten offiziell anfragen«, meinte Prinz.

»Ja, schon, aber warum einen Hasen aufscheuchen, der einen wahrscheinlich nirgendwohin führt? Nun, inoffiziell ...«

»Ich mag das Wort ›inoffiziell‹ nicht«, sagte Prinz.

»Ich auch nicht, mein Freund, aber ... hin und wieder ... in Erinnerung an die alten Zeiten. Ich gebe Ihnen mein Wort, wenn ich etwas herausbekomme, erfahren Sie es sofort. Eine gemeinsame Anstrengung der beiden Dienste. Mein Wort darauf. Wenn sich nichts daraus ergibt, ist auch kein Schaden entstanden.«

Prinz erhob sich. »Einverstanden, in Erinnerung an die alten Zeiten. Dies eine Mal.«

Als er das Hotel verließ, ging ihm der Gedanke durch den Kopf, was Herrmann – im Unterschied zu ihm selbst – vielleicht wußte oder argwöhnen mochte.

Im *Braunschweiger Hof* in Münchberg saß Sam McCready an der Bar. Er saß allein bei seinem Glas und starrte auf die dunkle Wandtäfelung. Er war besorgt, tief besorgt. Ein ums andere Mal ging ihm die Frage durch den Kopf, ob richtig gewesen war, Morenz in die DDR zu schicken.

Irgend etwas hatte mit dem Mann nicht gestimmt. Eine Sommergrippe? Aber die greift nicht die Nerven an. Sein alter Freund hatte einen überaus nervösen Eindruck gemacht. Hatten ihn seine Nerven im Stich gelassen? Nein, nicht den guten, alten Bruno. Er hatte es ja schon so oft gemacht. Und er war für die DDR-Organe unverdächtig – soweit er, McCready, wußte. Er versuchte, sich vor sich selbst zu rechtfertigen. Er hatte keine Zeit gehabt, einen jüngeren Mann aufzutreiben. Und Pankratin würde bei einem Gesicht, das er nicht erkannte, nicht aus der Deckung kommen. Auch Pankratins Leben stand auf dem Spiel. Wenn ich, sagte McCready stumm zu sich, Morenz nicht losgeschickt hätte, wäre uns der sowjetische Aufmarschplan durch die Lappen gegangen. Er hatte keine andere Wahl gehabt ... Aber trotzdem verließ ihn die Sorge nicht.

Hundert Kilometer weiter nördlich saß Bruno Morenz in der Bar des *Schwarzen Bären* in Jena. Er trank ebenfalls, und ebenfalls allein. Doch im Gegensatz zu McCready vertrug Morenz den Alkohol nicht. Nicht mehr. Er hatte sich eingebildet, das Trinken gebe ihm Halt, würde ihn aufrichten, in Wahrheit aber brachte es ihn nur dem Abgrund näher.

Drüben auf der anderen Straßenseite sah er den Haupteingang der altehrwürdigen Schiller-Universität. Davor war eine Marx-Büste zu sehen, und eine Tafel verkündete, daß Marx hier 1841 an der philosophischen Fakultät gelehrt hatte. Morenz wäre es am liebsten gewesen, der bärtige Philosoph wäre dabei tot umgekippt. Dann wäre er nie nach London gefahren, hätte *Das Kapital* nicht geschrieben, und er, Morenz, säße jetzt nicht so fern der Heimat in diesem Jammertal.

Mittwoch

Um ein Uhr nachts traf im *Dom-Hotel* ein versiegelter brauner Umschlag für Dr. Herrmann ein. Er war noch nicht schlafen gegangen. Das Kuvert enthielt drei große Fotografien, zwei von zwei verschiedenen 9mm-Kugeln, eine von Daumen- und Handflächen-Abdrücken. Er beschloß, sie nicht nach Pullach zu faxen, sondern sie am Morgen selbst mitzunehmen. Wenn die winzigen Kratzspuren an den Seiten der Projektile und die Abdrücke mit den in Pullach aufbewahrten übereinstimmten, saß er schön in der Klemme. Wem davon berichten und wieviel? Wenn nur dieser verdammte Morenz aufkreuzen würde ... Um neun Uhr flog er mit der ersten Maschine zurück nach München.

Um zehn Uhr erkundigte sich Majorin Wanawskaja in Berlin neuerlich danach, wo sich der Mann aufhielt, hinter dem sie her war. Er sei in der Garnison außerhalb von Erfurt, wurde ihr mitgeteilt. Um sechs Uhr abends werde er von dort nach Potsdam abfahren und am nächsten Tag nach Moskau zurückfliegen.

Und ich mit dir, du Schurke! dachte sie.

Um halb zwölf erhob sich Morenz von seinem Stuhl in dem Café, wo er die Zeit totgeschlagen hatte, und ging auf den Wagen zu. Er war verkatert, sein Schlips war offen, und er hatte sich am Morgen nicht zum Rasieren überwinden können. Graue Stoppeln bedeckten Wangen und Kinn. Er sah gar nicht wie ein Geschäftsmann aus, der in Bälde im Sitzungssaal der Zeiss-Werke über optische Linsen verhandeln sollte. Er fuhr in mäßigem Tempo aus der Stadt hinaus in westlicher Richtung, auf Weimar zu. Der Parkplatz war fünf Kilometer entfernt.

Er war größer als der am Vortag, von dicht belaubten Birken überschattet, die die Straße auf beiden Seiten flankierten. Auf der anderen Straßenseite lag zwischen den Bäumen das *Café Mühltalperle*. Es wimmelte nicht gerade von Gästen. Er fuhr um fünf vor zwölf auf den Parkplatz, holte den Werkzeugkasten heraus und öffnete wieder die Motorhaube. Zwei Minuten nach zwölf rollte der GAZ-Jeep über den Kies und hielt an. Der Mann, der ausstieg, trug einen Arbeitsanzug und Schaftstiefel, dazu die Abzeichen eines Korporals und eine über die Augen gezogene Feldmütze. Er kam gemächlich auf den BMW zu.

»Wenn Sie Schwierigkeiten haben, vielleicht hilft Ihnen mein Werkzeugkasten«, sagte er. Er stellte seinen hölzernen Werkzeugkasten auf den Zylinderblock. Ein schmutziger Daumennagel schnippte den Verschluß auf. In dem Kasten lagen Schraubenschlüssel in einem wirren Durcheinander.

»Poltergeist, wie geht's denn so?« murmelte er. Morenz' Mund war wie ausgetrocknet.

»Gut«, flüsterte Poltergeist zurück. Er schob die Schraubenschlüssel auf die Seite. Darunter kam das Buch in der roten Plastikhülle zum Vorschein. Der Russe nahm einen Schraubenschlüssel zur Hand und zog die gelockerte Mutter an. Morenz nahm das Buch heraus und stopfte es unter seinen Regenmantel, wobei er es mit dem linken Arm gegen die Achselhöhle klemmte. Der Russe legte den Schraubenschlüssel in den Werkzeugkasten zurück und schloß ihn.

»Ich muß weg« murmelte er. »Warten Sie hier noch zehn Minuten. Und zeigen Sie sich dankbar. Es kann ja sein, daß uns jemand beobachtet.«

Er richtete sich auf, machte eine winkende Bewegung und ging zu seinem Jeep zurück. Den Motor hatte er laufen lassen. Morenz winkte ihm nach und rief: »Danke.« Der Jeep fuhr davon, zurück in Richtung Erfurt. Morenz hatte ein flaues Gefühl im Magen. Nichts wie weg von hier, sagte er zu sich. Er brauchte einen Schluck. Er würde später an den Straßenrand fahren und das Buch in dem Fach unter der Batterie verstauen. Aber jetzt brauchte er erst einmal einen ordentlichen Schluck. Er ließ den Kühlerdeckel zufallen, warf das Werkzeug in den Kofferraum, verschloß ihn und klemmte sich hinters Steuer. Der Flachmann lag im Handschuhkasten. Er holte ihn heraus und nahm einen langen, köstlichen Zug. Fünf Minuten später, als sein Selbstvertrauen wiederhergestellt war, fuhr er in Richtung Jena weiter. Er hatte auf der Herfahrt hinter Jena, kurz vor der Verbindungsstraße zur Autobahn in Richtung Grenze, einen anderen Parkplatz entdeckt. Dort würde er eine Pause machen und das Buch in seinem Versteck verstauen.

Der Zusammenstoß war nicht einmal seine Schuld. In der häßlichen Wohnsiedlung am Stadtrand von Jena kam ein Trabant aus einer Seitenstraße geschossen. Morenz hätte beinahe noch rechtzeitig anhalten können, aber seine Reaktionen waren verlangsamt. Der BMW zerquetschte das Heck des ostdeutschen Kleinwagens.

Morenz war am Ende. War er in eine Falle geraten? War der Fahrer des Trabi in Wirklichkeit von der Stasi? Der Mann stieg aus, sah sich das eingedrückte Heck an und stürmte zu dem BMW hin. Er hatte ein verkniffenes Gesicht und wütende Augen.

»Was fällt Ihnen eigentlich ein, Sie Schwachkopf?« brüllte er. »Scheiß-Westdeutsche, ihr glaubt, ihr könnt herumrasen wie die Verrückten ...«

Im Aufschlag seines Sakkos trug er das kleine, runde SED-Parteiabzeichen. Ein Parteimitglied. Morenz preßte den linken Arm dicht an sich, um das Buch festzuhalten, stieg aus und zog einen Packen Geldscheine heraus. Ostmark, natürlich; er konnte keine DM anbieten, da auch das strafbar war. Passanten begannen sich dem Unfallort zu nähern.

»Hören Sie, es tut mir leid«, sagte Morenz. »Ich werde Ihnen den Schaden ersetzen. Dies ist sicher mehr als genug. Aber mir pressiert es wirklich sehr ...«

Der wütende Ostdeutsche sah das Geld an. Es war wirklich ein dicker Packen.

»Darum geht's nicht«, sagte er. »Ich habe auf diesen Wagen volle vier Jahre warten müssen.«

»Es läßt sich reparieren«, sagte einer der Umstehenden.

»Nein, da kannst du Gift drauf nehmen«, sagte der Geschädigte. »Der Wagen muß ins Werk zurück.«

Die Menge war inzwischen auf zwanzig Leute angewachsen. Das Leben in einer Arbeitersiedlung war langweilig. Und ein BMW war ein Anblick, der sich lohnte. In diesem Augenblick traf der Streifenwagen ein. Eine routinemäßige Kontrollfahrt, aber Morenz begann zu zittern. Die Polizisten stiegen aus. Einer sah sich den Schaden an.

»Das läßt sich richten«, sagte er. »Oder möchten Sie lieber Anzeige erstatten?«

Der Fahrer des Trabant begann zu kneifen.

»Wenn Sie meinen ...«

Der andere Polizist trat an Morenz heran.

»Ihren Ausweis bitte«, sagte er. Morenz holte seinen Paß mit der rechten Hand heraus, die zitterte. Die Polizist sah die Hand an, die getrübten Augen, das unrasierte Kinn.

»Sie haben getrunken«, sagte er. Er schnüffelte, sein Eindruck bestätigte sich. »Los, Sie kommen mit zum Revier. Vorwärts, steigen Sie ein ...«

Er begann, Morenz zu dem Streifenwagen hinzudrängen, dessen Motor lief. Die Fahrertür stand offen. Jetzt drehte Morenz völlig durch. Er hatte noch immer das Buch unter dem Arm. Auf dem Polizeirevier würden sie es auf jeden Fall entdecken. Er machte mit dem freien Arm eine heftige Bewegung nach hinten und traf den Polizisten unter der Nase. Der Mann stürzte mit gebrochener Nase zu Boden. Dann sprang Morenz in den Polizeiwagen, rammte den Gang hinein und bretterte davon. Er fuhr in die verkehrte Richtung, nach Norden, auf das Zentrum von Jena zu. Dem anderen Polizisten, der wie vor den Kopf geschlagen war, gelang es, aus seinem Dienstrevolver vier Schüsse abzufeuern. Drei gingen daneben. Das Vopo-Fahrzeug verschwand heftig schlingernd um eine Straßenecke. Es verlor Benzin, weil die vierte Kugel den Tank durchlöchert hatte.

4

Die beiden Vopos waren derart verblüfft, daß sie nur langsam reagierten. Nichts in ihrer Ausbildung, nichts, was sie bis dahin erlebt hatten, hatte sie auf diese Art bürgerlichen Ungehorsams vorbereitet. Sie waren vor Zuschauern angegriffen und gedemütigt worden und außer sich vor Grimm. Es gab einiges Gebrüll, ehe sie sich schlüssig werden konnten, was zu tun war.

Der unverletzt gebliebene Beamte ließ seinen Kollegen mit der gebrochenen Nase auf dem Schauplatz zurück, während er sich zum Polizeirevier aufmachte. Sie hatten keine Walkie-Talkies, weil sie gewohnt waren, für Meldungen das Funkgerät zu benützen. Fragen an die Umstehenden, ob man ihr Telefon benützen könnte, trafen nur auf Achselzucken. Im Arbeiter- und Bauernparadies hatten arbeitende Menschen kein Telefon. Das Parteimitglied mit dem unfallgeschädigten Trabant fragte, ob er den Schauplatz verlassen dürfe, und wurde von dem blessierten Vopo, der den Verdacht hatte, alle möglichen Leute könnten an der »Verschwörung« beteiligt sein, prompt mit vorgehaltener Pistole festgenommen.

Sein Kollege, der die Straße nach Jena hinein entlangmarschierte, sah einen Wartburg auf sich zukommen, machte dem Fahrer ein Zeichen anzuhalten und befahl ihm, ihn zu dem Polizeirevier in der Stadtmitte zu bringen. Einen Kilometer weiter sahen sie, daß ihnen ein Streifenwagen entgegenkam. Der Vopo in dem Wartburg stoppte seine Kollegen mit hektischen Bewegungen und berichtete ihnen, was geschehen war. Über Funk setzten sie sich mit dem Revier in Verbindung, erläuterten die verschiedenen Verbrechen, die begangen worden waren, und wurden angewiesen, sofort die Polizeizentrale ins Bild zu setzen. Inzwischen wurden weitere Streifenwagen als Verstärkung zur Unfallstelle in Marsch gesetzt.

Der Anruf in der Jenaer Polizeizentrale ging um 12.35 Uhr ein. Er wurde auch viele Kilometer entfernt, auf der anderen Seite der Grenze, von einem britischen Horchposten im Harz registriert, der den Decknamen Archimedes trug.

Um ein Uhr mittags hob Dr. Lothar Herrmann, inzwischen wieder an seinem Schreibtisch in Pullach, den Hörer ab und nahm den lange erwarteten Anruf aus dem ballistischen Labor des BND entgegen. Das Labor war in einem benachbarten Gebäude untergebracht, das an die Waffenmeisterei und das Schießgelände grenzte.

Dort herrschte der kluge Brauch, bei der Ausgabe einer Handfeuerwaffe an einen Mitarbeiter nicht nur die Seriennummer zu notieren und sich den Empfang bestätigen zu lassen, sondern auch zwei Schüsse in einen Behälter abzufeuern, die Projektile einzusammeln und aufzuheben.

In einer vollkommenen Welt wären dem Techniker die Kugeln aus den beiden Leichen in Köln lieber gewesen, aber so mußte er sich mit den Fotografien behelfen. Alle gezogenen Läufe unterscheiden sich in winzigen Details voneinander, und beim Abfeuern eines Geschosses hinterläßt der jeweilige Lauf ganz kleine Kratzer daran, sogenannte »lands«. Sie sind Fingerabdrücken vergleichbar. Der Techniker hatte die »lands« an den beiden Musterkugeln, die zehn Jahre zuvor aus einer Walther PPK abgefeuert worden waren und sich noch in seiner Verwahrung befanden, mit den ihm zur Verfügung gestellten Fotos verglichen, von deren Herkunft er keine Ahnung hatte.

»Vollkommene Übereinstimmung? Aha. Danke Ihnen«, sagte Dr. Herrmann. Er rief die daktyloskopische Abteilung an – der BND führt unter anderem auch ein umfassendes Register der Fingerabdrücke seiner eigenen Mitarbeiter – und erhielt die gleiche Antwort. Er atmete tief aus und griff wieder nach dem Hörer. Es blieb nichts anderes übrig; diese Sache mußte dem Generaldirektor persönlich vorgelegt werden.

Was folgte, war eines der schwierigsten Gespräche, die Dr. Herrmann im Laufe seiner Karriere führen mußte. Der Generaldirektor wachte wie besessen über die Effizienz seines Dienstes und dessen Image, sowohl in den Korridoren der Macht in Bonn als auch in der Gemeinschaft der westlichen Nachrichtendienste. Die Nachricht, die Dr. Herrmann ihm brachte, wirkte wie ein Faustschlag auf ihn. Er spielte kurz mit dem Gedanken, die Kugelmuster und Morenz' Fingerabdrücke zu »verlieren«, kam aber rasch wieder davon ab. Morenz würde über kurz oder lang verhaftet werden, die Staatsanwaltschaft würde die Labortechniker vorladen – die Sache konnte nur noch schlimmer werden.

Der Bundesnachrichtendienst untersteht nur dem Kanzleramt, und der Generaldirektor war sich darüber im klaren, daß er diesem früher oder später über den Skandal Bericht erstatten mußte. Diese Aussicht bereitete ihm keine Freude.

»Machen Sie ihn ausfindig«, befahl er Dr. Herrmann. »Machen Sie ihn rasch ausfindig und ebenso diese Bänder.« Als Dr. Herrmann sich zum Gehen wandte, ließ der Generaldirektor, der fließend englisch sprach, noch eine Bemerkung folgen.

»Dr. Hermann, die Engländer haben eine Redewendung, die ich Ihnen ans Herz legen möchte. ›Thou shalt not kill, yet need not strive officiously to keep alive.‹«

Das war die durchsichtigste Andeutung, die er jemals in seinen langen Jahren beim BND erlebt hatte. Er rief das Zentralregister in der Personalabteilung an.

»Schicken Sie mir bitte den Lebenslauf eines unserer Mitarbeiter. Bruno Morenz heißt der Mann.«

Um zwei Uhr stand Sam McCready noch immer auf dem Hügel, wo er und Johnson sich seit sieben Uhr morgens aufhielten. Er vermutete zwar, daß das erste Treffen außerhalb von Weimar ein Fehlschlag gewesen war, aber man konnte ja nie wissen; Morenz hätte im Morgengrauen über die Grenze zurückkommen können. Aber er war nicht gekommen. Wieder ging McCready im Geist seine Zeitplanung durch: Treffen um zwölf Uhr, Abfahrt um zwölf Uhr zehn, eindreiviertel Stunden Fahrt – Morenz müßte jetzt beinahe jeden Augenblick auftauchen. McCready hob wieder sein Fernglas und richtete es auf die Straße jenseits der DDR-Grenze.

Johnson las gerade in einem Lokalblatt, das er an der Tankstelle Frankenwald gekauft hatte, als sein Telefon diskret trillerte. Er nahm ab, horchte und hielt dann McCready den Hörer hin.

»GCHQ«, sagte er. »Man möchte mit Ihnen sprechen.«

Es war ein Freund McCreadys, der aus Cheltenham anrief.

»Hör zu, Sam«, sagte er. »Ich glaube zu wissen, wo du bist. Nicht weit von dir entfernt ist plötzlich reger Funkverkehr ausgebrochen. Du solltest vielleicht Archimedes anrufen. Die wissen mehr als wir.«

Die Leitung war wieder tot.

»Holen Sie mir Archimedes ran«, sagte McCready zu Johnson. »Den diensthabenden Beamten. Abteilung DDR.« Johnson begann die entsprechenden Tasten zu drücken.

Mitte der fünfziger Jahre hatte die englische Regierung durch die Britische Rheinarmee eine verfallene alte Burg im Harz, unweit des hübschen, historischen Städtchens Goslar, kaufen lassen. Durch den waldreichen Harz verlief die Grenze zur DDR in Kurven und Zacken, manchmal quer über eine Hügelflanke, manchmal längs eines steilen Abgrunds. Potentielle DDR-Flüchtlinge versuchten oft in dieser Gegend ihr Glück.

Die Engländer ließen Schloß Löwenstein umbauen, angeblich, damit Militärkapellen dort üben konnten, und um dieser List Glaubwürdigkeit zu verleihen, drangen aus der Burg ständig die von übenden Militärmusikern erzeugten Töne – von Tonbandgeräten und Verstärkern. Doch während der Reparaturarbeiten am Dach des Gebäudes hatten Techniker aus Cheltenham eine Reihe technisch ausgereifter, raffinierter Antennen installiert. Zwar wurden deutsche Amtsträger aus der Gegend gelegentlich zu einem richtigen Konzert mit Kammer- und Militärmusik eingeladen, wofür eine Kapelle eingeflogen wurde, in Wahrheit aber war Löwenstein eine Außenstation von Cheltenham und trug den Decknamen Archimedes. Ihre Aufgabe bestand darin, den endlosen Funkklatsch auf Deutsch und Russisch jenseits der Grenze abzuhorchen. Die Höhenlage der Station im Harz sorgte für tadellosen Empfang.

»Ja, wir haben es gerade nach Cheltenham weitergegeben«, sagte der diensttuende Beamte, nachdem McCready sich identifiziert hatte. »Und dort haben sie gesagt, Sie würden direkt hier anrufen.«

Er sprach mehrere Minuten lang, und als McCready den Hörer auflegte, war er bleich.

»Die Polizei im Bezirk Jena ist total ausgeflippt«, berichtete er Johnson. »Anscheinend hat sich außerhalb von Jena ein Unfall ereignet. Ein bundesdeutscher Wagen, Marke unbekannt, hat einen Trabant gerammt. Der Westdeutsche hat einen der Vopos niedergeschlagen, die den Unfall aufnehmen wollten, und ist abgehauen – ausgerechnet mit dem Fahrzeug der Vopos. Es kann natürlich sein, daß es sich nicht um unseren Mann handelt.«

Johnson nickte, aber er glaubte es ebensowenig wie McCready.

»Was machen wir jetzt?«

McCready setzte sich auf die Ladeklappe des Range Rover, den Kopf in die Hände gestützt.

»Wir warten weiter«, sagte er. »Was anderes bleibt uns ja nicht übrig. Archimedes ruft zurück, sobald sie mehr wissen.«

Um diese Zeit wurde der schwarze BMW auf das Gelände der Jenaer Polizeizentrale gefahren. Niemand dachte an Fingerabdrücke, man wußte ja, wen man verhaften wollte. Der Vopo mit der gebrochenen Nase war verarztet worden und machte eine lange Aussage, sein Kollege ebenfalls. Der Fahrer des Trabant, der festgenommen worden war, und ein Dutzend Umstehende wurden vernommen. Auf dem Schreibtisch des Revierführers lag der auf den Namen Hans

Grauber ausgestellte Paß, den jemand von der Straße aufgehoben hatte, an der Stelle, wo das Dokument dem blessierten Vopo aus der Hand gefallen war. Andere Kriminalbeamte filzten aufs genaueste die Aktentasche und die Reisetasche. Der Leiter der Abteilung Auslandsverkäufe bei den Zeiss-Werken wurde herbeizitiert. Er beteuerte, daß er nie von einem Hans Grauber gehört habe; allerdings habe Zeiss früher an die Firma BKI in Würzburg geliefert.

Weil es sich um einen westdeutschen Paß handelte, machte der Lokalchef der Volkspolizei einen Routine-Anruf bei der örtlichen SSD-Filiale. Zehn Minuter später wurde zurückgerufen. »Wir wünschen«, erklärten die Stasi-Leute, »daß dieser Wagen auf einem Tieflader zu unserer Hauptgarage in Erfurt gebracht wird. Hört auf damit, überall an dem BMW Fingerabdrücke zu hinterlassen. Außerdem sämtliche Gegenstände aus dem Wagen zu uns. Kopien von sämtlichen Zeugenaussagen etc. Sofort!«

Der Vopo-Oberst wußte, wer in der DDR wirklich das Sagen hatte. Wenn die Stasi einen Befehl erließ, gehorchte man. Der schwarze BMW traf auf einem Tieflader um 16.30 Uhr in der Hauptgarage des SSD in Erfurt ein, und die Mechaniker machten sich an die Arbeit. Der Vopo-Oberst mußte zugeben, daß der SSD recht hatte. Die Sache war ihm ein Rätsel. Der Westdeutsche hätte wahrscheinlich eine saftige Geldstrafe wegen Alkohols am Steuer verpaßt bekommen – die DDR brauchte immer Westdevisen. Jetzt mußte er mit mehreren Jahren Knast rechnen. Warum war er abgehauen? Aber was die Stasi mit dem Wagen auch vorhatte, seine Aufgabe war es, den Mann zu finden. Er wies sämtliche Polizeifahrzeuge und Fußstreifen in einem Umkreis von etlichen Kilometern an, die Augen nach Grauber und dem gestohlenen Polizeiwagen offenzuhalten. Die Beschreibung von Mann und Fahrzeug wurde über Funk an alle Dienststellen der Umgebung weitergegeben. Aufrufe an die Öffentlichkeit, bei der Fahndung mitzuhelfen, unterblieben. Öffentliche Unterstützung für die Polizei in einem Polizeistaat ist eine Seltenheit. Dagegen bekam Archimedes den ganzen hektischen Funkverkehr mit.

Um 16.00 Uhr rief Dr. Herrmann in Köln bei Dieter Aust an. Er sagte ihm nichts über das Ergebnis der Laboruntersuchungen, erwähnte nicht einmal, was er am Abend vorher von Johann Prinz erfahren hatte. Aust brauchte davon nichts zu wissen.

»Ich möchte, daß Sie persönlich Frau Morenz vernehmen«, sagte er. »Sie haben eine Beamtin zu ihr hingeschickt? Gut, lassen Sie sie dort. Wenn die Polizei kommt, um Frau Morenz zu verhören, hindern Sie die Leute nicht daran, aber informieren Sie mich. Versuchen Sie, Hinweise aus ihr herauszulocken, wohin er unterwegs sein könnte, Ferienwohnung, Wohnung einer Freundin, Häuser von irgendwelchen Verwandten, was Sie nur herausbekommen können. Setzen Sie Ihre sämtlichen Mitarbeiter ein, um den Tips nachzugehen, die sie Ihnen geben kann. Wenn sich irgendwas ergibt, melden Sie sich bei mir.«

»Er hat außer Ehefrau, Sohn und Tochter keinerlei Verwandte in Deutschland«, sagte Aust, der ebenfalls Morenz' Vergangenheit, wie sie sich in seinen Personalunterlagen spiegelte, durchforstet hatte. »Soviel ich weiß, ist seine Tochter ein Hippie und wohnt in Düsseldorf in einem besetzten Haus. Ich schicke für alle Fälle Leute hin.«

»Ja, tun Sie das«, sagte Dr. Herrmann und legte auf. Ihm war in Morenz' Dossier etwas aufgefallen, was ihn veranlaßte, einen verschlüsselten Funkspruch der Kategorie »Blitz« an den BND-Agenten abgehen zu lassen, der dem Stab der deutschen Botschaft am Belgrave Square in London angehörte.

Um fünf Uhr trillerte der Telefonapparat, der auf der Ladeklappe des Range Rover stand. McCready nahm den Hörer ab. Er nahm an, es werde London oder Archimedes sein. Die Stimme war dünn, schepperig, als steckte dem Sprechenden etwas im Hals.

»Sam, sind Sie das, Sam?«

McCready wurde starr.

»Ja«, stieß er hervor, »ich bin's.«

»Es tut mir leid, es tut mir furchtbar leid, Sam. Ich habe Scheiße gebaut ...«

»Ist mit Ihnen alles okay?« fragte McCready drängend. Morenz vergeudete kostbare Sekunden.

»Ich bin am Ende, Sam. Ich wollte niemanden umbringen. Ich habe sie geliebt, Sam. Ich habe sie geliebt ...«

Morenz konnte nicht aufhören, bis McCready den Hörer auf den Apparat donnerte, womit er die Verbindung unterbrach. Niemand konnte aus einer Telefonzelle in der DDR eine Nummer im Westen anrufen. Die Regierenden hatten sämtliche Verbindungen gesperrt. Doch der SIS unterhielt in der Region Leipzig einen Unterschlupf, bewohnt von einem DDR-Bürger, der als Agent vor Ort für London arbeitete. Ein Anruf bei dieser Nummer, von DDR-Gebiet aus, wurde per Funk zu einem Satelliten und von dort in die Bundesrepublik weitergeleitet.

Doch die Anrufe durften nur vier Minuten dauern, weil sonst die Ostdeutschen die Quelle des Anrufs orten und das Versteck lokalisieren konnten. Morenz hatte neun Minuten lang gelabert. Dabei konnte McCready nicht wissen, daß der Abhördienst des SSD bereits bis zur Region Leipzig gekommen war, als die Verbindung unterbrochen wurde. Noch weitere sechs Sekunden, und sie hätten den Unterschlupf und seinen Bewohner entdeckt. Morenz war eingeschärft worden, die Nummer nur in äußerster Bedrängnis anzurufen und es ganz kurz zu machen.

»Der Typ ist völlig aus dem Leim gegangen«, sagte Johnson, »zusammengebrochen.«

»Herrgott noch mal, er hat geweint wie ein Kind«, stieß McCready hervor. »Er hat einen totalen Nervenzusammenbruch. Erklären Sie mir, was ich nicht begriffen habe. Was zum Teufel hat er damit gemeint, daß er nicht vorgehabt hätte, sie umzubringen ...«

Johnson sah nachdenklich drein.

»Er stammt aus Köln?«

»Das wissen Sie doch.«

Nein, Johnson wußte es nicht. Er wußte nur, daß er McCready im *Holiday Inn* am Kölner Flughafen abgeholt hatte. Er hatte Poltergeist nie gesehen. Aber das war gar nicht nötig. Er nahm das Lokalblatt zur Hand und deutete auf den zweiten Aufmacher auf der Titelseite. Es war Günther Brauns Bericht aus dem *Kölner Stadtanzeiger*, den der *Nordbayrische Kurier* in Bayreuth abgedruckt hatte. Der Bericht trug die Ortsangabe Köln, und die Schlagzeile lautete: Callgirl und Zuhälter bei Schießerei in Liebesnest getötet. McCready las die Meldung, legte dann die Zeitung beiseite und blickte starr in Richtung Norden.

»O Bruno, mein armer Freund, was für Scheiße hast du gebaut?«

Fünf Minuten später meldete sich Archimedes.

»Wir haben das mitgehört«, sagte der Beamte vom Dienst. »Und alle anderen auch, nehme ich an. Ich glaube, der Mann ist total geschafft.«

»Was ist das Neueste?« fragte McCready.

»Sie suchen nach einem Hans Grauber«, sagte Archimedes. »In ganz Thüringen ist eine Großfahndung nach ihm im Gange. Trunkenheit am Steuer, tätlicher Angriff auf einen Polizisten, Diebstahl eines Polizeifahrzeugs. Der Wagen, den er fuhr, war ein schwarzer BMW, richtig? Sie haben ihn in die Hauptgarage nach Erfurt transportiert. Wie es scheint, wurde alles, was er dabei hatte, sichergestellt und der Stasi übergeben.«

»Wann genau hat sich der Unfall ereignet?« fragte Sam. Der Beamte vom Dienst befragte jemand anderen.

»Der erste Anruf bei der Jenaer Polizei kam von einem Streifenwagen. Der Anrufer war anscheinend der Vopo, der keinen Hieb abbekommen hat. Er sagte: ›Vor fünf Minuten ...‹ Das war um 12.35 Uhr.«

»Danke«, sagte McCready.

Um acht Uhr abends entdeckte in der Erfurter Garage einer der Mechaniker den Hohlraum unterhalb der Batterie. Um ihn herum plagten sich drei weitere Mechaniker mit den Überresten des BMW ab. Sitze und Polsterauflagen waren auf dem Boden verteilt, die Räder abmontiert, die Reifen umgestülpt. Nur das Chassis war noch übrig, und darin entdeckte der Mechaniker den Hohlraum. Er rief einen Mann in Zivil, einen Stasi-Major, herbei. Sie untersuchten gemeinsam den Hohlraum, und der Major nickte.

»Der Wagen eines Spions«, sagte er. Die Arbeit ging weiter, obwohl es nicht mehr viel zu tun gab. Der Major ging nach oben und rief die Berliner Zentrale des Staatssicherheitsdienstes in der riesigen, düsteren Backsteinfestung im ostberlinischen Lichtenberg, Normannenstr. 22, an. Der Major ließ sich mit der Abteilung II der Spionageabwehr des Staatssicherheitsdienstes verbinden. Dort übernahm der Direktor der Abteilung, Oberst Otto Voß, den Fall persönlich. Sein erster Befehl ging dahin, daß absolut alles, was mit der Sache zu tun hatte, nach Ost-Berlin gebracht werden solle; in seiner zweiten Weisung verlangte er, daß sämtliche Personen, die den BMW und seinen Insassen, wie kurz auch immer, gesehen hatten, beginnend mit den Grenzpolizisten an der Saale, akribisch zu befragen seien. Dazu würden später das Personal des *Schwarzen Bären* gehören, die Streifenbeamten, die den BMW bewundert hatten, während sie neben ihm auf der Autobahn fuhren, insbesondere die beiden Beamten, die ihm am Vortag auf dem Parkplatz begegnet waren. und natürlich die zwei, denen ihr Streifenwagen gestohlen worden war.

Mit seinem dritten Befehl ordnete Voß an, daß über die Sache keinesfalls mehr über Funk oder nicht abhörsichere Telefonleitungen gesprochen wurde. Als er das erledigt hatte, hob er den Hörer seines

Haustelefons ab und rief die Abteilung VI, Grenzübergänge und Flughäfen, an.

Um zehn Uhr meldete sich Archimedes zum letztenmal bei McCready.

»Ich fürchte, es ist vorbei«, sagte der Beamte vom Dienst. »Nein, erwischt haben sie ihn noch nicht, aber das kommt bald. Wie es scheint, haben sie in der Erfurter Garage etwas entdeckt. Intensiver verschlüsselter Funkverkehr zwischen Erfurt und Ost-Berlin. Mit dem Geplauder auf den Funkwellen ist es völlig vorbei. Ja, und sämtliche Grenzübergänge sind in voller Alarmbereitschaft – die Wachen verdoppelt, die Suchscheinwerfer machen Überstunden. Das ganze Drum und Dran. Tut mir leid.«

Selbst von der Stelle aus, wo McCready auf dem Hügel stand, konnte er feststellen, daß Scheinwerfer von Autos, die aus der DDR kamen, nur hin und wieder zu sehen waren. Offenbar wurden sie anderthalb Kilometer landeinwärts stundenlang unter den Bogenlichtlampen festgehalten, während die Vopos jedes Auto und jeden LKW so gründlich filzten, daß selbst eine republikflüchtige Maus keine Chance hatte, unentdeckt zu bleiben.

Um 10.30 Uhr meldete sich Timothy Edwards.

»Hören Sie, Sam, es tut uns allen sehr leid, aber es ist so gut wie gelaufen«, sagte er. »Kommen Sie sofort nach London zurück.«

»Sie haben ihn noch nicht erwischt. Es ist besser, wenn ich hier bleibe. Vielleicht kann ich helfen. Die Sache ist noch nicht vorbei.«

»Doch, sie ist so gut wie gelaufen«, insistierte Edwards. »Hier gibt es wichtigere Dinge zu besprechen. Der Verlust des Päckchens ist nicht das geringste Problem. Unsere amerikanischen Vettern sind nicht erfreut, um es milde auszudrücken. Nehmen Sie bitte die erste Maschine von München oder Frankfurt, von wo es eben am schnellsten geht.«

Das war Frankfurt, wie es sich ergab. Johnson fuhr McCready durch die Nacht nach Frankfurt, setzte ihn am Flughafen ab und brachte anschließend den Range Rover und die Ausrüstung nach Bonn, wo er todmüde ankam. McCready legte sich im *Sheraton* beim Flughafen ein paar Stunden aufs Ohr und saß am nächsten Morgen in der ersten Maschine nach Heathrow, die dort kurz nach acht Uhr englischer Zeit landete. Denis Gaunt, der ihn abholen gekommen war, fuhr ihn sofort ins Century House.

Donnerstag

Majorin Ludmilla Wanawskaja stand an diesem Morgen nach ihrer Gewohnheit früh auf, und da es keinen Turnsaal gab, machte sie ihre Fitneß-Übungen in ihrem eigenen Zimmer in der KGB-Kaserne. Sie wußte, daß ihre Maschine erst am Mittag abging, aber sie gedachte, noch einmal in der KGB-Zentrale vorbeizuschauen und zum letzten Mal den Reiseplan des Mannes zu kontrollieren, den sie jagte.

Sie wußte, daß er am Abend des vorigen Tages in einem Wagenkonvoi aus Erfurt nach Potsdam zurückgekehrt war und die Nacht dort, im Offiziersquartier, verbracht hatte. Die beiden sollten mit derselben Maschine am Mittag von Postdam nach Moskau abfliegen. Er würde vorne, auf einem der Plätze sitzen, die selbst in Militärmaschinen für die *wlasti*, die Privilegierten, reserviert waren. Sie trat als eine bescheidene, kleine Stenotypistin aus der riesigen Botschaft Unter den Linden auf, dem wahren (sowjetischen) Machtzentrum der DDR. Sie würden einander nicht kennenlernen, ja, er würde sie nicht einmal bemerken.

Um acht Uhr betrat sie das Gebäude, in dem die KGB-Zentrale untergebracht war, einen knappen Kilometer von der sowjetischen Botschaft entfernt, und suchte die Fernmeldezentrale auf. Die Leute dort konnten in Potsdam anrufen und sich vergewissern, daß der Abflug nicht verschoben worden war. Während sie auf diese Auskunft wartete, trank sie eine Tasse Kaffee, an einem Tischchen, das sie mit einem jungen Leutnant teilte, der sichtlich hundemüde war und oft gähnte.

»Nicht geschlafen heute nacht?« fragte sie.

»Nein. Nachtschicht. Die Fritzen waren die ganze Nacht in heller Aufregung.«

Der Leutnant sprach sie nicht mit ihrem Rang an, da sie in Zivil war, und so erfuhr er nicht, daß sie Majorin war. Und das Wort, mit dem er die Ostdeutschen bezeichnete, war nicht schmeichelhaft. Aber alle Russen nannten die DDRler so.

»Wieso das?« fragte sie.

»Oh, sie haben einen westdeutschen Wagen abgefangen und darin einen geheimen Hohlraum entdeckt. Vermutlich saß einer ihrer Agenten am Steuer.«

»War das hier in Berlin?«

»Nein, unten in Jena.«

»Wo liegt Jena eigentlich?«

»Hör zu, Schätzchen. Meine Schicht ist zu Ende. Ich geh mich jetzt aufs Ohr legen.«

Sie lächelte ihn reizend an, öffnete ihre Handtasche und zückte ihren Ausweis in seinem roten Etui. Der Leutnant hörte zu gähnen auf und wurde blaß. Eine Majorin vom Dritten Direktorat, das war wirklich sehr dumm. Er zeigt ihr Jena auf der Wandkarte am anderen Ende der Kantine. Sie ließ ihn gehen und betrachtete die Karte. Zwickau, Gera, Jena, Weimar, Erfurt ... lauter Orte auf einer Linie, und dieser Linie war der Konvoi des Mannes gefolgt, den sie jagte. Gestern ... Erfurt. Und vierzig Kilometer davon entfernt Jena. Nahe, verdammt nahe, zu nahe.

Zehn Minuten später klärte ein sowjetischer Major sie über die Arbeitsweise der DDRler auf.

»Inzwischen ist es wohl bei ihrer Abteilung II gelandet«, sagte er. »Das bedeutet Oberst Voß. Otto Voß. Er hat die Sache unter sich.«

Sie benutzte sein Bürotelefon, ließ ihren Dienstrang spielen und vereinbarte einen Gesprächstermin mit Oberst Voß im Stasi-Hauptquartier in Lichtenberg. Um zehn Uhr.

Um neun Uhr Londoner Zeit nahm McCready seinen Platz an dem Tisch im Konferenzsaal ein, eine Etage unter dem Chefbüro im Century House. Claudia Stuart saß ihm gegenüber und sah ihn vorwurfsvoll an. Chris Appleyard, der nach London geflogen war, um den sowjetischen Aufmarschplan persönlich nach Langley zu bringen, starrte rauchend zur Decke hinauf. Er schien sich zu sagen: Das ist eure Angelegenheit. Ihr Briten habt die Sache verpfuscht, jetzt bringt sie wieder in Ordnung. Timothy Edwards nahm den Platz am Tischende ein, sozusagen als Schiedsrichter. Es gab nur einen einzigen, unausgesprochenen Punkt auf der Tagesordnung: Schadensbewertung. Eine Schadensbegrenzung kam – falls überhaupt möglich – später. Niemand mußte über das, was geschehen war, ins Bild gesetzt werden; sie hatten alle das Dossier mit den abgehörten Funkmeldungen und die Lageberichte gelesen.

»Schön«, sagte Edwards, »wie es aussieht, ist Ihr Mann, Poltergeist, aus dem Leim gegangen und hat das Unternehmen platzen lassen. Wollen wir mal sehen, ob wir noch etwas retten können.«

»Warum zum Teufel haben Sie ihn hinübergeschickt, Sam?« fragte Claudia Stuart aufgebracht.

»Weil ihr wolltet, daß ein Job erledigt wird«, antwortete McCready. »Weil ihr selber dazu nicht imstande wart. Weil es eilig war. Weil Pankratin auf mir persönlich bestanden hat. Weil Poltergeist der einzige akzeptable Ersatzmann war. Weil er bereit war, die Sache zu machen.«

»Jetzt sieht es aber so aus«, sagte Appleyard in seinem gedehnten Amerikanisch, »daß er kurz zuvor seine Freundin, eine Nutte, umgebracht hat und bereits am Ende seiner Kraft war. Haben Sie ihm denn nichts angemerkt?«

»Nein. Er wirkte auf mich nervös, aber doch beherrscht. Schwache Nerven sind etwas Normales – bis zu einem bestimmten Punkt. Er hat mir nichts von seinem privaten Schlamassel erzählt, und ich bin schließlich kein Hellseher.«

»Das Verdammte daran ist«, sagte Claudia Stuart, »daß er Pankratin getroffen hat. Wenn die Stasi ihn erwischt und durch die Mangel dreht, wird er plaudern. Und ebenso haben wir Pankratin verloren. Und Gott allein weiß, wieviel Schaden seine Verhöre in der Lubjanka anrichten werden.«

»Wo ist Pankratin jetzt?« fragte Edwards.

»Nach meiner Zeitplanung steigt er ungefähr in diesem Augenblick in Potsdam in eine Militärmaschine, um nach Moskau zurückzufliegen.«

»Können Sie ihm denn keine Warnung zukommen lassen?«

»Verdammt noch mal, nein. Nach seiner Landung in Moskau nimmt er eine Woche Heimaturlaub, den er bei Freunden aus der Armee auf dem Land verbringt. Wir können ihm unseren Notwarn-Code erst zukommen lassen, wenn er nach Moskau zurückkehrt – falls es überhaupt noch dazu kommt.«

»Was ist mit dem Aufmarschplan?« wollte Edwards wissen.

»Ich denke, den hat Poltergeist bei sich«, sagte McCready. Alle blickten ihn aufmerksam an. Appleyard hörte zu rauchen auf.

»Wie kommen Sie darauf?«

»Wegen des Zeitablaufs«, sagte McCready. »Das Treffen war um zwölf. Nehmen wir an, er fuhr gegen zwölf Uhr zwanzig von dem Parkplatz weg. Der Unfall war um halb eins. Das war zehn Minuten später und acht Kilometer entfernt auf der anderen Seite von Jena. Ich denke, wenn er das Buch in dem Hohlraum unter der Batterie verstaut hätte, hätte er die Strafe wegen Trunkenheit am Steuer angenommen, die Nacht in einer Zelle abgesessen und die Geldstrafe bezahlt. Es spricht einiges dafür, daß die Vopos den Wagen gar nicht gefilzt hätten.

Wenn sich das Buch in dem BMW befunden hätte, hätte man nach meiner Meinung den abgefangenen Funkmeldungen etwas von der Hochstimmung bei der Polizei entnehmen können. Die Stasi wäre binnen Minuten, nicht nach zwei Stunden zugezogen worden. Ich denke, er hatte es bei sich, unter seinem Sakko vielleicht. Das war der Grund, warum er nicht aufs Polizeirevier konnte. Man hätte ihm für die Blutprobe das Sakko ausgezogen. Deswegen ist er getürmt.«

Mehrere Minuten lang herrschte Schweigen.

»Jetzt hängt alles von Poltergeist ab«, sagte Edwards. Obwohl Morenz' richtiger Name mittlerweile allen bekannt war, zog man es vor, seinen Decknamen zu benutzen. »Er muß irgendwo sein. Wohin könnte er sich gewandt haben? Hat er dort in der Gegend Freunde? Einen Unterschlupf? Irgendwas?«

McCready schüttelte den Kopf.

»In Ost-Berlin gibt es einen Unterschlupf. Er kennt ihn von früher. Ich hab's dort versucht. Kein Kontakt. Im Süden der DDR kennt er niemanden. Er war auch nie dort.«

»Könnte er sich irgendwo in den Wäldern verstecken?« fragte Claudia Stuart.

»Die Gegend ist nicht wie der Harz mit seinen dichten Wäldern. Freies, hügeliges Ackerland, kleine Städte, Dörfer, Weiler, Bauerngehöfte ...«

»Keine Gegend für einen Flüchtling in vorgerückten Jahren, der nicht mehr richtig im Kopf ist«, bemerkte Appleyard.

»Dann können wir ihn abschreiben«, sagte Claudia Stuart. »Ihn, den Aufmarschplan und Pankratin. Nebbich.«

»Ja, so sieht die Sache leider aus«, sagte Edwards. Die Volkspolizei wird alles aufbieten, was sie nur hat. Straßensperren an sämtlichen größeren und kleineren Landstraßen. Ohne einen Zufluchtsort werden sie ihn mittags haben, fürchte ich.«

Das Treffen ging mit dieser düsteren Note zu Ende. Als die Amerikaner fort waren, hielt Edwards an der Tür McCready noch auf.

»Sam, ich weiß, es ist aussichtslos, aber Sie bleiben noch an dem Fall, ja? Ich habe die Abteilung DDR in Cheltenham ersucht, ihre Abhöraktivitäten zu verstärken und Sie sofort zu verständigen, wenn sie irgend etwas in Erfahrung bringen. Wenn Sie Poltergeist erwischen, und dazu muß es ja unvermeidlich kommen, möchte ich sofort informiert werden. Wir müssen unsere amerikanischen Vettern irgendwie besänftigen, allerdings wie, das weiß Gott allein.«

Als McCready wieder in seinem Büro war, beschäftigte ihn die Frage, was sich im Kopf eines Mannes abspielt, der einen totalen Nervenzusammenbruch erlebt. Er hatte selbst dieses Phänomen noch nicht beobachtet. In welcher Verfassung war Bruno Morenz jetzt wohl? Wie reagierte er auf seine Situation? Logisch? Verrückt? Er ließ sich mit dem beratenden Psychiater des SIS verbinden, einem hochangesehen Spezialisten, der respektlos der »Psychoklempner« genannt wurde. Als er Dr. Alan Carr in seiner Praxis in der Wimpole Street erreichte, sagte der Psychiater, er sei zwar den Vormittag über beschäftigt, würde sich aber gerne mit McCready beim Lunch zu einem Beratungsgespräch über den fraglichen Fall treffen. McCready verabredete sich mit ihm für ein Uhr im *Montcalm Hotel*.

Pünktlich um zehn Uhr ging Majorin Ludmilla Wanawskaja durch den Haupteingang der SSD-Zentrale in der Normannenstraße und wurde in den vierten Stock geführt, den die Abteilung II, Spionageabwehr, einnahm. Oberst Voß erwartete sie bereits. Er geleitete sie in sein Privatbüro und bot ihr den Stuhl seinem Schreibtisch gegenüber an. Er setzte sich und bestellte Kaffee. Als die Sekretärin den Kaffee gebracht hatte und wieder verschwunden war, fragte er höflich: »Was kann ich für Sie tun, Genossin Major?«

Er war neugierig, was ihm diesen Besuch an einem mit Terminen überfüllten Tag beschert hatte, aber das Ersuchen um dieses Gespräch war von dem kommandierenden General in der KGB-Zentrale ausgegangen, und Oberst Voß wußte nur zu gut, wer der Herr im Haus der Deutschen Demokratischen Republik war.

»Sie beschäftigen sich derzeit mit einem Fall in der Gegend von Jena«, sagte Ludmilla Wanawskaja. »Ein westdeutscher Agent, der nach einem Unfall getürmt ist und seinen Wagen zurückgelassen hat. Könnten Sie mir sagen, welche Details sich bisher ergeben haben?«

Voß lieferte die Details nach, die in dem der Russin bereits bekannten Situationsbericht nicht enthalten waren.

»Nehmen wir mal an«, sagte die Majorin, als Voß fertig war, »daß dieser Agent, Grauber, gekommen war, um irgend etwas abzuholen oder abzuliefern ... Wurde in dem Wagen oder in dem geheimen Hohlraum irgend etwas gefunden, das dafür in Frage kommt?«

»Nein, nichts. Die aufgefundenen Papiere dienten nur dazu, seine

Deckgeschichte zu liefern. Der Hohlraum war leer. Falls er etwas über die Grenze gebracht hatte, war es bereits abgeliefert. Falls er etwas hinausschmuggeln wollte, hatte er es noch nicht abgeholt...«

»Oder er trug es noch bei sich.«

»Möglich, ja. Wir werden es erfahren, wenn wir ihn verhören. Darf ich fragen, warum Sie sich für den Fall interessieren?«

Die Majorin wählte ihre Worte mit Bedacht.

»Es besteht die Möglichkeit, die schwache Möglichkeit, daß ein Fall, an dem ich arbeite, mit Ihrem zum Teil etwas gemeinsam hat.«

Otto Voß ließ sich nichts davon anmerken, daß er amüsiert war. Dieser hübsche weibliche Spürhund hatte also den Verdacht, der Westdeutsche könnte in die DDR gekommen sein, um mit einer *russischen* Nachrichtenquelle, nicht mit einem ostdeutschen Verräter Kontakt aufzunehmen. Interessant.

»Haben Sie irgendeinen Grund für die Annahme, Genosse Oberst, daß Grauber persönlichen Kontakt aufnehmen wollte, oder meinen Sie, daß er nur in einem toten Briefkasten etwas abholen oder deponieren sollte?«

»Wir glauben, daß er zu einer persönlichen Begegnung hierher gekommen ist«, sagte Voß. »Der Unfall hat sich gestern um halb ein Uhr mittags ereignet, aber er hatte die Grenze bereits am Dienstag um elf Uhr passiert. Hätte seine Aufgabe nur darin bestanden, eine Nachricht in einem toten Briefkasten zu hinterlassen oder daraus eine zu entnehmen, hätte er dafür nicht mehr als vierundzwanzig Stunden gebraucht. Er hätte es bis zum Einbruch der Nacht am Dienstag erledigen können. So aber hat er die Nacht von Dienstag auf Mittwoch im *Schwarzen Bären* in Jena verbracht. Wir sind der Auffassung, daß er wegen einer direkten Übergabe in die DDR gekommen ist.«

Die Majorin jubelte stumm. Ein persönliches Treffen an einer Straße irgendwo in der Region Jena-Weimar, genau zu dem Zeitpunkt, da der von ihr Gejagte dort unterwegs war. Du warst es, den er treffen wollte, du Scheißkerl, dachte sie.

»Haben Sie diesen Grauber identifiziert?« fragte sie Voß. »Das ist doch sicher nicht sein richtiger Name.«

Seinen Triumph verbergend, schlug Voß einen Aktendeckel auf und reichte ihr eine Phantomzeichnung. Sie war mit Hilfe der zwei Polizisten aus Jena, die Grauber westlich von Weimar geholfen hatten, eine Mutter anzuziehen, und des Personals des *Schwarzen*

Bären angefertigt worden. Sie war sehr gut gelungen. Wortlos reichte ihr Voß dann eine große Fotografie. Die beiden Konterfeis stimmten überein.

»Er heißt Morenz«, sagte Voß. »Bruno Morenz. Beamter im BND, Arbeitsplatz Köln.«

Ludmilla Wanawsjaka war überrascht. Also war es eine westdeutsche Operation. Sie hatte immer vermutet, der Mann, dem sie nachspürte, arbeite für die CIA oder für die Engländer.

»Sie haben ihn noch nicht erwischt?«

»Nein, Genossin Major. Ich gebe zu, ich bin überrascht, daß es so lange dauert. Aber wir werden ihn erwischen. Gestern wurde spätabends das Polizeifahrzeug verlassen aufgefunden. In den Berichten heißt es, daß der Tank einen Einschuß hatte. Der Wagen dürfte, nachdem er gestohlen war, nur noch zehn bis fünfzehn Minuten lang benutzbar gewesen sein. Er wurde hier gefunden, in der Nähe von Apolda, nördlich von Jena. Also ist unser Mann jetzt zu Fuß unterwegs. Wir haben ein perfektes Signalement – groß, stämmig, ergraut, in einem zerknautschten Regenmantel. Er hat keine Papiere, spricht rheinländischen Akzent und ist körperlich nicht in guter Verfassung. Er fällt auf wie ein Kuhfladen auf der Autobahn.«

»Ich möchte bei der Vernehmung dabei sein«, sagte Ludmilla Wanawskaja. Sie war keine zimperliche Person und schon häufiger bei Verhören anwesend gewesen.

»Wenn das ein offizielles Ersuchen des KGB ist, werde ich ihm natürlich nachkommen.«

»Das wird es sein«, sagte die Majorin.

»Dann bleiben Sie in der Nähe, Genossin Major. Wir werden ihn bald haben, vermutlich bis Mittag.«

Ludmilla Wanawskaja kehrte zur KGB-Zentrale zurück, stornierte ihren Flug nach Moskau und rief über eine abhörsichere Leitung General Schaljapin an. Er erteilte sein Einverständnis.

Um zwölf Uhr mittags hob in Potsdam eine Andropow 32 der sowjetischen Luftwaffe von der Startbahn ab und begann den Flug nach Moskau. An Bord befanden sich General Pankratin und andere ranghohe Armee- und Luftwaffenoffiziere. Ein paar niedrige Chargen saßen weiter hinten, bei den Postsäcken. Eine »Botschaftssekretärin« in einem dunklen Kostüm war nicht in der Transportmaschine. Das fiel selbstverständlich niemandem auf.

»Er dürfte sich«, sagte Dr. Carr beim Hors d'œuvre aus Melone und Avocado, »in einem dissoziativen oder Dämmerzustand oder in einer ›Fugue‹ befinden.«

Er hatte aufmerksam zugehört, während McCready einen namenlosen Mann beschrieb, der offensichlich einen schweren Nervenzusammenbruch erlitten hatte. Er hatte weder etwas davon erfahren noch danach gefragt, in welcher Art Mission der Betreffende unterwegs war und wo es zu diesem Zusammenbruch gekommen war, davon abgesehen, daß er sich auf feindlichem Territorium ereignet hatte. Die leeren Teller wurden weggenommen und die Seezunge entgrätet.

»Dissoziiert wovon?« fragte McCready.

»Von der Realität natürlich«, sagte Dr. Carr. »Es ist eines der klassischen Symptome dieser Art Syndrom. Vielleicht hat er schon vor diesem endgültigen Zusammenbruch Symptome der Selbsttäuschung entwickelt.«

Und ob er das hat, dachte McCready. Sich einzubilden, daß eine blendend aussehende Nutte sich in ihn verliebt habe, daß er mit ihr ein neues Leben beginnen, daß er als Doppelmörder ungestraft davonkommen könnte.

»Fugue«, fuhr Dr. Carr fort und nahm dabei eine Gabel voll von der zarten Sole meunière, »bedeutet Flucht. Flucht vor der Realität, besonders vor einer unangenehmen, harten Realität. Ich nehme an, daß Ihr Mann sich inzwischen in einem wirklich schlechten Zustand befindet.«

»Was wird er nun tun?« fragte McCready. »Wohin wird er sich wenden?«

»Er wird eine Zuflucht suchen, irgendwo, wo er sich sicher fühlt, wo er sich verstecken kann, wo sich alle seine Probleme in Luft auflösen und die Leute ihn in Frieden lassen werden. Vielleicht regrediert er sogar in einen frühkindlichen Zustand. Ich hatte einmal einen Patienten, der sich, weil er keinen anderen Ausweg mehr wußte, ins Bett legte, wie ein Fetus zusammenkauerte, den Daumen in den Mund steckte und sich durch nichts bewegen ließ, das Bett wieder zu verlassen. Kindheit, verstehen Sie, Sicherheit, Geborgenheit. Keine Probleme. Übrigens, die Seezunge ist ausgezeichnet. Ja, noch einen Schluck Meursault ... Danke.«

Das hört sich alles sehr schön an, dachte McCready, aber Bruno Morenz hat nichts, wo er Zuflucht suchen kann. Geboren und aufgewachsen in Hamburg, in Berlin, München und Köln stationiert, gab es für ihn in der Umgebung von Jena oder Weimar nichts, wo er unterschlüpfen konnte. Er goß sich Wein nach und fragte:

»Angenommen, es gibt nichts, wo er sich verstecken kann?«

»Dann fürchte ich, wird er verwirrt und orientierungslos umherirren, außerstande, sich selbst zu helfen. Hätte er ein Ziel, das sagt mir meine Erfahrung, könnte er seine Logik einsetzen, um es zu erreichen. Ohne Ziel ...« sagte der Arzt achselzuckend, »werden sie ihn erwischen. Vermutlich haben sie ihn inzwischen schon. Spätestens bei Einbruch der Dunkelheit.«

Aber sie hatten Morenz noch nicht. Je länger sich der Nachmittag hinzog, um so wütender und frustrierter wurde Oberst Voß. Mehr als vierundzwanzig Stunden, bald dreißig, Vopos und Geheimpolizei an jeder Ecke, an jeder Straße in der Region Apolda-Jena-Weimar Sperren – und der große, desorientierte Westdeutsche mit seinem watschelnden Gang schien sich schlicht in Luft aufgelöst zu haben.

Voß ging die Nacht hindurch in seinem Büro in der Normannenstraße immer wieder ergrimmt auf und ab; Ludmilla Wanawskaja saß auf dem Rand ihres Feldbetts im Quartier für unverheiratete Frauen in der KGB-Kaserne; auf Schloß Löwenstein und in Cheltenham saßen Männer über Funkgeräte gebeugt; an sämtlichen Landstraßen im südlichen Thüringen wurden Fahrzeuge mit Fackeln zum Anhalten veranlaßt; McCready trank in seinem Büro im Century House einen schwarzen Kaffee nach dem anderen. Nichts. Bruno Morenz war verschwunden.

5

Majorin Wanawskaja konnte nicht einschlafen. Sie bemühte sich, aber es half nichts. Hellwach lag sie im Dunkeln und beschäftigte sich mit der Frage, wie um Himmels willen die Ostdeutschen, die doch, wie es hieß, ihre eigene Bevölkerung fest im Griff hatten, in einem dreißig Quadratkilometer großen Gebiet einen Mann wie Morenz verlieren konnten. Hatte er sich als Anhalter mitnehmen lassen? Ein Fahrrad gestohlen? Kauerte er immer noch in einem Straßengraben? Was taten die Vopos dort unten eigentlich?

Um drei Uhr morgens war sie zu dem Schluß gekommen, daß irgend etwas fehlte, ein kleines Stück aus dem Puzzle. Wie brachte ein

Mann, der halb von Sinnen und auf der Flucht war, es fertig, in einem von Vopos wimmelnden Gebiet der Entdeckung zu entgehen?

Um vier stand sie auf und machte wieder einen Besuch in der KGB-Zentrale, wo sie das Personal, das Nachtschicht hatte, mit ihrer Forderung nach einer abhörsicheren Verbindung zur SSD-Zentrale verstörte. Als der Kontakt hergestellt war, bekam sie Oberst Voß an den Apparat, der keinen Schritt aus seinem Büro getan hatte.

»Dieses Foto von Morenz«, sagte sie, »ist das aus neuerer Zeit?«

»Ungefähr vor einem Jahr aufgenommen«, sagte Voß verwirrt.

»Woher haben Sie es?«

»Von der HVA«, sagte Voß. Ludmilla Wanawskaja dankte ihm und legte auf.

Natürlich von der HVA, der Hauptverwaltung Aufklärung, dem Auslandsnachrichtendienst der DDR, der sich aus naheliegenden sprachlichen Gründen darauf spezialisierte, Agentennetze in der BRD zu steuern. Ihr Chef war der legendäre Generaloberst Markus Wolf. Er genoß selbst beim KGB Respekt, wo man sonst voll Verachtung auf die Nachrichtendienste der Satelliten herabsah. Markus (»Mischa«) Wolf waren ein paar spektakuläre Coups gegen die Westdeutschen gelungen, besonders als er Bundeskanzler Brandt einen DDR-Agenten direkt ins Nest setzte. Majorin Wanawskaja holte mit einem Anruf den Berliner Chef des Dritten Direktorats aus dem Bett und brachte ihr Verlangen vor, wobei sie General Schaljapins Namen fallen ließ. Das zeitigte die gewünschte Wirkung. Der Oberst sagte, er werde sehen, was er tun könne. Eine halbe Stunde später rief er zurück. »General Wolf«, sagte er, »ist anscheinend ein Frühaufsteher. Sie haben um sechs einen Termin in seinem Büro.«

Um fünf Uhr an diesem Morgen beendete die Abteilung für Dekodierung in Cheltenham die Entschlüsselung einer Unmenge von Material, das sich in den vergangenen vierundzwanzig Stunden angehäuft hatte. In seiner Klartext-Form würde es über mehrere stark gesicherte Leitungen an verschiedene Empfänger übermittelt werden – einiges an den SIS im Century House, einiges an den MI-5 in der Curzon Street, anderes an das Verteidigungsministerium in Whitehall. Vieles würde zur Weitergabe kopiert werden – als eventuell von Interesse für zwei oder sogar alle drei dieser Stellen. Akutes Nachrichtenmaterial wurde viel schneller bearbeitet, aber die frühen Morgenstunden waren eine gute Zeit, um das zweitklassige Zeug nach London zu schaffen; die Leitungen waren weniger belegt.

Unter dem Material befand sich auch eine Funkmeldung, die am Mittwochabend in Pullach an den BND-Mitarbeiter in der bundesdeutschen Botschaft abgesetzt worden war. Deutschland war und ist nach wie vor ein geschätzter und geachteter Bundesgenosse Großbritanniens. Es war nicht Ausdruck irgendeines Mißtrauens, daß Cheltenham eine vertrauliche Nachricht von einem Verbündeten an seine eigene Botschaft abfing und entschlüsselte. Der Kode war einige Zeit vorher in aller Stille geknackt worden. Nicht böse gemeint, alles nur Routine. Diese spezielle Nachricht ging an den MI-5 und die NATO-Abteilung im Century House ab, die für sämtliche nachrichtendienstlichen Verbindungen zu Englands Verbündeten zuständig war, abgesehen von der CIA, für die es eine eigene Abteilung gab.

Es war der Chef der NATO-Abteilung gewesen, der als erster Edwards darauf aufmerksam machte, daß McCready peinlicherweise einen Beamten des befreundeten BND als persönlichen Agenten führte. Trotzdem blieb der Chef der NATO-Abteilung auch weiterhin gut Freund mit McCready. Als er an diesem Vormittag um zehn Uhr die Funkmeldung aus Pullach sah, nahm er sich vor, seinen Freund Sam darauf aufmerksam zu machen. Man wußte ja nie ... Aber das mußte aus Zeitmangel bis zum Mittag warten.

Um sechs Uhr morgens wurde Majorin Wanawskaja in das Amtszimmer von Markus Wolf geführt, zwei Etagen über dem von Oberst Voß. Der DDR-Spionagechef hatte für Uniformen nichts übrig und trug einen gutgeschnittenen, dunkelgrauen Anzug. Er trank lieber Tee als Kaffee und ließ sich regelmäßig eine besonders gute Mischung aus dem Delikatessenparadies Fortnum and Mason in London schicken. Er bot der Sowjetmajorin eine Tasse an.

»Genosse General, dieses in jüngerer Zeit aufgenommene Foto von Bruno Morenz – es kam von Ihnen.«

Mischa Wolf betrachtete sie über den Rand seiner Teetasse hinweg. Er war nicht gesonnen, dieser fremden Person zu bestätigen, daß er in der Führungsschicht der BRD Spitzenleute als Agenten sitzen hatte.

»Könnten Sie vielleicht eine Kopie von Morenz' Lebenslauf beschaffen?« fragte sie. Markus Wolf ließ sich ihr Ersuchen durch den Kopf gehen.

»Wofür möchten Sie die haben?« fragte er leise.

Sie legte es ihm dar. Detailliert. Und brach dabei ein paar Regeln.

»Ich weiß, es ist nicht mehr als eine Mutmaßung«, sagte sie. »Nichts Konkretes. So ein Gefühl, daß ein Glied in der Kette fehlt. Vielleicht etwas aus seiner Vergangenheit.«

Wolf stimmte ihr zu. Eine unorthodoxe, assoziative Denkweise gefiel ihm immer. Einige seiner schönsten Erfolge hatte er einem instinktiven Gefühl, einer Ahnung, dem Verdacht zu verdanken gehabt, daß der Feind irgendwo einen wunden Punkt hatte, den es zu finden galt. Er stand auf, trat an einen Aktenschrank und zog einen dünnen Stapel von acht Blättern heraus. Es handelte sich um Bruno Morenz' Lebensgeschichte. Aus Pullach, dasselbe Exemplar, das Lothar Herrmann am Mittwochnachmittag durchgelesen hatte. Ludmilla Wanawskaja gab einen bewundernden Ton von sich. Wolf lächelte.

Wenn Markus Wolf in der Welt der Spionage eine Spezialität hatte, war es nicht so sehr das Bestechen und »Umdrehen« hochrangiger Amtsträger in der BRD – allerdings ließ sich viel manchmal dadurch erreichen, daß man spröde, unverheiratete, auf Herz und Nieren geprüfte Sekretärinnen von untadeligem Lebenswandel in den Büros solcher hohen Tiere plazierte. Er wußte, daß eine Sekretärin, die das Vertrauen ihres Chefs genoß, alles sah, was auf dessen Schreibtisch kam, und zuweilen noch mehr.

Im Laufe der Jahre war die Bundesrepublik von einer Reihe von Skandalen erschüttert worden, als Privatsekretärinnen von hohen Beamten und Chefs von Rüstungsfirmen entweder vom BfV verhaftet wurden oder sich in die DDR absetzten. Eines Tages würde er Frl. Erdmute Keppel aus ihrem Wirkungskreis in der Kölner BND-Außenstelle zurück in ihre geliebte DDR holen. Bis dahin würde sie wie gewohnt eine Stunde vor Dieter Aust im Büro eintreffen und alles, was von Interesse war, kopieren, die Personalakten sämtlicher Mitarbeiter eingeschlossen. Im Sommer würde sie auch weiterhin mittags in dem ruhigen Park mit pedantischer Präzision ihre belegten Brote verzehren, die Tauben mit ein paar übriggebliebenen Krümeln füttern und zuletzt das Einwickelpapier in eine Mülltonne stecken, die in der Nähe stand. Ein paar Augenblicke später zog es ein Mann heraus, der seinen Hund in der Anlage spazierenführte. Im Winter würde sie ihr Mittagessen wie gewohnt in einem Café einnehmen und beim Hinausgehen ihre Zeitung im Abfallkorb neben dem Eingang deponieren, aus dem sie ein Passant, der »zufällig« vorüberkam, herausholen würde.

Wenn sie in die DDR übersiedelte, konnte Frl. Keppel mit einem Staatsempfang und einer persönlichen Begrüßung durch den Minister für Staatssicherheit, Erich Mielke, oder vielleicht sogar durch Erich Honecker höchstselbst, einem Orden, einer Staatspension und einem behaglichen Zuhause an den Fürstenwalder Seen rechnen, wo sie her war.

Natürlich besaß nicht einmal Markus Wolf die Begabung, in die Zukunft zu blicken. Er konnte nicht wissen, daß schon 1990 die DDR nicht mehr existieren würde, Mielke und Honecker wegen zahlreicher Vergehen, die juristisch nicht leicht zu fassen waren, zur Verantwortung gezogen werden sollten. Er konnte nicht ahnen, daß er selbst 1990 als Pensionär für ein ansehnliches Honorar seine Memoiren schreiben oder daß Erdmute Keppel die nächsten Jahre in Westdeutschland verbringen würde, eingeschlossen an einem Ort, der entschieden weniger gemütlich war als die ihr zugesagte Wohnung in Fürstenwalde.

Majorin Wanawskaja blickte hoch.

»Er hat eine Schwester«, sagte sie.

»Ja«, sagte Wolf. »Sie denken, daß sie etwas wissen könnte?«

»Es ist eine ganz schwache Chance«, sagte die Russin. »Wenn ich sie aufsuchen könnte ...«

»Wenn Sie von Ihren Vorgesetzten die Erlaubnis dafür bekommen«, soufflierte ihr Wolf sanft. »Sie arbeiten leider nicht für mich.«

»Aber wenn ich die Genehmigung erhielte, würde ich eine Deckgeschichte brauchen. Nicht Russin oder Ostdeutsche ...«

»Ich habe ein paar ›Legenden‹, die jederzeit benutzt werden können. Selbstverständlich. Es gehört ja zu unserem sonderbaren Metier ...«

Um 10.00 Uhr startete vom Flughafen Berlin-Schönefeld eine LOT 104 der polnischen Fluggesellschaft nach einer Zwischenlandung zum Weiterflug. Sie wurde zehn Minuten lang festgehalten, damit Ludmilla Wanawskaja noch an Bord gehen konnte. Wie Wolf festgestellt hatte, war ihr Deutsch passabel, aber nicht gut genug. In London würde sie nicht vielen Menschen begegnen, die Polnisch sprachen. Sie hatte die Papiere einer polnischen Lehrerin, die eine Verwandte besuchen wollte. In Polen herrschte ein viel liberaleres Regime.

Die polnische Verkehrsmaschine landete um elf Uhr, mit einer Stunde Gewinn wegen des Zeitunterschieds. Majorin Wanawskaja passierte innerhalb einer halben Stunde Paß- und Zollkontrolle, machte aus einer öffentlichen Telefonzelle in der Wartehalle des Terminal 2 zwei Anrufe und nahm dann ein Taxi nach Primrose Hill, einem Londoner Stadtteil.

Um die Mittagsstunde trillerte das Telefon auf Sam McCreadys Schreibtisch. Er hatte gerade erst mit Cheltenham telefoniert und erfahren, daß sich noch immer nichts ergeben habe. Achtundvierzig Stunden, und Morenz war nach wie vor flüchtig. Der Anrufer, der sich jetzt meldete, war der Mann von der NATO-Abteilung.

»Im ›Kuriersack‹ am Vormittag ist eine kurze Nachricht gekommen«, sagte er. »Vielleicht besagt sie nichts; in diesem Fall werfen Sie sie weg. Ich schicke sie Ihnen auf alle Fälle mit einem Boten hinauf.«

Fünf Minuten später war die Kopie da. Als er sie und die Zeitangabe darauf sah, stieß McCready einen lauten Fluch aus.

Die in der Welt der Geheimdienste gültige Regel, nur ein Minimum an Informationen weiterzugeben, funktioniert normalerweise ausgezeichnet. Diejenigen, die zur Erfüllung ihrer Aufgaben von einer bestimmten Sache nicht zu wissen brauchen, erfahren auch nichts davon. Auf diese Weise wird sichergestellt, daß im Fall eines Lecks, ob durch bewußtes Handeln oder durch sorgloses Geplauder, der Schaden einigermaßen begrenzt bleibt. Hin und wieder allerdings geht es andersherum: Eine Information, die den Gang der Dinge vielleicht verändert hätte, wird nicht weitergegeben, weil niemand es für notwendig hält.

Die Horchstation im Harz und die Lauscher in Cheltenham, die den ostdeutschen Funkverkehr abhörten, waren angewiesen worden, alles, was sie herausbekamen, unverzüglich an McCready weiterzumelden. Insbesondere sollten die Namen »Grauber« oder »Morenz« eine sofortige Weitergabe bewirken. Niemand hatte daran gedacht, jene zu alarmieren, die die diplomatische und militärische Kommunikation auf der Seite der Verbündeten abhörten.

Die Nachricht, die er in der Hand hielt, war am Mittwoch nachmittag um 16.22 Uhr abgesetzt worden. Sie lautete:

»Von Herrmann

An Fietzau.

Dringlichst. Kontaktieren Sie Mrs. A. Farquarson, geborene Morenz, vermutlich wohnhaft London stop Fragen Sie sie, ob sie in den letzten vier Tagen ihren Bruder gesehen oder etwas von ihm gehört hat. Ende.«

Er hat mir nie etwas davon gesagt, daß er in London eine Schwester hat. Die Existenz einer Schwester nicht einmal erwähnt, dachte McCready. Er begann sich zu fragen, was ihm sein Freund Bruno sonst noch aus seiner Vergangenheit verheimlicht hatte. Er zog ein Telefonbuch aus einem Regalfach und schaute unter »Farquarson« nach.

Zum Glück war es kein sehr gebräuchlicher Name. Smith, das wäre ein ganz anderer Fall gewesen. Vierzehn Farquarsons waren verzeichnet, aber keine »Mrs. A. Farquarson«. Er rief die Nummern der Reihe nach an. Von den ersten sieben erklärten fünf, ihres Wissens gebe es keine Mrs. A. Farquarson. Zwei hoben nicht ab. Bei der achten Nummer, die für einen Robert A. Farquarson eingetragen war, hatte er Glück. Eine Frau kam an den Apparat.

»Hallo, hier spricht Mrs. Farquarson.«

»Sind Sie zufällig Mrs. A. Farquarson?«

»Ja.« Ihr Ton wirkte abwehrend.

»Entschuldigen Sie bitte, daß ich Sie anrufe, Mrs. Farquarson. Ich arbeite in der Einwanderungsabteilung in Heathrow. Haben Sie zufällig einen Bruder namens Bruno Morenz?«

Eine lange Pause.

»Ist er dort? In Heathrow?«

»Ich bin nicht berechtigt, Ihnen das zu sagen, *madam*. Es sei denn, Sie sind seine Schwester.«

»Ja, ich bin Adelheid Farquarson. Bruno Morenz ist mein Bruder. Könnte ich mit ihm sprechen?«

»Leider nicht im Augenblick. Sind Sie unter dieser Adresse in ungefähr einer Viertelstunde zu erreichen? Die Sache ist ziemlich wichtig.«

»Ja, ich bin hier.«

McCready bestellte bei der Fahrbereitschaft einen Wagen mit Fahrer und rannte die Treppe hinunter in den Hof.

Es war eine große Atelierwohnung im obersten Geschoß einer solide gebauten edwardianischen Villa, hinter der Regent's Park Road versteckt. Er ging die Eingangsstufen hinauf und klingelte. Mrs. Farquarson empfing ihn in einem Malerkittel und führte ihn in ein Atelier mit Bildern auf Staffeleien und überall auf dem Boden verstreuten Skizzen.

Sie war eine stattliche Frau und hatte graues Haar wie ihr Bruder. Nach McCreadys Schätzung war sie Ende fünfzig, älter als Bruno. Sie machte Platz, damit er sich setzen konnte, und sah ihn ruhig und fest an. McCready bemerkte auf einem Tischchen, nicht weit entfernt, zwei Kaffeetassen, beide leer. Er bewerkstelligte es, eine davon zu berühren, während Mrs. Farquarson sich setzte. Die Tasse war warm.

»Was kann ich für Sie tun, Mr...?«

»Jones. Ich würde Sie gerne ein paar Dinge über Ihren Bruder, Bruno Morenz, fragen.«

»Warum das?«

»Die Angelegenheit betrifft die Paßbehörde.«

»Sie lügen, Mr. Jones.«

»Ja?«

»Ja, mein Bruder ist nicht hierher unterwegs. Und wenn er kommen wollte, hätte er keine Schwierigkeiten mit der britischen Paßbehörde. Er ist westdeutscher Bürger. Sind Sie von der Polizei?«

»Nein, Mrs. Farquarson. Aber ich bin ein Freund von Bruno. Seit vielen Jahren schon. Wir haben lange miteinander gearbeitet. Ich bitte Sie, das zu glauben, weil es wahr ist.«

»Er steckt in der Bredouille, nicht?«

»Ja, leider Gottes. Ich versuche, ihm zu helfen, wenn ich kann. Einfach ist es nicht.«

»Was hat er denn getan?«

»Wie es aussieht, hat er seine Geliebte in Köln umgebracht. Und er ist getürmt. Er hat mir noch eine Nachricht am Telefon zukommen lassen: daß er es nicht gewollt hat. Dann ist er verschwunden.«

Sie stand auf, ging ans Fenster und starrte hinaus auf das spätsommerliche Laub des Primrose Hill Park.

»O Bruno. Du Idiot. Mein armer, unglücklicher Bruno!«

Sie drehte sich um und sah ihn an.

»Gestern vormittag kam ein Mann von der Deutschen Botschaft hier an. Er hatte vorher angerufen, am Mittwochabend, aber da war ich nicht zu Hause. Er hat mir nicht gesagt, was Sie gerade gesagt haben, nur gefragt, ob Bruno sich hier gemeldet hätte. Das hat er nicht getan. Ich kann auch Ihnen nicht helfen, Mr. Jones, Sie wissen ja wahrscheinlich mehr als ich, wenn er sich bei Ihnen gemeldet hat. Ist Ihnen bekannt, wo er jetzt ist?«

»Das ist ja das Problem. Ich glaube, daß er über die Grenze gegangen ist. In die DDR. Irgendwo in der Gegend von Weimar. Vielleicht, um bei Freunden unterzuschlüpfen. Aber soviel mir bekannt ist, ist er in seinem ganzen Leben noch nie in die Nähe von Weimar gekommen:«

Sie schaute ihn erstaunt an.

»Wie kommen Sie darauf? Er hat dort zwei Jahre gelebt.«

McCready ließ sich nichts anmerken, aber jetzt war *er* verblüfft.

»Tut mir leid, das wußte ich nicht. Er hat mir nie etwas davon erzählt.«

»Das kann ich mir denken. Er war wahnsinnig ungern dort. Es waren die zwei unglücklichsten Jahre seines Lebens. Er hat nie darüber gesprochen.«

»Ich dachte, Sie und Ihre Verwandten stammen aus Hamburg, sind dort geboren und aufgewachsen.«

»Schon, bis 1943. Damals wurde Hamburg von der Royal Air Force zerstört. Der Großangriff auf Hamburg. Haben Sie schon mal davon gehört?«

McCready nickte. Er war damals fünf Jahre alt gewesen. Die Royal Air Force hatte die Innenstadt von Hamburg derart schwer bombardiert, daß wahre Feuerstürme ausbrachen. Die Brände sogen aus den Vorstädten Sauerstoff ins Zentrum, bis sich in dem tobenden Inferno eine solche Hitze entwickelte, daß Stahl flüssig wie Wasser wurde und Beton wie Dynamit explodierte. Der Feuersturm fegte durch die Stadt und verwandelte alles auf seinem Weg in Schutt und Asche.

»Bruno und ich wurden in dieser Nacht Waisen. Als alles vorüber war, wurden wir von den Behörden evakuiert. Ich war damals fünfzehn, Bruno zehn. Wir wurden getrennt. Ich wurde bei einer Familie einquartiert, die außerhalb von Göttingen lebte. Bruno haben sie auf einen Bauernhof in der Nähe von Weimar geschickt.

Nach dem Krieg habe ich mit Hilfe des Roten Kreuzes nach ihm gesucht und ihn gefunden. Wir kehrten nach Hamburg zurück. Ich habe für ihn gesorgt. Aber über Weimar hat er kaum je gesprochen. Ich nahm eine Stelle in der britischen NAAFI-Kantine an, um Bruno ernähren zu können. Das waren schwere Zeiten, kann ich Ihnen versichern.«

McCready nickte.

»Ja, es tut mir leid.« Sie zuckte mit den Achseln.

»Der Krieg war daran schuld. Jedenfalls, 1947 lernte ich einen britischen Feldwebel kennen. Robert Farquarson. Wir haben geheiratet und sind dann hierhergezogen. Er ist vor acht Jahren gestor-

ben. Als wir 1948 aus Hamburg weggingen, Robert und ich, bekam Bruno einen Platz im Lehrlingsheim einer Firma, die optische Gläser herstellte. Ich habe ihn seither nur drei- oder viermal und in den vergangenen zehn Jahren überhaupt nicht gesehen.«
»Haben Sie das dem Mann von der Botschaft erzählt?«
»Diesem Herrn Fietzau? Nein, er hat nicht nach Brunos Kindheit gefragt. Aber der Dame habe ich davon erzählt.«
»Der Dame?«
»Ja. Sie hat gesagt, daß Bruno noch immer in seiner alten Branche arbeitet, optische Gläser, bei einer Würzburger Firma namens BKI. Aber anscheinend ist jetzt Pilkington Glass of Britain die Eigentümerin von BKI, und da Brunos Pensionierung näher rückt, brauchte sie biographische Details für die Berechnung seiner Ansprüche. Kam sie etwa nicht von Brunos Arbeitgebern?«
»Das bezweifle ich sehr. Vermutlich von der westdeutschen Polizei. Ich fürchte, die sucht ebenfalls nach Bruno, allerdings nicht, um ihm zu helfen.«
»Es tut mir leid. Ich habe mich anscheinend sehr töricht verhalten.«
»Sie konnten es ja nicht wissen, Mrs. Farquarson. Hat Sie gut Englisch gesprochen?«
»Ja, perfekt. Mit einem leichten Akzent, vielleicht polnisch.«
McCready war sich ziemlich sicher, woher die Dame gekommen war. Es waren noch andere Jäger hinter Bruno Morenz her, doch nur McCready und *eine* andere Gruppe wußten von der Würzburger Firma BKI. Er stand auf.
»Bitte überlegen Sie einmal ganz genau, wovon er in diesen Nachkriegsjahren gesprochen hat, wenn überhaupt. Gibt es irgendeinen Menschen, bei dem er in dieser Stunde der Bedrängnis vielleicht Hilfe suchen wird? Um unterzuschlüpfen?«
Sie überlegte lange und angestrengt.
»*Einen* Namen hat er erwähnt, einen Menschen, der nett zu ihm gewesen war. Seine Volksschullehrerin. Fräulein ... wie hieß sie doch gleich ... Fräulein Neuberg ... nein, jetzt fällt es mir ein: Fräulein Neumann. Ja, Neumann. Aber vermutlich lebt sie inzwischen nicht mehr. Das ist ja vierzig Jahre her.«
»Noch eine letzte Frage, Mrs. Farquarson. Haben Sie das gegenüber der Dame von der Glasfirma erwähnt?«
»Nein, es ist mir eben jetzt erst eingefallen. Ich habe ihr nur

erzählt, daß Bruno einmal als Evakuierter zwei Jahre auf einem Bauernhof gelebt hat, nur ein paar Kilometer von Weimar entfernt.«

Als McCready wieder im Century House war, entlieh er bei der Abteilung Ostdeutschland ein Weimarer Telefonbuch. Es enthielt mehrere Eintragungen mit dem Namen Neumann, aber nur einen, hinter dem »Lehrerin i.R.« stand. Es war eine vage, eine sehr vage Chance. Er konnte einen Agenten vor Ort, den die Abteilung Ostdeutschland jenseits der Mauer hatte, anrufen lassen. Aber die Stasi-Leute waren überall, hatten alles verwanzt. Schon die Frage, ob die Angerufene früher Lehrerin eines kleinen Jungen namens Morenz gewesen sei, konnte alles verraten. Sein nächster Besuch galt der Abteilung im Century House, deren Spezialität die Fälschung sehr falscher Personalausweise war.

Er rief bei British Airways an, wo man ihm nicht helfen konnte. Die Lufthansa hingegen hatte eine Maschine, die um 17.15 Uhr nach Hannover abflog. Er bat Denis Gaunt, ihn noch einmal nach Heathrow zu fahren.

Menschen und Mäuse, hätte der schottische Dichter Robert Burns sagen können, könnten noch so ausgeklügelte Pläne schmieden, und trotzdem sähen sie manchmal hinterher wie ein Hundefrühstück aus. Die Maschine der polnischen Fluggesellschaft sollte planmäßig um 15.30 Uhr nach Warschau, mit Zwischenlandung in Ost-Berlin, abfliegen. Doch als der Pilot seine Systeme einschaltete, leuchtete ein rotes Warnlämpchen auf. Wie sich zeigte, war es nur eine schadhafte Magnetspule, aber sie verzögerte den Start bis sechs Uhr. In der Abflughalle warf Majorin Wanawskaja einen kurzen Blick auf einen Bildschirm mit den Zeitangaben für die abfliegenden Maschinen, bemerkte die Verzögerung »aus betrieblichen Gründen«, stieß einen leichten Fluch aus und wandte sich wieder ihrer Lektüre zu.

McCready wollte gerade sein Büro verlassen, als das Telefon klingelte. Er zögerte erst, ob er abheben sollte, fand es dann aber doch richtig. Es konnte ja etwas Wichtiges sein. Am Apparat meldete sich Edwards.

»Sam, aus der Fälschungsabteilung hat sich jemand bei mir gemeldet. Jetzt hören Sie mir mal zu, Sam, Sie bekommen keinesfalls, auf gar keinen Fall meine Erlaubnis, nach Ostdeutschland zu gehen. Ist das klar?«

»Völlig klar, Timothy, es könnte nicht klarer sein.«

»Gut«, sagte der Stellvertreter des Chefs und legte auf. Gaunt hatte die Stimme am anderen Ende der Leitung gehört und ebenso, was sie gesagt hatte.

McCready fand Gaunt allmählich sympathisch. Er war zwar erst ein halbes Jahr zuvor in die Abteilung eingetreten, ließ aber erkennen, daß er aufgeweckt und vertrauenswürdig war, und daß er den Mund halten konnte. Während er den Hogarth Roundabout umkurvte und dabei im dichten Freitagnachmittagsverkehr nicht wenige Fahrzeuge schnitt, beschloß er, den Mund aufzumachen.

»Sam, ich weiß, Sie waren schon in mehr gefährlichen Gegenden als ein Tierarzt mit seinem rechten Arm, aber Sie sind in Ostdeutschland in Gefahr, und der Boß hat Ihnen verboten, noch einmal da hineinzugehen.«

»Verbieten ist eine Sache«, sagte McCready, »verhindern eine andere.«

Während er durch die Abflughalle des Terminal 2 schritt, warf er nicht einmal einen flüchtigen Blick auf die adrette junge Frau mit dem schimmernden Blondhaar und den durchdringenden blauen Augen, die keine zwei Meter von ihm entfernt dasaß und in einem Buch las. Und sie ihrerseits blickte nicht zu dem mittelgroßen, ziemlich zerknautscht wirkenden Mann mit schütterem Haar hoch, der in einem grauen Regenmantel an ihr vorbeiging.

McCreadys Maschine startete pünktlich und landete um acht Uhr Ortszeit in Hannover. Majorin Wanawskaja flog um sechs Uhr ab und landete um neun in Berlin-Schönefeld. McCready nahm einen Mietwagen und fuhr an Hildesheim und Salzgitter vorbei seinem Ziel in den Wäldern um Goslar entgegen. Ludmilla Wanawskaja wurde von einem KGB-Wagen abgeholt und in die Normannenstraße gefahren. Sie mußte eine Stunde warten, bis Oberst Otto Voß, der gerade mit dem Minister für Staatssicherheit, Erich Mielke, ein Gespräch unter vier Augen führte, sie empfangen konnte.

McCready hatte sich von London aus angemeldet und wurde erwartet. Sein Gastgeber trat ihm an der Eingangstür seines ansehnlichen Hauses entgegen, eines wunderbar umgebauten Jagdhauses, das auf einer Hügelkuppe stand und bei Tageslicht einen weiten Ausblick über ein bewaldetes Tal bot. Nur sieben Kilometer entfernt flimmerten die Lichter von Goslar in der Dunkelheit. Wäre der Tag nicht schon vergangen gewesen, hätte McCready weit im Osten auf einem fernen Gipfel des Harzes das Dach eines hohen Turms sehen können. Man hätte ihn mit dem Turm eines Jagdschlößchens verwechseln können, doch das war er nicht. Es war ein Wachtturm, und er diente nicht der Wildschweinhatz, sondern der Jagd auf Frauen und Männer. Der Mann, den McCready besuchen gekommen war, hatte sich dafür entschieden, seinen behaglichen Lebensabend in Sichtweite jener Grenze zu verbringen, die ihm einst zu seinem Vermögen verholfen hatte.

Sein Gastgeber führte ihn in ein getäfeltes Wohnzimmer mit Hirschgeweihen und Wildschweinköpfen an den Wänden. In einem gemauerten Kamin prasselte ein Feuer; jetzt, Anfang September, waren die Nächte in dieser Höhe schon sehr kühl.

McCready fand seinen Gastgeber stark verändert. Er hatte zugenommen; der einst gertenschlanke Körper hatte Fett angesetzt. Er war natürlich immer noch klein, und das runde, rosige Gesicht unter dem weißen, wie Zuckerwatte wirkenden Haar sah noch harmloser aus als früher. Bis man in seine Augen sah. Schlaue, ja, verschlagene Augen, die zuviel gesehen hatten, die Augen eines Mannes, der viele Geschäfte, bei denen es um Leben oder Tod ging, gemacht, der in der Gosse vegetiert und doch alles überstanden hatte. Ein tückisches Kind des Kalten Krieges und einst der ungekrönte König der Berliner Unterwelt.

Zwanzig Jahre lang, vom Bau der Berliner Mauer 1961 bis zu seinem Rückzug ins Privatleben 1981, war André Kurzlinger im wahrsten Sinn des Wortes ein Grenzgänger gewesen. Die Berliner Mauer hatte ihn zum reichen Mann gemacht. Vor ihrem Bau hatten Ostdeutsche, die sich in den Westen absetzen wollten, nur nach Ost-Berlin fahren müssen, um von dort aus ungehindert nach West-Berlin zu gelangen. Dann, am 21. August 1961, wurden in der Nacht die großen Steinplatten in den Boden gerammt, und Berlin wurde zur geteilten Stadt. Viele versuchten, über die Mauer zu klettern. Einigen gelang die Flucht, andere wurden gefaßt und zu langjährigen Gefängnisstrafen verurteilt. Wieder andere wurden von MG-Salven getroffen und hingen wie Kaninchen im Stacheldraht, bis sie weggeholt wurden. Für die meisten war die Überwindung der Mauer eine einmalige, mutige Tat. Kurzlinger dagegen, bis dahin nicht mehr als ein Berliner Schwarzhändler und Gangster, machte aus der Fluchthilfe einen Beruf.

Er holte Menschen heraus – für Geld. Er ging in verschiedenen Verkleidungen nach drüben, um den Preis auszuhandeln, oder er schickte zu diesem Zweck Emissäre. Manche bezahlten in Ostmark – ansehnliche Beträge. Damit pflegte Kurzlinger dreierlei Dinge zu kaufen, die in Ost-Berlin wirklich Qualität hatten: Koffer aus ungarischem Schweinsleder, Klassik-LPs aus der Tschechoslowakei und kubanische Zigarren. Sie waren derart billig, daß Kurzlinger trotz der Kosten, die entstanden, wenn die in den Westen geschmuggelt wurden, damit fette Profite machte.

Andere, die die DDR verlassen wollten, erklärten sich bereit, ihn in D-Mark zu entlohnen, sobald sie im Westen waren und Arbeit gefunden hatten. Nur wenige brachen ihr Versprechen. Kurzlinger war von peinlicher Genauigkeit, was das Eintreiben von Schulden betraf; er beschäftigte mehrere kräftige Mitarbeiter, die dafür zu sorgen hatten, daß er nicht betrogen wurde.

Es gab Gerüchte, daß er für westliche Nachrichtendienste arbeite. Sie waren unzutreffend, wenn er auch gelegentlich im Auftrag und gegen Honorar für die CIA oder den SIS Personen herausholte. Es gab Gerüchte, er pflege vertraulichen Umgang mit dem SSD oder dem KGB. Das war unwahrscheinlich, denn er fügte der DDR zuviel Schaden zu. Aber sicher hatte er mehr Grenzpolizisten und kommunistische Bonzen bestochen, als er sich erinnern konnte. Es hieß von ihm, er rieche einen bestechlichen Beamten des Regimes schon auf hundert Schritte.

Berlin war zwar sein Betätigungsfeld, aber er hatte auch Fluchtwege über die DDR-BRD-Grenze organisiert, die sich von der Ostsee bis zur Tschechoslowakei erstreckte. Als er sich schließlich mit einem ansehnlichen Vermögen zur Ruhe setzte, beschloß er, sich nicht in West-Berlin, sondern in der Bundesrepublik niederzulassen. Aber er kam auch jetzt noch nicht von der Grenze los. Seine hochgelegene Villa im Harz war nur acht Kilometer davon entfernt.

»So, Herr McCready, mein lieber Freund Sam, wir haben uns lange nicht gesehen.«

Er stand mit dem Rücken zum Kamin, ein wohlhabender Pensionär in einer samtenen Hausjacke, der einen langen Weg zurückgelegt hatte, seit er 1945 als ein luchsäugiger Straßenjunge aus den Bombentrümmern gekrochen war und damit begonnen hatte, Mädchen gegen Lucky Strikes an GIs zu verkaufen.

»Sie sind auch im Ruhestand, Sam?«

»Nein, André, ich muß noch immer mein Brot verdienen. Ich bin eben nicht so schlau wie Sie.«

Das gefiel Kurzlinger. Er drückte auf eine Klingel, und ein Diener brachte einen spritzigen Mosel in Kristallgläsern.

Kurzlinger betrachtete durch sein Weinglas die Flammen im Kamin. »Und«, sagte er, »was kann ein alter Mann für den mächtigen Geheimdienst Ihrer Majestät tun?«

McCready erklärte es ihm. Kurzlinger starrte noch immer ins Feuer, aber er schürzte die Lippen und schüttelte den Kopf.

»Ich bin ausgestiegen, Sam. Im Ruhestand. Jetzt lassen sie mich in Frieden. Beide Seiten. Aber sie haben mich gewarnt. Wenn ich wieder anfange, kommen sie mich holen. Eine Blitzoperation: über die Grenze und vor Tagesanbruch zurück. Sie meinen es ernst. Ich habe ihnen ja zu meiner Zeit allerhand Schaden zugefügt.«

»Ich weiß«, sagte McCready.

»Und dann ändern sich auch die Zeiten. Früher, in Berlin, da hätte ich Sie hinüberbringen können. Selbst auf dem Land hatte ich meine Schleichwege. Aber sie wurden alle irgendwann entdeckt und blokkiert. Die Minen, die ich unschädlich gemacht hatte, wurden ersetzt. Die Grenzpolizisten, die ich bestochen hatte, wurden versetzt. Meine Kontakte sind alle abgerissen. Es ist zu spät.«

»Ich muß hinüber«, sagte McCready langsam, »weil wir einen Mann drüben haben. Es geht ihm schlecht, sehr schlecht. Aber wenn ich ihn herausbringe, wird das wahrscheinlich dem jetzigen Chef der Abteilung II, diesem Otto Voß, die Karriere ruinieren.«

Kurzlinger machte keine Bewegung, aber in seine Augen trat ein kalter Ausdruck. Jahre vorher hatte er, wie McCready wußte, einen sehr guten Freund gehabt. Einen wirklich engen Freund, wohl den besten Freund in seinem ganzen Leben. Der Mann war gefaßt worden, als er die Mauer überwinden wollte. Später hieß es, er habe die Hände gehoben. Aber Voß hatte ihn trotzdem erschossen. Erst hatte er ihn in beide Kniescheiben, dann in beide Ellbogen und beide Schultern und zuletzt in den Bauch geschossen. Mit Weichgeschossen.

»Kommen Sie«, sagte Kurzlinger. »Wir essen jetzt was. Ich werde Sie mit meinem Sohn bekannt machen.«

Der gutaussehende blonde junge Mann, ungefähr dreißig, der sich zu ihnen an den Tisch setzte, war natürlich nicht Kurzlingers Sohn. Kurzlinger hatte ihn adoptiert. Der Ältere lächelte hin und wieder den Jüngeren an, und der Adoptivsohn erwiderte bewundernd den Blick.

»Ich habe Siegfried aus der DDR herübergebracht«, sagte Kurzlinger. »Er wußte nicht, wohin, und so ... wohnt er jetzt eben bei mir.«

McCready aß weiter. Er vermutete, daß mehr dahintersteckte.

Als die Trauben aufgetragen waren, sagte Kurzlinger: »Haben Sie schon einmal von der Arbeitsgruppe Grenzen gehört?«

McCready hatte schon davon gehört. Innerhalb des Staatssicherheitsdienstes gab es, gesondert von den Abteilungen mit ihren Bezeichnungen in römischen Ziffern, eine kleine Einheit mit einem bizarren Betätigungsfeld.

Wenn Markus Wolf einen Agenten in den Westen schleusen wollte, konnte er das meist über ein neutrales Land tun, wobei der Agent während dieses Zwischenaufenthalts sich seine neue »Legende« zu eigen machte. Doch hin und wieder wollte der Staatssicherheitsdienst oder die HVA einen Mann zu einer Geheimmission in die Bundesrepublik schicken. Zu diesem Zweck legten die Ostdeutschen tatsächlich einen Schleichweg von Ost nach West an, unter ihren eigenen Grenzbefestigungen hindurch. Dafür wurden die Fachleute der Arbeitsgruppe Grenzen eingesetzt. Diese Techniker, die mitten in der Nacht arbeiteten (denn auch der bundesdeutsche Grenzschutz beobachtete die Grenze), gruben eine Vertiefung unter dem rasiermesserscharfen Draht, schlugen eine schmale Schneise durch das Minenfeld und hinterließen keine Spuren, wo sie am Werk gewesen waren.

Damit blieb noch der gepflügte Streifen, wo ein wirklicher Flüchtling vermutlich von den Suchscheinwerfern erfaßt und mit MGs beschossen wurde. Und zuletzt kam der Zaun auf der westlichen Seite. Diesen ließ die AGG intakt, schnitt nur ein Loch für den Agenten heraus und flickte es hinter ihm. In den Nächten, in denen Leute in den Westen geschleust wurden, strahlten die Suchscheinwerfer in die andere Richtung, und der Todesstreifen war zumeist, besonders im Spätsommer, dicht mit Gras bewachsen. Wenn der Morgen kam, hatte sich das Gras wieder aufgerichtet und damit alle Spuren verwischt.

Wenn die Ostdeutschen ein solches Unternehmen durchführten, gingen ihnen die DDR-Grenzer dabei zur Hand. Ganz anders sah die Sache aus, wenn es umgekehrt ging; natürlich gab es dabei keine Mithilfe von seiten der DDR.

»Siegfried war früher bei der AGG«, sagte Kurzlinger. »Bis er sich selbst durch einen ihrer geheimen Übergänge abgesetzt hat. Natürlich hat die Stasi den sofort blockiert. Siegfried, unser Freund hier muß hinüber. Kannst du ihm helfen?«

McCready überlegte, ob er Kurzlinger richtig eingeschätzt hatte. Wohl schon. Kurzlinger haßte Voß, und der Grimm eines Homosexuellen, der um seinen ermordeten Geliebten trauert, ist nicht zu unterschätzen.

Siegfried überlegte eine Weile.

»Früher hat es einen solchen Weg gegeben«, sagte er schließlich. »Ich habe ihn selber angelegt, aber es geheim gehalten, weil ich ihn selbst benützen wollte. Aber ich bin dann anders rausgekommen.«

»Wo war das?« fragte McCready.

»Nicht weit von hier«, sagte Siegfried. »Zwischen Bad Sachsa und Ellrich.«

Er holte eine Karte und deutete auf die beiden Kleinstädte im südlichen Harz, Bad Sachsa in der Bundesrepublik und Ellrich in der DDR.

»Darf ich die Papiere sehen, die Sie dabei haben?« fragte Kurzlinger. McCready reichte sie ihm über den Tisch. Siegfried sah sie sich genau an.

»Die sind in Ordnung«, sagte er.

»Um welche Zeit geht man am besten hinüber?«

»Um vier Uhr morgens. Bevor es Tag wird. Dann ist es am dunkelsten, und die Vopos sind müde. Sie suchen den Todesstreifen nicht so häufig ab. Wir brauchen aber Tarnkittel für den Fall, daß uns die Scheinwerfer doch erwischen. Die Tarnung kann uns das Leben retten.«

Sie sprachen noch eine weitere Stunde über Einzelheiten.

»Verstehen Sie, Herr McCready«, sagte Siegfried, »es ist schon fünf Jahre her. Vielleicht kann ich mich nicht mehr erinnern, wo es war. Ich habe eine Angelschnur auf dem Boden liegen lassen, wo ich mich durch das Minenfeld arbeitete. Es kann sein, daß ich sie nicht mehr finde. In diesem Fall kehren wir um. In das Minenfeld hineinzugehen, ohne den Weg zu kennen, den ich mir damals angelegt habe, wäre der sichere Tod. Kann sein, einer meiner ehemaligen Kollegen hat ihn entdeckt und blockiert. In diesem Fall kehren wir um – falls wir es noch können.«

»Ich verstehe«, sagte McCready, »ich bin Ihnen sehr dankbar.«

Um ein Uhr machten sich Siegfried und McCready auf und traten die zweistündige Fahrt durch den Harz an. Kurzlinger stand auf der Schwelle der Haustür.

»Passen Sie mir auf Siegfried gut auf«, sagte er. »Ich tue das nur wegen eines anderen Jungen, den mir Voß vor langen Jahren genommen hat.«

Als sie losgefahren waren, sagte Siegfried: »Wenn Sie es hinüber schaffen, marschieren Sie die fünfzehn Kilometer bis Nordhausen. Umgehen Sie das Dorf Ellrich – dort gibt es Vopos, und die Hunde würden bellen. Nehmen Sie in Nordhausen den Zug nach Erfurt und von dort den Bus nach Weimar. Im Zug wie im Bus sitzen Arbeiter.«

Sie fuhren durch das schlafende Bad Sachsa und parkten den Wagen am Ortsrand. Siegfried stand mit einem Kompaß und einer Minitaschenlampe im Dunkel da. Als er sich orientiert hatte, begann er sich in östlicher Richtung durch den Fichtenwald voranzuarbeiten. McCready folgte ihm.

Viele Stunden vorher hatte Majorin Wanawskaja Oberst Voß in seinem Amtszimmer aufgesucht.

»Nach den Aussagen seiner Schwester gibt es eine Möglichkeit, wo er sich in der Gegend von Weimar verstecken könnte.«

Sie berichtete, daß Bruno Morenz während des Kriegs aufs Land evakuiert worden war.

»Ein Bauernhof?« sagte Voß. »Aber welcher? In dieser Gegend gibt es Hunderte von Bauernhöfen.«

»Sie wußte den Namen nicht. Nur daß er keine fünfzehn Kilometer von Weimar selbst entfernt ist. Lassen Sie einen Ring bilden, Oberst. Holen Sie genügend Soldaten. Dann werden Sie ihn noch heute erwischen.«

Oberst Voß rief die Abteilung XIII an, den Nachrichten- und Sicherheitsdienst der Nationalen Volksarmee, NVA. Da die gesamte Operation nun Minister Erich Mielke selbst unterstand, regte sich kein Widerspruch. Draußen in Karlshorst klingelten die Telefone im Hauptquartier der NVA, und noch vor Tagesanbruch rollten die ersten Lastwagen nach Süden, in Richtung Weimar.

»Der Ring ist gebildet«, sagte Voß um Mitternacht. »Die Soldaten werden von Weimar als Ausgangspunkt sektorenweise ausschwärmen. Sie werden jeden Bauernhof, jeden Kuhstall, jede Scheune und jeden Schweinestell durchsuchen, bis sie den Fünfzehn-Kilometer-Umkreis erreicht haben. Ich hoffe nur, daß Sie richtig liegen, Majorin. Das ist eine Riesenoperation.«

In den frühen Morgenstunden fuhr er in seinem Privatwagen nach Süden. Majorin Wanawskaja begleitete ihn. Die Suchaktion sollte im Morgengrauen beginnen.

6

Sonnabend

Siegfried lag am Waldrand auf dem Bauch und betrachtete die dunklen Konturen des Waldes, 300 Meter weit entfernt, wo das Territorium der DDR begann. McCready lag neben ihm.

Fünf Jahre vorher hatte Siegfried, ebenfalls in der Dunkelheit, von einer besonders hohen Kiefer auf der östlichen Seite aus seinen Schleichpfad an einem schimmernden weißen Felsen an einer Hügelflanke auf der westlichen Seite ausgerichtet. Sein Problem war jetzt: Er hatte nicht ahnen können, daß er den Weg jemals in der anderen Richtung nehmen müßte. Jetzt war der Felsen hoch über ihm, von den Bäumen verdeckt. Zu sehen war er nur aus einer Position weiter draußen im Niemandsland. Er schätzte den Winkel ab, so gut er konnte, kroch über die letzten neun Meter bundesdeutschen Bodens bis zum Maschendrahtzaun und begann leise mit einer Drahtschere daran zu arbeiten.

Als Siegfried das Loch fertig hatte, sah McCready, wie der junge Mann einen Arm hob und ihm winkte. Nun kroch auch McCready aus der Deckung auf den Zaun zu. Er hatte die Wartezeit damit verbracht, die DDR-Wachttürme zu beobachten, um zu sehen, wie weit die Suchscheinwerfer reichten. Siegfried hatte die Stelle gut ausgesucht – auf halbem Weg zwischen zwei Wachttürmen. Ein günstiger Umstand kam noch hinzu: Während des Sommers waren mehrere Äste der Fichten ein, zwei Meter weit auf das Minenfeld hinausgewachsen; zumindest einer der Suchscheinwerfer war dadurch teilweise blockiert.

Der andere Suchscheinwerfer war in seiner Wirkung nicht behindert, aber der Mann, der ihn bediente, mußte müde oder gelangweilt sein, denn der Scheinwerfer flammte oft minutenlang nicht auf. Wenn er sich dann wieder meldete, leuchtete er jedesmal zuerst in die andere Richtung. Dann schwenkte er auf sie zu, wieder zurück und ging aus. Wenn der Mann, der ihn bediente, das so beibehielt, hatten sie ein paar Sekunden Vorwarnzeit gewonnen.

Siegfried machte eine Kopfbewegung und kroch durch das Loch im Zaun. McCready folgte ihm und zog seinen Jutesack hinter sich her. Der Deutsche drehte sich um und bog die durchgeschnittenen Eisenmaschen wieder zurecht. Das Loch war nur aus nächster Nähe zu bemerken, und die Grenzpolizisten überquerten nie den Todesstreifen, um den Zaun zu kontrollieren, es sei denn, sie hätten eine Beschädigung bemerkt. Auch sie hatten für die Minenfelder nicht viel übrig.

Es war verlockend, den achtzig Meter breiten, gepflügten Streifen, der jetzt mit dem hochwachsenden Kraut von Rüben, mit Disteln und Brennesseln bewachsen war, rennend zu überqueren. Aber es war möglich, daß über den Boden Stolperdrähte, verbunden mit Alarmvorrichtungen, gespannt waren. Kriechen war sicherer. Sie begannen zu robben. Auf der ersten Hälfte des Weges wurden sie durch Bäume vor dem Scheinwerfer von links gedeckt, aber jetzt flammte der rechts von ihnen auf. Die beiden Männer in ihren grünen Tarnkitteln erstarrten und drückten die Gesichter auf den Boden. Beide hatten sich Gesicht und Hände geschwärzt, Siegfried mit Schuhcreme, McCready mit verbranntem Kork, der sich leichter abwaschen ließ, wenn er drüben auf der anderen Seite war.

Der bleiche Lichtkegel des Scheinwerfers breitete sich über sie, verharrte, schwenkte zurück und erlosch. Acht Meter weiter entdeckte Siegfried einen Stolperdraht und machte McCready ein Zeichen, um ihn herumzukriechen. Nach weiteren dreißig Metern erreichten sie das Minenfeld. Hier standen die Disteln und Grashalme brusthoch. Niemand wagte es, hier zu pflügen.

Der Deutsche blickte zurück. Hoch über den Bäumen konnte McCready den weißen Felsen erkennen: Ein fahler Fleck hob sich vor dem dunklen Fichtenwald ab. Siegfried drehte den Kopf und schätzte die relative Position der Riesenkiefer gegen den Felsen ab. Er war sieben Meter rechts von seinem Weg. Wieder begann er zu kriechen, den Rand des Minenfelds entlang. Dann stoppte er und tastete vorsichtig zwischen den hohen Grashalmen umher. Nach zwei Minuten hörte McCready ein triumphierendes Zischen aus Siegfrieds Mund. Er hielt zwischen Zeigefinger und Daumen eine dünne Angelschnur. Vorsichtig zog er daran. Wenn sie am anderen Ende nicht festgemacht war, mußte die Mission abgebrochen werden. Aber die Schnur spannte sich und blieb straff. »Folgen Sie der Schnur«, wisperte Siegfried. »Sie führt Sie durch das Minenfeld zu der Vertiefung unter dem Draht. Der Pfad ist nur einen guten halben Meter breit. Wann kommen Sie zurück?«

»In vierundzwanzig Stunden«, sagte McCready. »Oder in achtundvierzig. Wenn ich dann noch nicht da bin – vergiß es. Dann komme ich nicht mehr. Ich werde mit meiner Minitaschenlampe von dem großen Baum aus blinken, bevor ich mich auf den Weg mache. Sorg dafür, daß ich durch den Zaun komme.«

Er robbte in das Minenfeld, von den hohen Gräsern nicht ganz abgeschirmt. Siegfried ließ den Suchscheinwerfer ein letztes Mal über sich hinwegstreichen und kroch dann in Richtung Westen zurück.

McCready robbte durch das verminte Feld, dem Nylonfaden folgend. Hin und wieder prüfte er, ob die Schnur noch straff gespannt war. Er wußte, daß er die Minen nicht würde sehen können. Hier gab es keine großen Tellerminen, die einen Lastwagen in die Luft schleudern konnten. Hier wurden kleine Tretminen aus Kunststoff verwendet, nicht aufspürbar für Metalldetektoren, mit denen es DDR-Flüchtlinge schon vergebens versucht hatten. Die Minen waren vergraben und reagierten auf Druck. Sie explodierten nicht, wenn ein Kaninchen oder ein Fuchs darüber weghuschte, wohl aber, wenn ein Mensch darauf trat. In vielen Fällen führten sie nicht zu einem raschen Tod, sondern der schwer verletzte Flüchtling schrie die ganze Nacht hindurch vor Schmerzen, bis nach Sonnenaufgang die Vopos mit Führern kamen, um die Leiche wegzuschaffen.

McCready sah vor sich die Rollen aus rasiermesserscharfem Draht, die das Ende des Minenfeld markierten. Die Angelschnur leitete ihn zu einer Vertiefung, die unter dem Drahtverhau durchführte. Er drehte sich auf den Rücken und schob sich mit den Fersen vorwärts. Zentimeter um Zentimeter rutschte er unter den Drahtrollen durch.

Acht Meter mußte er sich darunter durcharbeiten. Als er auf der östlichen Seite den Drahtverhau hinter sich hatte, fand er die Nylonschnur an einem kleinen Pflock befestigt, der gerade noch in der Erde steckte. Wenn er noch einmal an der Schnur gezogen hätte, hätte er den Pflock aus dem Boden gerissen, und das ganze Unternehmen wäre gescheitert. Er steckte den Pflock wieder fest und tarnte ihn mit einer dicken Schicht Kiefernnadeln, merkte sich die Stelle direkt vor der riesigen Kiefer, orientierte sich an seinem Kompaß und kroch weiter.

Er kroch in einem Winkel von 90 Grad davon, bis er zu einem Feldweg kam. Hier zog er seinen Kittel aus, rollte ihn um den Kompaß zu einem Bündel zusammen und versteckte alles zehn Meter tief im Wald unter einem Haufen Kiefernzweige. Am Rand des

Feldwegs brach er oberhalb seines Kopfes einen kleinen Ast halb ab, so daß er nach unten hing. Außer ihm würde niemand etwas davon bemerken.

Auf dem Rückweg mußte er den Feldweg, den herabhängenden Ast und den Kittel mit dem Kompaß finden. Ein Winkel von 270 Grad würde ihn zu der riesigen Kiefer zurückführen. Er ging davon, in östlicher Richtung. Im Gehen merkte er sich als Markierungen umgestürzte Bäume, Haufen zersägter Baumstämme, Biegungen und Krümmungen des Weges. Nach anderthalb Kilometern stieß er auf eine Landstraße und sah ein Stück weiter vorne den Kirchturm der lutherischen Kirche des Dorfes Ellrich.

Er umging die Ortschaft, wie ihm eingeschärft worden war, und marschierte über abgeerntete Maisfelder, bis er nach einigen Kilometern die Straße nach Nordhausen erreichte. Es war genau fünf Uhr morgens. Er marschierte am Straßenrand entlang, bereit, sich in den Graben zu werfen, sollte sich aus einer der beiden Richtungen ein Fahrzeug nähern. Weiter im Süden, so hoffte er, würden seine abgetragene Matrosenjacke, die Kordsamthose, die Stiefel und die Schirmmütze, wie sie so viele Landarbeiter in der DDR trugen, kein Aufsehen erregen. Hier in der Gegend aber lebten so wenige Menschen, daß sicher jeder jeden kannte. Er hatte kein Verlangen, gefragt zu werden, wohin er unterwegs, geschweige denn, woher er gekommen sei. Hinter ihm gab es nichts, woher er gekommen sein konnte, außer dem Dorf Ellrich und der Grenze.

Am Ortseingang von Nordhausen kam ihm das Glück zu Hilfe. Hinter dem niedrigen Lattenzaun vor einem Haus, in dem kein Licht brannte, lehnte ein Fahrrad an einem Baum. Er wog das Risiko, als Dieb erwischt zu werden, gegen den Vorteil ab, mit dem Rad viel schneller voranzukommen als zu Fuß. Wenn das Verschwinden des Fahrrades in der nächsten halben Stunde nicht bemerkt wurde, lohnte sich das Risiko. Er griff es sich, schob es fünfzig Meter weit, stieg dann auf und fuhr zum Bahnhof. Es war fünf vor sechs. Der erste Zug nach Erfurt sollte in einer Viertelstunde von hier abgehen.

Auf dem Bahnsteig warteten mehrere Dutzend Arbeiter auf den Zug nach Süden. Er kaufte sich eine Fahrkarte, und bald darauf lief der Zug ein, gezogen von einer altmodischen Dampflok, aber pünktlich. Das war erfreulich für jemanden, der den unzuverlässigen Pendlerverkehr von British Rail gewohnt war. Er hob sein Fahrrad in den Gepäckwagen und suchte sich einen Platz auf den hölzernen

Sitzen. Der Zug hielt in Sondershausen, Greussen, und Straußfurt, ehe er um 6.41 Uhr in den Erfurter Bahnhof einlief. McCready holte das Fahrrad aus dem Gepäckwagen und radelte ostwärts zum Stadtrand, von wo aus die Staatsstraße 7 nach Weimar führt.

Kurz nach halb sieben, einige Kilometer östlich von Erfurt, näherte sich ihm von hinten ein Traktor. Er zog einen flachen Anhänger, und am Steuer saß ein alter Mann. Er hatte Zuckerrüben nach Erfurt gebracht und war jetzt auf der Rückfahrt. Der Traktor wurde langsamer und hielt dann an.

»Steig mal rauf«, rief der alte Mann, das Fauchen des altersschwachen Motors übertönend. McCready winkte ihm dankend zu, hob das Fahrrad auf den Anhänger und kletterte hinterher. Der Lärm des Motors verhinderte eine Unterhaltung, was McCready nur recht war, der zwar fließend deutsch sprach, aber nicht den thüringischen Akzent beherrschte. Doch der alte Bauer war vollauf zufrieden damit, an seiner leeren Pfeife zu ziehen und den Traktor zu lenken. Fünfzehn Kilometer vor Weimar sah McCready die Soldaten, mehrere Dutzend.

Sie schwärmten auf die Felder rechts und links von der Straße aus. Zwischen den Maisstengeln konnte er ihre behelmten Köpfe sehen. Nach rechts ging eine Zufahrt zu einem Bauernhof ab. Er blickte den Weg entlang, den Soldaten säumten, die jeweils zehn Meter voneinander entfernt standen und in Richtung Weimar blickten. Der Traktor wurde langsamer und hielt an der Straßensperre an. Ein Feldwebel brüllte zum Fahrer hinauf, er solle den Motor abstellen. Der alte Mann brüllte zurück: »Wenn ich das tue, springt er mir wahrscheinlich nicht mehr an. Schiebt ihr Jungs mich dann an?« Der Feldwebel überlegte, zuckte die Achseln und verlangte mit einer Handbewegung den Ausweis des Alten. Er sah ihn an, gab ihn zurück und trat auf den Anhänger zu, wo McCready saß.

»Ihren Ausweis«, sagte er. McCready reichte ihm seinen Personalausweis. Er war von der Weimarer Bezirksverwaltung auf den Namen Martin Kroll, Beruf landwirtschaftlicher Arbeiter, ausgestellt. Der Feldwebel, der aus dem mecklenburgischen Schwerin stammte, zog schnüffelnd die Luft ein.

»Was riecht da so?« fragte er.

»Mist«, sagte McCready.

Der Feldwebel rümpfte die Nase, reichte den Ausweis zurück und winkte den alten Mann weiter. Interessanter war jetzt der Lastwagen, der sich ihnen von Weimar her näherte, und er war angewiesen worden, seine Aufmerksamkeit auf einen Mann mit grauem Haar und rheinländischem Akzent zu konzentrieren, der versuchte, aus dem Ring hinauszukommen, nicht auf einen stinkenden Traktor, der von außen hinein wollte. Der Traktor fuhr weiter und bog dann, fünf Kilometer vor Weimar, auf einen Feldweg ab. McCready sprang vom Anhänger, zog das Fahrrad herunter, winkte dem alten Bauern dankend zu und radelte weiter in Richtung Weimar.

In der Stadt hielt er sich dicht am Randstein, um den Lastwagen auszuweichen, die Soldaten in der grüngrauen Uniform der Nationalen Volksarmee absetzten. Dazwischen war gar nicht selten das hellere Grün der Uniformen der Volkspolizei zu sehen. Weimarer Bürger versammelten sich in Gruppen neugierig an Straßenecken. Jemand äußerte die Vermutung, es handle sich um ein Manöver; niemand widersprach. Manöver waren für das Militär etwas Normales – allerdings nicht gerade im Zentrum einer Stadt.

McCready hätte sich gern einen Stadtplan gekauft, konnte aber nicht riskieren, gesehen zu werden, wie er sich darin vertiefte. Er war ja kein Tourist. Er hatte sich auf dem Flug nach Hannover seine Route anhand der von der Abteilung Ostdeutschland in London entliehenen Karte eingeprägt. Er kam auf der Erfurter Straße in die Stadt, fuhr geradeaus in Richtung auf das alte Zentrum und sah weiter vorne die Vorderfront des Nationalmuseums emporragen. Er bog auf dem Kopfsteinpflaster nach links in die Heinrich-Heine-Straße ein und fuhr Richtung Karl-Marx-Platz. Dort stieg er ab und begann mit gesenktem Kopf das Rad zu schieben, während in beiden Richtungen Fahrzeuge der Volkspolizei in raschem Tempo vorbeifuhren.

Am Rathenauplatz angekommen, hielt er nach der Brennerstraße Ausschau, die er dann am anderen Ende des Platzes entdeckte. Wenn ihn die Erinnerung nicht trog, mußte die Bockstraße nach rechts abbiegen. So war es. Die Nummer 14 war ein altes Haus, seit langem reparaturbedürftig, wie beinahe alles in Erich Honeckers Paradies. Farbe und Gips blätterten und bröckelten ab, und die Namen auf den acht Schildchen waren verblichen. Aber er erkannte doch an der Wohnung Nr. 3 den Namen Neumann. Er schob das Fahrrad durch das Haustor, lehnte es an die Wand und ging die Treppe hinauf. Auf jeder Etage gab es zwei Wohnungen. Er nahm die Mütze ab, zog seine Jacke zurecht und drückte auf den Klingelknopf. Es war zehn vor neun.

Eine Zeitlang regte sich nichts. Nach zwei Minuten war endlich ein Schlurfen zu hören, und die Tür öffnete sich langsam. Fräulein Neumann war eine hochbetagte weißhaarige Dame in einem schwarzen Kleid, die sich auf zwei Gehstöcke stützte. Sie blickte zu ihm hinauf und sagte: »Sie wünschen?«

Er lächelte breit, als hätte er sie wiedererkannt.

»Ja, Sie sind es, Fräulein Neumann. Sie haben sich zwar verändert, aber auch nicht mehr als ich. Sie werden sich nicht an mich erinnern. Martin Kroll. Sie haben mich in der Volksschule unterrichtet, vor vierzig Jahren.«

Ihre hellblauen Augen hinter den goldgeränderten Brillengläsern musterten ihn mit einem ruhigen, festen Blick.

»Ich bin zufällig nach Weimar gekommen. Aus Berlin. Ich wohne dort. Und ich habe mich gefragt, ob Sie noch hier leben. Sie standen im Telefonbuch. Und so hab ich es eben probiert. Darf ich eintreten?«

Sie trat beiseite, und er ging an ihr vorbei. In der dunklen Diele roch es modrig. Sie humpelte ihm auf ihren arthritischen Beinen voran in ihr Wohnzimmer, dessen Fenster auf die Straße gingen. Er wartete, bis sie Platz genommen hatte, und setzte sich dann auf einen Stuhl.

»So, ich habe Sie vor Jahren in der alten Volksschule in der Heinrich-Heine-Straße unterrichtet. Wann war das?«

»Tja, wohl 1943 oder 1944. Wir waren ausgebombt. Aus Berlin. Ich wurde zusammen mit anderen Kindern hierher evakuiert. Es muß im Sommer 1943 gewesen sein. Ich war in einer Klasse zusammen mit ... ach, die Namen ... doch, ich erinnere mich an Bruno Morenz. Er war mein bester Kumpel.«

Sie blickte ihn eine Weile eindringlich an und zog sich dann an ihren Stöcken hoch. Er stand ebenfalls auf. Sie humpelte an ein Fenster und blickte hinunter auf die Straße. Ein mit Vopos besetzter Lastwagen rumpelte vorbei. Sie saßen aufrecht da, in den Halftern an ihren Gürteln die ungarischen AP9-Pistolen.

»Immer die Uniformen«, sagte sie leise, als spräche sie zu sich selbst. »Erst die Nazis, jetzt die Kommunisten. Immer die Uniformen und die Revolver. Erst die Gestapo, jetzt der SSD. O Deutschland, womit haben wir die beiden verdient?«

Sie wandte sich vom Fenster ab.

»Sie sind Engländer, nicht? Bitte setzen Sie sich doch wieder.«

McCready erkannte, daß sie trotz ihres hohen Alters geistig noch hellwach war.

»Wie kommen Sie denn auf die Idee?« fragte er ungehalten, aber sie ließ sich von seinem gespielten Zorn nicht durcheinanderbringen.

»Aus dreierlei Gründen. Ich erinnere mich an jeden Jungen, den ich im und nach dem Krieg an dieser Schule unterrichtet habe, und ein Martin Kroll war nicht dabei. Und die Schule war nicht in der Heinrich-Heine-Straße. Heine war Jude, und die Nazis hatten seinen Namen von allen Straßen und Plätzen entfernt.«

McCready hätte sich am liebsten einen Tritt versetzt. Das hätte er wissen müssen.

»Wenn Sie schreien oder sonstwie Alarm schlagen«, sagte er ruhig, »tue ich Ihnen nichts. Aber sie werden mich holen und erschießen. Es liegt in Ihrer Hand.«

Sie humpelte zu ihrem Schaukelstuhl und setzte sich.

»1933 war ich Professorin an der Friedrich-Wilhelm-Universität in Berlin. Das jüngste Mitglied im Kollegium und die einzige Frau. Die Nazis kamen an die Macht. Ich sagte offen, daß ich sie verachtete. Vermutlich hatte ich großes Glück, sie hätten mich dafür in ein Lager schicken können. Aber sie waren nachsichtig und haben mich hierher versetzt, damit ich an der Volksschule die Kinder von Landarbeitern unterrichte.

Nach dem Krieg bin ich nicht an die Universität zurückgekehrt. Zum Teil, weil ich fand, die Kinder hier hätten auf das, was ich ihnen beibringen konnte, genausoviel Recht wie die jungen Leute in Berlin; zum andern, weil ich nicht bereit war, die Lügen der Kommunisten weiterzugeben. Ist das Antwort genug?«

»Und wenn sie mich trotzdem erwischen und ich erzähle, was Sie zu mir gesagt haben?«

Zum erstenmal lächelte sie.

»Junger Mann, wenn man achtzig ist, können sie einem nichts antun, was unser Herrgott nicht in absehbarer Zeit ohnehin tun wird. So, und was führt Sie zu mir?«

»Bruno Morenz – erinnern Sie sich an ihn?«

»O ja, ich erinnere mich an ihn. Ist er in Schwierigkeiten?«

»Ja, Fräulein Neumann, in großen Schwierigkeiten. Er ist hier in der Gegend, irgendwo. Er ist mit einem Auftrag in die DDR gekommen – für mich. Dann wurde er krank. Brach psychisch völlig zusammen. Er hält sich irgendwo versteckt. Er braucht meine Hilfe.«

»Die Polizei, diese vielen Soldaten – sind sie hinter Bruno Morenz her?«

»Ja. Wenn es mir gelingt, ihnen zuvorzukommen, kann ich ihm vielleicht helfen. Ihn noch rechtzeitig in Sicherheit bringen.«

»Und warum sind Sie zu mir gekommen?«

»Er hat eine Schwester in London. Sie sagte, daß er ihr über seine zwei Jahre hier, während des Krieges, ganz wenig erzählt hat. Nur, daß er sehr unglücklich war und zu keinem Menschen Vertrauen hatte, außer zu seiner Lehrerin, Fräulein Neumann.«

Sie schaukelte einige Zeit vor und zurück.

»Der arme Bruno«, sagte sie schließlich. »Er hatte immer so große Angst. Vor dem Gebrüll und den Schmerzen.«

»Warum hatte er solche Angst, Fräulein Neumann?«

»Er stammte aus einer sozialdemokratischen Familie in Hamburg. Sein Vater war im Bombenkrieg umgekommen, aber er muß vorher im Kreis seiner Familie etwas Abfälliges über Hitler gesagt haben. Bruno war bei einem Bauern auf dem Land untergebracht, einem brutalen Menschen, der zuviel trank und außerdem ein glühender Nazi war. Eines Abends muß Bruno etwas gesagt haben, was er von seinem Vater gehört hatte. Der Bauer hat ihn mit seinem Gürtel verprügelt. Schlimm verprügelt. Das hat er dann noch oft getan. Bruno ist immer wieder ausgerissen.«

»Und wo hat er sich versteckt, Fräulein Neumann? Wo bitte?«

»In einem Heuschober. Er hat ihn mir einmal gezeigt. Ich habe den Bauern aufgesucht, um ihm ins Gewissen zu reden. Am Rand einer großen Wiese stand ein Heuschober, weitab vom Haus und von den anderen Gebäuden. Bruno hat sich oben auf dem Dachboden ein Versteck in das Heu gegraben. Da ist er jedesmal hineingekrochen und hat gewartet, bis der Bauer betrunken einschlief.«

»Und wo genau war dieser Bauernhof?«

»Der Weiler heißt Marionhain. Ich glaube, es gibt ihn noch. Nur vier Bauernhöfe, heute alle kollektiviert. Er liegt zwischen den Dörfern Ober- und Nieder-Grunstedt. Fahren Sie aus der Stadt auf der Straße in Richtung Süden. Nach etwa vier Kilometern biegen Sie nach rechts ab. Dort steht ein Wegweiser. Das Gehöft hieß früher Müllerhof, doch so heißt es inzwischen sicher nicht mehr. Aber wenn es den Hof noch gibt, halten Sie nach einem Heuschober Ausschau, der zweihundert Meter abseits steht, am Ende einer großen Wiese. Glauben Sie, Sie können ihm helfen?«

McCready stand auf.

»Wenn er dort ist, Fräulein Neumann, werde ich's versuchen. Ich verspreche Ihnen, ich werde mein Bestes tun. Vielen Dank für Ihre hilfreiche Auskunft.«

An der Tür drehte er sich noch einmal um.

»Sie haben gesagt, Sie hätten mich aus drei Gründen für einen Engländer gehalten, haben mir aber nur zwei genannt.«

»Ach ja. Sie sind wie ein Landarbeiter angezogen, haben aber behauptet, Sie kämen aus Berlin. In Berlin gibt es keine Landwirtschaftsbetriebe. Also sind Sie ein Spion und arbeiten entweder für die ...« Sie machte eine ruckartige Kopfbewegung zu einem Fenster hin, unter dem wieder ein Lastwagen vorbeirumpelte, »... oder für die andere Seite.«

»Ich hätte ein Stasi-Agent sein können.«

Wieder lächelte sie.

»Nein, mein Herr Engländer. Ich erinnere mich aus dem Jahr 1945 an die britischen Offiziere, die kurz hier waren, ehe die Russen kamen. Sie waren viel zu höflich.«

Die unbefestigte Straße zweigte genau dort von der Hauptstraße weg, wo sie gesagt hatte. Sie ging nach rechts ab und führte in den fruchtbaren Landstrich zwischen der Staatsstraße 7 und der Autobahn E 40. Ein kleines Schild wies nach Nieder-Grunstedt. Er radelte die Straße entlang bis zu einer Gabelung, einen knappen Kilometer weiter. Vor ihm lag Ober-Grunstedt. Er sah, daß es von einer Kette grüner Uniformen umgeben war. Rechts und links von ihm lagen Felder, auf denen der Mais anderthalb Meter hoch stand. Er duckte sich auf den Lenker und radelte nach rechts weiter. Er umfuhr Ober-Grunstedt, fand einen noch schmaleren Weg und sah nach einem knappen Kilometer die Dächer einer Gruppe von Bauernhäusern und Scheunen, erbaut im thüringischen Stil, mit steil abfallenden Ziegeldächern, hohen Giebeln und hohen, breiten Toren für die Heuwagen. Marionhain.

Er wollte nicht durch den Weiler fahren, um nicht von Landarbeitern gesehen zu werden, die ihn sofort als einen Ortsfremden identifizieren würden. Er versteckte das Fahrrad in einem Maisfeld und kletterte auf ein Gatter, um sich einen besseren Überblick zu verschaffen. Rechterhand sah er eine abseits von den anderen Gebäuden stehende, hohe Scheune aus Ziegelsteinen und schwarz geteerten Balken. In gebückter Haltung begann er sich durch den Mais auf sein

Ziel zuzuarbeiten. Am Horizont bewegte sich der Strom der grünen Uniformen langsam aus Nieder-Grünstedt.

Auch Dr. Lothar Herrmann war an diesem Vormittag beschäftigt. In der Regel arbeitete er an einem Samstag nicht, aber er brauchte etwas, um sich von der mißlichen Situation abzulenken, in der er sich befand. Am Abend vorher war er mit seinem höchsten Chef in einem Restaurant gesessen. Das Gespräch beim Essen war kein Zuckerschlecken gewesen.

Im Mordfall Heimendorf war noch niemand verhaftet worden. Die Polizei hatte sich nicht einmal mit einem Steckbrief an die Öffentlichkeit gewandt. Man schien einfach nicht weiterzukommen, was die beiden Pistolenkugeln und eine Gruppe identischer Fingerabdrücke betraf.

Eine stattliche Zahl höchst seriöser Herren aus der Privatwirtschaft und dem öffentlichen Sektor war diskret vernommen worden, und alle waren am Ende ihrer Vernehmung schamrot gewesen. Doch jeder von ihnen hatte bereitwillig und umfassend ausgesagt. Fingerabdrücke waren abgenommen, Schußwaffen zur Untersuchung ausgehändigt, Alibis überprüft worden. Aber nichts war dabei herausgekommen.

Der Chef hatte sein Bedauern über den Mißerfolg geäußert, war aber unerbittlich geblieben. Er sei den Mangel an Kooperation innerhalb des Dienstes leid. Am Montagvormittag werde er im Bundeskanzleramt ein Gespräch mit dem Staatssekretär führen, der auf politischer Ebene für den BND zuständig war. Das werde ein sehr heikles Gespräch werden, und er, der Generaldirektor, sei darüber gar nicht glücklich. Ganz und gar nicht.

Dr. Herrmann schlug das dicke Dossier auf, das die Niederschriften des grenznahen DDR-Funkverkehrs von Mittwoch bis Freitag enthielt. Eine enorme Menge. Irgend etwas hatte die Vopos im Bezirk Jena in helle Aufregung versetzt. Dann fiel sein Blick auf einen Satz, der während eines Gesprächs zwischen einem Streifenwagen der Volkspolizei und der Einsatzzentrale in Jena gefallen war – »Groß, grauhaarig, rheinländischer Akzent ...« Er wurde nachdenklich. Das erinnerte ihn an etwas ...

Einer seiner Mitarbeiter kam herein und legte dem Chef eine Kopie auf den Schreibtisch. Wenn der Herr Doktor es sich schon nicht nehmen ließ, an einem Samstagvormittag zu arbeiten, konnte man ihn das Material ja gleich so vorlegen, wie es einging. Die Kopie hatte das Bundesamt für Verfassungsschutz weitergegeben. Darin hieß es schlicht, daß ein aufmerksamer Beamter am Flughafen Hannover ein Gesicht bemerkt hatte, das zu einem Mann gehörte, der unter dem Namen Maitland mit einer Maschine aus London eingetroffen war. Der BfV-Mann, wachsam, wie er war, hatte seine Unterlagen überprüft, den Betreffenden identifiziert und dies an die Zentrale in Köln durchgegeben. Aus Köln hatte man die Nachricht nach Pullach weitergereicht. Der angebliche Mr. Maitland war Mr. Samuel McCready.

Dr. Herrmann war pikiert. Es war höchst unhöflich von einem hohen Beamten aus dem Nachrichtendienst eines NATO-Verbündeten, unangemeldet bundesdeutschen Boden zu betreten. Und ungewöhnlich außerdem. Es sei denn ... Er warf einen Blick auf die aufgefangene Funkmeldung aus Jena und auf die Kopie aus Hannover. Er würde es nicht wagen, dachte er. Aber eine andere Stimme in ihm widersprach: Doch, er würde es sehr wohl wagen. Dr. Herrmann nahm einen Hörer ab und begann seine Dispositionen zu treffen.

McCready verließ die Deckung, die ihm das Maisfeld gewährte, blickte nach rechts und links und ging rasch die paar Meter über das Gras zu dem Heuschober. Das Tor in seinen rostigen Scharnieren gab ein Knarren von sich, als er es vorsichtig aufstieß. Aus einem Dutzend Ritzen im Holz fielen Lichtstrahlen in die Düsternis und enthüllten ein wirres Durcheinander von alten Karren und Fässern, Pferdegeschirren und Trögen. Er warf einen Blick nach oben. Der obere Teil des Schobers, über eine senkrechte Leiter zu erreichen, war mit Heuballen vollgestopft. Er kletterte die Leiter hinauf und rief leise: »Bruno.«

Keine Antwort. Er ging an dem aufgeschichteten Heu vorbei und hielt Ausschau nach Hinweisen, daß in letzter Zeit hier jemand gewesen war. An der Rückwand entdeckte er zwischen zwei Heuballen ein Stück von einem Regenmantel. Er nahm den oberen Ballen vorsichtig weg.

Bruno Morenz lag in seinem Schlupfwinkel auf der Seite. Seine Augen standen offen, aber er rührte sich nicht. Als das Tageslicht in sein Versteck eindrang, stöhnte er auf.

»Bruno, ich bin's. Ihr Freund Sam. Schauen Sie mich an, Bruno.«

Morenz drehte den Kopf zu McCready hin und starrte ihn an.

Sein Gesicht war grau und unrasiert. Er hatte seit drei Tagen nichts gegessen und nur abgestandenes Wasser aus einem Faß getrunken. Seine Augen flackerten unruhig.

»Sam?«

»Ja, Sam. Sam McCready.«

»Verraten Sie ihnen nicht, daß ich hier bin, Sam. Sie finden mich nicht, wenn Sie mich nicht verraten.«

»Ich verrat's ihnen nicht, Bruno. Auf keinen Fall.«

Durch einen Spalt in der Bretterwand des Heuschobers sah er, wie sich die Kette aus grünen Uniformen quer über die Maisfelder Ober-Grunstedt näherte.

»Versuchen Sie sich aufzurichten, Bruno.«

Mit McCreadys Hilfe rappelte sich Morenz hoch und kauerte sich dicht an den Heuballen.

»Wir müssen ganz fix machen, Bruno. Ich werde versuchen, Sie hier rauszubringen.«

Morenz schüttelte teilnahmslos den Kopf.

»Bleiben Sie hier, Sam. Hier ist es sicher, hier kann mich keiner finden.«

Nein, dachte McCready, ein betrunkener Bauer kann es natürlich nicht. Aber fünfhundert Soldaten können es schon. Er versuchte, Morenz auf die Füße zu stellen, aber dessen Körpergewicht war einfach zu groß. Die Beine trugen ihn nicht. Er verklammerte die Hände über der Brust. Unter seinem Regenmantel war irgendein Gegenstand. McCready ließ ihn wieder auf Heu sinken. Er war sich darüber im klaren, daß keinerlei Chance bestand, Morenz zur Grenze bei Ellrich zu bringen, ihn unter dem Draht hindurch und über das Minenfeld zu schaffen. Es war vorüber.

Durch den Spalt war zu sehen, wie die grünen Uniformen sich die Bauernhäuser und Scheunen von Ober-Grunstedt vornahmen. Als nächstes kam Marionhain dran.

»Ich habe Fräulein Neumann besucht. Erinnern Sie sich an Fräulein Neumann? Sie ist eine nette Person.«

»Ja, nett. Sie ahnt vielleicht, daß ich hier bin, aber sie verrät ihnen bestimmt nichts davon.«

»Auf keinen Fall, Bruno. Ganz bestimmt nicht. Sie hat gesagt, Sie hätten Ihre Hausaufgaben dabei. Sie muß sie korrigieren.«

Morenz zog unter seinem Regenmantel vorsichtig ein dickleibiges, rot eingebundenes Handbuch hervor. Hammer und Sichel waren in

Gold auf den Plastikeinband geprägt. Morenz hatte die Krawatte gelockert, und sein Hemd stand offen. An einem Stück Bindfaden um seinen Hals hing ein Schlüssel. McCready nahm das Buch.

»Ich habe Durst, Sam.«

McCready hielt ihm einen kleinen, silbernen Flachmann hin, den er aus seiner Gesäßtasche gezogen hatte. Morenz trank gierig den Whisky. McCready schaute durch den Spalt nach draußen. Die Soldaten hatten die Durchsuchung von Ober-Grunstedt abgeschlossen. Ein paar näherten sich auf der kleinen Straße, andere schwärmten fächerförmig über die Felder aus.

»Ich werde hier bleiben, Sam«, sagte Morenz.

»Ja«, sagte McCready, »das sollen Sie auch. Leben Sie wohl, mein alter Freund. Schlafen Sie gut. Jetzt wird Ihnen nie mehr jemand weh tun.«

»Nie mehr«, murmelte Morenz und schlief ein. McCready zog ihm behutsam den Bindfaden mit dem Schlüssel über den Kopf, verstaute das Buch in seiner Tragetasche, flitzte die Leiter hinunter und setzte sich in das nächste Maisfeld ab. Minuten später schloß sich der Ring. Es war Mittag.

Zwölf Stunden vergingen, bis er wieder die riesige Kiefer an der Grenze nahe dem Dorf Ellrich erreichte. Er zog den Kittel über und wartete unter dem Baum bis halb vier Uhr. Dann ließ er in Richtung auf den weißen Felsen jenseits der Grenze seine Mini-Taschenlampe dreimal aufblinken, schob sich unter dem Drahtverhau durch und robbte durch das Minenfeld und den gepflügten Todesstreifen. Am Zaun erwartete ihn Siegfried.

Auf der Rückfahrt nach Goslar inspizierte er den Schlüssel, den er Bruno Morenz abgenommen hatte. Er war aus Stahl und auf der Rückseite war »Flughafen Köln« eingraviert. Er verabschiedete sich nach einem kräftigen Frühstück von Kurzlinger und Siegfried und fuhr los, nicht nach Norden, Richtung Hannover, sondern nach Südwesten.

Um ein Uhr an diesem Samstagnachmittag begrüßten die Soldaten Oberst Voß, der zusammen mit einer Dame in Zivil in einem Stabswagen eintraf. Die beiden stiegen die Leiter hinauf und sahen sich die Leiche im Heu an. Obwohl eine gründliche Suchaktion durchgeführt und der Heuschober beinahe auseinandergenommen wurde, fanden sie nichts Schriftliches, geschweige denn ein dickes Buch. Aber sie wußten ja ohnehin nicht, wonach sie suchen sollten.

Ein Soldat zog dem Toten mit viel Kraftaufwand einen kleinen, silbernen Flachmann aus der erstarrten Hand und reichte ihn Oberst Voß. Er schnüffelte daran und murmelte: »Zyankali.« Majorin Wanawskaja nahm ihn Voß aus der Hand und drehte ihn um. Auf der Rückseite stand »Harrods London«. Sie gab einen sehr undamenhaften Kraftausdruck von sich. Für Oberst Voß hörte er sich wie »leg doch deine eigene Mutter um« an.

Sonntag

Gegen Mittag erreichte McCready den Kölner Flughafen. Es blieb noch reichlich Zeit bis zum Abflug seiner Maschine um 13.00 Uhr. Er tauschte sein Ticket Hannover-London gegen eines von Köln nach London um, checkte ein und spazierte dann zu den stählernen Schließfächern in der Abflughalle. Er holte den Schlüssel heraus und steckte ihn ins Schloß des Schließfaches Nr. 47. Darin befand sich eine schwarze Leinentasche. Er nahm sie heraus.

»Ich denke, die Tasche nehme ich an mich. Danke, Mr. McCready.«

Er drehte sich um. Der stellvertretende Chef des BND. Zwei kräftige Herren hatten in respektvollem Abstand Stellung bezogen. Der eine betrachtete seine Fingernägel, der andere die Decke, als hielte er nach Rissen Ausschau.

»Das ist aber nett, Sie wiederzusehen, Herr Dr. Herrmann. Was führt Sie denn nach Köln?«

»Die Tasche ... wenn ich bitten darf, Mr. McCready.«

McCready reichte sie ihm, Herrmann gab sie an einen seiner Begleiter weiter. Er konnte es sich leisten, freundlich zu sein.

»Kommen Sie, Mr. McCready. Wir Deutschen sind ein gastfreundliches Volk. Lassen Sie sich von mir zu Ihrer Maschine begleiten. Sie möchten sie doch nicht verpassen.«

Sie gingen auf die Paßkontrolle zu.

»Ein bestimmter Kollege von mir ...«

»Er wird nicht zurückkommen, Herr Dr. Herrmann.«

»Ach, der Arme. Aber vielleicht ist es ganz gut so.«

Sie erreichten die Paßkontrolle. Dr. Herrmann zog eine Karte heraus, hielt sie den Paßbeamten hin, und sie konnten durchgehen. Als die Fluggäste in die Maschine stiegen, wurde McCready von Dr. Herrmann zur Tür des Flugzeugs gebracht.

»Mr. McCready.«

Er drehte sich unter der Tür um. Dr. Herrmann lächelte endlich.

»Wir verstehen uns auch darauf, den Funkklatsch hinter der Grenze abzuhören. Gute Reise, Mr. McCready. Grüßen Sie mir London.«

Eine Woche später traf die Nachricht in Langley ein. General Pankratin war versetzt worden. Er würde künftig einen Komplex von militärischen Gefangenenlagern in Kasachstan befehligen.

Claudia Stuart erfuhr die Neuigkeit durch den Mann, den sie in der US-Botschaft in Moskau sitzen hatte. Sie sonnte sich noch immer in den Elogen, die von höherer Warte auf sie herabregneten, während die Analytiker die gesamte sowjetische Kriegsplanung studierten. Sie nahm die Sache mit ihrem sowjetischen General philosophisch. Gegenüber Chris Appleyard bemerkte sie:

»Er ist mit heiler Haut davongekommen und behält seinen Rang. Besser als in Jakutien im Gulag zu schuften. Und was uns betrifft, nun ja, es kommt billiger als eine Luxuswohnanlage in Santa Barbara.«

London, Century House

Die Anhörung ging am Vormittag des nächsten Tages weiter. Timothy Edwards blieb äußerlich die Höflichkeit in Person, hoffte aber insgeheim, die ganze Angelegenheit werde sich mit einem Minimum an Zeitaufwand erledigen lassen. Er hatte, wie die beiden Controller rechts und links von ihm, Wichtigeres zu tun.

»Danke, Denis, daß Sie uns die Ereignisse aus dem Jahr 85 ins Gedächtnis gerufen haben«, sagte er, »obwohl ich finde, man könnte sagen, vom geheimdienstlichen Standpunkt aus gehört dieses Jahr einer anderen, ja, einer abgeschlossenen Epoche an.«

Das wollte Denis Gaunt nicht gelten lassen. Er wußte, daß er das Recht hatte, nach Belieben Episoden aus der Karriere seines Abteilungsleiters Revue passieren zu lassen, um damit die Kommission vielleicht zu bewegen, dem Chef eine Abänderung seiner Entscheidung zu empfehlen. Es war ihm auch bewußt, daß kaum eine Chance bestand, daß Edwards eine solche Empfehlung aussprechen würde. Doch am Ende der Anhörung stand eine Abstimmung, und Gaunt wandte sich ganz gezielt an die beiden Controller, da sie die Mehrheit bildeten. Er stand auf, ging hinüber zu dem Beamten aus dem Archiv und bat ihn um ein anderes Dossier.

Sam McCready schwitzte, und er begann sich zu langweilen. Im Unterschied zu Gaunt wußte er, daß seine Chancen minimal waren. Er hatte die Anhörung verlangt, aber nur aus reinem Widerspruchsgeist. Er lehnte sich zurück und ließ seine Aufmerksamkeit abschweifen. Was Denis Gaunt auch erzählen mochte, nichts daran war ihm neu.

Dreißig lange Jahre hatte er in der kleinen Welt des Century House und des Geheimdienstes verbracht, beinahe sein gesamtes Arbeitsleben. Wenn ich jetzt vor die Tür gesetzt werde, fragte er sich, wohin gehe ich dann? Ja, er fragte sich sogar – und nicht zum erstenmal –, wie er überhaupt in diese seltsame, zwielichtige Welt geraten war. Er kam aus der Arbeiterschicht, und es war ihm nicht an der Wiege gesungen worden, daß er es dereinst zu einem hochrangigen Beamten im SIS bringen werde.

Er war im Frühjahr 1939 als Sohn eines Milchmanns im Süden Londons zur Welt gekommen, im selben Jahr, in dem der Zweite Weltkrieg ausbrach. Nur ganz vage, in ein paar Erinnerungsbildern, war ihm sein Vater noch gegenwärtig.

Nach der Kapitulation Frankreichs, 1940, war er als Baby zusammen mit seiner Mutter evakuiert worden, als die deutsche Luftwaffe mit ihren Bombenangriffen auf die britische Hauptstadt begann. Er erinnerte sich nicht mehr daran. Anscheinend – jedenfalls hatte seine Mutter es ihm später so erzählt – waren sie im Herbst 1940 in das kleine Reihenhaus in der armen, aber ordentlich gefegten Straße in Norbury zurückgekehrt, aber inzwischen war sein Vater eingezogen worden.

Es hatte ein Foto seiner Eltern vom Tag ihrer Hochzeit gegeben – daran erinnerte er sich ganz genau. Sie war in Weiß, hielt einen Strauß in den Händen, und der kräftige Mann neben ihr stand sehr steif und proper da, in seinem dunklen Anzug mit einer Nelke im Knopfloch des Revers. Es war auf dem Kaminsims gestanden, in einem silbernen Rahmen, und sie hatte es jeden Tag blankgeputzt. Später nahm ein anderes Foto seinen Platz am anderen Ende des Simses ein, die Aufnahme eines kräftigen, lächelnden Mannes in Uniform, der die Sergeant-Streifen am Ärmel trug.

Seine Mutter ging jeden Tag aus dem Haus und fuhr mit dem Bus nach Croydon, wo sie die Eingangsstufen und Dielen der begüterten Leute putzte, die dort wohnten. Sie wusch auch für andere Leute; er konnte sich noch schwach daran erinnern, daß die winzige Küche immer voller Dampf war, während sie die Nacht durcharbeitete, um am Morgen fertig zu sein.

Einmal, es mußte 1944 gewesen sein, kam der kräftige, lächelnde Mann nach Hause, hob ihn vom Boden auf und hielt den quietschenden Jungen hoch in die Luft. Dann ging er wieder fort, landete zusammen mit den alliierten Truppen an der Küste der Normandie und fiel beim Angriff auf Caen. Sam erinnerte sich, daß seine Mutter viel geweint und er versucht hatte, irgend etwas zu ihr zu sagen. Doch da ihm nichts eingefallen war, weinte er mit, obwohl er eigentlich nicht wußte, warum.

Im Januar darauf brachte ihn seine Mutter in einer Art Vorschule unter, damit sie jeden Tag nach Croydon fahren konnte, ohne ihn in der Obhut von Tante Vi lassen zu müssen. Er fand das schade, weil Tante Vi das Süßwarengeschäft weiter unten an der Straße führte und ihm erlaubte, den naßgeleckten Finger in das Bonbonglas zu stecken. Das war in jenem Frühjahr, in dem die V-1-Raketen der Deutschen, von den Startrampen in den Niederlanden abgeschossen, in London einzuschlagen begannen. Er erinnerte sich ganz deutlich an jenen Tag, kurz vor seinem sechsten Geburtstag, als der Mann in der Uniform eines Luftschutzwarts, auf dem Kopf den Helm und an der Seite die Gasmaske, in die Vorschule gekommen war.

Es hatte einen Luftangriff gegeben, und die Kinder hatten den Vormittag im Keller verbracht, was ihnen viel mehr Spaß machte als der Unterricht. Nach der Entwarnung waren sie wieder ins Klassenzimmer gegangen.

Der Mann hatte sich im Flüsterton mit der Direktorin unterhalten, die dann den Jungen an der Hand genommen, ihn in ihr Wohnzimmer hinter dem Klassenzimmer geführt und ihm Kümmelkuchen zu essen gegeben hatte. Dort wartete er, sehr klein und ratlos, bis der nette Mann vom Waisenhaus kam und ihn mitnahm. Später erzählten sie ihm, daß es das Foto in dem Silberrahmen und die Aufnahme von dem kräftigen, lächelnden Mann mit den Sergeant-Streifen nicht mehr gebe.

Er führte sich gut im Waisenhaus, bestand alle Prüfungen und trat nach dem Schulabschluß als blutjunger Soldat in die Armee ein. Als er achtzehn war, wurde er nach Malaysia versetzt, wo der nicht erklärte Dschungelkrieg zwischen den Briten und den kommunistischen Terroristen tobte. Er wurde der Nachrichtentruppe als Schreiber zugeteilt.

Eines Tages ging er zu seinem Oberst und machte einen Vorschlag. Der Oberst, ein Karriereoffizier, sagte sofort: »Schreiben Sie das auf.« Was McCready tat.

Die Männer von der Spionageabwehr hatten mit Hilfe einiger Malaien einen führenden Kopf der Terroristen gefangengenommen. McCready schlug vor, an die Chinesen die Nachricht durchsickern zu lassen, daß der Mann wie ein Kanarienvogel singe und an einem bestimmten Tag von Ipot nach Singapur gebracht werden solle.

Als die Terroristen den Konvoi attackierten, zeigte sich, daß der Lastwagen, in dem sie den Gefangenen vermuteten, innen gepanzert war und Schlitze in den Wänden hatte, hinter denen sich Maschinengewehre verbargen. Als das Gefecht vorüber war, lagen sechzehn chinesische Kommunisten tot im Busch. Zwölf weitere waren schwer verwundet, und mit den übrigen räumten die malaiischen »Scouts« auf. Sam McCready blieb noch ein weiteres Jahr auf seinem Posten in Kuala Lumpur, schied dann aus der Armee aus und kehrte nach England zurück. Der Vorschlag, den er für seinen Oberst niedergeschrieben hatte, wurde zu den Akten genommen, und irgendwann mußte ihn irgend jemand aufgestöbert haben.

Er stand gerade in der Schlange vor der Arbeitsvermittlung, als er merkte, wie ihm jemand leicht auf den Arm klopfte. Ein älterer Mann in einem Tweedjackett und mit einem weichen Filzhut auf dem Kopf schlug ihm vor, mit ihm auf ein Gläschen in das nächstgelegene Pub zu gehen. Nach zwei Wochen und drei weiteren Einstellungsgesprächen wurde er in die »Firma« aufgenommen. Seither, dreißig Jahre lang, war für ihn die »Firma« die einzige Familie gewesen, die er je gehabt hatte.

Plötzlich hörte er, wie jemand seinen Namen nannte, und fuhr aus seinen Träumereien hoch. Es wäre eigentlich besser gewesen, aufzupassen, wies er sich zurecht. Schließlich sprechen die ja über meine eigene Karriere.

Es war Denis Gaunt, der ein umfangreiches Dossier in den Händen hielt.

»Ich denke, meine Herren, daß es vielleicht nützlich wäre, wenn wir uns jetzt eine Reihe von Ereignissen aus dem Jahr 1986 vornehmen, die allein schon eine nochmalige Überprüfung von Sam McCreadys vorzeitiger Pensionierung rechtfertigen könnten. Diese Reihe von Ereignissen begann, zumindest soweit es uns betrifft, an einem Frühjahrsvormittag auf dem Truppenübungsplatz der Salisbury Plain ...«

Der Brautpreis

1

Nebelschleier lagen noch in der Ferne über dem Waldstück mit dem Namen Fox Covert, ein Anzeichen, daß es ein klarer, warmer Tag werden würde.

Auf der höchsten Erhebung des hügeligen Geländes, das Generationen von Soldaten als Frog Hill kannten, bezogen die Offiziere Position, um das bevorstehende Manöver zu beobachten, bei dem eine Schlacht zwischen zwei Verbänden in Bataillonsstärke simuliert werden sollte. Beide wurden von britischen Soldaten gebildet, aber aus diplomatischen Gründen waren sie nicht in die *Briten* und den *Feind*, sondern in *Blaue* und *Grüne* eingeteilt. Sogar auf die sonst übliche Bezeichnung einer Seite als die *Roten* hatte man aus Rücksicht auf die Zusammensetzung der Offiziersgruppe auf dem Hügel verzichtet.

Über das offene Terrain am Nordrand der Salisbury Plain, das der britischen Armee als Übungsgelände so lieb und teuer ist, weil es so stark der Norddeutschen Tiefebene ähnelt, in der nach Meinung vieler eines Tages der Dritte Weltkrieg beginnen könnte, waren Schiedsrichter verteilt, die am Schluß durch ihre Punktvergabe über den Ausgang der Schlacht entscheiden sollten. Keiner von den Soldaten würde an diesem Tag sterben. Sie würden sich nur darauf vorbereiten.

Hinter den Offizieren standen die Fahrzeuge, die sie hergebracht hatten; ein paar Dienstlimousinen und eine größere Anzahl weniger komfortabler Land Rover mit Tarnstreifen oder ganz in Dunkelgrün. Ordonnanzen von der Verpflegungstruppe bauten Feldküchen auf, die den ganzen Tag über heißen Tee und Kaffee ausgeben würden, und begannen, einen kalten Imbiß anzurichten.

Die Offiziere standen herum oder taten geschäftig, wie alle beobachtenden Offiziere überall auf der Welt. Einige studierten Landkarten in Plastikhüllen, auf denen später Notizen mit Spezialstiften angebracht und wieder gelöscht werden würden. Andere suchten mit starken Ferngläsern den Horizont ab. Wieder andere waren in ernste Gespräche vertieft.

Im Zentrum der Gruppe stand ein ranghoher britischer General, der Befehlshaber des Oberkommandos Süd. Neben ihm sein persönlicher Gast, der ranghöchste General der Besucher. Zwischen und etwas hinter ihnen ein intelligenter junger Subaltern-Offizier, der erst vor kurzem die Sprachenschule absolviert hatte und mit leiser Stimme dolmetschte, was die beiden einander zu sagen hatten.

Die britische Offiziersgruppe war mit gut dreißig Mann die größere. Sie gaben sich alle ernst und gesetzt, wie um zu zeigen, daß sie sich durchaus bewußt waren, wie ungewöhnlich und wichtig diese Veranstaltung war. Sie wirkten ein wenig mißtrauisch und vorsichtig, so als könnten sie eine in vielen Jahren gefestigte Gewohnheit nicht einfach abschütteln. Denn dies war das erste Jahr der Perestroika, und man hatte zwar schon früher sowjetische Offiziere als Beobachter zu britischen Manövern in Deutschland eingeladen, doch dies war das erste Mal, daß sie als Gäste der britischen Armee mitten ins Herz von England gekommen waren. Alte Gewohnheiten haben ein zähes Leben.

Die Russen waren genauso ernst wie die Briten, oder vielleicht noch ernster. Es waren siebzehn, und jeder einzelne war sorgfältig ausgewählt und überprüft worden. Einige sprachen ganz passabel Englisch und gaben es zu. Fünf sprachen perfekt Englisch und gaben vor, es nicht zu beherrschen.

Englische Sprachkenntnisse waren jedoch bei der Auswahl der Teilnehmer nicht ausschlaggebend gewesen. Man hatte vor allem auf fachliche Kompetenz geachtet. Jeder der sowjetischen Offiziere war Experte auf seinem Gebiet und mit Taktik, Waffen und Befehlsstrukturen der britischen Armee bestens vertraut. Ihre Instruktion lautete nicht einfach nur, sich anzuhören, was man ihnen sagte, geschweige denn, es für bare Münze zu nehmen, sondern die Augen offenzuhalten, sich nichts entgehen zu lassen und zu Hause zu berichten, wie gut die Briten waren, welches Gerät sie einsetzten, wie sie es einsetzten und wo ihre Schwächen lagen, falls sie überhaupt welche hatten.

Sie waren am Abend zuvor eingetroffen, nach einem Tag in London, den sie zum größten Teil in ihrer eigenen Botschaft verbracht hatten. Das erste Abendessen im Offizierskasino auf dem

Armee-Stützpunkt Tidworth war ziemlich formell verlaufen, fast ein bißchen verkrampft, aber ohne Zwischenfall. Die Witze und die Lieder würden später kommen, vielleicht am zweiten oder dritten Abend. Die Russen konnten sich denken, daß mindestens fünf unter ihnen waren, die die anderen zwölf und wahrscheinlich auch einander beobachten mußten.

Keiner erwähnte dies gegenüber den Briten, und diese sahen ihrerseits keinen Anlaß, durchblicken zu lassen, daß vier von ihnen Agenten der Spionageabwehr waren, Aufpasser. Aber zumindest die britischen Aufpasser waren nur dazu da, die Russen, und nicht ihre eigenen Landsleute, zu bespitzeln.

Zur russischen Gruppe gehörten zwei Generäle, einer, der nach den Abzeichen an seiner Uniform von den Panzergrenadieren kam, und einer vom Panzerkorps, außerdem ein Oberst des Generalstabs, dazu ein Oberst, ein Major und ein Hauptmann vom Militärischen Nachrichtendienst der sowjetischen Streitkräfte, die allesamt »deklariert« waren, also kein Hehl aus ihrer Funktion machten, des weiteren ein Oberst der Luftlandetruppen, aus dessen offen getragener Feldbluse am dreieckigen Halsausschnitt ein weißblaues Trikot herausschaute, das Abzeichen der Spezialverbände, und schließlich je ein Oberst und ein Major der Infanterie und des Panzerkorps. Außerdem waren noch ein Oberstleutnant, ein Major und zwei Hauptleute von der Operationsabteilung sowie ein Oberst und ein Major von der Fernmeldetruppe dabei.

Der Nachrichtendienst der sowjetischen Streitkräfte ist unter der Abkürzung GRU bekannt. Die drei »deklarierten« GRU-Leute trugen ihre dienstspezifischen Abzeichen. Nur sie wußten, daß der Major der Fernmeldetruppe und einer der Hauptleute von der Operationsabteilung ebenfalls vom GRU waren, jedoch undeklariert. Das war weder den übrigen Russen noch den Briten bekannt.

Die Briten hatten es ihrerseits nicht für nötig befunden, den Russen mitzuteilen, daß zwanzig Mitarbeiter des Security Service ins Offizierskasino von Tidworth abgestellt worden waren und dort Dienst tun würden, bis die sowjetische Delegation nach London abreiste, um am Morgen des dritten Tages nach Moskau zurückzufliegen. Diese Aufpasser pflegten jetzt die Rasenflächen und Blumenbeete, bedienten bei Tisch oder polierten irgendwelche Messinggegenstände. In der Nacht würden sie sich in Schichten ablösen, um das Kasinogebäude in einem weiten Ring von Beobachtungsposten zu überwachen. Denn wie der Chef des Generalstabs bei einer Besprechung im Ministerium zum Befehlshaber des Oberkommandos Süd gesagt hatte, würde man es »entschieden vorziehen, keinen der Knaben zu verlieren«.

Das Kriegsspiel begann pünktlich um neun Uhr und dauerte den ganzen Tag. Der Absprung des 2. Bataillons des Fallschirmjäger-Regiments fand kurz nach dem Mittagessen statt. Ein Major des 2. Fallschirmjäger-Bataillons stand zufällig neben dem sowjetischen Luftwaffenoberst, der die Vorgänge mit gespannter Aufmerksamkeit verfolgte.

»Wie ich sehe«, bemerkte der Russe, »bevorzugen Sie auf Kompanie-Ebene immer noch den 5 cm-Mörser.«

»Ein nützliches Gerät«, stimmte der Brite zu. »Wirkungsvoll und immer noch zuverlässig.«

»Ich pflichte Ihnen bei«, sagte der Russe langsam. Er sprach Englisch, wenn auch mit starkem Akzent. »Ich habe sie in Afghanistan eingesetzt.«

»Ach ja? Ich habe sie auf den Falklands eingesetzt«, sagte der Fallschirmjäger-Major, und in Gedanken ergänzte er, »aber der Unterschied ist, wir haben auf den Falklands in kurzer Zeit gesiegt, und ihr holt euch in Afghanistan eine böse Niederlage.«

Der Russe gestattete sich ein grimmiges Lächeln. Der Brite erwiderte es. »Mistkerl«, dachte der Russe, »er denkt daran, wie übel uns in Afghanistan mitgespielt wird.«

Beide Männer behielten ihr Lächeln. Keiner von beiden konnte wissen, daß in zwei Jahren der bemerkenswerte neue Generalsekretär in Moskau den Rückzug der gesamten Sowjetarmee aus Afghanistan befehlen würde. Man war erst am Anfang, und alte Gewohnheiten haben ein zähes Leben.

An diesem Abend war das Dinner in der Kaserne von Tidworth nicht mehr so verkrampft. Der Wein floß. Auch Wodka war zu haben, der sonst in der britischen Armee nur selten getrunken wird. Trotz der Sprachschwierigkeiten kam hie und da Heiterkeit auf. Die Russen richteten sich nach ihrem ranghöchsten General, dem von den Panzergrenadieren. Er amüsierte sich offenbar königlich über die (gedolmetschten) Bemerkungen des britischen Generals, und so entspannten sie sich alle. Der Major von der Operationsabteilung hörte einem britischen Panzermann zu, der einen Witz erzählte, und wollte schon loslachen, als ihm gerade noch rechtzeitig einfiel, daß er ja angeblich kein Wort Englisch verstand und die Übersetzung abwarten mußte.

Der Fallschirmjäger-Major saß neben dem deklarierten Major des Nachrichtendienstes der sowjetischen Streitkräfte, des GRU. Er beschloß, bei dieser Gelegenheit seine paar Brocken Russisch anzuwenden.

»*Goworite wy po-angliski?*« fragte er. Der Russe strahlte.

»*Otschen malo*«, erwiderte er und sprach dann in stockendem Englisch weiter. »Sehr wenig, es tut mir leid. Ich versuche mit Büchern zu Hause, aber mein Englisch ist nicht so gut.«

»Bestimmt besser als mein Russisch«, sagte der Fallschirmjäger. »Ach übrigens, ich bin Paul Sinclair.«

»Bitte, entschuldigen Sie«, sagte der Russe. Er hielt dem anderen die Hand hin. »Pawel Kutschenko.«

Es war ein gutes Essen, und hinterher wurden in der Bar Lieder gesungen, bevor die beiden Gruppen sich um elf Uhr geschlossen in ihre Quartiere zurückzogen. Manch einer hatte sicher nichts dagegen, daß man am nächsten Morgen ausschlafen konnte – die Stewards hatten Anweisung, erst um sieben Uhr mit dem Tee zu erscheinen.

Major Kutschenko war jedoch schon um fünf Uhr wach und saß die nächsten zwei Stunden ruhig hinter den Stores am Fenster seines Einzelzimmers. Er hatte kein Licht angemacht und beobachtete die Straße, die an der Front des Offizierskasinos entlang zum Haupttor führte, durch das man auf die Landstraße nach Tidworth gelangte. Im Dämmerlicht des gerade erst anbrechenden Morgens konnte er – so schien es ihm zumindest – drei Männer ausmachen, bei denen es sich um Aufpasser handeln konnte.

Außerdem sah er, genau um sechs Uhr, Oberst Arbuthnot aus der fast direkt unter seinem Zimmer liegenden Haupttür des Kasinos kommen und zu seiner offenbar regelmäßigen morgendlichen Joggingrunde aufbrechen. Er hatte Grund zu der Annahme, daß es eine regelmäßige Angewohnheit des ältlichen Offiziers war – er hatte ihn am Morgen zuvor genau dasselbe tun sehen.

Oberst Arbuthnot war unverkennbar, denn er hatte den linken Arm verloren. Das war vor etlichen Jahren passiert, bei einer Patrouille in jenem seltsamen, fast schon vergessenen Krieg im Bergland des Sufar, einem Feldzug, den britische Spezialeinheiten zusammen mit ausgehobenen Omani-Truppen geführt hatten, um zu verhindern, daß kommunistische Aufständische den Sultan von Oman stürzten und die Straße von Hormus unter ihre Kontrolle brachten. Das zuständige Gremium der Armee war sentimental genug gewesen, ihm das Verbleiben in der Armee zu gestatten, und er war inzwischen für den Betrieb des Offizierskasinos von Tidworth zuständig. Um sich fit zu halten, joggte er jeden Morgen fünf Meilen die Landstraße hinunter und zurück, eine vertraute Gestalt in einem weißen Jogginganzug mit Kapuze und blauen Paspeln, dessen schlaffer linker Ärmel säuberlich mit einer Sicherheitsnadel an der Jacke festgesteckt war. Es war schon das zweite Mal, daß Major Kutschenko ihn nachdenklich beobachtete.

Der zweite Tag der Kriegsspiele verlief ebenfalls ohne Zwischenfälle, und schließlich einigten sich die Offiziere beider Länder darauf, daß die Schiedsrichter zu Recht den Grünen, denen es zu guter Letzt gelungen war, die Blauen aus ihren Stellungen auf Frog Hill zu vertreiben und Fox Covert vor einem Gegenangriff zu bewahren, den Sieg zusprachen. Beim dritten Abendessen ging es hoch er; man geizte nicht mit Trinksprüchen, und zu vorgerückter Stunde trug der junge russische Hauptmann von der Operationsabteilung, der kein Spion war, aber eine schöne Baritonstimme hatte, unter tosendem Beifall *Kalinka* vor. Die russische Gruppe sollte sich am nächsten Morgen um neun Uhr nach dem Frühstück im Vorraum versammeln, um mit dem Bus nach Heathrow zu fahren. Der Bus würde aus London kommen und zwei Botschaftsangestellte an Bord haben, die die Militärs zum Flughafen begleiten würden. Während des Vortrags hatte niemand bemerkt, daß jemand in Oberst Arbuthnots Zimmer geschlichen und sechzig Sekunden später wieder lautlos verschwunden war, um sich, aus der Richtung der Herrentoiletten kommend, zu den anderen an der Bar zu gesellen.

Am nächsten Morgen um zehn vor sechs trabte eine Gestalt in einem weißen Jogginganzug mit Kapuze und blauen Paspeln, dessen leerer linker Ärmel an der Jacke festgesteckt war, die Vortreppe des Kasinos hinunter und schlug den Weg zum Hauptor ein. Ein Aufpasser hinter einem Fenster im Oberstock eines anderen Gebäudes, zweihundert Meter vom Kasino entfernt, sah die Gestalt. Er machte sich eine Notiz, unternahm aber sonst nichts.

Am Tor trat der diensthabende Posten aus der Wachstube und grüßte, während die Gestalt sich duckte und unter dem Schlagbaum durchlief. Da der Läufer keine Militärmütze trug, konnte er nicht zurückgrüßen, hob aber die Hand, schlug dann die gewohnte Richtung ein und joggte in Richtung Tidworth davon.

Um zehn nach sechs sah der Posten auf, blinzelte ungläubig und drehte sich dann zu seinem Unteroffizier um. »Gerade ist Oberst Arbuthnot vorbeigelaufen«, sagte er.

»Ja, und?« fragte der Unteroffizier.

»Zweimal«, sagte der Posten. Der Unteroffizier war müde. In zwanzig Minuten würde die Ablösung kommen. Das Frühstück winkte. Er zuckte die Achseln.

»Wahrscheinlich hatte er was vergessen.« Diese Bemerkung sollte er noch bereuen. Bei den Vernehmungen im Rahmen des Disziplinarverfahrens.

Major Kutschenko schlug sich nach einer halben Meile ins Gebüsch, streifte den gestohlenen weißen Jogginganzug ab und versteckte ihn tief im Unterholz. Als er zur Straße zurückging, trug er graue Flanellhosen und ein Tweedsakko mit Hemd und Krawatte. Nur seine Adidas-Turnschuhe paßten nicht ganz dazu. Er vermutete, daß eine Meile hinter ihm ein verärgerter Oberst Arbuthnot gelaufen kam, der zehn Minuten vergeblich nach seinem gewohnten Jogginganzug gesucht hatte und dann zu dem Schluß gekommen war, daß seine Ordonnanz ihn wahrscheinlich in die Wäscherei gegeben und noch nicht zurückgebracht hatte. Er trug jetzt sicher seinen Reserveanzug und hatte noch nicht gemerkt, daß ihm auch ein Hemd, eine Krawatte, ein Sakko und ein Paar Hosen fehlten.

Kutschenko hätte ohne weiteres seinen Vorsprung vor dem britischen Oberst halten können, bis dieser umkehrte, konnte sich diese Mühe jedoch sparen, weil von hinten ein Auto kam, das auf sein Winken hin anhielt. Kutschenko beugte sich zum Fenster auf der Beifahrerseite herab.

»Tut mir schrecklich leid«, sagte er, »aber mein Wagen hat den Geist aufgegeben. Dort hinten. Meinen Sie, ich finde in North Tidworth eine Werkstatt, die mir behilflich sein kann?«

»Bißchen früh«, sagte der Fahrer, »aber ich kann Sie bis in den Ort mitnehmen. Steigen Sie ein.«

Der Fallschirmjäger-Major hätte nicht schlecht gestaunt, wie gut Kutschenko plötzlich Englisch konnte. Der ausländische Akzent war allerdings unüberhörbar.

»Sie sind nicht von hier, oder?« fragte der Fahrer, um mit dem Fremden ins Gespräch zu kommen. Kutschenko lachte.

»Nein, ich bin aus Norwegen. Ich sehe mir die britischen Kathedralen an.«

Der freundliche Autofahrer setzte Kutschenko um zehn vor sieben in dem verschlafenen Städtchen North Tidworth ab und fuhr weiter Richtung Marlborough. Er hatte nicht den geringsten Grund, irgend jemandem von dem Vorfall zu erzählen, und es würde ihn auch nie jemand danach fragen.

In der Stadtmitte fand Kutschenko eine Telefonzelle, und genau eine Minute vor sieben wählte er eine Londoner Nummer und steckte ein 50-Pence-Stück in den Schlitz. Beim fünften Klingeln wurde am anderen Ende abgehoben.

»Ich würde gern Mr. Roth sprechen, Mr. Joe Roth«, sagte Kutschenko.

»Ja, Joe Roth am Apparat«, sagte die Stimme am anderen Ende.

»Wie schade«, sagte Kutschenko. »Wissen Sie, ich hatte eigentlich gehofft, Chris Hayes sprechen zu können.«

In seiner kleinen, aber eleganten Wohnung in Mayfair gab sich Joe Roth einen Ruck, und im nächsten Moment waren seine professionellen Instinkte in höchster Alarmbereitschaft. Er war erst seit zwanzig Minuten wach, noch im Pyjama und unrasiert, ließ sich ein Bad einlaufen und hatte sich gerade den Frühstückskaffee gemacht. Er war auf dem Weg von der Küche ins Wohnzimmer gewesen, Orangensaft in der einen, Kaffee in der anderen Hand, als das Telefon klingelte. Es war noch früh, sogar für ihn, und er war kein Spätaufsteher, obwohl er als Stellvertretender Ressortchef für Öffentlichkeitsarbeit in der amerikanischen Botschaft, nur eine Viertelmeile entfernt am Grosvenor Square, erst um zehn Uhr zum Dienst erscheinen mußte.

Joe Roth war bei der CIA, aber er war nicht Londoner Stationschef des Geheimdienstes. Diese Ehre hatte William Carver, und Carver war, wie alle Stationschefs, bei der Western Hemisphere Division. Das bedeutete, daß Carver »deklariert« war, daß also im Milieu so gut wie jeder wußte, was er war und welche Funktion er hatte. Carver saß von Amts wegen als offizieller Vertreter der CIA in London im Koordinierungsstab der britischen Geheimdienste.

Roth kam vom Office of Special Projects, einem Büro, das erst sechs Jahre zuvor eingerichtet worden, und, wie der Name sagte, für Projekte und Maßnahmen zuständig war, die nach Meinung der CIA-Zentrale in Langley so sensibel waren, daß der Stationschef die

Möglichkeit haben sollte, hinterher jede Beteiligung zu bestreiten, selbst gegenüber Partnerländern Amerikas.

Alle CIA-Agenten, gleichgültig, welcher Abteilung sie angehören, haben einen richtigen Namen und einen Einsatznamen. Der richtige Name ist, in befreundeten Botschaften, tatsächlich der echte; Joe Roth war tatsächlich Joe Roth und wurde auch so in der Liste der akkreditierten Diplomaten geführt. Aber im Gegensatz zu Carver war er undeklariert, das heißt, auf britischer Seite wußten nur drei oder vier Angehörige des britischen Geheimdienstes SIS über ihn Bescheid. Und sein Einsatzname war ebenfalls nur diesem kleinen Kreis sowie einigen seiner Kollegen in Amerika bekannt. Um sieben Uhr morgens am Telefon mit diesem Namen angeredet zu werden, noch dazu von einem Mann mit ausländischem Akzent, war für ihn ein schrilles Warnsignal.

»Tut mir leid«, sagte er vorsichtig. »Hier ist Joe Roth. Niemand sonst. Wer spricht denn da?«

»Hören Sie mir gut zu, Mr. Roth oder Mr. Hayes. Ich heiße Pjotr Alexandrowitsch Orlow. Ich bin Oberst des KGB –«

»Also wenn das ein Scherz sein soll –«

»Mr. Roth, daß ich Sie mit ihrem Decknamen anrede, ist für Sie kein Scherz. Und es ist für mich kein Scherz, daß ich in die USA überlaufen will. Genau das biete ich Ihnen an. Ich will nach Amerika, und zwar schnell. Schon sehr bald wird es mir unmöglich sein, auf meine eigene Seite zurückzukehren. Man wird keine Entschuldigung gelten lassen. Ich bin im Besitz einer ungeheuren Menge von Informationen, die für Ihre Behörde von größtem Wert wären, Mr. Roth. Aber Sie müssen sich sehr rasch entscheiden, sonst kehre ich zurück, solange noch Zeit ist –«

Roth hatte hastig ein paar Notizen auf einen Block gekritzelt, den er sich vom Couchtisch im Wohnzimmer geschnappt hatte. Auf dem Block standen noch die Ergebnisse von seinem Pokerspiel mit Sam McCready in der letzten Nacht. Später erinnerte er sich, daß er gedacht hatte: Mein Gott, wenn Sam das jetzt hören könnte, der würde durchdrehen. Er fiel dem Anrufer ins Wort.

»Wo sind Sie jetzt genau, Herr Oberst?«

»In einer Telefonzelle in einer Kleinstadt in der Nähe der Salisbury Plain«, sagte die Stimme. Grammatikalisch war das Englisch fast fehlerfrei. Nur der Akzent war eindeutig ausländisch. Roth war darauf trainiert, Akzente zu erkennen, sie einzuordnen. Dieser war slawisch, wahrscheinlich russisch. Er fragte sich immer noch, ob sich das als einer von Sam McCreadys verrückten Scherzen entpuppen würde, ob plötzlich wieherndes Gelächter aus der Muschel schallen würde. Verdammt, es war nicht einmal der erste April. Es war der dritte.

»Die letzten drei Tage«, sagte die Stimme, »war ich Mitglied einer Delegation sowjetischer Offiziere, die ein britisches Militärmanöver auf der Salisbury Plain beobachtet hat. Wir waren in der Kaserne in Tidworth untergebracht. Ich bin dort als Major Pawel Kutschenko vom GRU aufgetreten. Ich habe mich vor einer Stunde entfernt. Wenn ich nicht innerhalb der nächsten Stunde wieder dort bin, gibt es für mich kein Zurück mehr. Für den Rückweg brauche ich eine halbe Stunde. Sie haben dreißig Minuten, um mir Ihre Entscheidung mitzuteilen, Mr. Roth.«

»Okay, Herr Oberst. Ich spiele mit – vorerst. Rufen Sie mich in fünfzehn Minuten zurück. Die Leitung wird frei sein. Dann bekommen Sie Ihre Antwort.«

»Fünfzehn Minuten. Dann gehe ich zurück«, sagte die Stimme, und der Hörer wurde eingehängt.

Roth überlegte fieberhaft. Er war neununddreißig und seit zwölf Jahren bei der CIA. So etwas war ihm noch nie vorgekommen. Aber es gab schließlich Männer, die ihr Leben lang bei der CIA waren und noch nie einen russischen Überläufer auch nur aus der Ferne gesehen hatten. Aber er wußte von ihnen, sie alle wußten von ihnen, sämtliche Außenagenten wurden in Besprechungen und Schulungen immer wieder darauf getrimmt, auf einen sowjetischen Überläufer gefaßt zu sein.

Die meisten, so wußte er, kamen nach ersten vorsichtigen Annäherungsversuchen. Normalerweise entschloß sich ein Überläufer erst nach langem Nachdenken und gewissen Vorbereitungen zu dem folgenschweren Schritt. Die ihm bekannten Geheimdienstleute in dem Gebiet erhielten dann Hinweise. Ich möchte mich mit jemandem treffen. Ich möchte die Bedingungen diskutieren. Im allgemeinen wurde der potentielle Überläufer gebeten zu bleiben, wo er war, und erst einmal reichlich Informationen zu liefern, bevor er endgültig »rüberkam«. Weigerte sich der Überläufer, wurde er gedrängt, zumindest einen Sack voll Dokumente mitzubringen. Von der Menge des Materials, das er vor dem Überlaufen schicken oder aber mitbringen konnte, hingen später sein Status, seine Belohnung, sein Lebensstil ab. In der Branche wurde dieses Material als »Brautpreis« bezeichnet.

Ganz selten gab es auch einmal einen sogenannten Walk-in. Ein solcher Überläufer tauchte einfach auf, nachdem er alle Brücken hinter sich abgebrochen hatte, und konnte dann natürlich nicht mehr zurück. In diesem Fall hatte man kaum eine Wahl. Man mußte den Mann entweder übernehmen oder ihn in ein Flüchtlingslager schicken. Letzteres kam jedoch kaum vor, nicht einmal bei einem ziemlich nutzlosen, rangniedrigen Überläufer wie einem Seemann der Handelsmarine oder einem einfachen Soldaten, der nichts anzubieten hatte. In der Regel geschah es nur, wenn Tests mit dem Lügendetektor unmittelbar nach dem Überlaufen bewiesen, daß der Mann ein Desinformationsagent war. Dann weigerte sich Amerika rundweg, ihn zu übernehmen. In diesem Fall machten die Russen meist gute Miene zum bösen Spiel, holten ihren Agenten aus dem Flüchtlingslager und schafften ihn nach Hause.

Soviel Roth wußte, hatte der KGB in einem Fall einen von den Amerikanern abgelehnten Überläufer in einem Flüchtlingslager aufgespürt und ihn liquidiert. Der Grund für die Ablehnung: Er hatte den Lügendetektor-Test nicht bestanden, obwohl er die Wahrheit gesagt hatte. Das Gerät hatte seine Nervosität als Lügen interpretiert. Unglaubliches Pech. Aber das war natürlich schon eine ganze Weile her; die Lügendetektoren waren inzwischen besser geworden.

Und jetzt dieser Mann, der behauptete, Oberst des KGB zu sein, und einfach rüberkommen wollte. Keine Vorwarnung. Kein Feilschen. Kein Koffer voller Dokumente frisch aus der KGB-Residentur seines letzten Standorts. Ein Mann, der ausgerechnet mitten in England überlaufen wollte, nicht im Nahen Osten oder in Lateinamerika. Und zu den Amerikanern, nicht zu den Briten. Oder hatte er sich schon an die Briten gewandt? Und war abgewiesen worden? Fieberhaft spielte Roth alle Möglichkeiten durch. Die Minuten vergingen.

Fünf nach sieben, fünf nach zwei in Washington. Mitten in der Nacht. Eigentlich hätte er Calvin Bailey anrufen müssen, den Leiter der Abteilung Sonderprojekte, seinen Chef. Der zweifellos in Georgetown im Bett lag und fest schlief. Aber die Zeit ... Es war keine Zeit. Er öffnete einen Wandschrank, und sein Computer kam zum Vorschein. Mit ein paar rasch eingegebenen Befehlen schaltete er sich in den Großrechner tief unter der Botschaft am Grosvenor Square ein. Er gab den Geheimcode ein und wies den Rechner an, nach ranghohen KGB-

Offizieren zu suchen, die im Westen bekannt waren. Dann fragte er: Wer ist Pjotr Alexandrowitsch Orlow?

Eine der Merkwürdigkeiten in der Welt der Geheimdienste ist die beinahe clubähnliche Atmosphäre, die oft in ihr herrscht. Eine ähnliche Kameraderie gibt es bei den Piloten, aber bei ihnen wird das geduldet. Auch Fallschirmjägern und anderen Spezialeinheiten ist sie nicht fremd.

Profis haben meist Achtung voreinander, selbst über die Grenzen von Rivalität oder regelrechter Feindschaft hinweg. Im Zweiten Weltkrieg haßten die Piloten der Luftwaffe und der Royal Air Force einander meist nicht; solche Gefühle überließen sie Fanatikern und Zivilisten. Profis dienen ihren politischen Herren und Bürokraten loyal, gehen aber lieber mit anderen Angehörigen ihrer Zunft ein Bier trinken, auch wenn diese auf der anderen Seite stehen.

In der Welt der Geheimdienste wird aufmerksam verfolgt, wen die andere Seite diese Woche ins Gefecht schickt. Beförderungen und Versetzungen in befreundeten, rivalisierenden oder feindlichen Geheimdiensten werden sorgfältig registriert. In jeder Hauptstadt weiß der KGB-Resident, wer die britischen und amerikanischen Stationschefs sind, und umgekehrt. In Daressalam kam einmal der KGB-Chef auf einer Cocktailparty mit einem Whisky Soda in der Hand auf den Stationschef des britischen SIS zu.

»Mr. Child«, begann er feierlich. »Sie wissen, wer ich bin, und ich weiß, wer Sie sind. Wir haben ein schwieriges Metier. Wir sollten einander nicht schneiden.« Und darauf stießen sie an.

Der CIA-Großrechner in London ist direkt mit der Zentrale in Langley, Virginia, verbunden, und auf Roths Anforderung hin durchsuchten elektronische Schaltungen in Windeseile Listen von KGB-Offizieren, die der CIA bekannt waren. Die Dateien enthielten Hunderte von »Bestätigten« und Tausende von »Mutmaßlichen«. Diese Informationen stammen zum größten Teil von den Überläufern selbst, denn bei der Befragung eines neuen Überläufers drehen sich die Fragen auch immer wieder darum, wer jetzt welche Funktion hat, wer versetzt, degradiert oder befördert wurde usw. Mit jedem Überläufer wächst der Umfang der Datenbank.

Roth wußte, daß die Briten in den letzten Jahren in dieser Hinsicht die größten Erfolge gehabt und Hunderte von Namen geliefert hatten, von denen viele neu waren, andere eine Bestätigung lieferten oder zunächst nur auf Vermutungen beruhten. Die Briten verdankten ihr Wissen teils Abhöraktionen, teils raffinierten Analysen und teils Überläufern wie Wladimir Kusitschkin, dem Mann vom Illegalendirektorat, den sie aus Beirut herausgeschmuggelt hatten. Wo immer die Datenbank von Langley ihre Informationen her hatte, sie hielt mit ihrem Wissen nicht hinterm Berg. Grüne Buchstaben begannen auf Roths kleinem Bildschirm aufzuleuchten.

PJOTR ALEXANDROWITSCH ORLOW. KGB. OBERST. SEIT VIER JAHREN MUTMASSLICH IM DRITTEN DIREKTORAT. SOLL SICH IM GEMEINSAMEN PLANUNGSSTAB DER ROTEN ARMEE IN MOSKAU ALS GRU-MAJOR AUSGEBEN. FRÜHER TÄTIG IN DER OPERATIONSPLANUNG DER MOSKAUER ZENTRALE UND IM ERSTEN HAUPTDIREKTORAT (ILLEGALENDIREKTORAT) JASSENEWO.

Roth stieß eine Pfiff aus und schaltete den Computer ab. Was die Stimme am Telefon gesagt hatte, paßte ins Bild. Dem Dritten Direktorat des KGB oblag es, ständig die Loyalität innerhalb der Streitkräfte zu kontrollieren. Es war deshalb äußerst unbeliebt, wurde aber toleriert. Die Mitarbeiter des Direktorats wurden im allgemeinen als angebliche Offiziere des Militärischen Geheimdienstes GRU in die Streitkräfte eingeschleust. Sie waren allgegenwärtig und stellten ständig Fragen, um die Überwachung aufrechtzuerhalten. Wenn Orlow wirklich vier Jahre lang als angeblicher GRU-Major im Gemeinsamen Planungsstab des sowjetischen Verteidigungsministeriums tätig gewesen war, mußte er ein wandelndes Lexikon sein. Außerdem hätte dies auch erklärt, warum er zu der Gruppe sowjetischer Offiziere gehörte, die entsprechend der jüngst getroffenen Vereinbarung zwischen NATO und Warschauer Pakt eingeladen worden war, die britischen Manöver auf der Salisbury Plain zu beobachten.

Er sah auf die Uhr. Vierzehn Minuten nach sieben. Keine Zeit mehr für einen Anruf in Langley. Sechzig Sekunden Zeit, eine Entscheidung zu treffen. Zu riskant, sag ihm, er soll ins Kasino zurückkehren, auf sein Zimmer gehen und sich von einem britischen Steward eine schöne Tasse Tee bringen lassen. Dann zurück nach Heathrow und Moskau. Versuch, ihn zu überreden, sich in Heathrow abzusetzen, damit gewinnst du Zeit, Kontakt mit Calvin Bailey aufzunehmen. Das Telefon klingelte.

»Mr. Roth, vor der Telefonzelle steht ein Bus. Der erste heute morgen. Ich nehme an, er bringt ziviles Reinigungspersonal in die Kaserne von Tidworth. Wenn ich da mitfahre, kann ich es gerade noch ...«

Roth holte tief Luft. Ruhig, Junge, jetzt nur nicht die Nerven verlieren.

»Okay, Oberst Orlow. Wir nehmen Sie. Ich setze mich mit meinen britischen Kollegen in Verbindung. Die bringen Sie innerhalb der nächsten dreißig Minuten in Sicherheit –«

»Nein.« Die Stimme war barsch, duldete keinen Widerspruch. »Ich komme nur zu den Amerikanern. Ich will hier weg und nach Amerika. Das ist unser Deal, Mr. Roth. Was anderes kommt nicht in Frage.«

»Also hören Sie, Herr Oberst –«

»Nein, Mr. Roth. Ich möchte, daß Sie mich selbst abholen. In zwei Stunden. Auf dem Bahnhofsvorplatz von Andover. Von dort bringen Sie mich zum amerikanischen Luftwaffenstützpunkt Upper Heyford. Und Sie besorgen mir einen Flug nach Amerika. Auf etwas anderes lasse ich mich nicht ein.«

»Also gut, Herr Oberst. Sie haben gewonnen. Ich komme.«

Roth brauchte zehn Minuten, um sich fertig anzuziehen, Paß, CIA-Ausweis, Geld und Autoschlüssel einzustecken und mit dem Lift in die Tiefgarage zu fahren.

Fünfzehn Minuten, nachdem er den Hörer aufgelegt hatte, fädelte er sich in die Park Lane ein und fuhr nach Norden Richtung Marble Arch und Bayswater Road, um dem Gewühl in Knightsbridge und Kensington zu entgehen.

Um acht hatte er Heathrow hinter sich gelassen, fuhr nach Süden auf der M 25 und nach Südwesten auf der M 3, die zur A 303 nach Andover führt. Um zehn nach neun hielt er auf dem Bahnhofsvorplatz. Autos fuhren in ununterbrochenem Strom vor und wieder ab, Fahrgäste stiegen aus und verschwanden sofort in der Bahnhofshalle. Nur ein Mann rührte sich nicht vom Fleck. Er lehnte in Tweedsakko und grauen Hosen an einer Mauer und blätterte eine Morgenzeitung durch. Roth ging zu ihm hin.

»Sie müssen der Mann sein, den ich abholen will«, sagte er leise. Der Zeitungsleser schaute auf – ruhige graue Augen, ein hartes Gesicht, Mitte Vierzig.

»Das hängt davon ab, ob Sie sich ausweisen können«, sagte er. Es war dieselbe Stimme wie am Telefon. Roth reichte ihm seinen CIA-Ausweis. Orlow sah ihn sich genau an und nickte. Roth zeigte auf seinen Wagen, der mit laufendem Motor dastand und mehreren anderen den Weg versperrte. Orlow blickte um sich, als wollte er einer Welt, die er gekannt hatte, für immer Lebewohl sagen. Dann stieg er ein.

Roth hatte den Diensthabenden in der Botschaft angewiesen, in Upper Heyford zu melden, daß er mit einem Gast kommen würde. Sie brauchten fast zwei Stunden für die Fahrt über Land zum Fliegerhorst der amerikanischen Luftwaffe in Oxfordshire. Roth fuhr direkt zum Büro des Fliegerhorstkommandeurs. Es wurden zwei Telefongespräche mit Washington geführt, dann klärte Langley die Sache mit dem Pentagon, und dieses instruierte den Kommandeur. Ein Versorgungsflug von Upper Heyford zum Luftwaffenstützpunkt Andrews in Maryland an diesem Nachmittag um drei Uhr hatte zwei zusätzliche Passagiere an Bord.

Das war fünf Stunden nachdem die frohe Botschaft von Tidworth nach London und zurück gelangt war. Lange vor dem geplanten Abflug war die schönste Rauferei zwischen der britischen Armee, dem Verteidigungsministerium, dem Security Service und der russischen Botschaft im Gange.

Die sowjetischen Offiziere fanden sich gegen acht im Speisesaal des Offizierskasinos zum Frühstück ein und unterhielten sich ungezwungen mit ihren britischen Kollegen. Um zwanzig nach acht waren sechzehn von ihnen erschienen. Das Fehlen von Major Kutschenko wurde bemerkt, aber noch ohne jede Besorgnis.

Etwa um zehn vor neun versammelten sich die sechzehn Russen erneut im großen Vorraum, diesmal mit ihrem Gepäck, und wieder fiel auf, daß Major Kutschenko fehlte. Man schickte einen Steward auf sein Zimmer, der ihn bitten sollte, sich zu beeilen. Der Bus stand schon vor der Tür.

Der Steward kam zurück und meldete, das Zimmer des Majors sei leer, aber seine Sachen seien noch drin. Eine Delegation von zwei britischen Offizieren und zwei Russen ging ihn suchen. Man stellte fest, daß das Bett benutzt, das Badetuch feucht und alle Kleider Kutschenkos vorhanden waren, und schloß daraus, er müsse sich in Pyjama und Morgenmantel irgendwo im Haus aufhalten. Man schaute im Waschraum am Ende des Ganges nach (nur die zwei russischen Generäle hatten Zimmer mit Bad bekommen), aber erfolglos. Auch die Toiletten wurden überprüft, sie waren alle leer. Aus den Gesichtern der beiden Russen – einer von ihnen war der GRU-Oberst – war inzwischen jede Jovialität gewichen.

Auch die Briten begannen sich Sorgen zu machen. Eine gründliche Durchsuchung des Kasinogebäudes förderte nichts zutage. Ein Hauptmann des britischen Geheimdienstes schlich sich unbemerkt zu den unsichtbaren Aufpassern vom Security Service hinaus. Aus ihren Aufzeichnungen ging hervor, daß an diesem Morgen zwei Offiziere im Jogginganzug das Gelände verlassen hatten, aber nur einer zurückgekehrt war. Aufgeregt wurde am Haupttor angerufen. Aus dem Wachbuch ging hervor, daß nur Oberst Arbuthnot das Tor passiert hatte, und der war wiedergekommen.

In der Hoffnung, er könne das Rätsel lösen, holte man den zum fraglichen Zeitpunkt diensthabenden Posten aus dem Bett. Er berichtete vom zweimaligen Erscheinen von Oberst Arbuthnot, doch als man diesen zur Rede stellte, bestritt er entschieden, nach dem Verlassen des Geländes noch einmal zurückgekehrt und dann erneut losgelaufen zu sein. Eine Durchsuchung seines Zimmers ergab, daß ein weißer Jogginganzug sowie ein Sakko, ein Hemd, eine Krawatte und eine Hose fehlten. Der Hauptmann vom Geheimdienst besprach sich hektisch flüsternd mit dem ranghöchsten britischen General, der dann mit äußerst ernster Miene hinüberging und den ranghöchsten Russen bat, ihn in sein Büro zu begleiten.

Als der russische General zurückkam, war er bleich vor Zorn und verlangte, auf der Stelle mit einem Dienstwagen in seine Botschaft in London gebracht zu werden. Die Neuigkeit sprach sich unter den übrigen fünfzehn Russen herum, die daraufhin eisig und abweisend wurden. Es war zehn Uhr. Die Telefonaktion begann.

Der britische General alarmierte den Stabschef in London und gab ihm einen vollständigen Lagebericht. Einen weiteren Lagebericht schickte der ranghöchste Aufpasser an seine Vorgesetzten in der Zentrale des Security Service in der Curzon Street in London. Diese gaben die Meldung direkt an den Stellvertretenden Generaldirektor weiter, dem sofort der Verdacht kam, daß die TSAR die Hand im Spiel hätten. Mit dieser liebevollen Abkürzung bezeichnet der Security Service manchmal den SIS. Sie bedeutet: »*Those Shits Across the River*« (Diese Scheißer auf der anderen Seite des Flusses).

Im Century House südlich der Themse bekam der Stellvertretende Chef Timothy Edwards einen Anruf aus der Curzon Street, konnte aber reinen Gewissens behaupten, der SIS habe nicht das geringste mit der Sache zu tun. Er legte den Hörer auf, drückte einen Knopf auf seinem Schreibtisch und schnarrte:

»Sagen Sie bitte Sam McCready, er soll auf der Stelle hier antanzen!«

Gegen Mittag konferierten der russische General und der GRU-Oberst in der sowjetischen Botschaft in Kensington Palace Gardens hinter verschlossenen Türen mit dem sowjetischen Verteidigungs-Attaché, der als Generalmajor der Infanterie geführt wurde, tatsächlich aber diesen Rang im GRU bekleidete. Keiner der drei wußte, daß Major Kutschenko in Wirklichkeit Oberst Orlow vom KGB war – ein Geheimnis, in das nur wenige ranghohe Offiziere im »Gemeinsamen Planungsstab« in Moskau eingeweiht waren. Tatsächlich wären alle drei zutiefst erleichtert gewesen, wenn sie das gewußt hätten; kaum etwas bereitet einem Angehörigen der russischen Streitkräfte so viel Vergnügen wie eine peinliche Panne beim KGB. Man glaubte in London, man habe einen GRU-Major verloren, und sah mit äußerst gemischten Gefühlen der Reaktion Moskaus entgegen.

In Cheltenham stellte man im Regierungsfernmeldezentrum (GCHQ), dem Horchposten der Nation, plötzlich eine hektische Zunahme des Funkverkehrs zwischen der sowjetischen Botschaft und Moskau sowohl im diplomatischen als auch im militärischen Code fest und unterrichtete die zuständigen Stellen entsprechend.

In der Mittagsstunde trug der sowjetische Botschafter, Leonid Samjatin, im Foreign Office, dem britischen Außenministerium, einen geharnischten Protest vor; er sprach von Entführung und verlangte, auf der Stelle mit Major Kutschenko zusammengebracht zu werden. Der Protest wurde vom Foreign Office umgehend an sämtliche Geheimdienste weitergegeben, die in seltener Einmütigkeit ihre Hände in Unschuld wuschen und beteuerten: Aber wir haben ihn nicht.

Schon lange vor Mittag war die Ratlosigkeit der Briten genauso grenzenlos wie die Wut der Russen. Die Art, wie Kutschenko (wie man in immer noch nannte) sich abgesetzt hatte, war gelinde gesagt bizarr. Überläufer liefen nicht einfach über, um in irgendeiner Kneipe ein Glas Bier zu trinken; sie flüchteten sich an einen sicheren Ort, der im allgemeinen schon vorbereitet war. Wenn Kutschenko sich in eine Polizeiwache geflüchtet hatte (was schon vorgekommen war), hätte die Polizei von Wiltshire unverzüglich London benachrichtigt. Und da alle britischen Geheimdienste ihre Unschuld beteuerten, blieb nur noch die Möglichkeit, daß ausländische Dienste auf britischem Boden tätig geworden waren.

Bill Carver, der Stationschef der CIA in London, saß in der Klemme. Roth war auf dem Luftwaffenstützpunkt gezwungen worden, sich in Langley die Genehmigung für den Flug mit der amerikanischen Militärmaschine zu beschaffen, und Langley hatte Carver informiert. Der Amerikaner wußte, was das anglo-amerikanische Abkommen für solche Fälle vorsah – die Briten würden äußerst empfindlich darauf reagieren, daß die Amerikaner hinter ihrem Rücken einen Russen aus England herausschmuggelten. Carver hatte jedoch Anweisung bekommen, so lange nichts zu unternehmen, bis das amerikanische Transportflugzeug den britischen Luftraum verlassen hatte. Er zog sich aus der Affäre, indem er sich den ganzen Vormittag verleugnen ließ und dann um drei Uhr nachmittags dringend um eine Unterredung mit Timothy Edwards vom SIS nachsuchte, die ihm gewährt wurde.

Carver verspätete sich – er war drei Seitenstraßen weiter in seinem Wagen sitzengeblieben, bis er über sein Autotelefon erfahren hatte, daß die Transportmaschine gestartet war. Als er in Edwards' Büro erschien, war es zehn nach drei, und die Maschine hatte den Bristolkanal hinter sich und befand sich südlich von Irland – Flugziel Maryland.

Als er sich mit Edwards traf, hatte Carver von Roth bereits einen vollständigen Bericht bekommen, den ein Kurier der amerikanischen Luftwaffe von dem Luftwaffenstützpunkt nach London gebracht hatte. Roth erklärte darin, er habe vor der Wahl gestanden, entweder Kutschenko/Orlow sofort zu übernehmen oder ihn zurückgehen zu lassen, und Orlow habe mit aller Entschiedenheit darauf bestanden, nur zu den Amerikanern zu gehen.

Mit diesem Argument versuchte Carver, der Kränkung für die Briten den Stachel zu nehmen. Edwards hatte längst bei McCready zurückgefragt und wußte genau, wer Orlow war – die amerikanische Datenbank, die Roth kurz nach sieben Uhr morgens benutzt hatte, stammte ja ursprünglich vom SIS. Edwards gestand sich insgeheim ein, daß er genauso gehandelt hätte wie Roth, wenn er die Möglichkeit gehabt hätte, einen so dicken Fisch an Land zu ziehen, aber er gab sich trotzdem stark verschnupft. Nachdem er Carvers Bericht formell entgegengenommen hatte, informierte er sofort sein eigenes Verteidigungsministerium, das Foreign Office, und den Security Service. Kutschenko (er hielt es nicht – noch nicht – für nötig, aller Welt zu sagen, daß der Mann eigentlich Orlow hieß) befand sich auf amerikanischem Hoheitsgebiet und war jedem Zugriff der Briten entzogen.

Eine Stunde später traf Botschafter Samjatin im Foreign Office in der King Charles Street ein und wurde sofort zum Außenminister persönlich gebracht. Dessen Ausführungen nahm er zwar mit gespielter Skepsis entgegen, aber im Grunde war er bereit, Sir Geoffrey Howe zu glauben, den er als einen äußerst aufrichtigen Mann kannte. Nachdem er seiner Empörung angemessen Ausdruck gegeben hatte, fuhr er in die Botschaft zurück und informierte Moskau. Die sowjetische Militärdelegation flog am späten Abend nach Hause, zutiefst niedergeschlagen angesichts der drohenden endlosen Verhöre.

In Moskau herrschte seit langem ein Kampf bis aufs Messer zwischen dem KGB, der den GRU beschuldigte, nicht wachsam genug zu sein, und dem GRU, der den KGB beschuldigte, Verräter in den Reihen seiner Offiziere zu haben. Orlows Frau, die sichtlich erschüttert war und ihre Unschuld beteuerte, wurde verhört, desgleichen sämtliche Kollegen, Vorgesetzte, Freunde und Bekannte Orlows.

In Washington bekam der Direktor der CIA einen erbosten Anruf vom Außenminister, bei dem sich Sir Geoffrey Howe per Telegramm bitterlich über die Handhabung der Affäre durch die Amerikaner beklagt hatte. Als der DCI den Hörer aufgelegt hatte, sah er über seinen Schreibtisch hinweg zwei Männer an, den Stellvertretenden Direktor für Operative Maßnahmen und den Leiter der Abteilung Sonderprojekte, Calvin Bailey. Er wandte sich an den letzteren.

»Ihr junger Mr. Roth hat ja eine Lawine losgetreten. Er hat auf eigene Faust gehandelt, sagten Sie?«

»Ja. Offenbar hat der Russe ihm keine Zeit gelassen, den Dienstweg einzuhalten. Er mußte sich sofort entscheiden, dafür oder dagegen.«

Bailey war ein magerer, ernster Mann, der keinen Wert auf persönliche Freundschaften innerhalb der Behörde legte. Er galt als zurückhaltend, frostig. Aber er verstand sein Handwerk.

»Wir haben die Briten ganz schön vor den Kopf gestoßen. Wären Sie dasselbe Risiko eingegangen?« wollte der DCI wissen.

»Ich weiß nicht«, sagte Bailey. »Das läßt sich erst beurteilen, wenn wir mit Orlow geredet haben. Ausführlich geredet.«

Der DCI nickte. In der Welt der Geheimdienste galt wie überall eine einfache Regel. Wenn man alles auf eine Karte setzte und großen Erfolg hatte, war man ein gewiefter Bursche und Anwärter auf die höchsten Posten. Ging die Sache schief, blieb immer noch die vorzeitige Pensionierung. Der DCI wollte es auf den Punkt bringen.

»Übernehmen Sie die Verantwortung für Roth? Ganz egal, wie es ausgeht?«

»Ja«, sagte Bailey. »Ich übernehme sie. Wir können nicht mehr zurück. Wir müssen sehen, was uns da ins Haus geschneit ist.«

Als die Transportmaschine kurz nach 18 Uhr Washingtoner Zeit in Andrews landete, warteten fünf Limousinen des CIA auf dem Rollfeld. Bevor die Besatzung aussteigen konnte, wurden die zwei Männer, die keiner von ihnen kannte oder je wiedersehen würde, aus der Maschine geholt und in die auf dem Rollfeld mit verhängten Fenstern wartenden Wagen gebracht. Bailey begrüßte Orlow mit einem kühlen Nicken und sorgte dafür, daß der Russe in die zweite Limousine einstieg. Er wandte sich Roth zu.

»Er gehört Ihnen, Joe. Sie haben ihn rübergebracht, Sie befragen ihn.«

»Ich bin kein Befragungsexperte«, sagte Roth. »Das ist nicht mein Fach.«

Bailey zuckte die Achseln.

»Sie haben ihn rübergebracht. Er ist Ihnen verpflichtet. Vielleicht hat er bei Ihnen weniger Hemmungen. Sie bekommen jede Unterstützung – Dolmetscher, Analytiker, Spezialisten auf jedem Gebiet, das er erwähnt. Und natürlich den Lügendetektor. Fangen Sie mit dem Lügendetektor an. Fahren Sie mit Orlow zur Ranch – Sie werden erwartet. Und noch eins, Joe: Ich will alles haben, so wie es kommt, sofort, nur für mich, für mich persönlich. Okay?«

Roth nickte. Als Pawel Kutschenko alias Pjotr Orlow siebzehn Stunden vorher in England den weißen Jogginganzug angezogen hatte, war er ein angesehener sowjetischer Offizier mit einem Zuhause, einer Frau, einer Laufbahn und einem Vaterland gewesen. Jetzt war er ein Bündel, ein Päckchen auf dem Rücksitz einer Limousine in einem fremden Land; man würde ihn unnachsichtig ausquetschen, auch noch den letzten Tropfen Saft aus ihm herauspressen, und wie jedem in seiner Lage kamen ihm jetzt die ersten nagenden Zweifel und Panikgefühle. Roth setzte sich neben den Russen ins Auto.

»Noch etwas, Joe. Wenn sich Orlow – er wird ab sofort bei uns unter dem Decknamen Minstrel geführt – als Niete entpuppt, macht mich der Direktor zur Sau. Und ungefähr dreißig Sekunden später mache ich Sie zur Wildsau. Viel Glück.«

Die Ranch war ein geheimer Stützpunkt der CIA, eine echte Farm in einer Gegend im südlichen Virginia, in der es viele Gestüte gibt. Nicht weit von Washington, aber tief in Wäldern verborgen, umzäunt und abgeriegelt, nur über eine lange Zufahrt zu erreichen und bewacht von durchtrainierten jungen Männern, die alle mit Auszeichnung die Trainingskurse für unbewaffneten und bewaffneten Kampf in Quantico absolviert haben.

Orlow wurde in ein komfortables, in ruhigen Farben gehaltenes Zimmer mit Bad und der üblichen Ausstattung eines guten Hotels – Fernseher, Videogerät, Kassettenrecorder, Polstersessel, Couchtisch – geführt. Essen wurde aufgetragen, seine erste Mahlzeit in Amerika, und Joe Roth leistete ihm Gesellschaft. Während des Flugs über den Atlantik hatten die beiden Männer vereinbart, daß sie sich mit Peter und Joe anreden würden. Jetzt hatte es den Anschein, daß ihre Bekanntschaft enger werden würde.

»Es wird nicht immer leicht sein, Peter«, sagte Roth, während er zusah, wie der Russe einen großen Hamburger anging. Vielleicht dachte er an die kugelsicheren Fenster, die sich nicht öffnen ließen, die Spionspiegel in allen Räumen, das Aufzeichnen jedes Wortes, das in der Suite gesprochen wurde. Der Russe nickte.

»Morgen müssen wir anfangen, Peter. Wir müssen reden, wirklich reden. Sie müssen sich einem Test mit dem Lügendetektor unterziehen. Wenn Sie den bestehen, müssen Sie mir ... sehr viel sagen. Alles, um genau zu sein. Alles, was Sie wissen oder auch nur vermuten. Immer und immer wieder.«

Orlow legte seine Gabel weg und lächelte.

»Joe, wir leben beide in dieser seltsamen Welt. Sie brauchen mir nicht alles« – er suchte nach dem richtigen Ausdruck – «haarklein zu erklären. Ich muß mich des Risikos würdig erweisen, das Sie auf sich genommen haben, um mich rauszuholen. Wie nennen Sie das doch gleich – den Brautpreis, stimmt's?«

Roth lachte.

»Ja, Peter, den müssen wir jetzt bekommen. Den Brautpreis.«

In London war der SIS unterdessen nicht ganz untätig geblieben. Timothy Edwards hatte vom Verteidigungsministerium schon bald den Namen des »Vermißten« erfahren – Pawel Kutschenko. Seine eigene Datenbank hatte ihm verraten, daß dies der Deckname von

Oberst Pjotr Orlow vom Dritten Direktorat des KGB war. Daraufhin hatte er Sam McCready zu sich gerufen.

»Ich habe unseren amerikanischen Vettern so hart zugesetzt, wie ich nur konnte. Den Beleidigten gespielt, meiner Empörung Ausdruck verliehen – Sie wissen schon. Bill Carver ist untröstlich. Er sieht seine Position hier gefährdet. Auf jeden Fall wird er Langley drängen, uns alles zu geben, so, wie sie es selbst bekommen. Ich möchte eine kleine Arbeitsgruppe einsetzen, die sich das Orlow-Material ansieht, wenn es uns erreicht. Ich möchte, daß Sie die Gruppe leiten – in meinem Auftrag.«

»Ich danke Ihnen«, sagte der »Täuscher«. »Aber ich würde noch weiter gehen. Ich würde direkten Zugang zu dem Überläufer verlangen. Es könnte sein, daß Orlow Dinge weiß, die für uns besonders interessant sind – und nur für uns. Diese Dinge werden in Langley nicht gerade höchste Priorität haben. Ich hätte gern Zugang, persönlichen Zugang.«

»Das kann schwierig werden«, überlegte Edwards. »Wahrscheinlich haben Sie ihn irgendwo in Virginia versteckt. Aber fragen kostet nichts.«

»Es ist unser gutes Recht«, beharrte McCready. »Schließlich haben sie in letzter Zeit verdammt viel Material von uns bekommen.«

Der Gedanke stand im Raum. Sie wußten beide, woher in den letzten vier Jahren das meiste Material gekommen war. Man brauchte nur an den sowjetischen Aufmarschplan zu denken, den sie im Jahr zuvor der CIA übergeben hatten.

»Ach, übrigens«, sagte Sam, »ich würde Orlow gern überprüfen. Mit Keepsake.«

Edwards sah McCready mit festem Blick an. Keepsake war ein Juwel des SIS, ein Russe, der für die Briten arbeitete, aber so hochgestellt und deshalb so »sensibel« war, daß nur vier Männer im Century House wußten, wer er war, und nicht einmal ein Dutzend überhaupt über seine Existenz im Bilde waren. Diejenigen, die über seine Identität Bescheid wußten, waren der Chef selbst, Edwards, der Controller für den Ostblock und sein Führungsoffizier McCready, der Mann, der ihn »leitete«.

»Halten Sie das für klug?« wollte Edwards wissen.

»Ich glaube, es ist gerechtfertigt.«

»Seien Sie vorsichtig.«

Der schwarze Wagen, der am nächsten Vormittag in der Londoner City geparkt war, stand so eindeutig im absoluten Halteverbot, daß der Verkehrspolizist keinen Augenblick zögerte, einen Strafzettel auszuschreiben. Er war gerade fertig geworden und klemmte die Plastikhülle unter den Scheibenwischer, als ein schlanker, eleganter Mann in grauem Anzug aus einem Geschäft ganz in der Nähe kam, den Strafzettel sah und sofort protestierte. Es war eine so alltägliche Szene, daß kein Mensch Notiz davon nahm.

Ein zufälliger Beobachter hätte aus einigem Abstand die normalen ärgerlichen Gesten des Fahrers und das gleichgültige Achselzucken des Verkehrspolizisten wahrgenommen. Der Fahrer zupfte den Verkehrspolizisten am Ärmel, um ihn zu bewegen, ans Heck des Wagens zu kommen und sich die Schilder anzusehen. Der Polizist tat ihm den Gefallen und sah das wohlbekannte CD-Schild des Diplomatischen Corps neben dem Nummernschild. Es war ihm offenbar entgangen, aber er zeigte sich trotzdem unbeeindruckt. Ihre Immunität mochte ausländische Diplomaten vor dem Bußgeld schützen, nicht aber vor dem Strafzettel. Er wandte sich zum Gehen.

Der Fahrer riß den Strafzettel unter dem Scheibenwischer hervor und hielt ihn dem Verkehrspolizisten protestierend hin. Dieser fragte ihn etwas. Um zu beweisen, daß er wirklich Diplomat war, griff der Fahrer in seine Jackentasche, brachte einen Ausweis zum Vorschein und hielt ihn dem Ordnungshüter unter die Nase. Dieser sah ihn sich an, zuckte noch einmal die Achseln und entfernte sich. Erbost zerknüllte der Fahrer den Strafzettel und warf ihn durch das offene Fenster auf der Fahrerseite ins Auto, bevor er einstieg und davonfuhr.

Was der Beobachter nicht gesehen hätte, war der Zettel in dem Ausweis, auf dem stand: Lesesaal, Britisches Museum, morgen, 14 Uhr. Und er hätte auch nicht sehen können, daß der Fahrer nach einer Meile den zerknitterten Strafzettel glättete und las, was auf der Rückseite stand: Oberst Pjotr Alexandrowitsch Orlow ist zu den Amerikanern übergelaufen. Wissen Sie irgend etwas über ihn?

Der »Täuscher« hatte soeben Kontakt mit Keepsake aufgenommen.

2

Wie man einen Überläufer behandelt oder mit ihm verfährt, hängt vom Einzelfall ab und kann sehr unterschiedlich sein, je nach dem Gemütszustand des Überläufers und den Usancen des Geheimdienstes, der ihn befragt. Die einzige Gemeinsamkeit ist, daß es sich immer um ein heikles und langwieriges Verfahren handelt.

Der Überläufer muß zunächst in einer Umgebung untergebracht werden, die einerseits nicht bedrohlich wirkt, andererseits aber, oft zu seinem eigenen Besten, eine Flucht unmöglich macht. Zwei Jahre nach Orlow machten die Amerikaner einen Fehler mit Witali Urtschenko, einem anderen spontanen Überläufer. Um ihn in einer möglichst normalen Atmosphäre zu befragen, gingen sie mit ihm in ein Restaurant in Georgetown, Washington. Der Mann überlegte es sich anders, entkam durch das Fenster der Herrentoilette, ging zu Fuß zur sowjetischen Botschaft und stellte sich. Es half ihm nichts; er wurde nach Moskau zurückgeflogen, brutal verhört und erschossen.

Abgesehen von einer möglichen Neigung, Hand an sich zu legen, muß der Überläufer auch vor seinen früheren Herren geschützt werden. Die Ranch bot diese Art von Sicherheit. Die UdSSR und insbesondere der KGB sind notorisch unversöhnlich gegenüber jenen, die sie als Verräter ansehen, und setzen in der Regel alles daran, solche Leute aufzuspüren und sie nach Möglichkeit zu liquidieren. Je höher der Rang des Überläufers, um so schwerwiegender der Verrat, und als die schlimmsten Verräter gelten ranghohe KGB-Offiziere. Die KGB-Offiziere sind nämlich die Crème de la Crème, die in einem Land, wo die meisten Menschen hungern und frieren, alle erdenklichen Privilegien und jeden erdenklichen Luxus genießen. Diesen Lebensstil, von dem normale Sowjetbürger nur träumen können, zu verschmähen, zeugt von einer Undankbarkeit, die an sich schon mit dem Tod bestraft werden muß.

Der wichtigste Komplikationsfaktor ist der Gemütszustand des Überläufers selbst. Wenn sie sich glücklich in den Westen abgesetzt haben und der Adrenalinspiegel wieder auf normale Werte sinkt, setzt bei vielen eine Phase des Nachdenkens ein. Die volle Tragweite ihrer Handlungsweise wird ihnen bewußt, und jetzt erst wird ihnen klar, daß sie ihre Frau, ihre Familie, ihre Freunde, ihr Vaterland nie wiedersehen werden. Depressionen sind manchmal die Folge, die dem »Down« nach dem »High« eines Drogensüchtigen ähneln.

Um dem vorzubeugen, beginnt man die Befragungen oft mit einer geruhsamen Bestandsaufnahme des bisherigen Lebens des Überläufers, einem vollständigen Lebenslauf von der Geburt und der Kindheit bis in die unmittelbare Gegenwart. Die Erinnerungen an die Kindheit, die Beschreibung der Mutter und des Vaters, der Schulfreunde, des Schlittschuhlaufens im Winter, der Spaziergänge auf dem Land im Sommer – das alles verstärkt nicht etwa das Heimweh, sondern wirkt im allgemeinen beruhigend. Und alles, jedes kleinste Detail und jede Geste, wird notiert.

Von großem Interesse sind stets auch die Beweggründe des Überläufers. Warum haben Sie sich entschlossen, zu uns zu kommen? (Das Wort »überlaufen« wird nie verwendet. Es klingt nach Verrat und Untreue, statt nach einer vernünftigen Entscheidung aufgrund eines Gesinnungswechsels.)

Manchmal macht der Überläufer unwahre Angaben über seine Beweggründe. So behauptet er vielleicht, er sei abgrundtief enttäuscht gewesen von der Korruption, dem Zynismus und dem Nepotismus des Systems, dessen Diener er gewesen ist und das er hinter sich gelassen hat. Bei vielen ist dies der wahre Grund; es ist sogar weitaus der häufigste Grund. Aber manchmal sieht die Wahrheit anders aus. Oft wird man bei den Geheimdiensten des Gastgeberlands recht gut wissen, warum der Mann tatsächlich übergelaufen ist. Trotzdem wird man sich seine Erklärungen aufmerksam und verständnisvoll anhören. Und man wird sich alles notieren. Auch wenn der Mann aus Eitelkeit falsche Beweggründe angibt, bedeutet das nicht unbedingt, daß er auch dann lügen wird, wenn es um Staatsgeheimnisse geht. Oder vielleicht doch?

Andere lügen aus Prahlsucht, übertreiben bei der Darstellung ihrer Bedeutung in ihrem früheren Leben, um ihre Gastgeber zu beeindrucken. Aber es wird alles geprüft; früher oder später kennen die Gastgeber den wahren Beweggrund, die wahre Bedeutung des Mannes. Zunächst aber hört man ihm sehr verständnisvoll zu. Das eigentliche Kreuzverhör kommt später, genau wie vor Gericht.

Wenn dann schließlich die Rede auf Geheiminformationen kommt, werden dem Überläufer Fallen gestellt. Er muß viele, viele Fragen beantworten, deren Antworten die Vernehmungsbeamten bereits kennen. Und wenn sie sie nicht kennen, finden die Analytiker sie durch unermüdliches Vergleichen und Überprüfen der Bandaufzeichnungen in tage- und nächtelanger Arbeit bald heraus. Schließlich hat es schon zahlreiche Überläufer gegeben, und die westlichen Geheimdienste besitzen riesige Mengen von Informationen über den KGB, den GRU, die sowjetische Armee, Marine und Luftwaffe und über die politische Führung.

Wenn sich herausstellt, daß der Überläufer falsche Aussagen zu Dingen macht, über die er dank seiner angeblichen früheren Funktionen Bescheid wissen müßte, macht er sich sofort verdächtig. Vielleicht lügt er, um sich aufzuspielen, um Eindruck zu schinden; es kann aber auch sein, daß er nie in solche Geheimnisse eingeweiht war, jedoch eben diesen Eindruck erwecken möchte, oder daß die Erinnerung ihn trügt oder ...

Es ist nicht einfach, Geheimdienst-Profis während einer langen, kräftezehrenden Befragung anzulügen, ohne ertappt zu werden. Die Befragung kann Monate, sogar Jahre dauern, je nachdem, wie viel von dem, was der Überläufer berichtet, sich nicht mit anderen Erkenntnissen in Einklang bringen läßt.

Wenn etwas, was ein neuer Überläufer behauptet, der angenommenen Wahrheit widerspricht, kann das auch daran liegen, daß die angenommene Wahrheit keine Wahrheit ist. Deshalb überprüfen die Analytiker erneut ihre ursprünglichen Informationsquellen. Es könnte ja sein, daß man sich die ganze Zeit geirrt hatte und der Überläufer recht hat. Das betreffende Thema wird für die Dauer der Überprüfung zurückgestellt und später wieder aufgenommen. Wieder und wieder.

Oft ist dem Überläufer nicht klar, wie wichtig eine Einzelheit ist, die er beisteuert und der er keine besondere Bedeutung beimißt. Für seine Gastgeber kann dagegen diese scheinbare Bagatelle das letzte fehlende Stück eines Puzzlespiels sein, nach dem sie lange Zeit vergeblich gesucht haben.

In die Fragen, deren Antworten bereits bekannt sind, werden die Fragen eingestreut, deren zutreffende Beantwortung Gold wert ist. Kann dieser Überläufer uns irgend etwas sagen, was wir nicht schon wissen, und wenn ja, wie wichtig ist es?

Im Falle des Obersts Pjotr Alexandrowitsch Orlow kam die CIA innerhalb von vier Wochen zu der Überzeugung, daß man aus purem Zufall auf eine dicke Goldader gestoßen war. Das »Material« dieses Mannes war phantastisch.

Auffallend war von Anfang an, wie kühl und gelassen er war. Er erzählte Joe Roth die Geschichte seines Lebens von seiner Geburt in einer bescheidenen Kate in der Nähe von Minsk unmittelbar nach Kriegsende bis zu dem Tag vor sechs Monaten, an dem er in Moskau endgültig zu der Überzeugung gekommen war, daß er die Gesellschaft und das Regime, die er verachten gelernt habe, nicht mehr ertragen könne. Er bestritt nie, daß er nach wie vor eine tiefe Liebe zu seinem Vaterland hegte, und ließ bei dem Gedanken daran, daß er es für immer verlassen hatte, die normalen Gefühle erkennen.

Er berichtete, seine Ehe mit Gaja, einer erfolgreichen Theater-Regisseurin in Moskau, habe seit drei Jahren nur noch auf dem Papier bestanden, und gab mit begreiflicher Verärgerung zu, daß sie mehrere Affären mit gutaussehenden jungen Schauspielern gehabt hatte.

Er bestand drei verschiedene Lügendetektor-Tests, die seine Herkunft, seine Laufbahn, sein Privatleben und seinen politischen Gesinnungswandel betrafen. Und er fing an, hochkarätige Informationen zu liefern.

Seine Laufbahn war sehr abwechslungsreich gewesen. Drei Jahre hatte er als Angehöriger des Dritten (für die Streitkräfte zuständigen) Direktorats als angeblicher GRU-Major Kutschenko im Zentralen Planungsstab des Armee-Hauptquartiers gearbeitet; von daher kannte er eine ganze Reihe ranghoher Militärs, die Einsatzpläne für die sowjetische Armee und Luftwaffe sowie für die Verbände der Marine.

Er lieferte faszinierende Details über die Niederlagen der Roten Armee in Afghanistan, erzählte von der unvorstellbaren Demoralisierung der dort stationierten sowjetischen Truppen und von der zunehmenden Enttäuschung Moskaus über den afghanischen Marionetten-Diktator Babrak Kamal.

Vor seiner Tätigkeit im Dritten Direktorat war Orlow beim Illegalendirektorat gewesen, jener Abteilung innerhalb des Ersten Hauptdirektorats, die für die Führung »illegaler« Agenten in aller Welt zuständig ist. Die »Illegalen« sind die geheimsten aller Agenten, die entweder als Einheimische gegen ihr eigenes Land spionieren oder in dem fremden Land im Untergrund leben. Es sind die Agenten, die über keine Tarnung als Diplomaten verfügen und deren Enttarnung und Festnahme nicht einfach nur die lediglich peinliche Folge hat, daß sie zur unerwünschten Person erklärt und des Landes verwiesen werden, sondern eine weitaus schmerzlichere Prozedur, die in Verhaftung, strengen Verhören und nicht selten Exekution besteht.

Seine Kenntnisse waren zwar schon vier Jahre alt, aber er hatte offenbar ein enzyklopädisches Gedächtnis und konnte eben die Spionagenetze verraten, an deren Aufbau und Führung er einst beteiligt gewesen war, vor allem in Zentral- und Südamerika, seinem damaligen Operationsgebiet.

Wenn sich die Informationen eines neuen Überläufers als kontrovers herausstellen, bilden sich im Geheimdienst des Gastgeberlandes meist zwei Lager – die eine Gruppe glaubt dem neuen Überläufer und unterstützt ihn, die andere zweifelt an seiner Aufrichtigkeit und nimmt Partei gegen ihn. Der berüchtigtste Fall dieser Art in der Geschichte der CIA war der von Golizyn und Nossenko.

Im Jahre 1960 lief Anatoli Golizyn zu den Amerikanern über und setzte alles daran, die CIA zu überzeugen, daß der KGB praktisch hinter allem gesteckt hatte, was seit dem Zweiten Weltkrieg irgendwo in der Welt schiefgegangen war. Golizyn zufolge gab es keine Infamie, vor der der KGB zurückschrecken würde oder die er nicht schon aushecke. Das war Musik in den Ohren einer auf einen harten Kurs eingeschworenen Fraktion innerhalb der CIA, deren Anführer James Angleton, der Chef der Spionageabwehr, seinen Vorgesetzten seit Jahren die Machenschaften des KGB in ähnlich düsteren Farben geschildert hatte. Aus Golizyn wurde ein hochgeschätzter Star.

Im November 1963 wurde Präsident Kennedy ermordet, offenkundig von einem Linksradikalen namens Harvey Oswald, der eine Russin geheiratet hatte und früher einmal in die UdSSR übergelaufen war und dort über ein Jahr lang gelebt hatte. Im Januar 1964 lief Juri Nossenko über, gab sich als Oswalds Führungsoffizier in Rußland aus und erklärte, der KGB, dem Oswald lästig geworden sei, habe alle Kontakte zu ihm abgebrochen und bei dem Attentat auf Kennedy nicht die Hand im Spiel gehabt.

Golizyn, der Angleton hinter sich wußte, denunzierte unverzüglich seinen Landsmann, der daraufhin äußerst hart verhört wurde, dennoch aber nicht von seiner Darstellung abging. Der Streit spaltete die CIA auf Jahre hinaus und schwelte noch zwei Jahrzehnte lang weiter. Je nach der Antwort auf die Frage »Wer hatte recht und wer unrecht« wurden Karrieren aufgebaut und zerstört, denn es ist ein ehernes Gesetz, daß die Karriere derer, die einen größeren Erfolg verbucht haben, steil nach oben gehen muß.

Im Falle von Pjotr Orlow gab es keine solche Fraktionierung und somit auch niemanden, der dem Mann, der den Überläufer herübergeholt hatte, seinen Ruhm streitig machte: Calvin Bailey, Leiter der Abteilung Sonderprojekte.

Einen Tag nachdem Joe Roth mit Oberst Orlow in South Virginia Quartier genommen hatte, trat Sam McCready unauffällig durchs Tor des Britischen Museums in Bloomsbury und schlug den Weg zu dem großen kreisrunden Lesesaal unter der hohen Glaskuppel ein.

Er wurde begleitet von zwei jüngeren Männern, Denis Gaunt, in den McCready seit einiger Zeit immer größeres Vertrauen setzte, und einem Mann namens Patten. Keiner von beiden würde das Gesicht von Keepsake zu sehen bekommen – das war nicht nötig und hätte sogar gefährlich werden können. Ihre Aufgabe bestand einfach darin, sich in der Nähe der Eingänge aufzuhalten, in den dort ausgelegten Zeitungen zu lesen und dafür zu sorgen, daß ihr Chef nicht von anderen Besuchern des Museums gestört wurde.

McCready ging zu einem fast ganz von Bücherregalen eingeschlossenen Tisch und fragte den dort bereits sitzenden Mann höflich, ob er ihn störe. Der Mann, der sich über ein dickes Buch beugte und sich ab und zu Notizen machte, wies wortlos auf den Stuhl gegenüber und las weiter. McCready setzte sich und wartete. Er hatte einen Band bestellt, den er lesen wollte, und nach wenigen Minuten brachte ihm ein Angestellter das Buch und entfernte sich lautlos. Der andere Mann am Tisch hielt den Kopf gesenkt. Als sie allein waren, sprach McCready ihn an.

»Wie geht's Ihnen, Witali?«

»Gut«, sagte der Mann leise und schrieb etwas auf seinen Block.

»Was gibt's Neues?«

»Nächste Woche bekommen wir Besuch. In der Residentur.«

»Aus der Moskauer Zentrale?«

»Ja. General Drosdow persönlich.«

McCready zeigte keinerlei Reaktion. Er las weiter in seinem Buch, und seine Lippen bewegten sich kaum. Niemand außerhalb der von Bücherregalen umschlossenen Enklave hätte das leise Murmeln verstehen können, und niemand würde in die Enklave eindringen. Dafür sorgten Gaunt und Patten. Aber der Name hatte ihn überrascht. Drosdow, ein kleinwüchsiger, untersetzter Mann, der dem verstorbenen Präsidenten Eisenhower verblüffend ähnlich sah, war Chef des Illegalendirektorats und verließ nur selten die UdSSR. Daß er sich nach London in die Höhle des Löwen wagte, war höchst ungewöhnlich und konnte von größter Bedeutung sein.

»Ist das gut oder schlecht?« fragte er.

»Ich weiß nicht«, sagte Keepsake. »Aber seltsam ist es schon. Er ist zwar nicht mein direkter Vorgesetzter, aber wenn er kommt, dann nur mit Krjutschkows Einverständnis.«(General Wladimir Krjutschkow, seit 1988 Chef des KGB, war damals Leiter der Auslandsaufklärung des Ersten Hauptdirektorats.)

»Wird er mit Ihnen über seine ›Illegalen‹ in Großbritannien sprechen?«

»Das bezweifle ich. Er führt seine Illegalen lieber direkt. Es könnte etwas mit Orlow zu tun haben. Es hat seinetwegen einen Riesenstunk gegeben. Die zwei anderen GRU-Offiziere in der Delegation werden bereits verhört. Im günstigsten Fall kommen sie wegen Nachlässigkeit vors Kriegsgericht. Oder vielleicht –«

»Mögliche andere Gründe?«

Keepsake seufzte und blickte zum erstenmal auf. McCready sah ihm in die Augen. Er hatte sich im Laufe der Jahre mit dem Russen angefreundet, vertraute ihm, glaubte an ihn.

»Es ist nur so ein Gefühl«, sagte Keepsake. »Es könnte sein, daß er die Residentur hier überprüfen will. Nichts Konkretes, nur so eine Ahnung. Vielleicht haben sie irgendeinen Verdacht.«

»Witali, das konnte nicht ewig so weitergehen. Das haben wir immer gewußt. Früher oder später werden sie es sich zusammenreimen. Zu viele undichte Stellen, zu viele merkwürdige Zufälle. Möchten Sie jetzt aussteigen? Das läßt sich machen. Sie brauchen es nur zu sagen.«

»Noch nicht. Vielleicht bald. Aber nicht sofort. Es gibt noch einiges, was ich euch schicken kann. Wenn die wirklich anfangen, die Organisation hier in London auseinanderzunehmen, weiß ich, daß sie etwas haben. Ich erfahre es rechtzeitig. So rechtzeitig, daß ich immer noch aussteigen kann. Aber jetzt ist es noch zu früh. Übrigens, macht bitte Drosdow keine Schwierigkeiten. Wenn sie tatsächlich Verdacht geschöpft haben, würde er das als einen weiteren Beweis ansehen.«

»Sagen Sie mir sicherheitshalber, als was er einreist, für den Fall, daß es in Heathrow zu einem echten Zwischenfall kommt«, sagte McCready.

»Schweizer Geschäftsmann«, sagte der Russe. »Aus Zürich. British Airways. Dienstag.«

»Ich sorge dafür, daß er absolut in Ruhe gelassen wird«, sagte McCready. »Irgendwas über Orlow?«

»Noch nicht«, sagte Keepsake. »Ich weiß von ihm, bin ihm aber nie begegnet. Überrascht mich aber, daß er übergelaufen ist. Er war im Besitz der höchsten Geheimhaltungsstufe.«

»Die haben Sie doch auch«, sagte McCready. Der Russe lächelte.

»Natürlich. Man weiß nie. Ich versuche, möglichst viel über ihn herauszukriegen. Warum interessiert er Sie?«

»Kein konkreter Grund«, sagte McCready, »nur so eine Ahnung, wie Sie sagen. Die Art, wie er rübergekommen ist – daß er Joe Roth keine Zeit für eine Überprüfung gelassen hat. Bei einem Seemann, der über Bord springt, ist das normal. Bei einem Oberst des KGB ist es seltsam. Er hätte sich teurer verkaufen können.«

»Ganz meine Meinung«, sagte der Russe. »Ich geb mir Mühe.«

Die Position des Russen innerhalb der Botschaft war so prekär, daß persönliche Treffen höchst riskant und deshalb selten waren. Für das nächste wurde ein kleines, schmuddeliges Café in Shoreditch im Londoner East End vereinbart. Im nächsten Monat, Mai.

Ende April hatte der Direktor des CIA eine Besprechung mit dem Präsidenten im Weißen Haus. Daran war nichts Ungewöhnliches. Die beiden trafen sich regelmäßig, entweder im größeren Kreis des Nationalen Sicherheitsrates oder unter vier Augen. Diesmal äußerte sich der Präsident aber ungewöhnlich schmeichelhaft über die CIA. Berichte darüber, wie dankbar verschiedene staatliche Stellen der CIA für die aus der Ranch im südlichen Virginia kommenden Informationen waren, hatten sogar das Oval Office erreicht.

Der DCI war ein harter Mann, der seine Laufbahn im Zweiten Weltkrieg beim Office of Strategic Services (OSS) begonnen hatte, und er war Ronald Reagan treu ergeben. Außerdem hatte er einen Sinn für Fairneß und sah keinen Grund, nicht in das allgemeine Lob für den Leiter der Abteilung Sonderprojekte einzustimmen, dem man Oberst Orlow zu verdanken hatte. Als er nach Langley zurückgekehrt war, bat er Calvin Bailey zu sich.

Als Bailey eintrat, stand der Direktor vor den Panoramafenstern, die fast eine ganze Seite des Büros des DCI auf der obersten Etage der CIA-Zentrale einnehmen. Er blickte hinaus über das Tal, in dem das junge Grün der Bäume nun endlich die winterliche Ansicht des Potomac-Flusses verdeckte. Als Bailey nähertrat, drehte er sich mit einem breiten Lächeln um.

»Was soll ich noch sagen? Man kann Ihnen nur gratulieren, Cal. Die Leute von der Marine sind begeistert und warten gespannt, was noch alles kommen wird. Die Mexikaner freuen sich; sie haben gerade ein Netz von siebzehn Agenten mit Kameras, Funkgeräten und allem Drum und Dran zerschlagen.«

»Ich danke Ihnen«, sagte Calvin Bailey vorsichtig. Er war als zurückhaltender Mensch bekannt, der überschwenglichen Gefühlsäußerungen abhold war.

»Worüber ich mit Ihnen sprechen wollte«, sagte der DCI. »Wir alle wissen, daß Frank Wright Ende des Jahres in Pension geht. Ich brauche also einen neuen DDO. Vielleicht, Calvin, vielleicht weiß ich schon, wer dieser neue Mann sein sollte.«

Baileys ruhiger, verschleierter Blick erhellte sich plötzlich durch einen ungewohnten Ausdruck der Freude. Seit drei Jahrzehnten ist der Direktor des CIA ein politischer Beamter. Ihm unterstehen die zwei Hauptabteilungen des Geheimdienstes: Operative Maßnahmen mit dem Einsatzleiter (DDO) an der Spitze und Auswertung, mit dem Leiter der Auswertung (DDI) an der Spitze. Diese beiden Positionen sind die höchsten, nach denen ein Profi vernünftigerweise streben kann. Dem DDO untersteht innerhalb der CIA alles, was mit der Beschaffung von Informationen zusammenhängt, der DDI ist dafür zuständig, das Rohmaterial der eingehenden Informationen zu präsentablen und verwertbaren Erkenntnissen zu verarbeiten.

Nachdem er die Blumen überreicht hatte, wandte sich der DCI alltäglicheren Fragen zu.

»Noch etwas – es geht um die Briten. Wie Sie wissen, war Margaret Thatcher hier.«

Calvin Bailey nickte. Die enge Freundschaft zwischen der britischen Premierministerin und dem amerikanischen Präsidenten war allgemein bekannt.

»Sie hatte Christopher mitgebracht –« Damit war der Chef des SIS gemeint. »Wir hatten mehrere nützliche Besprechungen. Er hat uns wirklich gutes Material übergeben. Wir sind ihnen was schuldig, Cal. Nur einen kleinen Gefallen. Ich möchte nicht, daß wir in ihrer Schuld stehen. Die haben zwei Stellen, wo sie der Schuh drückt. Sie sagen, sie sind uns sehr dankbar für das viele Minstrel-Material, das wir ihnen geschickt haben, weisen aber darauf hin, daß es im Hinblick auf sowjetische Agenten in England bisher zwar nützliches Material gewesen ist, das aber ausschließlich Decknamen enthält. Sie fragen, ob Minstrel sich nicht an irgendwelche echten Namen erinnern kann oder an Positionen – irgend etwas, was es ihnen ermöglichen würde, einen feindlichen Agenten festzunageln.«

Bailey dachte nach.

»Natürlich haben wir ihn danach gefragt«, sagte er. »Die Briten haben alles bekommen, was sie auch nur im entferntesten betreffen könnte. Aber ich kümmere mich darum; Joe Roth soll ihn fragen, ob er sich nicht doch an einen echten Namen erinnern kann. Wird erledigt.«

»Schön, schön«, sagte der DCI. »Und jetzt der zweite Punkt. Die wollen unbedingt selber mit ihm sprechen. Drüben in England. Ich bin ausnahmsweise bereit, ihnen ihren Willen zu lassen. Ich glaube, so weit können wir gehen.«

»Ich würde ihn lieber hier behalten. Hier ist er in Sicherheit.«

»Wir können dafür sorgen, daß er auch drüben in Sicherheit ist. Wir können ihn ja auf einen amerikanischen Luftwaffenstützpunkt bringen. Upper Heyford, Lakenheath, Alconbury, was Sie wollen. Dann können sie mit ihm reden, natürlich unter Überwachung, und hinterher holen wir ihn zurück.«

»Gefällt mir nicht«, sagte Bailey.

»Cal –« Die Stimme des DCI hatte einen stählernen Unterton. »Ich habe schon zugesagt. Kümmern Sie sich um die Einzelheiten.«

Calvin Bailey fuhr zu einem persönlichen Gespräch mit Joe Roth zur Ranch hinaus. Die Unterredung fand in Roths Räumen über dem Portikus des Ranchgebäudes statt. Bailey fand, daß sein Untergebener müde und angegriffen aussah. Die Befragung eines Überläufers ist Schwerarbeit, denn nachdem man viele Stunden im Gespräch mit ihm zugebracht hat, muß man sich noch bis in die Nacht hinein die Taktik für die Befragung des nächsten Tages zurechtlegen. Erholungspausen sind in der Regel nicht eingeplant, und wenn sich – was recht häufig vorkommt – eine persönliche Beziehung zwischen dem Überläufer und dem Mann, der die Befragung leitet, entwickelt hat, kann man diesem Mann nicht ohne weiteres ein paar Tage freigeben und ihn durch einen anderen ersetzen.

»Washington ist zufrieden«, sagte Bailey zu ihm. »Mehr als zufrieden – hocherfreut. Alles, was er sagt, bestätigt sich. Die Einsatzpläne für Sowjetarmee, Marine und Luftwaffe, alles entspricht dem, was wir aus anderen Quellen oder aus der Satellitenaufklärung wissen. Genaue Angaben über Waffenbestände, den Stand der Einsatzbereitschaft, das Debakel in Afghanistan – im Pentagon ist man entzückt. Sie haben gute Arbeit geleistet, Joe. Sehr gute.«

»Es bleibt noch viel zu tun«, sagte Roth. »Es muß noch viel mehr kommen. Der Mann ist ein wandelndes Lexikon. Phänomenales Gedächtnis. Manchmal hat er Schwierigkeiten, wenn es um Details geht, aber meistens fällt es ihm früher oder später doch ein. Aber – «

»Aber was? Ich bitte Sie, Joe, er macht die Ergebnisse jahrelanger geduldiger KGB-Arbeit in Zentral- und Südamerika zunichte. Unsere Freunde da unten zerschlagen ein Netz nach dem anderen. Es ist alles bestens. Ich weiß, Sie sind müde. Aber bleiben Sie dran, Mann.«

Er berichtete Joe von der Andeutung, die der DCI über die Neubesetzung der Stelle des DDO gemacht hatte. Er war sonst alles andere als vertrauensselig, aber er hielt es nur für recht und billig, seinem Untergebenen dieselbe Aufmunterung zukommen zu lassen, die der DCI ihm gegeben hatte.

»Wenn das durchgeht, Joe, wird noch ein Posten frei, nämlich meiner. Und bei dessen Besetzung habe ich ein gewichtiges Wörtchen mitzureden. Ich werde Sie empfehlen, Joe. Das wollte ich Sie wissen lassen.«

Roth zeigt sich dankbar, aber nicht übermäßig begeistert. Es war offenbar nicht nur Müdigkeit. Noch etwas anderes machte ihm zu schaffen.

»Macht er Schwierigkeiten?« erkundigte sich Bailey. »Bekommt er alles, was er will? Braucht er weibliche Gesellschaft? Oder Sie? Sie sind hier von der Welt abgeschnitten. Und das schon seit einem Monat. So was läßt sich arrangieren.«

Er wußte, daß Roth mit seinen 39 Jahren geschieden war und allein lebte. Die Scheidungsrate in der CIA ist legendär. Das bringt der Beruf so mit sich, wie man in Langley sagt.

»Nein, das hab ich ihm angeboten. Er hat bloß den Kopf geschüttelt. Wir toben uns gemeinsam aus. Das hilft. Laufen durch die Wälder, bis wir kaum noch stehen können. Ich bin noch nie so fit gewesen. Er ist älter als ich, aber besser in Form. Das ist eins von den Dingen, die mir Sorgen machen, Calvin. Er hat keine Fehler, keine Schwächen. Wenn er sich ab und zu betrinken würde, rumhuren oder den Moralischen kriegen, wenn er an seine Heimat denkt, wenn er ab und zu mal ausrasten –«

»Haben Sie versucht, ihn zu provozieren?« fragte Bailey. Einen Überläufer so lange zu provozieren, bis er in Wut gerät, bis sich die aufgestauten Gefühle entladen, konnte manchmal als Auslöser, als Therapie wirken. Zumindest nach der Theorie des hauseigenen Psychiaters.

»Ja. Ich habe ihn als Gesinnungslump beschimpft, als Verräter. Nichts. Er hat mich einfach in Grund und Boden gelaufen und mich ausgelacht. Dann hat er mit der ›Arbeit‹ weitergemacht, wie er es nennt. Und weiter KGB-Agenten in aller Welt verraten. Er ist ein absoluter Profi.«

»Deswegen ist er ja der beste, den wir je hatten, Joe. Machen Sie es jetzt nicht mies. Seien Sie dankbar –«

»Calvin, das ist es nicht, was mich so an ihm stört. Als Mensch ist er mir sympathisch. Ich respektiere ihn sogar. Ich hätte mir nie gedacht, daß ich mal einen Überläufer respektieren würde. Aber es gibt da noch was anderes. Er verheimlicht etwas.«

Calvin Bailey wurde sehr ruhig.

»Aus den Lügendetektor-Tests geht das aber nicht hervor.«

»Nein, das stimmt. Deswegen weiß ich auch nicht, ob ich recht habe. Es ist nur so ein Gefühl. Irgend etwas verschweigt er.«

Bailey beugte sich vor und sah Roth ins Gesicht. Sehr, sehr viel hing von der Frage ab, die er jetzt stellen wollte.

»Joe, besteht nach Ihrer wohlbedachten Ansicht auch nur die geringste Möglichkeit, daß er trotz aller Tests unecht ist, daß er uns vom KGB untergeschoben wurde?«

Roth seufzte. Endlich war zur Sprache gekommen, was ihn die ganze Zeit beunruhigt hatte.

»Ich weiß nicht. Ich glaube nicht, aber ich weiß es nicht. Meinem Gefühl nach bleibt ein Rest von Zweifel – vielleicht zehn Prozent. So ein Gefühl in der Magengrube, daß er mit etwas hinter dem Berg hält. Aber ich weiß nicht, warum – vorausgesetzt, ich habe recht.«

»Dann finden Sie es raus, Joe. Finden Sie es raus«, sagte Calvin Bailey. Was er nicht zu sagen brauchte, weil es sich von selbst verstand: Wenn mit Oberst Pjotr Orlow tatsächlich etwas nicht stimmte, waren mit großer Wahrscheinlichkeit zwei Karrieren innerhalb des CIA im Eimer. Er stand auf.

»Ich persönlich glaube, das ist Unsinn, Joe. Aber tun Sie, was Sie nicht lassen können.«

Roth fand Orlow in seinem Quartier; er lag auf einem Sofa und hörte seine Lieblingsmusik. Obwohl er praktisch ein Häftling war, war die Ranch wie ein guter Country Club ausgerüstet. Abgesehen von den Waldläufen, bei denen sie stets von vier der jungen Athleten aus Quantico flankiert waren, standen ihm der Gymnastikraum, die Sauna und der Swimmingpool zur Verfügung, außerdem ein exzellenter Küchenchef und eine wohlbestückte Bar, von der er jedoch nur selten Gebrauch machte.

Schon bald nach seiner Ankunft hatte er gestanden, daß er eine Vorliebe für die Popsänger der sechziger und frühen siebziger Jahre hatte. Roth hatte sich daran gewöhnt, daß jedesmal wenn er den Russen aufsuchte, Simon and Garfunkel, die Seekers oder die honigsüße Stimme Elvis Presleys aus dem Kassettenrecorder kamen.

An diesem Abend klang die klare, kindliche Stimme von Mary Hopkin durch den Raum. Es war der Song, der sie berühmt gemacht hatte, ihr einziger Hit. Orlow sprang mit einem erfreuten Grinsen vom Sofa auf. Er zeigte auf den Recorder.

»Gefällt es Ihnen? Hören Sie –«

Roth hörte zu.

»*Those were the days, my friend, we thought they'd never end* –«

»Ja, sehr nett«, sagte Roth, der Jazz bevorzugte.

»Wissen Sie, was das ist?«

»Das war doch diese kleine Engländerin, oder?« sagte Roth.

»Nein, nein. Nicht die Sängerin, die Melodie. Sie denken, es ist ein englischer Song, stimmt's? Vielleicht von den Beatles.«

»Ja, schon möglich«, sagte Roth, der jetzt auch lächelte.

»Falsch«, triumphierte Orlow. »Das ist ein altes russisches Lied. *Dorogoi dlinnoju da notschkoi lunnoju.* In einer mondhellen Nacht an einer langen Straße. Wußten Sie das nicht?«

»Nein, wirklich nicht.«

Das muntere Liedchen ging zu Ende, und Orlow schaltete das Gerät ab.

»Sollen wir noch ein bißchen reden?« fragte er.

»Nein«, sagte Roth. »Ich wollte nur nachsehen, ob alles in Ordnung ist. Ich gehe jetzt in die Falle. Es war ein langer Tag. Übrigens, wir fliegen demnächst nach England zurück. Die Tommies sollen auch Gelegenheit kriegen, mit Ihnen zu reden. Einverstanden?«

Orlow runzelte die Stirn.

»Ich habe mich bereit erklärt, hierher zu kommen, nur hierher.«

»Keine Sorge, Peter. Wir werden ein paar Tage auf einem amerikanischen Luftwaffenstützpunkt untergebracht. Genaugenommen bleiben wir ständig auf amerikanischem Hoheitsgebiet. Ich komme mit, um Sie vor den großen bösen Briten zu schützen.«

Orlow lächelte nicht über den Scherz.

»Und Sie, gehen Sie auch ins Bett?« fragte Roth.

»Ich bleib noch ein bißchen auf. Lesen, Musik hören«, sagte der Russe.

Das Licht in Orlows Zimmer brannte dann noch bis halb zwei. Als das Mordkommando des KGB zuschlug, war es ein paar Minuten vor drei.

Wie man Orlow hinterher sagte, hatten die Eindringlinge zwei Wachen am Zaun mit einer starken Armbrust erledigt und waren unbemerkt über den Rasen hinter dem Haus geschlichen und durch den Küchentrakt ins Haus gelangt.

Das erste, was Roth und Orlow im ersten Stock hörten, war eine Salve aus einer Maschinenpistole im Erdgeschoß und dann Fußgetrappel, das die Treppe heraufkam. Orlow erwachte wie eine Katze, sprang aus dem Bett und war in drei Sekunden an der Tür. Er riß sie auf und sah aus dem Augenwinkel, wie die Nachtwache, einer der Männer aus Quantico, zur Haupttreppe rannte. Ein Maskierter in einem hautengen schwarzen Anzug, der schon halb die Treppe herauf war, feuerte kurz. Der Amerikaner wurde in die Brust getroffen. Er sackte blutüberströmt gegen das Geländer. Orlow schlug seine Tür zu und lief zum Schlafzimmer.

Er wußte, daß die Fenster sich nicht öffnen ließen; da war kein Entkommen. Und er war auch nicht bewaffnet. Er erreichte das Schlafzimmer, als der Mann in Schwarz vom Gang her durch die Wohnungstür gestürmt kam, verfolgt von einem Amerikaner. Bevor Orlow sie zuschlug, sah er noch, wie der KGB-Killer sich umdrehte und dem Amerikaner hinter ihm eine Salve verpaßte. Dadurch hatte Orlow noch Zeit, die Tür zu schließen und den Riegel vorzuschieben.

Aber es war nur ein kurzer Aufschub. Sekunden später wurde das Schloß zerschossen, und die Tür flog auf. In dem schwachen Licht, das aus dem Korridor ins Wohnzimmer fiel, sah Orlow, wie der KGB-Mann seine leere Maschinenpistole wegwarf und eine Makarov 9 mm Automatik aus dem Gürtel zog. Das Gesicht hinter der Maske konnte er nicht sehen, aber er verstand das russische Wort, und die Verachtung, mit der es ausgesprochen wurde.

Die schwarze Gestalt richtete die Makarov mit beiden Händen auf Orlows Gesicht und zischte: *Predatel*. Verräter.

Auf dem Nachttisch stand ein schwerer Aschenbecher aus geschliffenem Glas. Orlow benutzte ihn nie, weil er im Gegensatz zu den meisten Russen Nichtraucher war. Aber er stand immer noch da. Mit einer letzten Geste der Auflehnung packte er ihn und schleuderte ihn mit aller Kraft nach dem Kopf des russischen Killers. Dabei schrie er zurück: *Padlo*. Scheißkerl.

Der Mann in Schwarz wich dem durch die Luft sausenden schweren Gegenstand aus. Das kostete ihn einen Sekundenbruchteil. In diesem Augenblick trat der Leiter des Quantico-Sicherheitsdiensts ins Wohnzimmer und feuerte zweimal mit seinem schweren Colt .44 Magnum auf den Rücken der schwarzen Gestalt in der Schlafzimmertür. Der Russe wurde nach vorn geschleudert, und das Blut aus seiner aufgerissenen Brust bespritzte Teppich und Bett. Orlow machte einen Schritt nach vorne und trat dem Fallenden die Waffe aus der Hand, aber das war nicht mehr nötig. Keiner, der sich zwei Magnum-Geschossen in den Weg gestellt hat, kämpft weiter.

Kroll, der Mann, der geschossen hatte, ging durchs Wohnzimmer zur Schlafzimmertür. Er war bleich vor Wut und keuchte.

»Alles in Ordnung?« fragte er. Orlow nickte. »Irgendwer hat Mist gebaut«, keuchte der Amerikaner. »Es waren zwei. Zwei von meinen Männern sind erledigt, womöglich draußen auch noch welche.«

Joe Roth kam herein, im Schlafanzug.

»Mein Gott, Peter, tut mir leid. Wir müssen hier weg. Gleich. So schnell wie möglich.«

»Aber wohin?« wollte Orlow wissen. »Sie haben doch gesagt, hier sind wir sicher.« Er war bleich, aber gefaßt.

»Schon, aber anscheinend nicht sicher genug. Nicht mehr. Warum, müssen wir erst noch rauskriegen. Später. Ziehen Sie sich an. Packen Sie Ihre Sachen. Kroll, Sie bleiben bei ihm.«

Nur zwanzig Meilen von der Ranch war ein Armee-Stützpunkt. Langley regelte alles mit dem dortigen Kommandeur. Zwei Stunden später hatten Roth, Orlow und die übriggebliebenen Mitglieder des Quantico-Teams eine ganze Etage im Wohnblock für unverheiratete Soldaten belegt. Militärpolizei umstellte das Gebäude. Roth lehnte es sogar ab, auf der Straße hinzufahren; sie nahmen einen Hubschrauber, der direkt auf dem Rasen beim Offizierskasino landete und alle aufweckte.

Es war nur ein provisorisches Quartier. Noch ehe es Abend wurde, waren sie in einen anderen geheimen Stützpunkt der CIA in Kentukky umgezogen, der noch besser gesichert war.

Während Roth und Orlow mit ihrer Begleitung sich auf dem Armee-Stützpunkt befanden, fuhr Calvin Bailey erneut zur Ranch hinaus. Er wollte einen vollständigen Bericht. Er hatte schon mit Roth telefoniert, um sich dessen Version von den Ereignissen erzählen zu lassen. Er sprach zuerst mit Kroll, aber der Mann, auf dessen Aussagen es ihm vor allem ankam, war der »Russe« mit der schwarzen Maske, der Orlow auf kürzeste Entfernung gegenübergestanden hatte.

Der junge Offizier der Green Berets rieb sich das Handgelenk – er hatte einen Bluterguß an der Stelle, wo Orlow ihn mit dem Fuß getroffen hatte. Er hatte sich längst das falsche Blut abgewaschen, den schwarzen Turnanzug mit den zwei Löchern im Oberteil ausgezogen und das Geschirr abgenommen, das die winzigen Sprengladungen und die Beutel mit dem täuschend echten Blut enthalten hatte, das bis zum Bett gespritzt war.

»Was meinen Sie?« fragte Bailey.

»Er ist echt«, sagte der Russisch sprechende Offizier. »Außer es ist ihm egal, ob er lebt oder stirbt. Und das bezweifle ich. Die meisten hängen am Leben.«

»Er hat also keinen Verdacht geschöpft?« hakte Bailey nach.

»Nein, Sir. Ich hab's in seinen Augen gesehen. Er hat geglaubt, er muß sterben. Aber er hat sich bis zum letzten Moment gewehrt. Ein toller Bursche.«

»Andere Möglichkeiten?« fragte Bailey. Der Offizier zuckte die Achseln.

»Nur eine. Wenn er kein echter Überläufer ist und dachte, er werde von seinen eigenen Leuten liquidiert, hätte er irgend etwas geschrien, um sich zu retten. Er hat es nicht getan, und wenn ihm irgendwas am Leben liegt, würde ihn das zum tapfersten Mann machen, den ich je kennengelernt habe.«

»Ich glaube«, sagte Bailey später am Telefon zu Roth, »daß wir unsere Antwort haben. Er ist okay, und das ist amtlich. Sehen Sie zu, daß er sich an einen Namen erinnert – den Briten zuliebe. Sie fliegen nächsten Dienstag hinüber, mit einem Reisejet für militärisches Führungspersonal. Nach Alconbury.«

Zwei Tage lang ging Roth mit Orlow in ihrem neuen Quartier noch einmal die spärlichen Details durch, die der Russe bereits aus seiner Zeit im Illegalendirektorat über eingeschleuste sowjetische Agenten in Großbritannien verraten hatte. Da er auf Zentral- und Südamerika spezialisiert gewesen war, hatte er sich nicht vorrangig um Großbritannien gekümmert. Aber er zermarterte sich trotzdem das Gehirn. Dennoch erinnerte er sich nach wie vor nur an Decknamen. Am Ende des zweiten Tages fiel ihm dann doch etwas ein.

Ein Beamter im britischen Verteidigungsministerium in Whitehall. Das Geld sei immer auf ein Konto des Mannes bei der Midland Bank in Croydon High Street eingezahlt worden.

»Viel ist das ja nicht«, sagte der Mann vom Security Service (MI-5), als man ihm die Neuigkeit überbrachte. Er saß im Büro von Timothy Edwards in der Zentrale seiner Schwesterorganisation SIS. »Vielleicht ist er längst umgezogen. Vielleicht hat er bei der Bank einen falschen Namen angegeben. Aber wir gehen der Sache nach.«

Er fuhr zurück in die Curzon Street in Mayfair und ließ die Maschinerie anlaufen. In Großbritannien gibt es kein absolutes Bankgeheimnis, aber die Banken geben nicht an jedermann Auskünfte über ihre Kunden. Einer Institution müssen sie jedoch von Rechts wegen Auskunft geben: der Finanzverwaltung.

Die Finanzverwaltung erklärte sich zur Amtshilfe bereit, und der Zweigstellenleiter der Midland Bank in Croydon High Street, einem südlichen Vorort von London, wurde vertraulich befragt. Er war neu auf diesem Posten, sein Computer dagegen nicht.

Ein Mitarbeiter des Security Service, der den echten Finanzbeamten begleitete, übernahm die Gesprächsführung. Er hatte eine Liste sämtlicher Mitarbeiter des Verteidigungsministeriums und dessen zahlreicher Außenstellen aus den letzten zehn Jahren. Die Suche führte erstaunlich schnell zum Erfolg. Nur ein einziger Mitarbeiter des Verteidigungsministeriums hatte ein Konto bei der Midland in Croydon High Street. Die Unterlagen über die Konten wurden angefordert. Der Mann wohnte immer noch dort und hatte zwei Konten, ein Girokonto und ein Depositenkonto mit höherer Verzinsung.

Im Laufe der Jahre waren insgesamt 20 000 Pfund Sterling auf sein Depositenkonto eingezahlt worden, ziemlich regelmäßig und immer von ihm selbst und in bar. Sein Name war Anthony Milton-Rice.

An der Besprechung in Whitehall an diesem Abend nahmen der Direktor und der Stellvertretende Generaldirektor von MI-5 sowie der für die Special Branch (Staatsschutzabteilung) zuständige Vizepräsident der Groß-Londoner Polizei, der Metropolitan Police, teil. Der MI-5 ist in Großbritannien nicht zu Verhaftungen befugt. Das ist ausschließlich Sache der Polizei. Wenn der Security Service jemanden »hochnehmen« will, überläßt er diese Ehre der Special Branch.

Geleitet wurde die Konferenz vom Vorsitzenden des Koordinierungsstabes der Geheimdienste. Er begann mit der Befragung.

»Wer genau ist dieser Mister Milton-Rice?«

Der stellvertretende Direktor von MI-5 blickte auf seine Notizen.

»Beamter der mittleren Laufbahn beim Beschaffungsamt.«

»Also eher in untergeordneter Position?«

»Ja, aber durchaus vertrauliche Arbeit. Waffensysteme, Zugang zu Bewertungen neuer Rüstungsprojekte.«

»Mhm«, machte der Vorsitzende. »Aber was schlagen Sie dann vor?«

»Der springende Punkt ist, Tony«, sagte der Generaldirektor, »daß wir sehr wenig gegen ihn in der Hand haben. Unerklärliche Einzahlungen auf sein Konto über etliche Jahre hinweg. Das reicht noch nicht mal für eine Verhaftung, geschweige denn eine Verurteilung. Er könnte behaupten, daß er auf Pferde wettet, ständig auf dem Rennplatz ist, auf diese Weise zu seinem Bargeld kommt. Natürlich könnte es sein, daß er ein Geständnis ablegt. Aber darauf können wir nicht bauen.«

Der Polizeibeamte nickte zustimmend. Ohne Geständnis würde es ihm kaum gelingen, die Staatsanwaltschaft zur Eröffnung eines Verfahrens zu bewegen. Und er bezweifelte, daß der Mann, der Milton-Rice verraten hatte, wer immer es sein mochte, jemals als Zeuge vor Gericht erscheinen würde.

»Wir möchten ihn zunächst beschatten«, sagte der Generaldirektor. »Rund um die Uhr. Wenn er auch nur einmal mit den Russen Kontakt aufnimmt, ist er dran, mit oder ohne Geständnis.«

Man wurde sich einig. Die »Aufpasser«, jenes Eliteteam von MI-5-Agenten, die, zumindest, wenn sie im Inland observieren, bei allen westlichen Geheimdiensten als die besten Beschatter der Welt gelten, erhielten den Auftrag, Anthony Milton-Rice von dem Augenblick an, da er sich am nächsten Morgen dem Verteidigungsministerium näherte, jeden Tag 24 Stunden lang ebenso unauffällig wie lückenlos zu überwachen.

Anthony Milton-Rice hatte, wie so viele Menschen mit regelmäßiger Arbeit, regelmäßige Gewohnheiten. An Werktagen verließ er sein Haus in Addiscombe pünktlich um zehn vor acht und ging zu Fuß die halbe Meile bis zum Bahnhof East Croydon. Nur wenn es stark regnete, nahm der unverheiratete Beamte den Bus. Er stieg jeden Tag in denselben Pendlerzug ein, wies seine Zeitkarte vor und fuhr nach

London, wo er am Victoria-Bahnhof ausstieg. Mit dem Bus legte er die kurze Strecke durch die Victoria Street zum Parliament Square zurück. Von dort ging er zu Fuß das letzte Stück zu seinem Ministerium in Whitehall.

Am Morgen nach der seinetwegen abgehaltenen Konferenz tat er genau dies. Er sah nicht, wie die Gruppe von Jugendlichen in Norwood Junction einstieg. Er bemerkte sie erst, als sie in seinen dicht besetzten Großraumwagen gestürmt kamen. Frauen kreischten und Männer schrien empört, als die Teenager in einer Orgie der Gewalt, die als »Steaming« bezeichnet wird, durch den Waggon ausschwärmten, den Frauen Handtaschen und Schmuck entrissen, von Männern mit vorgehaltenem Messer die Herausgabe ihrer Brieftaschen verlangten und jeden bedrohten, der sich weigerte oder gar Widerstand leisten wollte.

Als der Zug in den nächsten Bahnhof einfuhr, sprangen die rund zwei Dutzend jungen Schlägertypen, immer noch ihre Wut auf die Welt hinausschreiend, aus dem Zug; sie flankten über die Absperrungen, zerstoben in alle Richtungen und verschwanden in den Straßen von Crystal Palace. Zurück blieben hysterische Frauen, entnervte Männer und frustrierte Bahnpolizisten. Verhaftet wurde niemand; es war alles viel zu schnell gegangen.

Während die Bahnpolizei die Aussagen der Reisenden aufnahm, konnte der Zug nicht weiterfahren, was zu erheblichen Verspätungen bei nachfolgenden Zügen führte. Als ein Polizist einen Fahrgast in einem hellgrauen Regenmantel, der in einer Ecke auf seine Schulter gelehnt döste, leicht anstieß, sackte der Mann langsam nach vorne auf den Boden. Wieder ertönten Schreie, als das Blut aus der Stilettwunde in der Herzgegend unter der zusammengesunkenen Gestalt hervorsickerte. Mr. Anthony Milton-Rice war sehr tot.

Ivan's Cafe – ein passender Ort für ein Treffen mit einem Russen – war in der Crondall Street in Shoreditch, und Sam McCready kam wie immer als zweiter, obwohl er als erster draußen vor dem Lokal gewesen war. Der Grund dafür war, daß bei Keepsake die Wahrscheinlichkeit, daß er beschattet wurde, größer war als bei ihm selbst. Er blieb deshalb immer eine halbe Stunde in seinem Auto sitzen, sah zu, wie der Russe »den Treff anlief«, und wartete dann noch eine Viertelstunde, um festzustellen, ob der britische Agent aus der sowjetischen Botschaft neuerdings einen ständigen Begleiter hatte.

Als McCready in das Lokal ging, ließ er sich an der Theke eine

Tasse Tee geben und ging dann langsam zu der Wand hinüber, an der nebeneinander zwei Tische standen. Keepsake saß an dem in der Ecke und las eifrig im *Sporting Life*. McCready entfaltete seinen *Evening Standard* und begann zu lesen.

»Na, wie war der gute General Drosdow?« fragte er leise, so daß seine Worte im allgemeinen Stimmengewirr und im Zischen der Teemaschine untergingen.

»Liebenswürdig und rätselhaft«, sagte der Russe, während er die Form der Pferde im 15.30-Uhr-Rennen in Sandown prüfte. »Ich fürchte, er hat uns auf den Zahn fühlen wollen. Ich werde mehr wissen, falls die K-Linie sich zu einem Besuch entschließt oder wenn mein eigener K-Linien-Mann überaktiv wird.«

Die »K-Linie« ist die interne Abteilung für Spionageabwehr und Sicherheit des KGB, die weniger mit Spionage als damit befaßt ist, andere KGB-Leute zu überprüfen und nach undichten Stellen zu suchen.

»Haben Sie schon mal von einem Mann namens Anthony Milton-Rice gehört?« fragte McCready.

»Nein. Noch nie. Warum?«

»Sie haben ihn also nicht von Ihrer Residentur aus geführt? Beamter im Verteidigungsministerium?«

»Nie gehört. Nie Material von ihm in der Hand gehabt.«

»Der ist jetzt jedenfalls tot. Wir können ihn nicht mehr fragen, wer ihn geführt hat. Falls überhaupt. Wäre es denkbar, daß er vom Illegalendirektorat direkt aus Moskau geführt wurde?«

»Falls er tatsächlich für uns gearbeitet hat, ist das die einzige Erklärung«, murmelte der Russe. »Er hat nie für uns gearbeitet. Jedenfalls nicht über die Londoner Station. Wie gesagt, wir haben nie solches Material bearbeitet. Er muß über einen hier außerhalb der Botschaft sitzenden Führungsoffizier Verbindung mit Moskau gehalten haben. Warum ist er gestorben?«

McCready seufzte.

»Ich weiß es nicht.«

Aber falls es nicht ein seltsamer Zufall gewesen war, hatte das jemand planen müssen, soviel stand fest. Jemand, der den Tageslauf des Beamten kannte, der den Schlägern gesagt hatte, mit welchem Zug er fuhr, wie er aussah – und der sie bezahlte. Vielleicht hatte Milton-Rice ja überhaupt nicht für die Russen gearbeitet. Aber warum dann die Denunziation? Und woher das viele Geld auf dem

Konto? Oder vielleicht hatte Milton-Rice doch für Moskau spioniert, aber über einen Keepsake nicht bekannten Verbindungsmann, der seinerseits direkt dem Illegalendirektorat in Moskau unterstand. Und General Drosdow war eben erst in London gewesen. Und er war für die Illegalen zuständig ...

»Jemand hat ihn verraten«, sagte McCready. »Bei uns. Und dann war er tot.«

»Wer hat ihn denunziert?« erkundigte sich Keepsake. Er rührte seinen Tee um, obwohl er nicht daran dachte, daß süße, milchige Gebräu zu trinken.

»Oberst Pjotr Orlow«, sagte McCready leise.

»Ach«, murmelte Keepsake. »Da hab ich ja was für Sie. Pjotr Alexandrowitsch Orlow ist ein loyaler, pflichtbewußter KGB-Offizier. Als Überläufer ist er so echt wie ein Dreidollarschein. Er wurde als Desinformationsagent eingeschleust, und er ist gut vorbereitet und ein sehr guter Mann.«

Also das, dachte McCready, wird uns noch Kopfzerbrechen machen.

3

Timothy Edwards hörte genau zu. McCready brauchte dreißig Minuten für seinen Bericht und seine Bewertung. Als er fertig war, fragte Edwards ruhig:

»Und Sie glauben Keepsake? Ganz sicher?«

McCready hatte die Frage erwartet. Keepsake arbeitete zwar schon vier Jahre für die Briten, seit er sich in Dänemark an einen SIS-Mitarbeiter gewandt und seine Dienste als »Agent vor Ort« angeboten hatte, aber sie lebten in einer Welt des Mißtrauens und der Verdächtigungen. Man mußte natürlich immer mit der, wenn auch nur entfernten Möglichkeit rechnen, daß Keepsake ein Doppelagent, also in Wirklichkeit moskautreu war. Eben dies warf er ja jetzt Orlow vor.

»Es sind jetzt vier Jahre«, sagte McCready. »Vier Jahre lang ist Keepsakes Material anhand aller erdenklichen Kriterien getestet worden. Es ist echt.«

»Ja, natürlich«, sagte Edwards konziliant. »Wenn auch nur ein Wort davon unseren Vettern zu Ohren kommt, werden sie natürlich genau das Gegenteil behaupten – daß unser Mann lügt und ihrer echt ist. Es heißt, Langley hat einen Narren an diesem Orlow gefressen.«

»Ich bin nicht dafür, daß sie etwas über Keepsake erfahren«, erwiderte McCready. Er nahm den Russen in der Botschaft in Kensington Palace Gardens immer in Schutz. »Außerdem hat Keepsake das Gefühl, daß er sich womöglich nicht mehr lange halten kann. Er argwöhnt, daß Moskau allmählich Verdacht schöpft und nach undichten Stellen fahndet. Sollte der Verdacht sich zur Wahrscheinlichkeit verdichten, ist es nur noch eine Frage der Zeit, bis sie sich auf ihre Londoner Station einschießen. Wenn Keepsake dann endlich aus der Kälte kommt, können wir unsere Vettern ins Vertrauen ziehen, aber im Augenblick wäre es äußerst gefährlich, den Kreis der Mitwisser zu vergrößern.«

Edwards traf seine Entscheidung.

»Sam, ich stimme Ihnen zu. Aber ich muß mit dem Chef darüber sprechen. Er ist heute vormittag im Cabinet Office. Ich sehe ihn aber nachher noch. Melden Sie sich wieder.«

Zur Mittagsstunde, in der Edwards mit dem Chef in Sir Christophers Bürosuite in der obersten Etage ein frugales Mahl zu sich nahm, landete eine Militärversion der Grumman Gulfstream III auf dem US-Luftwaffenstützpunkt Alconbury ein paar Meilen nordwestlich des Marktstädtchens Huntingdon in der Grafschaft Cambridgeshire. Die Maschine war um Mitternacht auf dem Fliegerhorst der National Air Guard in Trenton, New Jersey, gestartet, und ihre Passagiere waren aus Kentucky eingeflogen worden und im Schutz der Dunkelheit in sicherem Abstand von den Flughafengebäuden an Bord gegangen.

Calvin Bailey hatte mit Alconbury eine gute Wahl getroffen. Der Stützpunkt war die Heimatbasis des Geschwaders 527 »Aggressor« der US-Luftwaffe, dessen Piloten F-5-Düsenjäger fliegen, aber eine ganz bestimmte Aufgabe erfüllen. »Aggressors« werden sie deshalb genannt, weil die F-5 ähnlich konfiguriert ist wie die russische Mig-29, und die Aggressors spielen bei Luftkampf-Übungen mit ihren amerikanischen und britischen Pilotenkollegen die Rolle angreifender sowjetischer Kampfflugzeuge. Sie selbst sind in allen sowjetischen Luftkampf-Taktiken bewandert und gehen so in ihrer Rolle auf, daß sie ausschließlich Russisch miteinander sprechen, wenn sie in der Luft sind. Ihre Bewaffnung ist zwar so umgebaut, daß sie nur »elektronische« Treffer erzielen können, aber alles andere –

Hoheitsabzeichen, Pilotenkombis, Manöver und Sprache – ist rein russisch.

Als Roth, Orlow, Kroll und ihre Begleiter aus der Grumman stiegen, trugen sie die Pilotenkombis des Aggressor-Geschwaders. Unbemerkt gelangten sie in das vorgesehene ebenerdige Gebäude, das etwas abseits von den anderen stand und mit Unterkünften, einer Küche, Konferenzräumen und einem mit Abhöreinrichtungen versehenen Raum für die Befragung von Oberst Orlow ausgestattet war. Roth erwirkte beim Kommandeur die Genehmigung für das britische Team, am nächsten Morgen den Fliegerhorst zu betreten. Dann zogen sich die Amerikaner, denen die Zeitverschiebung zu schaffen machte, in ihre Quartiere zurück, um ein paar Stunden zu schlafen.

Um drei klingelte bei McCready das Telefon; Edwards wollte ihn erneut sprechen.

»Vorschlag angenommen«, sagte Edwards. »Wir bleiben bei unserer Einschätzung, daß Keepsake die Wahrheit sagt und die Amerikaner einem Desinformationsagenten aufgesessen sind. So weit, so gut, aber wozu Orlow hier ist, wissen wir noch nicht. Es hat im Augenblick den Anschein, daß er gutes Material liefert, und das macht es unwahrscheinlich, daß unsere Vettern uns glauben würden, um so mehr, als auch der Chef der Meinung ist, daß wir ihnen noch nichts von der Existenz, geschweige denn der Identität von Keepsake sagen können. Wie also sollten wir Ihrer Meinung nach vorgehen?«

»Überlassen Sie ihn mir«, sagte McCready. »Wir haben das Recht, mit ihm zu sprechen. Wir können Fragen stellen. Joe Roth ist der verantwortliche Mann, und ich kenne Joe. Er ist kein Dummkopf. Vielleicht kann ich Orlow hart anfassen, ihn in die Enge treiben, bevor Roth einschreitet. Und vielleicht kann ich wenigstens leise Zweifel wecken, unsere Vettern dazu bringen, sich mit dem Gedanken vertraut zu machen, daß er vielleicht doch nicht das ist, was er zu sein scheint.«

»Also gut«, sagte Edwards. »Sie machen das.«

Es klang so, als sei das seine eigene Entscheidung; tatsächlich hatte der Chef beim Mittagessen vorgeschlagen, McCready solle sich um Orlow kümmern.

McCready brach am nächsten Morgen frühzeitig mit dem Auto nach Alconbury auf. Denis Gaunt saß am Steuer. Edwards hatte auf McCreadys Anforderung erreicht, daß Gaunt an der Befragung des Russen teilnehmen durfte. Auf dem Rücksitz saß eine Dame vom

MI-5. Der Security Service hatte dringend darum gebeten, auch einen seiner Mitarbeiter zu den Gesprächen mit dem Russen schicken zu dürfen, da es bei der Befragung mit Sicherheit auch um sowjetische Agenten gehen würde, die in und gegen Großbritannien arbeiteten, und solche Aktivitäten fielen vor allem in den Zuständigkeitsbereich von MI-5. Alice Daltry war Anfang Dreißig, hübsch und sehr intelligent. Sie war immer noch sichtlich beeindruckt von McCready. Trotz des Prinzips »Kenntnis nur wenn nötig« war in ihrer engen, abgeschlossenen Welt einiges über die Pankratin-Affäre vom Vorjahr durchgesickert.

In dem Wagen war ein abhörsicheres Telefon eingebaut. Es sah aus wie ein normales Autotelefon, war aber größer und konnte für Gespräche mit London auf verschlüsselten Betrieb umgestellt werden. Es war durchaus möglich, daß im Gespräch mit Orlow Themen angeschnitten wurden, die mit London abgestimmt werden mußten.

McCready saß fast während der ganzen Fahrt schweigend da, schaute durch die Windschutzscheibe in die sich entfaltende Landschaft an einem Frühsommermorgen und staunte wieder einmal, wie schön doch England zu dieser Jahreszeit war.

Er ging im Geist noch einmal durch, was Keepsake ihm gesagt hatte. Nach seinen eigenen Angaben war der Russe in London vor Jahren ganz marginal an den ersten Stadien der Vorbereitung eines Täuschungsprojekts beteiligt gewesen, das jetzt mit Orlow endgültig verwirklicht werden sollte. Die Operation lief unter dem Tarnnamen »Projekt Potemkin«.

Ein ironischer Titel, dachte McCready, ein Beispiel für den Galgenhumor des KGB. Er war mit Sicherheit nicht nach dem Panzerkreuzer Potemkin, ja noch nicht einmal nach Marschall Potemkin benannt worden, dem zu Ehren das Schlachtschiff getauft worden war. Vielmehr hatte man wohl an die Potemkinschen Dörfer gedacht.

Im 18. Jahrhundert unternahm Kaiserin Katharina die Große, die das leidgeprüfte russische Volk mit unnachgiebiger Härte unterdrückte, eine Reise in die neuerworbenen südrussischen Provinzen. Um seiner Herrin den Anblick der hungernden, frierenden Bauern in ihren Elendshütten zu ersparen, schickte ihr Günstling und erster Minister Potemkin Handwerker voraus, die in den an der Reiseroute liegenden Dörfern Fassaden solider, blitzsauberer Häuser errichten mußten. Die kurzsichtige Kaiserin war entzückt vom Anblick glückstrahlender Untertanen in musterhaften Dörfern. Hinterher rissen

Tagelöhner die Fassaden wieder ab. Seither spricht man von Potemkinschen Dörfern.

»Die Operation ist gegen die CIA gerichtet«, hatte Keepsake gesagt. Er wisse nicht, wen oder was der KGB genau aufs Korn nehmen wolle und was im einzelnen geplant sei. Das Projekt sei damals nicht direkt von seiner Abteilung bearbeitet worden; diese sei nur für Hilfsdienste in Anspruch genommen worden.

»Aber es sieht ganz so aus, als sei die Operation Potemkin jetzt definitiv angelaufen«, hatte er gesagt. »Dafür werden Sie einen doppelten Beweis bekommen. Zum einen wird keine Information von Orlow sowjetische Interessen tatsächlich irgendwann massiv und unwiderruflich schädigen. Zum anderen werden Sie einen enormen Niedergang der Moral innerhalb der CIA erleben.«

Das letztere war bislang jedenfalls noch nicht eingetreten, überlegte McCready. Seine amerikanischen Freunde, die sich von den unbestreitbar peinlichen Folgen der Urtschenko-Affäre im Vorjahr erholt hatten, waren zur Zeit obenauf, großenteils dank des Juwels, das ihnen vor kurzem in den Schoß gefallen war. Er beschloß, sich auf das andere Gebiet zu konzentrieren.

Am Haupttor des Fliegerhorstes zeigte McCready einen Ausweis vor (der nicht auf seinen richtigen Namen lautete) und bat, man möge Joe Roth auf einer bestimmten Nebenstelle anrufen. Nach ein paar Minuten tauchte Roth in einem Jeep der Air Force auf.

»Schön, dich wiederzusehen, Sam.«

»Schön, daß du wieder da bist, Joe. War ja ein ziemlich ausgedehnter Urlaub.«

»Tut mir leid. Ich hatte keine Wahl, keine Zeit für Erklärungen. Ich konnte den Knaben nur entweder übernehmen und mit ihm abhauen oder ihn zurückschicken.«

»Schon gut«, sagte McCready leichthin, »die Erklärungen haben wir inzwischen ja bekommen. Die Wogen sind geglättet. Ich möchte dir meine beiden Kollegen vorstellen.«

Roth bückte sich und schüttelte Gaunt und Daltry, die noch im Auto saßen, die Hand. Er war entspannt und überschwenglich. Er rechnete nicht mit Problemen und war froh, daß die Briten nun auch von dem unverhofften Glücksfall profitieren sollten. Er erledigte die Formalitäten mit dem diensthabenden Posten und lotste die Engländer mit dem Jeep über das Stützpunktgelände zu dem alleinstehenden Block, in dem das CIA-Team untergebracht war.

Wie viele Militärbauten war es nicht gerade ein architektonisches Meisterwerk, aber es war zweckmäßig. Es hatte einen einzigen Korridor vom einen Ende zum anderen, von dem Türen in Schlafräume, Speisesaal, Küchen, Toiletten und Besprechungszimmer abgingen. Air-Force-Polizisten sicherten das Gebäude und lenkten nach McCreadys Ansicht nur unnötig die Aufmerksamkeit darauf.

Roth führte die Engländer in einen Raum in der Mitte des Gebäudes. Die Fenster waren zu, die Läden geschlossen; elektrische Lampen waren die einzigen Lichtquellen. In der Mitte waren Sessel zu einer gemütlichen Gruppe zusammengestellt; die Wände waren mit Stühlen und Tischen gesäumt – für die Protokollanten.

Roth bot den Briten mit einer jovialen Geste die Sessel an und bestellte Kaffee.

»Dann gehe ich jetzt Minstrel holen«, sagte er, »es sei denn, ihr wollt erst noch Kriegsrat halten.«

McCready schüttelte den Kopf.

»Von mir aus können wir anfangen, Joe.«

Als Roth gegangen war, bedeutete McCready Gaunt und Daltry mit einem Nicken, daß sie sich an einen der Tische an den Wänden setzen sollten. Das hieß: Haltet die Augen offen und hört zu, laßt euch nichts entgehen. Joe Roth hatte die Tür offengelassen. Über den Korridor hörte McCready die eingängige Melodie von *Bridge Over Troubled Water*. Die Musik brach ab. Dann erschien Roth wieder. Vor ihm betrat ein untersetzter, hart wirkender Mann in Turnschuhen, Hosen und Polohemd den Raum.

»Sam, ich möchte dir Pjotr Orlow vorstellen. Peter, das ist Sam McCready.«

Der Russe musterte McCready mit ausdruckslosen Augen. Er hatte von ihm gehört. Die meisten ranghohen Mitarbeiter des KGB hatten inzwischen schon einmal von Sam McCready gehört. Aber er ließ sich nichts anmerken. McCready ging mit ausgestreckter Hand über den Teppich auf ihn zu.

»Mein lieber Oberst Orlow. Es freut mich sehr, Sie kennenzulernen«, sagte er mit einem gewinnenden Lächeln.

Der Kaffee wurde serviert, und sie setzten sich, McCready Orlow gegenüber, Roth etwas seitlich. Auf einem Beistelltisch fing ein Tonbandgerät zu laufen an. Auf dem Couchtisch standen keine Mikrofone. Die hätten abgelenkt. Dem Tonbandgerät würde nichts entgehen.

McCready begann sanft, fast einschmeichelnd und behielt diesen Tonfall während der ersten Stunde bei. Orlow antwortete unbefangen und ohne zu stocken. Als eine Stunde vergangen war, wurde McCready immer ungeduldiger – so schien es zumindest.

»Das ist alles ganz phantastisches Material«, sagte er. »Ich verstehe nur eins nicht – und sicher geht es nicht nur mir so. Sie haben uns bis jetzt immer nur Decknamen genannt. Da sitzt irgendwo im Foreign Office der Agent Wildfowl, und Sie erzählen uns von dem Agenten Kestrel, der aktiver Offizier in der Navy oder auch Zivilangestellter der Navy sein könnte. Verstehen Sie, Herr Oberst, mein Problem ist, daß nichts davon zu einer Enttarnung oder einer Verhaftung führen könnte.«

»Mr. McCready, wie ich schon mehrmals erklärt habe, hier und in Amerika, war meine Tätigkeit beim Illegalendirektorat vor vier Jahren beendet. Und mein Gebiet war Zentral- und Südamerika. Ich hatte keinen Zugang zu den Akten von Agenten in Westeuropa, in Großbritannien oder in Amerika. Diese Akten waren streng geheim, was sie sicherlich auch hier sind.«

»Ja, natürlich, dumm von mir«, sagte McCready. »Aber ich hatte eigentlich mehr an Ihre Zeit in der Operationsplanung gedacht. Nach unseren Vorstellungen bedeutet das die Ausarbeitung von Cover-stories, von ›Legenden‹ für Leute, die irgendwo eingeschleust werden sollen oder die gerade erst angeworben wurden. Außerdem Systeme für die Kontaktaufnahme, die Weitergabe von Informationen – die Entlohnung von Agenten. Da gehören die Banken dazu, über die die Zahlungen laufen, die gezahlten Beträge, die Zeitabstände, in denen Zahlungen erfolgen, die laufenden Kosten. Das alles haben Sie offenbar ... vergessen.«

»In der Operationsplanung war ich noch vor meiner Zeit beim Illegalendirektorat tätig«, entgegnete Orlow. »Vor acht Jahren. Kontonummern haben acht Ziffern, so etwas kann man sich nicht merken.«

Seine Stimme hatte einen gereizten Unterton. Er war in seiner Ehre gekränkt. Roth runzelte die Stirn.

»Aber doch wenigstens eine Zahl«, murmelte McCready vor sich hin, als ob er laut dächte. »Oder auch nur eine Bank.«

»Sam.« Roth beugte sich besorgt vor. »Worauf willst du hinaus?«

»Ich versuche lediglich festzustellen, ob irgend etwas, was ihr oder wir in den letzten sechs Wochen von Oberst Orlow erfahren haben, sowjetische Interessen wirklich massiv und unwiderruflich schädigen wird.«

»Was soll das heißen?« Das kam von Orlow, der wütend aufgesprungen war. »Ich habe stunden- und tagelang Einzelheiten über die militärische Planung der Sowjetunion, über Einsatzpläne, Waffensysteme, die Einsatzbereitschaft verschiedener Verbände und über Persönlichkeiten aufgezählt. Details über das Engagement in Afghanistan. Agentennetze in Zentral- und Südamerika, die inzwischen aufgeflogen sind. Und jetzt behandeln Sie mich wie – wie einen Verbrecher.«

Auch Roth war aufgesprungen.

»Sam, kann ich dich mal sprechen? Unter vier Augen. Draußen.«

Er ging zur Tür. Orlow setzte sich wieder hin und starrte deprimiert auf den Boden. McCready stand auf und folgte Roth. Daltry und Gaunt blieben wie gebannt an ihren Tischen sitzen. Der junge CIA-Mann, der das Tonbandgerät bediente, schaltete es ab. Roth stürmte durch den Gang und blieb erst auf der Wiese vor dem Gebäude stehen. Dann wandte er sich zu McCready um.

»Sam, kannst du mir mal sagen, was das soll?«

McCready zuckte die Achseln.

»Ich versuche nur festzustellen, ob man Orlow trauen kann«, sagte er. »Dafür bin ich ja hier.«

»Damit das ein für allemal klar ist«, sagte Roth mit gepreßter Stimme. Du bist *nicht* hier, um festzustellen, ob man Minstrel trauen kann. Das ist längst geschehen. Bei uns. Immer und immer wieder. Wir sind überzeugt, daß er ehrlich ist und sich alle Mühe gibt, sich an Einzelheiten zu erinnern. Du bist hier, dank einer Gefälligkeit des DCI, um euren Anteil an Minstrels Material zu bekommen. Das ist alles.«

McCready sah verträumt auf die im Wind wogenden grünen Weizenfelder außerhalb des militärischen Geländes hinaus.

»Und was ist dieses Material deiner Meinung nach tatsächlich wert, Joe?«

»Sehr viel. Er hat es selber gesagt: militärische Einsatzpläne der Sowjets, Stellenbesetzungen, Waffensysteme, Planungen –«

»Alles Dinge, die man ändern kann«, murmelte Sam, »ganz schnell und mühelos. Vorausgesetzt, die wissen, was er euch gesagt hat.«

»Und Afghanistan«, sagte Roth. McCready schwieg. Er konnte seinem Kollegen von der CIA nicht sagen, was Keepsake ihm vor zwanzig Stunden in dem Café mitgeteilt hatte, aber er hörte noch die leise Stimme neben sich.

»Sam, dieser neue Mann in Moskau, Gorbatschow. Ihr wißt vorerst noch wenig über ihn. Aber ich kenne ihn. Als er hier bei Margaret Thatcher zu Besuch war, bevor er Generalsekretär wurde, als er noch nichts weiter als ein Politbüromitglied war, war ich für seine Sicherheit zuständig. Wir haben uns unterhalten. Er ist ungewöhnlich, sehr offen, sehr aufrichtig. Diese *Perestroika*, von der er spricht, diese *Glasnost*, weißt du, was das bedeuten wird, mein Freund? In zwei Jahren, 1988 oder vielleicht 1989, werden diese militärischen Details allesamt unwichtig sein. Er wird nicht in der Norddeutschen Tiefebene angreifen. Er wird wirklich versuchen, die gesamte sowjetische Wirtschaft und Gesellschaft umzugestalten. Er wird natürlich scheitern, aber er wird es versuchen. Er wird sich aus Afghanistan zurückziehen, aus Europa. Alles, was dieser Orlow den Amerikanern erzählt, taugt in zwei Jahren nur noch fürs Archiv. Aber die *Große Lüge*, wenn die kommt, das wird wichtig sein. Für ein ganzes Jahrzehnt, mein Freund. Warten Sie auf die *Große Lüge*. Alles andere sind einkalkulierte geringfügige Opfer des KGB. Sie sind gute Schachspieler, meine ehemaligen Kollegen.«

»Und die Agentennetze in Südamerika«, sagte Roth. »Verdammt nochmal, Mexiko, Chile und Peru, überall reiben sie sich die Hände. Die haben zig Sowjetagenten hochgenommen.«

»Alles vor Ort angeworbene Hilfskräfte«, sagte McCready. »Nicht ein geborener Russe dabei. Abgeschlaffte, ausgelaugte Organisationen, habgierige Agenten, billige Informanten. Entbehrlich.«

Roth starrte ihn fassungslos an.

»Mein Gott«, hauchte er, »Du glaubst, er ist nicht echt? Du glaubst, er ist ein Doppelagent? Wie kommst du dazu, Sam? Hast du eine Quelle, einen Informanten, den wir nicht kennen?«

»Nein«, sagte McCready brüsk. Es widerstrebte ihm, Roth zu belügen, aber er hatte seine Befehle. Tatsächlich hatte die CIA immer alles Material von Keepsake bekommen, aber getarnt und angeblich aus verschiedenen Quellen stammend.

»Ich will ihn nur in die Enge treiben. Ich habe den Eindruck, er verschweigt etwas. Du bist doch nicht auf den Kopf gefallen, Joe. Ich bin überzeugt, du hast im tiefsten Herzen denselben Eindruck.«

Das saß. Im tiefsten Innern dachte Roth immer noch genau das. Er nickte.

»Also gut. Machen wir ihm die Hölle heiß. Schließlich ist er hier nicht in der Sommerfrische. Und er ist ein zäher Bursche. Komm, gehen wir zurück.«

Sie machten um viertel vor zwölf weiter. McCready kam auf die Frage nach sowjetischen Agenten in Großbritannien zurück.

»Einen haben Sie schon von mir bekommen«, sagte Orlow. »Falls Sie ihn finden. Der Mann, der als Agent Juno bezeichnet wurde. Der ein Konto in Croydon hatte, bei der Midland Bank.«

»Wir haben ihn ausfindig gemacht«, sagte McCready sachlich. »Er heißt – oder besser gesagt hieß Antony Milton-Rice.«

»Na, sehen Sie«, sagte Orlow.

»Wieso ›hieß‹?« erkundigte sich Roth.

»Er ist tot.«

»Das wußte ich nicht«, sagte Orlow. »Es ist schon einige Jahre her.«

»Das ist eben auch so eine Sache«, sagte McCready betrübt, »er ist nicht vor einigen Jahren gestorben, sondern gestern früh, ermordet, liquidiert, genau eine Stunde, bevor wir unsere Beschatter auf ihn ansetzen konnten.«

Es herrschte betretenes Schweigen. Dann sprang Roth in äußerster Erregung erneut auf. Zwei Minuten später standen sie wieder draußen vor dem Gebäude.

»Verdammt nochmal, Sam, was spielst du hier eigentlich für ein Spiel?« brüllte er. »Das hättest du mir doch sagen können!«

»Ich wollte Orlows Reaktion sehen«, erwiderte Sam ungerührt. »Ich dachte, falls ich dich einweihe, wirst du es ihm selber sagen. Hast du seine Reaktion gesehen?«

»Nein, ich habe dich angesehen.«

»Er hat überhaupt nicht reagiert«, sagte McCready. »Ich hätte erwartet, er würde ziemlich verblüfft sein, vielleicht sogar besorgt, wenn man bedenkt, was das bedeuten kann.«

»Er hat Nerven wie Drahtseile«, erklärte Roth. »Er ist der absolute Profi. Wenn er sich nichts anmerken lassen will, merkt man auch nichts. Übrigens, stimmt das? Ist der Mann wirklich tot? Oder war das ein Trick?«

»Nein, nein, er ist wirklich tot, Joe. Auf der Fahrt zur Arbeit von einem aus einer Bande junger schwarzer Teenager erstochen – wir nennen das ›Steaming‹, bei euch heißt es ›Wilding‹. Und das sollte uns zu denken geben, meinst du nicht?«

»Die undichte Stelle könnte auch auf britischer Seite liegen.«

McCready schüttelte den Kopf.

»Unmöglich. Es braucht Zeit, so einen Mord zu organisieren. Wir hatten nach vierundzwanzig Stunden Detektivarbeit erst am Abend zuvor herausbekommen, wer der Mann wirklich war. Und gestern früh hat er dran glauben müssen. Wie gesagt, unmöglich. Übrigens, was geschieht eigentlich bei euch mit Minstrels Material?«

»Es geht alles an Calvin Bailey, direkt, per Kurier. Dann kriegen es die Analytiker, dann die Klienten.«

»Wann hat Orlow das über den Spion in unserem Verteidigungsministerium gesagt?«

Roth sagte es ihm.

»Fünf Tage«, überlegte McCready, »bevor wir es erfahren haben. Zeit genug –«

»Also Moment mal –« verwahrte sich Roth.

»Es gibt also drei Möglichkeiten«, fuhr McCready fort. »Entweder es war ein bemerkenswerter Zufall, und in unserem Job können wir es uns nicht leisten, allzu oft an Zufälle zu glauben. Oder irgendwo zwischen dir und der Fernschreiberin war eine undichte Stelle. Oder aber es war ein abgekartetes Spiel. Ich meine, der Mord war schon seit längerem für eine bestimmte Zeit an einem bestimmten Tag geplant. Kurz vor diesem Zeitpunkt fällt Orlow plötzlich der Mann wieder ein. Bevor die guten Jungs mitmischen können, ist der denunzierte Agent tot.«

»Ich glaube nicht, daß wir in der CIA eine undichte Stelle haben«, sagte Roth trotzig, »und ich glaube nicht, daß Orlow eingeschleust ist.«

»Warum sagt er dann nicht, was er weiß? Komm, gehen wir wieder zu ihm«, schlug Sam vor.

Als sie zurückkamen, wirkte Orlow bedrückt. Die Nachricht, daß der britische Spion, den er verraten hatte, zu einem so günstigen Zeitpunkt liquidiert worden war, hatte ihn offenbar mitgenommen. McCready hatte seinen Tonfall geändert und gab sich jetzt ganz sanft.

»Oberst Orlow, Sie sind ein Fremder in einem fremden Land. Sie machen sich Sorgen über Ihre Zukunft. Deswegen wollen Sie bestimmte Sachen noch für sich behalten. Gewissermaßen als Sicherheit. Das verstehen wir. Ich würde es genauso machen, wenn ich in

Moskau wäre. Wir müssen uns alle absichern. Aber wie Joe mir sagt, ist man inzwischen in der CIA so von Ihnen überzeugt, daß solche Vorsicht überflüssig ist. Deshalb noch mal die Frage: Können Sie uns noch irgendwelche anderen echten Namen anbieten?«

Es war mucksmäuschenstill in dem Raum. Endlich nickte Orlow. Alle atmeten erleichtert auf.

»Peter«, sagte Roth eindringlich, »das ist jetzt wirklich der Zeitpunkt, sie uns zu nennen.«

»Remjanz«, sagte Pjotr Orlow, »Gennadi Remjanz.«

Roth war die Empörung ins Gesicht geschrieben.

»Wir kennen Remjanz«, sagte er. Er sah McCready an. »Repräsentant von Aeroflot in Washington. Das ist seine Tarnung. Das FBI hat ihn vor zwei Jahren hochgenommen und umgedreht. Seitdem arbeitet er für uns.«

»Nein«, sagte Orlow und schaute auf. »Da irren Sie sich. Remjanz ist *kein* Doppelagent. Seine Enttarnung wurde von Moskau arrangiert. Er sollte hochgenommen werden. Er ist nicht umgedreht worden. Alles, was er liefert, wird vorher in Moskau sorgfältig frisiert. Amerika wird eines Tages Millionen ausgeben müssen, um den Schaden zu reparieren. Remjanz ist KGB-Major im Illegalendirektorat. Er leitet vier verschiedene sowjetische Agentennetze in den USA und weiß von jedem, wer er wirklich ist.«

Roth pfiff durch die Zähne.

»*Wenn* das stimmt, dann ist es eine Sensation. Wenn es stimmt.«

»Es gibt nur einen Weg, das herauszufinden«, meinte McCready. »Knöpft euch Remjanz vor. Pumpt ihn mit Pentothal voll und wartet ab, was er dann von sich gibt. Im übrigen bin ich der Meinung, daß es jetzt Zeit zum Mittagessen ist.«

»Zwei gute Ideen in zehn Sekunden«, meinte Roth anerkennend. »Leute, ich muß nach London runter und mich mit Langley in Verbindung setzen. Ich schlage vor, wir machen vierundzwanzig Stunden Pause.«

Joe Roth bekam seine Direktverbindung mit Calvin Bailey um zwanzig Uhr Londoner Zeit, fünfzehn Uhr in Washington. Er saß in der Dechiffrierabteilung tief unter der US-Botschaft am Grosvenor Square; Bailey war in seinem Büro in Langley. Sie sprachen mit klarer Stimme, doch ihre Worte klangen ein bißchen blechern, weil alles, was sie sagten, zur sicheren Übertragung über den Atlantik verschlüsselt und am anderen Ende wieder entschlüsselt wurde.

»Ich war heute vormittag mit den Briten in Alconbury«, sagte Roth. »Ihr erstes Treffen mit Minstrel.«

»Wie ist es gelaufen?«

»Schlecht.«

»Nicht möglich. Undankbares Pack. Was ist schiefgelaufen?«

»Calvin, Sam McCready hat die Befragung geleitet. Er hat nichts gegen die Amerikaner, und er ist nicht blöd. Er glaubt, Minstrel ist ein Schwindler, ein eingeschleuster Agent.«

»So ein Schwachsinn. Haben Sie ihm gesagt, wie viele Tests Minstrel bestanden hat? Daß er nach unserer Überzeugung okay ist?«

»Ja, in allen Einzelheiten. Er bleibt bei seiner Meinung.«

»Hat er dafür stichhaltige Beweise?«

»Nein. Er sagt, es ist das Ergebnis der britischen Analyse von Minstrels Material.«

»Mein Gott, das ist doch verrückt. Schon in den ersten sechs Wochen hat Minstrel phantastisches Material geliefert. Was hat McCready daran auszusetzen?«

»Wir haben drei Gebiete behandelt. Über Minstrels militärisches Material hat er gesagt, die könnten das in Moskau alles ändern, vorausgesetzt sie wissen, was Minstrel uns sagt, und das wäre ja der Fall, wenn sie ihn uns geschickt hätten.«

»Quatsch. Weiter bitte.«

»Bei Afghanistan hat er sich zugeknöpft gegeben. Aber ich kenne Sam. Es war, als ob er was wüßte, was ich nicht weiß, es aber nicht sagen wollte. Ich hab ihm nur ein ›angenommen‹ entlocken können. Er hat angedeutet, die Briten seien der Meinung, daß Moskau sich schon bald aus Afghanistan zurückziehen wird, und dann wäre Minstrels gesamtes Material über Afghanistan nur noch fürs Archiv gut. Haben wir irgendeine Analyse, die in dieselbe Richtung weist?«

»Joe, wir haben keinerlei Hinweise darauf, daß die Rußkis sich aus Kabul zurückziehen wollen, weder in naher Zukunft noch überhaupt. Und was hat Mr. McCready noch auszusetzen?«

»Er sagt, die sowjetischen Agentennetze, die in Zentral- und Südamerika zerschlagen wurden, seien ›abgeschlafft und ausgelaugt‹ gewesen, und die Agenten seien alle im Land angeworben worden, es sei kein einziger gebürtiger Russe dabeigewesen.«

»Hören Sie zu, Joe, Minstrel hat ein Dutzend Spionagenetze auffliegen lassen, die Moskau in vier Ländern da unten hatte. Natürlich waren die Agenten vor Ort angeworben worden. Sie sind verhört worden, nicht gerade auf die sanfte Tour, zugegeben. Natürlich wurden sie alle von den sowjetischen Botschaften aus geführt. Ein Dutzend russischer Diplomaten wird gerade ausgewiesen. Minstrel hat die Arbeit des KGB von Jahren da unten zunichte gemacht. McCready ist auf dem falschen Dampfer.«

»Eins hat mir aber doch zu denken gegeben, Sir. Was sowjetische Agenten in Großbritannien angeht, hat Minstrel den Briten bis jetzt nur Decknamen geliefert. Nichts, womit sich auch nur ein einziger russischer Agent hier enttarnen ließe. Bis auf einen. Und der ist tot. Sie haben davon gehört?«

»Ja, sicher. Zu dumm. Ein unglücklicher Zufall.«

»Sam glaubt nicht an einen Zufall. Er meint, entweder wußte Minstrel, daß der Mord für einen bestimmten Tag geplant war, und hat den Mann erst identifiziert, als es für die Briten schon zu spät war, oder wir haben eine undichte Stelle.«

»Beides absoluter Blödsinn.«

»Er hält die erste Möglichkeit für wahrscheinlicher. Er glaubt, Minstrel arbeitet direkt für die Zentrale Moskau.«

»Hat Sam *Klugscheißer* McCready dafür irgendwelche Beweise?«

»Nein. Ich habe ihn ausdrücklich gefragt, ob er einen Mann in Moskau hat, der Minstrel beschuldigt hätte. Das hat er verneint. Er beruft sich nur auf die Analyse des Materials durch seine Leute.«

Eine Zeitlang herrschte Schweigen, als dächte Bailey angestrengt nach. Das tat er auch. Dann:

»Glauben Sie ihm das?«

»Offen gesagt, nein. Ich glaube, er hat gelogen. Ich habe den Verdacht, die haben einen, von dem wir nichts wissen.«

»Aber warum verheimlichen sie uns das?«

»Ich weiß es nicht, Calvin. Wenn sie tatsächlich einen Agenten haben, der Minstrel madig gemacht hat, streiten sie es jedenfalls ab.«

»Na gut, Joe, hören Sie zu. Richten Sie Sam McCready von mir aus, er soll entweder die Hosen runterlassen oder die Klappe halten. Wir haben mit Minstrel einen schönen Erfolg verbucht, und ich habe keine Lust, mir das durch Querschüsse aus dem Century House vermiesen zu lassen. Jedenfalls nicht ohne knallharte Beweise. Verstanden, Joe?«

»Laut und klar.«

»Noch was: Selbst wenn man ihnen gesteckt hat, daß Orlow nicht koscher ist, wäre das durchaus im Rahmen der Usancen der Zentrale Moskau. Moskau hat ihn verloren, wir haben ihn bekommen, die Briten haben das Nachsehen. Natürlich würde dann Moskau die Briten wissen lassen, daß unser Triumph hohl, der vermeintliche Überläufer nutzlos sei. Und die Briten würden drauf reinfallen, weil sie sauer wären, daß sie Minstrel nicht selbst bekommen haben. Wenn Sie mich fragen, ist der Tip, den die Briten bekommen haben, reine Desinformation. Wenn sie tatsächlich einen Mann haben, ist er derjenige, der lügt. Unser Mann sagt die Wahrheit.«

»Alles klar, Calvin. Kann ich das Sam sagen, falls die Rede nochmal darauf kommt?«

»Aber sicher. Das ist die offizielle Ansicht von Langley, und dazu stehen wir.«

Keiner der beiden Männer wollte inzwischen noch daran denken, daß ihrer beider berufliche Zukunft davon abhing, daß Orlow kein falsches Spiel trieb.

»Einen Pluspunkt hat Sam verbucht«, sagte Joe Roth. »Er hat Minstrel in die Mangel genommen – ich mußte zweimal mit ihm rausgehen und ihm ins Gewissen reden –, und es ist ihm tatsächlich gelungen, ihm noch einen Namen aus der Nase zu ziehen. Gennadi Remjanz.«

»Remjanz arbeitet für uns«, entgegnete Bailey. »Sein Material geht schon seit zwei Jahren über meinen Schreibtisch.«

Roth berichtete nun, daß nach Orlows Worten Remjanz in Wahrheit für Moskau arbeitete, und erwähnte McCreadys Vorschlag, zur Klärung dieser Frage Remjanz hochzunehmen und ihn zu knacken. Bailey schwieg. Schließlich sagte er:

»Vielleicht hat er recht. Wir überlegen es uns. Ich spreche mit dem DDO und dem FBI. Sollten wir uns zu diesem Vorgehen entschließen, lasse ich es Sie wissen. Halten Sie unterdessen McCready von Minstrel fern. Gönnen Sie beiden eine Pause.«

Joe Roth lud McCready für den nächsten Morgen zum Frühstück ein, zu sich in die Wohnung. McCready nahm an.

»Du brauchst dir keine Sorgen zu machen«, sagte Roth. »Ich weiß, es sind ein paar gute Hotels in der Nähe, und Uncle Sam könnte sich ein Frühstück für zwei gerade noch leisten, aber ich mache selber auch ein ganz nettes Frühstück. Wie wär's mit Orangensaft, Eiern, Waffeln und Kaffee?«

McCready lachte am anderen Ende.

»Für mich nur Orangensaft und Kaffee.«

Als er kam, stand Roth mit umgebundener Schürze in der Küche und demonstrierte stolz sein Talent für die Zubereitung von Eiern mit Speck. McCready wurde schwach und nahm auch etwas davon.

»Sam, ich wollte, du würdest deine Meinung über Minstrel revidieren«, sagte Roth beim Kaffee. »Ich hab gestern abend mit Langley telefoniert.«

»Calvin?«

»Mhm.«

»Und, wie hat er reagiert?«

»Er ist betrübt über deine Einstellung.«

»Betrübt, meine Fresse«, sagte McCready. »Ich wette, der hat mich mit ein paar hübsch altmodischen angelsächsischen Kraftausdrücken bedacht.«

»Na ja, zugegeben. Er ist ziemlich vergrätzt. Wo wir uns doch mit Minstrel so großzügig gezeigt haben. Ich soll dir was ausrichten. In Langley glaubt man folgendes: Wir haben Minstrel, Moskau ist stinksauer. Sie versuchen, Minstrel zu diskreditieren, indem sie London stecken, daß Minstrel in Wirklichkeit von Moskau eingeschleust ist. Das ist die amtliche Version in Langley. Tut mir leid, Sam, aber in diesem Fall liegst du schief. Orlow sagt die Wahrheit.«

»Joe, wir sind nicht so unbedarft, wie wir aussehen. Glaubst du wirklich, wir würden auf einen so plumpen Trick hereinfallen? *Wenn* wir über Informationen verfügten, deren Quelle wir geheimhalten müßten, was nicht der Fall ist, dann müßten das Informationen sein, die wir bekommen hätten, bevor Orlow übergelaufen ist.«

Roth setzte seine Kaffeetasse ab und starrte McCready mit offenem Mund an. Er hatte sich durch die geschraubte Sprache nicht einen Moment bluffen lassen.

»Mein Gott, Sam, ihr habt also wirklich jemanden in Moskau sitzen? Jetzt rede doch endlich, um Gottes willen.«

»Unmöglich«, sagte Sam. »Und außerdem haben wir niemanden. Keinen Mann in Moskau, von dem ihr nichts wißt.«

Das war genaugenommen nicht einmal gelogen. Keepsake saß nicht in Moskau.

»Dann tut's mir leid, Sam, aber Orlow bleibt. Er ist gut. Wir glauben, daß euer Mann lügt – der, den es gar nicht gibt. Nicht uns wird übel mitgespielt, sondern euch. Orlow hat schließlich drei Lügendetektor-Tests bestanden. Das ist Beweis genug.«

Statt einer Antwort zog McCready einen Zettel aus der Brusttasche und schob ihn Roth hin. Der Text lautete:

»Wir stellten fest, daß es Osteuropäer gab, die dem Lügendetektor jederzeit widerstehen konnten. Uns Amerikanern gelingt dies nur selten, weil wir dazu erzogen wurden, die Wahrheit zu sagen, so daß es leicht festzustellen ist, wenn wir lügen. Nach unseren Erfahrungen können dagegen viele Europäer ... lügen, ohne mit der Wimper zu zucken und ohne daß das Gerät irgendwelche Veränderungen registriert ... In jenem Teil der Welt gibt es einzelne Personen, die über bestimmte Dinge ihr Leben lang die Unwahrheit gesagt haben und deshalb zu so gewandten Lügnern wurden, daß sie einen Test mit dem Lügendetektor jederzeit bestehen, auch wenn sie lügen.«

Roth schnaubte verächtlich und schob den Zettel über den Tisch zurück.

»Das kann nur irgend so ein beknackter Wissenschaftler geschrieben haben, der nie in Langley war«, sagte er.

»Im Gegenteil«, sagte McCready fast mitleidig, »das hat kein anderer als Richard Helms gesagt, vor zwei Jahren.«

Richards Helms war ein legendärer Direktor des CIA gewesen. Roth machte ein betretenes Gesicht. McCready stand auf.

»Joe, die in Moskau wünschen sich von jeher sehnlich, daß die Briten und die Yankees sich eines Tages an die Gurgel gehen. Im Augenblick sind wir auf dem besten Weg dazu, und dabei ist Orlow erst seit achtundvierzig Stunden wieder im Land. Denk mal drüber nach.«

In Washington hatten der DCI und das FBI sich darauf geeinigt, die einzige Möglichkeit, Orlows Aussage über Remjanz zu überprüfen, bestehe darin, den Russen hochzunehmen. Die Aktion wurde an dem Tag geplant, an dem Roth und McCready gemeinsam frühstückten, und die Festnahme sollte noch am Abend desselben Tages stattfinden, sobald Remjanz das Aeroflot-Büro in der Washingtoner City verlassen hatte, voraussichtlich gegen siebzehn Uhr Ortszeit, also lange nach Einbruch der Dunkelheit in London.

Der Russe kam kurz nach fünf aus dem Gebäude, ging die Straße entlang und dann durch eine Fußgängerzone zu der Stelle, wo er sein Auto geparkt hatte.

Das Aeroflot-Büro war überwacht worden, aber Remjanz bemerkte nicht die sechs bewaffneten FBI-Agenten, die seine Verfolgung aufnahmen, als er die Fußgängerzone durchquerte. Die Agenten wollten den Russen beim Einsteigen in sein Auto verhaften. Es sollte eine schnelle, unauffällige Aktion werden. Niemand würde etwas bemerken.

In der Fußgängerzone gab es eine kleine Grünanlage mit zertrampelten, mit Abfall übersäten Rasenflächen und ein paar Bänken, die eigentlich für ehrsame Bürger Washingtons gedacht waren, die sich ein Weilchen in die Sonne setzen oder ihr Mittagsbrot verzehren wollten. Die Stadtväter hatten nicht wissen können, daß der kleine Park zu einem Treffpunkt für Dealer und ihre Kunden verkommen würde. Als Remjanz auf dem Weg zum Parkplatz die Grünanlage durchquerte, saßen auf einer der Bänke ein Schwarzer und ein Hispano-Amerikaner, die gerade einen Deal aushandelten. Beide Dealer hatten Begleitschutz.

Die Schießerei begann, als der Hispano-Amerikaner einen Wutschrei ausstieß, aufsprang und das Messer zog. Einer der Leibwächter des Schwarzen zog eine Pistole und schoß ihn nieder. Mindestens acht weitere Mitglieder der beiden Banden zogen daraufhin ihre Waffen und feuerten auf ihre Gegner. Die wenigen unbeteiligten Zivilisten rannten schreiend davon. Die FBI-Agenten, die im ersten Moment völlig überrascht waren, entsannen sie ihres Quantico-Trainings, ließen sich auf den Boden fallen, rollten zur Seite und zogen ihre Waffen.

Remjanz wurde von einer einzigen Kugel am Hinterkopf getroffen und schlug hin. Sein Mörder wurde sofort von einem FBI-Agenten erledigt. Die zwei Banden, die Schwarzen und die Kubaner, stoben in verschiedenen Richtungen auseinander. Die ganze Schießerei dauerte sieben Sekunden und forderte zwei Todesopfer, einen Kubaner und den Russen, der in die Schußlinie geraten war.

Die Amerikaner verlassen sich gern auf die Technik und werden deshalb manchmal kritisiert. Niemand kann jedoch abstreiten, daß die Resultate oft ansehnlich sind, wenn die Technik auf Hochtouren läuft.

Die zwei Toten wurden ins nächste Leichenschauhaus gebracht, wo das FBI die Arbeit aufnahm. Die von dem Kubaner benutzte Faustfeuerwaffe wurde im Labor untersucht, lieferte aber keine Anhaltspunkte. Es war eine tschechische Star, deren Herkunft sich nicht klären ließ, die aber wahrscheinlich aus Zentral- oder Südamerika importiert worden war. Aufschlußreicher waren die Fingerabdrücke des Kubaners. Er wurde als Gonzalo Appio identifiziert und war dem FBI kein Unbekannter. Überprüfungen per Computer brachten rasch zutage, daß er auch bei der Drogenbehörde und bei der für Miami zuständigen Polizeibehörde erfaßt war.

Er wurde als Drogenhändler und Profi-Killer geführt. In einem früheren Abschnitt seines jämmerlichen Lebens war er ein Marielito gewesen, einer von den Kubanern, die in die »Freiheit« entlassen worden waren, als Castro in seiner Großherzigkeit sämtliche in seinen Gefängnissen und Irrenanstalten einsitzenden Kriminellen, Psychopathen, Päderasten und sonstigen gescheiterten Existenzen vom Hafen Mariel aus nach Florida verschiffte und Amerika durch eine List dazu brachte, sie aufzunehmen.

Das einzige, was man Appio nie nachgewiesen hatte, obwohl das FBI einen entsprechenden Verdacht hegte, war, daß er in Wirklichkeit als Killer für die DGI gearbeitet habe, die vom KGB kontrollierte Geheimpolizei Kubas. Der Verdacht gründete sich auf die mutmaßliche Beteiligung Appios an der Ermordung zweier prominenter und erfolgreicher castrofeindlicher Rundfunkjournalisten in Miami.

Das FBI gab die Akte an Langley weiter, wo sie tiefe Besorgnis auslöste. Der DDO, Frank Wright, nahm über Baileys Kopf hinweg direkt Kontakt mit Roth in London auf.

»Wir müssen es unbedingt wissen, Joe. Sobald wie möglich. Wenn an den britischen Vorbehalten gegenüber Minstrel irgendwas dran ist, müssen wir das wissen. Ab jetzt ohne Bandagen, Joe. Lügendetektor, keine Rücksicht auf Verluste. Fahren Sie hin, Joe, und stellen Sie fest, warum immer wieder was schiefläuft.«

Bevor Roth nach Alconbury abfuhr, traf er sich noch einmal mit Sam McCready. Es war kein erfreuliches Gespräch. Er war verbittert und wütend.

»Sam, wenn du was *weißt*, wirklich etwas weißt, mußt du jetzt deine Karten auf den Tisch legen. Ich ziehe dich zur Rechenschaft, falls wir in der Sache einen bösen Fehler machen, weil du nicht aufrichtig zu uns bist. Wir haben euch ja auch alles gesagt. Also raus damit, was weißt du?«

McCready sah seinen Freund ausdruckslos an. Er hatte schon viel zu hoch gepokert, um noch irgend etwas preisgeben zu können, was er nicht preisgeben wollte. Er steckte in einem Dilemma. Privat hätte er Joe Roth gern über Keepsake aufgeklärt, ihm die stichhaltigen Beweise gegeben, die nötig gewesen wären, um seinen Glauben an Orlow zu erschüttern, aber Keepsake tanzte wirklich auf einem sehr straff gespannten Seil, und dieses Seil würde schon bald Strang für Strang von den Leuten der sowjetischen Spionageabwehr durchtrennt werden, wenn diese erst einmal überzeugt waren, daß sie irgendwo in Westeuropa eine undichte Stelle hatten, und sich richtig ins Zeug legten. Er konnte es einfach nicht riskieren, Keepsakes Existenz preiszugeben, geschweige denn seinen Rang und seine Position.

»Du hast ein Problem, Joe«, sagte er. »Aber mach mich nicht dafür verantwortlich. Ich bin so weit gegangen, wie ich konnte. Ich glaube, wir sind uns darin einig, daß die Sache mit Milton-Rice noch ein Zufall gewesen sein könnte. Aber zwei solche Zufälle kurz hintereinander?«

»Es könnte ja auch hier bei euch eine undichte Stelle sein«, sagte Roth, bereute es aber sofort.

»Unmöglich«, sagte McCready ruhig, »wir hätten Ort und Zeit der Verhaftung in Washington kennen müssen. Und das war nicht der Fall. Entweder hat Orlow die Fäden in der Hand, oder die undichte Stelle ist bei euch. Willst du wissen, was ich glaube? Es ist Orlow. Übrigens, wie viele Leute haben bei euch denn schon Zugang zu Orlows Material?«

»Sechzehn«, sagte Roth.

»Um Himmels willen. Warum nicht gleich ein Inserat in der *New York Times*?«

»Na ja, ich, zwei Assistenten, die Techniker an den Tonbandgeräten, Analytiker – es läppert sich. Das FBI war in die Geschichte mit Remjanz eingeweiht, hat aber von Milton-Rice nichts gewußt. Sechzehn Leute müssen in beiden Fällen Bescheid gewußt haben – rechtzeitig. Ich fürchte, wir haben ein schwarzes Schaf – wahrscheinlich ein untergeordneter Angestellter, ein Codierer, eine Sekretärin.«

»Und ich glaube, ihr habt einen falschen Überläufer.«

»Wie auch immer, ich kriege es raus.«

»Kann ich mitkommen?« fragte Sam.

»Tut mir leid, Kumpel, diesmal nicht. Das ist jetzt CIA-Angelegenheit. Intern. Bis dann, Sam.«

Oberst Pjotr Orlow merkte die Veränderung bei den Menschen in seiner Umgebung, kaum daß Roth wieder in Alconbury eingetroffen war. Binnen zehn Minuten hatte sich die heitere Vertraulichkeit verflüchtigt. Die CIA-Mitarbeiter in dem Gebäude taten auf einmal förmlich und abweisend. Orlow wartete geduldig.

Als Roth sich auf seinen Platz gegenüber Orlow im Befragungsraum setzte, rollten zwei Ordonnanzen ein Gerät in den Raum. Orlow musterte es kurz. Er kannte es schon. Der Lügendetektor. Er sah Roth an.

»Irgendwas faul, Joe?« fragte er leise.

»Ja, und wie.«

Mit ein paar knappen Sätzen berichtete Roth dem Russen von dem Fiasko in Washington. In Orlows Augen blitzte etwas auf. Angst? Schlechtes Gewissen? Das Gerät würde es feststellen.

Orlow erhob keine Einwände, als die Techniker die Elektroden an seiner Brust, seinen Handgelenken und seiner Stirn anbrachten. Roth bediente das Gerät nicht – dafür war ein Techniker da. Aber er wußte, welche Fragen er stellen wollte.

Der Lügendetektor ähnelt einem Gerät für Elektrokardiogramme, wie man sie aus Krankenhäusern kennt, und funktioniert auch ähnlich. Er zeichnet Herzfrequenz, Puls, Transpiration auf – Symptome also, die bei einer Person auftreten, die unter Druck die Unwahrheit sagt, und psychischer Druck ergibt sich allein schon aus der Testsituation.

Roth begann mit einfachen Fragen, die der Feststellung einer »Normalreaktion« dienten, und die feine Nadel des Zeichengeräts glitt in sanften Hebungen und Senkungen langsam über das unter ihr durchlaufende Papier. Dreimal war Orlow schon so getestet worden, und dreimal waren keine Symptome registriert worden, die auf eine Lüge hingedeutet hätten. Roth stellte ihm Fragen über seinen Werdegang, seine Jahre beim KGB, sein Überlaufen, die Informationen, die er bisher geliefert hatte. Dann ging er zu den härteren Fragen über.

»Sind Sie ein Doppelagent, der für den KGB arbeitet?«

»Nein.«

Die Nadel pendelte weiter langsam auf und ab.

»Sind die Informationen, die Sie uns bisher geliefert haben, wahr?«

»Ja.«

»Gibt es irgendeine letzte, wichtige Information, die Sie uns bisher vorenthalten haben?«

Orlow schwieg. Er umklammerte die Armlehnen des Sessels.

»Nein.«

Die Nadel schlug mehrmals heftig nach oben und unten aus, bevor sie wieder zur Ruhe kam. Roth sah den Techniker an, und der nickte bestätigend. Er stand auf, ging zum Lügendetektor hinüber, schaute auf das Papier und sagte dem Techniker, er solle abschalten.

»Tut mir leid, Peter, aber das war eine Lüge.«

Es wurde still im Raum. Fünf Menschen sahen den Russen an, der die Augen niedergeschlagen hatte. Schließlich schaute er auf.

»Joe, mein Freund, kann ich mit Ihnen sprechen? Alleine? Wirklich alleine? Ohne Mikrofone, nur Sie und ich?«

Es war gegen die Vorschrift, und es war ein Risiko. Roth überlegte. Warum? Wußte dieser rätselhafte Mann, den das Gerät zum ersten Mal bei einer Lüge ertappt hatte, etwas, was seiner Meinung nach nicht einmal die auf Herz und Nieren geprüften Mitarbeiter hören durften? Er nickte abrupt. Als sie allein und alle Geräte abgeschaltet waren, sagte er:

»Nun?«

Der Russe stieß einen langen Seufzer aus.

»Joe, haben Sie sich jemals gefragt, warum ich so und nicht anders übergelaufen bin? So Hals über Kopf? Daß Sie keine Möglichkeit hatten, sich mit Washington abzustimmen?«

»Natürlich. Ich habe Sie auch gefragt. Und ich war offen gesagt nie ganz mit ihren Erklärungen zufrieden. Warum sind Sie auf diese Art übergelaufen?«

»Weil ich nicht wie Wolkow enden wollte.«

Roth saß da, als hätte er einen Schlag in die Magengrube bekommen. Jeder in der »Branche« kannte den Fall Wolkow, der mit einem Desaster geendet hatte. Anfang September 1945 erschien Konstantin Wolkow, allem Anschein nach der sowjetische Vizekonsul in Istanbul, im britischen Generalkonsulat und erzählte einem fassungslosen Diplomaten, er sei in Wirklichkeit der Stellvertretende KGB-Chef in der Türkei und wolle überlaufen. Er erbot sich, 314 sowjetische Agenten in der Türkei und 250 in Großbritannien zu verraten. Seine sensationellste Behauptung war jedoch, daß zwei britische Diplomaten im Foreign Office sowie ein weiterer hoher Beamter im britischen Secret Intelligence Service für Rußland arbeiteten.

Die Nachricht wurde nach London übermittelt, während Wolkow in sein Konsulat zurückkehrte. In London wurde die Angelegenheit dem Leiter der Rußland-Abteilung übergeben. Dieser Agent gab die nötigen Anordnungen und flog nach Istanbul. Das letzte, was man von Wolkow sah, war eine Gestalt mit Verbänden am ganzen Körper, die hastig an Bord eines sowjetischen Transportflugzeugs geschafft und nach Moskau ausgeflogen wurde. Dort starb Wolkow, nachdem er in der Lubjanka fürchterlich gefoltert worden war. Der britische Leiter der Rußland-Abteilung kam zu spät. Kein Wunder, denn er hatte von London aus Moskau informiert. Sein Name war Kim Philby. Er war eben jener sowjetische Spion, der durch Wolkows Aussage enttarnt worden wäre.

»Was wollen Sie damit sagen, Peter?«

»Ich mußte so rüberkommen, weil ich wußte, daß ich Ihnen trauen konnte. Sie waren nicht hoch genug.«

»Nicht hoch genug wofür?«

»Nicht hoch genug, um er zu sein.«

»Ich kann Ihnen nicht folgen, Peter«, sagte Roth, obwohl er ihn recht gut verstand.

Der Russe sprach langsam und deutlich, als befreite er sich von einer Last, die ihm schon lange auf der Seele lag.

»Seit siebzehn Jahren hat der KGB einen Mann innerhalb der CIA. Ich glaube, er ist inzwischen sehr hoch gestiegen.«

4

Joe Roth lag in seinem Zimmer in dem abseits stehenden Gebäude auf dem Luftwaffenstützpunkt Alconbury auf dem Bett und überlegte, was er tun sollte. Eine Aufgabe, die ihm sechs Wochen zuvor faszinierend erschienen war und ihn in seiner Laufbahn einen Riesenschritt weiterzubringen versprach, hatte sich soeben in einen Alptraum verwandelt.

Vierzig Jahre lang, seit ihrer Gründung im Jahre 1948, war die CIA vor allem von einem Gedanken besessen: sich vor der Unterwanderung durch einen sowjetischen »Maulwurf« zu schützen. Zu diesem Zweck waren Milliarden von Dollar für die Spionageabwehr ausgegeben worden. Sämtliche Mitarbeiter waren auf Herz und Nieren geprüft, Lügendetektortests unterzogen, befragt und immer wieder überprüft worden.

Und es hatte sich ausgezahlt. Während die Briten Anfang der 50er Jahre von Verrätern wie Philby, Burgess und Maclean in Atem gehalten wurden, war die »Company« sauber geblieben. Während der ausgestoßene britische SIS-Mann sich mühsam in Beirut über Wasser gehalten und die Affäre weitergeschwelt hatte, bis er dann

1963 endgültig nach Moskau ging, war die CIA von derlei Heimsuchungen verschont geblieben.

Als Anfang der 60er Jahre Frankreich von der Georges-Pacques-Affäre erschüttert wurde und England mit George Blake abermals einen Skandal verkraften mußte, konnte sich die CIA vor jeder Unterwanderung schützen. In all diesen Jahren war der mit der Spionageabwehr befaßte Zweig des Geheimdienstes, das Office of Security, von einem bemerkenswerten Mann geleitet worden, James Jesus Angleton, einem einsamen, mißtrauischen Monomanen, der nur ein Ziel im Leben hatte: die CIA vor sowjetischer Infiltration zu bewahren.

Angleton wurde schließlich ein Opfer seines angeborenen Mißtrauens. Er begann zu glauben, es gebe in der CIA trotz all seiner Anstrengungen doch einen russischen Maulwurf. Allen Tests und Sicherheitsüberprüfungen zum Trotz gelangte er zu der Überzeugung, irgendwie habe sich ein Verräter einschleichen können. Die Logik dahinter lautete offenbar: Wir haben zwar keinen Maulwurf, aber wir müßten eigentlich einen haben. Es muß also einer da sein; es ist einer da. Die Jagd nach dem imaginären »Sascha« nahm immer mehr Zeit und Mühe in Anspruch. Der paranoide russische Überläufer Golizyn, der den KGB für alles Schlechte auf der Erde verantwortlich machte, stimmte ihm zu.

Das war Wasser auf Angletons Mühlen. Die Jagd auf Sascha wurde intensiviert. Irgendwie kam das Gerücht auf, der Anfangsbuchstabe seines Namens sei ein K. Dementsprechend wurden Mitarbeiter, deren Name mit K begann, rigorosen Nachforschungen ausgesetzt. Einer quittierte angewidert den Dienst; andere wurden entlassen, weil sie ihre Unschuld nicht beweisen konnten – ein möglicherweise kluges Vorgehen, das sich jedoch verheerend auf die Moral auswirkte. Volle zehn Jahre noch, von 1964 bis 1974, ging die Jagd weiter. Dann endlich hatte Direktor William Colby genug davon. Mit sanfter Gewalt überredete er Angleton, in Pension zu gehen.

Das Office of Security kam unter andere Leitung. Es hatte zwar nach wie vor die Aufgabe, die CIA vor sowjetischer Unterwanderung zu schützen, arbeitete aber von nun an mit leiseren, weniger aggressiven Mitteln.

Ironischerweise hatten die Briten, nachdem sie sich ihrer ideologischen Verräter der älteren Generation entledigt hatten, nicht mehr unter Spionage-Skandalen innerhalb ihrer Geheimdienste zu leiden.

Dann schien das Pendel sogar nach der anderen Seite auszuschlagen. Amerika, das seit Ende der 40er Jahre so erstaunlich wenig Ärger mit Verrätern gehabt hatte, bekam es nun plötzlich gleich mit mehreren zu tun, bei denen es sich nicht um Ideologen, sondern um Kreaturen handelte, die bereit waren, ihr Land für Geld zu verraten. Boyce, Lee, Harper, Walker und schließlich Howard, der Mitarbeiter des CIA gewesen war und amerikanische Agenten verraten hatte, die als Einheimische in Rußland tätig waren. Howard, der von Urtschenko vor dessen bizarrem Umkippen verraten worden war, hatte sich seiner Verhaftung entziehen und nach Moskau entwischen können. Die beiden erst rund ein Jahr zurückliegenden Affären, Howards Verrat und Urtschenkos Rückkehr, waren für die CIA äußerst peinlich gewesen.

Doch all dies war nichts im Vergleich zu den möglichen Konsequenzen von Orlows Behauptung. Wenn sie stimmte, konnte allein die dadurch ausgelöste Hexenjagd die Company in eine schwere Krise stürzen. Wenn sie stimmte, würde die Schadensermittlung Jahre dauern und die Umstellung von Tausenden von Agenten, Codes und Agentennetzen ein Jahrzehnt dauern und Millionen verschlingen. Der Ruf der CIA wäre auf Jahre hinaus schwer angeschlagen.

Die Frage, mit der sich Roth herumschlug, während er sich in dieser Nacht auf dem Bett wälzte, war: An wen, zum Henker, kann ich mich wenden? Kurz vor Tagesanbruch rang er sich zu einem Entschluß durch, stand auf, zog sich an und packte eine Reisetasche. Bevor er ging, schaute er noch bei Orlow herein, der fest schlief, und sagte zu Kroll:

»Passen Sie auf ihn auf. Keiner darf zu ihm hinein. Keiner darf raus. Dieser Mann ist jetzt unermeßlich wertvoll geworden.«

Kroll verstand zwar nicht, was er meinte, nickte aber. Er war es gewöhnt, Befehle auszuführen, ohne Fragen zu stellen.

Roth fuhr nach London, mied die Botschaft, ging in seine Wohnung und steckte sich einen Paß auf einen falschen Namen ein. Er buchte einen der letzten Plätze für den Flug einer privaten britischen Fluggesellschaft nach Boston und erreichte auf dem Logan Airport einen Anschlußflug nach Washington National. Trotz der Zeitersparnis von fünf Stunden wurde es schon dunkel, als er mit seinem Mietwagen Georgetown erreichte, das Auto parkte und zu Fuß die K Street stadtauswärts bis ans Ende ging, in unmittelbare Nähe des Geländes der Georgetown University.

Das Haus, zu dem er wollte, war ein schönes Backsteingebäude, das sich von den Nachbarhäusern nur durch umfangreiche Sicherheitsvorrichtungen unterschied, die die Straße und alle Zugangswege zum Haus kontrollierten. Er wurde angehalten, als er über die Straße zum Haupteingang ging, und zückte seinen CIA-Ausweis. An der Tür bat er um eine Unterredung mit dem Mann, dem sein Besuch galt, erfuhr, er sei beim Abendessen, und bat darum, angemeldet zu werden. Minuten später wurde er eingelassen und in eine holzgetäfelte Bibliothek geführt, in der es nach in Leder gebundenen Büchern und ganz leicht nach Zigarrenrauch roch. Er setzte sich und wartete. Dann ging die Tür auf, und der Direktor der CIA trat ein.

Obwohl er normalerweise keine jungen und untergeordneten CIA-Mitarbeiter in seinem Privathaus empfing, es sei denn, er hatte sie bestellt, setzte er sich in einen Ledersessel, bot Roth den Sessel gegenüber an und fragte ruhig nach dem Zweck seines Besuchs. Roth sagte es ihm, mit Bedacht seine Worte wählend.

Der DCI war über siebzig, ein ungewöhnlich hohes Alter für diese Position, aber er war auch ein ungewöhnlicher Mann. Er hatte im Zweiten Weltkrieg beim OSS gedient und Agenten ins von den Nazis besetzte Frankreich und in die Niederlande eingeschleust. Nach der Auflösung des OSS nach Kriegsende hatte er sich ins Privatleben zurückgezogen, die kleine Fabrik seines Vaters übernommen und sie zu einem riesigen Konzern ausgebaut. Als die CIA als Nachfolgeorganisation des OSS gegründet worden war, hatte ihm deren erster Direktor, Allen Dulles, eine Position in dem Geheimdienst angeboten, aber er hatte abgewinkt.

Jahre später war ihm, einem wohlhabenden Mann und einflußreichen Förderer der Republikanischen Partei, ein aufsteigender Ex-Filmschauspieler aufgefallen, der für das Amt des Gouverneurs von Kalifornien kandidierte, und er hatte sich mit ihm angefreundet. Als Ronald Reagan ins Weiße Haus einzog, hatte er seinen Freund und Vertrauten gebeten, die Leitung der CIA zu übernehmen. Der DCI war katholisch, seit langem verwitwet, in moralischen Dingen strenger Puritaner und auf den Gängen der CIA-Zentrale in Langley als »zäher alter Hund« bekannt. Er belohnte Talent und Intelligenz, stellte jedoch Loyalität über alles. Er hatte erleben müssen, wie gute Freunde von ihm in die Folterkammern der Gestapo kamen, weil sie verraten worden waren, und Verrat war das eine Vergehen, das er unter keinen Umständen duldete. Für Verräter hatte er nur abgrundtiefe Verachtung übrig. Solche Kreaturen verdienten nach seiner Überzeugung keine Gnade.

Er hörte sich Roths Bericht aufmerksam an und blickte dabei in den Kamin, dessen Gasfeuer an diesem warmen Abend nicht brannte. Er ließ sich nicht anmerken, was er fühlte, abgesehen von einer leichten Verhärtung der Kiefernmuskeln unter seiner erschlafften Haut.

»Sie sind geradewegs hierher gekommen?« fragte er, als Roth geendet hatte. »Haben mit niemand anderem gesprochen?«

Roth schilderte, wie er gekommen war, wie ein Dieb in der Nacht in sein eigenes Land, auf Umwegen und mit falschem Paß. Der alte Mann nickte; er hatte sich einmal auf ähnliche Weise in Hitlers Europa geschlichen. Er erhob sich und ging zu einem antiken Tischchen, um sich aus einer Karaffe ein Glas Brandy einzugießen. Unterwegs klopfte er Roth aufmunternd auf die Schulter.

»Gut gemacht, mein Junge«, sagte er. Er bot Roth ebenfalls einen Brandy ab, doch der lehnte ab. »Siebzehn Jahre, sagen Sie?«

»Laut Orlow. Alle meine Vorgesetzten, bis hinauf zu Frank Wright, sind schon so lange bei der CIA. Ich wußte einfach nicht, an wen ich mich sonst wenden sollte.«

»Nein, natürlich nicht.«

Der DCI ließ sich wieder in seinem Sessel nieder und hing seinen Gedanken nach. Roth störte ihn nicht. Schließlich sagte der alte Mann:

»Das muß das Office of Security machen. Aber nicht der Chef. Er ist zweifellos absolut loyal, aber er ist schon fünfundzwanzig Jahre dabei. Ich werde ihn in Urlaub schicken. Aber er hat einen hochintelligenten jungen Mann als Stellvertreter. Ehemaliger Anwalt. Ich glaube nicht, daß der schon länger als fünfzehn Jahre bei uns ist.«

Der DCI ließ einen Assistenten kommen und trug ihm mehrere Anrufe auf. Es bestätigte sich, daß der stellvertretende Leiter des OS einundvierzig war und vor fünfzehn Jahren nach Abschluß seines Jura-Studiums bei der CIA angefangen hatte. Er wurde aus seinem Haus in Alexandria herbeizitiert. Sein Name war Max Kellogg.

»Der kann von Glück sagen, daß er nie unter Angleton gearbeitet hat«, meinte der DCI. »Sein Name beginnt mit K.«

Max Kellogg traf kurz nach Mitternacht ein, sichtlich aufgeregt und besorgt. Er hatte gerade zu Bett gehen wollen, als der Anruf kam, und war erschrocken, als er hörte, daß der DCI persönlich dran war.

»Sagen Sie's ihm«, sagte der DCI. Roth wiederholte seinen Bericht. Der jüdische Jurist hörte sich alles an, ohne mit der Wimper zu zucken, ließ sich nichts entgehen, stellte zwei ergänzende Fragen, machte sich keine Notizen. Schließlich fragte er den DCI:

»Warum ich, Sir? Harry ist doch auch da.«

»Sie sind erst fünfzehn Jahre bei uns«, sagte der DCI.

»Ach so.«

»Ich habe entschieden, daß Orlow – Minstrel, oder wie immer wir ihn nennen – vorerst in Alconbury bleibt«, sagte der DCI. »Er ist dort wahrscheinlich genauso sicher wie hier, eher noch sicherer. Halten Sie die Briten hin, Joe. Sagen Sie ihnen, Minstrel habe gerade neue Informationen geliefert, die nur für uns interessant sind, und sagen Sie ihnen, daß sie ihn weiter ausquetschen können, sobald wir mit der neuen Sache klar sind.

Sie fliegen morgen früh« – er sah auf die Uhr – »heute früh mit einer Sondermaschine direkt nach Alconbury. Sie haben völlig freie Hand. Also keine Rücksichten. Es steht zuviel auf dem Spiel. Orlow wird das verstehen. Nehmen Sie ihn auseinander. Ich will alles wissen, vor allem aber möglichst bald zwei Dinge: Stimmt es, und, falls ja, wer ist es?

Von jetzt an arbeiten Sie beide für mich, nur für mich. Berichten Sie direkt. Keine Mittelsmänner. Keine Fragen. Verweisen Sie alle an mich. Ich kümmere mich hier um alles.«

Kampfgeist leuchtete wieder in den Augen des alten Mannes.

Roth und Kellogg versuchten, in der Grumman von Andrews Field nach Alconbury ein bißchen zu schlafen. Sie waren zerknittert und müde, als sie ankamen. Von Westen nach Osten ist die Atlantik-Überquerung immer am schlimmsten. Zum Glück mieden beide den Alkohol und tranken nur Wasser. Sie machten sich nur notdürftig zurecht und gingen dann gleich in Oberst Orlows Zimmer. Beim Eintreten hörte Roth die vertraute Stimme Art Garfunkels vom Kassettenrecorder.

»*Hello darkness, my old friend, I've come to talk with you again*...«

Wie passend, dachte Roth grimmig, wir sind gekommen, wieder mit dir zu reden. Aber *Sounds of Silence* wird es diesmal nicht geben.

Doch Orlow war durchaus entgegenkommend. Er hatte sich offenbar damit abgefunden, daß er jetzt das letzte Stück seiner kostbaren »Sicherheit« aus der Hand gegeben hatte. Der Brautpreis war voll einbezahlt worden. Blieb nur noch die Frage, ob sich die Freier damit zufriedengeben würden.

»Seinen Namen habe ich nie erfahren«, sagte er im Befragungsraum. Kellogg hatte sich dafür entschieden, die Mikrofone und Bandgeräte abzuschalten. Er hatte ein eigenes tragbares Bandgerät dabei und machte sich zusätzlich handschriftliche Notizen. Es sollte kein weiteres Band bespielt werden, kein weiterer CIA-Mitarbeiter anwesend sein. Die Techniker hatte er fortgeschickt. Kroll und noch zwei Männer bewachten den Gang vor der jetzt schalldichten Tür. Die letzte Aufgabe der Techniker war es gewesen, den Raum auf »Wanzen« zu untersuchen und ihn dann für »sauber« zu erklären. Sie waren sichtlich verwundert über das neue Regiment.

»Das schwöre ich. Er wurde immer nur als ›Agent Sperber‹ bezeichnet und von General Drosdow persönlich geführt.«

»Wo und wann wurde er angeworben?«

»Ich glaube in Vietnam, 68 oder 69.«

»Sie glauben?«

»Nein, ich weiß, daß es in Vietnam war. Ich war damals bei der Operationsplanung, und wir hatten dort unten eine große Operation laufen, hauptsächlich in und um Saigon. Die im Land angeworbenen Agenten waren natürlich Vietnamesen, Vietcong; aber wir hatten auch eigene Leute. Einer von ihnen berichtete einmal, die Vietcong hätten ihm einen Amerikaner gebracht, der unzufrieden sei. Unser örtlicher Resident nahm sich des Mannes an und drehte ihn um. Ende 1969 flog General Drosdow persönlich nach Tokio, um mit dem Amerikaner zu sprechen. Bei der Gelegenheit bekam er den Decknamen Sperber.«

»Woher wissen Sie das?«

»Es mußten Arrangements getroffen, Kommunikationswege aufgebaut, Gelder transferiert werden. Dafür war ich zuständig.«

Sie sprachen eine Woche lang. Orlow erinnerte sich an Banken, bei denen im Laufe der Jahre die Beträge eingezahlt worden waren, und wußte oft noch, in welchem Monat (wenn auch nicht an welchem Tag) die Überweisungen stattgefunden hatten. Die Beträge waren im Lauf der Jahre immer höher geworden, wahrscheinlich weil der Agent befördert worden war und besseres Material geliefert hatte.

»Als ich ins Illegalendirektorat versetzt wurde und Drosdow direkt unterstellt war, war ich weiterhin mit dem Fall Sperber befaßt. Mit den Banküberweisungen hatte ich jetzt aber nichts mehr zu tun. Ich kümmerte mich mehr um bestimmte Operationen. Wenn Sperber uns einen gegen uns arbeitenden Agenten lieferte, informierte ich die zuständige Abteilung, meist die Exekutiv-Abteilung, und deren Leute haben dann den Feind liquidiert, wenn er außerhalb unseres Territoriums war, oder ihn hochgenommen. Auf diese Weise haben wir vier gegen Castro arbeitende kubanische Agenten geschnappt.«

Max Kellogg notierte sich alles und hörte nachts immer noch einmal die Bänder ab. Schließlich sagte er zu Roth:

»Es kann nur eine CIA-Laufbahn geben, auf die alle diese Behauptungen zutreffen. Ich weiß nicht, wer es ist, aber die Unterlagen werden es erweisen. Jetzt müssen jede Menge Gegenproben gemacht werden. Das wird Stunden und Tage dauern. Ich kann das nur in Washington machen, im Zentralarchiv. Ich muß zurück.«

Er flog am nächsten Tag hinüber, verbrachte fünf Stunden mit dem DCI in dessen Haus in Georgetown und schloß sich dann mit den Unterlagen ein. Er hatte alle Vollmachten, auf persönliche Anweisung des DCI. Keiner wagte es, Kellogg irgend etwas zu verweigern. Trotz der strikten Geheimhaltung begann man in Langley zu munkeln. Irgend etwas war im Busch. Eine Haupt- und Staatsaktion war im Gange, und sie hatte etwas mit der inneren Sicherheit zu tun. Allgemeine Verunsicherung machte sich breit. Solche Dinge können nie völlig geheimgehalten werden.

In Golders Hill am Nordrand von London gibt es einen kleinen Park, nicht weit von der viel größeren Hampstead Heath, in dem eine Menagerie von Hirschen, Ziegen, Enten und anderem Wildgeflügel gehalten wird. McCready traf sich dort mit Keepsake an dem Tag, an dem Max Kellogg nach Washington zurückflog.

»Die Dinge stehen nicht gut in der Botschaft« sagte Keepsake. »Der K-Linien-Mann hat, auf Anweisung aus Moskau, Akten über Ereignisse angefordert, die Jahre zurückliegen. Ich habe den Eindruck, daß eine Sicherheitsüberprüfung, wahrscheinlich in all unseren westeuropäischen Botschaften, eingeleitet wurde. Früher oder später wird man sich auf die Londoner Botschaft einschießen.«

»Können wir irgendwie helfen?«

»Möglicherweise.«

»Machen Sie einen Vorschlag«, sagte McCready.

»Es könnte nicht schaden, wenn ich Moskau irgend etwas wirklich Brauchbares anzubieten hätte, beispielsweise eine echte Neuigkeit über Orlow.«

Wenn ein Überläufer vor Ort die Seite gewechselt hat, wäre es verdächtig, wenn er Jahr für Jahr niemals irgendwelche handfesten Informationen lieferte. Es ist deshalb wichtig, daß seine neuen Herren ihm ab und zu echtes Material überlassen, das er dann nach Hause schicken kann, um zu beweisen, was für ein guter Mann er ist.

Keepsake hatte McCready bereits alle echten sowjetischen Agenten in Großbritannien verraten, die er kannte, und das waren die meisten. Die Briten hatten sie natürlich nicht alle hochgenommen – damit hätten sie sich verraten. Vielmehr hatte man manchen den Zugang zu vertraulichem Material verwehrt, nicht in auffälliger Weise, sondern ganz allmählich im Rahmen »organisatorischer Umstellungen«. Andere waren befördert worden, aber so, daß sie in ihrer neuen Position nicht mehr mit geheimem Material befaßt waren. Wieder andere bekamen seit ihrer Enttarnung nur noch »frisiertes« Material, das ihrem Auftraggeber mehr Schaden als Nutzen brachte.

Keepsake hatte sogar ein paar neue Agenten »anwerben« dürfen, um Moskau seinen Wert zu beweisen. Einer von ihnen war ein einfacher Angestellter im Zentralarchiv des SIS, ein Mann, der seinem Land treu ergeben war, aber Informationen an die Russen weitergab, wenn ihm das befohlen wurde. Moskau war von der Anwerbung des Agenten Vielfraß sehr angetan gewesen. Man vereinbarte, daß Vielfraß zwei Tage später Keepsake die Kopie einer Aktennotiz in Denis Gaunts Handschrift übergeben sollte, des Inhalts, daß Orlow jetzt in Alconbury versteckt gehalten werde und die Amerikaner inzwischen jedes seiner Worte für bare Münze nähmen – und die Briten nicht minder.

»Wie läuft's denn mit Orlow?« erkundigte sich Keepsake.

»Wir hören und sehen nichts mehr«, sagte McCready. »Ich durfte mich einen halben Tag lang mit ihm unterhalten, aber das hat zu nichts geführt. Ich glaube, ich habe Joe Roth ein bißchen verunsichert, dort und auch in London. Er ist nach Alconbury zurückgefahren, hat erneut mit Orlow gesprochen und ist dann Hals über Kopf mit einem falschen Paß in die Staaten geflogen. Dachte, wir hätten nichts davon gemerkt. Ist noch nicht wieder aufgetaucht, jedenfalls nicht über einen normalen Flughafen. Kann sein, daß er mit einer Militärmaschine direkt nach Alconbury geflogen ist.«

Keepsake hörte auf, den Enten Brotkrumen hinzuwerfen, und wandte sich McCready zu.

»Haben die inzwischen mit Ihnen gesprochen, Sie zu weiteren Gesprächen mit Orlow eingeladen?«

»Nein. Totale Funkstille, seit einer Woche.«

»Dann hat er inzwischen die *Große Lüge* losgelassen, die, wegen der er herübergekommen ist. Deswegen ist die CIA so mit sich selber beschäftigt.«

»Irgendeine Ahnung, was das sein könnte?«

Keepsake seufzte.

»Wenn ich General Drosdow wäre, würde ich wie ein KGB-Mann denken. Es gibt zwei Dinge, nach denen sich der KGB schon immer die Lippen geleckt hat. Das eine ist ein Kampf bis aufs Messer zwischen dem CIA und dem SIS. Haben die Sie schon angefeindet?«

»Nein, sie sind ausgesucht höflich. Nur nicht gerade mitteilsam.«

»Dann ist es das andere. Der andere Traum ist es, die CIA von innen heraus zu zerstören, die Moral zunichte zu machen. Kollegen gegen Kollegen aufzuhetzen. Orlow wird irgend jemanden als KGB-Agenten innerhalb der CIA denunzieren. Man wird die Beschuldigung ernst nehmen. Ich habe Sie gewarnt; *Potemkin* ist eine von langer Hand vorbereitete Operation.«

»Wie erfahren wir, um wen es sich handelt, wenn sie es uns nicht sagen?«

Keepsake stand auf und ging zu seinem Auto. Er drehte sich um und rief über seine Schulter:

»Achten Sie auf den Mann, dem die CIA plötzlich die kalte Schulter zeigt. Der wird es sein, und er wird unschuldig sein.«

Edwards war entsetzt.

»Moskau wissen lassen, daß Orlow jetzt in Alconbury sitzt? Wenn Langley da dahinterkommt, gibt es Krieg. Wozu in aller Welt soll das gut sein?«

»Ein Test. Ich glaube an Keepsake. Er ist mein Freund. Ich vertraue ihm. Also glaube ich, daß Orlow kein echter Überläufer ist. Wenn Moskau nicht reagiert, nichts unternimmt, um Orlow auszuschalten, wäre das der Beweis. Das würden sogar die Amerikaner glauben. Sie wären natürlich gekränkt, aber sie könnten sich der Logik nicht entziehen.«

»Und was, wenn der unwahrscheinliche Fall eintritt und sie Orlow doch liquidieren? Werden Sie es dann Calvin Bailey sagen?«

»Sie werden es nicht tun«, sagte McCready, »so sicher wie zwei und zwei vier ist.«

»Ach übrigens, er kommt rüber. Auf Urlaub.«

»Wer?«

»Calvin. Mit Frau und Tochter. Auf Ihrem Schreibtisch liegt eine Akte. Ich bin dafür, daß die Firma ihm eine gewisse Gastfreundschaft erweist. Das eine oder andere Abendessen mit Leuten, die er gern kennenlernen würde. Er hat Großbritannien im Laufe der Jahre manchen guten Dienst erwiesen. Das sind wir ihm schuldig.«

Mürrisch stiefelte McCready in sein Büro hinunter und sah die Akte durch. Denis Gaunt saß ihm gegenüber.

»Er ist ein Opernfan«, las McCready aus der Akte vor. »Es müßte doch möglich sein, ihm Karten für Covent Garden zu besorgen, Glyndebourne, so was in der Richtung.«

»Mann, ich werde wohl nie nach Glyndebourne kommen«, sagte Gaunt voller Neid. »Die haben eine Warteliste für die nächsten sieben Jahre.«

Der prachtvolle Landsitz im Herzen der Grafschaft Sussex liegt inmitten sanft gewellter Rasenflächen und birgt eines der schönsten Opernhäuser Englands. Glyndebourne ist mit seinen alljährlich im Sommer stattfindenden Festspielen ein Mekka für Opernfreunde aus aller Welt.

»Mögen Sie Opern?« fragte McCready.

»Sicher.«

»Gut. Dann können Sie Calvin und Mrs. Bailey bemuttern, so lange sie hier sind. Besorgen Sie Karten für Covent Garden und Glyndebourne. Unter Timothys Namen. Machen Sie sich wichtig. Trumpfen Sie richtig auf. Ein paar Vergünstigungen muß dieser lausige Job doch auch bringen, obwohl ich verdammt noch mal nicht wüßte, wann ich selber mal eine bekommen hätte.«

Er stand auf, um mittagessen zu gehen. Gaunt schnappte sich die Akte.

»Wann kommt er?« fragte er.

»In einer Woche«, sagte McCready, schon unter der Tür. »Rufen Sie ihn an, sagen Sie ihm, was Sie für ihn arrangieren. Fragen Sie ihn nach seinen Lieblingsopern. Wenn wir das schon machen, dann richtig.«

Max Kellogg arbeitete und lebte zehn Tage im Zentralarchiv. Seiner Frau in Alexandria sagte man, er sei auf einer Dienstreise. Kellogg ließ sich Essen bringen, lebte aber hauptsächlich von Kaffee und zu vielen Zigaretten.

Die beiden Archivare standen ihm zur Verfügung. Sie wußten nichts über die Art seiner Recherchen, sondern brachten ihm nur die Akten, die er verlangte, eine nach der anderen. Fotos wurden aus Ordnern hervorgezogen, die seit Jahren niemand mehr angefordert hatte. Wie in allen Geheimdiensten wurde auch in der CIA nie etwas weggeworfen, mochte es auch noch so obskur oder überholt sein; man wußte nie, ob man nicht eines Tages gerade dieses winzige Detail, diese Zeitungsnotiz oder dieses Foto brauchen würde. Viele davon wurden jetzt gebraucht.

Als Kellogg ein paar Tage recherchiert hatte, wurden zwei Agenten nach Europa geschickt. Der eine fuhr nach Wien und Frankfurt, der andere nach Stockholm und Helsinki. Beide konnten sich als Fahnder der Drogenbehörde ausweisen und hatte einen persönlichen Brief des amerikanischen Finanzministers bei sich, in dem dieser die verschiedenen Banken um Mithilfe bat. Entsetzt über den Gedanken, man verdächtige sie, Drogengelder zu waschen, hielten Großbanken in den genannten Städten eilig eine Vorstandssitzung ab und gewährten dann den amerikanischen Fahndern Einsicht in ihre Bücher.

Den Kassierern wurde das Foto eines Mannes vorgelegt. Daten und Kontonummern wurden genannt; ein Kassierer konnte sich nicht erinnern, die anderen drei nickten. Die Agenten bekamen Fotokopien von Konten sowie Überweisungs- und Einzahlungsbelegen. Sie nahmen Proben einer Reihe verschiedener Unterschriften für die graphologische Analyse in Langley mit. Als sie alles beisammen hatten, was sie brauchten, kehrten sie nach Washington zurück und legten ihre Trophäen Max Kellogg auf den Schreibtisch.

Von ursprünglich über zwanzig CIA-Mitarbeitern, die in der fraglichen Zeit – und Kellogg hatte den zeitlichen Rahmen so erweitert, daß er auch noch zwei Jahre vor und nach den von Orlow genannten Daten einschloß – in Vietnam gedient hatten, konnte das erste Dutzend gleich im ersten Durchgang ausgesondert werden. Dann wurden nacheinander die restlichen Namen auf der Liste gestrichen.

Die Leute waren entweder nicht zur richtigen Zeit in der richtigen Stadt gewesen, hätten eine bestimmte Information nicht weitergeben können, weil sie sie nie besessen hatten, oder kamen für einen bestimmten Treff nicht in Frage, weil sie zu der Zeit am anderen Ende der Welt gewesen waren. Bis auf einen.

Noch bevor die von ihm ausgesandten Agenten aus Europa zurück waren, wußte Kellogg, daß er seinen Mann gefunden hatte. Die Aufzeichnungen der Banken dienten nur noch der Bestätigung. Als er fertig war, als er alles beisammen hatte, fuhr er wieder ins Privathaus des Direktors der CIA in Georgetown.

Drei Tage vorher flog Calvin Bailey mit Gattin und Tochter Clara von Washington nach London. Bailey liebte London, er war überhaupt ausgesprochen anglophil. Am meisten faszinierte ihn die englische Geschichte.

Er liebte es, die alten Schlösser und stattlichen Herrenhäuser zu besichtigen, die in längst vergangenen Zeiten errichtet worden waren, und in den kühlen Kreuzgängen und Arkaden alter Klöster und Stätten der Gelehrsamkeit zu wandeln. Er quartierte sich in einer Wohnung in Mayfair ein, die von der CIA als Gästewohnung für VIPs genutzt wurde, mietete sich ein Auto und fuhr nach Oxford; er mied die Autobahn, zuckelte statt dessen auf Umwegen über kleine Landstraßen und speiste zu Mittag in der ehrwürdigen Gaststätte *The Bull* in Bisham, deren Eichenbalken schon gesetzt wurden, bevor Königin Elisabeth I. das Licht der Welt erblickte.

Am Abend seines zweiten Tages in England kam Joe Roth auf einen Drink vorbei. Er lernte bei dieser Gelegenheit die bemerkenswert schlichte Mrs. Bailey und auch Tochter Clara kennen, ein einfältiges Mädchen von acht Jahren mit rötlich-braunen Hängezöpfen, einer Brille und vorstehenden Zähnen. Sein Vorgesetzter war keiner der Männer, die man mit Gutenachtgeschichten und Grillfesten im Garten in Verbindung bringt. Aber Calvin schien ihm nicht ganz so frostig wie sonst, obwohl er nicht zu sagen gewußt hätte, ob das an der Aussicht auf Beförderung lag oder an der Freude über einen ausgiebigen Urlaub, in dem Bailey seinem Hang zu Opernaufführungen, Konzerten und Kunstmuseen frönen konnte.

Mit neunundreißig war Roth noch jung genug, um den Wunsch zu haben, sich einem anderen Menschen anzuvertrauen. Er hätte Bailey gerne erzählt, was für einen Wirbel Orlow mit seiner brisanten Behauptung ausgelöst hatte, aber die Befehle des DCI waren eindeutig. Niemand, nicht einmal Calvin Bailey, der Leiter der Abteilung Sonderprojekte, ein loyaler, bewährter Mann der Company mit langer Zugehörigkeit und glänzenden Meriten, durfte etwas erfahren – jedenfalls vorerst. Wenn Orlows Anschuldigung sich als falsch herausstellte oder aber durch stichhaltige Beweise bestätigt wurde, dann würde der DCI persönlich die leitenden Herren der CIA informieren. Bis dahin herrschte absolutes Schweigegebot. Fragen mußten unbeantwortet bleiben, und ungefragt durfte man erst recht nichts verlauten lassen. Also log Joe Roth.

Er sagte Bailey, Orlows Befragung gehe gut voran, allerdings jetzt etwas langsamer. Begreiflicherweise, denn alles, woran Orlow sich noch gut erinnerte, habe er inzwischen gesagt. Jetzt müsse man ihm noch die letzten kleinen Einzelheiten aus der Nase ziehen. Er sei aber entgegenkommend, und die Briten seien mit ihm zufrieden. Bereits behandelte Gebiete würden jetzt immer wieder noch einmal durchgenommen. Das brauche seine Zeit, aber bei jeder erneuten Besprechung eines schon abgehandelten Themas kämen wieder ein paar winzige Einzelheiten zum Vorschein – winzig, aber wichtig.

Während Roth seinen Drink schlürfte, klingelte es, und Sam McCready stand an der Wohnungstür. Er hatte Denis Gaunt dabei, und Bailey stellte erneut seine Familie vor. Roth konnte nicht umhin, seinen britischen Kollegen zu bewundern. McCreadys Verhalten war makellos, er gratulierte Bailey zu seinem außerordentlichen Erfolg mit Orlow und legte ihm eine ganze »Auswahlliste« von Unternehmungen vor, die der SIS sich zur Verschönerung von Baileys Besuch in Großbritannien hatte einfallen lassen.

Bailey freute sich über die Karten für Opernaufführungen in Covent Garden und Glyndebourne. Sie würden der Höhepunkt des zwölftägigen London-Aufenthalts der Familie sein.

»Und anschließend geht's wieder zurück in die Staaten?«

»Nein. Dann stehen erst noch Stippvisiten in Paris, Salzburg und Wien auf dem Programm«, sagte Bailey. McCready nickte. Salzburg und Wien waren heilige Stätten für jeden Opernfreund.

Es wurde ein recht unterhaltsamer Abend. Die übergewichtige Mrs. Bailey lief schwerfällig hin und her und servierte Drinks; Clara kam gute Nacht sagen, bevor sie zu Bett gehen mußte. Die drei Besucher gingen nach neun Uhr.

Auf der Straße sagte McCready leise zu Roth:

»Na, wie laufen die Nachforschungen, Joe?«

»Es wird immer klarer, daß du total spinnst«, sagte Roth.

»Ich bitte dich nochmal, sei vorsichtig«, sagte McCready. »Die führen euch an der Nase rum.«

»Genau das glauben wir von euch, Sam.«

»Wen hat er beschuldigt, Joe?«

»Gib's auf«, beschied ihn Roth. »Von jetzt an ist Minstrel Sache der Company. Er geht euch nichts mehr an.«

Er wandte sich ab und entfernte sich mit raschen Schritten in Richtung Grosvenor Square.

Max Kellogg saß zwei Nächte später mit dem DCI in dessen Bibliothek, legte seine Akten und Notizen, Kopien von Bankformularen und Fotos vor und redete.

Er war todmüde, erschöpft von einem Arbeitspensum, das normalerweise ein ganzes Team doppelt so lange beschäftigt hätte. Er hatte dunkle Ringe unter den Augen.

Der DCI saß ihm an dem alten Refektoriumstisch gegenüber, den er für die Unterlagen eigens in die Bibliothek hatte schaffen lassen. Der alte Mann saß zusammengesunken in seiner samtenen Hausjakke da, die Lampen schienen ihm auf den kahlen, runzligen Kopf, unter den Brauen hervor beobachtete er Kellogg, und gleichzeitig huschten seine Augen über die ihm vorgelegten Dokumente wie die einer alten Eidechse. Als Kellogg endlich fertig war, fragte er:

»Keinerlei Zweifel?«

Kellogg schüttelte den Kopf.

»Minstrel hat uns siebenundzwanzig Hinweise gegeben. Sechsundzwanzig haben sich bestätigt.«

»Lauter Indizien?«

»Zwangsläufig. Abgesehen von der Aussage der drei Bankkassierer. Sie haben die Person einwandfrei identifiziert. Natürlich nur anhand von Fotos.«

»Kann man jemanden ausschließlich aufgrund von Indizien verurteilen?«

»Ja, Sir. Es gibt zahlreiche gut dokumentierte Präzendenzfälle. Man braucht nicht immer die Leiche, um einen Mörder zu überführen.«

»Und ein Geständnis braucht man auch nicht?«

»Nicht unbedingt. Und in diesem Fall werden wir mit Sicherheit keins kriegen. Wir haben es mit einem gewieften, gerissenen, zähen und äußerst erfahrenen Agenten zu tun.«

Der DCI seufzte.

»Fahren Sie nach Hause, Max. Fahren Sie nach Hause zu Ihrer Frau. Und bewahren Sie Stillschweigen. Ich lasse es Sie wissen, wenn ich Sie wieder brauche. Gehen Sie nicht wieder ins Büro, bevor ich es Ihnen sage. Gönnen Sie sich eine Pause. Ruhen Sie sich aus.«

Er wies mit der Hand zur Tür. Max Kellogg stand auf und ging. Der alte Mann ließ einen Assistenten kommen und trug im auf, ein streng vertrauliches Telegramm an Joe Roth in London abzusetzen. Der Text lautete einfach: Sofort zurückkommen. Selbe Route. Mir berichten. Selber Ort. Als Unterschrift trug es das Codewort, das Roth verraten würde, daß es direkt vom DCI kam.

Während sich die Dämmerung über Georgetown senkte, verdüsterte sich auch das Gemüt eines alten Mannes. Der DCI saß alleine im Dunkeln und dachte an die alten Zeiten, an Freunde und Kollegen, intelligente, fähige junge Männer und Frauen, die er hinter den Atlantikwall geschickt hatte und die als Opfer eines Informanten, eines Verräters, verhört, gefoltert und umgebracht worden waren. Damals hatte es keine Entschuldigungen gegeben, keinen Max Kellogg, der die Unterlagen gesichtet und die Beweise zusammengetragen hätte. Und es hatte kein Erbarmen gegeben – nicht für einen Verräter. Er sah auf das vor ihm liegende Foto.

»Du Hundsfott«, sagte er leise, »du dreimal verfluchter, abscheulicher Verräter.«

Tags darauf kam ein Bote in Sam McCreadys Büro im Century House und legte ihm eine Notiz aus der Dechiffrierabteilung auf den Tisch. McCready war beschäftigt; mit einem Kopfnicken bat er Denis Gaunt, den Umschlag zu öffnen. Gaunt las die Mitteilung, stieß einen leisen Pfiff aus und reichte McCready den Zettel. Es war eine Mitteilung der CIA aus Langley. Während seines Urlaubs in Europa darf Calvin Bailey kein Zugang zu vertraulichem Material gewährt werden.

»Orlow?« fragte Gaunt.

»Wäre mein Tip«, sagte McCready. »Was zum Teufel kann ich tun, um sie zu überzeugen?«

Er gab sich selbst die Antwort. Er benutzte einen toten Briefkasten, um Keepsake um ein sofortiges Treffen zu bitten.

Gegen Mittag erfuhr er durch eine Routinemeldung von der Flughafenpolizei, einer Abteilung von MI-5, daß Joe Roth London wieder mit Ziel Boston verlassen hatte, mit demselben falschen Paß.

Noch am selben Abend saß Joe Roth, der durch den Flug über den Atlantik fünf Stunden gewonnen hatte, an dem Refektoriumstisch in der Villa des DCI. Der Direktor saß ihm gegenüber, Max Kellogg zu seiner Rechten. Der alte Mann wirkte grimmig entschlossen, Kellogg lediglich nervös. In seinem Haus in Alexandria hatte er die vierundzwanzig Stunden von seiner Rückkehr am Abend zuvor bis zur telefonischen Anweisung zur Rückkehr nach Georgetown fast nur geschlafen. Er hatte alle seine Dokumente beim DCI gelassen, aber jetzt lagen sie wieder vor ihm.

»Fangen Sie noch einmal an, Max. Am Anfang. Genauso, wie Sie es mir erzählt haben.«

Kellogg streifte Roth mit einem Blick, rückte seine Brille zurecht und nahm das oberste Blatt von dem Stapel. »Im Mai 1967 wurde Calvin Bailey als *Provincial Officer*, als G-12, nach Vietnam geschickt. Hier ist die Versetzungsanordnung. Er kam, wie Sie sehen, zum Programm Phoenix. Sie haben sicher schon davon gehört, Joe.«

Roth nickte. Auf dem Höhepunkt des Vietnam-Krieges hatten die Amerikaner eine Operation ins Leben gerufen, deren Zweck es war, den durchschlagenden Erfolgen entgegenzuwirken, die die Vietcong bei der einheimischen Bevölkerung durch selektive, öffentliche und sadistische Mordanschläge erzielten. Der Grundgedanke war, den Terroristen mit Gegenterror zu begegnen und Vietcong-Aktivisten ausfindig zu machen und auszuschalten. Das war das Programm Phoenix. Wieviele verdächtige Vietcong damals ohne Beweise und ohne Verhandlung ins Jenseits befördert wurden, wurde nie festgestellt. Manche sprechen von 20 000, die CIA von 8 000.

Wie viele der Verdächtigen tatsächlich Vietcong waren ist noch umstrittener, denn die Vietnamesen fingen schon bald an, jeden zu denunzieren, mit dem sie eine private Rechnung zu begleichen hatten. So wurden Menschen aufgrund von Familienfehden und Auseinandersetzungen um Grundbesitz, ja sogar wegen Schulden denunziert, die nie mehr eingetrieben werden konnten, wenn der Gläubiger erst einmal tot war.

In der Regel wurde der Denunzierte der südvietnamesischen Geheimpolizei oder Armee übergeben. Die Verhöre, denen diese armen Menschen unterzogen wurden, und die Art, wie sie umgebracht wurden, stellten sogar fernöstliche Phantasie auf eine harte Probe.

»Es gab junge, frisch aus der Heimat herübergekommene Amerikaner, die dort unten Dinge sahen, die man keinem Menschen zumuten sollte. Manche quittierten den Dienst, andere mußten sich in psychiatrische Behandlung begeben. Einer bekehrte sich zur Philosophie eben jener Männer, die er bekämpfen sollte. Dieser Mann war Calvin Bailey. Wir haben dafür keinen Beweis, weil sich das alles im

Kopf eines Menschen abspielte, aber die folgenden Indizien lassen die Vermutung absolut gerechtfertigt erscheinen.

Im März 1968 kam es unserer Überzeugung nach zu dem entscheidenden Erlebnis. Bailey war ganze vier Stunden nach dem Massaker in dem Dorf My Lai. Sie erinnern sich an My Lai?«

Roth nickte wieder. Er kannte sich in der jüngeren Geschichte aus. Am 16. März 1968 stieß eine Kompanie der amerikanischen Infanterie auf ein kleines Dorf namens My Lai, in dem sich mutmaßlich Vietcong oder Sympathisanten versteckten. Warum die Soldaten jede Beherrschung verloren und wie die Berserker wüteten, ließ sich hinterher nicht mehr feststellen. Sie fingen zu schießen an, als sie keine Antwort auf ihre Fragen bekamen, und als das Gemetzel einmal begonnen hatte, hörten sie nicht mehr auf, bis mindesten 450 unbewaffnete Zivilisten, Männer, Frauen und Kinder, einen sinnlosen, grausamen Tod gestorben waren. Es dauerte 18 Monate, bis die amerikanische Öffentlichkeit von dem Massaker erfuhr, und fast auf den Tag genau drei Jahre, bis Leutnant William Calley von einem Kriegsgericht verurteilt wurde. Aber Calvin Bailey hatte den Ort schon vier Stunden später erreicht und alles gesehen.

»Dies hier ist sein Bericht von damals«, sagte Kellogg und reichte Roth mehrere Blätter, »von ihm selbst mit der Hand geschrieben. Wie Sie sehen, ist es die Schrift eines zutiefst verstörten Mannes. Dieses Erlebnis scheint Bailey zu einem Sympathisanten der Kommunisten gemacht zu haben.

Sechs Monate später berichtete Bailey, er habe zwei vietnamesische Vettern angeheuert, Nguyen van Troc und Vo Nguyen Can, und sie in den Geheimdienst der Vietcong eingeschleust. Das war ein größerer Coup. Der erste von vielen. Bailey behauptet, er habe diese Männer zwei Jahre lang geführt. Orlow zufolge war es umgekehrt. Sie haben ihn geführt. Sehen Sie sich das an.«

Er gab Roth zwei Fotos. Das eine zeigte zwei junge Vietnamesen vor dem Hintergrund des Dschungels. Einer hatte ein Kreuz auf dem Gesicht, zum Zeichen, daß er inzwischen gestorben war. Das andere Foto, das viel später auf einer Veranda mit Rattanstühlen gemacht worden war, zeigte eine Gruppe vietnamesischer Offiziere beim Tee. Der Diener schaute lächelnd in die Kamera.

»Der Steward endete als einer von den Boat-People, als Flüchtling also, in einem Lager in Hongkong. Das Foto hat er gehütet wie seinen Augapfel, aber die Briten interessierten sich für die Offiziere und nahmen es ihm weg. Sehen Sie sich mal den Mann links von dem Steward an.«

Roth tat, wie ihm geheißen. Es war Nguyen van Troc, zehn Jahre älter, aber unverkennbar. Er trug die Schulterstücke eines ranghohen Offiziers.

»Er ist heute stellvertretender Leiter der vietnamesischen Spionageabwehr«, sagte Kellogg.

»Ich verstehe.«

»Als nächstes haben wir Minstrels Versicherung, Bailey sei bereits damals in Saigon an den KGB weitergereicht worden. Minstrel erwähnte einen inzwischen verstorbenen schwedischen Geschäftsmann als KGB-Resident in Saigon im Jahre 1970. Wir wissen seit 1980, daß dieser Geschäftsmann nicht der war, für den er sich ausgab, und die schwedische Spionageabwehr hat ihn schon längst enttarnt. Er stammte gar nicht aus Schweden, also wahrscheinlich aus Moskau. Bailey konnte sich damals mit ihm treffen, wann und so oft er wollte.

Nächste Station: Tokio. Minstrel sagte, Drosdow sei im selben Jahr, 1970, hingefahren und habe Bailey übernommen und ihm dabei den Decknamen Sperber verpaßt. Wir können nicht beweisen, daß Drosdow dort war, aber Minstrel hat genaue Zeitangaben gemacht, und Bailey war an den genannten Daten jeweils in Tokio. Hier ist sein Flugschein von der Air America. Es paßt alles zusammen. Er kehrte 1971 als überzeugter KGB-Agent nach Amerika zurück.«

Anschließend hatte Calvin Bailey zwei Posten in Zentral- und Südamerika und dann drei in Europa gehabt, und auf diesem Kontinent hatte er sich auch noch später häufig aufgehalten, als er in der CIA-Hierarchie gestiegen war und Außenstellen inspizieren mußte.

»Nehmen Sie sich was zu trinken, Joe«, grollte der DCI, »es kommt noch schlimmer.«

»Minstrel hat vier Banken genannt, bei denen Moskau Bareinzahlungen für den Verräter vorgenommen hat. Er wußte sogar noch die Einzahlungsdaten. Das hier sind die vier Konten. Je eins bei einer der Banken, die Minstrel genannt hat, in Frankfurt, Helsinki, Stockholm und Wien. Und das sind die Einzahlungsbelege – durchweg hohe Beträge und in bar. Und alle Einzahlungen erfolgten innerhalb eines Monats nach Kontoeröffnung. Vier Kassierern wurde ein Foto gezeigt; drei haben den Mann erkannt, der die Konten eröffnete. Es war dieses Foto.«

Kellogg schob Roth ein Foto von Calvin Bailey hin. Roth starrte auf das Gesicht wie auf das eines Fremden. Er konnte es nicht fassen. Mit diesem Mann hatte er gegessen und getrunken, und er hatte seine Familie kennengelernt. Das Gesicht auf dem Foto starrte ausdruckslos zurück.

»Minstrel hat uns fünf verschiedene Informationen im Besitz des KGB genannt, die die Russen nie hätten bekommen dürfen. Und er hat dazugesagt, wann sie diese Information jeweils bekommen haben. Alle fünf Informationen waren nur Calvin Bailey und ein paar anderen bekannt.

Sogar seine Triumphe, die Erfolge, aufgrund derer er befördert wurde, verdankte Bailey Moskau; es handelte sich um echte Opfer des KGB, die Baileys Ansehen bei uns fördern sollten. Minstrel nennt vier erfolgreiche Operationen, die Bailey geleitet hat, und er hat recht. Allerdings behauptet er, Moskau habe sie allesamt geduldet, und ich fürchte, er hat auch damit recht, Joe.

Das sind insgesamt vierundzwanzig präzise Angaben, die wir Orlow entlockt haben, und einundzwanzig davon haben sich bestätigt. Bleiben noch drei, aus viel jüngerer Vergangenheit. Joe, als Orlow Sie seinerzeit in London anrief, mit welchem Namen hat er Sie da angeredet?«

»Hayes«, sagte Roth.

»Ihr Einsatzname. Woher kannte er den?«

Roth zuckte die Achseln.

»Schließlich sind da noch die beiden Mordanschläge auf Agenten, die Orlow verraten hatte. Bailey hat Sie angewiesen, Orlows Material immer zuerst ihm zu schicken, persönlich und per Kurier, stimmt's?«

»Ja. Aber das ist nichts Besonderes. Es war ein Sonderprojekt, also mit Sicherheit Material von großer Tragweite. Ganz normal, daß er es als erster sehen wollte.«

»Als Orlow diesen Briten verraten hat, Milton-Rice, hat das auch Bailey als erster erfahren?«

Roth nickte.

»Und die Briten erst drei Tage später?«

»Ja«.

»Und Milton-Rice war tot, bevor die Briten ihn hochnehmen konnten. Dasselbe bei Remjanz. Tut mir leid, Joe. Es ist wasserdicht. Die Beweise sind einfach überwältigend.«

Kellogg klappte seinen letzten Ordner zu und ließ Roth das vor ihm liegende Material betrachten; die Fotos, die Bankbelege, die

Flugtickets. Es war wie ein vollständig zusammengesetztes Puzzlespiel, kein Teil fehlte. Sogar das Motiv, jenes grauenhafte Erlebnis in Vietnam, war plausibel.

Kellogg wurde entlassen. Der DCI sah Roth über den Tisch hinweg an.

»Was halten Sie davon, Joe?«

»Sie wissen ja, die Briten glauben nicht, daß Minstrel ein echter Überläufer ist«, sagte Roth. »Ich habe Ihnen bei meinem ersten Besuch hier berichtet, was man in London denkt.«

Gereizt machte der DCI eine wegwerfende Geste.

»Beweise, Joe. Sie haben sie um stichhaltige Beweise gebeten. Haben Sie welche bekommen?« Roth schüttelte den Kopf.

»Haben sie gesagt, sie hätten einen Mann in hoher Position in Moskau, der Minstrel verraten habe?«

»Nein, Sir. Sam McCready sagt, sie hätten keinen.«

»Na bitte, was soll dann das blöde Gerede«, sagte der DCI. »Die haben keine Beweise, Joe. Sie sind nur schlechte Verlierer und ärgern sich, daß sie Minstrel nicht selber bekommen haben. Das hier sind Beweise, Joe. Seiten um Seiten.«

Roth starrte wie benommen auf die Schriftstücke. Das Bewußtsein, eng mit einem Mann zusammengearbeitet zu haben, der seit vielen Jahren fortgesetzt und mit Vorsatz sein eigenes Land verraten hatte, traf ihn mit der Wucht eines Schlags in die Magengrube. Ihm war schlecht. Leise sagte er:

»Was soll ich tun, Sir?«

Der DCI erhob sich und ging in seiner gediegenen Bibliothek auf und ab.

»Ich bin der Direktor der Central Intelligence Agency. Ernannt vom Präsidenten persönlich. In diesem Amt habe ich die Aufgabe, dieses Land zu schützen, so gut ich kann. Vor all seinen Feinden. Denen im Innern ebenso wie denen im Ausland. Ich kann und werde nicht zum Präsidenten gehen und ihm eröffnen, daß wir schon wieder einen Skandal haben, noch dazu einen, neben dem alle bisherigen Affären dieser Art zu Lappalien verblassen. Nach der jüngsten Serie von Spionagefällen ist das einfach unmöglich.

Ich werde ihn nicht der Sensationsgier der Presse und dem Spott anderer Länder ausliefern. Es darf keine Verhaftung, kein Gerichtsverfahren geben, Joe. Das Verfahren hat hier stattgefunden. Das Urteil wurde gefällt. Die Strafe muß ich vollziehen. Gott helfe mir.«

»Was soll ich tun?« wiederholte Roth.

»Ich könnte mich zur Not dazu zwingen, Joe, mir keine Sorgen zu machen über den Vertrauensverlust, die verratenen Geheimnisse, das grassierende Mißtrauen, die am Boden liegende Moral, die Leichenfledderei der Medien, die hämischen Kommentare aus dem Ausland. Was mir aber nie aus dem Kopf gehen wird, sind die Bilder der verratenen Agenten, der Witwen und der Waisen. Für den Verräter kann es nur ein Urteil geben, Joe. Er kehrt nie mehr hierher zurück. Er besudelt dieses Land nie mehr mit seinen Füßen. Er ist zu ewiger Finsternis verdammt. Sie werden nach England zurückkehren, und bevor er nach Wien entwischen kann und von dort über die Grenze nach Ungarn, worauf er sich sicherlich vorbereitet hat, seit Minstrel übergelaufen ist, werden Sie tun, was getan werden muß.«

»Ich weiß nicht, ob ich dazu fähig bin, Sir.«

Der DCI beugte sich über den Tisch und hob mit der Hand Roths Kinn an, so daß er dem jüngeren Mann in die Augen sehen konnte. Seine eigenen waren hart wie Obsidian.

»Sie werden es tun. Weil ich, der Direktor, es Ihnen befehle, weil ich durch unseren Präsidenten für dieses Land spreche und weil Sie es für Ihr Land tun werden. Kehren Sie nach London zurück und tun Sie, was getan werden muß.«

»Ja, Sir«, sagte Joe Roth.

5

Der Dampfer legte pünktlich um drei vom Westminster Pier ab und begann seine gemächliche Fahrt flußabwärts nach Greenwich. Eine Gruppe japanischer Touristen drängte sich an der Reling, und das Klicken Dutzender auf das entschwindende Parlamentsgebäude gerichteter Kameras klang wie gedämpftes Maschinengewehrfeuer.

Als das Boot die Flußmitte erreichte, stand ein Mann in einem hellgrauen Anzug auf und ging zum Heck, stellte sich an die Reling und schaute auf das schäumende Kielwasser hinab. Nach einigen Minuten erhob sich ein anderer Mann, der einen hellen Sommermantel trug, von einer anderen Bank und gesellte sich zu ihm.

»Wie geht's in der Botschaft?« fragte McCready leise.

»Nicht so gut«, sagte Keepsake. »Es hat sich inzwischen bestätigt, daß eine größere Spionageabwehr-Operation im Gang ist. Bis jetzt haben sie nur meine untergeordneten Mitarbeiter unter die Lupe genommen. Das allerdings sehr genau. Wenn sie mit denen fertig sind, werden sie sich mit den höheren Rängen befassen – also auch mit mir. Ich verwische Spuren, so gut es geht. Aber manches, beispielsweise das Beiseiteschaffen einer ganzen Akte, würde mehr schaden als nützen.«

»Was meinen Sie, wieviel Zeit haben Sie noch?«

»Bestenfalls ein paar Wochen.«

»Passen Sie auf, mein Freund. Seien Sie im Zweifelsfall lieber zu vorsichtig. Ein neuer Penkowski hätte uns gerade noch gefehlt.«

Anfang der 60er Jahre hatte Oberst Oleg Penkowski vom GRU zweieinhalb glänzende Jahre lang für die Briten gearbeitet. Er war der bis dahin mit Abstand wertvollste Sowjetagent, der je angeworben worden war, und derjenige, der den Sowjets den größten Schaden zugefügt hatte. In der kurzen Zeit seiner Tätigkeit lieferte er über 5000 Dokumente der höchsten Geheimhaltungsstufe und als Krönung im Jahre 1962 wichtige Informationen über die sowjetischen Raketen auf Kuba, die Präsident Kennedy in die Lage versetzten, Nikita Chruschtschow gekonnt auszuspielen. Aber er blieb zu lange. Als man ihn zum Aussteigen drängte, bestand er darauf, noch ein paar Wochen weiterzumachen, wurde enttarnt, verhört, verurteilt und erschossen. Keepsake lächelte.

»Keine Angst, es gibt keine Penkowski-Affäre, diesmal nicht. Und wie läuft's bei Ihnen?«

»Nicht gut. Wir sind überzeugt, daß Orlow Calvin Bailey beschuldigt hat.«

Keepsake stieß einen Pfiff aus.

»So hoch oben. Sieh an. Kein geringerer als Calvin Bailey. Also war er das Ziel von Projekt Potemkin. Sam, Sie müssen denen klarmachen, daß sie einem Schwindel aufsitzen, daß Orlow lügt.«

»Nichts zu machen«, sagte McCready. »Ich hab's versucht. Die sind nicht zu bremsen.«

»Versuchen Sie's noch mal. Ein Menschenleben steht auf dem Spiel.«

»Sie glauben doch nicht wirklich – «

»O doch, alter Freund, und ob ich das glaube«, sagte der Russe. »Der DCI ist ein leidenschaftlicher Mensch. Ich glaube nicht, daß er einen weiteren großen Skandal, größer als alle bisherigen zusammengenommen, in diesem Stadium der Amtsführung seines Präsidenten zulassen kann. Er wird sich für die Möglichkeit entscheiden, Ruhe zu schaffen. Für immer. Aber seine Rechnung geht natürlich nicht auf. Er denkt bestimmt, wenn er ein für allemal Schluß macht, dann wird nie etwas ans Tageslicht kommen. Wir wissen es besser, nicht wahr? Es werden schon bald Gerüchte aufkommen, dafür wird der KGB sorgen. Das ist eine seiner Spezialitäten.

Übrigens hat Orlow ironischerweise das Spiel bereits gewonnen. Wenn Bailey festgenommen und vor Gericht gestellt wird, was sich verheerend auf die öffentliche Meinung auswirken wird, hat er gewonnen. Wird Bailey zum Schweigen gebracht, und die Wahrheit wird ruchbar, fällt die Moral innerhalb der CIA auf einen absoluten Tiefpunkt, und er hat gewonnen. Entläßt die CIA ihn und streicht ihm seinen Pensionsanspruch, beteuert er seine Unschuld, und die Kontroverse schwelt jahrelang weiter. Auch in diesem Fall hat Orlow gewonnen. Sie müssen sie einfach zur Vernunft bringen.«

»Ich hab's doch versucht. Die sind immer noch überzeugt, daß Orlows Material echt ist, pures Gold. Sie glauben ihm.«

Der Russe starrte in das schäumende Wasser unter dem Heck, während das Sanierungsgebiet der Dockland vorüberglitt, das damals noch ein Gewirr von Kränen und halb abgerissenen, verfallenen Lagerhäusern war.

»Habe ich Ihnen schon mal von meiner Aschenbecher-Theorie erzählt?«

»Nein«, sagte McCready, »ich glaube nicht.«

»Als ich Lehrer an der KGB-Schule war, habe ich meinen Studenten gesagt: Stellen Sie sich einen gläsernen Aschenbecher vor, der in drei Teile zerbrochen ist. Finden Sie einen der Teile wieder, wissen Sie nur, daß Sie ein Stück Glas in der Hand halten. Finden Sie zwei, wissen Sie, daß Sie zwei Drittel eines Aschenbechers haben, können aber immer noch nicht Ihre Zigarette ausdrücken. Um wirklich etwas damit anfangen zu können, brauchen Sie alle drei Bruchstücke des Aschenbechers.«

»Ja, und?«

»Alles, was Orlow bis jetzt geliefert hat, sind jeweils ein oder zwei Teile eines ganzen Sortiments von Aschenbechern. Er hat den Amerikanern tatsächlich noch keinen einzigen kompletten Aschenbecher gegeben. Irgendeine Top-Secret-Sache, die die UdSSR seit Jahren eifersüchtig hütet und nicht um alles in der Welt hergeben will. Bitten Sie sie, Orlow einem Härtetest zu unterziehen. Er wird ihn nicht bestehen. Aber wenn ich schließlich aussteige, bringe ich den ganzen Aschenbecher mit. Dann werden sie es glauben.«

McCready dachte nach. Schließlich fragte er:

»Was meinen Sie, kennt Orlow den Namen des Fünften Mannes?«

Keepsake überlegte.

»Fast mit Sicherheit, obwohl ich ihn nicht kenne«, sagte er. »Orlow war jahrelang im Illegalendirektorat. Ich nie. Ich habe immer von Botschaften aus operiert. Wir waren beide im Gedenkraum – das ist ein fester Bestandteil der Ausbildung. Aber im Gegensatz zu mir dürfte er das Schwarze Buch gesehen haben. Ja, er muß den Namen kennen.«

Tief im Innern der KGB-Zentrale am Dserschinski-Platz 2 liegt der Gedenkraum, eine Art Schrein in einem gottverlassenen Gebäude, der dem Andenken der großen Vorgänger der jetzigen Generation von KGB-Leuten gewidmet ist. Unter den dort aufgehängten »Heiligenbildern« sind auch die Porträts von Arnold Deutsch, Teodor Maly, Anatoli Gorski und Juri Modin, nacheinander Anwerber und Führungsoffiziere des schlagkräftigsten Spionagerings, den der KGB je aus britischen Staatsangehörigen aufgebaut hat.

Die Anwerbungen fanden hauptsächlich Mitte bis Ende der dreißiger Jahre unter jungen Studenten der Universität Cambridge statt. Sie alle hatten mit dem Kommunismus geflirtet, nicht anders als viele andere, die dann aber wieder davon abgekommen waren. Fünf jedoch blieben bei der Stange und leisteten Moskau so glänzende Dienste, daß sie dort bis zum heutigen Tage als die »Glorreichen Fünf« oder die »Fünf Sterne« bezeichnet werden.

Einer von ihnen war Donald Maclean, der nach seinem Abschluß in Cambridge zum Foreign Office ging. Ende der vierziger Jahre war er in der britischen Botschaft in Washington und half mit, Moskau Hunderte von Geheiminformationen über die neue Atombombe zuzuspielen, die Amerika in Zusammenarbeit mit den Briten entwickelte.

Ein anderer war Guy Burgess, ein Kettenraucher, Trunkenbold und rabiater Homosexueller, der sich viel zu lange dem Hinauswurf aus dem Foreign Office hatte entziehen können. Er fungierte als Laufbursche und Mittelsmann für Maclean und die Drahtzieher in Moskau. Beide wurden schließlich 1951 enttarnt, konnten sich aber dank einer Warnung der Verhaftung entziehen und setzten sich nach Moskau ab.

Der dritte war Anthony Blunt, ebenfalls homosexuell, ein überragender Kopf, der als Talentsucher für Moskau arbeitete. Als begabter Kunsthistoriker brachte er es außerdem zum Leiter der persönlichen

Kunstsammlung der Queen und zum Ritter des Königreichs. Er war es, der 1951 Burgess und Maclean gewarnt hatte, ihre Verhaftung stehe bevor. Nachdem er eine ganze Reihe von Untersuchungen unbeschadet überstanden hatte, wurde er schließlich erst in den achtziger Jahren bloßgestellt, seines Titels entkleidet und unehrenhaft entlassen.

Der erfolgreichste von allen war Kim Philby, der in den SIS eintrat und bis zum Leiter der sowjetischen Abteilung aufstieg. Bei der Flucht von Burgess und Maclean im Jahre 1951 fiel der Verdacht auch auf ihn; er wurde verhört, gab nichts zu, wurde trotzdem aus dem SIS entfernt, setzte sich aber erst 1963 endgültig von Beirut aus nach Moskau ab.

Die Porträts aller vier Männer hängen im Gedenkraum. Es gab aber noch einen fünften, und das fünfte Porträt ist ein schwarzes Rechteck. Die wahre Identität des Fünften Mannes war nur im Schwarzen Buch vermerkt. Der Grund war einfach.

Den Gegner zu verwirren und zu demoralisieren ist eines der Hauptziele des Kriegs der Geheimdienste und war der Anlaß für die verspätete Einrichtung der Abteilung DD, die McCready leitete. Die Briten hatten seit Anfang der 50er Jahre gewußt, daß es in diesem vor so langer Zeit angeworbenen Ring einen Fünften Mann gegeben hatte, konnten aber nie nachweisen, um wen es sich gehandelt hatte. Das alles war Wasser auf Moskaus Mühlen.

Rund fünfunddreißig Jahre lang machte das Rätsel zu Moskaus Schadenfreude den britischen Geheimdiensten schwer zu schaffen, wozu eine sensationshungrige Presse und eine ganze Reihe von Büchern ihr Teil beitrugen.

Über ein Dutzend loyale, altgediente Mitarbeiter gerieten unter Verdacht, büßten ihre Aufstiegschancen ein und waren den verschiedensten Mißhelligkeiten ausgesetzt. Hauptverdächtiger war der inzwischen verstorbene Sir Roger Hollis, der zum Generaldirektor von MI-5 aufstieg. Er wurde zur Zielscheibe eines Monomanen vom Schlag James Angletons, des unsäglichen Peter Wright, der später ein Vermögen mit einem unglaublich langweiligen Buch verdiente, in dem er zum hundertsten Mal Klage über seine kleine Pension (dieselbe, wie sie jeder andere bekam) führte und seine Überzeugung äußerte, Roger Hollis sei der Fünfte Mann gewesen.

Auch andere wurden verdächtigt, darunter zwei von Hollis' Stellvertretern und sogar der zutiefst patriotische Lord Victor Rothschild.

Es war alles blühender Unsinn, aber das Rätselraten ging weiter. War der Fünfte Mann noch am Leben, womöglich noch im Amt, in hoher Position in der Regierung, im Staatsdienst oder in einem Geheimdienst? Nicht auszudenken. Man konnte die Sache erst auf sich beruhen lassen, wenn der Fünfte Mann, der vor so vielen Jahren angeworben worden war, endlich identifiziert werden konnte. Der KGB hatte das Geheimnis natürlich fünfunddreißig Jahre lang eifersüchtig gehütet.

»Sagen Sie den Amerikanern, sie sollen Orlow nach dem Namen fragen«, sagte Keepsake. »Er wird ihn nicht preisgeben, aber ich werde ihn herauskriegen und ihn mitbringen, wenn ich rüberkomme.«

»Was die Zeitfrage angeht«, sagte McCready, »wie lange können Sie sich noch halten?«

»Bestenfalls ein paar Wochen, vielleicht noch weniger.«

»Möglicherweise warten die nicht mehr so lange, falls Sie recht haben, was die Reaktion des DCI angeht.«

»Gibt es denn wirklich keine andere Möglichkeit, sie zu überreden, mit ihrem Vorhaben noch zu warten?« fragte der Russe.

»Doch, aber dafür brauche ich Ihre Zustimmung.«

Keepsake hörte mehrere Minuten lang zu. Er nickte.

»Wenn dieser Roth sein großes Ehrenwort gibt. Und wenn Sie überzeugt sind, daß er es halten wird, dann ja.«

Als Joe Roth am nächsten Morgen aus dem Flughafengebäude trat, nachdem er in der Nacht von Washington herübergeflogen war, war er müde und nicht bei bester Laune.

Er hatte in der Maschine zuviel getrunken und reagierte unwirsch, als dicht an seinem Ohr jemand etwas mit übertriebenem irischen Akzent sagte.

»Einen wunderschönen guten Morgen, Mr. Casey, schön, daß Sie wieder da sind.«

Er drehte sich um. Sam McCready stand dicht neben ihm. Dieser Mistkerl hatte offenbar die ganze Zeit von seinem »Casey«-Paß gewußt und die Passagierlisten in Washington überprüfen lassen, um ihm auf dem Flughafen auflauern zu können.

»Steig ein«, sagte McCready am Auto, »ich bring dich nach Mayfair.«

Warum nicht? Er fragte sich, was McCready sonst noch wußte oder erraten hatte. Der britische Agent redete nur über belangloses

Zeug, bis sie die Außenbezirke von London erreicht hatten. Dann wurde er ohne Vorwarnung ernst.

»Wie hat der DCI reagiert?« fragte er.

»Ich weiß nicht, wovon du redest.«

»Also komm, Joe, Orlow hat Calvin Bailey beschuldigt. Das ist Bockmist. Du nimmst das doch nicht ernst, oder?«

»Du bist völlig schief gewickelt, Sam.«

»Wir haben eine Mitteilung bekommen. Bailey darf keinerlei vertrauliches Material in die Finger kriegen. Also steht er unter Verdacht. Willst du mir wirklich weismachen, der Grund ist nicht, daß Orlow ihn beschuldigt hat, sowjetischer Agent zu sein?«

»Mein Gott, das ist reine Routine. Es geht darum, daß er zu viele Freundinnen hat.«

»Willst du mich verarschen?« fragte McCready. »Calvin mag sein, was er will, aber ein Schürzenjäger ist er nicht. Erzähl mir ein anderes Märchen.«

»Reiß dich zusammen, Sam, sonst sind wir die längste Zeit Freunde gewesen. Ich hab's dir schon mal gesagt: Das geht jetzt nur noch die Company was an. Gib's auf.«

»Joe, um Himmels willen. Es ist schon fast zu spät. Die Dinge sind außer Kontrolle geraten. Orlow belügt euch, und ich fürchte, ihr macht einen schrecklichen Fehler.«

Joe Roth verlor die Geduld.

»Halt an«, schrie er, »halt sofort die verdammte Kiste an.«

McCready zog den Jaguar nach rechts und hielt abrupt an. Roth schnappte sich seine Reisetasche vom Rücksitz und öffnete die Tür auf seiner Seite. McCready packte ihn am Arm.

»Joe, morgen, halb drei. Ich muß dir was zeigen. Ich hol dich um halb drei vor deiner Wohnung ab.«

»Du kannst mich mal«, sagte der Amerikaner.

»Nur ein paar Minuten. Ist das zuviel verlangt? Unter alten Freunden, Joe, unter guten alten Freunden.«

Roth stieg wortlos aus. Er entfernte sich rasch und hielt Ausschau nach einem Taxi. Aber er stand am nächsten Tag um halb drei auf dem Gehsteig vor seiner Wohnung. McCready blieb in dem Jaguar sitzen, bis Roth eingestiegen war, und fuhr ohne ein Wort der Begrüßung los. Sein Freund war immer noch verärgert und mißtrauisch. Sie fuhren nur knapp eine halbe Meile. Roth dachte, er würde zu seiner eigenen Botschaft gefahren, so nahe kamen sie dem Grosvenor

Square, aber McCready hielt schon einen Häuserblock davor in der Mount Street.

Ungefähr in der Mitte der Mount Street liegt eines der besten Londoner Fisch-Restaurants, Scott's. Auf die Minute genau um drei Uhr kam ein gepflegter Mann in hellgrauem Anzug aus dem Restaurant und blieb vor dem Eingang stehen. Eine schwarze Limousine der sowjetischen Botschaft näherte sich langsam und hielt direkt vor ihm.

»Du hast mich zweimal gefragt, ob wir einen Mann beim KGB in Moskau haben«, sagte McCready ruhig. »Ich habe das verneint. Das war nur zur Hälfte gelogen. Er sitzt nämlich nicht in Moskau, sondern hier in London. Da drüben steht er.«

»Ich glaub, ich seh nicht recht«, flüsterte Roth. »Das ist doch Nikolai Gorodow. Der Chef der KGB-Residentur in Großbritannien.«

»Der nämliche. Und er arbeitet für uns, schon seit vier Jahren. Ihr habt sein ganzes Material bekommen, mit falschen Quellenangaben, aber im übrigen unverändert. Und er sagt, daß Orlow lügt.«

»Beweise es«, sagte Roth. »Von Orlow verlangst du ja auch, er soll alles beweisen. Also jetzt beweise es. Beweise, daß er wirklich für euch arbeitet.«

»Wenn Gorodow sich mit der rechten Hand am linken Ohr kratzt, bevor er in den Wagen steigt, ist er unser Mann«, sagte McCready.

Gorodow sah nicht zu dem Jaguar hinüber. Er hob nur die rechte Hand, griff sich ans linke Ohr, zupfte sich am Ohrläppchen und stieg ein. Die Limousine fuhr an.

Roth beugte sich vor und vergrub das Gesicht in den Händen. Er atmete mehrmals tief durch und richtete sich dann wieder auf.

»Das muß ich dem DCI sagen«, sagte er. »Persönlich. Ich kann ja zurückfliegen.«

»Kommt nicht in Frage«, sagte McCready. »Ich habe Gorodow mein Wort gegeben, und vor zehn Minuten hast du mir deins gegeben.«

»Ich muß den DCI informieren, sonst sind die Würfel gefallen. Sonst gibt es kein Zurück mehr.«

»Dann spiel auf Zeit. Du kannst auch noch andere Beweise bekommen, oder zumindest Gründe für einen Aufschub. Ich erklär dir mal die Aschenbecher-Theorie.«

Er erzählte Roth, was Keepsake ihm zwei Tage zuvor auf dem Ausflugsdampfer gesagt hatte.

»Frag Orlow, wer der Fünfte Mann war. Er weiß es, aber er wird's dir nicht sagen. Keepsake wird es rauskriegen und es uns sagen, wenn er rüberkommt.«

»Und wann wird das sein?«

»Schon bald. Längstens in ein paar Wochen. Moskau ist argwöhnisch. Das Netz zieht sich zusammen.«

»Eine Woche«, sagte Roth. »Bailey fliegt in einer Woche nach Salzburg und Wien weiter. Er darf Wien nicht erreichen. Der DCI glaubt, er will sich nach Ungarn absetzen.«

»Dann laß ihn zurückbeordern. Laß ihn nach Washington zurückbeordern. Gehorcht er, rechtfertigt das zumindest einen Aufschub. Weigert er sich, werfe ich das Handtuch.«

Roth überdachte den Vorschlag.

»Ich will es versuchen«, sagte er. »Als erstes fahr ich nach Alconbury. Falls sich Orlow weigert, den Namen des Fünften Mannes zu nennen, schicke ich dem DCI morgen nach meiner Rückkehr ein Telegramm; ich schreibe ihm nur, die Briten hätten neue Beweise vorgelegt, daß Orlow möglicherweise lügt, und bitte ihn, Bailey sofort nach Langley zurückzubeordern. Als Test. Ich denke, darauf wird sich der DCI wenigstens einlassen. Es würde einen Aufschub von mehreren Wochen bedeuten.«

»Das würde uns reichen«, sagte McCready. »Sogar dicke. Bis dahin ist Keepsake rübergekommen, und dann können wir dem DCI alles sagen. Verlaß dich auf mich.«

Roth war kurz nach Sonnenuntergang in Alconbury. Orlow lag in seinem Zimmer auf dem Bett und las und hörte Musik. Er hatte sich an Simon and Garfunkel sattgehört – laut Kroll kannten die Leibwächter inzwischen die zwanzig größten Hits fast Wort für Wort auswendig – und war zu den Seekers übergegangen. Er schaltete »Morningtown« ab, als Roth hereinkam, und sprang mit einem Grinsen vom Bett auf.

»Fliegen wir zurück in die Staaten?« fragte er. »Ich langweile mich hier. Sogar die Ranch war noch besser, trotz der Risiken.«

Er hatte zugenommen, weil er die ganze Zeit nur herumgelegen und keine Gelegenheit zum Trainieren gehabt hatte. Das mit der Ranch war ein Witz. Nach dem getürkten Mordversuch hatte Roth ihn noch eine Zeitlang in dem Glauben gelassen, es habe sich um eine Aktion des KGB gehandelt, und behauptet, Moskau müsse Einzelheiten über die Ranch von Urtschenko erfahren haben, der dort verhört worden war, bevor er törichterweise in den Schoß des KGB zurückgekehrt war. Dann hatte er jedoch zugegeben, daß es sich um eine Inszenierung der CIA gehandelt habe, mit der die Reaktion des Russen getestet werden sollte. Orlow war zunächst wütend gewesen – »Ihr Schweine, ich hab gedacht, ich muß sterben«, hatte er geschrien –, aber später hatte er über den Vorfall sogar lachen können.

»Bald«, sagte Roth, »bald sind wir hier fertig.«

Am Abend aß er mit Orlow und brachte die Rede vorsichtig auf den Gedenkraum in Moskau. Orlow nickte.

»Sicher, ich war da mal drin. Alle endgültig in den KGB aufgenommenen Offiziere werden da hineingeführt. Um die Helden zu sehen und sie zu bewundern.«

Roth lenkte das Gespräch auf die Porträts der Glorreichen Fünf. Orlow, der gerade an einem Bissen Steak kaute, schüttelte den Kopf.

»Vier«, sagte er. »Es sind nur vier Bilder. Burgess, Philby, Maclean und Bunt. Die Glorreichen Vier.«

»Aber angeblich hängt doch da noch ein fünfter Rahmen, in dem nur schwarzes Papier ist«, wandte Roth ein.

Orlow kaute jetzt viel langsamer.

»Ja«, gab er zu und schluckte den Bissen hinunter. »Ein Rahmen, aber kein Bild.«

»Es hat also doch einen Fünften Mann gegeben?«

»Es scheint so.«

Roth blieb bei seinem beiläufigen Gesprächston, sah aber Orlow aufmerksam über seine Gabel hinweg an.

»Aber Sie waren Major im Illegalendirektorat. Sie müssen den Namen im Schwarzen Buch gesehen haben.«

In Orlows Augen blitzte etwas auf.

»Man hat mir das Schwarze Buch nie gezeigt«, sagte er gelassen.

»Peter, *wer war* der Fünfte Mann? Den Namen bitte.«

»Ich weiß ihn nicht, mein Freund. Das schwöre ich Ihnen.« Er lächelte wieder sein breites gewinnendes Lächeln. »Wollen Sie es mit dem Lügendetektor überprüfen?«

Roth lächelte zurück, dachte aber: Nein, Peter, ich bin überzeugt, du kannst den Lügendetektor irreführen – wenn du willst. Er beschloß, am Morgen nach London zurückzukehren und sein Telegramm mit der Bitte um Aufschub und den Befehl zu Baileys Rückkehr nach Washington aufzugeben – als Test. Wenn es noch die leiseste Spur eines Zweifels gab – und trotz Kelloggs lückenlosem

Beweismaterial waren ihm jetzt doch gewisse Zweifel gekommen –, würde er den Befehl nicht ausführen, noch nicht einmal dem DCI und seiner eigenen vielversprechenden Karriere zuliebe. Manchmal war der Preis einfach zu hoch.

Am nächsten Morgen kam die Putzkolonne. Es handelte sich um Frauen aus Huntingdon, dieselben, die auch alle anderen Gebäude des Stützpunktes reinigten. Jede von ihnen war überprüft worden und hatte einen Ausweis, der sie zum Betreten des Geländes berechtigte. Roth saß mit Orlow in der Kantine beim Frühstück und versuchte, gegen den Lärm der Poliermaschine draußen auf dem Gang anzureden. Das durchdringende Summen des Elektromotors schwoll mit der schwankenden Umdrehungsgeschwindigkeit der Polierbürste an und ab.

Orlow wischte sich den Kaffee von den Lippen, entschuldigte sich, weil er auf die Toilette mußte, und ging hinaus. Von diesem Tag an würde Roth sich sein Leben lang nie mehr über den sogenannten sechsten Sinn lustig machen. Sekunden, nachdem Orlow gegangen war, fiel ihm auf, daß sich der Ton der Poliermaschine verändert hatte. Er ging auf den Gang hinaus, um den Grund festzustellen. Die Maschine stand verlassen da, ihre Bürsten drehten sich, der Motor gab ein gleichbleibendes, hohes Heulen von sich. Er hatte die Putzfrau gesehen, als er zum Frühstück gegangen war, eine magere Frau in einem bunten Overall mit Lockenwicklern im Haar und einem Kopftuch darüber. Sie war beiseite getreten, um ihn vorbeizulassen, und hatte dann mit ihrer Arbeit weitergemacht, ohne aufzusehen. Jetzt war sie verschwunden. Die Tür zur Herrentoilette am Ende des Korridors pendelte noch leicht.

Roth schrie aus Leibeskräften »Kroll« und rannte den Gang entlang. Die Frau kniete in der Mitte der Herrentoilette, umgeben von den Scheuerlappen und Flaschen mit Reinigungsmitteln aus ihrem Putzeimer. In der Hand hielt sie die schallgedämpfte SIG Sauer, die sie zwischen den Putzlappen versteckt gehabt hatte. Am hinteren Ende des Raums ging die Tür einer Kabine auf, und Orlow kam heraus. Die kniende Gestalt brachte die Waffe in Anschlag.

Roth sprach kein Russisch, aber er kannte ein paar Worte. Er brüllte *Stoj*, so laut er konnte. Die Frau drehte sich blitzschnell auf den Knien herum, Roth warf sich auf den Boden, es gab ein leises »Pfft«, und er spürte den Luftzug der Kugel, die seinen Kopf knapp verfehlte. Er lag immer noch auf den Fliesen, als es hinter ihm ohrenbetäubend krachte und die Luft erneut von Stoßwellen bebte. Geschlossene Toilettenräume sind kein idealer Ort für Schießübungen mit einer .44 Magnum.

Hinter ihm stand Kroll in der Tür, den Colt beidhändig im Anschlag. Ein zweiter Schuß war nicht nötig. Die Frau lag auf dem Rücken, und ein leuchtend roter Fleck auf den Fliesen wetteiferte mit den Rosen auf ihrem Overall. Später stellte sich heraus, daß die echte Putzfrau gefesselt und geknebelt in ihrer Wohnung in Huntingdon lag.

Orlow stand immer noch an der Kabinentür. Er war kreidebleich.

»Schon wieder so ein Spiel«, schrie er. »Ich hab genug von diesem CIA-Theater.«

»Kein Spiel«, sagte Roth und rappelte sich auf. »Diesmal war es kein Spiel. Das war der KGB.«

Orlow sah noch einmal hin und konnte erkennen, daß die dunkelrote Pfütze, die sich über die Fliesen ausbreitete, kein Ketchup war, diesmal nicht.

Roth brauchte zwei Stunden, um für Orlow und das übrige Team einen Rückflug nach Amerika und den sofortigen sicheren Transport zur Ranch zu organisieren. Orlow nahm seine kostbaren Pop-Kassetten mit; er weinte England keine Träne nach. Als die militärische Transportmaschine nach den USA startete, stieg Roth ins Auto und fuhr nach London zurück. Er war zornig und verbittert.

Er machte sich auch selbst Vorwürfe. Er hätte wissen müssen, daß Alconbury nach Baileys Bloßstellung nicht mehr als sicherer Unterschlupf für Orlow gelten konnte. Aber angesichts der britischen Einmischung war er so beschäftigt gewesen, daß er nicht daran gedacht hatte. Jeder macht Fehler. Er fragte sich, warum Bailey Moskau nicht den Tip gegeben hatte, Orlows Ermordung schon früher zu arrangieren, bevor der KGB-Oberst die Möglichkeit hatte, ihn zu enttarnen. Vielleicht hatte er gehofft, daß Orlow ihn nicht verrraten könnte, weil er nicht über die entsprechenden Informationen verfügte. Sein Fehler. Jeder machte Fehler.

Als er in der Botschaft ankam, wußte er, was er tun würde. Jetzt hatte McCready den Schwarzen Peter. Wenn er jetzt immer noch dabei bleiben wollte, daß Gorodow ein echter Überläufer war und Orlow ein falscher, und Bailey damit aus dem Schneider kam, als unschuldiger, auf geradezu geniale Weise fälschlich beschuldigter Mann, hatte er nur noch eine Möglichkeit – er mußte Gorodow sofort herüberholen, so daß die CIA direkt mit ihm reden und die Sache ein für allemal klären konnte. Er ging an seinen Schreibtisch, um McCready im Century House anzurufen. Sein Stationschef begegnete ihm auf dem Korridor.

»Ach, übrigens«, sagte Bill Carver, »es ist gerade was vom Century House gekommen. Es scheint, unsere Freunde in Kensington Palace Gardens lassen die Puppen tanzen. Ihr Resident, Gorodow, ist heute morgen nach Moskau geflogen. Es liegt auf Ihrem Schreibtisch.«

Roth sparte sich den Anruf. Er saß wie vor den Kopf geschlagen an seinem Schreibtisch. Sie hatten Recht behalten, er und sein DCI und seine Agency. Er hatte sogar Mitleid für McCready übrig. Daß man sich so geirrt hatte, sich jahrelang so hatte hinters Licht führen lassen, mußte ein furchtbarer Schlag sein. Was ihn selbst betraf, so war er auf eine merkwürdige Art erleichtert, trotz allem, was jetzt auf ihn zukam. Er hatte jetzt keinen Zweifel mehr, nicht den Schatten eines Zweifels. Die beiden Ereignisse eines einzigen Vormittags hatten jede Unklarheit beseitigt. Der DCI hatte Recht. Man mußte tun, was getan werden mußte.

Trotz allem tat ihm McCready leid. Im Century House, dachte er, reißen sie ihm jetzt bestimmt den Kopf ab.

Das taten sie auch, oder genauer gesagt, Timothy Edwards tat es.

»Es tut mir leid, daß ich das sagen muß, Sam, aber die ganze Geschichte ist ein grauenhaftes Fiasko. Ich habe gerade mit dem Chef geredet, und der Weisheit letzter Schluß ist, wir müssen uns jetzt ernsthaft mit dem Gedanken vertraut machen, daß uns Keepsake aufs Auge gedrückt wurde und die ganze Zeit für die Gegenseite gearbeitet hat.«

»Hat er nicht«, sagte McCready trocken.

»Das sagen Sie, aber so, wie es im Moment aussieht, ist es ganz und gar nicht unwahrscheinlich, daß unsere amerikanischen Vettern recht haben und wir die Gelackmeierten sind. Wissen Sie, was das bedeutet?«

»Ich kann's mir denken.«

»Wir müssen jede beknackte Einzelheit, die uns Keepsake im Laufe der letzten vier Jahre gegeben hat, neu überdenken, neu bewerten. Das ist eine Herkulesarbeit. Schlimmer noch, die Vettern haben es auch alles gekriegt, also müssen wir ihnen sagen, daß auch sie neu zu denken anfangen müssen. Die Schadensermittlung wird Jahre dauern. Abgesehen davon ist es verdammt peinlich für uns. Der Chef ist ungehalten.«

Sam seufzte. Es war immer dasselbe. Wenn Keepsakes Material der Hit des Monats war, hatte natürlich »der SIS« einen Erfolg erzielt. Jetzt lag die Schuld ganz allein beim »Täuscher«.

»Hat er Ihnen gegenüber irgendwie angedeutet, daß er vorhatte, nach Moskau zu fliegen?«

»Nein.«

»Wann sollte er aufhören und zu uns rüberkommen?«

»In zwei, drei Wochen«, sagte McCready. »Er wollte mir Bescheid sagen, sobald seine Situation aussichtslos war, und dann über den Zaun springen.«

»Tja, damit war's wohl nichts. Er ist heimgekehrt. Vermutlich aus freien Stücken. Die Flughafenpolizei meldet, daß er ohne jeden Zwang Heathrow passiert hat. Wir müssen jetzt davon ausgehen, daß Moskau tatsächlich seine wahre Heimat ist.

Und dann diese unmögliche Geschichte in Alconbury. Welcher Teufel hat Sie eigentlich geritten? Sie sagten, es sei ein Test. Schön, Orlow hat ihn mit fliegenden Fahnen bestanden. Die wollten ihn umbringen. Wir können von Glück sagen, daß es keine Toten gegeben hat, abgesehen von der Agentin. Das ist etwas, was wir den Vettern nicht sagen können. Niemals. Das muß begraben werden.«

»Ich glaube immer noch nicht, daß Keepsake uns gelinkt hat.«

»Wieso denn nicht? Er ist wieder in Moskau.«

»Möglicherweise, um noch einen letzten Koffer voll Dokumente für uns zu holen.«

»Verdammt gefährlich. Er muß verrückt geworden sein. In seiner Position!«

»Stimmt. Vielleicht ein Fehler. Aber so ist er nun mal. Er hat schon vor Jahren versprochen, noch eine letzte große Lieferung mitzubringen, wenn er aussteigt. Ich glaube, er ist deswegen rübergeflogen.«

»Irgendwelche handfesten Gründe für dieses überwältigende Vertrauen?«

»Nein, nur so ein Gefühl im Bauch.«

»Gefühl im Bauch«, eiferte sich Edwards, »damit erreichen wir gar nichts.«

»Kolumbus hat damit allerhand erreicht. Was dagegen, daß ich mit dem Chef spreche?«

»Sie wollen sich auf den Kaiser berufen, wie? Nur zu. Aber ich glaube nicht, daß Sie was ausrichten.«

Aber McCready richtete doch etwas aus. Sir Christopher hörte sich seinen Vorschlag aufmerksam an und fragte dann:

»Und wenn er doch treu zu Moskau hält?«

»Dann weiß ich das binnen Sekunden.«

»Die könnten Sie verhaften«, sagte der Chef.

»Das glaube ich nicht. Gorbatschow wird sich keinen diplomatischen Krieg leisten wollen.«

»Er würde keinen kriegen«, sagte der Chef lakonisch. »Wenn Sie gehen, dann gehen Sie auf eigene Gefahr.«

Also bereitete sich McCready darauf vor, unter diesen Bedingungen zu gehen. Er hoffte nur, daß Gorbatschow sie nicht kannte. Er brauchte drei Tage, um die Planung abzuschließen.

Am zweiten Tag rief Joe Roth Calvin Bailey an.

»Calvin, ich bin gerade von Alconbury zurückgekommen. Ich finde, wir sollten uns mal unterhalten.«

»Sicher, Joe, kommen Sie rüber.«

»So eilig ist es eigentlich auch wieder nicht. Aber vielleicht darf ich Sie morgen abend zum Essen einladen?«

»Klingt verlockend, aber Gwen und ich haben einen ziemlich vollen Terminkalender. Heute habe ich übrigens im Oberhaus zu Mittag gegessen.«

»Tatsächlich?«

»Ja. Mit dem Chef des Generalstabs.«

Roth staunte. In Langley war Bailey kühl, distanziert, skeptisch. Kaum ließ man ihn in London frei herumlaufen, schon führte er sich auf wie ein Kind im Bonbon-Laden. Aber warum auch nicht. Schließlich würde er schon in sechs Tagen in Budapest sein.

»Calvin, ich kenne da ein herrliches altes Gasthaus, ein Stück die Themse hinauf in Eton. Die haben phantastische Fischgerichte. Es heißt, daß Heinrich VIII. Anne Boleyn immer den Fluß hinauf rudern ließ, um sich dort heimlich mit ihr zu treffen.«

»Wirklich? So alt? Okay, aber wissen Sie, Joe, morgen abend sind wir in Covent Garden. Der Donnerstag wäre frei.«

»Also gut, Calvin. Abgemacht. Ich hole Sie um acht ab.«

Tags darauf schloß Sam McCready seine Vorbereitungen ab. Als er schlafen ging, dachte er daran, daß es womöglich seine letzte Nacht in London war – die allerletzte.

Am nächsten Tag kamen mit verschiedenen Flügen drei Männer nach Moskau. Als erster traf Rabbi Birnbaum ein. Er kam mit der Swissair aus Zürich. Der Beamte der Paßkontrolle auf dem Flughafen Scheremetjewo war vom Grenzschutz-Direktorat des KGB, ein junger Mann mit strohblondem Haar und eiskalten blauen Augen. Er musterte den Rabbi ausgiebig und sah sich dann seinen Paß an. Er war amerikanisch und wies seinen Besitzer als Norman Birnbaum aus, Alter 56 Jahre. Wäre der Offizier älter gewesen, hätte er sich an die Zeiten erinnert, als es in Moskau wie überall in Rußland viele orthodoxe Juden gegeben hatte, die wie Rabbi Birnbaum aussahen. Der Rabbi war untersetzt und trug einen schwarzen Anzug mit weißem Hemd und schwarzer Krawatte. Sein Vollbart war buschig und ergraut. Auf dem Kopf hatte er einen schwarzen Homburg, und seine Brillengläser waren so dick, daß die Pupillen nur unscharf zu sehen waren. Unter der Hutkrempe hingen graue Korkenzieherlocken beiderseits des Gesichts herab. Das Paßfoto war ziemlich genau, zeigte den Mann allerdings ohne Hut. Das Visum war in Ordnung, ausgestellt vom sowjetischen Generalkonsulat in New York. Der Offizier sah wieder auf.

»Was ist der Zweck Ihres Aufenthalts in Moskau?«

»Ich möchte meinem Sohn einen kurzen Besuch abstatten. Er arbeitet hier in der amerikanischen Botschaft.«

»Einen Moment bitte«, sagte der Offizier. Er stand auf und verschwand. Man konnte sehen, wie er sich hinter der Glastür mit einem Vorgesetzten beriet und dieser sich den Paß ansah. Orthodoxe Rabbis waren eine Seltenheit in einem Land, in dem die letzte Talmudschule schon vor Jahrzehnten abgeschafft worden war. Der jüngere Offizier kam zurück.

»Bitte warten.« Er winkte den nächsten Passagier heran.

Es wurden Telefongespräche geführt. Jemand in Moskau sah eine Diplomatenliste durch. Der ranghöhere Offizier kam mit dem Paß in der Hand zurück und flüsterte dem anderen etwas zu. Offenbar gab es einen Roger Birnbaum in der Wirtschaftsabteilung der amerikanischen Botschaft. In der Diplomatenliste stand nicht, daß sein Vater im Ruhestand in Florida lebte und vor zwanzig Jahren beim Bar-Mizwa seines Sohnes zum letzten Mal in einer Synagoge gewesen war. Der Rabbi wurde durchgewinkt.

Trotzdem kontrollierte der Zoll seine Reisetasche. Sie enthielt die üblichen Hemden, Socken und Unterhosen zum Wechseln, einen zweiten schwarzen Anzug, Waschzeug und ein Exemplar des Siddur in Hebräisch. Der Zollbeamte blätterte gereizt in dem Buch und ließ den Rabbi gehen.

Mr. Birnbaum fuhr mit dem Aeroflot-Bus in die Stadt und zog überall neugierige oder amüsierte Blicke auf sich. Von der Endhaltestelle ging er zu Fuß zum Hotel National am Manege-Platz, suchte die Toilette auf, stellte sich an ein Urinbecken, bis der einzige andere Benutzer gegangen war, und schloß sich dann in einer Kabine ein.

Das Lösungsmittel für den Klebstoff befand sich in seinem Toilettenwasserfläschchen. Als er wieder herauskam, trug er immer noch eine dunkle Jacke, aber die zweiseitig zu tragende Hose war jetzt mittelgrau. Der Hut war in der Reisetasche verstaut, zusammen mit den buschigen Augenbrauen, Bart, Schnurrbart, Hemd und Krawatte. Sein Haar war nicht mehr grau, sondern kastanienbraun, und unter der Jacke trug er einen kanariengelben Pulli mit rundem Ausschnitt, der vorher unter dem Hemd verborgen gewesen war. Er verließ unbemerkt das Hotel, nahm ein Taxi und ließ sich vor der britischen Botschaft, gegenüber dem Kreml absetzen.

Zwei Miliz-Soldaten vom MWD standen vor dem Tor Wache, auf sowjetischem Territorium, und verlangten seinen Ausweis. Er zeigte ihnen seinen britischen Paß, und während dieser geprüft wurde, sah er dem jungen Wachposten herausfordernd lächelnd in die Augen. Der junge Miliz-Soldat wurde verlegen und gab den Paß rasch zurück. Gereizt ließ er den schwulen Engländer passieren und sah dabei seinen Kameraden mit vielsagend hochgezogenen Augenbrauen an. Sekunden später war der Engländer in der Botschaft verschwunden.

In Wirklichkeit war Rabbi Birnbaum weder Rabbi noch Amerikaner noch homosexuell. Sein richtiger Name war David Thornton, und er war einer der besten Maskenbildner der britischen Filmindustrie. Der Unterschied zwischen Maskenbildnerei für die Bühne und für den Film besteht darin, daß auf der Bühne zwar auch grelles Licht herrscht, der Abstand zum Publikum aber beträchtlich ist. Bei Dreharbeiten wird jedoch oft mit Großaufnahmen gearbeitet, bei denen die Kamera manchmal nur ein paar Handbreit vor dem Gesicht ist. Filmschauspieler müssen deshalb sehr viel besser und realistischer geschminkt werden. David Thornton arbeitete seit Jahren in den Pinewood-Studios, wo er immer alle Hände voll zu tun hatte. Außerdem gehörte er zu dem erstaunlich großen Kreis von Experten, auf den der britische Secret Service bei Bedarf jederzeit zurückgreifen kann.

Der zweite Mann kam mit British Airways direkt aus London. Es war Denis Gaunt, und er sah genauso aus wie immer, nur daß sein Haar grau war, was ihn fünfzehn Jahre älter machte. Er hatte einen schmalen Aktenkoffer diskret am linken Handgelenk angekettet und trug die blaue Krawatte mit dem Windhund-Motiv, das Erkennungszeichen des Kurier-Corps der Königin.

Alle Länder haben diplomatische Kuriere, die ihr Leben damit zubringen, Dokumente in die Botschaften in aller Herren Länder und von dort nach Hause zu befördern. Sie gelten nach dem Wiener Übereinkommen als diplomatisches Personal, und ihr Gepäck wird nicht durchsucht. Gaunt hatte einen britischen Paß auf einen anderen Namen, der aber absolut echt und gültig war. Er legte ihn vor und durfte unbehelligt die Sperren passieren.

Ein Jaguar der Botschaft stand zu seiner Abholung bereit und brachte ihn unverzüglich zur Botschaft, wo er eine Stunde nach Thornton eintraf. Nun konnte er Thornton die Maskenbildner-Utensilien übergeben, die er in seinem Koffer mitgebracht hatte.

Als dritter kam Sam McCready mit einer Maschine der Finnair aus Helsinki. Auch er hatte einen gültigen britischen Paß auf einen falschen Namen, und auch er war verkleidet. In dem gut geheizten Flugzeug war allerdings etwas schiefgegangen.

Seine rotblonde Perücke war ein bißchen verrutscht, so daß darunter eine dunklere Haarsträhne hervorschaute. Der Klebstoff, mit dem sein ebenfalls rotblonder Schnurrbart befestigt war, war an einer Ecke offenbar geschmolzen, so daß sich der Schnurrbart teilweise von der Oberlippe gelöst hatte.

Der Paßkontrolleur musterte das Bild in dem Paß und dann wieder den Mann, der vor ihm stand. Die Gesichter waren dieselben – Frisur, Schnurrbart, alles stimmte. Es ist nicht verboten, eine Perücke zu tragen, nicht einmal in Rußland; viele Kahlköpfe tun das. Aber ein abgehender Schnurrbart? Der Paßkontrolleur – es war nicht derselbe, der Rabbi Birnbaum gesehen hatte, denn Scheremetjewo ist ein großer Flughafen – wandte sich ebenfalls an einen Vorgesetzten, der daraufhin durch einen Spionspiegel blickte.

Kurz darauf klickte hinter diesem Spiegel mehrmals eine Kamera; Befehle wurden erteilt, und mehrere Männer, die Bereitschaftsdienst gehabt hatten, setzten sich in Trab. Als McCready aus dem Flughafengebäude kam, warteten schon zwei nicht gekennzeichnete Moskwitschs auf ihn. Auch er wurde mit einem Wagen der britischen Botschaft abgeholt, allerdings einem schlichteren Modell als der Jaguar, und zur Botschaft gebracht, verfolgt von den beiden KGB-Fahrzeugen, deren Insassen ihrer Behörde, dem Zweiten Hauptdirektorat, Bericht erstatteten.

Am Spätnachmittag trafen die Fotos von dem seltsamen Besucher im »Dorf« in Jassenewo ein, der Zentrale der Auslandsabteilung des KGB, des Ersten Hauptdirektorats. Sie landeten auf dem Schreibtisch des stellvertretenden Leiters, General Wadim W. Kirpitschenko. Er sah sie prüfend an, las den beiliegenden Bericht über die Perücke und den baumelnden Schnurrbart und ging mit den Bildern ins Fotolabor.

»Sehen Sie mal zu, ob Sie die Perücke und den Schnurrbart wegretuschieren können«, befahl er. Die Techniker gingen mit der Spritzpistole ans Werk. Als der General das Ergebnis sah, hätte er beinahe laut losgelacht.

»Ich werd verrückt«, murmelte er. »Das ist Sam McCready.«

Er informierte das Zweite Hauptdirektorat, daß ab sofort seine eigenen Leute die Beschattung übernehmen würden, und erteilte die nötigen Befehle.

»Vierundzwanzig Stunden täglich. Wenn er Kontakt aufnimmt, werden beide festgenommen. Wenn er etwas aus einem toten Briefkasten holt, wird er festgenommen. Wenn er in die Richtung des Lenin-Mausoleums furzt, wird er festgenommen.«

Er legte den Hörer auf und las noch einmal die Angaben in McCreadys Paß. Er gab sich als Londoner Elektronik-Fachmann aus, der über Helsinki aus London angereist war, um die Botschaft auf Abhöreinrichtungen zu überprüfen – eine Routinesache.

»Aber was zum Teufel machst du wirklich hier?« fragte der General den Mann, der ihn auf dem Foto anstarrte.

In der britischen Botschaft aßen McCready, Gaunt und Thornton alleine. Der Botschafter war nicht begeistert, drei solche Gäste im Haus zu haben, aber die Anforderung war vom Cabinet Office gekommen, und man hatte ihm versichert, die Störung werde nur vierundzwanzig Stunden dauern. Soweit es Seine Exzellenz anging, war es um so besser, je eher diese gräßlichen Spukgestalten wieder verschwanden.

»Ich hoffe, es funktioniert«, sagte Gaunt beim Kaffee. »Die Russen sind bekanntlich hervorragende Schachspieler.«

»Schon«, sagte McCready sachlich, »aber morgen werden wir mal sehen, wie gut sie beim Dreikartentrick sind.«

6

An einem warmen Julimorgen genau um fünf Minuten vor acht kam eine nicht gekennzeichnete Limousine des Typs Austin Montego langsam aus dem Tor der britischen Botschaft in Moskau und fuhr über die Moskwa-Brücke in Richtung Stadtmitte.

Dem KGB-Bericht zufolge saß Sam McCready am Steuer. Außer ihm war niemand in dem Wagen. Perücke und Schnurrbart saßen jetzt wieder makellos, deutlich erkennbar für die Observanten in ihren Autos. Es wurden in diesem Augenblick sowie noch mehrmals im Laufe des Tages Aufnahmen mit Teleobjektiven gemacht.

Der britische Agent fuhr langsam nach Moskau und hinaus in die »Ausstellung der volkswirtschaftlichen Errungenschaften der UdSSR« im Norden der Stadt. Unterwegs versuchte er mehrmals, einen etwaigen Verfolger abzuschütteln, was ihm aber nicht gelang. Er bemerkte auch nicht, daß er tatsächlich verfolgt wurde. Der KGB arbeitete mit sechs Wagen, die einander ablösten, so daß nie ein und derselbe Wagen länger als ein paar Minuten hinter dem Montego herfuhr.

Nachdem er den riesigen Park erreicht hatte, ließ der SIS-Mann sein Auto stehen und ging zu Fuß weiter. Zwei der KGB-Fahrzeuge bezogen in der Nähe des geparkten Montego Posten. Die Besatzungen der anderen vier Wagen verteilten sich so, daß der Engländer schließlich auf allen Seiten von einem unsichtbaren Schirm umgeben war.

Er kaufte sich ein Eis und saß fast den ganzen Vormittag auf einer Bank, tat so, als lese er in einer Zeitung, und sah immer wieder auf die Uhr, als wartete er auf jemanden. Es kam niemand, bis auf eine alte Frau, die ihn nach der Uhrzeit fragte. Er zeigte ihr wortlos seine Armbanduhr, sie las die Zeit ab, bedankte sich und ging weiter. Sie wurde prompt festgenommen, durchsucht und verhört. Am nächsten Morgen stand das Ermittlungsergebnis des KGB fest: Es handelte sich um eine alte Frau, die die Uhrzeit hatte wissen wollen. Der Eisverkäufer wurde ebenfalls festgenommen und mit ähnlichem Ergebnis verhört.

Kurz nach zwölf nahm der Agent aus London ein Päckchen Sandwiches aus der Tasche und aß sie langsam auf. Als er fertig war, stand er auf, ließ das Einwickelpapier in den Abfallkorb fallen, kaufte sich noch ein Eis und setzte sich wieder hin.

Der Abfallkorb wurde ununterbrochen observiert, aber es war unmöglich, das Papier zu bergen, bis schließlich der Reinigungskarren vorbeikam und der Abfallkorb ausgeleert wurde. Nun wurde das Papier von den KGB-Leuten sichergestellt und anschließend einer gründlichen erkennungsdienstlichen Analyse unterzogen. Man untersuchte das Papier auf unsichtbare Schrift, Mikropunkte, zwischen zwei Papierschichten verborgenen Mikrofilme. Es wurde nichts gefunden. Allerdings stellte man Spuren von Brot, Butter, Gurke und Ei fest.

Lange vorher, kurz nach dreizehn Uhr, stand der Londoner Agent auf und verließ in seinem Wagen den Park. Sein erster Treff war eindeutig fehlgeschlagen. Allem Anschein nach fuhr er nun zu einem zweiten Treff in einem Berioska-Laden, in dem nur harte Devisen angenommen werden. Zwei KGB-Agenten betraten das Geschäft und lungerten zwischen den Regalen herum, um festzustellen, ob der Engländer irgendwo zwischen den exklusiven Waren, die hier angeboten wurden, eine Nachricht hinterlassen oder an sich nehmen würde. Hätte er etwas gekauft, wäre er befehlsgemäß festgenommen worden, mit der Begründung, daß der gekaufte Artikel wahrscheinlich eine Nachricht enthielt und das Geschäft als toter Briefkasten benutzt wurde. Er kaufte nichts und wurde in Ruhe gelassen.

Nachdem er den Laden verlassen hatte, fuhr er in die britische Botschaft zurück. Zehn Minuter später verließ er die Botschaft wieder, diesmal auf dem Rücksitz eines Jaguars, der von einem Chauffeur der Botschaft gelenkt wurde. Als der Jaguar in Richtung Flughafen aus der Stadt fuhr, ließ sich der Leiter des Observantenteams direkt zu General Kirpitschenko durchstellen.

»Er nähert sich jetzt dem Flughafengebäude, Genosse General.«

»Hat er irgendwelche Kontakte aufgenommen? Irgendeiner Art?«

»Nein, Genosse General. Abgesehen von der alten Frau und dem Eisverkäufer, die beide festgenommen wurden, hat er niemanden angesprochen, und es hat auch niemand etwas zu ihm gesagt. Die weggeworfene Zeitung und das Papier, in dem seine Brote eingewickelt waren, wurden sichergestellt. Darüber hinaus hat er nichts berührt.«

»Seine Mission muß fehlgeschlagen sein«, dachte Kirpitschenko. »Er wird wiederkommen, und wir werden schon auf ihn warten.«

Er wußte, daß McCready, getarnt als Techniker des Foreign Office, einen Diplomatenpaß besaß.

»Lassen Sie ihn laufen«, sagte er. »Achten Sie auf einen Übergabeversuch innerhalb des Flughafengebäudes. Falls keiner stattfindet, behalten Sie ihn im Auge, bis er in der Maschine ist.«

Später sah sich der General die Teleaufnahmen seiner Observanten an, verlangte eine starke Lupe, sah sich die Bilder erneut an und richtete sich dann mit hochrotem Gesicht auf: »Ihr verdammten Idioten, das ist nicht McCready.«

Um zehn nach acht kam ein Jaguar, den Berry Martins lenkte, der Stationschef des SIS in Moskau, aus der Botschaft und fuhr in gemessenem Tempo in das alte Stadtviertel Arbat, in dem die Straßen eng und von den stattlichen Häusern längst verstorbener wohlhabender Kaufleute gesäumt sind. Ein einzelner Moskwitsch nahm die Verfolgung auf, aber das war reine Routine. Die Briten bezeichneten diese KGB-Agenten, denen die triste Aufgabe zufiel, ihnen Tag für Tag durch ganz Moskau zu folgen, als »die Reservemannschaft«. Der Jaguar fuhr ziellos auf dem Arbat herum, und der Mann am Steuer fuhr ab und zu rechts ran, um auf den Stadtplan zu schauen.

Um zwanzig nach acht kam eine Mercedes-Limousine aus der Botschaft. Am Steuer saß, mit blauer Uniformjacke und Mütze, ein Chauffeur der Botschaft. Keiner sah in den Fond des Wagens, und so konnte niemand wissen, daß dort auf dem Wagenboden unter einer Decke ein zweiter Mann kauerte. Auch an diesen Wagen hängte sich ein Moskwitsch.

Auf dem Arbat fuhr der Mercedes an dem parkenden Jaguar vorbei. In diesem Augenblick hatte Martins offenbar gefunden, was er auf dem Stadtplan gesucht hatte, denn er fuhr unversehens los und setzte sich zwischen die Mercedes und den ihn verfolgenden Moskwitsch. Der Konvoi bestand jetzt aus einem Mercedes, einem Jaguar und zwei Moskwitschs.

Der Mercedes bog in eine enge Einbahnstraße ein, ebenso der Jaguar, dessen Motor jedoch bald darauf zu spucken und zu stottern anfing, so daß der Wagen zu ruckeln begann und nach wenigen Metern zum Stehen kam. Die beiden Moskwitschs hielten notgedrungen ebenfalls an und entließen einen ganzen Schwarm KGB-Agenten. Martins entriegelte die Motorhaube, stieg aus und machte die Haube auf. Im nächsten Moment war er von lauthals protestierenden Männern in Lederjacken umringt.

Der Mercedes verschwand die Straße entlang und bog um eine Ecke. Amüsierte Moskauer, die auf dem schmalen Gehsteig zusammenströmten, hörten den Jaguar-Fahrer zum Wortführer der KGB-Agenten sagen:

»Schön und gut, mein Bester, wenn Sie glauben, Sie können die Karre wieder zum Laufen bringen, dann nur zu.«

Nichts behagt einem Moskauer so sehr wie der Anblick von Tschekisten, die drauf und dran sind, sich bis auf die Knochen zu blamieren. Einer der KGB-Leute setzte sich wieder in sein Auto und gab über Funk eine Meldung durch.

Am Steuer des Mercedes ließ sich David Thornton von Sam McCready dirigieren, der, ohne jede Verkleidung und das Ebenbild seiner selbst, unter seiner Decke hervorgekrochen kam und Anweisungen gab.

Zwanzig Minuten später hielt der Mercedes auf einer einsamen, von Bäumen abgeschirmten Straße in der Mitte des Gorki-Parks. McCready riß am Heck das mit einem Schnappriegel angebrachte CD-Schild ab und befestigte ein neues Nummernschild, das auf der Rückseite mit kräftigen Klebstreifen versehen war, über dem britischen Kennzeichen. Thornton tat vorne am Wagen dasselbe. McCready holte Thorntons Make-up-Schachtel aus dem Kofferraum und setzte sich wieder auf den Rücksitz. Thornton vertauschte seine steife blaue Mütze mit einer echt russisch wirkenden Ledermütze und setzte sich wieder ans Steuer. Um achtzehn Minuten nach neun verließ Oberst Nikolai Gorodow seine Wohnung in der Schabolowski-Straße und ging zu Fuß in Richtung auf den Dserschinski-Platz und die Zentrale des KGB. Er wirkte eingefallen und blaß. Der Grund dafür tauchte bald hinter ihm auf. Zwei Männer kamen aus einem Hauseingang und gaben sich erst gar keine große Mühe zu verbergen, daß sie ihn beschatteten.

Er war ungefähr zweihundert Meter gegangen, als ein schwarzer Mercedes sich von hinten näherte und dicht am Rinnstein neben ihm herfuhr. Er hörte das Summen eines elektrischen Fensterhebers, und eine Stimme sagte auf englisch:

»Guten Morgen, Herr Oberst. Kann ich Sie ein Stück mitnehmen?«

Gorodow blieb stehen. In dem Auto saß, wegen der Vorhänge vor der Heckscheibe für die beiden Beschatter unsichtbar, kein anderer als Sam McCready. Gorodows Gesicht verriet Überraschung, aber keine Genugtuung.

»Das«, dachte McCready, »wollte ich sehen.«

Gorodow faßte sich und sagte so laut, daß es die KGB-Leute hören konnten:

»Danke, Genosse, sehr freundlich.«

Er stieg ein, und der Wagen fuhr mit hoher Geschwindigkeit davon. Die beiden KGB-Leute zögerten drei Sekunden – und hatten keine Chance mehr. Sie zögerten deshalb, weil auf dem Nummernschild des Mercedes die Buchstaben MOC und dann zwei Ziffern standen.

Die MOC-Kennzeichenschilder werden ausschließlich an Mitglieder des Zentralkomitees ausgegeben, und ein KGB-Fußsoldat müßte schon sehr wagemutig sein, um einen Wagen mit einem solchen Kennzeichen anzuhalten und zu kontrollieren. Die beiden Agenten notierten sich aber die Nummer und informierten mit ihren Sprechfunkgeräten sofort die Zentrale.

Martins hatte eine gute Wahl getroffen. Die Zulassungsnummer an dem Mercedes gehörte einem Politbüro-Kandidaten, der gerade im Fernen Osten war, in der Nähe von Chabarowsk. Man brauchte vier Stunden, um ihn ausfindig zu machen und von ihm zu erfahren, daß er keinen Mercedes hatte, sondern einen Tschaika, und daß dieser in Moskau in der Garage stand. Da war es aber schon zu spät; der Mercedes hatte wieder seine britische Botschafts-Livree an, und über der Kühlerhaube flatterte fröhlich der britische Stander.

Gorodow lehnte sich zurück; jetzt hatte er alle Brücken hinter sich abgebrochen.

»Wenn Sie schon seit langem ein sowjetischer Maulwurf sind, bin ich tot«, sagte McCready. Gorodow dachte darüber nach.

»Und wenn Sie schon seit langem ein sowjetischer Maulwurf sind«, erwiderte er, »dann bin *ich* tot.«

»Warum sind Sie nach Moskau gefahren?« wollte McCready wissen.

»Weil ich einen Fehler gemacht hatte«, sagte Gorodow. »Ich hatte Ihnen etwas versprochen und mußte feststellen, daß ich es in London nicht beschaffen konnte. Wenn ich mein Wort gebe, will ich es auch halten. Dann wurde ich zu dringenden Beratungen nach Moskau beordert. Ungehorsam hätte bedeutet, daß ich sofort in den Westen hätte kommen müssen. Man hätte keinerlei Entschuldigung gelten lassen, wenn ich nicht geflogen, sondern in der Botschaft geblieben wäre. Ich dachte mir, ich könnte für eine Woche rüberfliegen, das Gesuchte finden und dann wieder mit Genehmigung meiner Vorgesetzten nach London zurückkehren.

Erst als ich ankam, erfuhr ich, daß es zu spät war. Ich stehe unter schwerem Verdacht. Meine Wohnung und mein Büro werden abgehört. Man beschattet mich ständig. Ich darf Jassenewo nicht verlassen und nur bedeutungslose Arbeit in der Zentrale verrichten. Ach übrigens, ich habe etwas für Sie.«

Er öffnete seinen Aktenkoffer und reichte McCready einen dünnen Ordner. Es waren fünf Blätter darin, jedes mit einem Foto und einem Namen. Unter dem ersten Bild stand »Donald Maclean«, unter dem zweiten »Guy Burgess«. Beide waren inzwischen verstorben und in ihrer Wahlheimat Moskau begraben. Das dritte Blatt zeigte das wohlbekannte Gesicht und den Namen von Kim Philby, der noch am Leben war und in Moskau saß. Der vierte Mann hatte die schmalen, asketischen Züge von Anthony Blunt, der inzwischen in England aus dem Amt gejagt worden war. McCready blätterte zur fünften Seite um.

Das Foto war sehr alt. Es zeigte einen mageren jungen Mann mit strubbeligem, gewelltem Haar und großen, eulenhaften Brillengläsern. Unter dem Foto standen zwei Worte. John Cairncross. McCready lehnte sich seufzend zurück.

»Ach du Scheiße, also doch der.«

Er kannte den Namen. Cairncross war während und nach dem Krieg trotz seiner jungen Jahre ein hoher Beamter gewesen. Er hatte auf den verschiedensten Posten gedient – als Privatsekretär von Lord Hankey, Minister im Kriegskabinett, beim Abhördienst in Bletchley Park, im Schatzamt und im Kriegsministerium. Ende der vierziger Jahre hatte er Zugang zu geheimen Informationen über Kernwaffen gehabt. Anfang der fünfziger Jahre war er unter Verdacht geraten, hatte aber nichts gestanden. So blieb nur die Möglichkeit, ihn rauszuekeln. Da man ihm nichts hatte nachweisen können, durfte er nach Rom zur Welternährungsorganisation (FAO) gehen. Seit 1986 lebte er in Frankreich im Ruhestand. Eine 35jährige Jagd war vorbei, und kein Unschuldiger brauchte mehr eine ungerechte Anklage zu fürchten.

»Sam«, fragte Gorodow mit sanfter Stimme, »wo fahren wir eigentlich hin?«

»In meinem Horoskop steht«, erwiderte McCready, »daß ich heute eine Reise nach Westen machen werde. In Ihrem steht das gleiche.«

Thornton hielt erneut unter den Bäumen des Gorki-Parks, tauschte dann den Platz mit einem der beiden Männer auf dem Rücksitz und ging an die Arbeit. Der andere setzte sich ans Steuer und markierte den Chauffeur. Niemand hätte es sich einfallen lassen, sich neugierig der Limousine eines Mitglieds des Zentralkomitees zu nähern, aber es war ohnehin niemand zu sehen. Hochrangige Parteimitglieder verhängten den Fond ihrer Dienstlimousinen stets mit Vorhängen, und auch bei diesem Wagen waren sie jetzt zugezogen. Thornton arbeitete an seinem Klienten – die Leute, denen er eine Maske verpaßte, nannte er immer seine »Klienten« – in dem diffusen Tageslicht, das durch die Vorhänge ins Wageninnere fiel.

Eine aufblasbare Unterziehjacke aus dünnem Material verlieh dem schlankeren Mann die Leibesfülle des Rabbi Birnbaum. Darüber kamen das weiße Hemd, schwarze Hosen, Krawatte und Sakko. Thornton brachte den grauen Vollbart und den Schnurrbart an, färbte die Haare in derselben Farbe und befestigte die grauen Korkenzieherlocken des orthodoxen Rabbi an den Schläfen des Klienten. Mit dem schwarzen Homburg und der Reisetasche war Rabbi Birnbaum wieder auferstanden, genau wie er tags zuvor in Moskau eingetroffen war. Nur daß es diesmal ein anderer Mann war. Zum Schluß wurde die Limousine wieder in ein Fahrzeug der britischen Botschaft zurückverwandelt.

Der Rabbi wurde am Hotel National abgesetzt, wo er ausgiebig zu Mittag aß; er zahlte in US-Dollar und nahm ein Taxi zum Flughafen. Er hatte für den Nachmittagsflug nach London gebucht, und auf seinem Ticket stand, daß er nach New York weiterfliegen wollte.

Thornton fuhr den Wagen zurück aufs Gelände der britischen Botschaft, wobei sein anderer Klient unter der Decke vor dem Rücksitz kauerte. Er machte sich fast unverzüglich wieder an die Arbeit, mit einer Perücke und einem Schnurrbart in der gleichen rotblonden Färbung, mit Cremes, Farbstoffen, eingefärbten Kontaktlinsen und Zahnfarbe. Zehn Minuten, nachdem Denis Gaunt, dem die Kopfhaut unter der warmen Perücke juckte, die er den ganzen Tag dem KGB zuliebe getragen hatte, in seinem Montego zurückgekommen war, wurde der andere Mann von einem echten Chauffeur der Botschaft in dem Jaguar zum Flughafen gebracht.

Kaum eine Stunde später ließ sich Thornton, der sich inzwischen in den Kurier der Königin verwandelt hatte, seinerseits von Barry Martins nach Scheremetjewo fahren.

Der Rabbi zog auch diesmal neugierige Blicke auf sich, aber seine Papiere waren in Ordnung, und er passierte in einer Viertelstunde die Kontrollen. In der Abflughalle setzte er sich hin und las in seinem Siddur, wobei er gelegentlich unverständliche Gebete murmelte.

Der Mann mit der rotblonden Perücke wurde beinahe bis zum Eingang der Abflughalle eskortiert, so zahlreich waren die KGB-Leute, die darauf achteten, daß er eine Nachricht oder ein Päckchen weder erhielt noch weitergab.

Als letzter traf der Kurier der Königin ein, mit dem am Handgelenk angeketteten Aktenkoffer. Diesmal hatte Thornton sein kostbares Handwerkszeug in seinem eigenen Koffer; er brauchte keinen, der die Sachen für ihn transportierte, da sein Gepäck nicht durchsucht werden durfte.

Denis Gaunt blieb in der Botschaft. Er sollte drei Tage später herausgeholt werden; ein anderer SIS-Mann würde als angeblicher Kurier nach Moskau kommen und Gaunt einen Paß mitbringen, der auf denselben Namen lautete wie sein eigener – Mason. Genau im selben Augenblick würden zwei Masons an verschiedenen Stellen des Flughafens die Kontrollen passieren, und British Airways würde zwei Masons befördern, obwohl nur einer auf der Passagierliste stehen würde.

An diesem Nachmittag konnten die Passagiere nach London pünktlich an Bord gehen, und der BA-Flug verließ um 17.15 Uhr den sowjetischen Luftraum. Kurz darauf erhob sich der Rabbi mühsam, ging nach hinten in den Raucherbereich und sagte zu dem Mann mit der rotblonden Perücke:

»Nikolai, mein Freund, Sie sind jetzt im Westen.« Dann bestellte er Champagner für sie beide und den diplomatischen Kurier. Das Vexierspiel hatte funktioniert, weil McCready aufgefallen war, daß er selbst, Gaunt und Gorodow alle ungefähr gleich groß waren und den gleichen Körperbau hatten.

Dank des Zeitgewinns infolge der westlichen Flugrichtung landeten sie kurz nach sieben in Heathrow. Eine Abordnung des Century House, dem Martins von Moskau aus Bescheid gesagt hatte, holte sie ab. Sie wurden sofort umringt, als sie die Maschine verließen, und auf dem schnellsten Wege weggebracht.

Timothy Edwards hatte McCready erlaubt, Nikolai Gorodow für diesen Abend in seine Wohnung in Kensington mitzunehmen.

»Es tut mir leid, Herr Oberst, aber morgen früh müssen wir mit der eigentlichen Befragung beginnen. Ein höchst angenehmes Landhaus ist dafür vorbereitet worden. Ich versichere Ihnen, es wird Ihnen an nichts mangeln.«

»Ich danke Ihnen. Ich verstehe«, sagte Gorodow.

Kurz nach zehn kam Joe Roth, den McCready angerufen hatte. Er war überrascht, zwei »Gorillas« vom SIS unten im Hausflur und zwei weitere auf dem Gang vor McCreadys bescheidener Wohnung zu finden.

Auf sein Klingeln öffnete ihm McCready, in Freizeithose und Pullover, ein Glas Whisky in der Hand.

»Danke, daß du gekommen bist, Joe. Ich habe jemanden hier, mit dem ich dich gerne schon viel früher bekannt gemacht hätte. Du ahnst nicht, wie gerne.«

Er ging vor ins Wohnzimmer. Der Mann am Fenster drehte sich um und lächelte.

»Guten Abend, Mr. Roth«, sagte Gorodow. »Schön, Sie endlich kennenzulernen.«

Roth stand da wie gelähmt. Dann ließ er sich in einen Sessel fallen und nahm den Whisky, den McCready ihm reichte. Gorodow setzte sich Roth gegenüber.

»Besser, Sie sagen es ihm selbst«, meinte McCready zu dem Russen, »Sie wissen es besser als ich.«

Der Russe nahm einen Schluck Whisky und überlegte, wo er anfangen sollte.

»Projekt Potemkin begann vor acht Jahren«, sagte er. »Die Idee stammte eigentlich von einem rangniedrigen Offizier, aber General Drosdow machte sie sich zu eigen. Die Sache wurde sein – wie sagen Sie doch – sein Baby. Ziel war es, einen hohen CIA-Mitarbeiter als sowjetischen Agenten zu denunzieren, aber auf eine so überzeugende Art und mit einer solchen Fülle scheinbar hieb- und stichfester Beweise, daß praktisch jeder darauf hereinfallen mußte.

Langfristig bestand das Ziel darin, auf Jahre hinaus tödliche Zwietracht innerhalb der CIA zu säen und auf diese Weise die Moral des Personals für mindestens ein Jahrzehnt zu untergraben und die guten Beziehungen zum SIS in Großbritannien nachhaltig zu schädigen.

Anfangs hatte man noch keinen bestimmten Mitarbeiter im Visier, aber nachdem man etwa ein halbes Dutzend in Betracht gezogen hatte, fiel die Wahl auf Calvin Bailey. Dafür gab es zwei Gründe. Erstens wußten wir, daß er wegen seiner persönlichen Art innerhalb der CIA nicht besonders beliebt war. Zweitens hatte er in Vietnam gedient, einem plausiblen Land für eine angebliche Anwerbung durch den KGB.

Es war reine Routine, daß Calvin Bailey als CIA-Agent in Vietnam entdeckt wurde. Wir versuchen ja alle, die Agenten der jeweiligen Gegenseite zu identifizieren, und sobald das gelungen ist, verfolgen wir natürlich auch aufmerksam ihren weiteren Werdegang, also jede Versetzung und jede Beförderung. Manchmal kann das Ausbleiben einer Beförderung Unzufriedenheit auslösen, und die kann dann ein gewiefter Anwerber ausnutzen. Aber wem sage ich das.

Der KGB gleicht der CIA auch darin, daß er nie etwas wegwirft. Noch die winzigste Information, jedes kleinste Bruchstück, wird sorgfältig aufbewahrt und archiviert. Drosdows Durchbruch kam, als er zum zweitenmal das amerikanische Material sichtete, das wir nach dem Fall Saigons 1975 von den Vietnamesen bekommen hatten. Die meisten Ihrer Unterlagen waren verbrannt, aber ein paar blieben in dem Durcheinander erhalten. In einem Schriftstück wurde ein gewisser Nguyen van Troc erwähnt, der für die Amerikaner gearbeitet hatte.

Dieses Dokument wurde van Troc zum Verhängnis. Er und sein Cousin wurden verhaftet. Sie hatten nicht fliehen können. Der Cousin wurde exekutiert, aber van Troc wurde monatelang brutal verhört und dann in ein nordvietnamesisches Straflager gesteckt. Dort machte Drosdow ihn 1980 ausfindig. Unter der Folter hatte er gestanden, daß er bei den Vietcong für Calvin Bailey gearbeitet hatte.

Die Regierung in Hanoi war zur Zusammenarbeit bereit, und man beraumte einen Fototermin an. Van Troc wurde aus dem Lager geholt, mit gutem Essen gemästet und in die Uniform eines vietnamesischen Obersts gesteckt. Dann wurde er fotografiert, wie er mit anderen Offizieren unmittelbar nach der Invasion in Kambodscha Tee trank. Den Tee servierten nacheinander drei verschiedene Männer, alles Hanoi-Agenten, die dann mit ihren Fotos in den Westen geschickt wurden. Van Troc wurde liquidiert.

Einer der Stewards gab sich als Flüchtling aus und zeigte das Foto stolz jedem britischen Offizier in Hongkong, der es sehen wollte.

Schließlich wurde es konfisziert und nach London geschickt – wie geplant.«

»Wir haben eine Reproduktion davon nach Langley geschickt«, warf McCready ein. »Nur aus Gefälligkeit. Es hatte scheinbar keinen Wert.«

»Drosdow wußte bereits, daß Bailey am Programm Phoenix beteiligt gewesen war«, fuhr Gorodow fort. »Er war von unserem Residenten in Saigon entdeckt worden, einem Mann, der sich als Schwede und Importeur für Spirituosen für die Ausländer in Vietnam ausgab. Und Drosdow erfuhr, daß Bailey in My Lai gewesen war, als Bailey bei der Kriegsgerichtsverhandlung gegen den jungen Offizier als Zeuge aussagte. Ihr seid in Amerika sehr großzügig mit der Veröffentlichung amtlicher Unterlagen. Der KGB schlachtet sie weidlich aus.

Wie auch immer, man war überzeugt, ein plausibles Szenarium für einen Gesinnungswandel von Bailey gefunden zu haben. Sein Aufenthalt in Tokio 1970 war registriert worden – reine Routine. Drosdow brauchte Orlow nur aufzutragen, er solle behaupten, er, Drosdow, sei an einem bestimmten Tag in Tokio gewesen, um die Führung eines amerikanischen CIA-Renegaten zu übernehmen, und als Sie das überprüften – siehe da, es stimmte. Natürlich war Drosdow 1970 nicht in Tokio, das wurde nachträglich erfunden.

Von da an wurde das Belastungsmaterial gegen Bailey zusammengetragen, Steinchen für Steinchen. Pjotr Orlow wurde etwa 1981 zum Desinformationsagenten bestimmt; seitdem wurde er durch Schulungen und zahllose Proben auf diese Aufgabe vorbereitet. Als Urtschenko törichterweise nach Moskau zurückkehrte, lieferte er dem KGB vor seinem Tod noch wertvolle Informationen darüber, wie man in Amerika mit Überläufern verfährt. Orlow konnte sich also darauf vorbereiten, den Fallen auszuweichen, dem Lügendetektor zu widerstehen und Ihnen immer genau das zu sagen, was Sie hören wollten. Nicht zuviel, aber immerhin so viel, daß bei Ihren Überprüfungen alles zusammenpaßte.

Nachdem Drosdow sich Bailey zum Opfer erkoren hatte, wurde Bailey auf Schritt und Tritt überwacht. Wohin er auch fuhr, stets wurde es registriert. Nachdem er befördert worden war und häufig nach Europa· und in andere Länder flog, um die Außenstellen zu inspizieren, begann das mit den Bankkonten. Kaum tauchte Bailey in einer europäischen Großstadt auf, schon wurde ein Konto eröffnet, immer auf einen Namen, den er auch selbst hätte wählen können, beispielsweise den der verheirateten Schwester seiner Frau oder den seiner Großmutter mütterlicherseits.

Drosdow hatte einen Schauspieler, einen regelrechten Doppelgänger Baileys, der in ständiger Bereitschaft war und auf Befehl sofort in irgendeine Stadt flog, um dort das Konto zu eröffnen, so daß der jeweilige Bankbeamte Bailey später als Kontoinhaber identifizieren konnte. Im weiteren Verlauf wurden große Beträge auf diese Konten eingezahlt, immer in bar und immer von einem Mann mit einem ausgeprägten mitteleuropäischen Akzent.

Informationen, die man aus den verschiedensten Quellen bezogen hatte – unachtsames Gerede, abgehörte Funksprüche und Telefongespräche, fachliche Veröffentlichungen (die in Amerika zum Teil unglaublich offen sind) –, wurden Bailey zugeschrieben. Sogar Besprechungen in Ihrer Moskauer Botschaft werden abgehört – wußten Sie das? Nein? Na, dann später mehr davon.

Vieles wurde von Drosdow zurückdatiert. So konnte Orlow behaupten, geheime Informationen, die uns tatsächlich erst Anfang der achtziger Jahre bekannt wurden, seien schon Mitte der siebziger Jahre in unseren Besitz gelangt, natürlich über Calvin Bailey. Alles Lüge, aber raffiniert ausgeheckt. Und Orlow mußte natürlich alles auswendiglernen.

Erfolge, bei denen der KGB über die CIA triumphiert hatte, wurden ebenso Bailey zugeschrieben wie fehlgeschlagene CIA-Operationen. Und alles wurde zurückdatiert, so daß es so aussah, als hätten wir es schon zu einem Zeitpunkt gewußt, an dem wir es – ohne CIA-Verräter – beim besten Willen noch nicht hätten wissen können.

Nach zwei Jahren fehlte Drosdow aber immer noch etwas. Er brauchte Insider-Klatsch aus Langley, Spitznamen, die nur innerhalb der CIA bekannt waren, oder zum Beispiel Ihren Decknamen Hayes, Mr. Roth. Dann lief Edward Howard zu den Russen über, und Drosdow konnte die letzte Lücke schließen. Er kannte jetzt sogar bislang unbekannte Erfolge Baileys und konnte Orlow instruieren, es so darzustellen, als habe der KGB sie geduldet, um seinem Agenten Sperber zu Beförderungen zu verhelfen. In Wirklichkeit hat Moskau diese Erfolge natürlich nicht geduldet – Bailey hat sie sich hart erarbeitet.

Schließlich durfte Orlow dann überlaufen, und zwar auf eine so ungewöhnliche Art, daß er später behaupten konnte, er habe befürchtet, abgefangen und von Sperber verraten zu werden, falls er auf irgendeine andere Art herübergekommen wäre. Angeblich aus demselben Grund wollte er nur zu den Amerikanern, nicht zu den Briten. Die Briten hätten ihn über andere Dinge ausgefragt.

Er kam also, und er verriet zwei KGB-Agenten, unmittelbar bevor sie liquidiert wurden. Es war alles von langer Hand vorbereitet. Aber es sah so aus, als sei in Washington eine undichte Stelle, durch die Einzelheiten über seine Befragung nach Moskau gelangten. Als er sicher sein konnte, daß der Kunde auf den Köder anbeißen würde, rückte er schließlich mit der Neuigkeit über den sowjetischen Maulwurf innerhalb der CIA heraus. So war's doch, nicht wahr?«

Roth nickte. Er wirkte verstört.

»Dieser Mordanschlag auf Orlow in Alconbury. Wozu?« fragte er.

»Drosdow wollte ganz sicher gehen. Er wußte natürlich nichts von mir. Er wollte noch einen draufsetzen. Die Agentin war Spitzenklasse, eine der besten, die sie hatten. Sie sollte ihn nur verwunden, nicht töten; und dann fliehen.«

Keiner sagte etwas. Joe Roth starrte in sein Glas. Nach einer Weile stand er auf.

»Ich muß gehen.«

McCready begleitete ihn hinaus. Auf dem Gang klopfte er dem Amerikaner auf die Schulter.

»Kopf hoch, Joe. In diesem Geschäft macht jeder mal einen Fehler. Meine Firma hat sich auch schon die übelsten Schnitzer geleistet. Sieh's doch mal von der positiven Seite. Du kannst jetzt in die Botschaft fahren und dem DCI mitteilen, daß alles in Butter ist. Bailey ist entlastet.«

Er begleitete ihn noch bis zum Treppenabsatz, aber Roth sagte kein Wort mehr.

Als McCready zu seiner Wohnung zurückging, ließen die beiden Leibwächter ihn durch und machten hinter ihm die Tür zu. Im Wohnzimmer saß Gorodow und starrte fassungslos auf eine Meldung im Evening Standard, den er durchgesehen hatte, solange McCready draußen war. Wortlos schob er die Zeitung über den Tisch und zeigte auf einen längeren Bericht auf der fünften Seite.

»Polizeitaucher bargen heute an der Schleuse Teddington die Leiche eines amerikanischen Touristen aus der Themse. Nach Angaben eines Sprechers wird angenommen, daß der Mann gestern abend in der Nähe von Eton ins Wasser gefallen ist. Der Tote wurde als

Calvin Bailey identifiziert, ein amerikanischer Beamter, der seinen Urlaub in London verbrachte.

Wie aus der amerikanischen Botschaft verlautet, hatte Bailey mit einem Bekannten, einem Zweiten Sekretär an der Botschaft, in einem Restaurant in Eton zu Abend gegessen. Nach dem Essen fühlte sich Bailey nicht wohl und ging an die frische Luft. Sein Bekannter blieb noch, um die Rechnung zu begleichen. Als er hinausging, konnte er Bailey nirgends finden. Er wartete noch eine Stunde und nahm dann an, Bailey sei alleine nach London zurückgekehrt. Als ein Anruf ergab, daß dies nicht der Fall war, benachrichtigte er die Polizei. Die sofort angeordnete Suche blieb ohne Ergebnis.

Heute morgen sagte ein Polizeisprecher in Eton, Bailey sei offenbar auf dem Treidelpfad spazierengegangen, dabei ausgerutscht und ins Wasser gefallen. Bailey war Nichtschwimmer. Die Witwe des Ertrunkenen stand für Auskünfte nicht zur Verfügung. Sie hat einen Schock erlitten und befindet sich in ärztlicher Behandlung.«

McCready legte die Zeitung weg und starrte auf die Tür.

»Oh, du armer Hund«, sagte er leise. »Du armer, armer Hund, du.«

Joe Roth nahm am Morgen die erste Maschine nach Washington und fuhr zu der Villa in Georgetown. Er reichte seine fristlose Kündigung ein, die nach vierundzwanzig Stunden wirksam wurde, und verließ den DCI als ernüchterter, weiser gewordene Mann. Bevor er ging, brachte er noch eine Bitte vor. Der DCI gewährte sie ihm.

Roth erreichte die Ranch spät am Abend desselben Tages.

Oberst Orlow war noch wach, alleine in seinem Zimmer, und spielte Schach gegen einen Computer. Er war gut, aber der Computer war besser. Der Computer hatte die weißen Figuren; Orlow hatte die anderen, die nicht schwarz, sondern dunkelrot waren. Der Kassettenrecorder spielte ein Album der Seekers aus dem Jahr 1965.

Kroll betrat den Raum als erster, ging zur Seite und stellte sich mit dem Rücken zur Wand auf. Roth folgte ihm und schloß die Tür hinter sich. Orlow blickte auf, erstaunt.

Kroll sah ihn unverwandt an, mit leerem Blick und ausdruckslosem Gesicht. Unter seiner linken Achselhöhle zeichnete sich ein Höcker ab. Orlow sah es und blickte zu Roth hinüber. Keiner von beiden sagte etwas. Roth sah ihn nur mit sehr kalten Augen an. Der verwirrte Ausdruck auf Orlows Gesicht wich einem resignierten Begreifen. Keiner sagte etwas.

Die reine, klare Stimme von Judith Durham füllte den Raum.

»*Fare thee well, my own true lover,*
This will be our last goodbye ...«
Krolls Hand näherte sich dem Recorder.
»*For the carnival is over* ...«
Kroll drückte auf den »Off«-Knopf, und Stille trat ein. Orlow sagte nur ein Wort, das zweite in seiner Muttersprache, seit er in Amerika war:
»*Kto?*« Das bedeutet: »Wer?«
Roth sagte: »Gorodow.«
Es war wie ein Faustschlag. Orlow schloß die Augen und schüttelte ungläubig den Kopf.

Er sah auf das Brett vor sich und legte einen Finger auf die Krone seines Königs. Er drückte und ließ los. Der rote König fiel um, Eingeständnis des Spielers, daß er verloren hatte. Der Brautpreis war bezahlt und angenommen worden, aber es würde keine Hochzeit geben. Der rote König rollte ein Stückchen und blieb liegen.

Pjotr Alexandrowitsch Orlow, ein sehr tapferer Mann und ein Patriot, erhob sich und ging in die Dunkelheit, um vor den mächtigen Gott zu treten, der ihn geschaffen hatte.

London, Century House

»Das ist ja alles schön und gut, Denis, und auch höchst eindrucksvoll«, sagte Timothy Edwards, als die Kommission am Mittwochmorgen wieder zusammentrat. »Aber wir müssen uns doch fragen: Werden wir diese bemerkenswerten Talente in Zukunft jemals wieder brauchen?«

»Ich glaube, ich kann Ihnen nicht ganz folgen, Timothy«, erwiderte Denis Gaunt.

Sam McCready lehnte sich zurück, soweit die hohe, senkrechte Lehne des Stuhls es gestattete, und ließ die anderen palavern. Sie sprachen über ihn, als sei er schon ein Möbelstück, etwas aus der Vergangenheit, ein Gesprächsthema, das man im Club erörtern konnte, wenn der Portwein gereicht wurde.

Er sah durchs Fenster in den hellen blauen Julihimmel hinaus. Da draußen lag eine ganze Welt, eine andere Welt, in die er schon bald zurückkehren und in der er sich fortan zurechtfinden mußte, ohne auf den Rückhalt in der kleinen Gruppe seiner Kollegen zählen zu können, der Geheimdienstleute, mit denen er fast sein ganzes Arbeitsleben verbracht hatte.

Er dachte an seine Frau; wäre sie noch am Leben gewesen, hätte er sich mit ihr ins Privatleben zurückgezogen, für sie beide ein Häuschen am Meer irgendwo in Devon oder Cornwall gekauft. Er hatte manchmal von einem eigenen kleinen Fischerboot geträumt, das in einem kleinen, von einer Mauer umgebenen Hafen vor sich hin dümpeln würde, vor den Winterstürmen geschützt, und mit dem er im Sommer hinausfahren würde, um am Abend Kabeljau, Schollen oder schlanke, glitzernde Makrelen heimzubringen.

In seinem Traum wäre er schlicht Mr. McCready gewesen, der aus dem Haus über dem Hafen, oder auch Sam, wenn er mit den einheimischen Fischern und Krabbenfängern in der gemütlichen Kneipe saß. Es war natürlich nur ein Traum, den er manchmal in dunklen, verregneten Gassen irgendwo in der Tschechoslowakei oder in Polen geträumt hatte, wenn er auf einen »Treff« wartete oder einen toten Briefkasten beobachtete, um festzustellen, ob das Versteck inzwischen entdeckt worden war, bevor er hinging, um die Nachricht herauszuholen.

Aber der Mai war vorüber, und er war allein auf der Welt; Geborgenheit fand er nur noch in der Kameradschaft der anderen Männer, die sich wie er dafür entschieden hatten, ihrem Land zu dienen und ihr Leben an jenen düsteren Orten zu verbringen, wo der Tod nicht von Glanz und Gloria begleitet war, sondern sich mit dem Geräusch von Soldatenstiefeln auf Kopfsteinpflaster und dem blendenden Strahl einer Taschenlampe ankündigte. Er hatte sie alle überlebt, aber er wußte, daß er die Bonzen nicht überleben würde.

Außerdem wäre er einsam gewesen, ganz allein dort unten im Südwesten, weit weg von den anderen alten Haudegen, die ihren Gin in London im Special Forces Club tranken. Wie die meisten Männer, die ihr Leben im Schatten verbracht haben, war er im Grunde seines Herzens ein Einzelgänger, der nur schwer neue Freunde gewann, wie ein alter Fuchs, der lieber ein vertrautes Versteck aufsucht, als sich auf der Lichtung zu zeigen.

»Ich meine nur«, sagte Timothy Edwards gerade, »daß diese tollkühnen Grenzgänge nach Ostdeutschland und zurück der Vergangenheit angehören. Ab nächsten Oktober wird es die DDR nicht mehr geben. Sie existiert schon heute nur noch dem Namen nach. Unsere Beziehungen zur UdSSR haben sich in ungeahnter Weise verändert; es wird keine Überläufer mehr geben, nur noch willkommene Gäste ...«

Ach Gott, dachte McCready, auf dem Trip ist er also. Und was passiert, mein lieber Timothy, wenn in Moskau eine Hungersnot ausbricht und die Hardliner dem in die Enge getriebenen Michail Gorbatschow endgültig auf den Pelz rücken? Aber lassen wir das ...

Er ließ seine Aufmerksamkeit wieder abschweifen und dachte an seinen Sohn. Er war ein guter Junge, ein prächtiger Bursche; er hatte gerade sein Studium abgeschlossen und wollte Architekt werden. Gut für ihn. Er hatte eine hübsche blonde Freundin, mit der er zusammenlebte – das machten sie heute anscheinend alle ... Bei hübschen Mädchen verzichtete man auf jede Sicherheitsüberprüfung. Und Dan kam ab und zu bei ihm vorbei. Das war schön. Aber der Junge hatte sein eigenes Leben, mußte seinen Mann stehen, Freundschaften schließen und Reisen machen – hoffentlich an Orte, die heller und sicherer waren als die, die sein Vater kennengelernt hatte.

Er wünschte, er hätte sich mehr mit seinem Sohn befaßt, als er noch klein war, wünschte, er hätte die Zeit gehabt, sich mit ihm auf dem Teppich zu wälzen und ihm Gutenachtgeschichten vorzulesen. Viel zu oft hatte er das May überlassen müssen, weil er an irgendeine gottverlassene Grenze mußte, wo er auf den Stacheldraht starrte und darauf wartete, daß sein Agent angekrochen kam oder die Alarmsirenen schrillten, was bedeutete, daß man den Mann nie wiedersehen würde.

Über zu viel von dem, was er getan und gesehen hatte, über zu viele Orte, an denen er gewesen war, konnte er nicht mit dem jungen Mann sprechen, der ihn immer noch Dad nannte.

»Ich bin Ihnen sehr dankbar für Ihren Vorschlag, Timothy, der in gewisser Weise meinen eigenen vorwegnimmt.«

Denis Gaunt schlug sich wacker, brachte die Kerle dazu, ihm zuzuhören, und gewann sichtlich an Statur, während er sprach. Er war ein guter Mann, zwar eher für den Innendienst, aber gut.

»Natürlich«, fuhr Gaunt fort, »weiß Sam genausogut wie jeder von uns, daß wir nicht in der Vergangenheit leben und immer wieder über den Kalten Krieg nachdenken können. Der springende Punkt ist, daß es heute andere Gefahren gibt, die unser Land bedrohen, und diese Gefahren nehmen ständig zu. Ich nenne nur die Lieferung modernster Waffensysteme an höchst instabile Diktatoren in der Dritten Welt – wir alle wissen genau, was Frankreich dem Irak alles geliefert hat – und natürlich den Terrorismus.

Lassen Sie mich in diesem Zusammenhang« – er nahm von einem der Beamten der Dokumentenabteilung einen braunen Ordner entgegen und öffnete ihn – »an die Affäre erinnern, die im April 1986 begann und im Spätsommer 1987 endete, obwohl das Problem Irland wohl nie ein Ende finden wird. Solche Versuche wird es wahrscheinlich immer wieder geben, und es wird auch künftig Aufgabe der ›Firma‹ sein, sie zu vereiteln. Sam McCready vor die Tür setzen? Offen gesagt, meine Herren, das könnte uns teuer zu stehen kommen.«

Die Controller der Abteilungen »Westliche Hemisphäre« und »Inlandsoperationen« nickten, während Edwards sie finster anblickte. Diese Art von Einverständnis paßte ihm nicht in den Kram. Aber Gaunt las unbeirrt vor, welche Ereignisse im April 1986 zu der

Situation geführt hatten, die sich dann im Frühjahr 1987 bedrohlich zugespitzt hatte.

»Am 16. April 1986 bombardierten Kampfflugzeuge von amerikanischen Flugzeugträgern in der Großen Syrte und Kampfbomber von britischen Stützpunkten aus die Privatresidenz von Oberst Gaddafi bei Tripolis. Das Haus, in dem der Oberst schlief, wurde von einer Maschine beschossen, die von dem amerikanischen Flugzeugträger *Exeter* aufgestiegen war.

Gaddafi blieb am Leben, erlitt aber einen Nervenzusammenbruch. Als er sich erholt hatte, schwor er Rache, den Briten ebenso wie den Amerikanern, denn wir hatten die F-111-Bomber von unseren Basen Upper Heyford und Lakenheath aufsteigen lassen.

Im Frühjahr 1987 erfuhren wir, auf welche Weise Gaddafi sich an Großbritannien rächen wollte, und der Fall wurde Sam McCready übertragen ...«

Ein Kriegsopfer

1

Pater Dermot O'Brien erhielt die Nachricht aus Libyen auf dem normalen Weg für solch eine erste Kontaktaufnahme – mit der Post.

Es war ein völlig normaler Brief, und hätte ihn irgend jemand geöffnet – was nicht geschehen war, denn die Republik Irland fängt keine Postsendungen ab –, hätte er nichts Interessantes darin gefunden. Dem Poststempel nach kam er aus Genf, und das war auch der Fall; der Aufdruck neben der Briefmarke besagte, daß der Absender beim Weltkirchenrat beschäftigt war, und das war nicht der Fall.

Pater O'Brien fand den Brief eines Morgens im zeitigen Frühjahr des Jahres 1987 in seinem Fach in der Haupthalle neben dem Refektorium, als er vom Frühstück kam. Er sah die anderen vier Briefe durch, die er bekommen hatte, aber sein Blick kehrte zu dem aus Genf zurück. Er trug auf der Rückseite die leichte Bleistiftmarkierung, die besagte, daß er ihn nicht vor anderen öffnen oder herumliegen lassen sollte.

Der Priester nickte freundlich zwei Amtsbrüdern zu, die ins Refektorium gingen, und begab sich in sein Zimmer im ersten Stock.

Der Brief war auf dem üblichen knisternden Luftpostpapier geschrieben. Der Text war freundlich, ja herzlich, begann mit »Mein lieber Dermot ...« und war im Ton eines Geistlichen gehalten, der einem Amtsbruder schreibt, mit dem er seit Jahren befreundet ist. Der Weltkirchenrat ist zwar eine protestantische Organisation, doch hätte kein beiläufiger Beobachter etwas dabei gefunden, daß ein lutherischer Geistlicher einem Freund schrieb, der zufällig katholischer Priester war. Es war die Zeit vorsichtiger ökumenischer Annäherung, vor allem auf internationaler Ebene.

Der Freund in Genf sandte seine besten Grüße, sprach die Hoffnung aus, daß er bei guter Gesundheit sei, und plauderte über die Arbeit des Weltkirchenrats in der Dritten Welt. Zur Sache kam er im dritten Absatz des mit Schreibmaschine geschriebenen Textes. Er schrieb, der Bischof denke mit Vergnügen an eine frühere Begegnung mit Pater O'Brien zurück und würde sich gerne erneut mit ihm treffen. Die Unterschrift lautete schlicht »Dein Freund Harry«.

Pater O'Brien legte den Brief nachdenklich weg und schaute aus dem Fenster über die Wiesen der Grafschaft Wicklow zum Städtchen Bray und weiter zu den grauen Wassern der Irischen See. Diese freilich verbargen sich hinter den sanft gewellten Hügeln, und für den Betrachter in dem alten Gutshaus in Sandymount, dem Sitz seines Ordens, verschwammen sogar die Türme von Bray in dunstiger Ferne. Aber die Sonne schien hell auf die grünen Wiesen, die er so sehr liebte – mit der gleichen Inbrunst, wie er den großen Feind jenseits des Meeres haßte.

Der Brief hatte ihn in Aufregung versetzt. Es war lange her, fast zwei Jahre, seit er in Tripolis gewesen war, zu einer persönlichen Audienz bei Oberst Muammar Gaddafi, dem Großen Führer der libyschen Volksdschamahirija, dem Hüter von Allahs Wort, dem Mann, der in dem Brief als »der Bischof« bezeichnet wurde.

Es war eine seltene Gelegenheit, ein Privileg gewesen, aber trotz der blumigen Sprache, der weichen Stimme und der großartigen Versprechungen war letztlich nichts dabei herausgekommen. Kein Geld, keine Waffen für die Sache der Iren. Es war auf eine Enttäuschung hinausgelaufen, und der Mann, der die Begegnung eingefädelt hatte, Hakim al-Mansur, Chef der Auslandsabteilung des libyschen Geheimdienstes, der jetzt als »Harry« unterschrieben hatte, hatte sein Bedauern zum Ausdruck gebracht.

Und nun dies, eine Vorladung, denn darum handelte es sich im Grunde genommen. Es wurde kein Zeitpunkt für das Treffen mit dem Bischof vorgeschlagen, aber Pater O'Brien wußte, daß das unnötig war. Harry meinte »unverzüglich«. Zwar konnten einen die Araber jahrelang hinhalten, wenn ihnen danach war, doch wenn man eine solche Einladung von Gaddafi erhielt, fuhr man hin – falls man auf seine Großzügigkeit zählte.

Pater O'Brien wußte, daß seine Kampfgefährten tatsächlich auf diese Großzügigkeit angewiesen waren. Die Gelder aus Amerika flossen nur noch spärlich; die ständigen Appelle der Dubliner Regierung – in Pater O'Briens Augen ein Haufen Verräter –, keine Waffen und kein Geld nach Irland zu schicken, hatten ihre Wirkung nicht verfehlt. Es wäre unklug gewesen, der Aufforderung aus Tripolis nicht Folge zu leisten. Das Problem war nur, daß er eine gute Ausrede finden mußte, warum er schon wieder auf Reisen gehen wollte.

Dabei hätte Pater O'Brien ein paar Wochen Ruhe durchaus gebrauchen können. Er war erst drei Tage zuvor aus Amsterdam zurückgekehrt, angeblich von einem Seminar über den Kampf gegen den Hunger in der Welt.

Während seines Aufenthalts auf dem Festland hatte er die Möglichkeit gehabt, sich heimlich aus Amsterdam zu entfernen und mit Geld, das er schon früher in Utrecht deponiert hatte, zwei langfristige Mietverträge unter falschen Namen für eine Wohnung in Roermond und eine in Münster abzuschließen. Beide Wohnungen sollten später den jungen Helden Unterschlupf bieten, die in diese Länder gehen würden, um den Feind dort zu bekämpfen, wo er es am wenigsten erwartete.

Häufiges Reisen war für Dermot O'Brien ein selbstverständlicher Teil seines Lebens. Sein Orden befaßte sich mit missionarischer und ökumenischer Arbeit, und er war sein Auslandssekretär. Es war eine perfekte Tarnung für den Krieg; nicht den Krieg gegen die Armut, sondern den Krieg gegen die Engländer, der seine Berufung und sein Lebensinhalt war, seit er vor vielen Jahren den zerschmetterten Kopf des sterbenden jungen Mannes in Derry gehalten und die britischen Fallschirmjäger die Straße hinunterlaufen gesehen hatte. Er hatte den jungen Mann mit den Sterbesakramenten versehen und ein zweites, persönliches Gelübde abgelegt, von dem sein Orden und sein Bischof nichts wußten.

Seit damals hatte er seinen unbändigen Haß auf die Menschen jenseits der Irischen See genährt und geschärft und sich mit ganzer Kraft der guten Sache gewidmet. Seine Dienste waren willkommen gewesen, und seit zehn Jahren war er nun der wichtigste international tätige Finanz- und Waffenexperte des provisorischen Flügels der IRA. Er beschaffte Geld, transferierte Beträge von einem getarnten Bankkonto auf ein anderes, besorgte falsche Pässe und kümmerte sich um Beschaffung und Lagerung von Semtex und Druckzündern.

Mit seiner Hilfe hatten die Bomben im Regent's Park und im Hyde Park junge Militärmusiker, Reiter und Pferde zerrissen; durch seine Arbeit hatte er dazu beigetragen, daß zugespitzte Bolzen vor dem Kaufhaus Harrods durch die Luft geflogen waren und Eingeweide zerfetzt und Gliedmaßen abgetrennt hatten. Er bedauerte, daß das notwendig war, aber er wußte, es war gerecht. Er las dann immer die

Berichte in den Zeitungen und sah sich inmitten seiner entsetzten Amtsbrüder im Fernsehraum an, was die Bomben angerichtet hatten. Und er ging seelenruhig zur Messe, wenn ein Gemeindepfarrer aus der Umgebung ihn einlud.

Zum Glück half ihm an diesem Frühlingsmorgen eine kurze Ankündigung in der *Dublin Press* aus der Klemme; die Zeitung lag noch auf seinem Bett, wo er sie beim Trinken des Morgentees gelesen hatte.

Sein Zimmer war auch sein Büro, und er hatte einen eigenen Telefonanschluß. Er tätigte zwei Anrufe und erhielt beim zweiten eine herzliche Einladung, sich der Gruppe anzuschließen, deren Pilgerfahrt in der Zeitung angekündigt worden war. Dann ging er zu seinem Abt.

»Ich brauche das einfach, Frank«, sagte er. »Wenn ich im Büro bleibe, klingelt den ganzen Tag das Telefon. Ich brauche den Frieden, die Zeit zum Beten. Wenn Sie mich entbehren können, würde ich gerne mitreisen.«

Der Abt sah sich die Reiseroute an und nickte.

»Gehen Sie mit Gott, Dermot. Und beten Sie für uns alle.«

Die Wallfahrt sollte in einer Woche beginnen. Pater O'Brien wußte, daß er sich beim Army Council keine Reisegenehmigung zu holen brauchte. Falls er nach seiner Rückkehr Neuigkeiten zu berichten hatte, um so besser. Wenn nicht, bestand kein Anlaß, den Army Council zu behelligen. Er schickte einen Brief nach London und zahlte den Zuschlag für die Eilzustellung; so konnte er sich darauf verlassen, daß der Brief spätestens in drei Tagen das Libysche Volksbüro in London erreichen würde. Damit blieben dann Tripolis noch drei Tage Zeit, die nötigen Vorkehrungen zu treffen.

Die Wallfahrt begann mit einer Messe im irischen Heiligtum Knock, und dann ging es zum Flughafen Shannon und per Charterflug nach Lourdes in den Vorbergen der französischen Pyrenäen. Hier setzte sich Pater O'Brien unbemerkt von der aus Laien, Nonnen und Priestern bestehenden Pilgerschar ab und bestieg ein kleines Charterflugzeug, das auf dem Flugplatz von Lourdes auf ihn wartete. Vier Stunden später landete er in Valletta auf Malta, wo die Libyer ihn übernahmen. Der nicht gekennzeichnete Regierungs-Jet landete auf einem kleinen Militärflugplatz außerhalb von Surt, ganze vierundzwanzig Stunden nach dem Abflug des irischen Priesters von Shannon. Hakim al-Mansur, urban und verbindlich wie immer, holte ihn ab.

Da O'Brien möglichst bald wieder nach Lourdes zurückkehren und sich seiner Pilgergruppe anschließen mußte, blieb keine Zeit für ein Treffen mit Oberst Gaddafi. Das war auch gar nicht vorgesehen. Es handelte sich um eine Operation, die al-Mansur in eigener Regie durchführen sollte. Die beiden Männer unterhielten sich in einem Raum der Luftwaffenbasis, der von al-Mansurs persönlichen Leibwächtern gesichert wurde. Als sie fertig waren, schlief der Ire ein paar Stunden und flog dann über Malta nach Lourdes zurück. Er war in Hochstimmung. Sollte das, was man ihm gesagt hatte, Wirklichkeit werden, so würde dies einen gewaltigen Durchbruch für seine gerechte Sache bedeuten.

Hakim al-Mansur konnte dem Großen Führer drei Tage später Bericht erstatten. Er wurde, wie immer, ohne Vorankündigung aufgefordert, sich unverzüglich dort einzufinden, wo Gaddafi sich an diesem Tag aufhielt. Seit dem Bombenangriff im Jahr zuvor wechselte der libysche Revolutionsführer noch öfter als früher seinen Aufenthaltsort und verbrachte immer mehr Zeit draußen in der Wüste.

Er war an diesem Tag in »Beduinenstimmung«, wie al-Mansur es für sich nannte – in einem weißen Kaftan ruhte er, ausgestreckt auf einem Berg Kissen, in einem großen, reich verzierten Zelt in seinem Wüstenlager. Er wirkte genauso schläfrig wie immer, während er sich die Berichte zweier nervöser Minister anhörte, die mit untergeschlagenen Beinen vor ihm saßen. Die Minister, Stadtmenschen von Geburt an, hätten es vorgezogen, an ihrem Schreibtisch zu sitzen, aber wenn es dem Großen Führer beliebte, daß sie auf Kissen auf einem Teppich hockten, dann hockten sie eben auf Kissen.

Als al-Mansur das Zelt betrat, bedeutete Gaddafi ihm mit einer Geste, etwas abseits Platz zu nehmen und zu warten, bis er an die Reihe käme. Als die Minister entlassen waren, trank Gaddafi einen Schluck Wasser und bat um einen Bericht über den Fortgang der Angelegenheit.

Der Offizier erstattete Bericht, ohne Schnörkel oder Übertreibungen. Wie alle in der Umgebung des libyschen Staatschefs empfand er eine gewisse ehrfürchtige Bewunderung für Gaddafi. Der Mann war ein Rätsel, und ein rätselhafter Mensch flößt Männern immer ehrfürchtige Scheu ein, vor allem dann, wenn er mit einer Handbewegung anordnen kann, daß man auf der Stelle hingerichtet wird.

Al-Mansur wußte, daß viele einflußreiche Ausländer, zumal Amerikaner, der Überzeugung waren, Gaddafi sei wahnsinnig. Er, al-

Mansur, wußte, daß Muammar Gaddafi nichts von einem Verrückten an sich hatte. Der Mann hätte sich niemals achtzehn Jahre lang unangefochten an der Spitze dieses turbulenten, zerrissenen und gewalttätigen Landes halten können, wenn er geistesgestört gewesen wäre.

Er war ein durchaus geschickter, wendiger Politiker. Er hatte Fehler gemacht, und er gab sich Illusionen hin, besonders über die Welt außerhalb seines eigenen Landes und sein Ansehen in dieser Welt. Er hielt sich tatsächlich für einen einsamen Superstar, der die Weltbühne beherrschte. Er glaubte wirklich, seine ausschweifenden Reden stießen auf Ehrerbietung bei den nach Millionen zählenden »Massen« jenseits seiner eigenen Grenzen, die er ermunterte, ihre Unterdrücker zu stürzen und seine, Gaddafis, unabweisbare Führerschaft bei der Erneuerung des Islams anzuerkennen, einer Aufgabe, die ihm persönlich aufgetragen worden sei. In seiner Umgebung wagte niemand, dem zu widersprechen.

In Libyen war er unangefochten und praktisch unanfechtbar. Rat holte er sich bei einem kleinen Kreis enger Vertrauter. Minister kamen und gingen, aber die Mitglieder seines innersten Zirkels hatten und behielten sein Vertrauen – es sei denn, er verdächtigte einen verräterischer Machenschaften – und übten die eigentliche Macht aus. Nur wenige von ihnen wußten irgend etwas über jene seltsame Gegend, »das Ausland«. Auf diesem Gebiet war Hakim al-Mansur, der eine britische Public-School besucht hatte, der Experte. Al-Mansur wußte, daß er bei Gaddafi einen Stein im Brett hatte. Das kam nicht von ungefähr; der Leiter der Auslandsabteilung des Geheimdienstes hatte in jüngeren Jahren seine Loyalität bewiesen, indem er persönlich drei von Gaddafis politischen Gegnern in ihren europäischen Schlupflöchern liquidiert hatte.

Dennoch, der Beduinen-Diktator wollte mit Vorsicht behandelt sein. Manche taten dies mit blumigen Schmeicheleien. Al-Mansur hatte den Verdacht, daß Gaddafi das zwar akzeptierte, jedoch nicht ganz für bare Münze nahm. Er selbst begegnete ihm respektvoll, verzichtete aber darauf, die Wahrheit zu beschönigen. Er formulierte mit Bedacht und sprach wohlweislich nie die ganze Wahrheit aus – das wäre Selbstmord gewesen –, aber er vermutete, daß Muammar Gaddafi trotz seines träumerischen Lächelns und seiner fast effeminierten Gesten die Wahrheit hören wollte.

An diesem Tag im April des Jahres 1987 berichtete Hakim al-

Mansur seinem Herrscher vom Besuch des irischen Priesters und von dem Gespräch, das er mit ihm geführt hatte. Während er sprach, näherte sich einer der Leibärzte Gaddafis, der an einem Tischchen in einer Ecke eine Arznei zubereitet hatte, und reichte dem Staatschef einen kleinen Becher. Gaddafi trank die Medizin und entließ den Arzt mit einer Handbewegung. Der Mann packte seine Medikamente ein und verließ das Zelt.

Obwohl ein Jahr vergangen war, seit die amerikanischen Bomber seine Privatresidenz zerstört hatten, hatte sich Gaddafi noch nicht gänzlich erholt. Er litt immer noch an Bluthochdruck und gelegentlichen Alpträumen. Der Arzt hatte ihm ein leichtes Beruhigungsmittel gegeben.

»Daß das Material zu gleichen Hälften geteilt wird – hat er das akzeptiert?« erkundigte er sich.

»Der Priester wird diese Bedingung weitergeben«, sagte al-Mansur. »Ich vertraue darauf, daß der Army Council zustimmen wird.«

»Und die Sache mit dem amerikanischen Botschafter?«

»Auch das.«

Gaddafi seufzte, wie jemand, auf dessen Schultern zu viele von den Bürden der Welt lasten.

»Das reicht noch nicht«, sagte er träumerisch. »Wir brauchen noch mehr. In Amerika selbst.«

»Die Suche geht weiter, Exzellenz. Das Problem ist immer noch dasselbe. In Großbritannien wird der provisorische Flügel der IRA dafür sorgen, daß Sie Ihre gerechte Rache bekommen. Die Ungläubigen werden auf Ihre Weisung die Ungläubigen vernichten. Es war ein brillanter Einfall ...«

Die Idee, den provisorischen Arm der IRA als Mittel und Werkzeug für Gaddafis Rache an Großbritannien zu benutzen, war eigentlich al-Mansurs Gehirn entsprungen. Aber Gaddafi glaubte inzwischen, der Gedanke sei ihm selbst gekommen, dank einer Eingebung Allahs. Al-Mansur fuhr fort: »In Amerika gibt es unglücklicherweise keine Partisanen-Organisation, derer man sich auf dieselbe Weise bedienen könnte. Die Suche geht weiter. Die Werkzeuge Ihrer Rache werden gefunden werden.«

Gaddafi nickte mehrmals und deutete dann mit einer Geste an, daß die Unterredung beendet sei.

»Kümmern Sie sich darum«, sagte er leise.

Das Sammeln geheimer Informationen ist ein merkwürdiges Geschäft. Nur selten bringt ein einziger Coup Antworten auf alle Fragen, geschweige denn Lösungen für alle Probleme. Die Suche nach der einen, einzigen Patentlösung ist eine amerikanische Besonderheit. In den meisten Fällen muß in geduldiger Arbeit ein Puzzle zusammengesetzt werden, Stück für Stück. In den meisten Fällen bekommt man das letzte Dutzend Teile nie; ein guter Geheimdienst-Analytiker kann jedoch auch aus einer lückenhaften Sammlung von Bruchstücken das ganze Bild zusammensetzen.

Manchmal fallen einem Teile in die Hand, die nicht zu dem Puzzle gehören, an dem man arbeitet, sondern zu einem anderen. Manchmal sind die Teile gefälscht, und niemals passen sie nach dem Zusammensetzen fugenlos zusammen wie die Teile eines echten Puzzlespiels mit ihren ineinandergreifenden Vorsprüngen und Einbuchtungen.

Im Century House, dem Sitz des britischen Secret Intelligence Service (SIS) gibt es Experten für Puzzlespiele. Sie verlassen nur selten ihren Schreibtisch; für das Sammeln der Einzelteile sind die Außenagenten zuständig. Die Analytiker versuchen dann, sie zusammenzusetzen. Noch vor Ende April waren zwei Teile eines neuen Puzzles im Century House eingegangen.

Das eine kam von dem libyschen Arzt, der Gaddafi in seinem Zelt die Arznei gegeben hatte. Der Mann hatte einen Sohn gehabt, den er sehr geliebt hatte. Der junge Mann hatte in England Ingenieurswesen studiert, als der libysche Geheimdienst an ihn herangetreten war und ihm eingeredet hatte, falls er seinen Vater liebe, müsse er sich bereit erklären, eine Aufgabe für den Großen Führer zu erledigen. Die Bombe, die der Geheimdienst ihm gegeben hatte, war vorzeitig explodiert. Der Vater hatte seinen Schmerz verborgen und die Beileidsbekundungen entgegengenommen, aber sein Herz war seither voller Haß. Er gab alle Informationen, die er sich dank seiner Stellung am Hofe Muammar Gaddafis beschaffen konnte, an die Briten weiter.

Sein Bericht über den Teil des Gesprächs in dem Zelt, den er mitgehört hatte, bevor er entlassen worden war, wurde nicht über die britische Botschaft in Tripolis weitergeben, denn diese wurde Tag und Nacht überwacht. Vielmehr ging er zunächst nach Kairo, wo er nach einer Woche eintraf. Von Kairo aus wurde er unverzüglich nach London weitergeleitet, wo man ihn für so wichtig hielt, daß er sofort dem Chef vorgelegt wurde.

»Er wird *was* tun?« fragte der Chef ungläubig.

»Anscheinend hat er der IRA angeboten, ihr Sprengstoffe und

Waffen zu schenken«, sagte Timothy Edwards, der in diesem Monat vom Assistenten zum Stellvertreter des Leiters befördert worden war. »Zumindest ist das die einzige plausible Erklärung für den Teil der Unterredung, den unser Informant mitgehört hat.«

»Wie wurde das Angebot gemacht?«

»Offenbar über einen irischen Priester, der nach Libyen geflogen war.«

»Wissen wir, wer das ist?«

»Nein, Sir, vielleicht ist er gar kein richtiger Priester. Es könnte sich um eine Tarnung für einen Mann vom Army Council handeln. Aber das Angebot kommt offenbar direkt von Gaddafi.«

»Ah ja. Dann müssen wir jetzt herausfinden, wer dieser mysteriöse Geistliche ist. Ich frag mal bei der Box nach, ob die was drüber wissen. Wenn er in Nordirland sitzt, gehört er ihnen. Sitzt er im Süden oder irgendwo anders, nehmen wir ihn uns vor.«

»Box 500« ist der Insider-Spitzname für den MI-5, den britischen Security Service, die Spionageabwehr, die in Nordirland, das zu Großbritannien gehört, für die Terrorismusbekämpfung zuständig ist. Der SIS ist dagegen für geheimdienstliche Maßnahmen und Spionageabwehr im Ausland zuständig, einschließlich der Republik Irland, des »Südens«.

Der Chef aß noch am selben Tag mit seinem Kollegen, den Generaldirektor des MI-5, zu Abend. Dritter Mann am Tisch war der Leiter des Koordinierungsstabes der britischen Geheimdienste; ihm würde es zufallen, das Cabinet Office zu unterrichten. Zwei Tage später förderte eine MI-5-Operation ein zweites Teil des Puzzlespiels zutage.

Damit hatte niemand gerechnet. Es war einer jener glücklichen Zufälle, die einem gelegentlich das Leben leichter machen. Ein junger IRA-Mann mit einem Armalite im Kofferraum seines Autos geriet in eine Straßensperre der Königlichen Polizei von Ulster. Der Teenager zögerte, dachte an das Gewehr in seinem Auto, das ihm mit Sicherheit ein paar Jahre Gefängnis eingetragen hätte, und versuchte, die Straßensperre zu durchbrechen.

Er hätte es beinahe geschafft. Bei etwas mehr Erfahrung wäre er mit heiler Haut davongekommen. Der Sergeant und die zwei höheren Polizeibeamten an der Straßensperre mußten zur Seite springen, als das Auto plötzlich auf sie zugeschossen kam. Aber ein dritter Beamter, der sich im Hintergrund gehalten hatte, legte sein Gewehr an und feuerte viermal auf den Wagen. Eines der Geschosse riß dem Teenager die Schädeldecke ab.

Er war nur ein Laufbursche, aber die IRA beschloß, ihm trotzdem ein Begräbnis mit militärischen Ehren auszurichten. Es fand im Heimatort des toten jungen Mannes statt, einem kleinen Dorf in South Armagh. Die trauernden Hinterbliebenen wurden vorher von Sinn-Fein-Präsident Gerry Adams aufgesucht, der ihnen Trost spendete und sie um einen Gefallen bat: ob sie damit einverstanden wären, daß ein zu Besuch weilender Priester, den er als langjährigen Freund der Familie bezeichnete, anstelle des Ortspfarrers den Trauergottesdienst abhalte. Die Familie, die ausschließlich aus fanatischen Republikanern bestand – ein zweiter Sohn verbüßte eine lebenslange Freiheitsstrafe wegen Mordes –, willigte ohne Zögern ein. Also wurde der Gottesdienst von Pater Dermot O'Brien abgehalten.

Kaum jemand weiß, daß Begräbnisse von IRA-Leuten den IRA-Führern immer wieder willkommene Gelegenheit zu Zusammenkünften und Besprechungen bieten. Der Ablauf der Zeremonien wird von der IRA aufs schärfste kontrolliert. Im allgemeinen sind alle Trauernden, Männer, Frauen und Kinder, überzeugte Anhänger der IRA. In South Armagh, Fermanagh und South Tyrone sind die Einwohner mancher kleinen Dörfer allesamt fanatische IRA-Sympathisanten.

Obwohl oft das Fernsehen über die Begräbnisfeierlichkeiten berichtet, können die IRA-Bosse, die in der Menge sogar davor sicher sind, daß man ihnen die Worte von den Lippen abliest, gemeinsam planen, entscheiden, Informationen weitergeben oder Aktionen besprechen, was ja für Männer, die auf Schritt und Tritt überwacht werden, nicht immer einfach ist. Sollte ein britischer Soldat oder ein nordirischer Polizist es wagen, sich der Trauergemeinde zu nähern, würde er damit einen Tumult auslösen oder – auch das ist schon vorgekommen – Gefahr laufen, daß man ihn ermordet. Deshalb beschränkt man sich darauf, die Feierlichkeiten mit Fernobjektiven zu filmen, doch ist es im allgemeinen unmöglich, auf solchen Aufnahmen zu erkennen, was die IRA-Leute zueinander gesagt haben. So kann die IRA also selbst geheiligte Orte wie Friedhöfe zur Planung neuer scheußlicher Verbrechen nutzen.

Als die Briten Wind davon bekamen, überlegten sie nicht lange. Jemand hat einmal gesagt, ein englischer Gentleman müsse vor allem eins lernen: in welchem Augenblick er keiner mehr sein dürfe. Seither präparieren die Briten die Särge mit »Wanzen«.

In der Nacht vor der Beerdigung in Ballycrane brachen zwei Soldaten vom Special Air Service in Zivil in die Leichenhalle ein, wo der noch leere Sarg bereitstand. Der Tote war nach irischem Brauch noch im Wohnzimmer der Familie aufgebahrt. Einer der beiden Soldaten war Elektronik-Fachmann, der andere ein versierter französischer Kunsttischler. Innerhalb einer Stunde war die »Wanze« ins Holz des Sarges eingepflanzt. Ihre Nutzungsdauer war sehr begrenzt, denn schon am nächsten Vormittag würde sie sechs Fuß unter der Erde sein.

Aus gut getarnter Stellung oberhalb des Dorfes beobachtete tags darauf der SAS die Beerdigung und fotografierte das Gesicht jedes Anwesenden mit einer Kamera, deren Objektiv einer Panzerfaust ähnelte. Ein anderer Mann zeichnete die Geräusche auf, die das Abhörgerät im Sarg auffing, während dieser die Dorfstraße entlang und in die Kirche getragen wurde. Das winzige Gerät übertrug den gesamten Trauergottesdienst, und die Soldaten beobachteten, wie der Sarg wieder aus der Kirche und ans offene Grab getragen wurde.

Der Priester, dessen Soutane im Morgenwind wehte, sprach die letzten Worte und warf eine Handvoll Erde auf den Sarg, während dieser herabgelassen wurde. Das Geräusch der auf das Holz prasselnden Erde war so laut, daß der abhörende Soldat das Gesicht verzog. Am offenen Grab stand Pater Dermot O'Brien neben einem Mann, der nach Wissen der Briten der stellvertretende Stabschef des IRA Army Council war. Mit gesenktem Kopf und abgewandtem Gesicht begannen sie leise miteinander zu sprechen.

Ihre Worte wurden auf dem Hügel auf Band aufgezeichnet. Die Aufnahme wurde dann nach Lurgan, von dort zum Flugplatz Aldergrove und weiter nach London befördert. Es hatte sich nur um eine Routine-Operation gehandelt, doch das Ergebnis war pures Gold. Pater O'Brien hatte dem Army Council Gaddafis Angebot in allen Einzelheiten unterbreitet.

»*Wieviel?*« fragte zwei Tage später in London Sir Anthony, der Vorsitzende des Koordinierungsstabes für die Geheimdienste.

»Zwanzig Tonnen, Tony. Das ist das Angebot.«

Der Generaldirektor des MI-5 nahm die Akte entgegen, die sein Kollege gerade gelesen hatte, und verstaute sie wieder in seinem Aktenkoffer. Das Tonband selbst hatte er nicht mitgebracht. Sir

Anthony war ein vielbeschäftigter Mann; eine schriftliche Synopse genügte ihm zur Information.

Das Band war über einen Tag lang beim MI-5 in London gewesen, und die Spezialisten hatten gute Arbeit geleistet. Die Tonqualität hatte zwangsläufig zu wünschen übriggelassen. Zum einen hatte die »Wanze« einen halben Zentimeter tief im Holz gesteckt und war in das Grab herabgelassen worden, als das Gespräch begann. Zum anderen waren viele Störgeräusche vorhanden gewesen: das Schluchzen der ebenfalls dicht am Grab stehenden Mutter des jungen Terroristen, das Rascheln der frischen Brise über dem Grab und in der wallenden Soutane des Priesters und das Knallen der Gewehre der Ehrengarde der IRA mit ihren schwarzen Kapuzenmützen, die drei Salven mit Platzpatronen in die Luft schoß.

Für einen Rundfunktechniker wäre das Band eine Katastrophe gewesen, aber für solche Zwecke war es ja auch nicht gedacht. Im übrigen ist die Technik der elektronischen Klangverbesserung inzwischen sehr hoch entwickelt. In mühsamer Arbeit hatten Toningenieure die Hintergrundgeräusche ausgefiltert, die gesprochenen Worte in einen anderen Frequenzbereich »angehoben« und sie dadurch von allen anderen Geräuschen getrennt. Wohlklang konnte man den Stimmen des Priesters und des neben ihm stehenden Mannes vom Army Council deswegen immer noch nicht attestieren, aber es war deutlich zu verstehen, was die beiden gesagt hatten.

»Und die Konditionen?« fragte Sir Anthony weiter. »Kein Zweifel möglich?«

»Nein«, sagte der Generaldirektor. »Die zwanzig Tonnen werden aus den üblichen Maschinengewehren, Gewehren, Granaten, Mörsern, Pistolen, Zeitzündern und Panzerfäusten bestehen – wahrscheinlich tschechischen RPG-7. Außerdem zwei Tonnen Semtex-H. Davon muß die Hälfte für eine Serie von Bombenanschlägen auf dem britischen Festland verwendet werden, für gezielte Attentate, unter anderem auf den amerikanischen Botschafter. Anscheinend haben die Libyer darauf größten Wert gelegt.«

»Bobby, ich möchte, daß Sie das alles dem SIS vortragen«, sagte Sir Anthony schließlich. »Bitte diesmal keine Eifersüchteleien zwischen den Diensten. Uneingeschränkte Zusammenarbeit, auf der ganzen Linie. Es sieht alles nach einer Übersee-Operation aus – ihr Spezialgebiet. Von Libyen bis hinauf zu irgendeiner gottverlassenen Bucht an der irischen Küste wird es eine Auslandsoperation sein. Ich möchte, daß Sie dem SIS jede Unterstützung gewähren – und das gilt für Sie und alle Ihre Untergebenen.«

»Selbstverständlich«, sagte der Generaldirektor. »Die bekommen sie.«

Am frühen Abend hatten der Chef des SIS und sein Stellvertreter Timothy Edwards an einer längeren Sitzung in der Zentrale ihrer Schwesterorganisation in der Curzon Street teilgenommen. Ausnahmsweise hatte der Chef sich zu dem Eingeständnis durchgerungen, er könne die Informationen aus Ulster teilweise aufgrund des Berichts des libyschen Arztes bestätigen. Normalerweise brachten ihn keine zehn Pferde dazu, auch nur die Existenz von SIS-Agenten im Ausland einzuräumen, aber dies war keine normale Situation.

Er bat um Kooperation, und sie wurde ihm zugesagt. Der MI-5 würde die Überwachung des Mannes vom Army Council der IRA verstärken, sowohl direkt als auch auf elektronischem Gebiet. Solange Pater O'Brien im Norden blieb, galt dasselbe für ihn. Kehrte er in die Republik Irland zurück, würde ihn der SIS übernehmen. Verstärkte Überwachung würde auch für einen anderen Mann angeordnet werden, der in dem Gespräch am Grab erwähnt worden war, ein Mann, der den britischen Sicherheitskräften wohlbekannt war, den sie aber noch nie festgenommen hatten.

Der Chef ordnete an, die Agenten in der Republik Irland sollten auf die Rückkehr von Pater O'Brien achten, ihn beschatten und vor allem London benachrichtigen, falls er per Flugzeug oder Schiff ins Ausland reiste. Auf dem europäischen Festland würde man ihn viel leichter hochnehmen können.

Als er ins Century House zurückgekehrt war, ließ der Chef Sam McCready kommen.

»Sie müssen das verhindern, Sam«, sagte er am Schluß der Unterredung. »Entweder schon in Libyen oder irgendwo unterwegs. Die zwanzig Tonnen Waffen dürfen auf keinen Fall durchkommen.«

Sam McCready saß stundenlang in einem abgedunkelten Vorführraum und sah sich den Videofilm von dem Begräbnis an. Während das Tonband den gesamten Trauergottesdienst in der Kirche aufnahm, hatte die Kamera den Friedhof abgesucht und nacheinander die IRA-Wachen herangeholt, die jeden unerwünschten Zuschauer fernhalten sollten. Wegen ihrer schwarzen Wollkapuzen war keiner von ihnen zu identifizieren.

Als der Trauerzug aus der Kirchentür kam und den Weg zum Grab einschlug, wobei sechs Vermummte den Sarg trugen, bat McCready die Techniker, einmal Ton und Bild zu synchronisieren. Nichts auch nur entfernt Verdächtiges wurde gesagt, bis der Priester mit gesenktem Kopf neben dem Mann vom Army Council am Grabesrand stand. Der Priester hob den Kopf, um die weinende Mutter des erschossenen jungen Mannes zu trösten.

»Anhalten. Heranzoomen. Optimal einstellen.«

Das Gesicht von Pater O'Brien füllte jetzt den ganzen Bildschirm aus, und McCready sah es sich zwanzig Minuten lang genau an und prägte sich jede Einzelheit so ein, daß er es von nun an überall wiedererkennen würde.

Die Niederschrift des Teils des Tonbandes, in dem der Priester von seinem Besuch in Libyen berichtete, las er mehrmals. Später saß er alleine in seinem Büro und sah sich Fotos an.

Auf einem war Muammar Gaddafi zu sehen, das schwarze Haar buschig unter der Militärmütze, den Mund im Sprechen halb geöffnet. Ein anderes zeigte Hakim al-Mansur, wie er in Paris einem Auto entstieg, in einem exzellenten Maßanzug aus der Savile Row, ein weltgewandter Mann, der Englisch wie seine Muttersprache und Französisch fließend sprach, gebildet, charmant, kosmopolitisch und absolut tödlich. Auf dem dritten Foto war der Stabschef des Army Council der IRA zu sehen, wie er in seiner anderen Rolle als gesetzestreuer und verantwortungsbewußter Lokalpolitiker der Sinn-Fein-Partei eine Rede bei einer Kundgebung in Belfast hielt. Noch ein viertes Bild lag vor McCready, das Porträt des Mannes, der am Grab als derjenige erwähnt worden war, dem der Army Council wahrscheinlich die Leitung der Operation anvertrauen würde. Der Mann also, den Pater O'Brien bei Hakim al-Mansur würde einführen müssen. Die Briten wußten, daß der Kommandeur der Brigade South Armagh der IRA inzwischen zum Leiter der Abteilung Sonderprojekte befördert worden war, ein hochintelligenter, sehr erfahrener und rücksichtsloser Killer. Sein Name war Kevin Mahoney.

McCready sah sich die Fotos stundenlang an und versuchte, sich die Gehirne hinter den Gesichtern vorzustellen. Um dieses Spiel zu gewinnen, würde er sich in sie hineindenken müssen. Bis jetzt waren sie im Vorteil. Sie wußten nicht nur, was sie tun würden, sondern vermutlich auch, wie sie vorgehen würden. Und wann. Er wußte das erste, aber nicht das zweite und dritte.

Er hatte zwei Vorteile: Er wußte, was sie vorhatten; sie wußten nicht, daß er es wußte. Und er würde sie erkennen, aber sie kannten ihn nicht. Oder kannte al-Mansur sein Gesicht? Der Libyer hatte für den KGB gearbeitet. Die Russen kannten McCready. Hatten sie dem Libyer Fotos vom »Täuscher« gezeigt?

Der Chef war nicht bereit, das Risiko einzugehen.

»Tut mir leid, Sam, aber Sie gehen auf keinen Fall selbst. Und wenn die Wahrscheinlichkeit, daß sie Ihr Gesicht archiviert haben, auch nur ein Prozent beträgt, bleibe ich trotzdem bei meiner Ablehnung. Nichts gegen Sie persönlich. Aber Sie dürfen denen unter gar keinen Umständen lebend in die Hände fallen. Eine neue Buckley-Affäre hätte mir gerade noch gefehlt.«

Richard Buckley, CIA-Stationschef in Beirut, war von der Hisbollah gefangen genommen worden. Er war eines langsamen, schrecklichen Todes gestorben. Die Fanatiker hatten ihm bei lebendigem Leibe die Haut abgezogen und eine Videoaufzeichnung davon der CIA geschickt. Natürlich hatte er geredet und alles verraten.

»Sie müssen jemand anderen finden«, sagte der Chef. »Und möge der Herr seine Hand über ihn halten.«

So ging McCready die Akten durch, Tag für Tag, vorwärts und rückwärts; er siebte und sortierte, erwog und verwarf. Schließlich blieb ein Name übrig, ein »möglicher« Kandidat. Damit ging er zu Timothy Edwards.

»Sie sind verrückt, Sam«, sagte Edwards. »Sie wissen doch, daß er völlig inakzeptabel ist. Der MI-5 haßt ihn wie die Pest. Wir versuchen, mit denen zusammenzuarbeiten, und Sie schlagen mir diesen Abtrünnigen vor. Zum Henker, das ist ein regelrechter Renegat, einer, der die Hand beißt, die ihn füttert. Mit dem würden wir nie arbeiten.«

»Eben deswegen«, sagte Sam ungerührt.

Edwards änderte seine Taktik. »Er würde sowieso nie für uns arbeiten.«

»Vielleicht doch.«

»Nennen Sie mir einen einzigen Grund.«

McCready tat es.

»Tja«, sagte Edwards, »nach unseren Unterlagen ist der Mann ein Außenseiter. Es besteht striktes Verbot, ihn einzusetzen. Aber wie ich Sie kenne« – er sah versonnen aus dem Fenster – »werden Sie wahrscheinlich Ihrem berühmten Instinkt folgen.«

Mit solchen Worten werden lange, glänzende Karrieren begründet. Mit der Fingerspitze hatte Edwards unter der Schreibtischplatte das Tonbandgerät vor dem letzten Satz abgeschaltet.

McCready machte sich keine Illusionen über den provisorischen Flügel der IRA. Die Journalisten, die in der Boulevard-Presse die irischen Terroristen immer als hoffnungslose Stümper hinstellten, die gelegentlich mal einen Zufallstreffer erzielten, wußten nicht, wovon sie redeten.

Vielleicht war es früher so gewesen, Ende der sechziger und Anfang der siebziger Jahre, als die Führung der IRA aus ein paar alternden Ideologen in Trenchcoats bestand, die mit kleinkalibrigen Faustfeuerwaffen herumliefen und in einer Garage Bomben aus Düngemitteln bastelten. Damals hätte man ihnen noch in den Arm fallen, sie »neutralisieren« können. Aber wie immer hatten die Politiker sich geirrt, die Gefahr unterschätzt, sich vorgemacht, die Bombenwerfer seien nur etwas militantere Vertreter der Bürgerrechtsbewegung. Diese Zeiten waren längst vorbei. Bis zur Mitte der achtziger Jahre war die IRA den Kinderschuhen entwachsen und hatte sich zur womöglich schlagkräftigsten terroristischen Vereinigung der Welt entwickelt.

Die IRA besaß die vier Merkmale, ohne die keine Terroristengruppe sich zwanzig Jahre lang halten kann. Erstens verfügte sie über ein Reservoir von Sympathisanten in der eigenen Volksgruppe, aus dem sie ständig junge Leute anwerben konnte, die dann in die Fußstapfen der Toten oder derer treten konnten, die »weggegangen« (ins Gefängnis gekommen) waren. Diese Quelle würde nie versiegen.

Zweitens hatte sie den Süden, also die Republik Irland, als sicheres Zufluchtsland, von dem aus Operationen im britisch regierten Norden geplant und durchgeführt werden konnten. Zwar lebten viele im Norden, doch konnten sich gesuchte Terroristen jederzeit in den Süden absetzen und damit auf Nimmerwiedersehen verschwinden. Wären die sechs Grafschaften Nordirlands eine Insel gewesen, hätte man das Problem IRA schon vor Jahren lösen können.

Drittens waren die aktiven IRA-Mitglieder so von ihrem Sendungsbewußtsein durchdrungen und so skrupellos, daß sie vor keiner Greueltat zurückschreckten. Im Laufe der Jahre war die Altherrenriege der ausgehenden sechziger Jahre verdrängt worden, und mit ihr war die idealistische Begeisterung für die Wiedervereinigung der Insel zu einem einzigen irischen Staat unter demokratischer Herrschaft verschwunden. Ihren Platz hatten hartgesottene Eiferer eingenommen, die sich durch Geschick und Verschlagenheit auszeichneten und ihre Grausamkeit hinter Bildung und Intelligenz versteckten. Die neue Generation fühlte sich ebenfalls einem Vereinigten Irland verpflichtet, jedoch unter ihrer Herrschaft und nach den Prinzipien des Marxismus, eine Zielsetzung, die sie vor ihren amerikanischen Geldgebern wohlweislich noch verbarg.

Viertens und letztens hatten sie sich den ständigen Zufluß von Geldmitteln gesichert, ohne die jede terroristische oder revolutionäre Bewegung zum Scheitern verurteilt wäre. In der Anfangszeit hatte sich die IRA vor allem aus Spenden nach Amerika ausgewanderter Iren und gelegentlich durch Banküberfälle finanziert. Mitte der achtziger Jahre verfügte der provisorische Flügel der IRA über ein landesweites Netz von Lokalen, Schutzgeldzahlern und »normalen« kriminellen Unternehmungen und bezog daraus horrende Einkünfte, mit denen er seine Terrorkampagnen finanzierte. Aber nicht nur auf dem Gebiet der Geldbeschaffung hatte die IRA dazugelernt; auch in puncto innere Sicherheit, Geheimhaltung und Aufgabenteilung waren große Fortschritte gemacht worden. Die alten Zeiten, in denen zuviel geredet und getrunken wurde, waren längst vorbei.

Die Achillesferse war die Beschaffung von Waffen. Es war eine Sache, genügend Geld zur Verfügung zu haben, eine ganz andere, das Geld in M-60-Maschinengewehren, Mörsern, Panzerfäusten oder Boden-Luft-Raketen anzulegen. Die IRA hatte Erfolge gehabt, aber auch Fehlschläge einstecken müssen. Sie hatte auf den verschiedensten Wegen versucht, Waffen aus Amerika einzuschmuggeln, aber meist war ihr das FBI zuvorgekommen. Sie hatte sich Waffen aus dem Ostblock besorgt – aus der Tschechoslowakei und mit stillschweigender Duldung des KGB. Aber mit Gorbatschows Aufstieg war die Bereitschaft der Sowjets, Terrorakte im Westen zu unterstützen, fast auf den Nullpunkt gesunken.

Die IRA brauchte Waffen, das wußte McCready; und wenn irgendwo welche angeboten wurden, schickte sie natürlich ihre besten Leute hin. Diese Gedanken gingen ihm durch den Kopf, während er mit dem Auto durch die Kleinstadt Cricklade und über die Grafschaftsgrenze nach Gloucestershire fuhr.

Das umgebaute landwirtschaftliche Gebäude stand an dem Ort, den man ihm beschrieben hatte, versteckt an einer kleinen Nebenstraße, ein altes, aus Steinen gemauertes Haus, das früher einmal als

Stallung und Scheune gedient hatte. Wer immer es in ein gemütliches Landhaus verwandelt hatte, hatte harte und gute Arbeit geleistet. Es war von einer Mauer umgeben, an der alte Wagenräder lehnten, und im Garten blühten bunte Frühlingsblumen. McCready fuhr durch das Tor und hielt vor der gezimmerten Haustür. Eine hübsche junge Frau, die ein Blumenbeet ausjätete, stellte ihren Korb hin und stand auf.

»Hallo«, sagte sie, »kommen Sie wegen eines Teppichs?«

Aha, dachte McCready. Er handelt also nebenbei mit Teppichen. Vielleicht stimmt es doch, daß sich seine Bücher nicht allzu gut verkaufen.

»Nein, tut mir leid«, sagte er. »Ich bin gekommen, um mit Tom zu sprechen.«

Ihr Lächeln erstarb, und ihre Augen bekamen einen mißtrauischen Ausdruck, als seien schon öfters Männer wie er hier aufgetaucht, und als wüßte sie, daß das Ärger bedeutete.

»Er schreibt gerade. In seinem Holzhaus unten am Ende des Gartens. Er ist ungefähr in einer Stunde fertig. Können Sie so lange warten?«

»Ja, sicher.«

In dem hellen Wohnzimmer mit Chintz-Gardinen an den Fenstern brachte sie ihm eine Tasse Kaffee, und sie warteten gemeinsam. Der Gesprächsstoff ging ihnen bald aus. Als die Stunde um war, näherten sich Schritte von der Küche her. Sie sprang auf.

»Nikki –«

Tom Rowse kam zur Tür herein, sah den Besucher und blieb stehen. Sein Lächeln verschwand nicht, aber ein wachsamer Ausdruck trat in seine Augen.

»Liebling, dieser Herr möchte dich sprechen. Wir wollten dich nicht bei der Arbeit stören. Möchtest du einen Kaffee?«

Er sah sie nicht an, sondern behielt McCready im Auge.

»Ja, sehr gerne.«

Sie ging hinaus. McCready stellte sich vor. Rowse setzte sich. In den Unterlagen stand, daß er dreiunddreißig war. Daß er äußerst fit wirkte, stand nicht drin. Das war auch überflüssig.

Tom Rowse war Hauptmann im Special Air Service Regiment gewesen. Vor drei Jahren hatte er den Dienst bei der Armee quittiert, Nikki geheiratet und die alte Scheune westlich von Cricklade gekauft. Er hatte den Umbau selbst gemacht; mit Ziegeln und Mörtel, Balken und Sparren, Fensterrahmen und Wasserrohren hatte er sich in langen Monaten die Wut von der Seele gearbeitet. Er hatte die bucklige Wiese zu ebenem Rasen planiert, die Blumenbeete angelegt, die Gartenmauer gebaut. Das alles war bei Tage geschehen. Nachts hatte er geschrieben.

Es mußte natürlich ein Roman sein; ein Tatsachenbericht war ihm nach dem Gesetz über die Wahrung von Amtsgeheimnissen untersagt. Aber selbst als Roman hatte sein erstes Buch in der Zentrale des MI-5 in der Curzon Street helle Empörung ausgelöst. Es handelte von Nordirland, aus der Sicht eines verdeckt arbeitenden Soldaten, und es hatte einen Großteil der Spionageabwehr-Erfolge des MI-5 zunichte gemacht.

Das britische Establishment ist oft erstaunlich loyal gegenüber denen, die auch ihm die Treue halten, verfolgt aber jeden, der sich gegen es wendet, mit unversöhnlicher Rachsucht. Tom Rowses Roman fand einen Verleger und erzielte eine für den Erstling eines unbekannten Autors recht beachtliche Auflage. Der Verlag hatte ihn für ein zweites Buch unter Vertrag genommen, und daran arbeitete er jetzt. Aber der MI-5 hatte die Parole verbreitet, Tom Rowse, ehemaliger Hauptmann im SAS, sei ein Abtrünniger, ein Außenseiter, mit dem man sich nicht einlassen und dem man keinerlei Unterstützung gewähren dürfe. Er wußte das, aber es war ihm piepegal. Er hatte sich mit seinem neuen Haus und seiner neuen Frau eine neue Existenz aufgebaut.

Nikki brachte den Kaffee, merkte, daß dicke Luft war, und ging wieder hinaus. Sie war Rowses erste Ehefrau, aber er nicht ihr erster Mann. Vier Jahre zuvor hatte Rowse aus seiner Deckung hinter einem Lieferwagen in einer schäbigen Straße in West-Belfast zugesehen, wie Nigel Quaid sich in einer Rüstung, die ihn wie einen Roboter erscheinen ließ, unbeholfen dem roten Ford Sierra näherte, der in hundert Metern Entfernung geparkt war.

Rowse hatte den Verdacht, daß im Kofferraum des Autos eine Bombe versteckt war. Eine kontrollierte Explosion wäre die sicherste Lösung gewesen, aber auf Befehl von oben sollte die Bombe nach Möglichkeit entschärft werden. Die Briten kennen die Identität so gut wie jedes IRA-Bombenbastlers in Irland, und jeder hinterläßt mit der Art, wie die Bombe konstruiert ist, seine persönliche »Handschrift«. Diese Handschrift wird zerstört, wenn die Bombe explodiert. Kann sie dagegen entschärft und geborgen werden, lassen sich wertvolle

Erkenntnisse aus ihr gewinnen. Woher der Sprengstoff stammt, was für eine Zündvorrichtung verwendet wurde usw. Vielleicht findet man sogar Fingerabdrücke. Und auch ohne Fingerabdrücke verrät die Bombe im allgemeinen, wer sie zusammengebaut hat.

Also war Quaid, mit dem er seit der Schulzeit befreundet war, in einer Rüstung, die er kaum tragen konnte, zu dem Wagen hinübergegangen, um den Kofferraum zu öffnen und die Entschärfungssicherungen unschädlich zu machen. Es war ihm nicht gelungen. Der Kofferraumdeckel ging auf, aber die Vorrichtung war mit Klebeband an der Unterseite des Deckels befestigt. Quaid sah nach unten, einen Sekundenbruchteil zu lange. Als Tageslicht auf die Fotozelle fiel, ging die Bombe hoch. Trotz der gepanzerten Schutzkleidung riß sie ihm den Kopf ab.

Rowse hatte die junge Witwe getröstet. Aus dem Trost wurde Zuneigung, und aus der Zuneigung Liebe. Als er sie fragte, ob sie ihn heiraten wolle, stellte sie eine Bedingung: Irland verlassen, die Armee verlassen. Als sie McCready gesehen hatte, war sie argwöhnisch geworden, denn sie kannte Männer wie ihn. Die ruhigen Typen, immer die ruhigen. Es war ein Ruhiger gewesen, der seinerzeit zu Nigel gekommen war und ihn aufgefordert hatte, in die schäbige Straße in West-Belfast zu kommen.

Draußen im Garten ließ sie ihren Ärger jetzt am Unkraut aus, während ihr Mann im Haus mit dem ruhigen Typ redete.

McCready sprach zehn Minuten. Rowse hörte zu. Als der ältere geendet hatte, sagte der ehemalige Soldat:

»Sehen Sie mal hinaus.«

McCready tat es. Fruchtbare Felder erstreckten sich bis zum Horizont. Ein Vogel sang.

»Ich habe mir hier eine neue Existenz aufgebaut. Weit weg von all dem Dreck, all dem Abschaum. Ich bin raus, McCready. Ein für allemal. Haben die Ihnen das in der Curzon Street nicht gesagt? Ich bin jetzt unangreifbar. Ein neues Leben, eine Frau, ein richtiges Haus und nicht nur eine feuchte Bruchbude in einem irischen Sumpf, sogar ein bescheidenes Auskommen durch meine Bücher. Warum, zum Teufel, sollte ich wieder anfangen?«

»Ich brauche einen Mann, Tom. Einen, der sich auskennt. Einen Insider. Der sich mit einer guten Tarnung im Nahen Osten bewegen kann. Ein Gesicht, das sie nicht kennen.«

»Suchen Sie sich einen anderen.«

»Wenn sie hochgeht, diese Tonne Semtex-H, hier in England, aufgeteilt in fünfhundert Zwei-Kilo-Pakete, wird es nochmal hundert Nigel Quaids geben. Und nochmal tausend Mary Feeneys. Ich will verhindern, daß das Zeug überhaupt rüberkommt, Tom.«

»Nein, McCready. Ich mach's nicht. Warum sollte ich?«

»Sie haben beschlossen, wer die Sache auf ihrer Seite leiten soll. Ich glaube, Sie kennen ihn. Er heißt Kevin Mahoney.«

Rowse erstarrte, als sei er geschlagen worden.

»*Der* wird das machen?« fragte er.

»Wir glauben, daß er für die Aktion verantwortlich sein wird. Wenn er versagt, ist das sein sicheres Ende.«

Rowse blickte lange in die Landschaft hinaus. Doch er sah eine andere Landschaft, ein dunkleres Grün, aber nicht so gut gepflegt; eine Tankstelle und ein totes Kind am Straßenrand, ein kleines Mädchen namens Mary Feeney. Er stand auf und ging hinaus. McCready hörte die leisen Stimmen der Eheleute und dann Nikkis Weinen. Rowse kam zurück, um seine Reisetasche zu packen.

2

Die Einsatzbesprechung mit Rowse dauerte eine Woche und wurde von McCready persönlich geführt. Rowse durfte natürlich in der Umgebung des Century House nicht gesehen werden, geschweige denn in der Curzon Street. McCready belegte daher eines der drei ruhig gelegenen Landhäuser, eine knappe Autostunde von London entfernt, die dem SIS für solche Zwecke zur Verfügung stehen, und ließ sich die erforderlichen Unterlagen aus dem Century House dorthin schicken.

Es handelte sich um schriftliches Material sowie um Filmaufnahmen, deren technische Qualität zu wünschen übrigließ, da sie aus großer Entfernung, durch ein Loch in der Seitenwand eines Lieferwagens oder durch die Zweige eines Strauches gemacht worden waren. Aber die Gesichter waren einwandfrei zu erkennen.

Rowse sah sich das Video an und hörte die Bandaufnahme von der Beerdigung in Ballycrane ab. Er prägte sich die Gesichter der beiden Männer ein, das des irischen Priesters, der als Kurier fungiert hatte, und das des Mannes vom Army Council neben ihm. Als aber die Fotos nebeneinander auf dem Tisch lagen, kehrte sein Blick immer wieder zu den kalten, gut geschnittenen Zügen Kevin Mahoneys zurück.

Vier Jahre zuvor hätte er den IRA-Killer um ein Haar getötet. Mahoney war auf der Flucht gewesen, und es waren Wochen geduldiger Untergrundarbeit nötig gewesen, um ihn aufzuspüren. Schließlich war es durch ein Täuschungsmanöver gelungen, ihn aus seinem Unterschlupf in der Nähe von Dundalk im Süden nach Nordirland zu locken. Sein Fahrer war ein anderer IRA-Mann, und in der Nähe von Moira hielten sie an einer Tankstelle. Rowse hatte ihn in sicherem Abstand verfolgt und über Funk laufend Anweisungen von den Beobachtern an der Strecke und in der Luft bekommen. Als er hörte, Mahoney habe zum Tanken angehalten, entschloß er sich zum Eingreifen.

Als er an der Tankstelle ankam, hatte der IRA-Fahrer bereits getankt und saß schon wieder im Auto. Aber er war allein. Einen Augenblick lang dachte Rowse, die Beute sei ihm entwischt. Er wies seinen Partner an, den IRA-Fahrer im Auge zu behalten, und stieg aus. Während er sich an der Zapfsäule zu schaffen machte, ging die Tür der Herrentoilette auf, und Mahoney kam heraus.

Rowse trug seine SAS-Dienstwaffe, eine 13-schüssige Browning, hinten im Hosenbund unter seiner dicken Jacke. Auf dem Kopf hatte er eine grob gestrickte Wollmütze, und er hatte sich mehrere Tage nicht rasiert. Er sah aus wie ein irischer Arbeiter, und das war auch seine Tarnung.

Als Mahoney auftauchte, ging Rowse blitzschnell neben der Zapfsäule in die Hocke, zog seine Waffe, ging in beidhändigen Anschlag und schrie:

»Mahoney – keine Bewegung.«

Mahoney war schnell. Noch während Rowse zog, griff er nach seiner eigenen Waffe. Nach dem Gesetz hätte Rowse ihn auf der Stelle erledigen können. Er wollte, er hätte es getan. Aber er rief noch einmal: »Fallenlassen oder du bist ein toter Mann.«

Mahoney hatte seinen Colt gezogen, war aber noch nicht schußbereit. Er sah den halb hinter der Zapfsäule versteckten Mann, sah die Browning und begriff, daß er keine Chance hatte. Er ließ seine Waffe fallen.

In diesem Moment tauchte ein Volkswagen mit zwei alten Damen auf. Sie hatten keine Ahnung, was sich da abspielte, und fuhren genau zwischen Rowse an der Zapfsäule und Mahoney an der Wand hindurch. Das reichte dem IRA-Mann. Er bückte sich und hob blitzschnell seinen Revolver auf. Sein Partner wollte ihm zu Hilfe kommen und losfahren, aber Rowses Kollege hielt ihm durchs Autofenster die Pistole an die Schläfe.

Wegen der beiden alten Damen, die inzwischen ihren Motor abgewürgt hatten und laut schreiend im Auto saßen, konnte Rowse nicht schießen. Mahoney kam hinter dem Volkswagen hervor, benutzte einen geparkten Lastwagen als Deckung und war im nächsten Moment auf der Straße draußen. Bis Rowse sich so weit von der Zapfsäule entfernt hatte, daß der Lastwagen kein Hindernis mehr für ihn war, hatte Mahoney schon die Mitte der Landstraße erreicht.

Der ältliche Fahrer des Morris Minor trat voll auf die Bremse, um den laufenden Mann nicht anzufahren. Mahoney benutzte den Morris als Deckung, zerrte den alten Mann an der Jacke aus dem Auto, schlug ihn mit dem Colt nieder, saß im nächsten Moment hinter dem Lenkrad und fuhr los.

Aber es war noch jemand in dem Auto. Der alte Mann war mit seiner Enkelin im Zirkus gewesen. Rowse stand am Straßenrand und mußte zusehen, wie die Beifahrertür aufflog und das Kind hinausgestoßen wurde. Er hörte den leisen Schrei, sah den kleinen Körper auf der Straße aufschlagen, sah, wie er von dem entgegenkommenden Lieferwagen erfaßt wurde.

»Ja«, sagte McCready leise, »wir wissen, daß er es war. Trotz der achtzehn Zeugen, die ausgesagt haben, er sei zu der Zeit in einer Kneipe in Dundalk gewesen.«

»Ich schreibe ihrer Mutter immer noch«, sagte Rowse.

»Die Leute vom Army Council haben ihr auch geschrieben«, sagte McCready. »Haben ihr Beileid ausgesprochen und behauptet, sie sei aus dem Auto gefallen.«

»Sie wurde hinausgestoßen«, sagte Rowse. »Ich hab seinen Arm gesehen. Ist es ganz sicher, daß er diese Operation leiten wird?«

»Es weist alles darauf hin. Wir wissen nicht, ob der Transport auf dem Land-, See- oder Luftweg erfolgen wird, und auch nicht, wo Mahoney auftauchen wird. Aber er wird die Operation leiten. Sie haben ja das Band gehört.«

McCready instruierte Rowse auch über seine Cover-Stories. Er würde nicht nur eine, sondern zwei haben. Die erste Tarnung würde ziemlich durchsichtig sein. Mit etwas Glück würde die andere Seite die Täuschung durchschauen und auf die zweite Tarnung stoßen. Und mit der würden sie sich (auch hier etwas Glück vorausgesetzt) zufriedengeben.

»Wo fange ich an?« erkundigte sich Rowse, als die Woche sich ihrem Ende näherte.

»Wo würden Sie denn gerne anfangen?« fragte McCready zurück.

»Ein Autor, der den internationalen Waffenhandel für seinen nächsten Roman recherchiert, würde bald dahinterkommen, daß Antwerpen und Hamburg die zwei wichtigsten Umschlagplätze in Europa sind«, sagte Rowse.

»Stimmt«, sagte McCready. »Haben Sie in einer der beiden Städte eine Kontaktperson?«

»Ich kenne einen in Hamburg«, erwiderte Rowse. »Der ist gefährlich und verrückt, aber er hat wahrscheinlich Kontakte zur internationalen Unterwelt.«

»Wie heißt er?«

»Kleist. Ulrich Kleist.«

»Mein Gott, Sie kennen aber seltsame Vögel, Tom.«

»Ich hab ihm mal das Leben gerettet«, sagte Rowse. »In Mogadischu. Damals war er noch nicht verrückt. Das kam erst später, als jemand seinen Sohn drogensüchtig gemacht hat. Der Junge ist gestorben.«

»Ja«, sagte McCready, »das kann einem an die Nieren geht. Also gut, Hamburg. Ich werde Sie begleiten. Die ganze Zeit. Sie werden mich nicht sehen, und auch für die ›Bösen‹ werde ich unsichtbar sein. Aber ich werde da sein. Irgendwo in der Nähe. Wenn es brenzlig wird, greife ich ein, mit zweien Ihrer früheren Kollegen vom Regiment. Sie haben also nichts zu befürchten; wir holen Sie raus, wenn's hart auf hart geht. Ab und zu werde ich mich bei Ihnen nach dem Gang der Dinge erkundigen müssen.«

Rowse nickte. Er wußte, daß es gelogen war, aber es war eine nette Lüge. McCready würde die regelmäßigen Berichte brauchen, damit der SIS auch in dem Fall, daß Rowse urplötzlich das Zeitliche segnete, Bescheid wußte, wie weit er gekommen war. Denn Rowse besaß eine Eigenschaft, die bei Spionagebossen sehr beliebt ist: Er war durch und durch entbehrlich.

Rowse traf Mitte Mai in Hamburg ein. Er kam unangemeldet, und er war allein. Er wußte, daß McCready und die beiden »Beschützer« vorausgefahren waren. Er sah sie nicht, und er wollte sie nicht sehen. Es war ihm klar, daß er die beiden SAS-Leute, die McCready begleiteten, wahrscheinlich kannte, aber McCready hatte ihm ihre Namen nicht gesagt. Es spielte keine Rolle; sie kannten ihn, und es war ihr Job, in seiner Nähe, aber unsichtbar zu bleiben. Das war ihr Metier. Beide würden fließend Deutsch sprechen. Sie würden am Hamburger Flughafen, in den Straßen, in der Nähe seines Hotels sein und immer nur beobachten und McCready, der sich weiter im Hintergrund halten würde, Bericht erstatten.

Rowse quartierte sich in einem einfachen Hotel am Hauptbahnhof ein und mietete sich bei Avis einen kleinen Wagen. Es galt, seiner Tarnung als mäßig erfolgreicher Romanautor, der für sein nächstes Buch recherchierte, gerecht zu werden. Nach zwei Tagen machte er Ulrich Kleist ausfindig; er arbeitete als Gabelstaplerfahrer im Hafen.

Der hochgewachsene Deutsche hatte gerade seine Maschine abgestellt und kletterte aus der Führerkanzel, als Rowse seinen Namen rief. Kleist fuhr herum, bereit, sich zu verteidigen, doch dann erkannte er Rowse. Auf seinem zerklüfteten Gesicht breitete sich ein Grinsen aus.

»Tom! Tom, alter Freund.«

Er umarmte Rowse, als wollte er ihn erdrücken. Als er ihn wieder losgelassen hatte, trat er einen Schritt zurück und betrachtete den ehemaligen Soldaten der Special Forces, den er vor vier Jahren zum letzten Mal gesehen und im Jahre 1977 auf einem glühheißen Flughafen in Somalia kennengelernt hatte. Rowse war damals vierundzwanzig gewesen, und Kleist war sechs Jahre älter als er. Aber er wirkte jetzt älter als vierzig. Viel älter.

Am 13. Oktober 1977 hatten vier palästinensische Terroristen eine Lufthansa-Maschine auf dem Flug von Mallorca nach Frankfurt mit sechsundachtzig Passagieren und einer fünfköpfigen Besatzung an Bord entführt. Der Jet war nacheinander in Rom, Larnaka, Bahrain, Dubai und Aden gelandet und schließlich wegen Treibstoffmangels in Mogadischu, der öden Hauptstadt Somalias, gestrandet.

Dort war die Maschine in der Nacht vom 17. auf den 18. Oktober fünf Minuten nach Mitternacht von Angehörigen der Bundesgrenzschutz-Elitetruppe GSG-9 gestürmt worden, die sich den britischen SAS zum Vorbild genommen hatte und großenteils auch von ihm ausgebildet worden war. Es war für Oberst Ulrich Wegeners Cracks der erste Einsatz im Ausland. Sie waren gut, sehr gut, aber zwei SAS-Sergeants kamen trotzdem mit. Der eine war Tom Rowse.

Die Briten waren aus zwei Gründen dabei. Zum einen hatten sie große Erfahrung darin, verschlossene Flugzeugtüren in Sekundenbruchteilen aufzusprengen, zum anderen waren sie geübt im Umgang mit den in Großbritannien entwickelten »Blendgranaten«, die einen Terroristen durch ihre dreifache Wirkung für entscheidende Sekunden ablenken sollten. Durch einen grellen Blitz, der das Auge blendete, durch eine Stoßwelle, die Desorientierung hervorrief, und durch einen mörderischen Knall, der über die Trommelfelle das Gehirn erschütterte und vorübergehend jede Reaktion lähmte.

Nach der gelungenen Befreiung der Geiseln ließ Bundeskanzler Helmut Schmidt seine Krieger antreten und zeichnete sie im Namen der dankbaren Nation alle mit Verdienstmedaillen aus. Die beiden Briten dagegen hatten sich in Luft aufgelöst, bevor die Politiker und die Journalisten auftauchten.

Die beiden SAS-Sergeants waren zwar nur als technische Berater mitgekommen – darauf hatte die britische Labour-Regierung bestanden –, aber tatsächlich hatte sich folgendes abgespielt: Die Briten stiegen als erste die Leiter hinauf, um die Hecktür abzusprengen, der man sich von hinten und unter dem Flugzeugrumpf genähert hatte, um nicht von den Terroristen entdeckt zu werden.

Da es unmöglich war, in pechschwarzer Finsternis oben auf einer Aluminiumleiter die Plätze zu tauschen, stürmten die beiden SAS-Leute auch als erste durch das klaffende Loch und warfen ihre Blendgranaten. Dann traten sie beiseite und ließen die GSG-9-Leute durch, die dann die restliche Arbeit machten. Die beiden ersten Deutschen waren Uli Kleist und ein weiterer GSG-9-Mann. Sie drangen in den Mittelgang ein und ließen sich befehlsgemäß flach auf den Boden fallen, die Waffen schußbereit nach vorne gerichtet, wo sich nach ihren Instruktionen die Terroristen aufhalten würden.

Und sie waren tatsächlich da. An der vorderen Trennwand, noch benommen von der Explosion der Blendgranaten. Ihr Anführer, den sie Hauptmann Mahmoud nannten – er hatte den Lufthansa-Kapitän Jürgen Schumann ermordet –, richtete sich mit einer Maschinenpistole in den Händen auf. Neben ihm kam gerade eine der beiden Frauen wieder auf die Beine; sie hatte eine Handgranate in der einen Hand und wollte sie mit der anderen gerade abziehen. Uli Kleist hatte noch nie aus so kurzem Abstand auf einen Menschen geschossen, und deshalb trat Rowse aus der Toilettennische in den Mittelgang und erledigte das für ihn. Das GSG-9-Team erschoß den zweiten männlichen Terroristen und verwundete die andere Frau. Nach acht Sekunden war alles vorbei.

Zehn Jahre später stand jetzt Uli Kleist auf einem Hamburger Kai in der Sonne und musterte grinsend den schlanken jungen Mann, der vor so langer Zeit in dem engen Flugzeug die zwei Schüsse über seinen Kopf hinweg abgegeben hatte.

»Was führt dich denn nach Hamburg, Tom?«

»Ich schlage vor, ich lade dich zum Essen ein, und dann erzähl ich's dir.«

Sie gingen in ein ungarisches Restaurant in einer der Seitenstraßen von St. Pauli, in sicherem Abstand von den Touristenfallen der Reeperbahn, aßen scharf gewürztes Essen und tranken Stierblut dazu. Rowse redete, Kleist hörte zu.

»Ja, hört sich nach einer spannenden Geschichte an«, sagte er schließlich. »Ich habe dein Buch noch nicht gelesen. Ist es schon ins Deutsche übersetzt?«

»Noch nicht«, sagte Rowse. »Mein Agent hofft aber, daß er noch einen deutschen Verleger findet. Das wäre nicht schlecht; der deutschsprachige Markt ist nicht zu verachten.«

»Man kann also davon leben, daß man solche Thriller schreibt?«

Rowse zuckte die Achseln.

»So halbwegs.«

»Und das neue, das über Terroristen und Waffenhändler und das Weiße Haus, hast du da schon einen Titel?«

»Noch nicht.«

Der Deutsche überlegte.

»Also ich seh mal zu, ob ich jemanden finde, der dir bei deinen ›Recherchen‹ weiterhelfen kann.« Er lachte, wie um zu sagen: Ich weiß natürlich, daß da mehr dahintersteckt, aber wir müssen schließlich alle sehen, wo wir bleiben.

»Gib mir vierundzwanzig Stunden, und ich spreche mit ein paar Freunden. Mal sehen, ob die wissen, wen man da fragen kann. Anscheinend geht's dir also gut, seit du der Armee den Rücken gekehrt hast. Was ich von mir nicht gerade behaupten kann.«

»Ich hab von deinem Pech gehört«, sagte Rowse.

»Ach was, zwei Jahre in einem Hamburger Gefängnis. Es gibt Schlimmeres. Noch zwei Jahre, und ich hätte den Laden übernehmen können. Außerdem war's mir das wert.«

Kleist war geschieden, hatte aber einen Sohn gehabt. Irgend jemand hatte den Jungen erst auf Kokain gebracht, dann auf Crack. Er starb an einer Überdosis. In seiner Wut kannte Uli Kleist keine Rücksichten mehr. Er ließ nicht locker, bis er die Namen des kolumbianischen Großhändlers und des deutschen Dealers kannte, von denen die Lieferung stammte, die seinen Sohn umgebracht hatte, ging in ein Restaurant, in dem die beiden beim Essen saßen, und knallte sie über den Haufen. Anschließend ließ er sich widerstandslos festnehmen. Ein Richter mit altmodischen Ansichten über den Drogenhandel fand das Argument der Verteidigung plausibel, Kleist habe im Affekt gehandelt, und gab ihm vier Jahre. Er hatte zwei Jahre abgesessen und war vor sechs Monaten entlassen worden. Man munkelte, er habe sich zu Spitzeldiensten verpflichtet. Kleist war das völlig egal. Manche sagten, er sei verrückt.

Sie unterhielten sich bis Mitternacht, dann nahm Rowse ein Taxi zu seinem Hotel. Während der ganzen Fahrt folgte ein Mann auf einem Motorrad dem Taxi. Der Motorradfahrer sprach zweimal in ein tragbares Funkgerät. Als Rowse aus dem Taxi stieg, tauchte McCready aus der Dunkelheit auf.

»Sie werden nicht verfolgt«, sagte er. »Jedenfalls noch nicht. Wie wär's mit einem Schlummertrunk?«

Sie gingen auf ein Bier in ein Nachtlokal nicht weit vom Hauptbahnhof, und Rowse berichtete.

»Er hält also Ihre Geschichte von den Recherchen für ein Märchen?« fragte McCready.

»Zumindest hat er einen Verdacht.«

»Sehr gut. Hoffen wir, er geht damit hausieren. Ich bezweifle zwar, daß Sie hier an die eigentlichen Hintermänner rankommen. Aber ich hoffe, die werden sich an Sie ranmachen.«

Rowse meinte, er fühle sich wie ein Stück Käse in einer Mausefalle, und ließ sich von seinem Barhocker gleiten.

»In einer funktionierenden Mausefalle«, bemerkte McCready, während er hinter ihm aus dem Lokal ging, »passiert dem Käse nichts.«

»Ich weiß es, Sie wissen es, aber sagen Sie das mal dem Käse«, sagte Rowse und ging in sein Hotel.

Am nächsten Abend traf er sich mit Kleist. Der Deutsche schüttelte den Kopf.

»Ich hab mich umgehört«, sagte er, »aber was du meinst, ist ein paar Nummern zu groß für Hamburg. Solches Zeug ist auf dem schwarzen Markt nicht zu haben. Es gibt aber einen, der dir vielleicht weiterhelfen kann. Zumindest erzählt man sich das hinter vorgehaltener Hand.«

»Hier in Hamburg?«

»Nein, in Wien. Der russische Militärattaché ist ein gewisser Major Witali Karjagin. Wie du bestimmt weißt, ist Wien Hauptumschlagplatz der tschechischen Firma Omnipol. Ihren Export können sie zum allergrößten Teil auf eigene Faust machen, aber für manche Sachen und manche Abnehmer brauchen sie grünes Licht aus Moskau. Der Mann, über den diese Genehmigungen laufen, ist Karjagin.«

»Und warum sollte der mir helfen?«

»Es heißt, er steht den schönen Seiten des Lebens durchaus aufgeschlossen gegenüber. Er ist natürlich beim GRU, aber privatim haben sogar Offiziere des militärischen Geheimdienstes der Russen gelegentlich einen besonderen Geschmack. Anscheinend hat er eine Schwäche für Mädchen, kostspielige Mädchen, die Sorte, wo ohne teure Geschenke nichts läuft. Also nimmt er selber Geschenke an, Scheine, im Umschlag.«

Rowse überlegte. Er wußte, daß Korruption in der sowjetischen Gesellschaft eher die Regel als die Ausnahme war, aber ein GRU-Major, der sich schmieren ließ? Der Waffenhandel ist eine seltsame Branche; alles ist möglich.

»Ach übrigens«, sagte Kleist, »in diesem ... Roman von dir, kommt da auch die IRA vor?«

»Wieso, wie kommst du darauf?« fragte Rowse. Er hatte die IRA nicht erwähnt.

Kleist zuckte die Achseln.

»Die haben hier eine Zelle. Ihr Stützpunkt ist ein Lokal, das von Palästinensern geführt wird. Sie haben Kontakte zu anderen Terroristengruppen in verschiedenen Ländern, und sie kennen sich im Waffenhandel aus. Soll ich dich mit ihnen zusammenbringen?«

»Warum denn das?«

Kleiste lachte, eine Idee zu laut.

»Könnte doch lustig werden«, sagte er.

»Und wissen diese Palästinenser, daß du mal vier von ihnen das Licht ausgeblasen hast?« wollte Rowse wissen.

»Wahrscheinlich ja. In unserer Welt kennt jeder jeden. Vor allem jeden Feind. Aber ich geh trotzdem in ihre Kneipe.«

»Warum?«

»Macht Spaß, den Tiger am Schwanz zu ziehen.«

Du bist *wirklich* verrückt, dachte Rowse.

»Ich finde, Sie sollten hingehen«, sagte McCready am späten Abend zu Rowse. »Vielleicht erfahren Sie etwas oder sehen etwas. Oder vielleicht sehen die Sie und fragen sich, wer Sie sind. Wenn sie nachforschen, stoßen sie auf die Geschichte von dem recherchierenden Autor. Sie werden sie nicht glauben und messerscharf folgern, daß Sie tatsächlich Waffen kaufen wollen, für die Verwendung in Amerika. Das spricht sich herum, und es soll sich ja herumsprechen. Trinken Sie einfach das eine oder andere Bier und bleiben Sie cool. Und dann halten Sie sich von dem verrückten Deutschen fern.«

McCready hielt es nicht für nötig zu erwähnen, daß er die fragliche Kneipe kannte. Sie trug den Namen *Mauseloch*, und es ging das Gerücht, ein deutscher Geheimagent, der für die Briten gearbeitet hatte, sei vor einem Jahr dort enttarnt und in einem Zimmer im ersten Stock erschossen worden. Auf alle Fälle war der Mann spurlos verschwunden. Für eine Durchsuchung hatte die Polizei nicht genug in der Hand, und die deutsche Spionageabwehr zog es vor, die Palästinenser und die Iren dort zu lassen, wo sie waren. Hätte man sie aus ihrem Hauptquartier vertrieben, dann hätten sie sich bloß woanders niedergelassen. Trotzdem wollte das Gerücht nicht verstummen.

Am nächsten Abend zahlte Uli Kleist das Taxi, mit dem sie zur Reeperbahn gefahren waren, und führte Rowse durch die Davidstraße, vorbei an der Herbertstraße, in der die Prostituierten Tag und Nacht in ihren Fenstern sitzen, vorbei an den Toren der Brauerei bis zum Ende, wo man die Elbe im Mondschein glitzern sah. Sie bogen nach rechts in die Bernhard-Nocht-Straße ein, und nach zweihundert Metern blieb Kleist vor einer Holztür mit Eisenbeschlägen stehen.

Er drückte auf eine versteckte Klingel, und ein kleiner Schieber in der Tür wurde geöffnet. Ein Auge sah ihn prüfend an, man hörte hinter der Tür flüstern, und die Tür ging auf. Der Türsteher und der Mann im Smoking neben ihm waren beide Araber.

»Abend, Herr Abdallah«, sagte Kleist aufgeräumt. »Ich habe Durst und würde gern was trinken.«

Abdallah sah Rowse an.

»Ach, der ist in Ordnung. Ein Freund von mir«, sagte Kleist. Der Araber nickte dem Türsteher zu, der daraufhin die Tür weit öffnete, um die beiden hereinzulassen. Kleist wirkte trotz seiner Größe eher schmächtig neben dem Türsteher, der ein Schrank von einem Mann war, einen kahlrasierten Schädel hatte und vermutlich nicht mit sich spaßen ließ. Vor Jahren war er in den Lagern im Libanon Vollstrecker des Willens der PLO gewesen. In gewissem Sinne war er das auch heute noch.

Abdallah führte die beiden Männer an einen Tisch, rief mit einer Handbewegung einen Kellner herbei und wies ihn auf arabisch an, sich um die neuen Gäste zu kümmern. Zwei vollbusige Bardamen, beides Deutsche, kamen hinter der Bar hervor und setzten sich an ihren Tisch. Kleist grinste.

»Na, was hab ich gesagt! Keine Probleme.«

Sie saßen am Tisch und tranken. Ab und zu tanzte Kleist mit einem der Mädchen. Rowse spielte mit seinem Drink und besah sich das Lokal. Trotz der finsteren Gegend, in der es lag, war das *Mauseloch* exquisit eingerichtet; die Musik war live, der Drink nicht verwässert. Sogar die Mädchen waren hübsch und gut angezogen.

Einige der Gäste waren Araber, die meisten anderen Deutsche. Sie wirkten wohlhabend und nur darauf bedacht, sich gut zu amüsieren. Rowse hatte einen Anzug angezogen; Kleist trug dagegen seine obligate lederne Pilotenjacke und ein offenes Hemd. Wäre er nicht der gewesen, der er war, hätte er nicht einen gewissen Ruf besessen, dann hätte Herr Abdallah ihn womöglich wegen unangemessener Kleidung gar nicht ins Lokal gelassen.

Abgesehen von dem furchterregenden Türsteher entdeckte Rowse nichts, was darauf hingedeutet hätte, daß hier auch andere Gäste verkehrten als Geschäftsleute, die bereit waren, sich von einer Menge Geld zu trennen, in der – fast mit Sicherheit vergeblichen – Hoffnung, eine der Bardamen abschleppen zu können. Die meisten tranken Champagner; Kleist hatte Bier bestellt.

Über der Bar war ein großer Spiegel. Es war ein Spionspiegel, durch den man das ganze Lokal überblicken konnte; dahinter befand sich das Büro des Geschäftsführers. Zwei Männer standen dort und blicken hinunter.

»Wer ist denn das?« fragte der eine leise. Er sprach mit irischem Akzent.

»Ein Deutscher namens Kleist. Er war schon öfter da. War früher bei der GSG-9. Ist aber schon lange raus. Hat zwei Jahre wegen Mord abgesessen.«

»Nicht der«, sagte der erste Mann, »der andere, den er mitgebracht hat. Der Engländer.«

»Keine Ahnung, Seamus. Ich sehe ihn zum ersten Mal.«

»Stell es fest«, sagte der erste Mann. »Der kommt mir irgendwie bekannt vor.«

Sie kamen, als Rowse auf die Toilette ging. Er hatte das Pissoir benutzt und wusch sich gerade die Hände, als die zwei Männer hereinkamen. Der eine baute sich vor einem Becken auf und nestelte an seinem Hosenschlitz. Er war der kräftigere von beiden. Der schlankere, gutaussehende Ire blieb an der Tür stehen. Er nahm einen kleinen hölzernen Keil aus seiner Jackentasche, ließ ihn auf den Boden fallen und schob ihn mit einem Fuß unter die Tür. Man wollte ungestört sein.

Rowse hatte es im Spiegel beobachtet, ließ sich aber nichts anmerken. Als der größere sich von dem Becken abwandte, war er bereit. Er drehte sich um, duckte sich unter dem ersten Hammerschlag der großen Faust weg, der nach seinem Kopf zielte, und trat dem Mann mit der Fußspitze in die empfindliche Sehne unterhalb der linken Kniescheibe.

Der große Mann war darauf nicht gefaßt und schrie vor Schmerz auf. Sein linkes Bein knickte ein, so daß sein Kopf auf Hüfthöhe kam. Rowses Knie zuckte hoch und traf das Kinn. Eingeschlagene Zähne knirschten, und Blut trat aus dem Mund. Der Kampf endete mit einem dritten Schlag, vier harte Knöchel in den Halsansatz des großen Mannes. Rowse wandte sich dem an der Tür zu.

»Sachte, mein Freund«, sagte der Mann namens Seamus. »Er wollte nur mit Ihnen reden.«

Er hatte ein breites, jungenhaftes Lächeln, das bei den Mädchen sicherlich Wunder wirkte. Die Augen blieben kalt und wachsam.

»*Qu'est-ce qui se passe?*« fragte Rowse. Er hatte sich vorhin am Eingang des Lokals als Schweizer ausgegeben.

»Sparen Sie sich das, Mr. Rowse«, sagte Seamus. »Erstens steht Ihnen der Engländer ins Gesicht geschrieben. Zweitens war Ihr Foto auf dem Umschlag Ihres Buches, das ich mit großem Interesse gelesen habe. Und drittens waren Sie vor Jahren SAS-Mann in Belfast. Mir war gleich so, als hätte ich Sie schon mal gesehen.«

»Na und«, sagte Rowse. »Ich bin raus, schon lange. Ich lebe jetzt davon, daß ich Romane schreibe. Das ist alles.«

Seamus O'Keefe überlegte.

»Kann sein«, räumte er ein. »Wenn die Briten einen Agenten in mein Lokal schicken wollten, würden sie sich kaum einen aussuchen, dessen Gesicht auf so vielen Büchern prangt. Stimmt doch, oder?«

»Vielleicht doch«, sagte Rowse. »Aber mich würden sie bestimmt nicht nehmen. Weil ich nicht mehr für sie arbeiten würde. Wir haben uns nicht im besten Einvernehmen getrennt.«

»Stimmt, das habe ich auch gehört. Also gut, SAS-Mann, kommen Sie, ich lade Sie zu einem Drink ein. Einem richtigen Drink. Auf die alten Zeiten.«

Er trat den Keil unter der Tür weg und hielt sie auf. Der andere hatte sich inzwischen auf den Fliesen auf alle Viere aufgerichtet. Rowse ging durch die Tür. O'Keefe blieb noch eine Weile zurück und sagte dem anderen etwas ins Ohr. In der Bar saß Uli Kleist immer noch am Tisch. Der Geschäftsführer und der bullige Türsteher standen neben ihm. Die Mädchen waren nirgends zu sehen. Als Rowse vorbeiging, zog er eine Augenbraue hoch. Wenn Rowse ihm ein Zeichen gegeben hätte, dann hätte Kleist gekämpft, obwohl sie hoffnungslos unterlegen waren. Aber Rowse schüttelte den Kopf.

»Schon gut, Uli«, sagte er. »Kein Grund zur Aufregung. Fahr nach Hause. Wir sehen uns noch.«

O'Keefe fuhr mit ihm in seine Wohnung. Sie tranken Jamesons mit Wasser.

»Erzählen Sie mir von Ihren ›Recherchen‹, SAS-Mann«, sagte O'Keefe ruhig.

Rowse wußte, daß zwei Männer auf dem Flur waren, in Rufweite. Also keine Gewalttätigkeiten mehr. Er beschrieb O'Keefe in groben Zügen die Handlung seines zweiten Buches.

»Also nichts über die Jungs in Belfast?« fragte O'Keefe.

»Ich kann nicht zweimal über dasselbe schreiben«, sagte Rowse. »Das würde mir mein Verleger nicht abnehmen. Diesmal geht's über Amerika.«

Sie redeten die ganze Nacht. Und tranken. Zum Glück vertrug Rowse Unmengen Whiskey. Bei Tagesanbruch ließ O'Keefe ihn gehen. Er ging zu Fuß zu seinem Hotel zurück, um wieder einen halbwegs klaren Kopf zu bekommen.

Die anderen bearbeiteten Kleist in dem verlassenen Lagerhaus, in das sie ihn gebracht hatten, nachdem Rowse das Lokal verlassen hatte. Der riesige Türsteher hielt ihn fest, und ein zweiter Palästinenser handhabte die Instrumente. Uli Kleist war sehr hart im Nehmen, aber die Palästinenser hatten in Süd-Beirut gelernt, was Schmerz ist. Kleist hielt lange durch, aber kurz vor Tagesanbruch redete er. Sie ließen ihn sterben, als die Sonne aufging. Es war eine Erlösung. Der

Ire aus der Herrentoilette sah und hörte zu und tupfte sich ab und zu den blutenden Mund ab. Als es vorbei war, erstattete er O'Keefe Bericht. Der Stationschef der IRA nickte.

»Hab ich mir gedacht, daß da mehr dahintersteckt als ein Roman«, sagte er. Später schickte er ein Telegramm an einen Mann in Wien. Der Text war sorgfältig formuliert.

Als Rowse O'Keefes Wohnung verließ und durch die erwachende Stadt zu seinem Hotel am Hauptbahnhof ging, setzte sich einer seiner Beschützer lautlos auf seine Fährte. Der andere beobachtete das verlassene Lagerhaus, griff aber nicht ein.

Zu Mittag aß Rowse an einem Würstchenstand eine große Bratwurst mit Senf. Sie schmeckte köstlich. Nebenbei unterhielt er sich aus dem Mundwinkel mit dem Mann, der neben ihm stand.

»Glauben Sie, O'Keefe hat Ihnen geglaubt?« wollte McCready wissen.

»Kann schon sein. Die Erklärung ist ja durchaus plausibel. Ein Thriller-Autor muß nun mal an seltsamen Orten seltsame Recherchen treiben. Aber vielleicht hat er auch seine Zweifel. Er ist kein Dummkopf.«

»Und hat Kleist Ihnen geglaubt?«

Rowse lachte.

»Uli? Bestimmt nicht. Er denkt, ich bin eine Art Renegat, der zum Söldner wurde und jetzt für irgendeinen Klienten Waffen beschaffen soll. Er war zu höflich, um es mir ins Gesicht zu sagen, aber die Story mit dem Roman hat *er* mir nicht abgenommen.«

»Aha«, sagte McCready. »Na ja, vielleicht war das ja alles ganz nützlich. Auf alle Fälle haben Sie erreicht, daß man auf Sie aufmerksam geworden ist. Mal sehen, ob Sie in Wien noch ein Stück weiterkommen. Sie haben übrigens für morgen früh eine Maschine gebucht. Zahlen Sie am Flughafen in bar.«

Der Flug nach Wien ging über Frankfurt, und die Maschine startete pünktlich. Rowse saß in der Ersten Klasse. Nach dem Start verteilte eine Stewardeß Zeitungen. Englische waren nicht dabei. Rowse sprach gebrochen Deutsch und konnte die Schlagzeilen einigermaßen entziffern. Den groß aufgemachten Bericht auf der Titelseite der *Morgenpost* verstand er allerdings auf Anhieb.

Der Tote auf dem Foto hatte die Augen geschlossen und war von Abfall umgeben. Die Schlagzeile lautete: *Mörder der Drogenbosse tot aufgefunden*. Darunter stand, zwei Müllmänner hätten die Leiche neben einer Mülltonne in einer Gasse im Hafenviertel gefunden. Die Polizei gehe davon aus, daß es sich um einen Racheakt in der Unterwelt handle.

Rowse stand auf und ging durch den Mittelgang zu den Toiletten der Touristenklasse. In einer der letzten Sitzreihen ließ er die Zeitung einem zerknittert aussehenden Mann in den Schoß fallen, der im Bordmagazin der Fluggesellschaft blätterte.

»Sie Schwein«, zischte er.

Zu Rowses gelinder Überraschung nahm Major Karjagin in der sowjetischen Botschaft schon beim ersten Läuten ab. Rowse sprach russisch.

SAS-Soldaten, insbesondere die Offiziere, müssen vielseitig begabt sein. Da die kleinste Kampfeinheit beim SAS nur aus vier Mann besteht, muß jeder einzelne ein kleines Universalgenie sein. Alle vier Männer einer Gruppe sind im allgemeinen medizinisch vorgebildet und können mit dem Funkgerät umgehen, und zusammen sprechen sie eine ganze Reihe von Fremdsprachen, von ihren vielseitigen Kampftechniken nicht zu reden. Da das Regiment abgesehen von seiner Rolle innerhalb der NATO schon in Malaysia, Indonesien, Oman, Zentral- und Südamerika operiert hat, sind die Hauptsprachen von jeher Malayisch, Arabisch und Spanisch. Für den NATO-Einsatz werden dagegen Russisch (natürlich) und eine oder zwei Bündnissprachen bevorzugt. Rowse sprach Französisch, Russisch und das irische Gälisch.

Es war keine Seltenheit, daß Major Karjagin in der Botschaft einen Anruf von einem wildfremden Menschen bekam. Abgesehen von seiner offiziellen Funktion als Verteidigungsattaché hatte der GRU-Mann auch die Aufgabe, die zahllosen Lieferanfragen an den tschechischen Waffenhersteller Omnipol im Auge zu behalten.

Anfragen auf Regierungsebene wurden an die Husak-Regierung in Prag gerichtet. Die gingen ihn nichts an. Andere, meist solche dubioser Herkunft, gingen bei der Auslandsvertretung von Omnipol im neutralen Wien ein. Karjagin bekam sie alle zu sehen. Manche genehmigte er von sich aus, andere leitete er zur Entscheidung nach Moskau weiter, wieder andere lehnte er rundweg ab. Was er nicht nach Moskau meldete, war, daß sein Votum durch ein großzügiges Trinkgeld beeinflußt werden konnte. Er erklärte sich bereit, sich am Abend mit Rowse im *Sacher* zu treffen.

Er entsprach nicht der gängigen Klischeevorstellung von einem

Russen. Er war gewandt, gepflegt, gut rasiert und gut gekleidet. Man kannte ihn in den berühmten Restaurants. Der Oberkellner führte ihn an einen Tisch in einiger Entfernung vom Orchester und dem Stimmengewirr der anderen Gäste. Die beiden Männer setzten sich und bestellten Tafelspitz und einen leichten, trockenen österreichischen Rotwein.

Rowse erklärte, welche Informationen er für seinen nächsten Roman brauche. Karjagin hörte ihm höflich zu.

»Diese amerikanischen Terroristen –« sagte er, als Rowse geendet hatte.

»Fiktive Terroristen«, sagte Rowse.

»Natürlich, diese fiktiven amerikanischen Terroristen, was würden die sich denn so vorstellen?«

Rowse reichte Karjagin eine getippte Liste, die er aus der Brusttasche gezogen hatte. Der Russe las sie durch, zog eine Augenbraue hoch und gab sie ihm zurück.

»Unmöglich«, sagte er, »Sie sprechen mit dem falschen Mann. Warum sind Sie ausgerechnet zu mir gekommen?«

»Ein Freund in Hamburg sagte mir, Sie seien außerordentlich gut informiert.«

»Lassen Sie mich anders fragen: Warum überhaupt solche Recherchen? Warum denken Sie sich nicht einfach alles aus? Schließlich ist es nur für einen Roman.«

»Authentizität«, sagte Rowse. »Ein Romanautor kann es sich heute nicht mehr leisten, alles hoffnungslos falsch darzustellen. Es gibt heute zu viele Leser, die einem nicht jeden Unsinn abnehmen.«

»Es tut mir leid, aber Sie sind trotzdem an der falschen Stelle, Mr. Rowse. Diese Liste enthält einige Posten, die man nicht mehr zur konventionellen Bewaffnung zählen kann. Aktenkoffer mit eingebauten Bomben, Claymore-Minen – solche Sachen sind in sozialistischen Ländern einfach nicht zu haben. Warum arbeiten Sie nicht mit einfacheren Waffen in ihrem ... Roman?«

»Weil die Terroristen –«

»Die fiktiven Terroristen«, murmelte Karjagin.

»– natürlich, die fiktiven Terroristen offenbar – zumindest will ich das in meinem Buch so darstellen – einen Anschlag auf das Weiße Haus planen. Simple Gewehre, wie man sie in jedem texanischen Waffengeschäft kaufen kann, wären da kaum geeignet.«

»Ich kann Ihnen nicht helfen«, sagte der Russe und tupfte sich mit der Serviette die Lippen ab. »Wir leben in der Zeit der Glasnost. Waffen vom Typ der Claymore-Mine, die ohnehin amerikanischer Herkunft und nicht zu beschaffen ist –«

»Es gibt einen Ostblock-Nachbau«, sagte Rowse.

»Solche Waffen werden schlichtweg nicht geliefert, es sei denn auf Regierungsebene, und auch dann nur für legitime Verteidigungszwecke. Mein Land denkt nicht im Traum daran, solche Waffen zu verkaufen oder ihren Verkauf durch einen befreundeten Staat zu sanktionieren.«

»Beispielsweise die Tschechoslowakei.«

»Ganz recht, beispielsweise die Tschechoslowakei.«

»Und trotzdem gelangen diese Waffen in die Hände bestimmter Terroristengruppen«, sagte Rowse. »Beispielsweise der Palästinenser.«

»Schon möglich, aber ich habe nicht die leiseste Idee, auf welchem Weg«, sagte der Russe. Er schickte sich an, vom Tisch aufzustehen. »Wenn Sie mich jetzt bitte entschuldigen würden –«

»Ich weiß, es ist unbescheiden«, sagte Rowse, »aber ich würde mir die Authentizität meines Buches durchaus etwas kosten lassen.«

Er hob die Ecke seiner zusammengefalteten Zeitung hoch, die auf dem dritten Stuhl am Tisch lag. Ein schmaler weißer Umschlag steckte zwischen den Blättern. Karjagin setzte sich wieder, zog den Umschlag heraus und warf einen Blick auf die DM-Scheine, die darin waren. Er überlegte kurz und steckte dann den Umschlag in seine Innentasche.

»Wenn ich Sie wäre und den Wunsch hätte, bestimmtes Material zu kaufen und es an eine Gruppe amerikanischer Terroristen zu verkaufen – natürlich alles fiktiv –, würde ich wahrscheinlich nach Tripolis gehen und mich um eine Unterredung mit einem gewissen Oberst Hakim al-Mansur bemühen. Aber jetzt muß ich wirklich weg. Gute Nacht, Mr. Rowse.«

»So weit, so gut«, sagte McCready, als sie nebeneinander in der Herrentoilette eines schäbigen Nachtlokals nicht weit von der Donau standen. »Ich finde, Sie sollten hinfliegen.«

»Und woher kriege ich ein Visum?«

»Die besten Aussichten hätten Sie ihm Libyschen Volksbüro in Valletta. Wenn man Ihnen dort ohne Verzögerung ein Visum ausstellt, bedeutet das, daß Sie angekündigt wurden.«

»Sie meinen, Karjagin wird Tripolis informieren?«

»Ja, allerdings. Warum hätte er Ihnen sonst geraten, nach Tripolis zu gehen? Doch, doch, Karjagin will seinem Freund al-Mansur Gelegenheit geben, Sie sich anzusehen, Ihrer lächerlichen Geschichte ein bißchen auf den Grund zu gehen. Wenigstens glaubt jetzt keiner mehr an die Recherchen für den Roman. Sie haben die erste Hürde genommen. Die andere Seite kommt allmählich zu der Überzeugung, daß Sie ein Renegat sind, der sich ein paar Dollar verdienen will, indem er für irgendeine zwielichtige Vereinigung verrückter Amerikaner arbeitet. Al-Mansur wird natürlich noch viel mehr wissen wollen.«

Rowse flog von Wien nach Rom und von dort in die Hauptstadt von Malta. Zwei Tage später – wir brauchen sie ja nicht so zu hetzen, hatte McCready gesagt – beantragte er beim Volksbüro ein Visum für Tripolis. Als Grund gab er an, er wolle für ein Buch über die erstaunlichen Erfolge der Volksdschamahirija Recherchen anstellen. Innerhalb von vierundzwanzig Stunden wurde ihm das Visum erteilt.

Am nächsten Morgen nahm Rowse die Maschine der Libyan Airways von Valletta nach Tripolis. Als jenseits des glitzernd blauen Mittelmeers die ockerbraune Küste von Tripolitanien in Sicht kam, dachte er an Oberst David Stirling und die anderen, Paddy Mayne, Jock Lewis, Reilly, Almonds, Cooper und wie sie alle hießen, die ersten SAS-Männer, die kurz nach der Aufstellung der Einheit, mehr als ein Jahrzehnt vor seiner Geburt, deutsche Stützpunkte an dieser Küste angegriffen und zerstört hatten.

Und er dachte daran, was McCready auf dem Flughafen von Valletta zu ihm gesagt hatte, während seine beiden Beschützer im Auto warteten.

»Es tut mir leid, aber nach Tripolis kann ich nicht mitkommen. Von jetzt ab arbeiten Sie ohne Netz.«

Wie seine Vorgänger 1941, von denen einige noch immer dort unten in der Wüste begraben lagen, würde er in Libyen völlig allein sein.

Eine Tragfläche senkte sich, und die Maschine begann den Landeanflug auf den Flughafen Tripolis.

3

Zunächst schien alles glatt zu gehen. Rowse hatte in der Touristenklasse gesessen und verließ als einer der letzten die Maschine. Hinter den anderen Passagieren her ging er die Stufen hinunter in die gleißende Helligkeit des libyschen Morgens. Von der Zuschauerterrasse des modernen weißen Flughafengebäudes aus suchte und fand ihn ein gleichgültiges Augenpaar, und ein Fernglas richtete sich kurz auf ihn, während er auf die »Arrivals«-Tür zuging.

Nach mehreren Sekunden wurde das Glas beiseite gelegt, und jemand sagte ruhig ein paar Worte auf arabisch.

Rowse betrat die klimatisierte Ankunftshalle und stellte sich ans Ende der Schlange vor der Paßkontrolle. Die Kontrolleure ließen sich Zeit, blätterten jeden einzelnen Paß von vorn bis hinten durch, musterten jeden Passagier, verglichen sein Gesicht mehrmals mit dem Paßfoto und sahen in einer Liste nach, die sie, für die Passagiere unsichtbar, unter ihrem Schreibtisch hatten. Inhaber libyscher Pässe standen an einem anderen Schalter an.

Hinter Rowse standen nur noch zwei amerikanische Erdöl-Ingenieure, die im Raucherbereich gesessen hatten. Es dauerte zwanzig Minuten, bis er seinen Paß vorzeigen durfte.

Der grün uniformierte Offizier nahm den Paß entgegen, schlug ihn auf und sah auf eine Notiz, die er unter dem Schalterfenster liegen hatte. Ausdruckslos blickte er auf und nickte jemandem hinter Rowse zu. Rowse spürte, wie ihn jemand am Ellbogen zupfte. Er drehte sich um. Noch ein Mann in grüner Uniform, ein jüngerer, höflich, aber bestimmt. Zwei bewaffnete Soldaten standen ein paar Schritte weiter hinten.

»Würden Sie bitte mitkommen«, sagte der junge Offizier in passablem Englisch.

»Stimmt was nicht?« fragte Rowse. Die beiden Amerikaner hatten zu reden aufgehört. In einer Diktatur verstummen alle Gespräche, wenn ein Passagier aus der Schlange an der Paßkontrolle herausgeholt wird.

Der junge Offizier griff unter dem Schaltergitter durch und nahm Rowses Paß an sich.

»Hier entlang, bitte«, sagte er. Die beiden Soldaten kamen näher und nahmen Rowse in die Mitte. Zu dritt gingen sie hinter dem Offizier her durch die Halle und in einen langen, weißen Korridor. An dessen Ende öffnete der Offizier eine Tür auf der linken Seite und forderte Rowse mit einer Geste auf einzutreten. Die Soldaten postierten sich beiderseits der Tür.

Der Offizier folgte Rowse in den Raum und schloß die Tür hinter sich. Es war ein kahles, weiß gestrichenes Zimmer mit vergitterten Fenstern. In der Mitte stand ein Tisch mit zwei Stühlen, sonst war der Raum leer. An einer Wand hing ein Porträt des lächelnden Muammar Gaddafi. Rowse setzte sich auf den einen Stuhl, der Offizier nahm ihm gegenüber Platz und sah sich seinen Paß an.

»Ich weiß überhaupt nicht, was Sie zu beanstanden haben«, sagte Rowse. »Mein Visum wurde gestern von Ihrem Volksbüro in Valletta ausgestellt. Es ist ja wohl in Ordnung?«

Der Offizier forderte ihn mit einer müden Handbewegung auf, nichts mehr zu sagen. Rowse schwieg. Eine Fliege summte. Fünf Minuten vergingen.

Hinter sich hörte Rowse die Tür aufgehen. Der junge Offizier blickte auf, erhob sich zackig und grüßte militärisch. Dann verließ er wortlos den Raum.

»Da sind Sie ja endlich, Mr. Rowse.«

Die Stimme war tief und klangvoll, das Englisch von der Art, wie man es nur in den besseren britischen Public Schools lernt. Rowse drehte sich um. Er ließ sich nichts anmerken, aber er erkannte das Gesicht wieder, denn er hatte Fotos von diesem Mann vier Stunden lang betrachtet, während der Einsatzbesprechung mit McCready.

»Er ist verbindlich und urban und verfügt über eine ausgezeichnete Bildung – die er bei uns bekommen hat«, hatte McCready gesagt. »Außerdem ist er völlig skrupellos und hat unzählige Menschenleben auf dem Gewissen. Hüten Sie sich vor Hakim al-Mansur.«

Der Chef der Auslandsabteilung des libyschen Geheimdienstes wirkte jünger als auf den Fotos, kaum älter als Rowse selbst. In dem Dossier hatte gestanden, er sei dreiunddreißig.

Im Jahre 1969 war Hakim al-Mansur ein fünfzehn Jahre alter Schüler der Public School Harrow in der Nähe von London gewesen, Sohn und Erbe eines sehr wohlhabenden Höflings und engen Vertrauten des libyschen Königs Idris.

In diesem Jahr hatte ein Gruppe radikaler junger Offiziere unter der Führung eines unbekannten, von Beduinen abstammenden Obersts namens Gaddafi den König, während dieser im Ausland war, durch einen Staatsstreich gestürzt. Die Putschisten riefen sofort die Volksdschamahirija aus, die sozialistische Republik. Der König und sein Hofstaat gingen mit ihrem beträchtlichen Reichtum ins Exil nach Genf und baten im Westen um Unterstützung bei ihren Bemühungen, sich wieder als Herrscher in ihrem Land zu etablieren. Diese Unterstützung blieb aus.

Der junge Hakim war von den Ereignissen in seiner Heimat fasziniert, was seinem Vater jedoch verborgen blieb. Er hatte seinem Vater und dessen Politik bereits den Rücken gekehrt, denn im Jahr zuvor war seine jugendliche Phantasie von den Unruhen und fast revolutionären Umtrieben der radikalen Studenten und Arbeiter in Paris beflügelt worden. Leidenschaftliche junge Menschen neigen oft zu radikalen politischen Ansichten, und der Harrow-Schüler hatte sich mit Leib und Seele bekehrt. In seiner Unbesonnenheit bestürmte er die libysche Botschaft in London immer wieder mit der Forderung, die Schule verlassen und in die Heimat zurückkehren zu dürfen, um sich der sozialistischen Revolution anzuschließen.

Seine Briefe wurden zur Kenntnis genommen und abschlägig beschieden. Ein Diplomat jedoch, ein Anhänger des alten Regimes, unterrichtete al-Mansur senior in Genf. Es kam zu einer erbitterten Auseinandersetzung zwischen Vater und Sohn. Der Junge dachte nicht daran, klein beizugeben. Die väterlichen Schecks blieben aus, und Hakim al-Mansur ging mit siebzehn vorzeitig von der Public School ab. Ein Jahr lang hielt er sich in verschiedenen Gegenden Europas auf, versuchte ständig, Tripolis von seiner Loyalität zu überzeugen, und wurde immer wieder abgewiesen. Im Jahre 1972 gab er vor, seine Gesinnung geändert zu haben, versöhnte sich mit seinem Vater und wurde Mitglied des Hofstaats im Genfer Exil.

Dort erfuhr er von einer Verschwörung einer Anzahl ehemaliger Offiziere der britischen Special Forces, die vom Schatzkanzler König Idris' finanziert wurden. Ihr Ziel war ein Gegenputsch gegen Gaddafi durch ein Kommandounternehmen, für das ein aus Genua kommendes Schiff mit dem Namen *Leonardo da Vinci* eingesetzt werden sollte. Zweck der Operation war es, aus dem Hauptgefängnis von Tripolis, dem sogenannten Tripolis Hilton, die Führer der Wüstenstämme zu befreien, die zu König Idris standen und Gaddafi verabscheuten. Diese sollten fliehen und ihre Stämme zum Sturz des Usurpators anstacheln. Hakim al-Mansur verriet unverzüglich den ganzen Plan der libyschen Botschaft in Paris.

Tatsächlich war die Verschwörung bereits aufgedeckt worden (von der CIA, die das später bereute), und der Plan wurde auf Wunsch der Amerikaner von italienischen Sicherheitskräften vereitelt. Immerhin wurde al-Mansur jedoch zu einem ausführlichen Gespräch in die Pariser Botschaft bestellt.

Er kannte die meisten von Gaddafis weitschweifigen Reden auswendig und war mit all seinen verrückten Ideen bestens vertraut; seine Begeisterung beeindruckte den Mitarbeiter der Botschaft so sehr, daß dem jungen Hitzkopf die Rückreise in die Heimat bewilligt wurde. Zwei Jahre später wurde er zum Geheimdienst abkommandiert.

Gaddafi lernte den jüngeren Mann kennen; er fand Gefallen an ihm und beförderte ihn schneller, als es seinem Alter entsprochen hätte. Zwischen 1974 und 1984 erledigte al-Mansur wiederholt »Dreckarbeit« für Gaddafi im Ausland; er bewegte sich mühelos in Großbritannien, Amerika und Frankreich, wo seine Weltläufigkeit großen Eindruck machte, aber auch in den Terroristennestern des Nahen Ostens, wo er sich in einen waschechten Araber zurückverwandeln konnte. Er führte persönlich drei Morde an politischen Gegnern Gaddafis im Ausland aus, arbeitete eng mit der PLO zusammen und wurde ein Bewunderer und guter Freund des führenden Kopfes der Terrororganisation Schwarzer September, Ali Hassan Salameh, dem er sehr ähnelte.

Wegen einer Erkältung hatte er eine Verabredung zum Squash mit Salameh an jenem Tag im Jahre 1979 abgesagt, an dem der israelische Mossad schließlich den Mann, der das Massaker an den israelischen Sportlern bei den Olympischen Spielen in München geplant hatte, mit einer Autobombe in die Luft jagte. Das Team aus Tel Aviv ahnte nicht, daß es ihm um ein Haar gelungen wäre, zwei Fliegen mit einer Klappe zu schlagen.

Im Jahre 1984 hatte Gaddafi ihm die Verantwortung für sämtliche libyschen Terror-Operationen im Ausland übertragen, und zwei Jahre danach hatten die amerikanischen Bomben und Raketen dem libyschen Staatschef einen schweren Nervenschock zugefügt. Er sann auf Rache, und es war al-Mansurs Aufgabe, sie zu vollstrecken – und zwar rasch. Großbritannien machte dabei die geringsten Probleme; die Leute von der IRA (die für ihn Tiere waren) würden ganz Großbritannien mit Blut und Tod überziehen, wenn man ihnen nur die entsprechenden Mittel in die Hand gab. Sehr viel schwieriger war es, Leute zu finden, die dasselbe in Amerika machen würden. Und jetzt war da dieser junge Brite, von dem man nicht genau wußte, ob er nun ein Renegat war oder nicht ...

»Ich sage noch mal, mein Visum ist absolut in Ordnung«, sagte Rowse ungehalten. »Darf ich also fragen, was hier eigentlich vorgeht?«

»Aber gewiß, Mr. Rowse, und die Antwort ist einfach. Die Einreise nach Libyen wird Ihnen nicht gestattet.«

Al-Mansur spazierte durch den Raum und sah aus dem Fenster zu den Hangars hinüber.

»Und warum nicht?« fragte Rowse. »Mein Visum wurde gestern in Valletta ausgestellt. Es ist in Ordnung. Ich will weiter nichts, als ein paar Details für meinen nächsten Roman recherchieren.«

»Bitte spielen Sie nicht die beleidigte Unschuld, Mr. Rowse. Sie sind ein ehemaliger Soldat der britischen Special Forces und neuerdings offenbar Schriftsteller. Jetzt tauchen Sie hier auf und behaupten, sie wollten in Ihrem nächsten Buch unser Land beschreiben. Offen gesagt bezweifle ich, daß Ihre Schilderung meines Landes besonders schmeichelhaft ausfallen würde, und das libysche Volk teilt leider nicht die britische Vorliebe für Selbstironie. Nein, Mr. Rowse, Sie können nicht hierbleiben. Kommen Sie, ich begleite Sie zurück zu der Maschine nach Malta.«

Er rief einen Befehl auf arabisch, und die Tür ging auf. Die beiden Soldaten kamen herein. Einer nahm Rowses Reisetasche. Al-Mansur nahm den Paß vom Tisch. Der andere Soldat trat zur Seite, um die beiden Zivilisten vorbeizulassen.

Al-Mansur führte Rowse durch einen anderen Korridor hinaus in die Sonne. Die libysche Maschine war startbereit.

»Mein Koffer«, sagte Rowse.

»Ist bereits an Bord, Mr. Rowse.«

»Darf ich wissen, mit wem ich das Vergnügen hatte?« fragte Rowse.

»Im Augenblick nicht, mein Bester. Nennen Sie mich einfach ... Mr. Asis. Wohin werden Sie sich denn nun begeben, um Ihre Recherchen fortzusetzen?

»Ich weiß nicht«, sagte Rowse. »Irgendwie bin ich am Ende meiner Weisheit.«

»Dann machen Sie doch mal Pause«, sagte al-Mansur. »Gönnen Sie sich einen kurzen Urlaub. Warum fliegen Sie nicht nach Zypern? Eine wunderschöne Insel. Mir persönlich hat es in dieser Jahreszeit besonders die kühle Luft des Troodosgebirges angetan. Nicht weit von Pedhoulas im Marathassa-Tal gibt es eine ganz reizende alte

Herberge, das *Apollonia*. Die kann ich Ihnen empfehlen. Meistens logieren dort sehr interessante Leute. Gute Reise, Mr. Rowse.«

Es war ein glücklicher Zufall, daß einer der SAS-Sergeants ihn auf dem Flughafen Valletta sah. Sie hatten ihn nicht so früh zurückerwartet. Die beiden Männer hatten ein gemeinsames Zimmer im Flughafenhotel und wechselten sich alle vier Stunden in der Ankunftshalle ab. Der Sergeant, der gerade »Dienst« hatte, las in einer Sportzeitschrift, als er Rowse durch den Zoll kommen sah, den Koffer in der einen Hand, die Reisetasche in der anderen. Ohne auch nur den Kopf zu heben, ließ er Rowse vorbeigehen und beobachtete, wie er sich dem Schalter der *Cyprus Airways* näherte. Dann alarmierte er über Telefon seinen Kollegen im Hotel. Der Kollege rief McCready in der Innenstadt von Valletta an.

»Verdammt«, fluchte McCready, »wieso ist er denn schon wieder da?«

»Keine Ahnung, Boß«, sagte der Sergeant, »aber Danny sagt, er ist zum Schalter von *Cyprus Air* gegangen.«

McCready überlegte fieberhaft. Er hatte gehofft, daß Rowse mehrere Tage in Tripolis bleiben und seine Cover-Story, seine angebliche Suche nach modernsten Waffen für eine Gruppe fiktiver amerikanischer Terroristen, schließlich dazu führen würde, daß man ihn verhaftete und al-Mansur selbst ihn verhörte. Jetzt sah es so aus, als sei er kurzerhand wieder abgeschoben worden. Aber wieso Zypern? Ob Rowse nicht mehr ganz bei sich war? Er mußte Kontakt mit ihm aufnehmen und ihn fragen, was in Tripolis gewesen war. Aber Rowse hatte ja offenbar nicht vor, in ein Hotel zu gehen, wo man sich ihm unbemerkt hätte nähern können. Er flog weiter. Vielleicht dachte er, daß die andere Seite ihn jetzt überwachen ließ ...

»Bill«, sagte er ins Telefon, »sagen Sie Danny, er soll ihm auf den Fersen bleiben. Wenn die Luft rein ist, gehen Sie zum *Cyprus-Air*-Schalter und versuchen rauszukriegen, wo er hinfliegt. Dann buchen Sie für Danny die gleiche und für uns die nächste Maschine. Ich komme raus, so schnell ich kann.«

Bei Sonnenuntergang herrscht in der Innenstadt von Valletta ein mörderischer Verkehr, und als McCready endlich den Flughafen erreichte, war die Abendmaschine nach Nikosia schon weg – mit Rowse und Danny an Bord. Die nächste Maschine ging erst wieder am Morgen. McCready nahm sich ein Zimmer im *Airport-Hotel*. Gegen Mitternacht rief Danny an:

»Hallo, Onkel. Wir sind im *Airport-Hotel* in Nikosia. Tante ist schon zu Bett gegangen.«

»Sie war sicher sehr müde«, sagte McCready. »Ist es ein nettes Hotel?«

»Ja, es ist phantastisch. Unser Zimmer ist super. Wir haben Nummer 610.«

»Na fein, wahrscheinlich nehme ich mir dort auch ein Zimmer, wenn ich komme. Wie macht sich Euer Urlaub sonst?«

»Sehr gut. Tante hat für morgen ein Auto gemietet. Ich glaube, wir machen einen Ausflug in die Berge.«

»Das wird bestimmt aufregend«, sagte McCready wohlwollend zu seinem »Neffen« im östlichen Mittelmeer. »Läßt du mir bitte schon mal ein Zimmer reservieren? Ich komme so bald wie möglich nach. Gute Nacht, mein Junge.«

Er legte den Hörer auf.

»Anscheinend fährt er morgen in die Berge«, sagte er düster. »Was zum Teufel kann er nur bei seiner Stippvisite in Tripolis erfahren haben?«

»Morgen wissen wir mehr, Boß«, sagte Bill. »Danny wird uns an der üblichen Stelle eine Nachricht hinterlassen.«

Bill, der es sich zur Regel gemacht hatte, jede freie Minute zum Schlafen zu nutzen, drehte sich auf die Seite und war dreißig Sekunden später fest eingeschlafen. In seinem Beruf wußte man nie, wann man sich das nächste Mal aufs Ohr legen konnte.

McCreadys Maschine aus Valletta landete kurz nach zehn auf dem Flughafen der zypriotischen Hauptstadt, doch dort war es wegen des Zeitzonenwechsels schon kurz nach elf. Er hielt sich von Bill fern, obwohl beide aus dem gleichen Flugzeug kamen und mit dem gleichen Flughafenbus ins Hotel fuhren. McCready setzte sich an die Bar in der Lobby, während Bill in den sechsten Stock fuhr. Ein Zimmermädchen machte in 610 gerade sauber. Bill nickte ihr zu und lächelte, erklärte ihr, er habe seinen Rasierapparat vergessen, und ging ins Bad. Danny hatte seinen Lagebericht an die Unterseite des Spülkastendeckels geklebt. Bill kam aus dem Bad, nickte dem Zimmermädchen wieder zu, hielt den Rasierer hoch, den er aus seiner Tasche gezogen hatte, wurde mit einem Lächeln belohnt und fuhr wieder hinunter.

Er übergab McCready den Bericht in der Herrentoilette. McCready schloß sich ein und las, was Danny geschrieben hatte.

Es war gut, daß Rowse nicht versucht hatte, Kontakt aufzunehmen. Wie Danny schrieb, war kurz nach Rowses Zollabfertigung in Valletta sein »ständiger Begleiter« aufgetaucht, ein mürrisch dreinblickender junger Mann in einem beigen Anzug. Der libysche Agent hatte Rowse beschattet, bis die Maschine der *Cyprus Airways* nach Nikosia startete, war aber selbst nicht mitgeflogen. Ein zweiter Beschatter hatte, wahrscheinlich im Auftrag des libyschen Volksbüros in Nikosia, auf dem Flughafen Nikosia gewartet, war ihm zum Hotel gefolgt und hatte dort die Nacht in der Lobby verbracht. Danny meinte, Rowse habe möglicherweise beide Männer bemerkt, sich aber nichts anmerken lassen. Danny hatte beide bemerkt und sich im Hintergrund gehalten.

Rowse hatte am Empfang gebeten, ihm für nächsten Morgen sieben Uhr einen Leihwagen zu besorgen. Wesentlich später hatte auch Danny einen bestellt. Rowse hatte sich außerdem eine Karte der Insel geben lassen und den Empfangschef nach der besten Route ins Troodosgebirge gefragt.

Im letzten Abschnitt seines Berichts schrieb Danny, er werde das Hotel um fünf verlassen und warten, bis Rowse auftauche. Er könne nicht wissen, ob der libysche Agent Rowse bis in das Gebirge folgen oder lediglich bei der Abfahrt beobachten werde. Er, Danny, werde so nahe dranbleiben wie möglich und im Hotel anrufen, sobald er Rowse aufgestöbert und ein öffentliches Telefon gefunden hätte. Er werde nach einem Mr. Meldrum fragen.

McCready kehrte in die Lobby zurück und rief aus einer der Telefonzellen kurz die britische Botschaft an. Wenige Minuten später sprach er mit dem Stationschef des SIS, einem wichtigen Mann angesichts der britischen Militärbasen auf Zypern und der geographischen Nähe zum Libanon, zu Syrien, Israel und den Palästinenser-Hochburgen. McCready kannte seinen Kollegen aus ihrer gemeinsamen Zeit in London und bekam gleich, was er wollte – einen unauffälligen Wagen mit einem Fahrer, der fließend Griechisch sprach. Er würde in einer Stunde da sein.

Der Anruf für Mr. Meldrum kam um zehn nach zwei. McCready nahm den Hörer aus der Hand des Empfangschefs. Wieder spielten sie das Onkel-und-Neffe-Spiel.

»Hallo, mein Junge, wie geht's dir? Schön, daß du dich meldest.«

»Hallo, Onkel. Tante und ich haben in einem tollen Hotel in den Bergen bei dem Dorf Pedhoulas zu Mittag gegessen. Es heißt *Apollo-*

nia. Vielleicht bleiben wir eine Zeitlang hier, weil es uns so gut gefällt. Mit dem Auto haben wir am Schluß ein bißchen Ärger gehabt, und ich habe es in eine Werkstatt in Pedhoulas bringen müssen. Der Besitzer heißt Demetriou.«

»Mach dir deswegen keine Sorgen. Wie sind die Oliven?«

»Hier oben gibt es keine Oliven, Onkel. Nur Obstgärten mit Apfel- und Kirschbäumen. Oliven wachsen nur unten in der Ebene.«

McCready legte den Hörer auf und ging zur Herrentoilette. Bill folgte ihm. Sie warteten, bis der einzige andere Benutzer gegangen war, überprüften die Kabinen und redeten dann.

»Wie geht's Danny, Boß?«

»Gut. Er ist Rowse zu einem Hotel oben im Troodosgebirge gefolgt. Rowse hat da anscheinend ein Zimmer genommen. Danny ist im Dorf, in einer Autowerkstatt namens Demetriou. Er wartet dort auf uns. Der libysche Beschatter, der mit dem dunklen Teint, ist unten geblieben, offensichtlich weil er überzeugt war, daß Rowse dorthin fahren würde, wo er hinfahren sollte.

Der Wagen wird gleich da sein. Nehmen Sie Ihre Tasche und gehen Sie ungefähr eine halbe Meile die Straße hinunter. Warten Sie dort auf uns.«

Nach dreißig Minuten fuhr Mr. Meldrums Wagen tatsächlich vor, ein Ford Orion mit mehreren Dellen – auf Zypern unerläßliches Merkmal eines »unauffälligen« Autos. Der Fahrer war ein aufgeweckter junger Mitarbeiter der Station Nikosia. Er hieß Bertie Marks und sprach fließend Griechisch. Sie ließen Bill einsteigen, der an der Straße im Schatten eines Baumes stand, und fuhren nach Südwesten, auf das Gebirge zu. Es war eine lange Fahrt. Es dunkelte schon, als sie in dem malerischen Dorf Pedhoulas ankamen, dem Zentrum des Kirschenanbaus im Troodosgebirge.

Danny wartete auf sie im Café gegenüber der Tankstelle. Der arme Herr Demetriou war mit der Reparatur des Leihwagens immer noch nicht fertig. Danny hatte den Motor so manipuliert, daß die Reparatur einen halben Tag dauern mußte.

Er zeigte ihnen das Hotel *Apollonia*, und er und Bill musterten im letzten Tageslicht mit geübtem Blick die Umgebung. Sie entschieden sich für den Berghang auf der anderen Seite des Tals, gegenüber der herrlich gelegenen Terrasse des Hotels, nahmen ihre Reisetaschen und verschwanden lautlos in den Kirschgärten. Einer von ihnen trug das Funksprechgerät, das Marks aus Nikosia mitgebracht hatte. Das zweite Gerät behielt McCready. Die zwei SIS-Leute fanden eine kleinere, bescheidene Taverne im Dorf und mieteten sich dort ein.

Rowse war nach einer gemächlichen und angenehmen Fahrt vom Airport-Hotel in der Mittagsstunde eingetroffen. Er nahm an – und er hoffte –, daß seine »Beschützer« vom SIS in der Nähe waren.

Auf Malta hatte er sich am Abend zuvor bewußt mit den Paß- und Zollformalitäten Zeit gelassen. Die anderen Passagiere waren alle bis auf einen vor ihm abgefertigt worden. Nur der mürrische junge Mann vom libyschen Geheimdienst war hinter ihm geblieben. Damit stand fest, daß Hakim al-Mansur ihn beschatten ließ. Er hielt im Flughafengebäude nicht Ausschau nach den SIS-Sergeants und hoffte, sie würden nicht versuchen, mit ihm Kontakt aufzunehmen.

Er wußte, daß der Beschatter aus Tripolis nicht nach Nikosia mitgeflogen war, und nahm deshalb an, daß dort ein anderer auf ihn warten würde. Und so war es auch. Er hatte sich völlig normal verhalten und gut geschlafen. Als er mit dem Leihwagen aus der Stadt fuhr, folgte ihm der Libyer nur noch ein kurzes Stück; Rowse hoffte, daß einer der SIS-Männer irgendwo hinter ihm war. Er ließ sich Zeit, schaute aber nie zurück. Vor allem aber unterließ er es, sich irgendwo unterwegs zu verstecken, um auf den SIS-Mann zu warten und Kontakt mit ihm aufzunehmen. Es konnte ja sein, daß irgendwo in den Bergen noch ein Libyer postiert war. Im *Apollonia* war ein Zimmer frei, und er mietete sich ein. Vielleicht hatte al-Mansur dafür gesorgt, daß es frei war, vielleicht auch nicht. Es war ein schönes Zimmer mit einer überwältigenden Aussicht über das Tal hinweg auf einen mit Kirschbäumen bewachsenen Hang. Die Bäume hatten gerade abgeblüht.

Er nahm ein leichtes, aber vorzügliches Mittagessen zu sich: Lammragout, dazu ein leichter Omodhos-Rotwein, zum Nachtisch frisches Obst. Das Hotel war eine alte Taverne, die man renoviert und modernisiert und durch Anbauten ergänzt hatte, beispielsweise die von Pfosten gestützte Terrasse über dem Tal; die Tische unter den gestreiften Markisen standen weit auseinander. Von den anderen Gästen waren nur wenige zum Mittagessen erschienen. An einem Ecktisch saß alleine ein älterer Mann mit pechschwarzem Haar, der mit dem Kellner leise englisch sprach; außerdem waren nur noch einige Paare da, offensichtlich Einheimische, die vielleicht nur zum Essen gekommen waren. Als Rowse auf die Terrasse hinaustrat, war eine auffallend hübsche jüngere Frau gerade auf dem Weg ins Haus.

Rowse hatte sich nach ihr umgedreht. Sie war sehr attraktiv und mit ihrer goldblonden Mähne sicherlich keine Zypriotin. Die drei Kellner hatten sich bewundernd vor ihr verbeugt, während sie die Terrasse verließ, und erst dann hatte einer von ihnen Rowse einen Tisch zugewiesen.

Nach dem Mittagessen ging er auf sein Zimmer und machte ein Nickerchen. Falls al-Mansur mit seiner hintergründigen Bemerkung hatte andeuten wollen, daß er jetzt »im Spiel« war, konnte er nichts weiter tun als warten. Er hatte den Rat befolgt, den man ihm gegeben hatte. Den nächsten Schritt mußten jetzt, wenn überhaupt, die Libyer tun. Er konnte nur hoffen, daß, falls es hart auf hart ging, irgendwo da draußen jemand war, der ihm helfen würde.

Als er aus seinem Mittagsschlaf erwachte, waren seine Hilfstruppen schon in Stellung. Die beiden Sergeants hatten an dem Hang gegenüber der Hotelterrasse inmitten der Kirschbäume ein kleines, aus Feldsteinen erbautes Häuschen gefunden. Vorsichtig entfernten sie einen Stein aus der Mauer auf der Talseite, und durch diese Öffnung konnten sie trotz der Entfernung von rund siebenhundert Metern mit ihren starken Ferngläsern alle Vorgänge auf der Hotelterrasse verfolgen.

Es dämmerte schon, als sie per Funk McCready anriefen und ihm erklärten, wie er ihren Unterschlupf von der anderen Seite des Berges aus erreichen konnte. Marks fuhr diesen Instruktionen entsprechend aus Pedhoulas hinaus und über Feldwege bis an die Stelle, wo Danny sie erwartete. McCready ließ den Wagen stehen und ging mit Danny um den Berg herum, bis sie in dem Kirschgarten verschwanden und das Häuschen erreichen konnten, ohne vom Tal aus gesehen zu werden. Bill reichte McCready sein mit elektronischer Lichtverstärkung ausgestattetes Fernglas.

Auf der Terrasse gingen die Lichter an – Girlanden aus bunten Glühbirnen und Windlichter auf den Tischen.

»Für morgen brauchen wir zypriotische Bauernsachen, Boß«, sagte Danny leise. »In unseren Klamotten fallen wir viel zu sehr auf.«

McCready nahm sich vor, Marks aufzutragen, am Morgen in ein anderes Dorf zu fahren und Leinenkittel und Hosen zu kaufen, wie sie die Landarbeiter hier trugen. Wenn sie Glück hatten, würde niemand in der Nähe des Häuschens auftauchen. Jetzt im Mai war es zu spät für das Spritzen der Blüten und noch zu früh für die Ernte. Das Häuschen wurde offensichtlich nicht mehr benutzt. Das Dach war zur Hälfte durchgebrochen. Überall lag dicker Staub; an einer Wand lehnten ein paar Hacken mit abgebrochenem Stiel. Für die SAS-Sergeants, die schon wochenlang in feuchten Bruchbuden in den Hügeln von Ulster kampiert hatten, war es wie ein Vier-Sterne-Hotel.

»Hallo«, murmelte Bill, der sich sein Glas hatte zurückgeben lassen. »Nicht übel.« Er reichte das Glas McCready.

Eine junge Frau war aus dem Hotel auf die Terrasse gekommen. Ein strahlender Kellner geleitete sie an einen Tisch. Sie trug ein schlichtes, aber elegantes weißes Kleid auf ihrer goldbraunen Haut. Ihr blondes Haar hing bis auf die Schultern herab. Sie setzte sich und bestellte offenbar einen Aperitif.

»Denkt lieber an eure Arbeit«, grummelte McCready. »Wo ist Rowse?«

Die Sergeants grinsten.

»Ach ja, den gibt's ja auch noch. Die Fensterreihe oberhalb der Terrasse. Das dritte Fenster von links.«

McCready hob das Fernglas an. An keinem der Fenster waren die Vorhänge zugezogen. Hinter mehreren brannte Licht. McCready sah eine Gestalt, nackt bis auf ein um die Hüften geschlungenes Handtuch, aus der Dusche kommen und durchs Zimmer gehen. Es war Rowse. So weit, so gut. Aber von den bösen Buben war noch keiner aufgetaucht. Die anderen Gäste nahmen ihre Plätze auf der Terrasse ein; ein dicker levantinischer Geschäftsmann mit glitzernden Ringen an beiden Händen und ein älterer Mann, der alleine an einem Ecktisch saß und die Speisekarte las. McCready seufzte. Er hatte in seinem Leben schon so oft warten müssen, und er konnte es immer noch nicht ausstehen. Er gab das Fernglas zurück und sah auf die Uhr. Viertel nach sieben. Noch zwei Stunden, dann würde er mit Marks zum Abendessen ins Dorf zurückfahren. Die Sergeants würden die ganze Nacht über Wache halten.

Rowse zog sich an und sah auf die Uhr. Zwanzig nach sieben. Er schloß sein Zimmer ab und ging auf die Terrasse hinunter, um vor dem Abendessen etwas zu trinken. Auf der anderen Talseite war die Sonne schon hinter den Bergen verschwunden, so daß der Hang gegenüber der Terrasse in tiefen Schatten getaucht war, die Konturen der Berge jedoch als goldene Lichtsäume erstrahlten. In Paphos unten an der Küste würde noch eine Stunde lang die warme Frühsommersonne scheinen.

Es waren drei Leute auf der Terrasse; ein dicker Mann, der allem Anschein nach aus einem Mittelmeerland stammte, der alte Knabe mit den unwahrscheinlich schwarzen Haaren und die Frau. Sie saß mit dem Rücken zu ihm und schaute ins Tal hinaus. Ein Kellner kam. Rowse nickte zu dem Tisch neben der Frau hin, vorne an der Brüstung der Terrasse. Der Kellner grinste und führte ihn beflissen an den Tisch. Er bestellte Ouzo und eine Karaffe Quellwasser.

Während er sich setzte, blickte er kurz zum Nebentisch hin. Er nickte und murmelte »Abend«.

Sie nickte zurück und schaute weiter auf das dunkler werdende Tal hinaus. Sein Ouzo kam. Auch er schaute ins Tal. Nach einer Weile sagte er.

»Darf ich einen Toast ausbringen?«

Sie war überrascht.

»Einen Toast?«

Er wies mit dem Glas in der Hand auf die in Schatten gehüllten Berge vor ihnen und die ins rosige Licht des Sonnenuntergangs getauchte Landschaft hinter ihnen.

»Auf die Ruhe. Und auf die Schönheit.«

Sie lächelte schwach.

»Auf die Ruhe«, sagte sie und trank einen Schluck von ihrem Weißwein. Der Kellner brachte zwei Speisekarten. Sie studierten sie an ihren getrennten Tischen. Sie bestellte sich Bergforelle.

»Da kann ich nicht drüber. Für mich auch«, sagte Rowse zu dem Kellner.

»Sind Sie alleine hier?« fragte Rowse leise.

»Ja«, sagte sie zögernd.

»Ich auch«, sagte er. »Und das bekümmert mich, denn ich bin ein gottesfürchtiger Mann.«

Sie runzelte verständnislos die Stirn.

»Was hat Gott damit zu tun?« Er stellte fest, daß sie keinen britischen Akzent hatte. Ihre Stimme hatte einen heiseren Unterton. Amerikanerin? Er zeigte mit ausgestrecktem Arm auf die Landschaft.

»Die Aussicht, der Frieden, die Berge, die untergehende Sonne, der Abend. Er hat das alles geschaffen. Aber bestimmt nicht dafür, daß man alleine zu Abend ißt.«

Sie mußte lachen. Schöne weiße Zähne blitzten in ihrem von der Sonne vergoldeten Gesicht auf. Versuch sie zum Lachen zu bringen, hatte sein Vater ihm geraten, sie mögen es, wenn man sie zum Lachen bringt.

»Darf ich mich zu Ihnen setzen? Nur zum Abendessen?«

»Warum nicht? Nur zum Abendessen.«

Er nahm sein Glas und setzte sich ihr gegenüber.

»Tom Rowse«, sagte er.

»Monica Browne«, erwiderte sie.

Sie unterhielten sich, das übliche belanglose Geplauder. Er erzählte ihr, er sei Autor mäßig erfolgreicher Romane und zur Zeit dabei, für sein nächstes Buch zu recherchieren, in dem es auch um politische Fragen des Mittelmeerraums und des Nahen Ostens gehe. Er habe beschlossen, seine Tour durch das östliche Mittelmeer mit einem kurzen Aufenthalt in diesem Hotel zu beschließen, das ein Freund ihm wegen des guten Essens und der ruhigen Lage empfohlen habe.

»Und was machen Sie?« fragte er.

»Nichts so Aufregendes. Ich züchte Pferde. Ich habe drei reinrassige Hengste gekauft. Es dauert noch eine Weile, bis ich die Transportpapiere bekomme. Tja –« Sie zuckte die Achseln. »Irgendwie muß man die Zeit herumkriegen. Ich habe mir gedacht, es wäre hier oben netter als in der Hitze unten am Hafen.«

»Hengste? Auf Zypern?« fragte er.

»Nein. In Syrien. Die Jährlings-Auktionen in Hama. Reinrassige Araber. Die besten. Wußten Sie, daß sämtliche Rennpferde in Großbritannien letztlich von drei Araberpferden abstammen?«

»Nur von dreien? Nein, das habe ich nicht gewußt.«

Sie war eine Pferdenärrin. Er erfuhr, daß sie mit dem viel älteren Major Eric Browne verheiratet war und mit ihm zusammen ein Gestüt in Ashford besaß und leitete. Sie stammte eigentlich aus Kentucky, wo sie ihre Kenntnisse über Pferderassen und Pferderennen erworben hatte. Er kannte Ashford ein bißchen – eine Kleinstadt in Kent an der Straße von London nach Dover.

Die Forelle kam – über Holzkohle gegrillt und appetitlich angerichtet. Dazu tranken sie einen trockenen Weißwein aus dem Marathassa-Tal. Durch die Terrassentür sah Rowse, daß sich drei Männer drinnen im Hotel an die Bar gesetzt hatten.

»Wie lange werden Sie warten müssen?« erkundigte er sich. »Auf die Hengste.«

»Sie müßten jetzt jeden Tag eintreffen. Vielleicht wäre ich doch besser bei ihnen in Syrien geblieben. Sie sind schrecklich empfindlich. Jeder Transport macht sie nervös. Aber ich habe hier einen sehr guten Reederei-Agenten. Er ruft mich an, wenn sie da sind, und ich kann dann ihre Verladung persönlich überwachen.«

Die Männer an der Bar hatten ihren Whisky getrunken und wurden an einen Tisch auf der Terrasse geleitet. Einen Moment lang konnte Rowse hören, mit welchem Akzent sie sprachen. Ruhig führte seine Hand die Gabel mit einem Bissen Fisch zum Mund.

»Sagen Sie dem da drin, wir wollen noch eine Runde«, sagte einer der Männer.

Auf der anderen Talseite sagte Danny leise: »Boß.«

McCready sprang auf und kam an das kleine Loch in der Mauer. Danny gab ihm das Fernglas und trat beiseite. McCready stellte die Schärfe nach und seufzte tief.

»Schau einer an«, sagte er. Er gab das Fernglas zurück. »Machen Sie weiter hier. Ich gehe mit Marks zurück, um die Vorderseite des Hotels zu beobachten. Bill, Sie kommen mit.«

Es war inzwischen so dunkel geworden, daß sie zum Auto zurückgehen konnten, ohne befürchten zu müssen, daß sie jemand vom Hotel aus sah.

Auf der Terrasse konzentrierte sich Rowse nach wie vor ganz auf Monica Browne. Ein Blick auf die drei Männer hatte ihm genügt. Zwei der Iren hatte er noch nie gesehen. Der dritte, eindeutig der Chef, war Kevin Mahoney.

Rowse und Monica Browne ließen das Dessert weg und bestellten Kaffee. Er wurde mit kleinen, klebrigen Süßigkeiten serviert. Monica schüttelte den Kopf.

»Gar nicht gut für die Figur«, sagte sie.

»Und wir wollen doch nicht, daß Ihrer was zustößt«, sagte Rowse, »denn sie ist atemberaubend.« Sie quittierte das Kompliment mit einem Lacher, war aber doch ein bißchen geschmeichelt. Sie beugte sich vor. Im Kerzenlicht erhaschte Rowse einen kurzen, aber schwindelerregenden Blick in ihr volles Dekolleté.

»Kennen Sie diese Männer«, fragte sie leicht befremdet.

»Nein, nie gesehen«, sagte Rowse.

»Na, jedenfalls starrt Sie einer von ihnen ständig an.«

Rowse hatte eigentlich keine Lust, sich umzudrehen und die Männer anzusehen. Aber nach dieser Bemerkung wäre es verdächtig gewesen, es nicht zu tun. Kevin Mahoney kaute auf seinem Lammbraten herum und hielt den Blick starr auf ihn gerichtet. Er sah nicht einmal weg, als Rowse sich umdrehte. Ihre Blicke trafen sich. Rowse kannte diesen Blick. Ratlosigkeit. Unbehagen. Wie wenn man das Gefühl hat, jemanden schon einmal gesehen zu haben, aber nicht darauf kommt, wann und wo. Rowse drehte sich wieder um.

»Nein. Lauter Fremde.«

»Dann aber sehr unhöfliche Fremde.«

»Was für einen Akzent haben die?« fragte Rowse.

»Irisch«, sagte sie. »Nordirisch.«

»Wo haben Sie gelernt, Iren an ihrer Sprache zu erkennen?« fragte er.

»Bei Pferderennen natürlich. Aber jetzt müssen Sie mich entschuldigen, Tom. Es hat mich sehr gefreut, aber ich werde mich jetzt zurückziehen.«

Sie stand auf. Rowse ebenfalls.

»Ganz meinerseits«, sagte er. »Es war sehr schön. Ich hoffe, wir können noch einmal gemeinsam essen.«

Er wartete, ob sie ihm ein Zeichen geben würde, daß er sie begleiten solle. Sie war Anfang Dreißig, eine selbstbewußte Frau und nicht auf den Kopf gefallen. Wenn sie es wünschte, würde sie es irgendwie zu erkennen geben. Wenn nicht, wäre es töricht gewesen, alles zu verderben. Sie schenkte ihm ein strahlendes Lächeln und entfernte sich mit raschen Schritten. Rowse bestellte sich noch einen Kaffee, drehte den drei Iren den Rücken zu und schaute zu den dunklen Bergen hinüber. Schon bald hörte er, wie sie vom Tisch aufstanden und zur Bar und ihrem Whisky zurückkehrten.

»Ich habe Ihnen ja gesagt, daß es hier schön ist«, sagte plötzlich eine tiefe, kultivierte Stimme hinter ihm.

Hakim al-Mansur, wie immer im makellosen maßgeschneiderten Anzug, setzte sich auf den leeren Stuhl und bestellte mit einer Handbewegung einen Kaffee. Auf der anderen Talseite legte Danny sein Fernglas weg und sprach aufgeregt in das Funkgerät. In dem Orion, der in einiger Entfernung vom Haupteingang des *Apollonia* am Straßenrand parkte, hörte ihn McCready. Er hatte den Libyer nicht ins Hotel gehen sehen, aber er konnte ja auch schon seit Stunden dort sein.

»Halten Sie mich auf dem laufenden«, sagte er zu Danny.

»Das stimmt, Mr. Asis«, sagte Rowse ruhig. »Und es ist auch wirklich schön hier. Aber wenn Sie mit mir sprechen wollten, warum haben Sie mich dann aus Libyen abgeschoben?«

»Oh, bitte, nicht abgeschoben«, sagte al-Mansur gedehnt. »Wir haben Sie nur nicht einreisen lassen. Und der Grund war, nun ja, daß ich gänzlich ungestört mit Ihnen sprechen wollte. Selbst in meiner Heimat gibt es Formalitäten, müssen Unterlagen geführt, muß die Neugier der Vorgesetzten befriedigt werden. Hier aber – nichts als Ruhe und Frieden.«

Und die Möglichkeit, dachte Rowse, jemanden lautlos zu liquidieren und es den zypriotischen Behörden zu überlassen, den Tod eines britischen Staatsbürgers zu erklären.

»Ich glaube«, sagte er, »ich muß Ihnen dafür danken, daß Sie mich freundlicherweise bei meinen Recherchen unterstützen wollen.«

Hakim al-Mansur lachte leise.

»Ich finde, es ist an der Zeit, von diesen Torheiten Abschied zu nehmen, Mr. Rowse. Sie müssen nämlich wissen, bevor gewisse – Tiere ihn von seinem Leiden erlösten, ist ihr verstorbener Freund Kleist noch sehr mitteilsam geworden.«

Rowse schob wütend das Kinn vor.

»In den Zeitungen hat gestanden, er sei von Drogenhändlern getötet worden. Ein Racheakt.«

»Dem ist nicht so, leider, leider. Die Leute, die für das verantwortlich sind, was ihm zustieß, handeln tatsächlich mit Drogen, aber ihre eigentliche Liebe gilt dem Legen von Bomben an öffentlichen Plätzen, vor allem in Großbritannien.«

»Aber warum? Wieso haben sich die verdammten Iren für Ulrich interessiert?«

»Das haben sie gar nicht, mein lieber Rowse. Ihr ganzes Interesse galt der Frage, was Sie tatsächlich in Hamburg vorhatten, und sie dachten, Ihr Freund könnte es vielleicht wissen. Oder hätte zumindest einen Verdacht. Und so war es auch. Offenbar glaubte er, daß hinter dem ganzen Humbug mit Ihren »fiktiven« amerikanischen Terroristen etwas ganz anderes steckte. Diese Information, zusammen mit weiteren Nachrichten, die wir aus Wien erhielten, führte mich zu der Schlußfolgerung, daß Sie möglicherweise ein interessanter Mann seien, mit dem man sich einmal unterhalten müßte. Ich hoffe, Sie sind es tatsächlich, Mr. Rowse; ich hoffe es aufrichtig, in Ihrem eigenen Interesse. Und jetzt ist es an der Zeit, diese Unterhaltung zu führen. Aber nicht hier.«

Zwei Männer waren hinter Rowse aufgetaucht. Sie waren groß und dunkelhäutig.

»Ich schlage vor, wir machen einen kleinen Ausflug«, sagte al-Mansur.

»Einen Ausflug, von dem man auch wieder zurückkehrt?« erkundigte sich Rowse. Hakim al-Mansur erhob sich.

»Das hängt ganz davon ab, ob Sie in der Lage sind, ein paar simple Fragen zu meiner Zufriedenheit zu beantworten«, sagte er.

Als der Wagen vom Parkplatz des *Apollonia* auf die Straße fuhr, wartete McCready schon auf ihn; Danny hatte ihn über Funk alarmiert. Er beobachtete, wie der Wagen der Libyer, in dem Rowse zwischen den beiden »Gorillas« auf dem Rücksitz saß, sich vom Hotel entfernte.

»Verfolgen wir Sie, Boß?« fragte Bill vom Rücksitz des Orion.

»Nein«, sagte McCready. Ihnen ohne Licht nachzufahren wäre auf dieser Serpentinenstraße der reine Selbstmord gewesen. Und Scheinwerfer hätten sie verraten. Al-Mansur hatte Ort und Zeit klug gewählt. Wenn er wiederkommt, wird er uns sagen, was gewesen ist. Wenn nicht ... Auf jeden Fall ist er jetzt im Spiel. Der Köder wird untersucht. Morgen früh wissen wir, ob er verschluckt oder verschmäht wurde. Übrigens, Bill, können Sie sich in das Hotel schleichen, ohne daß Sie jemand sieht?«

Bill machte ein Gesicht, als sei er tödlich beleidigt worden.

»Schieben Sie ihm das unter der Tür durch«, sagte McCready und gab dem Sergeant einen Touristenprospekt.

Die Fahrt dauerte eine Stunde. Rowse mußte sich zwingen, sich nicht umzusehen. Zweimal konnte er in einer Haarnadelkurve die Straße, die sie gekommen waren, weit überblicken. Aber hinter ihnen war nirgends das Scheinwerferlicht eines Autos zu sehen. Zweimal fuhr der Fahrer rechts ran, schaltete die Lichter aus und wartete fünf Minuten. Niemand fuhr vorbei. Kurz nach Mitternacht erreichten sie eine stattliche Villa und fuhren durch ein schmiedeeisernes Tor. Rowse wurde unsanft aus dem Wagen befördert und durch die Tür gestoßen, die ein weiterer schwergewichtiger Libyer geöffnet hatte. Mit al-Mansur waren es also fünf. Eine zu große Übermacht.

Und es wartete noch ein Mann auf sie in dem großen Wohnraum, in den Rowse gestoßen wurde, ein untersetzter, dickbäuchiger Endvierziger mit einem brutalen, rohen Gesicht und großen roten Händen. Er war eindeutig kein Libyer. Tatsächlich erkannte Rowse ihn sofort, obwohl er sich nichts anmerken ließ. Das Gesicht war in McCreadys Verbrecheralbum gewesen; er hatte ihm gesagt, daß er dieses Gesicht womöglich eines Tages sehen würde, falls er den Sprung in die Welt des Terrorismus und in den Nahen Osten wagte.

Frank Terpil war ein CIA-Renegat, den die »Company« 1971 gefeuert hatte. Bald darauf hatte er seine wahre und höchst lukrative Lebensaufgabe gefunden – er belieferte Ugandas Idi Amin mit Folterwerkzeugen sowie Tricks und Tips für Terroristen. Als der ugandische Schlächter gestürzt und sein entsetzlicher Terrorapparat zerschlagen wurde, hatte er den Amerikaner bereits bei Muammar Gaddafi eingeführt. Seitdem hatte sich Terpil, teilweise in Zusammenarbeit mit einem anderen Renegaten, Ed Wilson, darauf spezialisiert, die radikalsten Terroristengruppen des Nahen Ostens mit den verschiedensten Waffen und sonstigen technischen Geräten zu versorgen, war dabei aber stets ein treuer Diener des libyschen Diktators geblieben.

Obwohl er zu der Zeit schon seit fünfzehn Jahren nichts mehr mit westlichen Geheimdiensten zu tun hatte, galt er in Libyen immer noch als *der* Amerika-Experte. Bislang hatte er verheimlichen können, daß er seit Ende der siebziger Jahre überhaupt keinen Kontakt mehr hatte.

Rowse mußte sich auf einen Stuhl in der Mitte des Raumes setzen. Die Möbel waren fast alle mit Staubdecken verhüllt. Die Villa war offenkundig das Ferienhaus einer begüterten Familie, die es den Winter über nicht bewohnte. Die Libyer hatten es einfach für die eine Nacht requiriert, und das war auch der Grund, weshalb sie Rowse nicht die Augen verbunden hatten.

Al-Mansur nahm die Staubdecke von einem mit Brokat bezogenen Sessel und ließ sich darin nieder. Über Rowse baumelte eine nackte Glühbirne. Auf ein Nicken von al-Mansur baute sich Terpil vor Rowse auf.

»Also jetzt mal raus mit der Sprache, mein Junge. Du treibst dich in halb Europa rum und fragst überall nach Waffen. Ganz bestimmten Waffen. Was zum Teufel hast du wirklich vor?«

»Ich recherchiere für ein neues Buch. Das habe ich schon hundertmal gesagt. Es ist ein Roman. Das ist mein Beruf. Davon lebe ich. Ich schreibe Thriller. Über Soldaten, Spione, Terroristen – fiktive Terroristen.

Terpil schlug ihm einmal ins Gesicht, mit verhaltener Kraft, aber immerhin stark genug, um klarzumachen, daß es dort, wo das herkam, auch noch viel mehr gab.

»Laß den Scheiß«, sagte er nicht unfreundlich. »Ich krieg die Wahrheit sowieso raus, auf die eine oder andere Art. Mit oder ohne Schmerzen – mir ist das gleich. Für wen arbeitest du wirklich?«

Rowse ließ sich die Geschichte seiner Instruktion entsprechend nach und nach aus der Nase ziehen; manchmal erinnerte er sich genau. Dann wieder mußte er nachdenken.

»In welcher Zeitschrift?«

»*Soldier of Fortune*.«

»Welche Ausgabe?«

»April oder Mai letztes Jahr. Nein, Mai, nicht April.«

»Was hat in dem Inserat gestanden?«

»›Waffenexperte, Europa, für interessante Aufgabe gesucht.‹ So oder so ähnlich. Und eine Chiffre.«

»Blödsinn. Ich hab die Zeitschrift abonniert. Da war nie so ein Inserat drin.«

»Doch. Sie können es ja nachprüfen.«

»Und ob wir das tun«, murmelte al-Mansur in seinem Sessel in der Ecke. Er machte sich mit einem schlanken goldenen Kugelschreiber Notizen auf einem Gucci-Block.

Rowse wußte, daß Terpil bluffte. Das Inserat war tatsächlich im *Soldier of Fortune* erschienen. McCready hatte es entdeckt, und mit ein paar Anrufen bei seinen Freunden von der CIA und dem FBI hatte er erreicht – zumindest hoffte Rowse das inständig –, daß der echte Inserent nicht bestätigen würde, daß er nie eine Antwort von einem Mr. Thomas Rowse aus England bekommen hatte.

»Also du hast dich auf das Inserat gemeldet?«

»Genau. Auf einem Blankobogen. Ohne Adresse. Mit meinem Werdegang, meinen Fachkenntnissen. Und Anweisungen für die Kontaktaufnahme.«

»Nämlich?«

»Kleinanzeige im Londoner *Daily Telegraph*.« Er sagte den Text auf. Er hatte ihn auswendig gelernt.

»Und die Anzeige ist erschienen? Sie haben Kontakt aufgenommen?«

»Ja.«

»Wann?«

Rowse nannte das Datum. Letzten Oktober. McCready hatte auch dieses Inserat gefunden. Er hatte es willkürlich ausgewählt, ein absolut echtes Inserat eines harmlosen britischen Bürgers, aber mit einem Text, der paßte. Die Anzeigenabteilung der Zeitung war bereit gewesen, ihre Unterlagen zu ändern: Die Anzeige war nun von einem Amerikaner aufgegeben und der Preis in bar bezahlt worden.

Das Verhör ging weiter. Der Anruf aus Amerika, den er bekommen hatte, nachdem er ein weiteres Inserat in der *New York Times* aufgegeben hatte. (Auch dieses Inserat war nach stundenlanger Suche gefunden worden – eine echte Anzeige, in der eine britische Telefonnummer genannt wurde. Rowses eigene Nummer war entsprechend geändert worden.)

»Wozu diese umständliche Art der Kontaktaufnahme?«

»Ich habe die Anonymität für nötig gehalten, für den Fall, daß der Inserent ein Spinner war. Außerdem habe ich mir gedacht, daß die Geheimnistuerei den anderen beeindrucken würde.«

»Und, hat sie das?«

»Anscheinend ja. Der Mann am Telefon war ganz angetan und hat einen Treff mit mir ausgemacht.«

Wann? Letzten November. Wo? Im *Georges V* in Paris. Wie war er?

»Eher jung, gut angezogen. Gutes Englisch. Im Hotel nicht als Gast eingetragen. Hab's überprüft. Nannte sich Galvin Pollard. Mit Sicherheit ein falscher Name. Ein Yuppie-Typ.«

Terpil sah ihn verständnislos an.

»Ein was?«

»*Young upwardly-mobile professional person*«, leierte al-Mansur. »Sie sind nicht auf dem laufenden.«

Terpil wurde rot.

Was er gesagt habe. Er habe sich als Repräsentant einer Gruppe von Ultraradikalen ausgegeben, die angeblich die Nase voll hatten von der Regierung Reagan, von ihrer Feindseligkeit gegenüber den Sowjets und der Dritten Welt, vor allem aber empört darüber waren, daß amerikanische Flugzeuge und das Geld amerikanischer Steuerzahler im April desselben Jahren dazu mißbraucht worden waren, Frauen und Kinder in Tripolis zu bombardieren.

»Und er hat Ihnen eine Wunschliste übergeben?«

»Ja.«

»Diese hier?«

Rowse warf einen Blick darauf. Sie stimmte mit der Liste überein, die er in Wien Karjagin gezeigt hatte. Der Mann mußte ein phänomenales Gedächtnis haben.

»Ja.«

»Claymore-Minen, du lieber Himmel. Semtex-H. Aktenkoffer mit eingebauten Bomben. Das ist High-Tech. Wofür wollen die dieses Zeug haben?«

»Er sagte, er und seine Leute wollten es mal krachen lassen. Richtig krachen lassen. Er hat das Weiße Haus erwähnt. Und den Senat. Auf dem Senat ist er besonders herumgeritten.«

Er ließ sich auch über die finanzielle Seite der Angelegenheit ausfragen und erwähnte das Konto bei der Kreditanstalt in Aachen, auf dem eine halbe Million Dollar lag. (Dank McCready gab es dieses Konto tatsächlich, natürlich entsprechend zurückdatiert. Und das Bankgeheimnis ist ja ein relativer Begriff. Die Libyer konnten seine Angaben nachprüfen, wenn sie wollten.)

»Warum hast du dich darauf eingelassen?«

»Ich soll zwanzig Prozent Provision bekommen, also hunderttausend Dollar.«

»Krümel.«

»Nicht für mich.«

»Ich denke, du schreibst Thriller.«

»Schon, aber die verkaufen sich nicht so toll. Auch wenn der Verlag was anderes behauptet. Ich könnte ein paar Scheine nebenbei gut gebrauchen.«

Um vier Uhr morgens hielten Terpil und al-Mansur in einem Zimmer nebenan Kriegsrat.

»Kann das wirklich sein, daß es in den Staaten eine Gruppe von Radikalen gibt, die einen regelrechten Anschlag auf das Weiße Haus und den Senat planen?« fragte al-Mansur.

»Sicher«, sagte der massige Amerikaner, der sein Heimatland haßte. »In einem so großen Land gibt es alle möglichen Spinner. Mein Gott, eine Claymore-Mine in einem Aktenkoffer auf dem Rasen des Weißen Hauses. Können Sie sich das vorstellen?«

Al-Mansur konnte es sich vorstellen. Die Claymore-Mine ist eine der verheerendsten Schützenminen, die je erfunden wurden. Sie ist diskusförmig und springt bei der Explosion zunächst nach oben, um dann in Hüfthöhe Tausende kleiner Stahlkügelchen konzentrisch nach allen Richtungen auszustoßen. Eine einzige Mine dieser Art kann auf einen Schlag Hunderte von Menschen zerfleischen. In einem normalen Bahnhof würden nur wenige der zahllosen Reisenden die Detonation einer Claymore überleben. Aus diesem Grunde wachen die Amerikaner aufs schärfste darüber, daß die Claymore nicht in falsche Hände gerät. Aber Nachbauten gibt es von allem.

Um halb fünf kehrten die beiden in das Wohnzimmer zurück. Rowse wußte es nicht, aber die Götter meinten es gut mit ihm in dieser Nacht. Al-Mansur brauchte schon lange etwas, womit er die Rachegelüste seines Staatschefs gegen Amerika möglichst bald befriedigen konnte, und Terpil mußte seinen Gastgebern beweisen, daß er immer noch ein unentbehrlicher Berater im Hinblick auf Amerika und den Westen war. Daher glaubten die beiden Männer Rowses Geschichte schließlich aus dem Grunde, aus dem die meisten Menschen glauben – weil sie es wollten.

»Sie können gehen, Mr. Rowse«, sagte al-Mansur mit sanfter Stimme. »Wir werden Ihre Angaben natürlich überprüfen, und ich werde mich wieder bei Ihnen melden. Bleiben Sie im *Apollonia*, bis ich oder ein Beauftragter von mir Kontakt mit Ihnen aufnimmt.«

Die beiden Leibwächter, die ihn hergebracht hatten, fuhren ihn auch wieder zurück, setzten ihn vor dem Hotel ab und fuhren weiter. In seinem Zimmer machte er Licht an, weil im Morgengrauen noch nicht genug Helligkeit durch die nach Westen gehenden Fenster hereinfiel. Auf der anderen Talseite schaltete Bill, der gerade Schicht hatte, sein Funksprechgerät ein und weckte McCready in dessen Hotelzimmer in Pedhoulas.

Rowse bückte sich und hob etwas vom Teppich auf. Es war ein Prospekt, in dem Touristen aufgefordert wurden, das historische Kloster Kykko zu besuchen und die Marienikone zu bewundern. An den Rand des Textes hatte jemand mit Filzstift geschrieben: 10 Uhr.

Rowse stellte seinen Wecker. Er konnte gerade drei Stunden schlafen. »Scheiß-McCready«, murmelte er im Halbschlaf.

4

Kykko, das größte Kloster auf Zypern, wurde im 12. Jahrhundert von den byzantinischen Kaisern gegründet. Sie wählten den Standort gut, eingedenk der Tatsache, daß Mönche ihr Leben in Isolation, Meditation und Einsamkeit verbringen sollen.

Das riesige Bauwerk steht auf einer Erhebung westlich des Marathassa-Tals. Nur zwei Straßen führen zu ihm hin, die sich unterhalb des Klosters zu einer einzigen Auffahrt zum Klostertor vereinigen.

Wie die Kaiser von Byzanz hatte auch McCready seinen Standort gut gewählt. Danny war in dem Häuschen gegenüber dem Hotel geblieben und beobachtete die verhängten Fenster des Zimmers, in dem Rowse schlief, während Bill auf einem Motorrad, das der griechischsprechende Marks ihm besorgt hatte, nach Kykko vorausgefahren war. Bei Tagesanbruch saß der SAS-Sergeant schon gut versteckt in den Pinien oberhalb der Klosterauffahrt.

Er sah McCready ankommen, der sich von Marks hatte fahren lassen, und hielt Ausschau nach etwaigen anderen Besuchern. Wäre einer der drei Iren oder das libysche Auto (dessen Kennzeichen sie sich notiert hatten) aufgetaucht, wäre McCready durch drei Pieptöne im Funksprechgerät gewarnt worden und hätte sich in Luft aufgelöst. An diesem Morgen strömten aber nur die üblichen Touristen, hauptsächlich Griechen und Zyprioten, die Auffahrt hinauf.

In der Nacht hatte der Stationschef in Nikosia einen seiner jungen Mitarbeiter mit mehreren Nachrichten aus London und einem dritten Funksprechgerät nach Pedhoulas geschickt. Jetzt hatten neben McCready beide Sergeants ein solches Gerät.

Um halb neun berichtete Danny, Rowse sei auf der Terrasse erschienen und habe gefrühstückt – Brötchen und Kaffee. Von Mahoney und seinen zwei Kumpanen sei nichts zu sehen, ebenso wenig wie von der »Schönheit«, mit der er zu Abend gegessen hatte, und den anderen Hotelgästen.

»Er wirkt müde«, sagte Danny.

»Keiner hat behauptet, daß das eine Vergnügungsreise wird«, schnauzte McCready dreißig Kilometer entfernt im Hof des Klosters in das Funksprechgerät.

Um zwanzig nach neun verließ Rowse das Hotel. Danny unterrichtete McCready. Rowse fuhr aus Pedhoulas hinaus, vorbei an der großen, bemalten Kirche des Erzengels Michael, die über dem Bergdorf thronte, und bog in nordwestlicher Richtung auf die Straße nach Kykko ab. Danny beobachtete weiter das Hotel. Um halb zehn kam das Zimmermädchen in Rowses Zimmer und zog die Vorhänge zurück. Das erleichterte Danny seine Aufgabe. Auch an anderen Fenstern auf der Talseite des Hotels wurden die Vorhänge zurückgezogen. Obwohl ihn die noch tief stehende Sonne blendete, konnte sich der Sergeant zehn Minuten lang am Anblick von Monica Browne ergötzen, die splitternackt am Fenster Atemübungen machte.

»Das ist besser als South Armagh«, murmelte der Veteran dankbar.

Um zehn vor zehn meldete Bill, Rowse sei in Sicht – er fahre die steile, gewundene Straße nach Kykko hinauf. McCready stand auf und ging in das Kloster; er staunte über die Kunstfertigkeit der Meister, die Fresken in Blattgold, Scharlachrot und Blau gemalt hatten, mit denen der nach Weihrauch duftende Innenraum ausgeschmückt war.

Rowse fand ihn vor der berühmten Ikone. Draußen überzeugte sich Bill, daß Rowse nicht verfolgt worden war, und meldete dies durch zwei Doppel-Pieper im Funksprechgerät, das sein Chef in der Brusttasche trug.

»Sieht so aus, als sei Ihnen niemand gefolgt«, murmelte McCready, als Rowse neben ihm auftauchte. Es war nichts Seltsames daran, daß er so leise sprach. Auch die anderen Touristen unterhielten sich nur im Flüsterton, als scheuten Sie sich, die Ruhe des Heiligtums zu stören.

»Fangen wir mal ganz von vorne an«, sagte McCready. »Meine letzte Erinnerung ist, daß ich Sie vor Ihrer Stippvisite in Tripolis auf dem Flughafen in Valletta verabschiedet habe. Also alles, was seitdem passiert ist, bitte mit allen Details.«

Rowse begann von vorne.

»Also dann haben Sie den berüchtigten Hakim al-Mansur kennengelernt«, sagte McCready nach ein paar Minuten. »Ich hatte kaum zu hoffen gewagt, daß er persönlich am Flughafen auftauchen würde. Karjagins Nachricht aus Wien scheint ihn ja wirklich neugierig gemacht zu haben. Erzählen Sie weiter.«

Einzelne Angaben von Rowse konnte McCready anhand seiner eigenen und der Beobachtungen seiner Sergeants bestätigen – den mürrisch dreinblickenden jungen Agenten, der Rowse nach Valletta gefolgt war und ihn beim Abflug nach Zypern beobachtet hatte, den zweiten Agenten in Nikosia, der ihn beschattet hatte, bis er in die Berge gefahren war.

»Haben Sie meine zwei Sergeants irgendwann gesehen?«

»Nein, nie. Aber ich verlasse mich darauf, daß sie in meiner Nähe sind«, sagte Rowse. Gemeinsam sahen sie zu der Madonna auf, die sie mit sanften, mitfühlenden Augen anblickte.

»Keine Sorge, sie sind da«, sagte McCready. »Einer ist draußen und paßt auf, ob Ihnen oder mir jemand gefolgt ist. Die beiden haben übrigens richtig Spaß an Ihren Abenteuern. Wenn das alles vorbei ist, könnt Ihr ja mal zusammen ein Bier trinken. Aber jetzt noch nicht. Also – nachdem Sie in dem Hotel angekommen waren –«

Rowse machte gleich mit dem Augenblick weiter, in dem er Mahoney und seine beiden Kumpane zum ersten Mal gesehen hatte.

»Moment mal, die Frau. Wer ist das?«

»Nur eine Urlaubsbekanntschaft. Eine Pferdezüchterin, die auf die drei Araberhengste wartet, die sie letzte Woche auf einer Auktion in Syrien erstanden hat. Gebürtige Amerikanerin. Monica Browne. Mit einem ›e‹ am Ende. Kein Problem. Nur eine hübsche Tischgenossin.«

»Ist uns nicht entgangen«, murmelte McCready. »Weiter.«

Rowse berichtete von Mahoneys Auftauchen und den zudringlichen Blicken auf der Terrasse.

»Glauben Sie, er hat Sie wiedererkannt? Von der Geschichte an der Tankstelle?«

»Ausgeschlossen«, sagte Rowse. »Ich hatte mir eine Wollmütze tief in die Stirn gezogen, war seit Tagen nicht rasiert und außerdem halb hinter der Zapfsäule versteckt. Nein, der würde jeden so anstarren, der seinem Akzent nach Engländer ist. Er haßt uns alle, wissen Sie.«

»Mag sein. Weiter.«

McCready interessierte sich vor allem für den überraschenden Auftritt Hakim al-Mansurs und das nächtliche Verhör durch Frank Terpil. Immer wieder unterbrach er Rowse, um Einzelheiten zu klären. Der Täuscher hatte ein dickes Buch über die byzantinischen Kirchen und Klöster auf Zypern dabei. Während Rowse redete, machte er sich umfangreiche Notizen in dem Buch, die er über den griechischen Text schrieb. Die Spitze seines Stiftes hinterließ keine Spuren – die Schrift würde erst später durch eine chemische Behandlung hervortreten. Für jeden Beobachter war er nur ein Tourist, der sich Notizen über das machte, was er sah.

»So weit, so gut«, sinnierte McCready. »Ihre Operation Waffentransport haben sie offenbar erst mal gestoppt, weil sie von irgendwo noch grünes Licht brauchen. Daß Mahoney und al-Mansur im selben Hotel in Zypern auftauchen, kann einfach nichts anderes bedeuten. Was wir rauskriegen müssen: wann, wo und wie. Land, See, Luft? Von wo und wohin. Und mit welchem Transportmittel. LKW, Luftfracht, Frachtschiff?«

»Sie sind immer noch überzeugt, daß die das durchziehen? Daß sie die Sache nicht abblasen?«

»Ja.«

Rowse brauchte es nicht zu wissen, aber es war noch eine Nachricht von Gaddafis Leibarzt eingegangen. Die Lieferung werde Kisten für verschiedene Adressaten umfassen. Ein Teil der Waffen sei für die baskischen Separatisten bestimmt, die ETA. Ein weiterer für die linksextremen Franzosen, die Action Directe. Auch die kleine, aber äußerst gefährliche belgische Terroristenorganisation, die CCC, würde bedacht werden. Weiterhin solle die deutsche Rote Armee Fraktion ein ansehnliches Geschenk erhalten, wovon zweifellos mindestens die Hälfte für Bars und Diskotheken bestimmt sei, in denen US-Soldaten verkehrten. Aber mehr als die Hälfte der gesamten Lieferung werde für die IRA sein.

Außerdem wurde berichtet, daß eine der Aufgaben der IRA die Ermordung des amerikanischen Botschafters in London sein würde. McCready hatte den Verdacht, daß die IRA diese Operation mit Rücksicht auf ihre Geldgeber in Amerika delegieren würde, wahrscheinlich an die deutschen Terroristen der RAF, der Nachfolge-Organisation der Baader-Meinhof-Gruppe, die zwar geschrumpft, aber immer noch bereit und in der Lage war, als Gegenleistung für Waffenlieferungen Auftragsarbeiten zu übernehmen.

»Haben die Sie gefragt, wohin die Lieferung für Ihre amerikanische Terroristengruppe gehen soll, falls der Handel zustande kommt?«

»Ja.«

»Und was haben Sie gesagt?«

»Irgendwo in Westeuropa.«

»Und der Weitertransport in die Staaten?«

»Da habe ich mich an Ihre Instruktionen gehalten. Ich würde die Lieferung, die keinen sehr großen Umfang hat, abholen und in eine nur mir bekannte, gemietete Garage bringen. Dann würde ich mit einem Wohnmobil mit verborgenen Hohlräumen hinter den Wänden zu der Garage fahren, die Sachen einladen und nach Dänemark, mit der Fähre nach Schweden und weiter nach Norwegen fahren, um mich dort mitsamt dem Wohnmobil auf einem der vielen Frachter nach Kanada einzuschiffen. Als harmloser, an Naturbeobachtungen interessierter Tourist.«

»Und, haben sie Ihnen das abgenommen?«

»Terpil ja. Er hielt es für einen sauberen Plan. Al-Mansur wandte ein, daß ich mehrere Staatsgrenzen überqueren müßte. Daraufhin habe ich gesagt, daß in der Urlaubszeit Wohnmobile massenweise in ganz Europa unterwegs sind und daß ich an jeder Grenze behaupten würde, ich müßte meine Frau und die Kinder am Flughafen der nächsten Großstadt abholen. Dazu hat er mehrmals genickt.«

»Na gut. Wir haben unser Angebot vorgetragen. Jetzt können wir nur noch abwarten, ob Sie sie überzeugt haben. Und ob ihre Gier nach Rache an den Amerikanern sich gegen die natürliche Vorsicht durchsetzen wird. So was ist schon vorgekommen.«

»Und was nun?« wollte Rowse wissen.

»Sie fahren ins Hotel zurück. Wenn die endgültig anbeißen und Ihre Sachen der Lieferung beipacken, wird al-Mansur Kontakt mit Ihnen aufnehmen, entweder persönlich oder durch einen Boten. Halten Sie sich peinlich genau an seine Anweisungen. Mich sehen Sie erst wieder, wenn die Luft rein ist für einen neuen Lagebericht.«

»Und wenn sie nicht anbeißen?«

»Dann werden sie versuchen, Sie zu beseitigen. Wahrscheinlich werden sie Mahoney und seine Jungs auffordern, als Zeichen ihres guten Willens die Sache zu erledigen. Dann bekämen Sie Ihre Chance, Mahoney zu erledigen. Die Sergeants werden auf jeden Fall in Ihrer Nähe sein. Sie werden eingreifen, um Sie lebendig rauszuholen.«

Den Teufel werden sie tun, dachte Rowse. Damit hätten sie verraten, daß man in London Wind von der Sache bekommen hatte. Die Iren würden das Weite suchen, und die ganze Sendung würde sie auf einer anderen Route, zu einem anderen Zeitpunkt und an einem anderen Ort erreichen. Wenn al-Mansur ihm ans Leder wollte, direkt oder indirekt, würde er ganz auf sich gestellt sein.

»Wollen Sie einen Piepser?« fragte McCready. »Damit Sie uns zu Hilfe holen können?«

»Nein«, sagte Rowse brüsk. Das hätte keinen Zweck gehabt. Es würde ohnehin keiner kommen.

»Dann fahren Sie jetzt zum Hotel zurück und warten Sie«, sagte McCready. »Und verausgaben Sie sich nicht zu sehr mit der hübschen Mrs. Browne, mit einem ›e‹ am Ende. Es könnte sein, Sie brauchen Ihre Kräfte noch für was anderes.«

Er mischte sich unter die Touristen. McCready wußte natürlich genauso gut wie Rowse, daß er nicht eingreifen konnte, falls die Libyer oder die Iren Rowse tatsächlich den Garaus machen wollten. Trotzdem, niemand hatte gesagt, daß das eine Vergnügungsreise werden würde. Für den Fall, daß der libysche Fuchs Rowse doch nicht glaubte, hatte McCready beschlossen, ein viel größeres Team von

Beobachtern einzufliegen und Mahoney im Auge zu behalten. Wenn er sich bewegte, würde sich auch die Waffenlieferung für die Iren bewegen.

Rowse beendete seinen Rundgang durch das Kloster und trat hinaus in die grelle Sonne, um zu seinem Wagen zurückzugehen. Aus seinem Versteck unter den Pinien oben auf dem Hügel, unterhalb der Grabstätte des verstorbenen Präsidenten Makarios, beobachtete ihn Bill und gab Danny durch, daß ihr Mann den Rückweg angetreten habe. Zehn Minuten später fuhr McCready los, mit Marks als Chauffeur. Unterwegs nahmen sie einen Anhalter mit, einen zypriotischen Bauern, der an der Straße stand und winkte, und so gelangte auch Bill wieder nach Pedhoulas.

Nach einer Viertelstunde, als sie ein Drittel des Wegs hinter sich hatten, knackte es in McCreadys Funksprechgerät. Es war Danny.

»Mahoney und seine Leute sind gerade in das Zimmer von unserem Mann eingedrungen. Sie stellen alles auf den Kopf. Soll ich zur Straße runtergehen und ihn warnen?«

»Nein«, sagte McCready. »Bleiben Sie, wo Sie sind, und melden Sie sich wieder.«

»Wenn ich schneller fahre, holen wir ihn vielleicht noch ein«, schlug Marks vor.

McCready sah auf die Uhr. Eine leere Geste. Er machte sich nicht einmal die Mühe, die Entfernung nach Pedhoulas und Rowses Vorsprung zu überschlagen.

»Zu spät«, sagte er. »Wir würden ihn nicht mehr einholen.«

»Armer Tom«, sagte Bill von hinten.

Sam McCready verlor nur selten die Geduld mit einem Untergebenen, aber diesmal platzte ihm der Kragen.

»Wenn wir hier Mist bauen, wenn diese Ladung Scheiße durchkommt, dann Gnade Gott den Kunden von Harrods, den Touristen im Hyde Park, den Kindern und alten Frauen überall in England«, brüllte er.

Bis nach Pedhoulas sagte keiner mehr etwas.

Rowses Schlüssel hing wie gewohnt am Empfang. Er nahm ihn sich selbst – es war niemand hinter der Theke – und ging hinauf. Das Schloß an seiner Tür war unbeschädigt; Mahoney hatte den Schlüssel benutzt und ihn wieder zurückgebracht. Aber die Tür war nicht abgeschlossen. Rowse dachte, das Zimmermädchen sei vielleicht noch beim Bettenmachen, und ging einfach hinein.

Der Mann hinter der Tür gab ihm einen Stoß, daß er durchs Zimmer torkelte. Die Tür krachte ins Schloß, und der Dicke stellte sich davor. Teleaufnahmen, die Danny gemacht hatte, waren noch vor Morgengrauen mit dem Kurier nach Nikosia geschickt, nach London gefaxt und dort analysiert worden. Der Untersetzte war Tim O'Herlihy, ein Killer der Derry-Brigade, der wabblige Rotblonde am Kamin Eamon Kane, ein Schutzgeld-Eintreiber aus West-Belfast. Mahoney saß im einzigen Sessel des Zimmers, mit dem Rücken zum Fenster, dessen Gardinen zugezogen waren.

Wortlos packte Kane den taumelnden Engländer, riß ihn herum und drückte ihn an die Wand. Geübte Hände tasteten rasch sein kurzärmliges Hemd und beide Hosenbeine ab. Hätte Rowse den von McCready angebotenen Piepser dabeigehabt, wäre das Gerät entdeckt worden, und das Spiel wäre aus gewesen.

Im Zimmer herrschte ein furchtbares Durcheinander. Alle Schubladen waren herausgerissen und ausgeleert. Der Inhalt des Kleiderschranks über den Boden verstreut. Der einzige Trost für Rowse war, daß er nur Sachen dabei hatte, die zur normalen Ausrüstung eines recherchierenden Autors gehören – Notizhefte, Kapitelentwürfe, Touristenkarten, Prospekte, eine Reiseschreibmaschine, Kleider und Waschzeug. Seinen Paß hatte er in der Gesäßtasche. Kane zog ihn heraus und warf ihn Mahoney hin. Mahoney blätterte ihn durch, erfuhr aber nichts, was er nicht schon wußte.

»Also, SAS-Mann, vielleicht sagst du mir jetzt, was du verdammt nochmal hier zu suchen hast.«

Er zeigte sein übliches charmantes Lächeln, aber die Augen blieben kalt.

»Ich weiß überhaupt nicht, wovon Sie reden«, sagte Rowse ungehalten.

Kane holte zu einem Faustschlag aus, der Rowse in der Magengrube traf. Er hätte ihm ausweichen können, aber hinter ihm stand O'Herlihy und neben ihm Kane. Er hätte kaum eine Chance gehabt, nicht einmal ohne Mahoney. Diese Männer waren keine Waisenknaben. Rowse stöhnte auf und krümmte sich und mußte sich nach Luft ringend an die Wand lehnen.

»Was du nichts sagst«, sagte Mahoney, ohne aufzustehen. »Also normalerweise kann ich mich auch ohne Worte verständlich machen, aber weil du es bist, SAS-Mann, will ich mal nicht so sein. Ein Freund von mir hat dich wiedererkannt, neulich in Hamburg. Tom Rowse, ehemaliger Hauptmann im Special Air Service Regiment, einem Verein, der in Irland jede Menge Fans hat, kommt nach Hamburg und stellt komische Fragen. Hat zwei Einsätze in Irland hinter sich, und jetzt taucht er auf einmal in Zypern auf, ausgerechnet, wenn ich mir mit ein paar Freunden einen schönen, ruhigen Urlaub hier machen will. Also, noch mal, was machst du hier?«

»Also hören Sie«, sagte Rowse. »Gut, ich war in dem Regiment. Aber ich hab aufgehört. Hab's einfach nicht mehr ausgehalten. Hab die Typen alle verflucht. Das war vor drei Jahren. Ich bin raus, für immer. Das britische Establishment würde mich nicht mal mehr mit der Kneifzange anfassen. Ich lebe jetzt davon, daß ich Romane schreibe. Thriller. Das ist alles.«

Mahoney nickte O'Herlihy zu. Der Schlag von hinten traf Rowse in die Nieren. Er schrie auf und brach in die Knie. Trotz der Übermacht hätte er sich wehren und zumindest einen von ihnen erledigen können, vielleicht sogar zwei, bevor er selbst seinen letzten Schnaufer getan hätte. Aber er biß die Zähne zusammen. Er hatte den Verdacht, daß Mahoney trotz seiner Arroganz eigentlich nicht wußte, was er von der ganzen Sache halten sollte. Er mußte bemerkt haben, daß er und Hakim al-Mansur letzten Abend auf der Terrasse miteinander gesprochen hatten, bevor sie weggefahren waren. Rowse war nach diesem nächtlichen Ausflug wiedergekommen. Und Mahoney stand im Begriff, ein sehr großzügiges Geschenk von al-Mansur entgegenzunehmen. Nein. Der IRA-Mann ging nicht aufs Ganze. Noch nicht. Er wollte nur seinen Spaß haben.

»Du lügst mich an, SAS-Mann, und das kann ich nicht leiden. Diesen Quatsch mit den Recherchen für dein Buch hab ich schon mal gehört. Weißt du, wir Iren sind ein sehr literarisches Volk. Und manche von den Fragen, die du gestellt hast, sind überhaupt nicht literarisch. Also was machst du hier?«

»Thriller«, jappte Rowse. »Thriller müssen heutzutage genau sein. Mit allgemeinem Gewäsch lockt man heute keinen mehr hinterm Ofen hervor. Denken Sie an Le Carré, Clancy – meinen Sie, die würden nicht jedes kleinste Detail recherchieren? Anders geht's heute einfach nicht mehr.«

»Was du nicht sagst. Und der Gentleman aus dem fernen Land, mit dem du gestern abend geredet hast? Ist er einer von deinen Co-Autoren?«

»Das geht nur uns beide was an. Fragen Sie ihn doch selbst.«

»Stell dir vor, SAS-Mann, das hab ich schon getan. Heute morgen, telefonisch. Und er hat mich gebeten, dich im Auge zu behalten. Wenn es nach mir ginge, würden meine Freunde dich von einem ganz hohen Berg runterschmeißen. Aber mein Freund hat mich gebeten, dich im Auge zu behalten. Und das tu ich jetzt, Tag und Nacht, bis du verschwindest. Das war alles, worum er mich gebeten hat, aber eine kleine Aufmerksamkeit unter alten Freunden muß schon erlaubt sein.«

Kane und O'Herlihy gingen ans Werk. Mahoney sah zu. Rowses Beine versagten den Dienst, er ging zu Boden und kauerte sich zusammen, um Unterleib und Genitalien zu schützen. Für einen guten Schlag war er zu weit unten, und so bearbeiteten sie ihn mit den Füßen. Er drehte den Kopf zur Seite, um sein Gehirn zu schützen, und spürte, wie die Schuhspitzen in Rücken, Schultern, Brust und Rippen krachten; der Schmerz schnürte ihm die Luft ab, und nach einem Tritt an den Hinterkopf umfing ihn barmherzige Dunkelheit.

Er kam zu sich wie nach einem schweren Unfall: Erst wurde ihm zaghaft bewußt, daß er nicht tot war, dann spürte er die Schmerzen. An seinem ganzen Körper schien keine Stelle zu sein, die nicht weh tat.

Er lag auf dem Gesicht, und eine Zeitlang betrachtete er das Muster des Teppichs. Dann rollte er sich herum; das war nicht gut. Er betastete sein Gesicht. Bis auf eine Schwellung unter dem linken Augen war es im großen und ganzen noch dasselbe, das er seit Jahren rasiert hatte. Er versuchte sich aufzusetzen und zuckte zusammen. Jemand griff ihm unter die Arme und setzte ihn behutsam auf.

»Um Himmels willen, was ist denn hier passiert?« fragte eine Frauenstimme.

Monica Browne kniete neben ihm, einen Arm um seine Schultern gelegt. Mit den kühlen Fingern ihrer rechten Hand berührte sie den Bluterguß unter seinem linken Auge.

»Ich bin zufällig vorbeigekommen. Die Tür war offen –«

»Ich muß ohnmächtig geworden sein und mich irgendwo gestoßen haben«, sagte er.

»War das bevor oder nachdem Sie Kleinholz aus dem Zimmer gemacht haben?«

Er sah sich um. Er hatte die herausgerissenen Schubladen und verstreuten Kleider vergessen. Monica knöpfte sein Hemd auf.

»Mein Gott, muß das ein Sturz gewesen sein«, sagte sie nur. Dann half sie ihm auf und führte ihn zum Bett. Er setzte sich. Sie drückte ihn nach hinten und hob seine Beine aufs Bett.

»Laufen Sie nicht weg«, sagte sie unnötigerweise. »Ich hab was in meinem Zimmer.«

Sie war gleich wieder da, schloß die Tür hinter sich und drehte rasch den Schlüssel um. Sie hob seinen rechten Arm hoch und zog ihm vorsichtig das Hemd aus, nicht ohne mehrmals den Kopf zu schütteln über die schon hübsch blau angelaufenen Quetschungen, die seinen Körper zierten.

Er kam sich hilflos vor, aber sie wußte offenbar, was sie tat. Ein Fläschchen wurde entkorkt, und sanfte Finger rieben die verletzten Stellen ein. Es brannte. Er sagte »Au«.

»Das wird Ihnen guttun. Es läßt die Schwellungen zurückgehen und vermindert die Verfärbung. Umdrehen.«

Sie rieb ihm auch die blauen Flecken auf Schultern und Rücken ein.

»Wieso tragen Sie solche Salben mit sich herum?« murmelte er. »Passiert das allen, mit denen Sie einmal zu Abend essen?«

»Die ist für die Pferde«, sagte sie.

»Na wunderbar.«

»Stellen Sie sich nicht so an. Bei Männern wirkt sie genauso, obwohl die kleinere Köpfe haben. Wieder umdrehen.«

Er gehorchte. Sie stand am Bettrand, das goldene Haar fiel ihr über die Schultern.

»Haben die Sie auch in die Beine getreten?«

»Ja, überall.«

Sie knöpfte ihm den Hosenbund auf, öffnete den Reißverschluß und zog ihm ohne Umstände die Hose aus – eine Hilfeleistung, die für die junge Frau eines Mannes, der gerne eins über den Durst trinkt, nichts Ungewohntes ist. Abgesehen von einer Beule auf dem rechten Schienbein fand sich noch ein halbes Dutzend blauer Flecken auf den Oberschenkeln. Sie massierte auch hier ihr Mittel ein. Wenn das Brennen nachließ, war das Gefühl äußerst angenehm. Der Geruch erinnerte Rowse an die Rugby-Spiele in der Schule. Monica hörte auf und stellte das Fläschchen hin.

»Ist das auch eine Beule?« fragte sie.

Er sah auf seine Unterhose. Nein, es war keine Beule.

»Gott sei Dank«, murmelte sie. Sie wandte sich ab und griff nach dem Reißverschluß am Rücken ihres cremefarbenen Kleides aus

Shantung-Seide. Wegen der zugezogenen Gardinen war das Licht im Zimmer gedämpft und kühl.

»Wo haben Sie gelernt, Prellungen und Quetschungen zu verarzten?« fragte er.

Nach der Prügelei und der Massage fühlte er sich benommen. Zumindest sein Kopf war nicht voll einsatzfähig.

»Daheim in Kentucky. Mein kleiner Bruder war Amateur-Jokkey«, sagte sie. »Bei ihm habe ich oft Erste Hilfe geleistet.«

Ihr Kleid glitt herab und fiel zu einem weichen Häufchen zusammen. Sie trug einen winzigen Janet-Reger-Slip und keinen Büstenhalter. Trotz ihrer vollen Brüste brauchte sie keinen. Sie drehte sich um. Rowse schluckte.

»Aber das«, sagte sie, »habe ich nicht von meinem kleinen Bruder gelernt.«

Er dachte kurz an Nikki zu Hause in Gloucestershire. Er hatte das noch nie getan, nicht seit er mit Nikki verheiratet war. Aber wozu Gewissensbisse: Ein Krieger braucht nun einmal gelegentlich Trost, und wenn sich eine mitleidige Seele findet, müßte er ein Übermensch sein, um das Angebot zurückzuweisen.

Er wollte die Hände auf ihre Hüften legen, als sie sich über ihn kniete, aber sie packte seine Handgelenke und drückte sie auf das Kopfkissen zurück.

»Lieg still«, flüsterte sie. »Du bist viel zu lädiert, um dich aktiv zu beteiligen.«

Sie ließ sich dann doch vom Gegenteil überzeugen.

Nach einer guten Stunde stand sie auf und zog die Gardinen zurück. Die Sonne hatte ihren Höhepunkt längst überschritten und näherte sich den Bergen. Auf der anderen Talseite stellte Sergeant Danny sein Fernglas scharf und sagte:

»Tom, du verdammter Hund du.«

Die Affäre dauerte drei Tage. Die Pferde aus Syrien ließen ebenso auf sich warten wie eine Nachricht für Rowse von Hakim al-Mansur. Monica fragte regelmäßig bei ihrem Agenten im Hafen nach, aber die Antwort lautete immer »morgen«. Also unternahmen sie Spaziergänge in den Bergen, machten Picknick hoch über den Kirschgärten und liebten sich unter den Pinien.

Sie frühstückten und dinierten auf der Terrasse, während Danny und Bill sie stumm aus ihrem Versteck beobachteten und Mahoney und seine Kumpane sie von der Bar aus mürrisch beäugten.

McCready und Marks blieben in ihrer Pension in Pedhoulas, und McCready organisierte unterdessen noch weitere Männer von der Station Zypern und ein paar von Malta. Solange Hakim al-Mansur Rowse nicht wissen ließ, daß sie die Geschichte von den Waffen für die amerikanischen Terroristen akzeptiert – oder als unwahr erkannt – hatten, mußte er sich an den Iren Mahoney und seine beiden Kollegen halten. Sie waren für das IRA-Unternehmen verantwortlich. Solange sie blieben, würde die Operation nicht in die Verschiffungsphase eintreten. Die beiden SAS-Sergeants würden in Rowses Nähe bleiben, die übrigen würden die IRA-Leute rund um die Uhr überwachen.

Zwei Tage nachdem Rowse und Monica zum erstenmal miteinander geschlafen hatten, waren McCreadys Leute alle auf dem Posten. Sie waren über die ganze Umgebung verteilt und behielten alle Straßen und Wege im Auge.

Die Telefonleitung zu dem Hotel war angezapft worden. Abgehört wurden die Gespräche in einem anderen Hotel. Nur wenige der neu hinzugekommenen Leute sprachen Griechisch, aber zum Glück waren schon so viele Touristen unterwegs, daß ein weiteres Dutzend keinen Argwohn erregte.

Mahoney und seine Männer verließen nie das Hotel. Auch sie warteten auf etwas; auf einen Anruf oder einen Kurier.

Am dritten Tag stand Rowse wie immer kurz nach Tagesanbruch auf. Monica schlief weiter, und Rowse nahm an der Tür das Frühstückstablett vom Zimmerkellner entgegen. Als er sich seine erste Tasse Kaffee eingießen wollte, sah er einen zusammengefalteten Zettel, der unter dem Kännchen gelegen hatte. Er legte ihn zwischen Tasse und Untertasse, goß sich den Kaffee ein und ging damit ins Bad.

Die Nachricht lautete einfach: *Club Rosalina, Paphos, 23.00. Asis.*

Das stellte ihn vor ein Problem, überlegte er, während er die Schnipsel durch die Toilette spülte. Wie sollte er Monica erklären – oder vor ihr geheimhalten –, daß er in der Nacht ein paar Stunden nicht da sein würde. Das Problem erledigte sich von selbst, als gegen Mittag der Zufall eingriff und Monicas Reederei-Agent anrief, um ihr mitzuteilen, daß die drei Hengste an diesem Abend aus Latakia in Limassol eintreffen würden, und sie bat, rechtzeitig zur Stelle zu sein, um den Empfang zu bestätigen und für die Unterbringung der Pferde in Ställen außerhalb des Hafens zu sorgen.

Als sie um vier wegfuhr, erleichterte Rowse seinen Sergeants ihre

Aufgabe, indem er ins Dorf hinaufging, das *Apollonia* anrief und dem Geschäftsführer sagte, er wolle am Abend nach Paphos zum Essen fahren, und was denn bitte die beste Route sei. Der Anruf wurde abgehört und an McCready weitergeleitet.

Der *Rosalina Club* entpuppte sich als ein Kasino mitten in der Altstadt. Rowse betrat es kurz vor elf und sah sofort die schlanke, elegante Gestalt Hakim al-Mansurs an einem der Roulette-Tische. Neben ihm war ein Stuhl frei. Rowse nahm Platz.

»Guten Abend, Mr. Asis. Welch angenehme Überraschung.«

Al-Mansur neigte ernst den Kopf. »*Faites vos jeux*«, sagte der Croupier. Der Libyer setzte mehrere hohe Chips auf eine Kombination höherer Zahlen. Das Rad drehte sich, und die weiße Kugel fiel in das Fach mit der Nummer 4. Dem Libyer war nicht der geringste Unmut anzumerken, als seine Chips weggeharkt wurden. Von dem Geld, das er bei diesem einen Spiel verloren hatte, hätten sich ein paar libysche Bauernfamilien einen Monat lang ernähren können.

»Schön, daß Sie gekommen sind«, sagte al-Mansur genauso ernst. »Ich habe Neuigkeiten für Sie. Gute Nachrichten, Sie werden erfreut sein. Es ist ja so angenehm, gute Nachrichten überbringen zu können.«

Rowse fühlte sich erleichtert. Schon daß der Libyer ihm eine Nachricht geschickt hatte, statt Mahoney zu befehlen, den Engländer in die Berge zu bringen und ihn für immer dort zu lassen, war ermutigend gewesen. Jetzt sah alles noch besser aus.

Er sah zu, wie der Libyer noch einen Stapel Chips verlor. Er selbst war gegen die Versuchung des Glücksspiels gefeit; das Roulette-Rad war für ihn das dümmste und langweiligste Gerät, das je erfunden wurde. Die Araber stehen jedoch in puncto Spielleidenschaft höchstens noch den Chinesen nach, und sogar der unterkühlte al-Mansur war von dem rotierenden Rad sichtlich fasziniert.

»Ich freue mich, Ihnen mitteilen zu können«, sagte al-Mansur, während er weitere Chips setzte, »daß unser ruhmreicher Führer Ihrer Bitte entsprochen hat. Die Ausrüstungen, die Sie benötigen, werden Ihnen geliefert – ohne Abstriche. Na, was sagen Sie dazu?«

»Ich bin erfreut«, sagte Rowse. »Ich bin sicher, meine Auftraggeber werden die Sachen – nutzbringend verwenden.«

»Das wollen wir alle inständig hoffen. Schließlich ist das, wie ihr britischen Soldaten sagt, der Zweck der Übung.«

»Und wie soll die Zahlung erfolgen?« wollte Rowse wissen.

Der Libyer machte eine wegwerfende Handbewegung.

»Nehmen Sie es als Geschenk der Volksdschamahirija, Mr. Rowse.«

»Ich bin Ihnen sehr dankbar. Und der Dank meiner Auftraggeber ist Ihnen ebenfalls gewiß.«

»Das bezweifle ich, denn Sie wären ein Narr, wenn Sie es Ihnen sagten. Und Sie sind kein Narr. Ein Söldner vielleicht, aber kein Narr. Und da Ihre Provision nun nicht hunderttausend, sondern eine halbe Million Dollar betragen wird, könnten Sie ja vielleicht mit mir teilen. Wie wär's mit halbe-halbe?«

»Natürlich für die Kriegskasse?«

»Natürlich.«

Eher für den persönlichen Pensionsfonds, dachte Rowse.

»Mr. Asis, Sir, wir sind uns einig. Wenn meine Klienten das Geld wirklich herausrücken, gehört die Hälfte davon Ihnen.«

»Das hoffe ich sehr«, murmelte al-Mansur. Diesmal hatte er gewonnen, und ein Haufen Chips wurde ihm zugeschoben. Bei aller Souveränität konnte er seine Genugtuung nicht verbergen.

»Mein Arm ist sehr lang.«

»Vertrauen Sie mir«, sagte Rowse.

»Also das, lieber Freund, wäre geradezu beleidigend – in unserer Welt.«

»Ich brauche Angaben über die Lieferung. Wo ich sie abholen soll. Und wann.«

»Die bekommen Sie. Schon bald. Sie hatten einen Hafen in Europa genannt. Ich denke, das läßt sich arrangieren. Kehren Sie ins *Apollonia* zurück, und ich werde in Kürze Kontakt mit Ihnen aufnehmen.«

Er stand auf und gab Rowse seine Chips.

»Bleiben Sie die nächsten fünfzehn Minuten noch im Kasino«, sagte er. »Hier, machen Sie sich einen schönen Abend.«

Rowse wartete eine Viertelstunde und wechselte dann die Chips. Er wollte lieber Nikki etwas Hübsches kaufen.

Er verließ das Kasino und schlenderte zu seinem Auto. In den engen Straßen der Altstadt war am Abend kaum ein Parkplatz zu finden. Sein Wagen stand zwei Straßen weiter. Er sah Danny und Bill nicht, die sich vor und hinter ihm in Hauseingängen versteckten. Als er sich seinem Wagen näherte, sah er einen alten Mann in einem blauen Overall und mit einem Käppi auf dem Kopf, der mit einem Reisigbesen die Straße kehrte.

»Kali spera«, krächzte der alte Straßenkehrer.

»Kali spera«, erwiderte Rowse. Er zögerte. Der alte Mann war einer der unzähligen, endgültig vom Leben besiegten Menschen, die überall auf der Welt die niedersten Arbeiten verrichten. Er entsann sich des Bündels Banknoten von al-Mansur, zog einen großen Schein heraus und steckte ihn dem alten Mann in die Brusttasche.

»Mein lieber Tom«, sagte der Straßenkehrer. »Ich hab schon immer gewußt, daß Sie ein gutes Herz haben.«

»Nanu, was machen Sie denn hier, McCready?«

»Klimpern Sie weiter mit Ihren Autoschlüsseln und erzählen Sie mir, was gewesen ist«, sagte McCready, ohne seine Arbeit zu unterbrechen. Rowse sagte es ihm.

»Gut«, sagte McCready. »Sieht nach einem Schiff aus. Das bedeutet wahrscheinlich, daß sie Ihre kleine Ladung der viel größeren für die IRA beipacken. Das wäre ganz in unserem Sinne. Wenn sie Ihre Sachen in einem anderen Container auf einer anderen Route verschicken, stehen wir wieder am Anfang. Dann bleibt uns nur noch Mahoney, aber da Ihre Ladung so klein ist, daß sie in einen Lieferwagen paßt, transportieren sie vielleicht alles zusammen. Steht schon fest, welcher Hafen?«

»Nein, nur Europa.«

»Fahren Sie zum Hotel zurück und tun Sie, was er sagt«, ordnete McCready an. Rowse fuhr los. Danny folgte ihm auf dem Motorrad. Marks und Bill kamen mit dem Auto und ließen McCready einsteigen. Die ganze Fahrt zurück saß er auf dem Rücksitz und dachte nach.

Das Schiff, wenn es denn ein Schiff war, würde nicht unter libyscher Flagge fahren. Das wäre zu auffällig gewesen. Wahrscheinlich würde man einen Frachter chartern, dessen Kapitän und Mannschaft keine Fragen stellten. Solche Schiffe gab es im östlichen Mittelmeer zu Dutzenden, und viele davon fuhren unter zypriotischer Flagge.

Wenn das Schiff hier gechartert wurde, mußte es zunächst einen libyschen Hafen anlaufen, um die Waffen an Bord zu nehmen, die sie wahrscheinlich unter einer ganz normalen Ladung wie Oliven oder Datteln in Kisten verstecken würden. Die drei Männer von der IRA würden die Ladung wahrscheinlich begleiten. Wenn sie aus dem Hotel auszogen, mußten sie unbedingt bis zur Anlegestelle verfolgt werden, denn um das Schiff aufbringen zu können, mußte man seinen Namen kennen.

Ein auf Seerohr getauchtes Unterseeboot würde sich ans Heck des Schiffes heften. Das Unterseeboot lag vor Malta, getaucht und einsatzbereit. Eine *Nimrod* von der britischen Luftwaffenbasis in Akrotiri auf Zypern würde das Unterseeboot zu dem Frachter führen und dann das Weite suchen. Das Unterseeboot würde die weitere Verfolgung übernehmen, bis die englische Kriegsmarine das Schiff im Ärmelkanal aufbringen konnte.

Er brauchte den Namen des Schiffes, am besten auch noch den Bestimmungshafen. Wenn er den Hafen hatte, konnte er seine Freunde bei der Lloyds Shipping Intelligence feststellen lassen, welche Schiffe Liegeplätze in diesem Hafen für welche Tage bestellt hatten. Dadurch würde sich die Zahl der in Frage kommenden Schiffe verringern. Möglicherweise würde er Mahoney nicht mehr brauchen, wenn nur die Libyer Rowse Bescheid sagten.

Die Nachricht für Rowse kam vierundzwanzig Stunden später per Telefon. Am Apparat war nicht al-Mansur, sondern ein anderer Mann. McCreadys Techniker verfolgten den Anruf später zum Libyschen Volksbüro in Nikosia zurück.

»Fahren Sie heim, Mr. Rowse. Wir werden dort in Kürze mit Ihnen Kontakt aufnehmen. Ihre Oliven werden per Schiff in einem europäischen Hafen eintreffen. Einzelheiten über Ankunftszeit und Abholung wird man Ihnen persönlich mitteilen.«

McCready grübelte in seinem Hotel über den Text des abgehörten Gesprächs. Hatte al-Mansur Verdacht geschöpft? Wollte er Rowse nur in Sicherheit wiegen? Wenn er ahnte, wer Rowses tatsächliche Auftraggeber waren, konnte er sich denken, daß auch Mahoney und seine Leute observiert wurden. Also Rowse nach England zurückschicken, um Mahoney die Beschatter vom Hals zu schaffen? Möglich.

Für den Fall, daß es nicht nur möglich war, sondern zutraf, beschloß McCready, zweigleisig zu fahren. Er würde gleichzeitig mit Rowse nach London zurückkehren, aber die Beschatter würden bei Mahoney bleiben.

Rowse beschloß, es Monica am Morgen zu sagen. Er war vor ihr aus Paphos ins Hotel zurückgekehrt. Sie war freudig erregt aus Limassol wiedergekommen. Ihre Hengste waren in prächtiger Verfassung und in einem Stall außerhalb der Stadt untergebracht. Sie brauchte jetzt nur noch die Transportpapiere, um die Pferde nach England bringen zu können.

Rowse wachte am Morgen nach dem Anruf früh auf, aber Monica war schon aufgestanden. Er sah das leere Bett neben sich und ging in ihrem Zimmer nachsehen. Sie war nicht da. An der Rezeption hatte sie eine Nachricht für ihn hinterlassen, einen kurzen Brief in einem Umschlag des Hotels.

»Lieber Tom, es war wunderschön, aber es ist vorbei. Ich kehre zurück, zu meinem Mann und meinem Leben und meinen Pferden. Behalte mich in so guter Erinnerung wie ich Dich. Monica.«

Er seufzte. Natürlich hatte sie recht. Sie hatten beide ihr eigenes Leben; auf ihn warteten sein Haus, seine Schriftstellerei und seine Frau. Ganz plötzlich bekam er heftige Sehnsucht nach Nikki.

Auf der Fahrt zum Flughafen Nikosia nahm er an, daß seine zwei Sergeants irgendwo hinter ihm waren. Das stimmte auch. Aber McCready war woanders. Der Stationschef in Nikosia hatte erreicht, daß er mit einem Versorgungsflug der britischen Luftwaffe nach Lyneham in der Grafschaft Wiltshire mitfliegen konnte; das Flugzeug würde noch vor der Linienmaschine der British Airways in England sein, und in diesem Augenblick war er schon in der Luft.

Kurz vor Mittag schaute Rowse aus dem Fenster und sah unter der Tragfläche das grüne Troodosgebirge entschwinden. Er dachte an Monica, an Mahoney, der noch immer die Hotelbar stützte, und an al-Mansur, und er war froh, nach Hause zu kommen. Auf alle Fälle würden die grünen Wiesen von Gloucestershire viel weniger gefährlich sein als der Hexenkessel des Nahen Ostens.

5

Dank des Zeitgewinns landete Rowse schon kurz nach Mittag. McCready war eine Stunde vor ihm angekommen, aber das wußte Rowse nicht. Als er die Maschine verließ und die Röhre betrat, die zum Flughafengebäude führte, hielt eine junge Frau in der Uniform der British Airways eine Karte hoch, auf der »Mr. Rowse« stand.

Er gab sich zu erkennen.

»Ah, wir haben eine Nachricht für Sie, an der Information, gleich nach dem Zoll«, sagte sie.

Er dankte ihr und ging kopfschüttelnd zur Paßkontrolle weiter. Er hatte Nikki nicht gesagt, daß er kommen würde, weil er sie überraschen wollte. Die Nachricht lautete:

»*Scott's*. Zwanzig Uhr. Hummer auf Geschäftskosten.«

Er fluchte. Das bedeutete, daß er erst morgen nach Hause fahren konnte. Sein Auto stand auf dem Flughafen-Parkplatz. Wenn er nicht zurückgekommen wäre, hätte die »Firma«, tüchtig wie immer, den Wagen sicherlich ausgelöst und seiner Witwe gebracht.

Er nahm den Flughafenbus, holte sein Auto und mietete sich in einem der Flughafenhotels ein. Es blieb ihm noch Zeit, ein Bad zu nehmen, sich zu rasieren, zu schlafen und einen Anzug anzuziehen. Da er vorhatte, jede Menge guten Wein zu trinken, wenn es ihn schon nichts kosten sollte, beschloß er, mit dem Taxi in die Stadt und wieder zurück zu fahren.

Als erstes rief er Nikki an. Sie war überglücklich, und ihre Stimme überschlug sich fast vor Freude und Erleichterung.

»Geht's dir gut, Liebling?«

»Ja, alles in Ordnung.«

»Und es ist vorbei?«

»Ja, die Recherchen sind abgeschlossen, bis auf ein paar Einzelheiten, die ich auch hier in England rauskriege. Und wie geht's dir?«

»Mir geht's bestens. Rate mal, was passiert ist?«

»Ich weiß es nicht, aber du wirst es mir gleich sagen.«

»Während du weg warst, ist ein Mann gekommen. Er hat gesagt, er muß eine große Firmenwohnung in London einrichten und ist auf der Suche nach Teppichen. Er hat alles gekauft, unseren ganzen Vorrat. Und bar bezahlt. Sechzehntausend Pfund. Liebling, wir sind reich.«

Rowse hielt den Hörer in der Hand und starrte die Degas-Reproduktion an der Wand an.

»Dieser Mann, woher war der?«

»Mr. Da Costa? Aus Portugal. Warum?«

»Dunkle Haare, dunkler Teint?«

»Ja, ich glaub schon.«

Araber, dachte Rowse. Libyer. Während Nikki draußen in der Scheune war, wo sie die Teppiche und Läufer lagerten, die sie nebenbei verkauften, war höchstwahrscheinlich jemand ins Haus eingedrungen und hatte eine Wanze im Telefon angebracht. Al-Mansur dachte offenbar an alles.

»Na wunderbar«, sagte er fröhlich. »Ist ja auch gleich, woher er war. Hauptsache, er hat bar bezahlt.«

»Wann kommst du denn heim?« fragte sie aufgeregt.

»Morgen früh. Ungefähr um neun bin ich da.«

Er fand sich um zehn nach acht in dem exzellenten Fischrestaurant in der Mount Street ein und wurde an den Ecktisch geführt, an dem Sam McCready saß. McCready bevorzugte Ecktische; an so einem Tisch konnten beide mit dem Rücken zur Wand sitzen, sich bequem unterhalten und trotzdem das ganze Lokal überblicken. »Es darf einfach nicht passieren, daß einer Sie von hinten erledigt«, hatte ihm vor Jahren einer seiner Ausbildungsoffiziere gesagt; der Mann wurde später von George Blake verraten und in einer Verhörzelle des KGB »erledigt«. McCready hatte einen Großteil seines Lebens mit dem Rücken zur Wand verbracht.

Rowse bestellte Hummer à la Neuberg, McCready aß seinen kalt mit Mayonnaise. Rowse wartete, bis der Weinkellner beiden ein Glas Meursault eingeschenkt hatte und sich zurückzog, bevor er den mysteriösen Teppichkäufer erwähnte.

McCready schluckte einen Bissen Benbecula-Hummer herunter und sagte dann einfach: »Mist.«

»Haben Sie von Zypern aus oft mit Nikki telefoniert?«

Er meinte, »bevor wir das Hoteltelefon angezapft haben«, sagte es aber nicht. Nicht nötig.

»Überhaupt nicht«, sagte Rowse. »Ich hab sie zum erstenmal vor ein paar Stunden vom *Post House Hotel* aus angerufen.«

»Gut. Gut und schlecht. Gut, daß sich niemand verplappert haben kann. Schlecht, daß al-Mansur es so weit treibt.«

»Ach übrigens«, sagte Rowse. »Ich bin mir nicht sicher, aber ich glaube, ein Motorradfahrer verfolgt mich. Ich habe ihn auf dem Flughafen-Parkplatz gesehen, und auch vor dem *Post House*. Auf der Taxifahrt hierher habe ich ihn nicht gesehen, aber der Verkehr war sehr dicht.«

»Verdammt und zugenäht«, sagte McCready mit Inbrunst. »Wahrscheinlich haben Sie recht. Am andern Ende der Bar stehen ein Mann und eine Frau, die sehen andauernd zu uns her. Drehen Sie sich jetzt nicht um. Essen Sie weiter.«

»Jüngere Leute?«

»Ja.«

»Kennen Sie sie?«

»Ich glaub schon. Den Mann zumindest. Drehen Sie den Kopf und rufen Sie den Weinkellner. Vielleicht sehen Sie den Kerl, den ich meine. Glattes Haar, Schnauzbart.«

Rowse drehte sich um und winkte dem Kellner. Die beiden standen am Ende der Bar. Rowse hatte eine intensive Ausbildung in Terroristenbekämpfung hinter sich. Dabei hatte er auch Hunderte von Fotoalben durchsehen müssen, die nicht nur Bilder von IRA-Leuten enthalten hatten. Er drehte sich wieder um.

»Ziel erkannt. Ein deutscher Anwalt. Ultra-radikal. Hat die Baader-Meinhof-Gruppe verteidigt und sich ihr dann selbst angeschlossen.«

»Natürlich! Wolfgang Ruetter. Und die Frau?«

»Keine Ahnung. Aber die RAF arbeitet viel mit Groupies. Von al-Mansur geschickte neue Beschatter?«

»Ich halte es für wahrscheinlicher, daß Ihr Freund Mahoney darum gebeten hat. Die RAF und die IRA arbeiten viel zusammen. So leid es mir tut, aus unserem geruhsamen Abendessen wird nichts. Die haben mich gesehen, mit Ihnen. Wenn sie das weitersagen, kann ich die Operation abschreiben. Und Sie auch.«

»Könnten Sie nicht mein Agent sein, mein Verleger?«

McCready schüttelte den Kopf.

»Nichts zu machen«, sagte er. »Wenn ich durch die Hintertür rausgehe, wissen sie Bescheid. Gehe ich wie jeder normale Gast vorne raus, werden sie mich höchstwahrscheinlich fotografieren. Irgendwo in Osteuropa werde ich dann auf diesem Foto identifiziert. Reden Sie normal weiter, aber hören Sie mir zu. Ich sage Ihnen jetzt, was Sie tun sollen.«

Beim Kaffee rief Rowse den Kellner und fragte ihn nach der Toilette. Es gab, wie McCready gesagt hatte, einen Toilettenwärter. Das Trinkgeld für ihn war mehr als großzügig.

»Für einen einzigen Anruf? Bitte, bedienen Sie sich.«

Der Anruf bei der Special Branch, wo ein Freund von McCready saß, wurde getätigt, während McCready die Kreditkarten-Quittung unterschrieb. Die Frau hatte das Restaurant verlassen, als sie gesehen hatte, daß er die Rechnung verlangte.

Als Rowse und McCready in den beleuchteten Portikus hinaustraten, stand die Frau halb versteckt in der Gasse neben dem nur ein paar Schritte entfernten Geflügelladen. Sie richtete das Objektiv ihrer Kamera auf McCreadys Gesicht und machte schnell zwei Aufnahmen. Blitz benutzte sie keinen. Die Beleuchtung im Portikus war hell genug. McCready nahm die Bewegung wahr, ließ sich aber nichts anmerken. Die beiden Männer gingen langsam zu McCreadys Jaguar. Ruetter kam aus dem Restaurant und ging zu seinem Motorrad hinüber. Er nahm den Sturzhelm aus der Satteltasche, setzte ihn auf und klappte das Visier herunter. Die Frau kam aus der Gasse und setzte sich auf den Soziussitz.

»Sie haben, was sie wollten«, sagte McCready. »Sie können jetzt jeden Moment abhauen. Hoffen wir, daß sie aus Neugier noch eine Weile bei uns bleiben.«

McCreadys Autotelefon läutete. Er nahm ab. »Terroristen. Wahrscheinlich bewaffnet. Battersea Park. In der Nähe der Pagode.« Er legte den Hörer auf und schaute in den Rückspiegel. »Sie sind noch da. Zweihundert Meter hinter uns.« Abgesehen von der Spannung war es eine ereignislose Fahrt zum Battersea Park, der normalerweise bei Sonnenuntergang geschlossen wird. Als sie sich der Pagode näherten, sah McCready sich um. Nichts. Das war nicht verwunderlich. Der Park war auf Rowses Anruf hin wieder geöffnet worden.

»Diplomatenschutz. Zeigen Sie mal, was Sie gelernt haben.«
»Zu Befehl«, sagte Rowse und griff nach der Handbremse.
»Jetzt.«

Rowse riß mit aller Kraft die Handbremse hoch, während McCready den Jaguar jäh herumriß. Das Heck des Wagens schwang mit quietschenden Reifen herum. In zwei Sekunden hatte die schwere Limousine gewendet und fuhr jetzt in die entgegengesetzte Richtung. McCready hielt direkt auf den Scheinwerfer des entgegenkommenden Motorrads zu. An zwei nicht gekennzeichneten, ganz in der Nähe stehenden Wagen gingen die Scheinwerfer an, und die Motoren wurden angelassen.

Ruetter fuhr einen Bogen, um dem Jaguar auszuweichen. Die schwere Honda kam von der Straße ab und fuhr über den Bordstein auf den Rasen. Fast hätte der Fahrer auch noch der Parkbank ausweichen können, aber eben nur fast. Vom Beifahrersitz aus sah Rowse, wie das Motorrad einen Salto über die Bank machte und die beiden Personen abwarf. Den anderen Wagen entstiegen drei Männer.

Ruetter atmete schwer, war aber unverletzt. Er griff in sein Sakko.

»Bewaffnete Polizei. Keine Bewegung«, sagte eine Stimme neben ihm. Ruetter drehte sich um und sah in die Mündung eines Dienstrevolvers des Typs Webley .38. Das Gesicht über der Waffe lächelte. Ruetter beschloß, dem anderen diesen Gefallen nicht zu tun, und nahm die Hand wieder aus der Jacke. Der Sergeant von der Special Branch trat einen Schritt zurück, den Webley auf den Kopf des Deutschen gerichtet. Ein Kollege fischte die Walther P. 38 Parabellum aus Ruetters Motorradjacke.

Die junge Frau war bewußtlos. Ein hochgewachsener Mann in einem hellgrauen Mantel kam von einem der Wagen auf McCready zu.

»Was ist mit den beiden, Sam?«

»RAF. Bewaffnet. Gefährlich.«

»Die Frau ist nicht bewaffnet«, sagte Ruetter auf englisch. »Das ist ein Skandal.«

Der Commander von der Special Branch holte eine kleine Pistole aus der Tasche, ging zu der Frau hinüber, drückte ihr die Automatik in die rechte Hand und steckte sie dann in einen Plastikbeutel.

»Jetzt ist sie es«, sagte er.

»Ich protestiere aufs schärfste«, sagte Ruetter. »Das ist eine flagrante Verletzung unserer Bürgerrechte.«

»Wie wahr«, sagte der Commander traurig. »Wie soll's weitergehen, Sam?«

»Die haben mein Bild. Möglicherweise kennen sie meinen Namen. Und sie haben mich mit ihm gesehen.« Er machte eine Kopfbewegung zu Rowse hin. »Wenn das bekannt wird, ist in den Straßen Londons bald die Hölle los. Die beiden müssen festgesetzt werden, ohne daß irgend jemand etwas davon erfährt. Keine Spurensicherung. Keine Vorführung. Bestimmt sind sie nach dem Unfall schwer verletzt. Wie wär's mit einem Polizeikrankenhaus?«

»Würde mich nicht wundern, wenn wir sie auf die Isolierstation legen müßten. Wo sie doch im Koma liegen, die armen Kleinen. Und weil sie keine Papiere bei sich haben, kann es Wochen dauern, bis wir sie identifiziert haben.«

»Ich heiße Wolfgang Ruetter«, sagte der Deutsche. »Ich bin Rechtsanwalt aus Frankfurt und verlange, sofort meinen Botschafter sprechen zu dürfen.«

»Ich weiß nicht, ich bin in letzter Zeit so schwerhörig. Muß das Alter sein«, klagte der Commander. »Also ab mit ihnen ins Auto. Sobald wir sie identifiziert haben, werden sie natürlich dem Gericht vorgeführt. Aber das kann dauern. Wir bleiben in Verbindung, Sam.«

Auch nach dem Gesetz über die Verhinderung von Terroranschlägen darf ein bewaffnetes und identifiziertes Mitglied einer terroristischen Vereinigung, das festgenommen wird, in Großbritannien nicht länger als sieben Tage in Haft bleiben, ohne einem Richter vorgeführt zu werden. Aber Ausnahmen bestätigen die Regel, selbst in einer Demokratie.

Rowse fuhr am nächsten Morgen nach Gloucestershire zurück, um sein gewohntes Leben wieder aufzunehmen und auf die versprochene Nachricht von Hakim al-Mansur zu warten. Sobald er die Information über Bestimmungshafen und Ankunftszeit des Waffenschiffes hatte, würde er, so sah er es, die Nachricht an McCready weitergeben. Der SIS konnte das Schiff dann zurückverfolgen, es im Mittelmeer ausfindig machen und mit Mahoney und seinen Leuten an Bord im Ostatlantik oder im Ärmelkanal aufbringen. So einfach war das.

Der Kurier kam sieben Tage später. Ein schwarzer Porsche rollte sehr langsam in den Hof von Rowses Anwesen, und ein junger Mann stieg aus. Einen Augenblick lang betrachtete er das grüne Gras und die Blumenbeete in der Sonne – er war dunkelhaarig, blickte mürrisch drein und stammte aus einem trockeneren, kargeren Land.

»Tom«, rief Nikki. »Du hast Besuch.«

Tom kam aus dem Garten hinter dem Haus. Sein Gesicht verriet nichts, abgesehen von einem höflich fragenden Ausdruck, aber er erkannte den Mann sofort wieder. Es war der Beschatter, der ihm vor zwei Wochen von Tripolis nach Valletta gefolgt war und seinen Abflug nach Zypern beobachtet hatte.

»Ja, bitte?« fragte er.

»Mr. Rowse?«

»Ja.«

»Ich habe eine Nachricht von Mr. Asis.« Sein Englisch war akzeptabel, aber etwas holprig, weil er jedes Wort übergenau aussprach. Er sagte die Nachricht auf, als hätte er sie auswendig gelernt.

»Ihre Fracht wird in Bremerhaven eintreffen. Drei Kisten, deren Inhalt als Büromaschinen deklariert ist. Man wird Ihnen die Ladung gegen Ihre normale Unterschrift aushändigen. Kai null neun. Lagerhaus Neuberg. Sie müssen die Ladung innerhalb von zwanzig Stunden nach Eingang abholen. Andernfalls werden Sie sie nicht mehr vorfinden. Ist das klar?«

Rowse wiederholte die Adresse und prägte sie sich ein. Der junge Mann stieg wieder in seinen Wagen.

»Moment noch. Wann? An welchem Tag?«

»Ach ja, Ankunft am vierundzwanzigsten. Am vierundzwanzigsten mittags.«

Er fuhr davon, und Rowse sah ihm mit offenem Mund nach. Minuten später raste er mit dem Auto ins Dorf, um das öffentliche Telefon zu benutzen. Sein eigenes wurde immer noch abgehört, wie die Experten festgestellt hatten. Und daran durfte sich fürs erste auch nichts ändern.

»Verdammt nochmal, was soll das heißen, am vierundzwanzigsten?« erregte sich McCready zum zehnten Mal. »Das ist in drei Tagen. Ganze drei lächerliche Tage.«

»Ist Mahoney immer noch vor Ort?« erkundigte sich Rowse. Er war auf McCreadys Drängen nach London gekommen und hatte sich in einer von der Firma angemieteten Wohnung in Chelsea mit ihm getroffen. Im Century House durfte sich Rowse immer noch nicht blicken lassen, offiziell war er immer noch *persona non grata*.

»Ja, der hängt immer noch an der Bar im *Apollonia* rum, hat immer noch seine Schläger bei sich, wartet immer noch auf Nachricht von al-Mansur und wird immer noch von unseren Leuten observiert.«

Er hatte sich schon ausgerechnet, daß es nur zwei Möglichkeiten gab. Entweder hatten die Libyer ein falsches Datum genannt, um Rowse noch einmal zu testen und festzustellen, ob die Polizei das Lagerhaus Neuberg durchsuchen würde. In diesem Fall hätte al-Mansur noch Zeit gehabt, das Schiff umzudirigieren. Oder er selbst, McCready, war hereingelegt worden. Mahoney und seine Leute wären dann, ohne es zu wissen, nur als Köder benutzt worden.

Eins stand aber fest. Kein Schiff konnte in drei Tagen von Zypern über Tripolis oder Surt nach Bremerhaven fahren. Während Rowse mit dem Auto nach London unterwegs war, hatte McCready seinen Freund in Dibben Place, Colchester, angerufen, dem Sitz von Lloyds Shipping Intelligence. Der Mann war sich seiner Sache ganz sicher. Die Fahrt, zum Beispiel von Paphos, nach Tripolis oder Surt würde einen Tag dauern. Einen Tag oder wahrscheinlich eine Nacht mußte man für das Beladen des Schiffes rechnen. Dann zwei Tage bis Gibraltar und noch einmal vier oder fünf bis nach Deutschland. Insgesamt mindestens sieben Tage, eher acht.

Also war es entweder ein Test für Rowse, oder das Schiff war schon auf See. Der Mann bei Lloyds meinte, es müsse schon irgendwo westlich von Lissabon sein und nördlichen Kurs halten, um am vierundzwanzigsten in Bremerhaven einzutreffen.

Bei Lloyds überprüfte man auch, welche Schiffe aus einem Mittelmeerhafen am vierundzwanzigsten in Bremerhaven erwartet wurden. Das Telefon klingelte. Es war der Experte von Lloyds.

»Kein einziges Schiff«, sagte er. »Am vierundzwanzigsten wird nichts aus dem Mittelmeer erwartet. Sie müssen falsch informiert sein.«

»Und das nicht von ungefähr«, dachte McCready. In Hakim al-Mansur hatte er es mit jemandem zu tun, der das Spiel ebenfalls meisterlich beherrschte. Er wandte sich Rowse zu.

»War in dem Hotel sonst noch jemand, der auch nur im entferntesten nach IRA aussah?«

Rowse schüttelte den Kopf.

»Tja, dann müssen wohl wieder mal die guten alten Fotoalben herhalten«, sagte McCready. »Gehen Sie sie immer wieder durch. Wenn Sie irgendein Gesicht sehen, dem Sie in Tripolis, auf Malta oder Zypern begegnet sind, sagen Sie mir Bescheid. Ich lasse Sie jetzt mit den Alben allein. Ich muß noch ein paar Sachen erledigen.«

Er unterrichtete nicht einmal das Century House von seiner Absicht, die Amerikaner um Hilfe zu bitten. Es war keine Zeit mehr, den Dienstweg einzuhalten. Er meldete sich kurzerhand beim CIA-Stationschef am Grosvenor Square an. Das war immer noch Bill Carver.

»Ja, also, ich weiß nicht, Sam. Einen Satelliten umzudirigieren ist nicht gerade ein Kinderspiel. Eine *Nimrod* reicht Ihnen nicht?«

Die Nimrod-Aufklärungsflugzeuge der Royal Air Force können zwar Aufnahmen von Schiffen auf hoher See mit sehr hoher Auflösung machen, müssen aber meist so tief fliegen, daß sie gesehen werden können.

McCready sprach von dem Plan zur Ermordung des amerikanischen Botschafters in London. Beide Männer wußten, daß Charles und Carol Price die beliebtesten amerikanischen Emissäre seit Jahrzehnten waren. Wer immer zuließ, daß Charlie Price ein Haar gekrümmt wurde, würde es fortan bei Margaret Thatcher schwer haben. Carver nickte.

»Das erleichtert die Sache – für mich.«

Es war fast Mitternacht, als Rowse sich noch einmal das erste Album vornahm, das aus der alten Zeit. Neben ihm saß ein Foto-

Experte vom Century House. Er bediente einen Projektor, mit dem die Bilder auf eine Leinwand projiziert und Änderungen an den Gesichtern vorgenommen werden konnten.

Kurz vor ein Uhr stutzte Rowse.

»Der da«, sagte Rowse. »Können Sie den mal in den Projektor legen?«

Das Gesicht nahm fast die ganze Wand ein.

»Seien Sie nicht blöd«, sagte McCready. »Der ist seit Jahren aus dem Geschäft. Abgehalftert. Längst in Rente gegangen.«

Das Gesicht starrte sie an. Müde Augen hinter einer dicken Hornbrille. Eisgraues Haar über der gefurchten Stirn.

»Nehmen Sie die Brille mal weg«, sagte Rowse, »und geben Sie ihm braune Kontaktlinsen.«

Der Techniker nahm die Veränderungen vor. Die Brille verschwand. Die blauen Augen wurden braun.

»Wie alt ist die Aufnahme?«

»Ungefähr zehn Jahre«, sagte der Techniker.

»Dann machen Sie ihn um zehn Jahre älter. Das Haar ausdünnen, noch mehr Falten. Das eine oder andere Doppelkinn.«

Der Techniker tat, wie ihm geheißen. Der Mann sah jetzt aus wie siebzig.

»Jetzt färben Sie ihm das Haar schwarz.«

Das schüttere graue Haar färbte sich schwarz. Rowse stieß einen Pfiff aus.

»Der hat immer allein an einem Ecktisch auf der Terrasse gesessen«, sagte er, »im *Apollonia*. Immer allein. Hat mit keinem Menschen geredet.«

»Stephen Johnson war Stabschef der IRA, der *alten* IRA«, sagte McCready. »Hat vor zehn Jahren dem ganzen Laden den Rücken gekehrt, nach erbitterten Auseinandersetzungen mit der neuen Generation über politische Grundsatzfragen. Er ist jetzt fünfundsechzig. Verkauft Landmaschinen in der Grafschaft Clare.«

»Früher mal ein As, überwirft sich, zieht sich angewidert zurück, sitzt in der Kälte draußen, ein Unberührbarer für das Establishment – erinnert Sie das an jemanden, den Sie kennen?« fragte Rowse.

»Manchmal, junger Freund, haben sogar Sie so etwas wie einen Geistesblitz«, räumte McCready ein.

Er rief einen Bekannten bei der irischen Polizei, der Garda Siochana, an. Offiziell sind die Kontakte zwischen der irischen Garda und der britischen Polizei auf dem Gebiet der Terrorismusbekämpfung formeller Art, also eher distanziert. Tatsächlich bestehen zwischen den Profis jedoch oft herzlichere und engere Kontakte, als es manchem Hardliner unter den Politikern recht sein kann.

Diesmal war es ein Mann in der irischen Special Branch, der in seinem Haus in Ranelagh durch McCreadys Anruf aus dem Bett geholt wurde und zur Frühstückszeit des Rätsels Lösung durchgab.

»Er ist in Urlaub«, berichtete McCready. »Die Polizei dort sagt, daß er neuerdings Golf spielt und ab und zu einen Golfurlaub macht, meistens in Spanien.«

»Südspanien?«

»Schon möglich. Warum?«

»Erinnern Sie sich an die Gibraltar-Affäre?«

Sie erinnerten sich alle beide nur zu gut. Drei IRA-Killer, die in Gibraltar eine riesige Bombe legen wollten, waren von einem SAS-Team aus dem Verkehr gezogen worden – vorzeitig, aber für immer. Die spanische Polizei und Spionageabwehr hatten wertvolle Hilfe geleistet – die Attentäter waren als Touristen von der Costa del Sol nach Gibraltar gefahren.

»Gerüchteweise war ja immer von einem vierten Mann die Rede, einem, der in Spanien blieb«, erinnerte sich Rowse. »Und in der Gegend von Marbella gibt es massenweise Golfplätze.«

»Dieser Halunke«, sagte McCready leise. »Dieser alte Halunke. Er mischt wieder mit.«

Gegen zehn bekam McCready einen Anruf von Bill Carver, und sie gingen zur amerikanischen Botschaft hinüber. Carver empfing sie in der Eingangshalle und ging mit ihnen in sein Büro im Keller, wo auch er einen Raum hatte, in dem Aufnahmen vorgeführt werden konnten.

Der Satellit hatte gute Arbeit geleistet, sich hoch über dem Ostatlantik ein wenig um die eigene Achse gedreht und seine Spezialkameras so nach unten gerichtet, daß in einem einzigen Durchgang ein Streifen Wasser von der portugiesischen, spanischen und französischen Küste bis zu einer Linie, die mehr als hundertfünfzig Kilometer weiter westlich verlief, aufgenommen wurde.

Auf Anraten seines Bekannten bei Lloyds hatte McCready um Aufnahmen von einem Rechteck gebeten, das von Lissabon nach Norden bis zur Biskaya reichte. Aus den unzähligen Aufnahmen, die von der Empfangsstation des National Reconnaissance Office bei

Washington aufgefangen wurden, hatte man einzelne Fotos von jedem Schiff ausgesucht, das in diesem Rechteck unterwegs war.

»Das Ding fotografiert alles, was größer ist als eine im Meer schwimmende Coca-Cola-Flasche«, bemerkte Carver stolz. »Sollen wir anfangen?«

Es waren über hundertzwanzig Schiffe in dem fraglichen Rechteck unterwegs. Annähernd die Hälfte waren Fischereifahrzeuge. McCready sonderte diese Bilder vorläufig aus. In Bremerhaven gab es auch einen Fischerei-Hafen, doch die Schiffe liefen alle unter deutscher Flagge, und ein Ausländer, der dort keinen Fisch, sondern eine normale Ladung gelöscht hätte, wäre bestimmt aufgefallen. Er konzentrierte sich auf die Frachter und ein paar große, luxuriöse Privatjachten, während er die vier Passagierschiffe ebenfalls außer acht ließ. Dadurch schmolz die Zahl der möglichen Kandidaten auf dreiundfünfzig zusammen.

Jetzt ließ er sich nacheinander jeden der kleinen Metallsplitter auf der riesigen Wasserfläche vergrößern, bis das jeweilige Schiff den Bildschirm ausfüllte. Die Männer im Raum achteten auf jedes Detail. Manche der Schiffe fuhren in die falsche Richtung, aber einunddreißig hielten Kurs nach Norden. In Richtung Ärmelkanal.

Um halb drei sah McCready etwas, was ihm suspekt vorkam.

»Der Mann da«, sagte er zu Bill Carvers Techniker. »Der auf dem Brückenausleger. Können Sie den mal näher ranholen?«

»Gemacht«, sagte der Amerikaner.

Der Frachter war vor Finisterre, kurz vor Sonnenuntergang am Tag zuvor. Ein Mitglied der Besatzung erledigte auf dem Vorderdeck irgendeine Routinearbeit, ein anderer stand auf der Brücke und sah zu ihm hin. Vor McCreadys und Rowses Augen wurde das Schiff auf dem Bildschirm immer größer, und trotzdem blieb die Auflösung gut. Vorpiek und Heck des Schiffes wanderten seitlich aus dem Bild, und der allein stehende Mann wurde größer.

»Wie hoch ist der Satellit?« erkundigte sich Rowse.

»Hundertzehn Meilen«, sagte der Techniker.

»Eine Wahnsinns-Technik«, staunte Rowse.

»Auf solchen Bildern kann man sogar Autonummern erkennen«, sagte der Amerikaner stolz.

Es waren über zwanzig Aufnahmen von diesem einen Frachter vorhanden. Als der Mann auf der Brücke fast den ganzen Bildschirm ausfüllte, bat Rowse den Techniker, sie alle mit derselben Vergrößerung vorzuführen. Im schnellen Wechsel der Einzelbilder bewegte sich der Mann ruckartig wie in einem Stummfilm.

Er wandte sich von dem arbeitenden Matrosen ab und sah aufs Meer hinaus. Dann nahm er seine Mütze ab und fuhr sich mit der Hand durchs schüttere Haar. Vielleicht hörte er über sich einen Vogel rufen. Auf jeden Fall hob er den Kopf.

»Stop!« rief Rowse. »Noch näher.«

Der Techniker vergrößerte das Gesicht, bis es schließlich unscharf wurde.

»Na bitte«, sagte McCready über Rowses Schulter. »Das ist er. Johnson.«

Die müden alten Augen unter dem dünnen, pechschwarzen Haar starrten sie an. Es war der alte Mann vom Ecktisch auf der Terrasse des *Apollonia*. Der vermeintliche Rentner.

»Der Name des Schiffes«, sagte McCready, »wir brauchen den Namen des Schiffes.

Er war am Bug, und der Satellit hatte auch noch Aufnahmen gemacht, als er schon fast über den nördlichen Horizont verschwand. Auf einem einzigen, aus ziemlich spitzem Winkel aufgenommenen Bild war das Wort neben dem Anker zu erkennen. *Regina IV*. McCready griff nach dem Telefon und rief seinen Mann bei der Lloyds Shipping Intelligence an.

»Ausgeschlossen«, sagte der Mann in Colchester, als er ein halbe Stunde später zurückrief. »*Regina IV* hat über zehntausend Tonnen und befindet sich vor der Küste von Venezuela. Sie müssen sich geirrt haben.«

»Kein Irrtum«, sagte McCready. »Sie hat ungefähr zweitausend Tonnen und dampft nach Norden, inzwischen wohl vor Bordeaux.«

»Moment mal«, sagte die fröhliche Stimme aus Colchester. »Ist das Schiff in irgendwelche zwielichtigen Geschäfte verwickelt?«

»Fast mit Sicherheit«, sagte McCready.

»Ich rufe Sie zurück«, sagte der Lloyds-Mann. Er tat es fast eine Stunde später.

»*Regina*«, sagte der Mann von Lloyds, »ist ein sehr verbreiteter Schiffsname, so wie *Stella Maris*. Deswegen werden in der Regel noch Buchstaben oder römische Ziffern hinter den Namen gesetzt. Damit man die vielen *Reginas* auseinanderhalten kann. Nun gibt es eine *Regina VI*, die in Limassol registriert ist und zur Zeit angeblich in Paphos liegt. Ungefähr zweitausend Tonnen. Deutscher Skipper, griechisch-zypriotische Mannschaft. Eignerin ist seit kurzem eine Briefkastenfirma in Luxemburg.«

Die libysche Regierung, dachte McCready. Es war ein simpler Trick. Aus dem Mittelmeer als *Regina VI* auslaufen, im Atlantik das I nach dem V übermalen und ein neues davormalen. Spezialisten konnten die entsprechende Änderung in den Schiffspapieren vornehmen. Die Agenten würden nun die grundsolide *Regina IV* abfertigen, die eine Ladung Büromaschinen und eine gemischte Ladung aus Kanada an Bord hatte. Und wer würde darauf kommen, daß die echte *Regina IV* tatsächlich vor Venezuela war?

Im Morgengrauen des dritten Tages schaute Kapitän Holst von seiner Brücke auf die langsam sich erhellende See hinaus. Er hatte nicht den geringsten Zweifel, worum es sich bei der Leuchtrakete gehandelt hatte, die eben direkt vor ihm in den Himmel gestiegen war, einen Moment verharrt hatte und dann trudelnd ins Wasser zurückgefallen war. Ein Notsignal. Im Zwielicht konnte er jetzt noch etwas anderes ausmachen, etwa ein bis zwei Meilen voraus – eine flackernde gelbe Flamme. Er befahl dem Maschinenraum »Halbe Kraft voraus«, nahm sein Funksprechgerät und rief einen der Passagiere aus seiner Koje unter Deck. In weniger als einer Minute stand der Mann neben ihm auf der Brücke.

Kapitän Holst zeigte schweigend durch die Windschutzscheibe. Im ruhigen Wasser vor ihnen schlingerte hilflos ein etwa zwölf Meter langes Fischerboot. Offenbar hatte es eine Explosion im Maschinenraum gegeben; rußschwarzer Rauch stieg aus dem Rumpf auf und verdeckte zeitweise gelblich züngelnde Flammen. Das Oberdeck war teilweise verbrannt und rußgeschwärzt.

»Wo sind wir?« fragte Stephen Johnson.

»In der Nordsee, zwischen Yorkshire und der holländischen Küste«, sagte Holst.

Johnson nahm sich das Fernglas des Kapitäns und richtete es auf das kleine Fischereifahrzeug. *Fair Maid, Whitby*, konnte er am Bug lesen.

»Wir müssen stoppen, ihnen Hilfe leisten«, sagte Holst auf englisch. »Das Seerecht verlangt es.«

Er wußte nicht genau, was er geladen hatte, und er wollte es auch nicht wissen. Er hatte seine Order und eine exorbitante Prämie bekommen. Auch seine Mannschaft war bedacht worden – finanziell. Die Olivenkisten aus Zypern waren in Paphos an Bord genommen worden und waren absolut unbedenklich. Während des zweitägigen Aufenthalts in Surt an der libyschen Küste war ein Teil der Ladung gelöscht und dann wieder zurückgebracht worden. Die Kisten sahen genauso aus wie vorher, der Inhalt war mit Sicherheit ausgetauscht worden, aber von außen sah man das nicht, und er würde sich hüten, eine der Kisten zu öffnen. Der Beweis dafür, daß seine Ladung hochbrisant war, waren die sechs Passagiere – zwei aus Zypern und vier weitere aus Surt. Und natürlich die Veränderung des Schiffsnamens, kaum daß sie die Säulen des Herkules hinter sich gelassen hatten. Er rechnete damit, daß er in zwölf Stunden die Leute alle vom Hals haben würde. Dann würde er wieder durch die Nordsee laufen, auf hoher See seinem Schiff den richtigen Namen zurückgeben und als viel reicherer Mann seelenruhig in seinen Heimathafen Limassol zurückkehren.

Und dann würde er seinen Beruf an den Nagel hängen. Die vielen Jahre, in denen er höchst fragwürdige Ladungen und noch fragwürdigere Passagiere nach Westafrika befördert hatte, die kuriosen Befehle, die er jetzt von seinen neuen Eignern aus Luxemburg bekam – das alles würde schon bald hinter ihm liegen. Er war jetzt fünfzig und hatte genug auf der hohen Kante, um mit seiner griechischen Frau Maria ein kleines Restaurant auf einer der griechischen Inseln aufmachen und seine Tage in Ruhe beschließen zu können.

Johnson machte ein bedenkliches Gesicht.

»Wir können nicht stoppen«, sagte er.

»Wir müssen.«

Das Licht wurde besser. Sie sahen eine rußverschmierte Gestalt aus dem Ruderhaus des Fischerbootes kommen. Der Mann taumelte auf dem Deck vorwärts, versuchte, offenbar unter starken Schmerzen, zu winken, und fiel der Länge nach hin.

Ein weiterer IRA-Offizier war hinter Holst aufgetaucht. Der Kapitän spürte die Mündung einer Pistole im Rücken.

»Einfach weiterfahren«, sagte der Mann gelassen.

Holst konnte die Pistole nicht ignorieren, aber er sah Johnson an.

»Wenn wir das tun, und die werden von einem anderen Schiff gerettet, und das wird früher oder später der Fall sein, werden sie uns melden. Man wird uns anhalten und uns sehr peinliche Fragen stellen.«

Johnson nickte.

»Dann rammen Sie sie«, sagte der mit der Pistole. »Wir stoppen nicht.«

»Wir können ja Erste Hilfe leisten und dann die holländische Küstenwache alarmieren«, sagte Holst. »Keiner wird an Bord kommen. Wenn der holländische Kutter auftaucht, fahren wir weiter. Die werden uns zum Dank nachwinken und uns vergessen.«

Johnson war überzeugt. Er nickte.

»Steck deine Pistole weg.«

Holst befahl »Volle Kraft zurück«, und die *Regina* verlor rasch Fahrt. Holst gab seinem Rudergänger einen Befehl auf griechisch, verließ die Brücke und ging zunächst zur Schiffsmitte hinunter, bevor er sich zum Vorderdeck begab. Er blickte auf das näherkommende Fischerboot hinab und befahl dem Rudergänger durch ein Handzeichen, die Maschinen zu stoppen. Langsam trieb die *Regina* auf das havarierte Fischerboot zu.

»Ahoi, *Fair Maid*«, rief Holst und spähte angestrengt nach unten, während das Fischerboot immer näher kam. Der gestürzte Mann auf dem Vorderdeck versuchte hochzukommen, sackte aber wieder ohnmächtig zusammen. Die *Fair Maid* schaukelte an der Bordwand der größeren *Regina* entlang, bis sie die Schiffsmitte erreicht hatte, wo die Reling niedriger war. Holst ging nach achtern und rief einem seiner Matrosen zu, er solle eine Leine an Bord der *Fair Maid* werfen. Das war nicht mehr nötig. Als das Fischerboot an der Schiffsmitte der *Regina* entlangtrieb, kam der Mann auf dem Vorderdeck zu sich, sprang auf, packte mit erstaunlicher Behendigkeit einen Enterhaken, schleuderte ihn über die Reling der *Regina* und machte die Leine an einer Klampe am Bug der *Fair Maid* fest. Ein zweiter Mann kam aus der Kajüte des Fischerboots und tat das gleiche am Heck. Damit war die *Fair Maid* an die *Regina* gekoppelt.

Vier Männer kamen aus der Kajüte gerannt, schwangen sich aufs Dach und sprangen über die Reling der *Regina*. Alles lief so schnell und in so perfekter Koordination ab, daß Kapitän Holst nur noch ausrufen konnte:

»Verdammt, was ist denn hier los?«

Die Männer waren alle gleich gekleidet – schwarze Overalls, Gummistiefel und schwarze Wollmützen. Auch ihre Gesichter waren schwarz, aber nicht vom Ruß. Eine sehr harte Hand fuhr Kapitän Holst in die Magengrube, und er brach in die Knie. Er würde später sagen, daß er noch nie zuvor die Männer der Special Boat Squadron (SBS), des marinen Gegenstücks zum Special Air Service, in Aktion gesehen habe und sie auch nie mehr sehen wolle.

Inzwischen waren vier zypriotische Mitglieder der Mannschaft auf dem Hauptdeck. Einer der Männer in Schwarz rief ihnen einen einzigen Befehl zu, auf griechisch, und sie gehorchten. Sie legten sich mit dem Gesicht nach unten flach aufs Deck und rührten sich nicht mehr. Nicht so die vier IRA-Männer, die aus einer Seitentür des Deckaufbaus kamen. Sie hatten alle eine Faustfeuerwaffe.

Zwei von ihnen begriffen sofort, daß man mit einer Pistole nicht viel gegen eine Heckler und Koch MP5 Maschinenpistole ausrichten kann, ließen die Pistolen fallen und nahmen die Hände hoch. Zwei versuchten, ihre Waffe zu benutzen. Der eine hatte Glück, bekam eine kurze Salve in die Beine und verbrachte sein restliches Leben im Rollstuhl. Der vierte hatte weniger Glück und bekam vier Kugeln in die Brust.

Insgesamt schwärmten sechs schwarzgekleidete Männer über das Deck der *Regina* aus. Als dritter kam Tom Rowse an Bord. Er rannte zu der Treppe, die zur Brücke hinaufführte. Als er den Brückenausleger erreichte, kam Stephen Johnson aus dem Brückenhaus. Als er Rowse sah, riß er die Arme hoch.

»Nicht schießen, SAS-Mann. Es ist vorbei«, rief er.

Rowse trat beiseite und bewegte den Lauf seiner Maschinenpistole mehrmals in Richtung Treppe.

»Runter da«, sagte er. Der alte IRA-Mann begann, die Treppe zum Hauptdeck hinunterzusteigen. Hinter Rowse bewegte sich etwas, irgend jemand mußte durch die Tür des Ruderhauses gekommen sein. Er spürte die Bewegung, drehte sich halb um und hörte einen Knall. Die Kugel streifte gerade noch an der Schulter den Stoff seines Anzugs. Er reagierte reflexartig und feuerte, wie man es ihn gelehrt hatte, zweimal schnell hintereinander, dann noch mal, so daß in weniger als einer Sekunde vier Neun-Millimeter-Geschosse den Lauf verließen.

Aus dem Augenwinkel sah er, wie die Gestalt in der Tür alle vier Kugeln in die Brust bekam, an den Türpfosten geschleudert wurde und abprallte; und er sah eine wehende goldblonde Mähne. Dann lag die Frau tot auf dem stählernen Deck, und ein bißchen Blut sickerte aus dem Mund, den er geküßt hatte.

»Sieh mal einer an«, sagte jemand neben ihm. »Monica Browne. Mit einem ›e‹ am Ende.«

Rowse fuhr herum.

»Sie Mistkerl«, sagte er langsam. »Sie haben das gewußt.«

358

»Gewußt nicht, nur vermutet«, sagte McCready. Er war in Zivilkleidern etwas gemächlicher an Deck gekommen, als die Schießerei vorbei war.

»Tom, wir mußten sie überprüfen, nachdem sie mit Ihnen – Kontakt aufgenommen hatte. Es ist – war tatsächlich Monica Browne, geboren und aufgewachsen in Dublin. Nach ihrer ersten Heirat mit zwanzig hat sie acht Jahre in Kentucky gelebt. Nach der Scheidung hat sie Major Eric Browne geheiratet, der reich und viel älter ist als sie und in seinem Dauersuff bestimmt nicht die leiseste Ahnung gehabt hat, daß seine Frau fanatische Anhängerin der IRA war. Ach ja, sie hat tatsächlich ein Gestüt geleitet, aber nicht in Ashford, Kent, England, sondern in Ashford, Grafschaft Wicklow, Irland.«

Das Team war zwei Stunden mit »Aufräumen« beschäftigt. Kapitän Holst machte eifrig mit. Er gab zu, daß ein Teil der Kisten auf offener See umgeladen worden war, auf ein Fischerboot vor Finisterre. Er nannte den Namen, und McCready meldete ihn nach London, damit die spanischen Behörden informiert werden konnten. Wenn sie sich beeilten, würden die Spanier die Waffen für die ETA noch an Bord des Fischerbootes beschlagnahmen können, ein kleines Dankeschön des SIS an die Spanier für die Hilfe in der Gibraltar-Affäre.

Kapitän Holst bestätigte auch, daß er sich gerade noch in britischen Hoheitsgewässern befunden habe, als sein Schiff geentert wurde. Damit war sichergestellt, daß die Angelegenheit nach britischem Recht behandelt werden konnte. McCready wollte verhindern, daß die IRA-Männer nach Belgien gebracht und wie Pater Ryan prompt freigelassen wurden.

Die beiden Toten legte man nebeneinander aufs Hauptdeck und deckte sie mit Laken aus den Kabinen zu. Mit Hilfe der griechisch-zypriotischen Mannschaft wurden die Deckel der Ladeluken geöffnet und die Ladung kontrolliert. Das erledigten die Angehörigen des SBS-Kommandotrupps. Nach zwei Stunden erstattete der Leutnant, der den Trupp führte, McCready Meldung.

»Nichts, Sir.«
»Was soll das heißen, nichts?«
»Jede Menge Oliven, Sir.«
»Sonst nichts?«
»Ein paar Kisten, die laut Aufschrift Büromaschinen enthalten.«
»Und was enthalten sie?«

»Büromaschinen, Sir. Und dann sind da noch die drei Hengste. Sie sind ziemlich verstört.«

»Zum Teufel mit den Pferden, was meinen Sie, wie verstört ich bin«, sagte McCready grimmig. »Zeigen Sie mir alles.«

Der Leutnant führte ihn durch die vier Laderäume des Schiffes. Im ersten sah man japanische Kopiergeräte und Schreibmaschinen durch die zertrümmerten Seiten ihrer Kisten. Aus den Kisten in den nächsten beiden Laderäumen waren nur Dosen mit zypriotischen Oliven herausgefallen. Keine Kiste war unberührt geblieben. Im vierten Laderaum standen drei ziemlich große Pferdeboxen. Die Hengste wieherten und stampften verängstigt.

McCready hatte ein flaues Gefühl in der Magengegend, jenes scheußliche Gefühl, das sich einstellt, wenn man merkt, daß man ausgetrickst worden ist, daß man alles falsch gemacht hat und das dicke Ende mit Sicherheit nachkommen wird. Ein junger SBS-Mann stand neben ihnen in dem Laderaum mit dem Pferdeboxen. Er verstand anscheinend etwas von Pferden; er sprach beruhigend auf die Tiere ein.

»Sir?« fragte er.

»Ja.«

»Warum werden die verschifft?«

»Oh, das sind Araber. Reinrassige Hengste, für ein Gestüt bestimmt.«

»Von wegen«, widersprach der junge Mann. »Das sind Klepper aus einer Reitschule. Hengste schon, aber Klepper.«

Die Suche endete, als die ersten Planken von der Innenwand der ersten Box entfernt wurden. Zwischen der Innen- und der Außenwand der speziell angefertigten Transportboxen war ein gut dreißig Zentimeter breiter Hohlraum. Als noch weitere Planken entfernt wurden, kamen übereinandergeschichtete Semtex-H-Pakete sowie säuberlich gestapelte RPG-7 Panzerabwehrraketen und tragbare Boden-Luft-Raketen zum Vorschein. In den anderen beiden Boxen waren schwere Maschinengewehre, Munition, Granaten, Minen und Mörser.

»Ich glaube«, sagte McCready, »wir können jetzt die Navy holen.«

Sie verließen den Laderaum und gingen wieder aufs Hauptdeck, in die warme Sonne. Die Navy würde die *Regina* übernehmen und sie nach Harwich bringen. Dort würde man sie offiziell beschlagnahmen und Mannschaft und Offiziere festnehmen.

Die *Fair Maid* war inzwischen ausgepumpt worden und hatte keine

Schlagseite mehr. Die Rauchgranaten, die den Eindruck erweckt hatten, an Bord sei ein Brand ausgebrochen, waren schon längst ins Meer geworfen worden.

Der IRA-Mann mit dem zerschossenen Knie – die Blutung war durch eine von Mitgliedern des Kommandotrupps angelegte provisorische Aderpresse gestoppt worden – saß mit aschfahlem Gesicht an ein Schott gelehnt und wartete auf den Marinearzt, der mit der jetzt nur noch eine halbe Meile entfernten Fregatte kommen würde. Die anderen beiden waren in einigem Abstand von ihm mit Handschellen an eine Deckstütze gefesselt worden, und McCready hatte den Schlüssel für die Handschellen.

Kapitän Holst und seine Mannschaft waren ohne zu murren in einen der Laderäume hinabgestiegen – nicht den, in dem die Waffen waren – und saßen inmitten der Olivenbüchsen, bis die Männer von der Marine ihnen eine Leiter hinunterlassen würden.

Stephen Johnson war in seiner Kabine unter Deck eingeschlossen worden.

Als sie fertig waren, sprangen die fünf SBS-Männer auf das Kajütendach der *Fair Maid* und verschwanden nach unten. Die Maschine wurde angelassen. Zwei der Männer tauchten noch einmal auf und machten das Boot los. Der Leutnant winkte McCready noch einmal zu, und das Fischerboot tuckerte davon. Das waren die geheimen Krieger; sie hatten ihre Schuldigkeit getan und sahen keinen Grund, noch länger dazubleiben.

Tom Rowse setzte sich mit hängenden Schultern auf das Süll einer der Laderäume neben den zugedeckten Leichnam von Monica Browne. Auf der anderen Seite der *Regina* kam die Fregatte längsseits, warf ihre Enterhaken und schickte ihre ersten Leute an Bord. Sie ließen sich von McCready ins Bild setzen.

Ein Windstoß blies das Laken von Monica Brownes Gesicht. Rowse starrte auf das schöne Gesicht hinab, das im Tod so ruhig wirkte. Der Wind blies ihr eine blonde Haarsträhne in die Stirn. Er beugte sich vor und schob die Strähne wieder zurück. Jemand setzte sich neben ihn und legte ihm den Arm um die Schultern.

»Es ist vorbei, Tom. Sie konnten es nicht wissen. Sie brauchen sich keine Vorwürfe zu machen. Die Frau wußte, was sie tat.«

»Wenn ich gewußt hätte, daß sie an Bord war, hätte ich sie nicht getötet«, sagte Rowse tonlos.

»Dann hätte sie Sie umgebracht. Sie war so ein Mensch.«

Zwei Seeleute holten die IRA-Leute ab und führten sie auf die Fregatte. Unter Aufsicht des Marinearztes hoben zwei Sanitäter den Verwundeten auf eine Trage und trugen ihn fort.

»Was geschieht jetzt?« fragte Rowse.

McCready schaute aufs Meer hinaus, dann zum Himmel, und seufzte.

»Jetzt, Tom, sind die Juristen an der Reihe. Am Schluß kommen immer die Juristen und reduzieren Leben und Tod, Leidenschaft, Habgier, Mut, Wollust und Ruhm auf die trockene Sprache ihrer Zunft.«

»Und Sie?«

»Ach, ich gehe ins Century House zurück und mache weiter. Ich werde jeden Abend in meine kleine Wohnung gehen, meine Musik hören und meine Bohnen aus der Dose essen. Und Sie gehen zurück zu Ihrer Nikki, mein Freund, drücken sie ganz fest und schreiben Ihre Bücher und vergessen das alles. Hamburg, Wien, Malta, Tripolis, Zypern – vergessen Sie es. Es ist alles vorbei.«

»Meinen Sie, die werden sich an mir rächen?«

»Nein, das glaube ich nicht. Unsere Leute werden Ihr Telefon in Ordnung bringen und Ihr Haus entwanzen, aber al-Mansur ist ein Profi. Er wird das tun, was auch ich tun würde. Einen Schlußstrich ziehen, die ganze Geschichte abschreiben. Eine Operation, die fast geglückt wäre. Er wird es wieder versuchen. Nächstes Mal hat er vielleicht mehr Glück, und dann gehen tatsächlich überall in England IRA-Bomben hoch. Aber Sie haben nichts zu befürchten. Sie sind raus.«

Stephen Johnson wurde vorbeigeführt. Er blieb stehen und sah auf die beiden Engländer hinab.

»Unser Tag wird kommen«, sagte er. Es war das Motto des provisorischen Flügels der IRA.

McCready blickte auf und schüttelte den Kopf.

»Nein, Mr. Johnson. Ihr Tag ist schon lange vorbei.«

Zwei Sanitäter hoben den Leichnam des erschossenen IRA-Mannes auf eine Trage und trugen ihn weg.

»Warum hat sie es getan, Sam? Warum in aller Welt hat sie das getan?« fragte Rowse.

McCready beugte sich vor und zog das Laken wieder über Monica Brownes Gesicht. Die Sanitäter kamen zurück und brachten auch sie weg.

»Weil sie an etwas glaubte, Tom. Natürlich an die falsche Sache, aber sie glaubte.«

Er stand auf und zog auch Rowse hoch.

»Kommen Sie, mein Junge, wir fahren heim. Lassen Sie's gut sein, Tom. Lassen Sie's gut sein. Sie ist ums Leben gekommen, auf die Art, die sie sich selbst gewünscht hat. Jetzt ist sie nur noch irgendein Kriegsopfer. Wie Sie, Tom; wie wir alle.«

London, Century House

Der Donnerstag war der vierte Tag der Anhörung, und Timothy Edwards hatte entschieden, daß es der letzte sein sollte. Bevor Denis Gaunt mit seinen Ausführungen beginnen konnte, entschloß sich Edwards, ihm zuvorzukommen.

Er hatte gemerkt, daß seine zwei Kollegen auf der anderen Seite des Tisches, die Controller für »Inlandsoperationen« und »Westliche Hemisphäre«, eine gewisse Bereitschaft zum Einlenken gezeigt hatten, die Bereitschaft, dieses eine Mal im Fall Sam McCreadys eine Ausnahme zu machen und ihn mit irgendwelchen Tricks vor der vorzeitigen Pensionierung zu retten.

Das paßte Edwards überhaupt nicht ins Konzept. Im Gegensatz zu den anderen wußte er, daß die treibende Kraft hinter dem Beschluß, die Entscheidung über die vorzeitige Pensionierung des Täuschers zum Präzedenzfall zu machen, der Beamtete Staatssekretär im Außenministerium war, ein Mann, der eines Tages in Klausur mit vier anderen den nächsten Chef des SIS bestimmen würde. Schierer Wahnsinn, sich diesen Mann zum Feind zu machen.

»Denis, wir haben uns alle mit größtem Interesse Ihre Berichte über Sams große Leistungen angehört, und wir sind alle mächtig beeindruckt. Tatsache ist jedoch, daß wir uns jetzt den Herausforderungen der neunziger Jahre stellen müssen, einer Periode, in der – wie soll ich mich ausdrücken – aktive Maßnahmen, die mutwillige Mißachtung anerkannter Verfahrensgrundsätze, keine Daseinsberechtigung mehr haben. Muß ich Sie wirklich an den Aufruhr erinnern, den unser guter Sam im vergangenen Winter mit seinen Operationen in der Karibik ausgelöst hat?«

»Aber nicht im geringsten, Timothy«, sagte Gaunt. »Ich hatte sowieso vor, die Episode meinerseits noch einmal zu schildern, als letztes Beispiel dafür, wie wertvoll Sam McCready nach wie vor für den Dienst ist.«

»O bitte, dann tun Sie das«, forderte Edwards ihn auf, nicht ohne

Erleichterung darüber, daß dies das letzte Plädoyer sein würde, das er sich anhören mußte, bevor er zu seinem unvermeidlichen Urteil gelangte. Darüber hinaus hegte er die Hoffnung, daß seine beiden Kollegen sich nun doch zu der Ansicht bekehren würden, daß McCready sich eher wie ein Cowboy denn wie ein Repräsentant Ihrer Majestät aufgeführt hatte. Das Jungvolk hatte Sam natürlich applaudiert, als er nach seiner Rückkehr kurz nach Neujahr in die *Hole in the Wall Bar* kam, aber er, Edwards, hatte ihn beim Feiern stören müssen, um Scotland Yard, das Innenministerium und das zutiefst empörte Außenministerium einigermaßen zu besänftigen.

Zögernd ging Denis Gaunt quer durch den Raum zum Schreibtisch des Beamten der Dokumentenabteilung und nahm den Ordner entgegen, den dieser ihm reichte. Trotz seiner forschen Ankündigung war die Karibik-Affäre diejenige, die er am liebsten unter den Tisch hätte fallen lassen. So sehr er seinen Abteilungsleiter auch bewunderte, war ihm doch klar, daß Sam in diesem Fall arg über die Stränge geschlagen hatte.

Er erinnerte sich nur zu gut an die Memos, die Anfang des Jahres ins Century House geflattert waren, und an das ausgedehnte Gespräch unter vier Augen, zu dem der Chef McCready Mitte Januar zu sich bestellt hatte.

Der neue Chef hatte erst vierzehn Tage vorher sein Amt angetreten, und als Neujahrspräsent hatte man ihm Einzelheiten über Sams karibische Heldentaten auf den Schreibtisch gelegt. Zum Glück kannten sich Sir Mark und der Täuscher schon sehr lange, und nach der obligaten Gardinenpredigt hatte der Chef offenbar einen Sechserpack von McCreadys Lieblings-Ale zum Vorschein gebracht, mit ihm auf das Neue Jahr angestoßen und ihm zugleich ein Versprechen abgenommen – von jetzt an keine Regelverstöße mehr.

Gaunt nahm – irrtümlich – an, der Chef habe sich Zeit gelassen und bis zum Sommer gewartet, um McCready mit sanfter Gewalt hinauszudrängen. Er hatte keine Ahnung, von wie weit oben die Anordnung tatsächlich gekommen war.

McCready wußte es. Man brauchte es ihm nicht zu sagen, er konnte auf Beweise verzichten. Aber er kannte den Chef. Wie jeder gute Kommandant konnte Sir Mark es einem ins Gesicht sagen, wenn man aus der Reihe tanzte, einem gründlich den Kopf waschen, wenn er meinte, man habe es verdient, ja, einen schlimmstenfalls sogar entlassen. Aber er tat es persönlich. Im übrigen kämpfte er wie ein

Löwe, um seine Leute gegen Angriffe von außen in Schutz zu nehmen. Diese Geschichte kam also von höherer Stelle, und der Chef hatte sich seinerseits beugen müssen.

Als Denis Gaunt mit dem Dossier an seinen Platz zurückging, fing Timothy Edwards McCreadys Blick auf und lächelte.

Du bist wirklich nur noch ein Klotz am Bein, Sam, dachte er. Du bist hochbegabt, aber du paßt einfach nicht mehr in die Landschaft. Jammerschade, wirklich. Wenn du doch bloß Vernunft angenommen und dich an die Vorschriften gehalten hättest. Dann wäre dir dein Platz hier immer noch sicher. Aber jetzt geht nichts mehr. Nicht, nachdem du Leute wie Robert Inglis so gegen dich aufgebracht hast. Es wird eine andere Welt sein in den neunziger Jahren, meine Welt; eine Welt für Leute wie mich. In drei, vielleicht vier Jahren sitze ich am Chefschreibtisch, und dann wird für Leute wie dich ohnehin kein Platz mehr sein. Also kannst du genausogut jetzt schon gehen, Sam, alter Junge. Bis dahin haben wir einen völlig neuen Stab hier, aufgeweckte junge Mitarbeiter, die tun, was man ihnen sagt, sich an die Vorschriften halten und niemandem auf den Schlips treten.

Sam McCready erwiderte das Lächeln.

Du bist doch wirklich das größte Arschloch aller Zeiten, Timothy, dachte er. Du denkst tatsächlich, Geheimdienstarbeit besteht aus Ausschußsitzungen und Computer-Ausdrucken, und du kriechst den Typen in Langley in den Arsch, damit sie dir ein bißchen was von dem abgeben, was ihr Abhördienst rauskriegt. Sicher, die Amerikaner sind gut im Abhören. Und ihre elektronischen Mittel sind phantastisch. Die besten der Welt – sie haben die Technologie, mit ihren Satelliten und ihren Abhöreinrichtungen. Aber auch die kann man irreführen, Timothy, alter Junge.

Es gibt was, das heißt Maskirowka – wahrscheinlich hast du noch nichts davon gehört. Das ist Russisch, Timothy – die Kunst, falsche Landebahnen, Hangars, Brücken, ja ganze Panzerdivisionen aus Blech und Sperrholz zu bauen, und der gehen auch die großen Vögel der Amerikaner auf den Leim. Deshalb muß man manchmal am Boden operieren, einen Agenten tief ins Innere der Zitadelle einschleusen, einen Unzufriedenen rekrutieren, mit einem Überläufer vor Ort arbeiten. Du wärst nie ein Außenagent geworden, du mit deinen Clubkrawatten und deiner adeligen Gattin. Spätestens nach zwei Wochen hätte der KGB deine Eier als Cocktail-Oliven serviert.

Gaunt setzte zu seinem letzten Plädoyer an, versuchte zu rechtfertigen, was in der Karibik geschehen war, gab sich Mühe, McCready das Wohlwollen der beiden Controller zu erhalten, die am Abend zuvor fast schon bereit gewesen waren, noch einmal Gnade vor Recht ergehen zu lassen. McCready starrte aus dem Fenster.

Die Verhältnisse änderten sich, das stimmte. Aber nicht so, wie Timothy Edwards glaubte. In den Nachwehen des Kalten Krieges wurde die Welt still und heimlich wahnsinnig – der Lärm würde später kommen.

Schon konnte in Rußland die Rekordernte nur zum Teil eingebracht werden, weil Maschinen fehlten, und im Herbst würden ganze Waggonladungen auf den Abstellgleisen verfaulen, weil nicht genug Transportmittel vorhanden waren. Die Hungersnot würde im Dezember kommen, vielleicht im Januar, und Gorbatschow wieder dem KGB und dem Oberkommando in die Arme treiben, und die würden ihn teuer bezahlen lassen für seine Ketzereien vom Sommer dieses Jahres 1990. Und das Jahr 1991 würde überhaupt nicht lustig werden.

Der Nahe Osten war ein einziges Pulverfaß, und der bestinformierte Geheimdienst in der Region, der israelische Mossad, wurde von Washington wie der letzte Dreck behandelt. Und Timothy Edwards mußte natürlich ins gleiche Horn stoßen. McCready seufzte. Vielleicht war das Fischerboot in Devon doch die beste Lösung.

»Eigentlich begann alles«, sagte Gaunt, während er den vor ihm liegenden Ordner aufschlug, »Anfang Dezember auf einer kleinen Insel in der nördlichen Karibik.«

McCready sah sich unsanft in die Wirklichkeit des Century House zurückgeholt. Ach ja, dachte er, die Karibik, die verdammte Karibik.

Skorpione im Paradies

1

Eine Stunde vor Sonnenuntergang kehrte die *Gulf Lady* über die funkelnde, glitzernde See nach Hause zurück. Julio Gomez saß vorne, sein üppiges Hinterteil thronte auf dem Kabinendach, die Füße, die in Mokassins steckten, ruhten auf dem Vorderdeck. Behaglich schmauchte er einen seiner puertorikanischen Zigarillos, dessen übles Odeur vom Wind über die geduldigen karibischen Gewässer geweht wurde.

Er war in diesem Augenblick ein wirklich glücklicher Mann. Zehn Meilen hinter ihm lag das Gebiet, wo die Great Bahama Bank in den Santaren-Kanal abfällt, wo der Bandfisch mit dem Wakoo, wie die Insulaner ihn nennen, um die Wette schwimmt, und wo der Thunfisch den Bonito und dieser wieder den Ballyhoo jagt, und gelegentlich alle vom Fächerfisch und dem großen Marlin verfolgt werden.

In der zerkratzten alten Kiste im offenen Achterdeck lagen zwei prachtvolle Goldmakrelen, eine für ihn und eine für den Skipper, der jetzt an der Ruderpinne stand und sein Sportfischerboot heim nach Port Plaisance steuerte.

Die beiden Fische waren keineswegs der ganze Fang an diesem Tag. Er hatte einen schönen Fächerfisch gefangen und dem Meer zurückgegeben, allerhand Bonitos an die Angel bekommen, die als Köder verwendet worden waren, sie hatten einen Gelbflossenthunfisch erwischt, der nach seiner Schätzung dreißig Kilo schwer war, aber dann die Leine kappen müssen, als der Fisch so tief tauchte, weil sonst die Winde herausgerissen worden wäre. Zwei große Amberfische hatten jeweils eine halbe Stunde Widerstand geleistet, ehe er sie einholen konnte. Alle diese Fische hatte er dem Meer zurückgegeben und nur die beiden Goldmakrelen behalten, weil sie zu den vorzüglichsten Speisefischen der Tropen gehören.

Julio Gomez war kein Mann, der gerne tötete; was ihn auf seine alljährliche Pilgerfahrt in diese Gewässer führte, das war das Erregende am Zischen der Winde, dem Abspulen der Leine, an der Spannung der gebogenen Angelrute, war der Nervenkitzel, wenn ein Mensch und ein unglaublich starker Fisch miteinander kämpfen. Es war ein herrlicher Tag gewesen.

Links in der Ferne, weit jenseits der Dry Tortugas, senkte sich der große Feuerball der Sonne dem Meer entgegen. Ihre Hitze, die einem die Haut abschälte, ergab sich der Kühle der Abendbrise und der einbrechenden Nacht.

Drei Meilen von der *Gulf Lady* entfernt spannte sich die Insel über das Wasser. In zwanzig Minuten würden sie anlegen. Gomez schnippte den Stummel seines Zigarillos über Bord und rieb sich die Unterarme. Trotz seines von Natur aus dunklen Teints und der olivenfarbenen Haut würde er eine ordentliche Schicht Sonnencreme auftragen müssen, wenn er wieder in seiner Pension war. Jimmy Dobbs an der Ruderpinne, der sein Boot an Touristen vermietete, die zum Angeln aufs Meer fahren wollten, hatte solche Probleme nicht, denn er war ein waschechtes Kind der Insel, und die Sonne konnte seiner ebenholzdunklen Haut nichts anhaben.

Julio Gomez schwenkte die Beine vom Vorderdeck und rutschte vom Kabinendach in die Plicht.

»Ich lös dich jetzt ab, Jimmy. Dann kannst du das Deck schrubben.«

Jimmy Dobbs sah mit seinem breiten Grinsen Gomez an, übergab ihm die Ruderpinne, nahm einen Eimer und einen Schrubber und begann, die Schuppen und Fischeingeweide durch die Speigatte hinauszubefördern. Aus dem Nichts tauchte ein halbes Dutzend Seeschwalben auf und pickte die schwimmenden Abfälle aus dem Kielwasser. Im Meer kommt nichts um, jedenfalls nichts Organisches.

In der Karibik gab es natürlich modernere Fischerboote, Fahrzeuge mit Motoren, mit Cocktailbars, Fernsehen und sogar Videoausrüstung, mit ganzen Batterien elektronischer Technologie für das Aufspüren von Fischen und Navigationshilfen, mit denen man die Welt hätte umrunden können. Die *Gulf Lady* hatte nichts von solchem Luxus; sie war ein altes Holzboot in Klinkerbauweise, angetrieben von einem qualmenden Perkins-Dieselmotor, aber sie hatte schon stürmischere Gewässer erlebt, als die smarten Boys von den Florida Keys jemals vor ihre Radar-Scanner bekamen. Sie hatte vorne eine kleine Kabine, vor der Angelruten und -leinen wirr durcheinanderlagen, und ein offenes Achterdeck mit zehn Rutenhaltern und einem einzigen, aus Eichenholz selbst gezimmerten Angelsitz.

Jimmy Dobbs hatte keine Silikonchips, die die Fische für ihn aufspürten; er fand sie selber, so, wie sein Vater es ihm beigebracht hatte, mit Augen für die geringste farbliche Veränderung des Wassers, für das Kräuseln an der Oberfläche, das eine Ursache haben mußte, für den herabstoßenden Fregattvogel in der Ferne – und mit dem instinktiven Wissen, wo die Fische diese Woche waren und was auf ihrem Speisezettel stand. Er fand sie, Tag für Tag. Das war der Grund, warum Julio Gomez jeden Urlaub auf der Insel verbrachte, um mit Jimmy zum Angeln aufs Meer hinauszufahren.

Das einfache Leben auf den Inseln, die technische Anspruchslosigkeit der *Gulf Lady* waren nach Julios Herzen. In seinem beruflichen Alltag hatte er fast ständig mit Amerikas moderner Technologie zu tun – wenn er an seinem Computer saß oder einen Wagen durch das Verkehrschaos von Miami steuerte. Im Urlaub wollte er das Meer und die Sonne und den Wind, das und die Fische, denn Julio Gomez hatte nur zwei Leidenschaften, seinen Job und das Angeln. Fünf Tage war er jetzt zum Angeln aufs Meer hinausgefahren, und zwei hatte er noch vor sich, den Freitag und den Samstag. Am Sonntag mußte er zurück nach Florida fliegen und am Montagmorgen wieder zur Arbeit gehen. Der Gedanke daran entlockte ihm einen Seufzer.

Auch Jimmy Dobbs war glücklich und zufrieden. Er hatte einen angenehmen Tag mit seinem Kunden und Freund verbracht, er hatte ein paar Dollar in der Tasche, mit denen er seiner Frau ein Kleid und für sie beide und ihre Sprößlinge etwas Gutes zum Abendessen kaufen konnte. Was, dachte er, kann man vom Leben mehr verlangen?

Kurz nach fünf Uhr legten sie an dem altersschwachen, aus Holz gebauten Pier für die Fischerboote an. Schon seit Jahren müßte er eigentlich zusammenbrechen, aber er stand noch immer. Der letzte Gouverneur hatte gesagt, er werde London um einen Zuschuß für den Bau eines neuen Kais bitten, doch dann war er abgelöst worden, und sein Nachfolger, Sir Marston Moberley, interessierte sich nicht für den Fischfang. Er interessierte sich auch nicht für die Inselbewohner, wenn man dem Kneipengeplauder in Shantytown glauben wollte, und geglaubt wurde es immer.

Wie jedesmal kamen Kinder herbeigerannt, um den Fang zu

besichtigen und mitzuhelfen, die Fische an Land zu bringen, wie immer wurde das Festmachen der *Gulf Lady* von Neckereien im schwungvollen Singsang der Insulaner begleitet.

»Bist du morgen frei, Jimmy?« fragte Gomez.

»Klar. Möchtest du wieder hinaus?«

»Deswegen bin ich ja nach Sunshine gekommen. Bis morgen um acht dann.«

Julio Gomez versprach einem kleinen Jungen einen Dollar, wenn er ihm den Fisch trug, und zusammen verließen die beiden den Hafen und gingen durch die dämmrigen Straßen von Port Plaisance. Sie brauchten nicht weit zu gehen, denn in Port Plaisance gab es keine großen Entfernungen. Es war keine große Stadt, eigentlich eher ein Dorf.

Es war eine kleine Ortschaft, wie man sie auf den meisten kleineren Inseln in der Karibik findet, eine zusammengewürfelte Ansammlung von Häusern, zumeist aus Holz, mit bunten Farben angestrichen und mit Schindeldächern, und dazwischen die Gassen, die mit zerbrochenen Muschelschalen befestigt waren. Am Strand, rings um den kleinen Hafen, den eine geschwungene Mole aus Korallenblöcken begrenzte, an der allwöchentlich die Handelsschiffe anlegten, standen die ansehnlicheren Gebäude – das Zollamt und das Gerichtsgebäude –, sowie das Denkmal für die Gefallenen. Sie alle waren aus Korallenblöcken gebaut, vor langer Zeit geschlagen und mit Mörtel zusammengefügt.

Weiter innen im Ort standen das Rathaus, die kleine anglikanische Kirche, die Polizeiwache und das erste Hotel am Platz, das *Quarter Deck*. Abgesehen von einem unansehnlichen Lagerhaus aus Wellblech am einen Ende des Hafens waren diese Bauten zumeist aus Holz. Gleich außerhalb von Port Plaisance lag am Meer die Residenz des Gouverneurs. *Government House*, die Villa und die sie umgebende Mauer ganz in Weiß, mit zwei alten, napoleonischen Kanonen am Tor und der Fahnenstange auf dem sorgfältig gepflegten grünen Rasen. Tagsüber wehte der Union Jack am Fahnenmast, und während Gomez durch die kleine Stadt zu der Pension ging, in der er logierte, wurde gerade die Fahne von einem Polizeiwachtmeister in Gegenwart des Adjutanten des Gouverneurs feierlich eingeholt.

Gomez hätte sich im *Quarter Deck* einmieten können, aber die einfach-behagliche Atmosphäre in Mrs. Macdonalds Pension sagte ihm mehr zu. Mrs. Macdonald war eine Witwe mit dichtem, schneeweißem, gekräuseltem Haar, ebenso üppig proportioniert wie er selbst, und kochte eine Muschelsuppe, die einfach himmlisch war.

Er bog in die Straße ein, wo die Pension war, ignorierte die schreienden Wahlplakate, die an den meisten Mauern und Zäunen befestigt waren, und sah, daß Mrs. Macdonald in der Abenddämmerung die Eingangsstufen ihres wohlgepflegten Heims fegte, ein Ritual, das sie mehrmals täglich vollzog. Sie empfing ihn und den Fisch, den er mitbrachte, mit ihrem gewohnten strahlenden Lächeln.

»Oh, Mista Gomez, das ist aber ein sehr schöner Fisch.«

»Für unser Abendessen, Mrs. Macdonald, und ich denke, daß er für uns beide reicht.«

Gomez zahlte den Jungen aus, der mit seinem neuen Reichtum davonflitzte, und ging hinauf in sein Zimmer. Mrs. Macdonald zog sich in ihre Küche zurück, um die Goldmakrele für den Grill vorzubereiten. Gomez wusch und rasierte sich, zog sich aus und eine cremefarbene Freizeithose und ein farbenfrohes, kurzärmeliges Sporthemd an. Er fand, daß er jetzt ein sehr großes Glas kaltes Bier vertragen könnte, und spazierte durch das Städtchen zurück zur Bar im *Quarter Deck*.

Es war erst sieben Uhr, aber schon dunkel, abgesehen von den Stellen, wo Licht aus den Fenstern drang. Gomez erreichte den Parliament Square mit seinem gepflegten und von Palmen bestandenen Stück Rasen in der Mitte. Drei Seiten des Platzes wurden von der Anglikanischen Kirche, der Polizeiwache und dem Hotel *Quarter Deck* geziert.

Er passierte die Polizeiwache, wo noch zu dieser Stunde Glühbirnen brannten, mit Strom versorgt vom städtischen Generator, der unten am Hafen vor sich hin summte. In diesem kleinen, aus Korallenblöcken gebauten Haus repräsentierten Chief Inspector Brian Jones und eine makellos ausstaffierte Streitmacht von zwei Sergeants und acht Constables Recht und Ordnung in der Gemeinde mit der niedrigsten Kriminalität in der westlichen Hemisphäre. Gomez, der aus Miami kam, konnte nur staunen über eine Gesellschaft, in der es keine Drogen, keine Banden, keine Überfälle auf den Straßen, keine Prostitution, keine Vergewaltigungen, nur eine einzige Bank (auf die keine Raubüberfälle verübt wurden) gab, und in der ganze fünf oder sechs anzeigepflichtige Diebstähle pro Jahr vorkamen. Gomez seufzte, ging an der Vorderfront der im Dunkel liegenden Kirche vorbei und trat unter den Portikus des *Quarter Deck*.

Die Bar befand sich auf der linken Seite. Er setzte sich auf einen Hocker am anderen Ende und bestellte sein großes, kaltes Bier. Es nahm eine Stunde in Anspruch, bis der Fisch fertig war, genug Zeit für ein zweites Glas, damit das erste nicht so allein blieb. Die Bar war bereits halb voll, da sie bei Touristen und Heimatflüchtigen die beliebte »Wasserstelle« in Port Plaisance war. Sam, der fröhliche Barkeeper in seiner weißen Jacke, waltete inmitten seines allnächtlichen Aufgebots von Rum Punchs, Bieren, Säften, Cokes, Daiquiris und vielen Sodaflaschen, mit denen man die Gläschen mit feurigem Mount-Gay-Rum leichter hinunterbrachte.

Es war fünf vor acht, und Julio Gomez hatte gerade in die Tasche gegriffen, um ein paar Dollar für seine Rechnung herauszuziehen. Als er den Blick hob, hielt er wie gebannt in der Bewegung inne und starrte zu dem Mann hin, der eben hereingekommen war und sich jetzt am anderen Ende der Theke etwas zu trinken bestellte. Zwei Sekunden später setzte sich Gomez vorsichtig wieder auf seinen Barhocker. Die massige Figur des Barbesuchers, der neben ihm saß, verdeckte die Aussicht. Gomez wollte seinen Augen nicht trauen, aber er wußte, daß er sich nicht täuschte. Man sitzt nicht vier Tage und vier Nächte an einem Tisch einem Mann gegenüber, starrt ihm in die Augen, die voll Haß und Verachtung zurückstarren, und vergißt dieses Gesicht. Noch acht Jahre später hat man es nicht vergessen. Man verbringt nicht vier Tage und vier Nächte mit dem Versuch, einem Mann wenigstens ein einziges Wort zu entlocken, bekommt aber absolut nichts aus ihm heraus, nicht einmal seinen Namen, so daß einem nichts anderes übrigbleibt, als auf die Akte einen Spitznamen zu schreiben, und vergißt dann dieses Gesicht.

Gomez machte Sam ein Zeichen, sein Glas nachzufüllen, zahlte für alle drei Glas Bier und zog sich auf einen Eckplatz im Schatten zurück. Wenn der Typ hier war, dann gab es einen Grund dafür. Wenn er in einem Hotel abgestiegen war, mußte er einen Namen angegeben haben. Gomez wollte dieses Namen erfahren. Er saß in der Ecke, wartete und beobachtete. Um neun Uhr stand der Mann, der allein seinen Mount-Gay-Rum getrunken hatte, auf und ging hinaus. Gomez tauchte aus seiner Ecke auf und folgte ihm.

Auf dem Parliament Square stieg der Mann in einen offenen Jeep japanischer Bauart, ließ den Motor an und fuhr davon. Gomez blickte sich verzweifelt um. Er selbst hatte kein Fahrzeug. Da sah er in der Nähe des Hoteleingangs einen kleinen Motorroller mit steckendem

Zündschlüssel. Bedrohlich hin und her wackelnd, setzte sich Gomez auf die Fährte des Jeeps.

Der Jeep fuhr aus Port Plaisance hinaus, auf der einzigen Straße, die um die gesamte Insel herumführte. Villen im hügeligen Innern waren über eigene Zufahrten zu erreichen, ungeteerte Wege, die zur Küstenstraße hinabführten. Der Jeep fuhr durch die zweite Siedlung der Insel, das Shantytown genannte Dorf, und dann weiter, am Flugplatz vorbei, der aus einer Graspiste bestand.

Er fuhr weiter, bis er die andere Seite des Inselchens erreichte. Hier führte die Straße längs der weiten Teach Bay entlang, benannt nach dem Piraten Edward Teach alias Blackbeard, der einst hier vor Anker gegangen war und sich mit Lebensmitteln versorgt hatte. Der Jeep verließ nun die Küstenstraße und fuhr eine kurze Zufahrt zu einem schmiedeeisernen Tor hinauf, das ein großes, mauerumgebenes Besitztum sicherte. Wenn der Fahrer den schwankenden Scheinwerfer bemerkt hatte, der ihm die ganze Strecke vom Hotel *Quarter Deck* bis hierher gefolgt war, so ließ er sich jedenfalls nichts davon anmerken. Doch bemerkt hatte er ihn sehr wohl. Am Tor kam ein Mann aus dem Schatten, um es für den Fahrer des Jeeps zu öffnen, doch dieser nahm den Fuß vom Gaspedal und hielt an. Er griff nach oben zum Überrollbügel und holte den starken Suchscheinwerfer herunter. Als Gomez am Tor vorbeifuhr, um dahinter umzudrehen, glitt der Strahl des Scheinwerfers über ihn hinweg, kam zurück und hielt ihn in seinem grellen Licht fest, bis er auf der Fahrt bergab seinen Bereich verließ.

Eine halbe Stunde später stellte Gomez den Roller vor dem Hotel ab, wo er zuvor gestanden hatte, und ging zu seiner Pension zurück, tief in Gedanken versunken und tief beunruhigt. Er hatte den Typen gesehen, nein, er hatte sich nicht getäuscht. Er wußte jetzt auch, wo der Mann wohnte. Aber auch er selbst war gesehen worden. Er konnte nur beten, daß er nach acht Jahren, im Dunkel einer karibischen Nacht, in den paar Sekunden, während er auf dem Motorroller vorbeizuckelte, nicht erkannt worden war.

Mrs. Macdonald war sehr betrübt, daß er mit beinahe zwei Stunden Verspätung zum Abendessen eintraf, und machte auch kein Hehl daraus. Sie servierte ihm die Makrele trotzdem und sah ihm zu, wie er sie aß – ohne Genuß. Er war in Gedanken versunken und gab nur eine einzige Bemerkung von sich.

»Unsinn, Mr. Gomez«, tadelte sie ihn, »wir haben sowas nicht auf unseren Inseln.«

Julio Gomez lag die ganze Nacht wach auf dem Bett und überlegte, welche Möglichkeiten er hatte. Er wußte natürlich nicht, wie lange der Typ sich auf den Barclays aufhalten würde. Aber die Briten sollten informiert werden, daß er sich hier befand, und vor allem, wo. Das war wichtig. Er könnte den Gouverneur aufsuchen, aber was konnte dieser Beamte schon tun? Es gab aller Wahrscheinlichkeit nach keinen Anlaß, den Mann zu verhaften. Er befand sich ja nicht auf amerikanischem Territorium. Und Gomez nahm auch nicht an, daß Chief Inspector Jones mit seiner Operettenpolizei gewichtiger auftreten könnte als der Gouverneur. Dafür wäre eine Weisung aus London notwendig, erteilt auf Ersuchen von Uncle Sam persönlich. Er konnte am nächsten Morgen telefonieren, verwarf aber die Idee sofort. Das öffentliche Kommunikationswesen der Insel bestand aus einer altmodischen Telefonverbindung nach Nassau auf den Bahamas und von dort nach Miami. Es war nichts zu machen; er mußte am Vormittag nach Florida zurückkehren.

Am selben Abend landete auf dem Flughafen Miami eine Maschine der *Delta Airlines* aus Washington. Unter den Fluggästen befand sich ein müder englischer Beamter, in dessen Paß der Name Frank Dillon stand.

Weder sein Paß, den er nicht vorzeigen brauchte, noch seine anderen Papiere verrieten, daß der Mann in Wirklichkeit Sam McCready hieß. Dies war nur der Gruppe hochgestellter CIA-Angehöriger in Langley, Virginia, bekannt, mit denen zusammen er eine intensive Woche bei einem Seminar über die Zukunft der Geheimdienste der Freien Welt in den neunziger Jahren verbracht hatte. Er hatte sich die Vorträge aller möglichen Professoren und anderer Akademiker verschiedener Disziplinen anhören müssen, von denen keiner sich mit einem einzigen, einfachen Wort begnügen mochte, wenn es mit zehn komplizierten Wörtern auch ging.

Vor dem Flughafen winkte McCready einem Taxi und bat den Fahrer, ihn zum Hotel *Sonesta Beach* auf Key Biscayne zu bringen. Hier nahm er sich ein Zimmer und leistete sich zum Abendessen einen Hummer, bevor er zu Bett ging und in einen tiefen, unbeschwerten Schlaf sank. Er hatte – zumindest glaubte er das – sieben erholsame Tage vor sich, wollte sich am Swimming-Pool von der Sonne grillen lassen, sich durch mehrere Spionageromane arbeiten und hin und wieder die Augen von einem eiskalten Daiquiri heben, um eine junge Schönheit aus Florida zu bewundern, die mit gekonntem Hüftschwung vorüberschritt. Century House war weit weg, und die Abteilung Desinformation, Täuschung und psychologische Operationen war in den fähigen Händen seines erst kürzlich ernannten Vertreters, Denis Gaunt, bestens aufgehoben. Es wird Zeit, dachte er beim Einschlafen, daß der »Täuscher« ein bißchen Sonnenbräune abbekommt.

Am Freitagmorgen verließ Julio Gomez Mrs. Macdonalds Pension mit überschwenglichen Entschuldigungen und ohne einen Preisnachlaß für die beiden ungenutzten Tage zu erbitten. Er nahm seine Reisetasche, ging zum Parliament Square, wo er in eines der beiden Taxis von Port Plaisance stieg, und bat den Fahrer, ihn zu der Graspiste zu bringen, die den Flugplatz darstellte.

Sein Ticket war für die Linienmaschine der BWIA ausgestellt, die am Sonntagvormittag nach Nassau abging, mit Anschlußflug nach Miami. Die Entfernung nach Miami war zwar kürzer, aber dorthin gab es keine Direktverbindung mit Linienflügen. In Port Plaisance gab es kein Reisebüro – die Tickets wurden immer auf dem Flugplatz selbst gebucht, und so konnte er nur hoffen, daß am Freitagvormittag eine BWIA-Maschine abging. Er bemerkte nicht, daß er beobachtet wurde, als er auf dem Parliament Square ins Taxi stieg.

Auf dem Flugplatz erwartete ihn eine Enttäuschung. Das »Flughafengebäude«, ein langer Schuppen, der eine Bank für die Zollkontrolle und sonst nicht viel mehr enthielt, war zwar nicht geschlossen, aber so gut wie leer. Ein einsamer Paßbeamter saß in der Morgensonne und las in einem *Miami Herald*, der schon eine Woche alt war, und den irgend jemand, vermutlich sogar Gomez selbst, hier zurückgelassen hatte.

»Nicht heute, Mann«, antwortete der Beamte fröhlich. »Freitags nie.«

Gomez blickte auf die Graspiste hinaus. Vor dem einzigen Hangar, den es hier gab, stand eine *Navajo Chief*, die gerade von einem Weißen in Segeltuchhose und Hemd überprüft wurde.

»Fliegen Sie heute?« fragte ihn Gomez.

»Ja«, sagte der Pilot, wie Gomez ein Amerikaner.

»Kann man Ihre Maschine chartern?«

»Nein«, sagte der Pilot. »Es ist eine Privatmaschine. Gehört meinem Arbeitgeber.«

»Wohin geht's? Nach Nassau?« fragte Gomez.

»Nein. Nach Key West.«

Hoffnung erwachte in Gomez. Von Key West aus könnte er mit einer der zahlreichen Linienmaschinen nach Miami fliegen.

»Könnte ich vielleicht mit Ihrem Boß sprechen?«

»Mr. Klinger. Kommt in ungefähr einer Stunde.«

»Ich warte so lange«, sagte Gomez.

Er fand eine schattige Stelle an der Wand des Hangars und machte es sich bequem. Ein Stück weit weg entfernte sich ein Mann aus einem Gebüsch, zog sein Motorrad aus dem Unterholz, startete und fuhr auf der Küstenstraße davon.

Sir Marston Moberley blickte auf seine Uhr, stand von seinem Stuhl am Frühstückstisch in dem ummauerten Garten hinter dem Government House auf und schlenderte auf die Stufen zu, die zur Veranda und zu seinem Amtszimmer hinaufführten. Diese lästige Delegation mußte jeden Augenblick eintreffen.

Großbritannien besitzt nur noch ganz wenige seiner ehemaligen Kolonien in der Karibik. Die Kolonialära gehört schon lange der Vergangenheit an. Immerhin, fünf dieser Gebiete unterstehen heute noch London, liebenswürdige Erinnerungen an eine entschwundene Zeit. Sie heißen heute nicht mehr Kolonien (ein verpönter Ausdruck), sondern *Dependent Territories* – abhängige Gebiete. Dazu gehören die Cayman-Islands, ziemlich bekannt wegen ihr zahlreichen und sehr diskreten Offshore-Banken. Als London die Entlassung in die Unabhängigkeit anbot, stimmten in einem Referendum die Bewohner der drei Cayman-Inseln mit überwältigender Mehrheit dafür, britisch zu bleiben. Seither erfreuen sie sich, im Gegensatz zu manchen ihrer Nachbarn, eines beträchtlichen Wohlstands.

Eine weitere Gruppe umfaßt die britischen Jungfrauen-Inseln, heute ein Paradies für Sportsegler und Angler. Ein drittes abhängiges Gebiet ist die kleine Insel Anguilla, deren Bewohner eine in der Kolonialgeschichte einmalige Revolution ins Werk setzten, um britisch bleiben zu können und nicht zwangsweise mit der Bevölkerung zweier benachbarter Inseln vereinigt zu werden, deren Ministerpräsidenten sie einen wohlbegründeten Argwohn entgegenbrachten.

Noch unbekannter sind die Turks- und Caicos-Inseln, wo das Leben unter den Palmen und dem Union Jack seinen schläfrigen Weg geht, ungestört von Drogenhändlern, Geheimpolizei, Staatsstreichen und Wahlschwindel. Alle vier Gebiete werden von London mit leichter Hand regiert, und im Fall der drei letztgenannten besteht Großbritanniens Hauptbeitrag darin, das alljährliche Budgetdefizit auszugleichen. Der lokalen Bevölkerung ist es dafür anscheinend nur recht, daß der Union Jack zweimal am Tag aufgezogen und eingeholt wird, und daß Königin Elizabeths Insignien ihre Geldscheine und die Helme der Polizisten zieren.

Die fünfte und letzte Gruppe bildeten im Winter 1989 die Barclays, acht kleine Inseln am westlichen Rand der Great Bahama Bank, westlich der Insel Andros, die zu den Bahamas gehört, nordöstlich von Kuba und genau südlich der Florida Keys gelegen.

Warum die Barclays nicht zu den Bahamas geschlagen wurden, als dieser Archipel seine Unabhängigkeit errang, ist nicht mehr vielen Leuten in Erinnerung. Ein Spaßvogel im Londoner Außenministerium meinte später, man habe sie möglicherweise schlicht übersehen, und damit könnte er durchaus recht gehabt haben. Die winzige Inselgruppe hat nur 20 000 Bewohner, nur zwei der acht Eilande sind überhaupt besiedelt, die Hauptinsel, zugleich Sitz der Verwaltung, erfreut sich des Namens Sunshine, und die Fischgründe sind ausgezeichnet.

Es sind keine reichen Inseln. Es gibt keinerlei Industrie, und auch das Bruttosozialprodukt ist nicht nennenswert. Es besteht zum größten Teil aus den Löhnen der jungen Menschen, die fortziehen, um Kellner, Zimmermädchen und Hotelpagen in eleganten Hotels zu werden, und die wegen ihrer Gutartigkeit und ihres strahlenden Lächelns zu Lieblingen der europäischen und amerikanischen Touristen geworden sind.

Einnahmen bringen außerdem ein wenig Tourismus, der gelegentliche Sportangler, der über Nassau hierher reist, Landerechte für Flugzeuge, der Verkauf der weithin unbekannten Briefmarken der Inseln, Sportsegler, die mit ihren Jachten den kleinen Hafen anlaufen und Muscheln und Hummer kaufen.

Die meisten Nahrungsmittel liefert das großzügige Meer, und dazu kommen Früchte aus den Wäldern und Gärten, die an den Hängen der beiden Hügel von Sunshine, Spyglass und Sawbones, angelegt sind.

Anfang 1989 kam im Londoner Außenministerium jemand auf die Idee, die Barclays seien reif für die Unabhängigkeit. Das erste »Positionspapier« wurde zu einer »Vorlage«, und diese wiederum verwandelte sich in Politik. Das Londoner Kabinett hatte mit einem enormen Handelsdefizit und einem dramatischen Positionsverlust in der Wählergunst zu kämpfen, wie Umfragen zeigten. Über die

Bagatelle einer so gut wie unbekannten Inselgruppe in der Karibik, die in die Unabhängigkeit entlassen werden sollte, wurde nicht einmal debattiert.

Der damalige Gouverneur erhob jedoch Einwände, wurde alsbald abberufen und durch Sir Marston Moberley ersetzt. Dieser, ein hochgewachsener, eitler Mann, der sich viel auf seine Ähnlichkeit mit dem Schauspieler George Sanders zugute tat, war mit einem einzigen Auftrag nach Sunshine entsandt worden, der ihm in der Karibik-Abteilung des Außenministeriums von einem hohen Beamten dringend ans Herz gelegt worden war. Die Barclays sollten sich damit abfinden, unabhängig zu werden. Persönlichkeiten wurden aufgefordert, für das Amt des Premierministers zu kandidieren, ein Termin für die Wahlen festgesetzt. Nach der demokratischen Wahl des ersten Premierministers der Barclays würde mit ihm und seinem Kabinett eine Anstandsfrist (von etwa drei Monaten) vereinbart und nach deren Ablauf von britischer Seite die uneingeschränkte Unabhängigkeit gewährt, nein, gefordert werden. Sir Marston sollte dafür sorgen, daß die Sache planmäßig ablief und das britische Schatzamt von dieser Bürde befreit wurde. Sir Marston und Lady Moberley waren Ende Juli auf Sunshine eingetroffen. Der neue Gouverneur hatte seine Aufgaben mit Energie angepackt.

Alsbald hatten sich zwei Kandidaten für das Amt des künftigen Premierministers der Öffentlichkeit präsentiert. Mr. Marcus Johnson, ein wohlhabender Geschäftsmann und Philantrop, der in Zentralamerika reich geworden und dann in seine Inselheimat zurückgekehrt war, um auf der anderen Seite des Sawbones Hill auf einem schönen Besitztum zu leben, hatte die *Wohlstandsallianz der Barclays* gegründet, die es sich zum Anliegen machte, die Entwicklung der Inseln voranzutreiben und den Menschen Reichtum zu bringen. Der etwas ungehobeltere, sich volksnah gebende Mr. Horatio Livingstone, der unten in Shantytown lebte – von dem ihm ansehnliche Teile gehörten –, hatte die *Unabhängigkeitsfront der Barclays* ins Leben gerufen. Bis zu den auf den 5. Januar festgesetzten Wahlen waren es nur noch drei Wochen. Sir Marston sah mit Wohlgefallen, daß ein lebhafter Wahlkampf im Gange war, daß die beiden Kandidaten die Inselbewohner engagiert umwarben, mit Ansprachen, Flugzetteln und Plakaten an jeder Wand, an jedem Baum.

Nur ein einziges Haar verdarb ein wenig Sir Marstons Suppe – das CCC oder *Committee for Concerned Citizens* (Komitee politisch engagierter Bürger), angeführt von diesem lästigen Reverend Walter Drake, dem baptistischen Geistlichen des Ortes. Der Gouverneur hatte sich widerstrebend bereit gefunden, eine Delegation dieses CCC um neun Uhr an diesem Vormittag zu empfangen.

Sie waren zu acht aufmarschiert. Der anglikanische Vikar, ein blasser, kraftloser, unfähiger Engländer, dem er schon Bescheid stoßen würde. Sechs waren Honoratioren aus Port Plaisance – der Arzt, zwei Ladenbesitzer, ein Bauer, ein Barbesitzer und die Inhaberin einer Pension, Mrs. Macdonald. Sie waren alle schon älter und von rudimentärer Bildung. Sie konnten es weder verbal noch an Überzeugungskraft mit ihm aufnehmen. Für jeden von ihnen könnte er mühelos ein Dutzend anderer Insulaner finden, die für die Unabhängigkeit waren.

Marcus Johnson, der Kandidat der *Wohlstandsallianz*, konnte auf die Unterstützung des Managers des »Flughafens«, der Eigentümer von Grundstücken am Hafen (Johnson hatte versprochen, einen gewinnbringenden internationalen Segelhafen anzulegen) und der meisten Leute aus der Geschäftswelt zählen, die durch eine Erschließung der Insel ihren Reichtum zu mehren hofften. Livingstone war bestrebt, sich die Unterstützung des »Proletariats«, der Habenichtse, zu sichern, denen er einen wundersamen Anstieg des Lebensstandards, bewirkt durch die Enteignung von Grund, Häusern und Vermögenswerten, versprochen hatte.

Das große Problem war der Anführer der Delegation, Reverend Walter Drake, ein großer, schwarzer, bulliger Mann in einem schwarzen Anzug, der sich jetzt den Schweiß vom Gesicht wischte. Er war ein zwanghafter Prediger, der klar und mit Stentorstimme sprach und in den Vereinigten Staaten studiert hatte. Er trug auf einem Jackenaufschlag das kleine Zeichen eines Fisches: ein wiedergeborener Christ. Sir Marston ging flüchtig der Gedanke durch den Kopf, aus welchem früheren Zustand Drake wohl wiedergeboren worden war, aber er hätte sich gehütet, danach zu fragen. Reverend Drake ließ einen Packen Papier auf den Schreibtisch des Gouverneurs plumpsen.

Sir Marston hatte dafür Sorge getragen, daß nicht genügend Sitzgelegenheiten vorhanden waren und die Mitglieder der Delegation stehen mußten. Er blieb selbst auch stehen. Es würde die Zusammenkunft abkürzen. Er warf einen Blick auf den Stapel Papiere.

»Das ist eine Petition«, sagte Reverend Drake mit dröhnender Stimme. »Ja, Sir, eine Petition. Wir möchten, daß sie nach London übermittelt und Mrs. Thatcher persönlich vorgelegt wird. Oder sogar der Königin. Wir sind der Meinung, daß diese Damen uns anhören werden, wenn Sie uns kein Gehör schenken.«

Sir Marston seufzte. Es entwickelte sich alles – er suchte nach seinem Lieblingsadjektiv – viel lästiger, als er erwartet hatte.

»So«, sagte er. »Und was wird in dieser Petition verlangt?«

»Wir verlangen ein Referendum, genauso wie es in England eine Volksabstimmung über den Gemeinsamen Markt gab. Wir fordern eine Volksabstimmung. Wir wollen nicht in die Unabhängigkeit gezwungen werden. Wir wollen, daß die Dinge hier so bleiben, wie sie sind und wie sie es von jeher waren. Wir wollen weder von Mr. Johnson noch von Mr. Livingstone regiert werden. Wir appellieren an London.«

Draußen auf dem Behelfsflugplatz stieg aus einem Taxi Barney Klinger. Er war ein kleiner, rundlicher Mann, der ein ansehnliches Besitztum im spanischen Stil in Coral Gables, Florida, bewohnte. Das Revuegirl, das ihn begleitete, war weder klein noch rundlich; sie sah phantastisch aus und hätte dem Alter nach Klingers Tochter sein können. Mr. Klinger besaß ein Ferienhaus am Abhang des Spyglass Hill, in dem er gelegentlich diskret Urlaub machte, fern seiner Gattin. Er wollte an diesem Vormittag nach Key West fliegen, dort seine Freundin in eine Linienmaschine nach Miami setzen und anschließend nach Hause fahren, ein müder Geschäftsmann, der von einem Besuch bei einem Geschäftspartner zurückkehrte, mit dem er einen langweiligen alten Kontrakt besprochen hatte. Mrs. Klinger würde ihren Mann am Flughafen von Miami abholen und feststellen, daß er ohne Begleitung war. Man konnte nicht vorsichtig genug sein. Mrs. Klinger war mit ein paar sehr guten Anwälten bekannt. Julio Gomez rappelte sich hoch und näherte sich.

»Sind Sie Mr. Klinger, Sir?«

Klinger blieb beinahe das Herz stehen. Ein Privatdetektiv?

»Sie wünschen?«

»Sehen Sie, Sir, ich habe ein Problem. Ich habe hier Urlaub gemacht und einen Anruf von meiner Frau bekommen. Unser Kind ist bei einem Unfall verletzt worden. Jetzt muß ich nach Hause, unbedingt. Und heute geht kein Flugzeug von hier ab. Kein einziges. Man kann nicht einmal eine Maschine chartern. Da hab ich mir gedacht, ob Sie mich nicht vielleicht nach Key West mitnehmen könnten. Ich wäre Ihnen zu ewigem Dank verpflichtet.«

Klinger zögerte. Es war immer noch möglich, daß der Mann ein Privatdetektiv war, von Mrs. Klinger auf ihn angesetzt. Er reichte seine Reisetasche einem Träger, der sie zusammen mit dem übrigen Gepäck im Laderaum der Navajo zu verstauen begann.

»Tja«, sagte Klinger, »ich weiß nicht recht ...«

Sechs Leute standen neben der Maschine; der Paßbeamte, der Träger, Gomez, Klinger, seine Freundin und ein weiterer Mann, der beim Beladen der Navajo half. Der Träger nahm an, der sechste Mann gehöre zu Klingers Begleitung, Klinger und seine Freundin nahmen an, er gehöre zum Personal des »Flughafens«. Der Pilot war in seiner Kanzel außer Hörweite, der Taxichauffeur schlug gerade fünfzehn Meter weit weg im Gebüsch sein Wasser ab.

»Aber, *honey*, das ist ja furchtbar! Wir müssen ihm helfen«, sagte das Revuegirl.

»Also gut«, sagte Klinger. »Solange wir rechtzeitig starten.«

Der Paßbeamte stempelte rasch die drei Pässe, die drei Passagiere gingen an Bord, der Pilot brachte beide Motoren auf Touren, und drei Minuten später verließ die Navajo mit einem eingereichten Flugplan nach Key West, siebzig Flugminuten entfernt, die Insel Sunshine.

»Meine lieben Freunde, und ich hoffe sehr, daß ich Sie Freunde nennen darf«, sagte Sir Marston Moberley, »versuchen Sie bitte die Position der Regierung Ihrer Majestät zu verstehen. Zum gegenwärtigen Zeitpunkt wäre eine Volksabstimmung ganz und gar fehl am Platz. Undurchführbar, weil verwaltungsmäßig zu komplex.«

In seiner diplomatischen Laufbahn, die ihn auf Posten in verschiedenen Commonwealth-Staaten geführt hatte, hatte sich Sir Marston unter anderem auch eine gönnerhafte Herablassung zugelegt.

»Erklären Sie uns bitte«, grollte Drake, »inwiefern ein solches Referendum komplexer ist, als allgemeine Wahlen es sind. Wir verlangen lediglich das Recht, entscheiden zu dürfen, ob wir überhaupt wählen wollen.«

Die Erklärung war recht einfach, blieb aber besser unausgesprochen. Die Kosten einer Volksabstimmung müßte die Regierung in London tragen, während der Wahlkampf von den Kandidaten selbst bezahlt wurde; womit, danach hatte sich Sir Marston allerdings nicht erkundigt. Er wechselte das Thema.

»Sagen Sie, mein Freund, wenn Sie so denken, warum kandidieren Sie dann nicht selbst für das Amt des Premierministers? Wie Sie die Dinge sehen, müßten Sie doch gewinnen.«

Die Delegationsmitglieder wirkten verblüfft. Reverend Drake deutete mit einem wurstartigen Finger auf Sir Marston.

»Sie kennen den Grund, Herr Gouverneur. Die beiden Kandidaten benutzen Druckpressen, PA-Anlagen, sie haben sogar Wahlkampfmanager auf die Insel geholt. Und sie verteilen eine Menge Schmiergelder unter den Leuten ...«

»Dafür habe ich aber keinen Beweis, überhaupt keinen.«

»Weil Sie nicht aus Ihrer Villa hinausgehen und sich ansehen, was vor sich geht«, donnerte der Baptistenprediger. »Aber *wir* wissen es. An jeder Straßenecke passiert es. Und diejenigen, die sich gegen sie stellen, werden eingeschüchtert ...«

»Wenn mir Chief Inspector Jones etwas derartiges meldet, werde ich dagegen einschreiten«, fuhr ihn Sir Marston an.

Der anglikanische Pfarrer legte sich ins Mittel. »Aber wir wollen doch keinen Streit. Es geht nur um die Frage, ob Sie unsere Petition nach London schicken. Werden Sie das tun, Sir Marston?«

»Aber sicher«, antwortete der Gouverneur. »Das ist das mindeste, was ich für Sie tun kann. Aber auch das einzige, fürchte ich. Mir sind die Hände gebunden. Wenn Sie mich jetzt bitte entschuldigen ...«

Sie marschierten hinaus, nachdem sie erledigt hatten, weswegen sie gekommen waren. Als sie die Villa verließen, fragte der Arzt, der zufällig ein Onkel des Polizeichefs war:

»Meinen Sie, daß er es wirklich tun wird?«

»Sicher«, sagte der anglikanische Pfarrer. »Er hat es doch gesagt.«

»Ja, mit der gewöhnlichen Post«, knurrte Reverend Drake, »und eintreffen wird sie in London Mitte Januar. Wir müssen uns diesen Gouverneur vom Hals schaffen und zusehen, daß wir einen neuen bekommen.«

»Leider aussichtslos«, sagte der anglikanische Pfarrer. »Sir Marston wird sein Amt nicht niederlegen.«

In ihrem unentwegten Kampf gegen die Rauschgiftflut über ihre Südgrenze hinweg bedient sich die amerikanische Regierung seit einiger Zeit kostspieliger und einfallsreicher Überwachungstechniken. Dazu gehört in entlegenen Gegenden auch der Einsatz einer Reihe von Ballons, die von der Regierung angekauft oder geleast wurden.

In den Gondeln, die an diesen Ballons hängen, befindet sich eine Reihe von technologisch hochentwickelten Radar-Abtastern und Funkabhörgeräten, die das ganze karibische Becken von Yucatan im Westen bis Anegada im Osten, von Florida im Norden bis zur Küste von Venezuela abdecken. Jedes Flugzeug, egal, wie groß oder klein, das in diesem Bereich startet, wird sofort erfaßt. Kurs, Höhe und Geschwindigkeit werden registriert und an die Zentrale gemeldet. Jede Jacht, jedes Kreuzfahrtschiff, jeder Frachter oder Liniendampfer, der einen Hafen verläßt, sie alle werden von unsichtbaren Augen und Ohren hoch am Himmel und aus weiter Ferne erfaßt und verfolgt.

Die *Piper Navajo Chief* wurde von Westinghouse 404 erfaßt, als sie auf der Insel Sunshine abhob, und routinemäßig auf ihrem Flug verfolgt, der sie auf einem Kurs von 310 Grad und mit der Winddrift von Süden direkt über die Gleitflugbake des Flughafens von Key West geführt hätte. Doch fünfzig Meilen vor Key West löste sie sich einfach in der Luft auf und verschwand von den Bildschirmen. Ein Schiff der amerikanischen Küstenwache wurde zu der Stelle in Marsch gesetzt, fand aber keine Wrackteile.

Am Montag erschien Julio Gomez, Beamter bei der Metro-Dade-Kriminalpolizei, nicht zum Dienst. Sein Partner, Detective Eddie Favaro, war darüber höchst verstimmt. Sie sollten an diesem Vormittag zusammen vor Gericht aussagen, und jetzt mußte Favaro allein antreten. Die Richterin machte ein paar sarkastische Bemerkungen darüber, und Favaro mußte ihre Ironie allein ausbaden. Am späten Vormittag kehrte er in das Gebäude der Polizeizentrale in der Northwest 14th Street Nr. 1320 zurück (die Kriminalpolizei sollte in Kürze ihr neues Quartier im Bezirk Doral beziehen) und meldete sich bei seinem Vorgesetzten, Lieutenant Broderick.

»Was ist mit Julio los?« fragte Favaro. »Er hat sich im Gericht nicht blicken lassen.«

»Das fragen Sie mich? Er ist Ihr Partner«, erwiderte Broderick.

»Er hat sich nicht zurückgemeldet?«

»Nicht bei mir«, sagte Broderick. »Kommen Sie denn ohne ihn nicht zurecht?«

»Kein Drandenken. Wir haben zwei Fälle aufzuklären, und beide Angeklagten sprechen nichts anderes als Spanisch.«

Metro-Dade, die für den größten Teil von Greater Miami zuständig ist, beschäftigt – ein Spiegelbild der Bevölkerung – ein wahres Völkergemisch. Fünfzig Prozent der Bewohner des Metro-Dade-Bereichs sind spanischsprachig und viele im Englischen sehr unsicher. Julio Gomez war puertorikanischer Abstammung und in New York aufgewachsen, wo er in die Polizei eintrat. Vor einem Jahrzehnt war er zurück in den Süden gezogen, um Polizist bei Metro-Dade zu werden. Hier beschimpfte ihn keiner als »spick« oder »guinea«. In einem Gebiet mit so stark gemischter Bevölkerung wäre das nicht ratsam gewesen. Daß er fließend Spanisch sprach, war ein unschätzbarer Vorteil.

Sein Partner, mit dem er neun Jahre lang im Team zusammengearbeitet hatte, Eddie Favaro, war ein Italoamerikaner, dessen Großeltern nach ihrer Hochzeit auf der Suche nach einem besseren Leben aus Catania ausgewandert waren. Lieutnant Clay Broderick war schwarz. Er zuckte jetzt mit den Achseln. Er war überarbeitet, hatte zu wenige Leute und einen Saldo an ungeklärten Fällen, auf den er gern verzichtet hätte.

»Suchen Sie ihn«, sagte er. »Sie kennen ja die Regeln.«

Und ob Favaro die kannte. Wenn man als Metro-Date-Mitarbeiter seinen Urlaub um drei Tage überzieht, ohne einen triftigen Grund dafür zu haben und ohne sich bei der Rückkehr zu melden, hat man sich praktisch selbst entlassen.

Favaro überprüfte die Wohnung seines Partners, aber es gab kein Anzeichen dafür, daß sein Partner aus dem Urlaub zurückgekehrt war. Er wußte, wohin Gomez geflogen war – er flog immer nach Sunshine –, und überprüfte die Passagierlisten der Maschinen, die am Abend vorher aus Nassau abgeflogen waren. Der Computer der Fluggesellschaft zeigte an, daß Gomez den Rückflug gebucht und das Ticket vorher bezahlt hatte, aber auch, daß es nicht abgeholt worden war. Favaro suchte wieder Broderick auf.

»Vielleicht hatte er einen Unfall«, sagte er. »Sportfischen kann gefährlich sein.«

»Es gibt Telefone«, sagte Broderick. »Er hat unsere Nummer.«

»Es könnte sein, er liegt im Koma. Vielleicht in einem Krankenhaus. Vielleicht hat er jemand anderen gebeten, hier anzurufen, und der war zu faul dazu. Die nehmen die Sachen ziemlich locker auf diesen Inseln. Wir könnten uns wenigstens erkundigen.«

Broderick seufzte. Auch auf abgängige Beamte konnte er verzichten.

»Also gut«, sagte er, »besorgen Sie mir die Nummer der Polizei, die für diese Insel zuständig ist. Wie heißt sie? Sunshine? Mein Gott, was für ein Name! Besorgen Sie mir die Nummer des Polizeichefs dort, dann ruf ich an.«

Favaro brauchte ein halbe Stunde, um sie zu beschaffen. Die Insel war so unbekannt, daß die Auslandsauskunft passen mußte. Er bekam sie vom britischen Konsulat, wo jemand im Government House auf Sunshine anrief und sie dann an ihn weitergab. Noch einmal eine halbe Stunde verging, bis Lieutenant Broderick seine Verbindung bekam. Er hatte Glück: Chief Inspektor Jones war in seinem Dienstzimmer. Es war Mittag.

»Chief Inspector Jones, hier spricht Lieutenant Broderick von der Kriminalpolizei in Miami. Hallo? Verstehen Sie mich …? Hören Sie, ich möchte Sie als Kollege um einen Gefallen bitten. Einer meiner Männer hat in Sunshine Urlaub gemacht und hat sich bisher hier nicht gemeldet. Hoffentlich hatte er keinen Unfall … Ja, ein Amerikaner. Julio Gomez heißt er. Nein, ich weiß nicht, wo er sich einquartiert hat. Er war zum Sportfischen dort.«

Jones nahm den Anruf sehr ernst. War seine Truppe auch klein und die von Metro-Dade riesig, so würde er den Amerikanern doch zeigen, daß Chief Inspector Jones keine Schlafmütze war. Er beschloß, den Fall persönlich in die Hand zu nehmen, und telefonierte nach einem Wachtmeister und einem Landrover.

Er begann naheliegenderweise mit dem *Quarter Deck*, hatte aber kein Glück. Dann fuhr er zum Fischerhafen, und traf dort Jimmy Dobbs an, der an seinem Boot arbeitete, das an diesem Tag niemand gemietet hatte. Dobbs berichtete, daß Gomez sonderbarerweise nicht zu ihrem Freitagsausflug erschienen sei und daß er bei Mrs. Macdonald gewohnt habe.

Die Pensionswirtin berichtete, Julio Gomez habe am Freitagmorgen ihr Haus in großer Eile verlassen und sich auf den Weg zum Flugplatz gemacht. Jones fuhr dorthin und sprach mit dem Manager. Dieser ließ den Paßbeamten kommen, der erklärte, Mr. Gomez habe sich am Freitagmorgen von Mr. Klinger in dessen Maschine nach Key West mitnehmen lassen. Er nannte Chief Inspector Jones die Registrierungsnummer der Maschine. Um vier Uhr rief Jones Lieutenant Broderick zurück.

Broderick machte sich die Mühe, die Polizei von Key West anzurufen, die bei ihrem eigenen Flughafen nachfragte. Kurz nach sechs ließ er Eddie Favaro zu sich kommen. Sein Gesichtsausdruck war sehr ernst.

»Eddie, es tut mir sehr leid. Julio hat sich plötzlich entschlossen, am Freitagvormittag nach Hause zu fliegen. Da es keine Linienmaschine gab, ließ er sich in einem Privatflugzeug mitnehmen, das nach Key West fliegen sollte. Sie haben es nicht geschafft. Die Maschine ist fünfzig Meilen vor Key West aus 15 000 Fuß ins Meer gestürzt. Der Küstenwache zufolge hat es keine Überlebenden gegeben.«

Favaro setzte sich auf einen Stuhl. Kopfschüttelnd sagte er: »Ich glaube es nicht.«

»Ich kann es selbst kaum glauben. Es tut mir furchtbar leid für Sie, Eddie. Ich weiß, ihr seid einander sehr nahegestanden.«

»Neun Jahre«, flüsterte Favaro. »Neun volle Jahre hat er mir den Rücken freigehalten. Was soll jetzt geschehen?«

»Jetzt geht alles seinen vorgeschriebenen Gang«, sagte Broderick. »Ich werde es selbst dem Direktor melden. Sie kennen sich ja aus. Wenn wir kein Begräbnis veranstalten können, gibt es einen Gedenkgottesdienst. Mit vollen Ehren. Mein Wort darauf!«

Während der Nacht und am nächsten Vormittag tauchte der Verdacht auf.

Am Sonntag war ein Bootsbesitzer namens Joe Fanelli aus dem Seglerhafen Bud'n Mary's in Islamorada, einem Urlaubsort in den Florida Keys, ziemlich weit nördlich von Key West, mit zwei englischen Jungen zum Fischen aufs Meer hinausgefahren. Sechs Meilen weit draußen, jenseits des Alligator Reef, hatte bei einem der Jungen, der mit der Schleppangel fischte, ein großer Fisch angebissen. Mit vereinten Kräften zogen die beiden Brüder, Stuart und Shane, die Beute herauf. Sie erhofften sich eine große Königsmakrele, einen prächtigen Wahoo oder einen Thunfisch. Als der Fang im Kielwasser auftauchte, beugte sich Joe Fanelli hinunter und hievte ihn an Bord. Es waren, wie sich zeigte, die Überreste einer Schwimmweste, an der noch die Nummer des Flugzeugs, aus dem sie stammte, und einige Schmauchspuren zu erkennen waren.

Die Ortspolizei schickte sie nach Miami, wo die Kriminalexperten feststellten, daß sie aus Barney Klingers *Navajo Chief* stammte und daß die Schmauchspuren nicht von Flugbenzin, sondern von Plastiksprengstoff verursacht worden waren. Die Ermittlungen galten nun einem Mordfall. Als erstes nahm sich die Mordkommission Mr. Klingers geschäftliche Aktivitäten vor. Was dabei ans Licht kam, erweckte bei der Kommission den Eindruck, daß der Fall wahrscheinlich unlösbar war. Schließlich konnte sie auf Sunshine keine Ermittlungen durchführen, da die Insel britisches Territorium war.

Am Dienstagvormittag machte es sich Sam McCready auf seiner Liege am Rand des Swimming-Pools im Hotel *Sonesta Beach* auf Key Biscayne gemütlich. Er stellte seine zweite Tasse Kaffee nach dem

Frühstück auf das Tischchen daneben und schlug den *Miami Herald* auf.

Ohne sonderliches Interesse überflog er das Blatt auf der Suche nach Auslandsnachrichten – von denen es herzlich wenige gab – und fand sich dann mit den Lokalmeldungen ab. Der zweite Aufmacher beschäftigte sich mit neuen Enthüllungen über ein Flugzeug, das am Vormittag des vergangenen Freitags über dem Meer südöstlich von Key West verschwunden war.

Die Spürhunde des *Herald* hatten nicht nur herausgefunden, daß viel für eine Bombenexplosion an Bord der Maschine sprach, sondern auch entdeckt, daß Mr. Barney Klinger als der ungekrönte König im illegalen Handel und im »Waschen« von Flugzeugersatzteilen im südlichen Florida galt.

Nach dem Rauschgifthandel ist dieser abstruse Bereich gesetzwidriger Aktivitäten vermutlich der lukrativste. Florida strotzt gleichsam von fliegendem Gerät – Passagiermaschinen, Transportflugzeuge und Privatmaschinen. Der Staat beherbergt auch einige der weltweit größten (und legal operierenden) Firmen, die den ständigen Bedarf an neuen oder überholten Ersatzteilen decken. *AVIOL* und *INSTRUMENT LOCATOR SERVICE* liefern in alle Welt Flugzeugersatzteile.

Die illegale Branche spezialisiert sich darauf, entweder den Diebstahl solcher Teile für den Verkauf an Weiterverkäufer (zumeist in Drittweltländern), die keine Fragen stellen, in Auftrag zu geben, oder auf die noch gefährlichere Beschaffung von Ersatzteilen, deren Lebensdauer beinahe abgelaufen ist, von denen aber behauptet wird, sie seien erst jüngst überholt worden. Bei dieser Gaunerei werden die Papiere gefälscht. Da manche Teile Preise von einer Million Dollar pro Stück erreichen, können bedenkenlose Typen gewaltige Profite kassieren. Nach Barney Klingers Tod war ans Licht gekommen, daß er in großem Stil Geschäfte dieser Art betrieben hatte.

Spekulationen gingen um, irgend jemand habe Mr. Klinger aus dem Weg räumen wollen.

»Mitten aus dem Leben gerissen ...« murmelte McCready und wandte sich dem Wetterbericht zu. Es war ein sonniger Tag.

Lieutenant Broderick ließ an diesem Dienstagmorgen Eddie Favaro zu sich kommen. Er war noch ernster als zuvor.

»Eddie, ehe wir einen Gedenkgottesdienst für Julio vorbereiten, müssen wir uns mit einem neuen Aspekt befassen, der mich beunruhigt. Wie konnte sich Julio nur einfallen lassen, mit einem Ganoven wie Klinger in dasselbe Flugzeug zu steigen?«

»Er wollte unbedingt nach Hause«, sagte Favaro.

»Ja? Und was hat er dort unten getrieben?«

»Er hat geangelt.«

»Ach was? Wie erklärt es sich, daß er in derselben Woche auf Sunshine war wie Klinger? Hatten die zwei Geschäfte zu besprechen?«

»Clay, hören Sie mir gut zu. Es ist undenkbar, gänzlich undenkbar, daß Julio korrupt war. Ich glaube das nie und nimmer. Er hat versucht, auf schnellstem Weg nach Hause zu kommen. Er hat ein Flugzeug gesehen, gefragt, ob man ihn mitnimmt, das war alles.«

»Hoffentlich haben Sie recht«, sagte Broderick nüchtern. »Warum wollte er plötzlich zwei Tage früher nach Hause?«

»Ja, das ist mir ein Rätsel«, räumte Favaro ein. »Das Angeln war ihm alles, das ganze Jahr über hat er sich darauf gefreut. Er hätte niemals ohne triftigen Grund auf zwei Tage Urlaub verzichtet. Ich würde gern hinfliegen, um den Grund herauszufinden.«

»Dagegen sprechen drei Gründe«, sagte der Lieutenant. »Unsere Abteilung ist mit Arbeit überlastet, Sie werden hier gebraucht, und wenn es eine Bombe war, dann hat sie ganz sicher diesem Klinger gegolten. Das Mädchen und Julio waren zufällige Opfer ... Tut mir leid, aber die Finanzfritzen werden Julios wirtschaftliche Verhältnisse überprüfen müssen. Da führt kein Weg herum. Wenn er am letzten Freitag Klinger zum erstenmal begegnet ist, dann war es einfach ein tragischer Zufall.«

»Ich hab noch Urlaub gut«, sagte Favaro. »Den möchte ich haben, Clay. Und zwar *jetzt*.«

»Ja, Sie haben Urlaub gut. Und ich kann ihn Ihnen nicht verweigern. Aber wenn Sie da hinfliegen, Eddie, sind Sie ganz auf sich allein gestellt. Es ist britisches Territorium. Wir haben dort nichts zu bestellen. Und ich möchte Ihre Kanone haben.«

Favaro reichte ihm seine automatische Dienstpistole und ging hinaus. Um drei Uhr an diesem Nachmittag landete er auf der Graspiste auf Sunshine, bezahlte den Piloten seiner gecharterten viersitzigen Maschine und sah ihr nach, wie sie davonflog. Dann ließ er sich von einem Angestellten des »Flughafens« mit nach Port Plaisance nehmen. Da er nicht wußte, wo er sich sonst einquartieren könnte, nahm er im *Quarter Deck* ein Zimmer.

Sir Marston Moberley saß in einem bequemen Sessel in seinem ummauerten Garten und trank in kleinen Schlucken Whisky mit Soda. Es war sein tägliches Lieblingsritual. Der Garten hinter dem Government House war nicht groß, dafür war man aber hier ganz für sich. Den Boden bedeckte größtenteils ein wohlgepflegter Rasen, und Bougainvillea und Jacaranda schmückten mit ihren leuchtenden Farben die Mauer. Die Mauer, die den Garten auf drei Seiten umgab – die vierte bildete die Villa selbst – war zweieinhalb Meter hoch und oben mit Glasscherben bestückt. In einer Seite der Mauer befand sich eine alte Stahltür, gute zwei Meter hoch, aber schon seit langem nicht mehr benützt. Dahinter erstreckte sich eine schmale Gasse, die in den Ortskern von Port Plaisance führte. Die Tür war schon seit langer Zeit nicht mehr zu öffnen; an ihrer Außenseite führte der Bügel eines Vorhängeschlosses von der Größe eines kleinen Eßtellers durch zwei stählerne Haspen. Alles war längst zusammengerostet.

Sir Marston genoß die Abendkühle. Sein Adjutant war irgendwo in seinen eigenen Räumen auf der anderen Seite der Villa, seine Frau weggefahren, um jemanden im Krankenhaus des Ortes zu besuchen. Jefferson, sein Koch-Verwalter-Butler, stand jetzt wohl in der Küche und bereitete das Abendessen zu. Sir Marston nippte genießerisch an seinem Whiskyglas und hätte beinahe einen Erstickungsanfall bekommen, als ihm das Kreischen berstenden Stahls in den Ohren gellte. Er drehte sich um und konnte noch sagen:

»Na, hören Sie mal, was um Himmels willen ...«

Der Knall des ersten Schusses traf ihn mit betäubender Wucht. Die Kugel ging durch den weiten Ärmel seines Baumwollhemds, traf die aus Korallenblöcken gebildete Hausmauer hinter Sir Marston und fiel verformt auf den Gartenpfad. Die zweite traf ihn direkt ins Herz.

2

Trotz des Lärms der beiden Schüsse kam es im Innern der Villa zunächst zu keiner Reaktion. Zu dieser Stunde hielten sich nur zwei Leute im Government House auf.

Jefferson bereitete in der Küche gerade eine Obstbowle für das Abendessen zu – Lady Moberley trank keinen Alkohol – und sagte später aus, der lärmende Mixer müsse angeschaltet gewesen sein, als die Schüsse fielen.

Der Adjutant des Gouverneurs war Lieutenant Jeremy Haverstock, ein junger Subalternoffizier mit flaumigen Wangen, der vom Regiment Queen's Dragoon Guards abgestellt worden war. Er befand sich in seinem Zimmer am anderen Ende des Government House, wo das Fenster geschlossen war und die Klimaanlage auf Hochtouren lief. Dazu hatte er, wie er später aussagen sollte, das Radio an und hörte zu der betreffenden Zeit eine Musiksendung von Radio Nassau. Auch er hatte nichts gehört.

Als Jefferson schließlich in den Garten kam, um sich mit Sir Marston über die Zubereitung der Lammkoteletts zu besprechen, hatte sich der Attentäter offensichtlich längst aus dem Staub gemacht. Als Jefferson die oberste Stufe der in den Garten führenden Treppe erreichte, sah er seinen Arbeitgeber flach und mit ausgebreiteten Armen auf dem Boden liegen, so wie ihn der zweite Schuß zu Boden gestreckt hatte. Auf seinem blauen Baumwollhemd breitete sich ein dunkler Fleck aus.

Zuerst dachte Jefferson, Sir Marston müsse ohnmächtig geworden sein, und lief die Stufen hinab, um ihm zu helfen. Als er die Schußwunde in der Brust erkannte, wollte er seinen Augen erst nicht trauen. Im nächsten Augenblick rannte er, von Panik erfaßt, ins Haus, um Lieutenant Haverstock zu holen. Augenblicke später erreichte der junge Offizier, noch in Boxershorts, den Schauplatz der Tat.

Haverstock geriet nicht in Panik. Er untersuchte den Toten, ohne ihn zu berühren, kam zu dem Ergebnis, daß Sir Marston mausetot war, und setzte sich in den Sessel des Gouverneurs, um zu überlegen, was zu tun sei.

Ein ehemaliger Regimentschef Haverstocks hatte über ihn einmal geschrieben, er sei aus »einem erstklassigen Stall und nicht besonders aufgeweckt« – als handelte es sich um ein Kavalleriepferd, nicht um einen Kavallerieoffizier. Aber bei der Kavallerie hatte man ein ziemlich geordnetes Weltbild: ein gutes Pferd ist unersetzlich, ein Subalternoffizier ist es nicht.

Haverstock saß ein paar Schritte von der Leiche entfernt im Sessel und ließ sich die Sache durch den Kopf gehen, indes Jeffersonn von der obersten Stufe der Verandatreppe mit aufgerissenen Augen herstarrte. Der Subalternoffizier kam zu dem Befund, daß er, erstens, einen toten Gouverneur auf dem Hals, daß diesen, zweitens, jemand erschossen hatte und dann entkommen war, und daß er, drittens, eine höher gestellte Autorität informieren sollte. Das Problem war: Die höchste Autorität war der Gouverneur, beziehungsweise er war es gewesen. Als seine Überlegungen so weit gediehen waren, kam Lady Moberley nach Hause.

Jefferson hörte das Knirschen der Reifen des Dienstwagens, eines Jaguar, auf dem Kies der Auffahrt und eilte durch die Eingangshalle, um sie abzufangen. Er brachte ihr mit klaren, wenn auch nicht sehr schonenden Worten bei, was geschehen war.

»Oh, Lady Moberley, der Botschafter, erschossen. Er ist tot.«

Lady Moberley eilte hinaus auf die Veranda, um in den Garten zu schauen, wo ihr auf den Stufen Haverstock entgegenkam. Er geleitete sie in ihr Schlafzimmer und sprach ihr tröstend zu, als sie sich hinlegte. Sie wirkte mehr verblüfft als bekümmert.

Nachdem Haverstock Lady Moberley fürs erste versorgt hatte, beauftragte er Jefferson, den einzigen Arzt der Insel, der zufällig auch der amtliche Leichenbeschauer war, und Chief Inspector Jones ins Government House zu holen. Er instruierte den Butler, der völlig durcheinander war, keinen Grund zu nennen, nur die beiden Männer zu ersuchen, möglichst rasch zu kommen.

Diese Weisung fruchtete nichts. Der arme Jefferson teilte Chief Inspector Jones in Hörweite von drei Constables, die mit weitaufgerissenen Augen lauschten, und Dr. Caractacus Jones in Gegenwart seiner Haushälterin mit, was geschehen war. Schon als Onkel und Neffe zum Government House eilten, verbreitete sich die Nachricht in Windeseile.

Während Jefferson fort war, grübelte Lieutenant Haverstock darüber nach, wie er London benachrichtigen sollte. Die Residenz des Gouverneurs war nie mit modernen, abhörsicheren Fernmeldeverbindungen ausgerüstet worden. Man hatte dergleichen nicht für notwendig gehalten. Abgesehen von der nicht gesicherten Telefonverbindung waren die Mitteilungen des Gouverneurs immer auf dem Weg über die viel besser ausgestattete Hohe Kommission auf Nassau, Bahamas, nach London gelangt. Dafür wurde ein betagtes C2-System benutzt. Das Gerät stand auf einem Tischchen im Privatbüro des Gouverneurs.

Auf den ersten Blick handelte es sich um einen gewöhnlichen Fernschreiber des Typs, den Auslandskorrespondenten überall in der Welt kennen und fürchten. Die Verbindung mit Nassau wurde dadurch hergestellt, daß man den üblichen Code eintippte und eine Bestätigung vom anderen Ende abwartete. Dann konnte das Fernschreiben mittels eines zweiten Kastens, der neben dem Fernschreiber stand, in chiffrierte Form gebracht werden. Jeder abgesandte Text erschien dann auf dem Papier vor dem Absender im Klartext und wurde am Leitungsende in Nassau automatisch entschlüsselt. Den Weg zwischen diesen beiden Punkten legte er verschlüsselt zurück.

Das Dumme war, daß man, um das Chiffriergerät in Gang zu setzen, für jeden Tag des Monats eine spezielle Lochkarte hineinschieben mußte. Diese Karten befanden sich im Tresor des Gouverneurs, und der war abgeschlossen. Myrtle, die Privatsekretärin des Toten, wußte die Zahlenkombination für das Tresorschloß, doch sie war auf Tortola, einer der Jungferninseln, zu Besuch bei ihren Eltern. In ihrer Abwesenheit hatte der Gouverneur selbst den Fernschreiber bedient. Auch er hatte die Zahlenkombination des Tresorschlosses gekannt; Haverstock kannte sie nicht.

Schließlich rief Haverstock über die Telefonzentrale einfach bei der Hohen Kommission in Nassau an und erstattete mündlich Bericht. Zwanzig Minuten später rief der Erste Sekretär zurück, um sich die Nachricht bestätigen zu lassen, hörte sich Haverstocks Darlegung an und erteilte ihm die knappe Weisung, das Government House zu versiegeln und die Stellung zu halten, bis aus Nassau oder London Verstärkung eintraf. Dann ließ der Erste Sekretär eine streng geheime und verschlüsselte Nachricht an das Außenministerium in London funken. In der Karibik war es 18.00 Uhr und bereits dunkel. In London war es 23.00 Uhr, und die Nachricht kam in die Hände des Beamten, der den Nachtdienst versah. Er rief einen hohen Beamten der Abteilung Karibik in seinem Haus in Chobham an, und die Räder begannen sich zu drehen.

Auf Sunshine verbreitete sich die Nachricht binnen zwei Stunden, und bei seinem gewohnten abendlichen Anruf berichtete ein Funkamateur seinem Partner davon. Dieser, ein Funkamateur in Washington, rief bei Associated Press an, wo man zwar seine Zweifel hatte, aber schließlich eine Eilmeldung an die Medien sandte, die mit den Worten begann:

»Heute Abend wurde möglicherweise der Gouverneur des von Großbritannien abhängigen karibischen Gebiets namens Barclay Islands von einem unbekannten Attentäter erschossen, wie unbestätigte Berichte aus der winzigen Inselgruppe melden ...«

In der Eilmeldung, von einem Nachtdienst-Redakteur verfaßt, der eine große Landkarte mit einem noch größeren Vergrößerungsglas zu Rate gezogen hatte, wurde sodann beschrieben, um welche Inseln es sich handelte und wo sie lagen.

In London nahm die Nachrichtenagentur Reuter die Meldung ihrer Rivalin auf Band auf und versuchte, beim Foreign Office eine Bestätigung zu erhalten. Inzwischen war es lange nach Mitternacht. Kurz vor Tagesanbruch bestätigte das Außenministerium, daß eine Meldung dieses Inhalts eingegangen sei, und erklärte, daß die angemessenen Schritte eingeleitet würden.

Bei den angemessenen Schritten handelte es sich unter anderem um das Wecken einer beträchtlichen Zahl von Leuten, die in und um London ihr Zuhause hatten. Satelliten im Dienst des amerikanischen National Reconnaissance Office stellten starken Funkverkehr zwischen London und seiner Hohen Kommission auf Nassau fest, was die gehorsamen Maschinen an die National Security Agency in Fort Meade berichteten. Diese klärte die CIA auf, wo man aber ohnehin schon Bescheid wußte, da man die Meldungen von Associated Press las. Technik im Wert von rund einer Milliarde Dollar brachte heraus, was drei Stunden vorher ein Funkamateur mit einem selbstgebastelten Gerät in einem Schuppen am Hang des Spyglass Hill einem Kumpel in Chevy Chase erzählt hatte.

In London alarmierte das Foreign Office das Innenministerium, wo man Sir Peter Imbert, den Chef der Groß-Londoner Polizei, aus dem Schlaf rüttelte. Er wurde ersucht, unverzüglich einen Kriminalbeamten in die Karibik in Marsch zu setzen. Sir Peter weckte Simon Crawshaw von der Specialist Operations Division, der sich mit dem Chef der Abteilung für Schwerkriminalität in Verbindung setzte.

Dieser rief das rund um die Uhr arbeitende Reserve-Büro an und fragte: »Wer ist heute eingeteilt?«

Der Sergeant vom Dienst im Reserve-Büro zog seinen Dienstplan zu Rate. Das Reserve-Büro von Scotland Yard ist eine kleine Dienststelle, die die Aufgabe hat, eine ständig ergänzte Liste hoher Kriminalbeamter zu führen, die kurzfristig zur Verfügung stehen, wenn eine Polizeibehörde außerhalb des Bereichs von Groß-London dringend Unterstützung anfordert. Die Liste wird von dem Beamten angeführt, der bereit ist, sich innerhalb einer Stunde in Marsch zu setzen. Ihm folgen zwei Beamte, die dafür sechs beziehungsweise vierundzwanzig Stunden Zeit haben.

»Detective Superintendent Craddock, Sir«, sagte der Sergeant vom Dienst. Dann fiel sein Blick auf einen Zettel, der mit einer

Büroklammer am Rand des Dienstplans befestigt war. »Nein, Sir, leider nicht. Er muß heute vormittag um elf in einer Gerichtsverhandlung aussagen.«

»Wer ist der nächste?« knurrte der Chef der Abteilung für Schwerkriminalität, der von seinem Haus in West Drayton, in der Nähe des Flughafens Heathrow, anrief.

»Mr. Hannah, Sir.«

»Und wer ist sein Detective Inspector?«

»Wetherall, Sir.«

»Ersuchen Sie Mr. Hannah, mich hier zu Hause anzurufen. Und zwar sofort.« Und so geschah es, daß in einer bitterkalten, dunklen Dezembernacht kurz nach vier Uhr früh das Telefon auf einem Nachttisch in Croydon klingelte und Detective Chief Superintendent Desmond Hannah weckte. Er hörte sich an, was ihm der Sergeant aus dem Reserve-Büro zu sagen hatte, und rief dann eine Nummer in West Drayton an.

»Bill? Hier spricht Des Hannah. Was gibt's denn?«

Er hörte fünf Minuten zu und fragte dann: »Bill, zum Teufel, wo liegt denn dieses Sunshine?«

Auf diesem Sunshine war Dr. Caractacus Jones inzwischen mit der Untersuchung fertig geworden und erklärte die Leiche für mausetot. Die Dunkelheit hatte sich über den Garten gesenkt, so daß der Arzt beim Schein einer Taschenlampe arbeiten mußte. Aber er konnte eigentlich nicht viel tun. Er war Allgemeinarzt, kein Gerichtsmediziner. Er kümmerte sich, so gut er konnte, um die Gesundheit der Insulaner und hatte ein kleines Sprechzimmer, wo er Schnittwunden und Prellungen behandelte. Er hatte mehr Babys auf die Welt geholfen, als er sich erinnern konnte, und aus dem Fleisch von zehnmal so vielen Leuten Angelhaken entfernt. Als Arzt konnte er einen Totenschein und als Leichenbeschauer ein Begräbniszertifikat ausstellen. Aber er hatte noch nie einen toten Gouverneur seziert und gedachte auch nicht, jetzt damit anzufangen.

Patienten mit ernsten Erkrankungen oder Verletzungen, die schwierige Operationen erforderlich machten, wurden immer nach Nassau geflogen, wo es ein modernes Krankenhaus mit allen notwendigen Einrichtungen für Operationen und Obduktionen gab. Dr. Jones verfügte nicht einmal über eine Leichenhalle.

Als Dr. Jones seine Untersuchung beendet hatte, kam Lieutenant Haverstock aus dem Privatbüro des Gouverneurs zurück.

»Unsere Leute in Nassau sagen, daß Scotland Yard einen hohen Beamten herüberschicken wird«, meldete er. »Bis dahin muß alles genauso bleiben, wie es war.«

Chief Inspector Jones hatte am Hauseingang einen Constable postiert, um die Neugierigen fernzuhalten, die sich bereits vor dem Tor versammelten. Er hatte den Garten durchstreift und dabei die stählerne Tür entdeckt, durch die der Attentäter offenbar gekommen und wieder verschwunden war. Dieser hatte sie beim Verlassen des Tatorts hinter sich zugezogen, was der Grund war, warum sie Haverstock nicht aufgefallen war. Der Chief Inspector postierte sofort einen zweiten Constable vor diese Tür und wies ihn an, niemanden in die Nähe zu lassen, da sich daran vielleicht Fingerabdrücke befanden, die für den Mann von Scotland Yard möglicherweise interessant waren.

Draußen in der Dunkelheit setzte sich der Constable auf den Boden, lehnte sich an die Wand und war alsbald eingeschlafen.

Drinnen im Garten verkündete Chief Inspector Jones: »Bis morgen früh darf nichts berührt werden. Die Leiche bleibt, wo sie ist.«

»Red keinen Schwachsinn, Junge«, sagte sein Onkel. »Die Leiche verwest doch. Das hat ja schon angefangen.«

Er hatte recht. In der Karibik werden wegen der Hitze Tote in der Regel binnen vierundzwanzig Stunden begraben. Die Alternative ist unbeschreiblich. Schon summte ein Fliegenschwarm über Brust und Augen des toten Gouverneurs. Die drei Männer ließen sich das Problem durch den Kopf gehen. Jefferson kümmerte sich um Lady Moberley.

»Nur das Kühlhaus kommt in Frage«, sagte Dr. Jones schließlich. »Was anderes gibt es nicht.«

Sie mußten ihm zustimmen. Das Kühlhaus, das der städtische Generator mit Strom versorgte, stand unten am Hafen. Haverstock nahm den Toten unter den Schultern, Chief Inspector Jones packte die Füße. Nicht ohne Schwierigkeiten brachten sie die noch nicht erstarrte Leiche die Stufen hinauf, durch den Salon, am Dienstzimmer vorbei und hinaus in die Eingangshalle. Lady Moberley streckte den Kopf aus der Tür ihres Schlafzimmers, warf einen Blick übers Treppengeländer. Als ihr verewigter Gatte in die Halle getragen wurde, gab sie mehrmals ein »Ach Gott ... ach Gott!« von sich und zog sich wieder zurück.

In der Halle wurde ihnen klar, daß sie Sir Marston nicht die ganze

Strecke bis zum Hafen schleppen konnten. Man erwog kurz, den Toten im Kofferraum des Jaguar zu verstauen, kam aber wieder davon ab, weil dieser zu klein und die Art des Transports nicht gerade pietätvoll war.

Die Lösung brachte dann ein Landrover der Polizei. Im Fond wurde Platz geschaffen, und der ehemalige Gouverneur behutsam hineingehoben. Obwohl die Schultern gegen die Vordersitze lehnten, hingen die Füße über die Ladeklappe herab. Dr. Jones schob sie hinein und schloß die hintere Tür. Sir Marston sank mit dem Kopf nach vorne, wie jemand, der von einer sehr langen und feuchten Party nach Hause gefahren wird.

Mit Chief Inspector Jones am Steuer und Lieutenant Haverstock auf dem Beifahrersitz fuhr der Landrover, gefolgt vom größten Teil der Ortsbewohner, zum Hafen hinab. Dort wurde Sir Marston mit größerer Feierlichkeit im Kühlhaus aufgebahrt.

Ihrer Majestät Gouverneur der Barclay-Inseln verbrachte die erste Nacht nach seinem Ableben mit einem großen Marlin zu seiner Rechten und einem prachtvollen Thunfisch zu seiner Linken. Am nächsten Morgen zeigten alle drei einen ziemlich ähnlichen Gesichtsausdruck.

Der Morgen dämmerte in London natürlich fünf Stunden früher als auf Sunshine. Um sieben Uhr, als die ersten Finger des Tageslichts die Dächer der Westminster Abbey berührten, führte Detective Chief Superintendent Hannah mit Commander Braithwaite in dessen Dienstzimmer in New Scotland Yard ein Gespräch unter vier Augen.

»Sie fliegen kurz vor zwölf mit der Linienmaschine der *British Airways* von Heathrow nach Nassau«, sagte der Commander. »Flugscheine Erster Klasse werden im Moment besorgt. Die Maschine war ausgebucht, weswegen wir zwei andere Leute überreden mußten, uns ihre Plätze abzutreten.«

»Und das Team?« fragte Hannah. »Fliegen die Leute Club oder Economy?«

»Ach so, ja, das Team. Die Sache sieht so aus, Des, daß es in Nassau zusammengestellt wird. Das Außenministerium kümmert sich gerade darum.«

Desmond Hannah roch einen sehr großen Braten. Er war einundfünfzig, ein Ordnungshüter der alten Schule, der in seinen Anfängen Haustüren überprüft hatte, ob sie auch abgeschlossen waren, der alten Damen über die Straße geholfen und Touristen den Weg erklärt hatte. Vom Bobby auf Streife hatte er sich Sprosse um Sprosse die Leiter hochgearbeitet und es schließlich zum Chief Superintendent gebracht. Er hatte noch ein Jahr bis zu seiner Pensionierung und vermutlich, wie so viele seinesgleichen, die Aussicht auf den weniger strapaziösen Job eines Sicherheitsexperten bei einem Industriekonzern.

Er wußte, daß er es nie zum Rang eines Commanders bringen würde, jetzt nicht mehr, und vier Jahre vorher war er der Mordkommission in der Abteilung für Schwerkriminalität zugeteilt worden, die als Elefantenfriedhof bezeichnet wurde. Man ging als ein stämmiger Stier hinein und kam als ein Haufen Knochen heraus.

Aber wenn man eine Sache anpackt, so fand er, dann schon richtig. Bei jedem Ermittlungsauftrag, selbst in Übersee, erwartete ein Beamter von der Mordkommission ein Hilfsteam von mindestens vier Mann zur Spurensicherung. Einen »Tatortbeamten«, mindestens im Rang eines Sergeants, einen Mann, der die Verbindung zum Labor hielt, einen Fotografen und einen Fingerabdruckexperten. Der Aspekt der Spurensicherung konnte von entscheidender Bedeutung sein und war es in der Regel auch.

»Ich möchte aber Leute von hier haben, Bill.«

»Das läßt sich nicht machen, Des. Leider hat in diesem Fall das Außenministerium das entscheidende Wort. Es bezahlt alles, so heißt es im Innenministerium. Und anscheinend sind sie furchtbar knausrig. Die Hohe Kommission in Nassau hat dafür gesorgt, daß die Polizei dort das Spurensicherungsteam stellt. Ich bin überzeugt, das sind sehr gute Leute.«

»Und die Obduktion? Macht die auch einer von dort?«

»Nein«, sagte der Commander beruhigend. »Dafür schicken wir Ian West nach Nassau. Die Leiche befindet sich noch auf der Insel. Sobald Sie sie sich angesehen haben, lassen Sie sie in einem Leichensack nach Nassau schaffen. Ian folgt Ihnen vierundzwanzig Stunden später. Wenn er in Nassau eintrifft, sollte die Leiche dort sein, damit er sich gleich an die Arbeit machen kann.«

Hannah knurrte. Er war etwas besänftigt. Wenigstens hatte er in Dr. Ian West einen der besten Gerichtsmediziner der Welt als Helfer.

»Warum kann Ian nicht auf dieses Sunshine kommen und die Obduktion dort vornehmen?« fragte er.

»Auf Sunshine gibt es keine Leichenhalle«, erläuterte der Commander geduldig.

»Wo ist dann die Leiche?«

»Das weiß ich nicht.«

»Verdammt, sie wird halb verwest sein, bis ich dort ankomme«, sagte Hannah. Er konnte nicht wissen, daß Sir Marston zu dieser Stunde nicht halb verwest, sondern beinhart gefroren war. Auch ein Dr. West hätte keinen Meißel in ihn hineingebracht.

»Ich möchte, daß die ballistische Untersuchung hier gemacht wird«, sagte er. »Wenn ich die Kugel oder die Kugeln finde, möchte ich, daß Alan sie bekommt. Die Kugeln könnten den Schlüssel zu allem liefern.«

»Na schön«, gab der Commander nach, »ich werde den Leuten in der Hohen Kommission dort sagen, daß wir die Kugeln brauchen und sie sie hierher schicken sollen. So, und jetzt frühstücken Sie erst mal ordentlich. Der Wagen holt sie hier um neun Uhr ab. Ihr Detective Inspector bringt den Tatortkoffer mit. Er kommt zum Wagen, ehe Sie losfahren.«

»Wie steht's mit den Medien?« fragte Hannah noch, als er sich verabschiedete.

»Die haben Lunte gerochen. Es steht noch nichts in den Zeitungen. Die Sache wurde erst in den frühen Morgenstunden bekannt. Aber sämtliche Agenturen haben die Meldung gebracht. Weiß Gott, wie sie so schnell daran gekommen sind. Auf dem Flughafen werden vielleicht ein paar Pressegeier sein, die in Ihrer Maschine mitfliegen möchten.«

Kurz vor neun Uhr erschien Desmond Hannah mit seiner Reisetasche im Innenhof, wo auf ihn ein Rover wartete, an dessen Steuer ein uniformierter Sergeant saß. Hannah hielt nach Harry Wetherall Ausschau, dem Detective Inspector, mit dem er seit drei Jahren zusammenarbeitete. Er war nirgends zu sehen. Ein junger Mann, ungefähr dreißig und mit rosigem Gesicht, kam herbeigelaufen. Er trug den Tatortkoffer, ein Köfferchen, das vermutlich ein ganzes Sortiment an Tupfern, Tüchern, Kapseln, Phiolen, Schabern, Flaschen, Pinzetten und Sonden enthielt; das elementare Handwerkszeug für das Entdecken, Entfernen und Sichern von Tathinweisen.

»Mr. Hannah?« sagte der junge Mann.

»Ja, und wer sind Sie?«

»Detective-Inspector Parker, Sir.«

»Wo bleibt denn Wetherall?«

»Er ist leider krank. Asiatische Grippe oder sowas ähnliches. Das

Reserve-Büro hat mich ersucht, für ihn einzuspringen. Ich habe immer meinen Paß in der Schublade, für alle Fälle. Es freut mich schrecklich, daß ich mit Ihnen arbeiten darf.«

Verdammter Wetherall, dachte Hannah. Verdammt und verflucht.

Sie schwiegen, während sie nach Heathrow hinausfuhren. Genauer gesagt: Hannah schwieg. Parker ließ sich über seine Kenntnisse von der Karibik aus. Er war zweimal mit dem Club Mediteranée dort gewesen.

»Waren Sie schon mal in der Karibik, Sir?« fragte er.

»Nein«, sagte Hannah und verstummte wieder.

In Heathrow wurden er und Parker bereits erwartet. Die Paßkontrolle war eine reine Formalität. Der Tatortkoffer passierte nicht die Röntgenkontrolle, wo er sicher großes Interesse erweckt hätte. Statt dessen führte ein Flughafenangestellter die beiden Beamten direkt zur Wartehalle für die Fluggäste der Ersten Klasse.

Die Journalisten traten tatsächlich in Erscheinung, obwohl Hannah sie erst bemerkte, als er schon an Bord der Maschine war. Zwei Agenturen, die es sich leisten konnten, hatten Fluggäste, die schon gebucht hatten, beschwatzen lassen, ihre Plätze abzutreten und eine spätere Maschine zu nehmen. Andere Medienvertreter versuchten, Plätze in den beiden Flugzeugen zu ergattern, die an diesem Vormittag nach Miami abgingen, während ihre Chefredaktionen Charterflüge von Miami nach Sunshine organisierten. Kamerateams von BBC TV, Independent TV News und British Satellite Broadcasting machten sich mit dem Ziel Barclay-Inseln auf den Weg, angeführt von ihren jeweiligen Reportern. In dem Gedränge waren auch Reporter-Fotografen-Teams von fünf großen Tageszeitungen.

In der Abflughalle kam ein junger Spunt keuchend auf Hannah zugelaufen, der sich als Angehöriger des Foreign Office vorstellte.

»Wir haben einiges Hintergrundmaterial für Sie zusammengestellt«, sagte er und übergab Hannah ein Dossier. »Geographie, Wirtschaft, Bevölkerung der Barclays, solche Sachen. Und natürlich Hintergrundinformationen zur gegenwärtigen politischen Situation.«

Hannah sank das Herz. Ein kleiner Mord an einem Familienmitglied würde sich vermutlich in ein paar Tagen von selbst aufklären. Aber wenn diese Sache etwas *Politisches* war ... Ihr Flug wurde aufgerufen.

Nach dem Start nahm der unermüdliche Parker ein Glas Champagner vom Tablett der Stewardeß und beantwortete bereitwillig Fragen über sich selbst. Er war neunundzwanzig, jung für einen Detective Inspector, und mit einer Immobilienmaklerin namens Elaine verheiratet. Sie wohnten in den neuen, schicken Wohnvierteln der Docklands an der Themse, ganz nahe beim Canary Wharf. Seine Leidenschaft galt seinem Sportwagen, einem Morgan 4+4. Elaine Parker dagegen fuhr einen Fort Escort GTI.

»Ein Cabrio natürlich«, sagte Parker.

»Natürlich«, murmelte Hannah. Oh, dachte er, ein Dink, wie der Szene-Ausdruck für die Doppelverdiener ohne Nachwuchs lautet. Ein Dynamiker.

Parker war nach Schulabschluß sofort an eine Redbrick-Universität gegangen und hatte ein Diplom gemacht, zunächst Politologie, Philosophie und Wirtschaftswissenschaften studiert, und war dann zum Rechtsstudium übergewechselt. Nach dem Abgang von der Universität war er in die Metropolitan Police eingetreten und hatte nach der vorgeschriebenen Zeit als Polizeischüler ein Jahr lang in den äußeren Vorstädten Dienst gemacht, bevor er die Spezialausbildung am Bramshill Police College absolvierte. Nach deren Abschluß hatte er vier Jahre der Planungseinheit des Commissioner angehört.

Sie überflogen die Grafschaft Cork, als Hannah das Dossier aus dem Außenministerium schloß und Parker in einem sanften Ton fragte: »Und bei wie vielen Ermittlungen in einem Mordfall waren Sie schon dabei?«

»Nun ja, das ist eigenlich das erste Mal. Darum war ich ja so glücklich, daß ich heute morgen eingeteilt war. Aber ich studiere in meiner Freizeit Kriminologie. Ich finde, es ist sehr wichtig zu verstehen, wie es im Kopf eines Verbrechers aussieht.«

Desmond Hannah wandte den Kopf dem Fenster zu – richtig elend war ihm zumute. Er hatte es mit einem toten Gouverneur, einer bevorstehenden Wahl, einem Spurensicherungsteam von den Bahamas und einem Detective Inspector zu tun, einem blutigen Anfänger, der wissen wollte, wie es im Kopf eines Verbrechers aussieht. Nachdem er sein Mittagessen verzehrt hatte, döste er bis zur Landung in Nassau vor sich hin. Es gelang ihm sogar, die Geier von der Presse zu vergessen. Bis Nassau.

Die Kurzmeldung von Associated Press vom Abend vorher kam zwar für die Londoner Zeitungen zu spät, die wegen der Zeitverschiebung von fünf Stunden im Nachteil waren, aber gerade noch rechtzeitig, ehe der *Miami Herald* in Druck ging.

Um sieben Uhr an diesem Morgen saß Sam McCready auf seinem Balkon, trank seine erste Tasse Kaffee, noch vor dem Frühstück, und blickte hinaus auf das azurblaue Meer, als er das vertraute Rascheln hörte: Der *Herald* wurde unter seiner Tür durchgeschoben.

Er schlurfte durchs Zimmer, hob die Zeitung auf und kehrte auf den Balkon zurück. Die Meldung von Associated Press stand unten auf der Titelseite, wo ihr ein ursprünglich vorgesehener Bericht über einen Hummer von Rekordgröße hatte Platz machen müssen. Es war nur der Text der AP-Depesche, die sich auf unbestätigte Meldungen bezog. Die Überschrift lautete schlicht: *Britischer Gouverneur ermordet?* McCready las die Meldung mehrmals.

»Nein, wie ungehörig«, murmelte er und ging ins Badezimmer, um sich zu waschen, zu rasieren und anzukleiden. Um neun Uhr entlohnte er den Taxifahrer vor dem Britischen Konsulat, ging hinein und stellte sich vor – als ein Mr. Frank Dillon vom Londoner Außenministerium. Er mußte eine halbe Stunde warten, bis der Konsul eintraf, und führte dann mit ihm ein Gespräch unter vier Augen. Um zehn Uhr hatte er, weswegen er hergekommen war: eine abhörsichere Verbindung zur britischen Botschaft in Washington. Er sprach zwanzig Minuten lang mit dem Chef der SIS-Filiale, einem Kollegen und alten Bekannten aus London, bei dem er die Woche zuvor während seiner Teilnahme an dem CIA-Seminar logiert hatte.

Der Kollege in Washington bestätigte die Meldung und fügte noch ein paar Details an, die soeben aus London eingetroffen waren.

»Ich dachte, ich schau mal auf einen Sprung hinüber«, sagte McCready.

»Eigentlich nicht unser Fall, oder?« meinte der Kollege.

»Vermutlich nicht, aber einen Blick ist es vielleicht wert. Ich brauche ein paar Lappen und auch ein Funktelefon.«

»Ich werde es mit dem Konsul abklären. Könnten Sie mich mit ihm verbinden?«

Eine Stunde später verließ McCready das Konsulat mit einem Bündel Dollarnoten, ordnungsgemäß quittiert, und einer Aktentasche, die ein Funktelefon samt Verschlüsselungsgerät mit einer Reichweite enthielt, die es ihm ermöglichte, das Konsulat in Miami anzurufen und sich von dort nach Washington durchstellen zu lassen.

Er kehrte zum Hotel *Sonesta Beach* zurück, packte seine Sachen, zahlte seine Rechnung und rief eine Lufttaxi-Firma am Flughafen an. Er vereinbarte, daß die Maschine um 14.00 Uhr zu dem 90-Minuten-Flug nach Sunshine starten werde.

Auch Eddi Favaro war früh auf den Beinen. Er war bereits zu dem Schluß gekommen, daß es nur eine einzige Stelle gab, wo er anfangen konnte: unten am Fischhafen, wo die Sportfischer Boote mieten konnten. Wo Julio Gomez seinen Urlaub auch verbracht haben mochte, einen großen Teil davon ganz sicher dort.

Da es keine Verkehrsmittel gab, ging Favaro zu Fuß. Es war nicht weit. An fast jeder Mauer, an beinahe jedem Baum auf seinem Weg klebte ein Plakat, auf dem den Insulanern ans Herz gelegt wurde, für diesen beziehungsweise für jenen Kandidaten zu stimmen. Die Gesichter der beiden Männer, das eine das eines Mischlings, glatt und kultiviert, das andere breit, rund und fröhlich, lächelten strahlend von den Wahlplakaten.

Ein paar Plakate waren heruntergerissen oder beschmiert worden, ob von Kindern oder von Anhängern der anderen Seite, ließ sich nicht sagen. An der Wand eines Lagerhauses in der Nähe des Hafens stand ein anderer Aufruf, ungeschickt hingemalt, zu lesen: Wir wollen ein Referendum. Als er daran vorbeiging, kam ein schwarzer Jeep mit vier Männern herbeigerast.

Der Jeep kam mit quietschenden Reifen zum Stehen. Die Männer hatten harte Gesichter und trugen bunte Hemden und dunkle Brillen, die ihre Augen unsichtbar machten. Die vier schwarzen Köpfe fixierten den Appell und drehten sich dann zu Favaro hin, als hätte er ihn verfaßt. Favaro zuckte mit den Achseln, wie um auszudrücken: Ich hab damit nichts zu tun. Die vier ausdruckslosen Gesichter starrten ihm nach, bis er um eine Ecke gebogen war. Favaro hörte, wie der Jeep mit aufheulendem Motor wegfuhr.

Auf dem Kai diskutierten Gruppen von Männern über dasselbe Thema, über das auch in der Halle des Hotels diskutiert wurde. Favaro unterbrach eine dieser Diskussionen und fragte, wer mit Gästen zum Fischen aufs Meer hinausfahre. Einer der Männer deutete den Kai entlang auf einen Mann, der in einem Boot arbeitete.

Favaro kauerte sich neben den Bootsrand und stellte seine Fragen. Er zeigte dem Fischer ein Foto von Julio Gomez. Der Mann schüttelte den Kopf.

»Klar, der war letzte Woche hier. Ist aber mit Jimmy Dobbs hinausgefahren. Das dort drüben ist Jimmys Boot, die *Gulf Lady*.«

Auf der *Gulf Lady* war niemand zu sehen. Favaro setzte sich auf einen Poller, um zu warten. Wie alle Cops wußte er, wie wichtig Geduld ist. Informationen, die man in ein paar Sekunden zusammenbekommt, das war etwas für Fernsehthriller. Im wirklichen Leben brachte man die meiste Zeit mit Warten zu. Jimmy Dobbs kam um zehn Uhr.

»Mr. Dobbs?«

»Das bin ich.«

»Tag, ich heiße Eddie und komme aus Florida. Ist das da Ihr Boot?«

»Na klar. Sind Sie zum Angeln hierhergekommen?«

»Ja, das ist mein Lieblingszeitvertreib«, antwortete Favaro. »Ein Freund von mir hat Sie empfohlen.«

»Nett von ihm.«

»Julio Gomez. Erinnern Sie sich an ihn?«

Das offene, ehrliche Gesicht des schwarzen Mannes verdüsterte sich. Er griff in sein Boot und nahm eine Angel aus ihrem Halter. Er betrachtete den Heintzblinker und den Haken mehrere Sekunden lang und reichte dann Favaro die Angel.

»Möchten Sie einen Schnapper? Gleich neben dem Kai gibt's ein paar schöne. Drunten am anderen Ende.«

Zusammen gingen sie zum anderen Ende des Hafendamms, so daß niemand sie hören könnte. Favaro fragte sich, warum.

Jimmy Dobbs nahm ihm die Angel wieder ab und schleuderte die Schnur mit dem Haken gekonnt übers Wasser. Langsam spulte er sie auf und ließ den bunten Blinker unter der Oberfläche hin und her tanzen. Ein kleiner Goldstöcker schoß auf den Köder zu, schwamm dann aber wieder weg.

»Julio Gomez ist tot«, sagte Jimmy Dobbs ernst.

»Ich weiß«, sagte Favaro. »Ich würde gern herausbekommen, wie es geschehen ist. Ich nehme an, er ist oft mit Ihnen zum Angeln hinausgefahren.«

»Jedes Jahr gekommen. Ein braver Mann, netter Kerl.«

»Hat er Ihnen erzählt, was für einen Job er in Miami hat?«

»Ja, früher mal.«

»Haben Sie jemals anderen Leuten davon erzählt?«

»Nein. Sind Sie ein Freund von ihm oder ein Kollege?«

»Beides, Jimmy. Sagen Sie, wann haben Sie Julio zum letztenmal gesehen?«

»Donnerstagabend, hier, wo wir jetzt sind. Wir waren den ganzen

Tag draußen gewesen. Er hat mein Boot für Freitag gebucht. Ist aber nicht aufgetaucht.«

»Nein«, sagte Favaro. »Er war auf dem Flugplatz und hat versucht, mit einer Maschine nach Miami zu kommen. Er war in großer Eile. Hat das falsche Flugzeug erwischt. Es ist über dem Meer explodiert. Warum mußten wir hierher gehen, um uns zu unterhalten?«

Jimmy spürte einen ansehnlichen Fang an der Angel und reichte sie Favaro. Der Amerikaner spulte die Schnur auf. Er war unerfahren. Als die Schnur etwas durchhing, nutzte der Fisch seine Chance und sprang vom Haken.

»Auf unseren Inseln gibt es ein paar schlechte Menschen«, sagte er schlicht. Favaro erkannte einen Geruch, den er in Port Plaisance gerochen hatte. Es war der Geruch der Angst. Mit der Angst kannte er sich aus. Keinem Cop aus Miami ist dieses ganz besondere Aroma fremd. Irgendwie war die Angst in dieses Paradies eingedrungen.

»War er guter Stimmung, als er sich von Ihnen verabschiedet hat?«

»Ja. Er hat einen schönen Fisch fürs Abendessen mitgenommen.«

»Wohin ist er von hier aus gegangen?«

Jimmy Dobby wirkte überrascht.

»Zu Mrs. Macdonald natürlich. Bei der hat er jedes Jahr gewohnt.«

Mrs. Macdonald war nicht zu Hause. Sie war zum Einkaufen ausgegangen. Favaro beschloß, es später noch einmal zu versuchen. Zuerst wollte er sich am Flugplatz umsehen. Er kehrte zum Parliament Square zurück. Zwei Taxis standen da. Beide Fahrer waren beim Mittagessen. Nichts zu machen. Favaro überquerte den Platz zum *Quarter Deck*, um dort zu essen. Er wählte einen Tisch auf der Veranda, von dem aus er die Taxis im Auge hatte. Ringsum das gleiche aufgeregte Gesumme wie schon während des Frühstücks; es ging nur um die Ermordung des Gouverneurs am Abend zuvor.

»Sie haben einen hohen Kriminalbeamten von Scotland Yard in Marsch gesetzt«, verkündete einer aus der Gruppe, in deren Nähe Favaro saß.

Zwei Männer erschienen in der Bar. Sie waren kräftig und sprachen kein Wort. Die Gespräche verstummten. Die beiden Männer entfernten sämtliche Plakate, die Stimmen für Marcus Johnson warben, und klebten andere an die Wand. Auf diesen war zu lesen:

Wählt Livingstone, den Kandidaten des Volkes! Als sie fertig waren, gingen sie wieder.

Der Kellner kam an Favaros Tisch und servierte ihm einen gegrillten Fisch und ein Glas Bier.

»Was waren das für Männer?« erkundigte sich Favaro.

»Wahlhelfer von Mr. Livingstone«, sagte der Kellner mit unbewegter Miene.

»Die Leute haben anscheinend Angst vor ihnen.«

»Nein, Sir.«

Der Kellner wandte sich ab, mit jenem ausdruckslosen Blick, den Favaro schon aus den Vernehmungsräumen der Metro-Dade-Zentrale kannte. Hinter den Augen senkten sich Rollos herab, was besagen sollte: Niemand ist zu Hause.

Der Jumbo mit Superintendent Hannah und Detective Inspector Parker an Bord landete in Nassau um 15.00 Uhr Ortszeit. Als erster ging ein hoher Beamter der Polizei der Bahamas an Bord, identifizierte die beiden Männer von Scotland Yard, stellte sich vor und hieß sie auf Nassau willkommen. Er geleitete sie vor den übrigen Fluggästen hinaus und die Gangway hinab zu einem Landrover, der unten wartete. Der erste Schwall warmer, tropisch-schwüler Luft traf Hannah. Sofort hatte er das Gefühl, daß seine Londoner Kleider an ihm klebten.

Der Beamte nahm ihre Gepäcketiketten und reichte sie einem Constable, der die beiden Koffer aus dem Gepäck der Passagiere heraussuchen sollte. Hannah und Parker wurden sofort zur VIP-Lounge gefahren. Dort empfingen sie der Stellvertretende Hochkommissar und ein Mitarbeiter niedrigeren Ranges, ein Mann namens Bannister.

»Ich werde Sie nach Sunshine begleiten«, sagte Bannister. »Dort gibt es irgendein Problem mit der Kommunikation. Anscheinend können sie den Tresor des Gouverneurs nicht öffnen. Ich werde dafür sorgen, daß Sie mit der Hohen Kommission hier über eine direkte Funktelefonverbindung sprechen können. Abhörsicher natürlich. Und natürlich müssen wir die Leiche hierherschaffen, sobald der Leichenbeschauer sie freigibt.«

Er hörte sich energisch und effizient an. Das gefiel Hannah. Dann lernten sie die vier Männer vom Spurensicherungsteam kennen, das die Polizei der Bahamas entgegenkommenderweise stellte. Die Besprechung dauerte eine Stunde.

Hannah blickte aus einem der Fenster hinab auf das Vorfeld des Flughafens. Dreißig Meter entfernt stand der gechartere Zehnsitzer, der darauf wartete, ihn und seine inzwischen vergrößerte Begleitmannschaft nach Sunshine zu bringen. Zwischen dem Gebäude und der Maschine hatten zwei Kamerateams Stellung bezogen, um den Augenblick einzufangen. Er seufzte.

Als die letzten Details geregelt waren, verließ die Gruppe die VIP-Lounge und ging die Treppe hinab. Mikrofone wurden den Männern vor den Mund, Notizblöcke in Bereitschaft gehalten.

»Mr. Hannah, sind Sie sicher, daß es bald zu einer Verhaftung kommen wird ... Glauben Sie, es wird sich herausstellen, daß es ein politisch motivierter Mord war ... Steht Sir Marstons Tod in irgendeiner Beziehung zum Wahlkampf ...?

Er nickte und lächelte, sagte aber nichts. Flankiert von Nassauer Polizisten traten sie aus dem Flughafengebäude hinaus in den heißen Sonnenschein und gingen auf die Maschine zu. Die Fernsehkameras nahmen alles auf. Als die offizielle Gruppe an Bord gegangen war, rasten die Journalisten zu ihren eigenen Chartermaschinen, an die sie mit Hilfe dicker Dollarbündel herangekommen oder die schon von den Chefredaktionen in London gebucht worden waren. Es war fünfundzwanzig Minuten nach vier.

Um halb drei erreichte eine kleine Cessna Sunshine und flog eine Kehre für den Landeanflug auf die Graspiste.

»Ziemlich primitiv hier«, schrie der amerikanische Pilot dem Mann neben ihm zu. »Herrlich, aber rückständig. Ich will damit sagen, hier gibt's ja rein gar nichts.«

»Sie haben keine moderne Technologie«, stimmte ihm Sam McCready zu. Er schaute durch das Plexiglas hinunter auf den staubbedeckten Streifen, der ihnen entgegenkam. Links von der Piste standen drei Gebäude: ein Hangar aus Wellblech, ein niedriger Schuppen mit einem roten Blechdach (das Empfangsgebäude) und ein weißer Würfel, über dem die britische Fahne wehte, die Polizeibaracke.

Vor dem Empfangsschuppen sprach eine kleine Gestalt in einem kurzärmeligen Strandhemd mit einem Mann in Boxershorts und ärmellosem Unterhemd. In der Nähe stand ein Wagen. Rechts und links von der Cessna wuchsen die Palmen empor, und das kleine Flugzeug setzte hart auf der Sandpiste auf. Die Gebäude flogen vorüber, als der Pilot das Bugrad aufsetzte und die Landeklappen hochstellte. Am anderen Ende der Piste kehrte die Maschine um und rollte zurück.

»Klar, ich erinnere mich an diese Maschine. Es war schrecklich, als ich später hörte, daß diese armen Menschen tot waren.«

Favaro hatte den Mann gefunden, der am Freitag vorher das Gepäck in der *Navajo Chief* verstaut hatte. Er hieß Ben und lud immer das Gepäck in die Maschinen. Es war sein Job. Wie die meisten Insulaner war er umgänglich, aufrichtig und auskunftswillig. Favaro zeigte ihm ein Foto.

»Erinnern Sie sich an diesen Mann?«

»Klar. Er hat den Besitzer des Flugzeugs gefragt, ob er ihn mit nach Key West nehmen könnte.«

»Woher wissen Sie das?«

»Er ist ja neben mir gestanden«, sagte Ben.

»Hat er besorgt gewirkt, in Eile?«

»Das wären Sie auch gewesen, Mann. Er hat zu dem Besitzer der Maschine gesagt, seine Frau hätte ihn angerufen, weil ihr Kind schwerkrank geworden ist. Dem Mädchen ginge es wirklich schlecht. Und darauf hat der Besitzer der *Navajo* gesagt, er könnte mit ihnen nach Key West fliegen.«

»War sonst noch jemand in der Nähe?«

Ben überlegte.

»Nur dieser andere, der beim Verladen des Gepäcks mitgeholfen hat«, sagte er. »Ich nehme an, es war ein Angestellter von dem Flugzeugbesitzer.«

»Wie hat dieser Mann ausgesehen?«

»Ich hatte ihn noch nie vorher gesehen«, sagte Ben. »Ein Schwarzer, nicht aus Sunshine, buntes Hemd, dunkle Brille. Hat kein Wort gesprochen.«

Die Cessna rumpelte auf den Zollschuppen zu. Die beiden Männer schirmten ihre Augen gegen den aufwirbelnden Staub ab. Ein zerknautscht wirkender Mann von mittlerer Statur kletterte heraus, holte eine Reise- und eine Aktentasche aus der Maschine, trat ein paar Schritte zurück, winkte dem Piloten zu und ging in den Schuppen.

Favaro war nachdenklich geworden. Julio Gomez war kein Mann gewesen, der Lügen erzählte. Aber er hatte weder Frau noch Kind gehabt. Er mußte einen Grund gehabt haben, daß er sich so verzweifelt bemühte, nach Hause, nach Miami zu kommen. Und die Bombe, das stand für Favaro jetzt fest, hatte nicht Klinger, sondern Gomez gegolten. Er dankte Ben für seine Auskünfte und ging zurück zum Taxi, das auf ihn wartete. Als er einstieg, sagte eine englische Stimme neben ihm:

»Ich weiß, es ist viel verlangt, aber könnten Sie mich vielleicht nach Port Plaisance mitnehmen? Am Taxistand steht anscheinend kein Wagen.«

Es war der Mann, der mit der Cessna gekommen war.

»Natürlich«, sagte Favaro. »Betrachten Sie sich als meinen Gast.«

»Schrecklich nett von Ihnen«, meinte der Engländer, während er sein Gepäck im Kofferraum verstaute. Auf der Fahrt in den Ort, die nur fünf Minuten dauerte, stellte er sich vor.

»Frank Dillon«, sagte er.

»Eddie Favaro«, sagte der Amerikaner. »Zum Angeln hergekommen?«

»Nein, das ist eigentlich nicht mein Fall. Nur ein bißchen Urlaub machen, geruhsam und in Frieden.«

»Aussichtslos«, sagte Favaro. »Auf Sunshine ist die Hölle los. Aus London ist eine Gruppe Kriminaler, begleitet von der Presse, hierher unterwegs. Gestern abend ist der Gouverneur in seinem Garten erschossen worden.«

»Mein Gott!« sagte der Engländer. Er wirkte aufrichtig bestürzt.

Favaro setzte ihn vor dem *Quarter Deck* ab, bezahlte das Taxi und ging die paar hundert Meter zu Mrs. Macdonalds Pension zu Fuß. Auf der anderen Seite des Parliament Square stand ein großer Mann auf der Ladefläche eines Lastwagens, und hielt vor einer Gruppe apathisch wirkender Bürger eine Ansprache. Mr. Livingstone. Favaro erkannte ihn an seiner dröhnenden Rhetorik.

»Und ich sage, meine Brüder und Schwestern, daß ihr am Reichtum unserer Inseln teilhaben sollt. Sie sollten auch euch gehören, die gefangenen Fische aus dem Meer, die schönen Häuser der paar Reichen, die oben am Hang wohnen, die ...«

Die Zuhörerschaft wirkte nicht sehr begeistert. Der Lastwagen war von den beiden Muskelmännern flankiert, die im *Quarter Deck* die Johnson-Plakate heruntergerissen und ihre eigenen angebracht hatten. Mehrere Männer von ähnlichem Kaliber waren unter den Zuhörern verteilt und versuchten, jubelnden Beifall in Gang zu bringen. Sie jubelten alleine. Favaro ging weiter. Diesmal war Mrs. Macdonald zu Hause.

Desmond Hannah landete kurz vor sechs. Es war beinahe schon dunkel. Vier weitere, leichtere Maschinen schafften es gerade noch rechtzeitig und konnten noch zum Rückflug nach Nassau starten, ehe es ganz finster war. Die Ladung bestand aus BBC, ITV, dem Mann von der *Sunday Times*, der mit dem vom *Sunday Telegraph* eine Maschine teilte, sowie Sabrina Tennant und ihrem Team von BSB, British Satellite Broadcasting.

Hannah, Parker, Bannister und die vier einheimischen Kriminalbeamten wurden von Lieutenant Haverstock und Chief Inspector Jones empfangen, dieser in einem cremefarbenen Tropenanzug, jener makellos in seiner Uniform. Um sich die geringe Chance, ein paar Dollar zu verdienen, nicht entgehen zu lassen, hatten sich auch die beiden Taxis von Port Plaisance und zwei kleine Lieferwagen eingefunden. Sie wurden alle mit Beschlag belegt.

Als die Formalitäten abgewickelt waren und die Neuankömmlinge über das Hotel *Quarter Deck* herfielen, war die Nacht eingebrochen. Hannah befand, es sei sinnlos, mit den Ermittlungen in der Dunkelheit, beim Schein von Taschenlampen zu beginnen, aber er ersuchte darum, das Government House auch die Nacht hindurch bewachen zu lassen, und Chief Inspector Jones, der die Ehre genoß, mit einem echten Detective Chief Superintendent zusammenarbeiten zu dürfen, erteilte mit bellender Stimme die entsprechenden Anweisungen.

Hannah war müde. Auf den Inseln war es zwar erst sechs, aber auf seiner »Körperuhr« elf Uhr abends, und er war seit vier Uhr früh auf den Beinen. Er nahm das Abendessen mit Parker und Lieutenant Haverstock ein, was ihm die Möglichkeit verschaffte, sich aus erster Hand über die tatsächlichen Ereignisse des Abends zu informieren. Dann legte er sich aufs Ohr.

Die Vertreter der Medien fanden zielbewußt und mit geübter Schnelligkeit die Hotelbar. Runden wurden bestellt und getrunken. Die üblichen Scherze eines Pulks von Journalisten mit einem Auftrag im Ausland wurden lauter. Niemand bemerkte einen Mann in einem zerknitterten Tropenanzug, der allein am Ende der Theke saß und dem Geplapper zuhörte.

»Als er wegging, wohin war er da unterwegs?« fragte Eddie Favaro. Er hatte sich am Küchentisch niedergelassen, während Mrs. Macdonald ihm eine Schale ihrer Muschelsuppe vorsetzte.

»Er wollte ins *Quarter Deck*, auf ein Glas Bier«, sagte sie.

»War er gut aufgelegt?«

Ihr Singsang füllte die Küche.

»Glauben Sie mir, Mr. Favaro, er war ein fröhlicher Mensch. Ich habe ihm einen schönen Fisch zum Abendessen gegrillt. Er hat gesagt, er würde um acht zurück sein. Ich hab ihm noch gesagt, er soll nicht später kommen, weil die Makrele sonst austrocknet. Er hat gelacht und gesagt, er würde schon rechtzeitig zurück sein.«

»Und war er das?«

»Nein. Er kam mit mehr als einer Stunde Verspätung. Der Fisch war trocken und hart. Und er hat Unsinn geredet.«

»Was hat er denn für ... Unsinn geredet?«

»Nicht viel. Hat sich offenbar große Sorgen gemacht. Und dann hat er gesagt, er hätte einen Skorpion gesehen. Jetzt essen Sie mal die Suppe auf.«

»Hat er gesagt, *einen* Skorpion oder *den* Skorpion?«

Sie runzelte die Stirn, während sie angestrengt nachdachte.

»Ich glaube, er hat *einen* gesagt. Aber es könnte auch *der* gewesen sein«, gab sie zu.

Favaro löffelte die Suppe aus, dankte ihr und kehrte zum Hotel zurück. In der Bar ging es drunter und drüber. Er fand einen Platz am anderen Ende, abseits des Journalistenrudels. Auf dem Hocker ganz hinten saß der Engländer vom Flugplatz, der grüßend sein Glas hob, aber nichts sagte. Gott sei Dank, dachte Favaro, der zerknitterte Brite scheint wenigstens die Gabe des Schweigens zu besitzen.

Eddie Favaro mußte nachdenken. Er wußte, wie sein Freund umgekommen war, und er glaubte auch den Grund zu kennen.

Hier auf dieser paradiesischen Insel hatte Julio Gomez wirklich oder vermeintlich den brutalsten Killer gesehen, der ihnen beiden jemals begegnet war.

3

Am nächsten Morgen, gleich nach sieben Uhr, als noch die Kühle des Frühmorgens über dem Land lag, machte sich Desmond Hannah an die Arbeit. Sein Ausgangspunkt war das Government House.

Er befragte ausführlich Jefferson, den Butler, der ihm unter anderem von Sir Marstons Gewohnheit berichtete – an der dieser unbeirrbar festgehalten habe –, sich jeden Nachmittag gegen fünf in seinen ummauerten Garten zurückzuziehen und einen Whisky mit Soda zu trinken, ehe die Sonne unterging. Hannah fragte, wie viele Leute vermutlich von diesem Ritual gewußt hatten. Um Konzentration bemüht, runzelte Jefferson die Stirn.

»Viele Leute, Sir. Lady Moberley natürlich, Lieutenant Haverstock, ich selbst, Miss Myrtle, die Sekretärin, aber sie war bei ihren Eltern auf Tortola zu Besuch. Besucher, die ihn dort im Garten gesehen hatten. Viele Leute.«

Jefferson schilderte genau, wo er die Leiche aufgefunden hatte, erklärte aber, den Schuß nicht gehört zu haben. Später sollte der »Schuß«, von dem Jefferson gesprochen hatte, Hannah überzeugen, daß der Butler die Wahrheit sprach. Aber vorläufig noch wußte er nicht, wie viele Schüsse abgefeuert worden waren.

Das Spurensicherungsteam aus Nassau arbeitete zusammen mit Penrose auf dem Rasen und suchte nach leeren Patronenhülsen aus der Waffe des Killers. Die Männer suchten sehr gründlich, denn es war möglich, daß unachtsame Leute die kleine Messinghülse beziehungsweise die Messinghülsen in die Erde getreten hatten. Am Abend nach dem Mord waren Lieutenant Haverstock, Detective Inspector Jones und sein Onkel, Dr. Jones, im Garten umhergegangen und hatten dafür gesorgt, daß keine Fußabdrücke mehr gesichert werden konnten.

Hannah inspizierte die Stahltür in der Gartenmauer, während der Experte aus Nassau sie nach möglichen Fingerabdrücken absuchte. Es gab keine. Wenn der Killer durch diese Tür gekommen war und, wie es schien, sofort geschossen hatte, schätzte Hannah, dürfte der Gouverneur zwischen der Tür und der Korallenmauer unterhalb der Stufen, die nach oben führten, gestanden haben. Sollte eine Kugel seinen Körper durchschlagen haben, müßte sie diese Mauer getroffen haben. Er lenkte die Aufmerksamkeit der Experten, die auf dem Rasen umherkrochen, auf den Pfad, der an dieser Mauer entlanglief. Dann ging er wieder ins Haus, um mit Lady Moberley zu sprechen.

Die Gouverneurswitwe erwartete ihn im Salon, wo Sir Marston die Protestdelegation der »Besorgten Bürger« empfangen hatte. Sie war eine magere, blasse Frau mit mausgrauem Haar und einer Gesichtshaut, die von den langen Jahren in den Tropen gelb geworden war.

Jefferson erschien mit einem eisgekühlten Lager-Bier auf einem Tablett. Hannah zögerte, nahm es aber dann doch. Es war ja schließlich ein sehr heißer Vormittag. Lady Moberley nahm ein Glas

Grapefruitsaft. Sie sah das Bier mit gierigem Verlangen an. O je, dachte Hannah.

Aber sie konnte im Grunde nicht viel Erhellendes beisteuern. Soviel sie wisse, habe ihr Mann keine Feinde gehabt. Politisch motivierte Verbrechen seien auf den Inseln bis dahin noch nicht vorgekommen. Ja, der Wahlkampf habe eine kleine Kontroverse ausgelöst, aber durchaus im Rahmen der demokratischen Regeln, fand sie.

Sie selbst sei zum Zeitpunkt des Mordes nicht dagewesen, habe ein kleines Missionskrankenhaus am Hang des Spyglass Hill besucht. Es sei von Mr. Marcus Johnson, einem ausgezeichneten Mann und großen Philanthropen, nach seiner Rückkehr auf seine heimischen Barclays vor einem halben Jahr gestiftet worden. Sie habe sich damals bereit erklärt, die Schirmherrschaft über das Krankenhaus zu übernehmen. Sie sei im Dienstwagen ihres Mannes, einem Jaguar, von Stone, dem Chauffeur des Gouverneurs, hingebracht worden.

Hannah dankte ihr und erhob sich. Parker hatte von außen an die Fensterscheibe geklopft. Hannah ging auf die Terrasse hinaus. Parker sagte aufgeregt: »Sie hatten recht, Sir. Hier ist sie.«

Er streckte Hannah die rechte Hand entgegen. Auf der Handfläche lag der flachgedrückte, verformte Überrest dessen, was einst eine Bleikugel gewesen war. Hannah starrte ihn düster an.

»Vielen Dank für Ihren persönlichen Einsatz«, sagte er. »Aber beim nächsten Mal wollen wir doch Pinzette und Plastiktüte nehmen.«

Parker wurde blaß, wieselte dann in den Garten hinab, legte die Kugel wieder auf den Pfad aus zerkleinerten Muschelschalen, öffnete seinen Tatortkoffer und entnahm eine Pinzette. Mehrere von den Männern aus Nassau grinsten.

Mit der Pinzette hob Parker die zerquetschte Kugel mühsam vom Boden auf und ließ sie in eine kleine, durchsichtige Tüte fallen.

»So, und jetzt wickeln Sie Watte um die Tüte und stecken alles in ein Glas mit Schraubverschluß«, sagte Hannah. Parker tat wie geheißen.

»Danke, und jetzt verstauen Sie das Glas im Tatortkoffer, bis wir es unseren Ballistik-Experten schicken können«, sagte Hannah. Er gab einen Seufzer von sich. Diese Geschichte würde sich vermutlich zu einer gräßlichen Plackerei auswachsen. Allmählich drängte sich ihm der Eindruck auf, daß er allein besser zurechtkäme.

Dr. Caractacus Jones, der um sein Erscheinen ersucht worden war, traf im Government House ein. Hannah war froh, sich mit einem Profi, wie er selbst einer war, unterhalten zu können. Dr. Jones schilderte ihm, wie er am Abend vorher kurz nach sechs von Jefferson, den Lieutenant Haverstock losgeschickt hatte, in die Gouverneursresidenz geholt worden war. Jefferson hatte zu ihm gesagt, er solle sofort kommen, da auf den Gouverneur geschossen worden sei. Der Butler hatte nicht erwähnt, daß der Schuß oder die Schüsse tödlich gewesen waren. So hatte Dr. Jones seine Arzttasche genommen und war hinausgefahren, um zu sehen, was er tun konnte. Wie sich zeigte, lautete die Antwort: gar nichts.

Hannah führte Dr. Jones in das Amtszimmer des verewigten Sir Marston und bat ihn um die schriftliche Freigabe der Leiche, damit sie am Nachmittag zur Obduktion nach Nassau geflogen werden konnte. Dies tat Dr. Jones in seiner Eigenschaft als Coroner der Insel. Bannister, der Mann von der Hohen Kommission in Nassau, tippte die Bescheinigung auf Briefpapier des Government House. Er hatte gerade vorher das neue Kommunikationssystem für Hannah installiert.

Im britischen Rechtswesen ist das Gericht mit der höchsten aller Amtsbefugnisse nicht, wie allgemein angenommen wird, das Oberhaus, sondern das Coroner-Gericht. Es hat den Vorrang vor allen anderen Gerichten. Die Überführung der Leiche von Sunshine auf das Territorium der Bahamas machte die entsprechende Anweisung eines Coroners notwendig. Dr. Jones unterschrieb ohne Widerspruch, und damit hatte die Sache ihre Ordnung. Hannah bat Dr. Jones, ihm die Leiche zu zeigen.

Unten am Hafen wurde das Kühlhaus geöffnet, und zwei von Detective Inspector Jones' Constables zogen den Leichnam ihres ehemaligen Gouverneurs, der inzwischen beinhart gefroren war, zwischen den Fischen heraus und trugen ihn in den Schatten eines Lagerhauses in der Nähe, wo sie ihn auf eine von zwei Böcken gestützte Tür legten.

Für die Medienvertreter – mittlerweile verstärkt durch ein CNN-Team aus Miami –, die schon den ganzen Morgen Hannah auf den Fersen gewesen waren, war das ein gefundenes Fressen. Alles wurde fotografiert. Selbst der Bettgenosse, der die vergangenen dreißig Stunden neben dem Gouverneur gelegen hatte, der Thunfisch, fand Eingang in die Abendnachrichtensendung von CNN.

Hannah befahl, die Türen zu schließen, um die Meute draußen zu halten, und untersuchte die erstarrte Leiche unter der Schicht Rauhfrost so gründlich, wie es eben ging. Dr. Jones stand neben ihm. Nachdem Hannah sich das Loch in der Brust des Gouverneurs angesehen hatte, entdeckte er ein weiteres, kleines, kreisrundes Loch im linken Ärmel.

Er knetete den Stoff langsam mit Daumen und Zeigefinger, bis die Wärme, die von seiner Hand ausging, das Material weich werden ließ. In dem Ärmel waren zwei solcher Löcher, durch die eine Kugel ein- und ausgetreten war. Doch die Haut des Arms war unberührt geblieben. Er sah Parker an.

»Zwei Kugeln, mindestens«, sagte er ruhig. »Uns fehlt die zweite Kugel.«

»Die steckt vermutlich noch in der Leiche«, sagte Dr. Jones.

»Ohne Zweifel«, sagte Hannah. »Trotzdem wünsche ich, Peter, daß man sich den Bereich hinter der Stelle, wo der Gouverneur gesessen oder gestanden hat, noch einmal sorgfältig vornimmt. Und dann noch einmal. Nur für den Fall, daß sich die Kugel dort irgendwo befindet.«

Er erteilte Weisung, den toten Gouverneur wieder im Kühlhaus zu verstauen. Abermals surrten die Kameras. Hannah wurde mit Fragen eingedeckt. Er nickte lächelnd und sagte: »Alles zu seiner Zeit, meine Damen und Herren. Wir stehen ja noch ganz am Anfang.«

»Aber wir haben eine Kugel sichergestellt«, sagte Parker stolz. Sämtliche Kameras richteten sich auf ihn. Hannah kam der Gedanke, daß der Attentäter den verkehrten Mann erschossen hatte. Das hier entartete allmählich zu einer Pressekonferenz. Und dafür war es ihm noch zu früh.

»Heute abend gibt es eine umfassende Verlautbarung«, sagte er. »Aber jetzt heißt es: zurück an die Arbeit. Danke Ihnen.«

Er drängte Parker in den Landrover der Polizei, und sie fuhren zum Government House zurück. Hannah bat Bannister, in Nassau anzurufen und für den Nachmittag um ein Flugzeug mit Tragbahre, Sackkarren, Leichensack und zwei Helfern zu ersuchen. Dann begleitete er Dr. Jones zu seinem Wagen. Sie waren allein.

»Sagen Sie, Doktor, gibt es auf dieser Insel jemanden, der wirklich alles weiß, was hier vor sich geht, und alle Leute kennt, die hier leben?«

Dr. Caractacus Jones lächelte.

»Da bin einmal ich«, sagte er. »Aber nein, ich könnte nicht erraten, wer das getan hat. Außerdem bin ich erst von zehn Jahren aus Barbados zurückgekommen. Wenn Sie Auskünfte über die wirkliche Geschichte der Inseln haben möchten, sollten Sie Missy Coltrane besuchen. Sie ist sozusagen ... die Großmutter der Barclays. Wenn Sie jemanden suchen, der darauf kommen könnte, wer der Täter war, wären Sie bei ihr vielleicht an der richtigen Adresse.«

Dr. Jones fuhr in seinem Austin davon, der schon bessere Tage gesehen hatte. Hannah ging hinüber zum Neffen des Arztes, Chief Inspector Jones, der noch neben seinem Landrover stand.

»Ich hätte eine Bitte an Sie, Chief Inspector«, sagte er höflich. »Könnten Sie zum Landeplatz fahren und sich beim Paßbeamten erkundigen, ob seit dem Mord irgend jemand die Insel verlassen hat? *Überhaupt* jemand. Abgesehen natürlich von den Piloten der Maschinen, die hier gelandet und wieder abgeflogen sind, ohne die Piste zu verlassen.«

Chief Inspector Jones salutierte und fuhr davon. Der Jaguar stand im Vorhof. Oscar, der Chauffeur, war gerade damit beschäftigt, den Wagen zu wienern. Parker und das übrige Team waren hinter der Villa und suchten nach der fehlenden Kugel.

»Oscar?«

»Sir?« Oscars Lippen verzogen sich zu einem breiten, strahlenden Grinsen.

»Kennen Sie Missy Coltrane?«

»O ja, Sir. Eine feine Dame.«

»Wissen Sie, wo sie wohnt?«

»Ja, Sir. Im Flamingo House, oben auf dem Spyglass Hill.«

Hannah schaute auf seine Uhr. Es war halb zwölf und die Hitze drückend.

»Glauben Sie, daß sie um diese Zeit zu Hause ist?«

Oscar wirkte verwirrt.

»Natürlich, Sir.«

»Ich möchte ihr einen Besuch machen. Bringen Sie mich hin?«

Der Jaguar schlängelte sich aus Port Plaisance hinaus und fuhr an den Abhängen des Spyglass Hill, zehn Kilometer westlich des Ortes, höher und höher. Es war ein alter Mark IX, mittlerweile ein Klassiker, auf die gute, alte Art produziert, nach Leder und poliertem Nußholz duftend. Hannah lehnte sich zurück und schaute hinaus, wo die Landschaft vorüberzog.

Das Buschwerk im Flachland wurde von der grüneren Vegetation an den höheren Hängen abgelöst. Sie kamen an kleinen Feldern vorbei, bewachsen mit Mais, Mango- und Papayafrüchten. Hütten aus Holz standen ein bißchen abseits der Straße, in den Gärten davor scharrten Hühner im Staub. Kleine, braunhäutige Kinder hörten den Wagen herankommen, tollten auf die Straße und winkten begeistert. Hannah winkte zurück.

Sie kamen an der gepflegt wirkenden weißen Kinderklinik vorbei, die Marcus Johnson gestiftet hatte. Hannah warf einen Blick zurück und sah Port Plaisance in der Hitze dösen. Er erkannte das Lagerhaus am Hafen mit seinem roten Dach, daneben das Kühlhaus, wo der gefrorene Gouverneur schlief, die sandige Fläche des Parliament Square, den Kirchturm der Anglikanischen Kirche und die Dachschindeln des Hotels *Quarter Deck*. Dahinter, jenseits des Ortes, schimmerte im Hitzedunst das Mauerge viert um das Government House. Wie in aller Welt, fragte er sich, konnte jemand auf den Gedanken kommen, auf den Gouverneur zu schießen?

Sie kamen an einem adretten Bungalow vorüber, der dem verunglückten Mr. Barney Klinger gehört hatte, durchfuhren zwei weitere Kurven und waren auf der Hügelkuppe angelangt. Vor ihnen stand eine rosafarbene Villa – Flamingo House.

Hannah zog an der schmiedeeisernen Kette neben der Tür, und von irgendwoher war ein leises Klingeln zu hören. Ein halbwüchsiges Mädchen öffnete die Tür; unter dem schlichten Baumwollkleid schauten nackte, braune Beine hervor.

»Ich hätte gern Missy Coltrane besucht«, sagte Hannah.

Sie nickte, ließ ihn eintreten und führte ihn in einen großen, luftigen Salon. Offenstehende Türflügel zeigten einen Balkon mit einem prachtvollen Ausblick über die Insel und die funkelnde blaue See.

In dem Raum war es kühl, obwohl es keine Klimaanlage gab. Hannah bemerkte, daß das Haus überhaupt keinen Stromanschluß hatte. Frische Brisen wehten durch die offene Balkontür herein und durch die geöffneten Fenster auf der anderen Seite wieder hinaus. Den Möbeln war anzusehen, daß es der Salon einer älteren Person war. Hannah schlenderte umher, während er wartete.

An den Wänden hingen Bilder, dutzendweise, und alle zeigten karibische Vögel, gekonnt mit zarten Wasserfarben gemalt. Das einzige Porträt, das nicht einem Vogel galt, war das eines Mannes in der weißen Uniform des Gouverneurs einer britischen Kolonie. Er blickte starr aus dem Rahmen, mit ergrautem Haupthaar und Schnauzbart, das Gesicht gebräunt, faltig und gütig. Zwei Reihen winziger Orden bedeckten die linke Brust seines Waffenrocks. Hannah guckte näher hin, damit er lesen konnte, was auf dem Messingtäfelchen unter dem Ölbild stand: »Sir Robert Coltrane, K. B. E., Gouverneur der Barclay-Inseln 1945-53.« Sir Robert hielt seinen weißen, mit Hahnenfedern geschmückten Helm in der rechten Armbeuge; die linke Hand ruhte auf dem Knauf seines Degens.

Hannah lächelte. Er ging weiter an der Wand entlang zu einer Vitrine. Hinter der Glasscheibe waren an der Rückwand die militärischen Trophäen befestigt, gesammelt und zur Schau gestellt von seiner Witwe. Das purpurrote Band des *Victoria Cross*, der höchsten englischen Auszeichnung für Tapferkeit vor dem Feinde, samt dem Datum der Verleihung, 1917, war zu sehen. Es wurde flankiert vom *Distinguished Service Cross* und dem *Military Cross*. Andere Gegenstände, die der Krieger auf seinen Feldzügen mit sich geführt hatte, umgaben die drei Orden.

»Er war ein sehr tapferer Mann«, sagte hinter ihm eine klare Stimme. Hannah fuhr herum, überaus verlegen.

Die Gummireifen ihres Rollstuhls hatten auf den Fliesen kein Geräusch verursacht, als sie ins Zimmer gekommen war. Sie war klein und wirkte gebrechlich, hatte glänzendes, weißes Lockenhaar und wasserblaue Augen.

Hinter ihr stand der Diener, der sie vom Garten hereingeschoben hatte, ein Mannsbild von einschüchternder Körpergröße. Sie drehte sich zu ihm um.

»Vielen Dank, Firestone. Mehr brauche ich jetzt nicht.«

Er nickte und zog sich zurück. Sie rollte selbst noch ein, zwei Meter in den Raum und gab Hannah mit einer Handbewegung zu verstehen, daß er Platz nehmen möge. Sie lächelte.

»Der Name? Er war ein Findelkind, das jemand auf einer Abfalldeponie, in einem Firestone-Reifen, entdeckt hat. So. Und Sie? Sie müssen Detective Chief Superintendent Hannah von Scotland Yard sein. Das ist ein sehr hoher Rang für diese armen Inseln. Was kann ich für Sie tun?«

»Ich muß mich dafür entschuldigen, daß ich Sie gegenüber Ihrem Hausmädchen Missy Coltrane genannt habe«, sagte er. »Niemand hat mich aufgeklärt, daß Sie Lady Coltrane sind.«

»Schon gut«, sagte sie. »Hier bin ich einfach Missy. Sie nennen mich alle bei diesem Namen. Es ist mir auch lieber so. Alte Bräuche sterben nicht so rasch. Sie werden vielleicht bemerkt haben, daß ich keine gebürtige Engländerin bin, sondern in South Carolina geboren wurde.«

»Ihr verstorbener Gatte ...« Hannah nickte zu dem Porträt hin »... war früher hier Gouverneur, wie ich sehe.«

»Ja. Wir haben uns während des Krieges kennengelernt. Robert hatte den Ersten Weltkrieg mitgemacht. Er hätte nicht noch einmal einrücken müssen. Aber er hat sich gemeldet. Wurde zum zweiten Mal verwundet. Ich war damals Krankenschwester. Wir haben uns ineinander verliebt, 1943 geheiratet und zehn wunderbare Jahre zusammen bis zu seinem Tod verbracht. Wir waren zwar im Alter fünfundzwanzig Jahre auseinander, aber das hat überhaupt keine Rolle gespielt. Nach dem Krieg hat ihn die Londoner Regierung zum Gouverneur der Barclays ernannt. Ich blieb hier, nachdem er gestorben war. Er war damals erst sechsundfünfzig. Zu spät behandelte Kriegsverletzungen.«

Hannah machte eine Überschlagsrechnung. Sir Robert dürfte 1897 auf die Welt gekommen sein und mit zwanzig sein Victoria Cross bekommen haben. Sie war wohl achtundsechzig, nicht alt genug für einen Rollstuhl. Sie schien mit ihren blauen Augen seine Gedanken zu lesen.

»Ich bin ausgerutscht und gestürzt«, sagte sie. »Vor zehn Jahren. Dabei habe ich mir das Rückgrat gebrochen. Aber Sie sind sicher nicht 4 000 Meilen weit gereist, um sich nach dem Befinden einer alten Frau im Rollstuhl zu erkundigen. Kann ich Ihnen irgendwie behilflich sein?«

Hannah begann.

»Die Sache ist so, daß ich mir kein Tatmotiv denken kann. Wer auch immer Sir Marston erschossen hat, muß ihn sehr gehaßt haben, um dazu fähig zu sein. Aber bei den Menschen auf diesen Inseln hier kann ich mir kein Motiv denken. Sie kennen die Leute. Wer wäre imstande gewesen, eine solche Tat zu begehen, und aus welchem Grund?«

Lady Coltrane rollte sich zu einem offenen Fenster und blickte eine Zeitlang hinaus.

»Mr. Hannah, Sie haben recht. Ich kenne die Menschen hier wirklich. Ich lebe ja seit fünfundvierzig Jahren hier. Ich liebe diese

Inseln und ihre Bewohner. Ich hoffe, ich darf mir einbilden, daß sie mich ebenfalls lieben.«

Sie drehte den Rollstuhl herum und blickte Hannah lange an.

»In der großen Politik zählen diese Inseln überhaupt nicht. Und doch haben ihre Bewohner anscheinend etwas entdeckt, was der Außenwelt entgangen ist. Sie sind darauf gekommen, wie man es anstellt, glücklich zu leben. Nur das. Nicht reich, nicht mächtig, aber glücklich.

Jetzt möchte London uns unabhängig sehen, und zwei Kandidaten haben sich zur Wahl gestellt, rivalisieren um die Macht. Mr. Johnson, der sehr wohlhabend ist und den Inseln große Summen hat zukommen lassen, aus welchen Motiven auch immer; und Mr. Livingstone, der Sozialist, der alles verstaatlichen und unter die Armen aufteilen möchte. Sehr nobel, natürlich. Mr. Johnson mit seinen Plänen für Erschließung und Wohlstand, und Mr. Livingstone mit seinen Plänen, alle Menschen hier gleich zu machen.

Ich kenne beide. Ich habe sie schon gekannt, als sie noch kleine Jungen waren und als sie als Halbwüchsige die Inseln verließen, um anderswo ihr Glück zu suchen. Und jetzt sind sie wieder da.«

»Sie sind mißtrauisch gegen beide?« fragte Hannah.

»Mr. Hannah, der Grund sind die Männer, die sie mitgebracht haben. Sehen Sie sich die Typen an, mit denen die beiden sich umgeben haben. Es sind gewalttätige Männer, Mr. Hannah. Die Menschen hier wissen das. Schon sind Leute bedroht und verprügelt worden. Vielleicht sollten Sie sich mal die Entourage dieser beiden Kandidaten anschauen, Mr. Hannah.«

Auf der Rückfahrt hinab ins Flachland dachte Desmond Hannah darüber nach. Ein gedungener Killer? Der Mord an Sir Marston hatte alle Merkmale einer solchen Tat. Er beschloß, nach dem Mittagessen mal mit den beiden Kandidaten ein bißchen zu plaudern und sich die Männer ihrer Umgebung genauer anzusehen.

Bei seiner Ankunft im Government House wurde Hannah abgefangen. Ein rundlicher Engländer mit Doppel-, Tripel- oder Quadrupelkinn über dem weißen Bundkragen eines Geistlichen sprang von einem Stuhl im Salon hoch, als Hannah hereinkam. Parker war auch da.

»Chief, das ist Reverend Simon Prince, der anglikanische Vikar im Ort. Er hat einige interessante Informationen für uns.«

Hannah fragte sich, woher Parker das Wort »Chief« hatte. Es war ihm verhaßt. »Sir« würde vollauf genügen. Später, viel später »Desmond«. Vielleicht.

»Schon Glück gehabt mit der zweiten Kugel?«

»Ah, nein, noch nicht.«

»Dann gehen Sie mal wieder an die Arbeit«, sagte Hannah. Parker verschwand durch die Flügeltür. Hannah schloß sie hinter ihm.

»Nun, Mr. Prince, was können Sie mir berichten?«

»Ich heiße Quince«, sagte der Vikar. »Quince. Das ist alles sehr betrüblich.«

»Allerdings. Besonders für den Gouverneur.«

»Oh, ja schon. Ich habe eigentlich gemeint ... nun ja ... daß ich zu Ihnen mit Informationen über einen anderen Geistlichen komme. Ich weiß nicht, ob es richtig von mir ist. Aber ich dachte, es könnte relevant sein.«

»Warum überlassen Sie das Urteil darüber nicht mir?« regte Hannah in mildem Ton an.

Der Vikar beruhigte sich und nahm wieder Platz.

»Es hat sich alles am vergangenen Freitag abgespielt«, sagte er. Er berichtete, wie die Delegation des Komitees der »Besorgten Bürger« den Gouverneur aufgesucht und von ihm eine Abfuhr erhalten hatte. Als er damit fertig war, runzelte Hannah die Stirn.

»Was hat er genau gesagt?« fragte er.

»Er hat gesagt«, zitierte Quince den Kollegen, »wir müßten uns ›diesen Gouverneur vom Hals schaffen und einen neuen besorgen.‹«

Hannah stand auf.

»Vielen Dank, Mr. Quince. Darf ich vorschlagen, daß Sie darüber nicht mehr sprechen, sondern die Sache mir überlassen?«

Der dankbare Vikar verabschiedete sich rasch. Hannah überlegte. Er hatte nicht viel für Petzer übrig, aber jetzt mußte er auch den feuerspeienden Baptistenprediger Walter Drake überprüfen. In diesem Augenblick erschien Jefferson mit kalten Hummerschwänzen in Majonnaise auf einem Tablett. Hannah seufzte. Es mußte einen gewissen Ausgleich geben, wenn man 4 000 Meilen weit in die Welt hinausgeschickt wurde. Und wenn das Außenministerium ohnedies zahlte ... Er goß sich ein Glas voll mit eisgekühltem Chablis und machte sich über die Delikatesse her.

Während Hannah seinen Lunch verzehrte, kam Chief Inspector Jones vom Flugplatz zurück.

»Während der vergangenen vierzig Stunden«, berichtete er, »hat niemand die Insel verlassen.«

»Jedenfalls nicht auf legalem Weg«, sagte Hannah. »Jetzt eine andere unangenehme Aufgabe, Mr. Jones. Führen Sie ein Schußwaffenregister?«

»Natürlich.«

»Gut. Würden Sie es für mich durchgehen und alle Leute auf den Inseln besuchen, die eine registrierte Schußwaffe besitzen? Wir suchen nach einer großkalibrigen Handfeuerwaffe. Besonders nach einer, die der Besitzer nicht vorzeigen kann oder die kurz zuvor gereinigt und frisch eingeölt wurde.«

»Frisch eingeölt?«

»Nachdem damit geschossen worden war«, erklärte Hannah.

»Ah ja, natürlich.«

»Noch eine letzte Sache, Chief Inspector. Ist Reverend Drake im Besitz einer registrierten Schußwaffe?«

»Nein. Das kann ich mit Bestimmtheit sagen.«

Als er gegangen war, ließ Hannah Lieutenant Haverstock holen.

»Besitzen Sie zufällig einen Dienstrevolver oder eine automatische Pistole?« fragte er.

»Aber was denken Sie denn, Sie glauben doch nicht im Ernst ...« verwahrte sich der junge Subalternoffizier.

»Mir ist die Idee gekommen, daß sie vielleicht jemand gestohlen oder entwendet und wieder an ihren Platz zurückgelegt hat.«

»Ach ja, ich sehe, worauf Sie hinauswollen, *old boy*. Aber ich muß Sie enttäuschen. Keine Waffe. Ich habe nie eine Waffe auf die Insel gebracht. Allerdings einen Zierdegen.«

»Wäre Mr. Marston erstochen worden, würde ich vielleicht erwägen, Sie zu verhaften«, sagte Hannah väterlich. »Gibt es überhaupt Waffen im Government House?«

»Nein, meines Wissens nicht. Und außerdem kam der Mörder doch wohl von außen. Durch die Gartenmauer, oder nicht?«

Hannah hatte sich beim ersten Tageslicht das herausgerissene Schloß an der Stahltür in der Gartenmauer angesehen. Nach dem Zustand der beiden gebrochenen Haspen und des großen Vorhängeschlosses zu schließen, hatte wahrscheinlich jemand mit einem langen und sehr starken Brecheisen dafür gesorgt, daß der alte Stahl barst. Aber dann kam ihm die Idee, daß die Sprengung des Schlosses eine List gewesen sein könnte. Niemand hatte jemals die Tür zu öffnen versucht; man dachte, das sei unmöglich, weil sie eingerostet war.

Der Killer könnte das Schloß weggestemmt und die Tür in ihrem geschlossenen Zustand belassen haben, später durchs Haus gekommen sein, um den Gouverneur zu töten, und auf demselben Weg den Tatort verlassen haben. Was Hannah jetzt brauchte, war die zweite Kugel, hoffentlich unbeschädigt, und die Waffe, aus der sie abgefeuert worden war. Er blickte hinaus auf die funkelnde blaue See. Wenn sie auf dem Meeresgrund lag, würde er sie niemals finden.

Er stand auf, wischte sich die Lippen ab und ging hinaus, um Oscar zu suchen und sich von ihm nach Port Plaisance fahren zu lassen. Es war an der Zeit, daß er ein paar Worte mit Reverend Drake wechselte.

Auch Sam McCready saß beim Mittagessen. Als er den Speisesaal des *Quarter Deck* betrat, der zur Veranda hin offen war, stellte er fest, daß an sämtlichen Tischen Gäste saßen. Draußen auf dem Platz waren Männer in Strandhemden und mit dunklen Gangsterbrillen gerade damit beschäftigt, einen Lastwagen, geschmückt mit Fahnen und Wahlplakaten für Marcus Johnson, in die richtige Position zu bringen. Der große Mann sollte um drei Uhr eine Rede halten.

Sam McCready blickte sich auf der Terrasse um und sah einen einzigen unbesetzten Stuhl. Auf dem anderen Platz an diesem Tisch saß ein Mittagsgast.

»Heute herrscht ziemlicher Andrang. Haben Sie etwas dagegen, wenn ich mich zu Ihnen setze?« fragte er. Eddie Favaro bot ihm mit einer Handbewegung den freien Stuhl an.

»Kein Problem.«

»Sind Sie zum Angeln hier?« fragte McCready, während er die Speisekarte studierte.

»Ja.«

»Komisch«, sagte McCready, nachdem er Ceviche, rohen Fisch, in Limonensaft mariniert, bestellt hatte. »Wenn ich mir nicht sicher wäre, daß es nicht stimmt, würde ich sagen, Sie sind ein Cop.«

Er erwähnte nichts von der Auskunft, die er am Abend vorher eingeholt hatte, nachdem er Favaro in der Hotelbar genau betrachtet hatte, sagte nichts von seinem Anruf bei einem Freund, den er im FBI-Büro in Miami hatte, und auch nichts von der Antwort, die an diesem Vormittag eingetroffen war. Favaro stellte sein Bierglas auf den Tisch und starrte ihn an.

»Was zum Teufel sind denn Sie?« fragte er. »Ein britischer Bobby?«

McCready machte eine abwehrende Handbewegung.

»O nein, nicht sowas Tolles. Nur ein einfacher Beamter, der weitab von seinem Schreibtisch einen geruhsamen Urlaub verbringen möchte.«

»Und was soll das heißen, daß ich Ihnen wie ein Cop vorkomme?«

»Der Instinkt sagt mir das. Sie halten sich wie ein Cop. Würde es Ihnen was ausmachen, mir zu erzählen, was Sie wirklich hierhergeführt hat?«

»Warum sollte ich das tun, verdammt?«

»Weil Sie«, antwortete McCready in einem milden Ton, »hier eingetroffen sind, kurz bevor der Gouverneur erschossen wurde. Und weil hier etwas draufsteht.«

Er reichte Favaro ein Blatt Papier, Briefpapier des Londoner Außenministeriums. Darauf stand, daß Mr. Frank Dillon ein Beamter dieses Ministeriums sei und daß man »jeden, den es betrifft«, darum ersuche, Mr. Dillon nach Möglichkeit zu unterstützen. Favaro gab das Blatt zurück und ließ sich die Dinge durch den Kopf gehen. Lieutenant Broderick hatte ihm klar gemacht, daß er auf eigene Faust handelte, sobald er britisches Territorium betreten hatte.

»Offiziell bin ich in Urlaub. Nein, ich bin kein Angler. Inoffiziell versuche ich herauszubekommen, warum mein Kollege vergangene Woche getötet wurde, und von wem.«

»Erzählen Sie mir davon«, schlug McCready vor. »Vielleicht kann ich Ihnen behilflich sein.«

Favaro berichtete ihm, wie Julio Gomez umgekommen war. Der Engländer kaute seinen rohen Fisch und hörte zu.

»Ich glaube, er hat möglicherweise hier auf Sunshine einen Mann gesehen und dieser ihn. Einen Mann, den wir in Metro-Dade als Francisco Mendes, alias ›der Skorpion‹, kennen.«

Acht Jahre vorher waren in Süd-Florida, besonders im Gebiet von Metro-Dade, die sogenannten »Revierkriege« ausgebrochen. Früher hatten die Kolumbianer Kokain in dieses Gebiet geliefert, aber die Verteilung haben die kubanischen Banden besorgt. Dann hatten die Kolumbianer gefunden, sie könnten eigentlich die kubanischen Zwischenhändler ausschalten und den Endverkauf selbst übernehmen.

Sie begannen, in das Revier der Kubaner vorzudringen. Die Kubaner setzten sich zur Wehr, und so brachen die Revierkriege aus. Seither hatte das Morden kein Ende genommen.

Im Sommer 1984 war ein Motorradfahrer auf einer Kawasaki vor einem Schnapsladen in der Ladeland Mall vorgefahren, hatte aus einer Einkaufstasche eine Uzi-Maschinenpistole herausgezogen und in aller Seelenruhe das gesamte Magazin auf die Kundschaft des Geschäfts leergeschossen. Drei Personen starben, vierzehn erlitten Verletzungen.

Normalerweise wäre der Killer davongekommen, aber hundert Meter weit weg war ein junger Polizist auf einem Motorrad gerade damit beschäftigt, einen Strafzettel auszustellen. Als der Killer die leere Uzi wegwarf und davonraste, nahm der Cop die Verfolgung auf und gab die Beschreibung des Täters und die Richtung seines Fluchtweges durch. Etwa auf der Mitte des North Kendell Drive drosselte der Mann auf der Kawasaki das Tempo, fuhr an den Randstein, zog eine Sig-Sauer-Automatic aus seiner Lederjacke, zielte und schoß den sich nähernden Polizisten in die Brust. Als der junge Cop vom Motorrad stürzte, raste der Killer davon, wie aus den Aussagen von Zeugen hervorging, die eine gute Beschreibung des Motorrads und der Kleidung des Fahrers gaben. Das Gesicht war hinter seinem Sturzhelm verborgen geblieben.

Obwohl das Baptistenkrankenhaus nur vier Straßen entfernt war und der Polizist in höchster Eile dorthin, auf die Intensivstation gebracht wurde, starb er noch in der Nacht. Er war dreiundzwanzig Jahre alt und hinterließ Frau und Kind, ein kleines Mädchen.

Seine Funkdurchsagen hatten zwei Streifenwagen alarmiert, die sich in der Nähe des Tatorts befanden. Eine Meile weiter unten an der Straße sah einer der Beamten den flüchtenden Täter und schnitt ihn so brutal, daß der Gangster vom Motorrad stürzte. Noch bevor er aufstehen konnte, war er schon verhaftet.

Nach seinem Äußeren zu schließen, handelte es sich um einen Hispanoamerikaner. Mit seiner Vernehmung wurden Gomez und Favaro beauftragt. Vier Tage und vier Nächte saßen sie dem Killer gegenüber und versuchten, ihn zum Sprechen zu bringen. Aber er schwieg eisern, sagte kein einziges Wort, weder auf Englisch noch auf Spanisch. An seinen Händen waren keine Pulverspuren haften geblieben, weil er Handschuhe getragen hatte. Aber die Handschuhe waren verschwunden und nicht zu entdecken, obwohl jede Abfalltonne in der Umgebung durchsucht wurde. Die Polizei nahm an, daß er sie in den Fond eines vorbeifahrenden Cabrios geworfen hatte. Aufrufe an die Öffentlichkeit, bei der Fahndung mitzuhelfen, förderten die Sig-Sauer zutage, die unweit des Tatorts in einen Garten geworfen worden war. Es war die Waffe, mit der der junge Polizist getötet worden war, aber sie wies keine Fingerabdrücke auf.

Nach Gomez' Auffassung war der Killer ein Kolumbianer – der Schnapsladen war ein kubanischer Kokain-»Drop«. Nach vier Tagen verpaßten er und Favaro dem Tatverdächtigen den Namen »der Skorpion«.

Am vierten Tag erschien ein sündteurer Anwalt. Er legte einen mexikanischen Paß vor, der auf den Namen Francisco Mendes ausgestellt war. Er war neu und gültig, hatte aber keine US-Einreisestempel. Der Anwalt räumte ein, daß sein Mandant möglicherweise illegal ins Land gekommen sei, und ersuchte darum, ihn gegen eine Kaution auf freien Fuß zu setzen. Die Polizei sprach sich dagegen aus.

Vor dem Richter, einem bekannten Liberalen, behauptete der Anwalt, die Polizei habe lediglich *einen* Mann in einem Lederanzug, der eine Kawasaki fuhr, festgenommen, nicht aber *den* Mann auf einer Kawasaki, der den Polizisten und die anderen umgebracht hatte.

»Und dieses Arschloch von Richter hat ihn gegen Kaution auf freien Fuß gesetzt«, sagte Favaro. »Gegen eine halbe Million Dollar. Binnen vierundzwanzig Stunden war der Skorpion verschwunden. Der Mann, der die Kaution stellte, überreichte feixend die halbe Million. Ein Pappenstiel!«

»Und Sie glauben ...?« fragte McCready.

»Er war nicht nur ein kleines Rädchen in der Maschine, sondern einer ihrer Spitzenkiller. Sonst hätten sie sich nicht soviel Mühe gegeben und Geld aufgewendet, um ihn freizubekommen. Ich glaube, daß Julio ihn dort gesehen und vielleicht sogar herausbekommen hat, wo der Typ wohnte. Er hat versucht, rasch nach Hause zu kommen, damit Uncle Sam die Auslieferung des Skorpions beantragen konnte.«

»Dem Antrag hätten wir entsprochen«, sagte McCready. »Ich finde, wir sollten den Mann von Scotland Yard ins Bild setzen. Schließlich wurde vier Tage später der Gouverneur erschossen. Selbst wenn sich herausstellt, daß die beiden Fälle nichts miteinander zu tun haben, bestehen genug Verdachtsgründe, die Insel nach ihm abzukämmen. Sie ist ja nicht groß.«

»Und wenn er gefunden wird? Was für ein Delikt hat er sich auf britischem Territorium zuschulden kommen lassen?«

»Nun ja«, sagte McCready, »zunächst mal könnte man ihn gründlich erkennungsdienstlich behandeln. Das könnte einen Anlaß liefern, ihn festzuhalten. Detective Chief Superintendent Hannah gehört zwar nicht Ihrer, sondern der englischen Kriminalpolizei an, aber niemand hat etwas für Polizistenmörder übrig. Und wenn er einen gültigen Paß vorlegt, könnte ich als Beamter des Foreign Office diesen für eine Fälschung erklären. Das würde ebenfalls einen Anlaß liefern, ihn festzuhalten.«

Favaro grinste und streckte McCready die Hand hin.

»Das gefällt mir, Mr. Dillon. Gehen wir mal Ihren Mann von Scotland Yard besuchen.«

Hannah stieg aus dem Jaguar und ging auf die geöffnete Tür der aus Brettern gezimmerten Baptistenkapelle zu. Aus dem Innern drang Gesang. Er brauchte einen Augenblick, bis sich seine Augen an das schwächere Licht hier gewöhnt hatten. Der Gesang der Gemeinde wurde vom Baß des Reverend Drake angeführt.

»*Rock of ages, cleft for me ...*«

Die Gemeinde sang ohne instrumentale Begleitung. Der Baptistenprediger war von seiner Kanzel herabgestiegen und schritt im Mittelgang auf und ab, wobei seine Arme wedelten wie die großen, schwarzen Flügel einer Windmühle, indes er seine Herde aufrief, den Herrn zu preisen.

»*Let me hide in thee.*

Let the water and the blood ...«

Er bemerkte Hannah im Eingang der Kapelle, hörte zu singen auf und gebot mit Bewegungen der Arme Ruhe. Die zittrigen Stimmen verstummten eine nach der anderen.

»Meine Brüder und Schwestern«, dröhnte der Geistliche, »uns wird heute eine große Ehre zuteil. Mr. Hannah, der Mann von Scotland Yard, kommt zu uns.«

Die Gemeindemitglieder hatten sich in den Kirchenbänken umgedreht und starrten zu dem Mann in der Tür hin. Es waren zumeist schon ältere Männer und Frauen, mit ein paar vereinzelten jungen, üppigen Müttern und einer schnatternden Schar kleiner Kinder mit großen Augen, rund wie Untertassen.

»Gesellen sie sich zu uns, Bruder. Stimmen Sie in unseren Gesang ein. Macht Platz für Mr. Hannah.«

Neben ihm lächelte eine ausladende Matrone in einem geblümten Kleid Hannah mit gebleckten Zähnen an, machte ihm Platz und bot ihm ihr Gesangbuch an. Hannah war ihr dankbar, denn er hatte den Text vergessen. Es war schon so lange her. Zusammen beendeten sie die erhebende Hymne. Als der Gottesdienst zu Ende war, verließ die Gemeinde im Gänsemarsch die Kapelle, und alle Mitglieder empfingen an der Tür von dem schwitzenden Drake einen Abschiedsgruß.

Als die letzten gegangen waren, machte Drake ein Zeichen, daß Hannah ihm in die Sakristei folgen solle, einem kleinen Anbau.

»Ich kann Ihnen kein Bier anbieten, Mr. Hannah, aber es würde mich freuen, wenn Sie meine kalte Limonade mit mir teilen wollten.«

Er goß aus einer Thermosflasche zwei Gläser voll. Das Getränk war köstlich.

»Und was kann ich für den Abgesandten von Scotland Yard tun?« erkundigte sich der Geistliche.

»Sagen Sie mir bitte, wo sie am Dienstag um fünf Uhr nachmittags waren.«

»Ich habe hier eine Probe für den Weihnachtsgottesdienst abgehalten, zusammen mit fünfzig braven Leuten«, sagte Reverend Drake. »Warum die Frage?«

Hannah hielt Drake seine Bemerkung vor, die er am Vormittag des vergangenen Freitags auf den Eingangsstufen zum Government House gemacht hatte. Drake lächelte zu Hannah hinab. Der Kriminalbeamte war kein kleiner Mann, doch der Prediger überragte ihn um fünf Zentimeter.

»Aha, ich sehe, Sie haben mit Mr. Quince gesprochen.«

Er sprach den Namen aus, als hätte er in eine Limone gebissen.

»Das habe ich nicht gesagt«, sagte Hannah.

»Das war gar nicht nötig. Ja, ich habe das gesagt. Sie glauben jetzt, daß ich den Gouverneur umgebracht hätte? Nein, mein Bester, ich bin ein Mann des Friedens. Ich nehme keine Waffe in die Hand. Ich bringe niemanden um.«

»Was haben Sie dann damit sagen wollen, Mr. Drake?«

»Ich habe damit sagen wollen, ich glaube nicht, daß der Gouverneur unsere Petition nach London weitergeben wird. Ich wollte damit sagen, daß wir, so arm wir sind, zusammenlegen und jemanden mit der Bitte um einen neuen Gouverneur nach London schicken sollten. Um einen Mann, der uns versteht und der vorschlagen wird, was wir erbitten.«

»Und das wäre?«

»Ein Referendum, Mr. Hannah. Hier spielt sich zur Zeit etwas Ungutes ab. Fremde sind zu uns gekommen, ehrgeizige Männer, die über uns bestimmen wollen. Wir sind vollauf zufrieden mit unserem bisherigen Leben. Wenn es bei uns ein Referendum gäbe, würde die große Mehrheit dafür stimmen, daß wir bei England bleiben. Was ist denn daran so verkehrt?«

»Nichts, wenn Sie mich fragen«, räumte Hannah ein, »aber ich treffe ja keine politischen Entscheidungen.«

»Das tat der Gouverneur auch nicht. Aber er hätte die Sache seiner Karriere zuliebe ausgeführt, selbst wenn er wußte, daß es unrecht war.«

»Er hatte keine andere Wahl«, sagte Hannah. »Er hat nur seine Pflicht getan.«

Drake blickte nickend in sein Glas.

»Das haben die Männer, die Christus kreuzigten, auch getan, Mr. Hannah.«

Hannah wollte nicht in politische oder theologische Diskussionen hineingezogen werden. Er hatte einen Mord zu klären.

»Sie mochten Sir Marston nicht, hab ich recht?«

»Nein, Gott verzeihe mir.«

»Gab's dafür einen Grund, außer seiner Amtsführung hier?«

»Er war ein Heuchler und ein Wollüstling. Aber ich habe ihn nicht getötet. Der Herr gibt und der Herr nimmt, Mr. Hannah. Der Herr sieht alles. Am Dienstagabend hat der Herr Sir Marston Moberley abberufen.«

»Der Herr benützt selten eine großkalibrige Handfeuerwaffe«, gab Hannah zu bedenken. Einen Moment lang glaubte er Anerkennung in Drakes Blick auffunkeln zu sehen. »Sie haben von einem ›Wollüstling‹ gesprochen. Was meinen Sie damit?«

Drake musterte ihn scharf.

»Das wissen Sie nicht?«

»Nein.«

»Myrtle, die abgängige Sekretärin. Sie haben sie nicht gesehen?«

»Nein.«

»Sie ist eine dralle Person, robust, lüstern.«

»Sie hält sich bei ihren Eltern auf Tortola auf«, sagte Hannah.

»Nein«, sagte Drake leise. »Sie ist im Allgemeinen Krankenhaus auf Antigua und läßt ein Kind abtreiben.«

O je, dachte Hannah. Er hatte nur gehört, wie Leute ihren Namen nannten, hatte nie ein Bild von ihr gesehen. Auf Tortola lebten auch weiße Familien.

»Ist sie ... Wie soll ich mich ausdrücken ...?«

»Eine Schwarze?« dröhnte Drake. »Natürlich ist sie eine Schwarze. Ein munteres, strammes schwarzes Mädchen. Ganz nach Sir Marstons Geschmack.«

Und Lady Moberley wußte davon, dachte Hannah. Die arme, verkümmerte Lady Moberley, von all diesen Jahren in den Tropen und von allen diesen einheimischen Mädchen dem Alkohol in die Arme getrieben. Resigniert, kein Zweifel. Oder vielleicht doch nicht ganz, vielleicht war es dies eine Mal zu viel gewesen.

»Sie haben einen ganz leichten amerikanischen Akzent«, sagte Hannah, als er sich verabschiedete. »Können Sie mir sagen, woher das kommt?«

»Die Baptisten in Amerika haben viele theologische Colleges«, antwortete Reverend Drake. »Ich habe dort für das geistliche Amt studiert.«

Hannah ließ sich zum Government House zurückfahren. Unterwegs dorthin ließ er sich eine Liste möglicher Tatverdächtiger durch den Kopf gehen. Lieutenant Jeremy Haverstock verstand zweifellos mit einer Waffe umzugehen, wenn er eine in die Hand bekam, aber er hatte kein erkennbares Motiv. Es sei denn, daß er selbst Myrtle geschwängert und der Gouverneur gedroht hatte, ihm die Karriere zu ruinieren. Lady Moberley könnte so weit getrieben worden sein, aber sie hätte einen Komplizen gebraucht, der das Schloß der Gartentür sprengte. Es sei denn, es hätte sich mittels eines Landrovers und einer Kette bewerkstelligen lassen.

Reverend Drake, trotz seiner Beteuerungen, ein Mann des Friedens zu sein? Selbst ein Mann des Friedens kann zu weit getrieben werden.

Dann erinnerte er sich an Lady Coltranes Ratschlag, sich die »Entourage« der beiden Wahlkandidaten näher anzusehen. Ja, das wollte er tun. Diese Wahlhelfer genau ansehen. Doch wo war hier ein Motiv? Sir Marston hatte ihnen in die Hände gespielt, als er darauf hinarbeitete, die Insel in die Unabhängigkeit zu entlassen. Einer der beiden Kandidaten wäre der neue Premierminister geworden. Es sei denn, eine der beiden Gruppen hätte geargwöhnt, er begünstige die andere ...

Als Hannah ins Government House zurückkam, erwartete ihn eine Fülle von Neuigkeiten.

Chief Inspector Jones hatte sein Schußwaffenregister überprüft. Auf der ganzen Insel gab es nur sechs benutzbare Handfeuerwaffen. Drei davon gehörten pensionierten und ständig hier lebenden Ausländern, zwei Briten und einem Kanadier. Zwölfkalibrige Schrotflinten zum Schießen auf Tontauben. Ein Gewehr, im Besitz von Jimmy Dobbs, das er für den Fall bereithielt, daß ein Hai sein Boot attackieren sollte. Eine Geschenkpistole, aus der noch nie ein Schuß abgefeuert worden war. Sie gehörte einem weiteren auf Sunshine lebenden Ausländer, einem amerikanischen Bürger. Die Waffe befand sich noch immer versiegelt in ihrem Kästchen mit Glasdeckel. Und schließlich seine eigene Dienstwaffe, in der Polizeiwache unter Verschluß.

»Verdammt«, schnaubte Hannah. Mit welcher Waffe der Gouverneur auch getötet worden war, ihr Besitz war illegal gewesen.

Detective Inspector Parker erstattete Bericht über den Garten. Er war aufs gründlichste abgesucht worden. Eine zweite Kugel hatte sich nicht gefunden. Entweder war sie von einem Knochen im Körper des Gouverneurs abgeprallt, hatte dabei ihre Flugbahn verändert und war über die Gartenmauer geflogen, für immer unauffindbar, oder sie befand sich – was wahrscheinlicher war – noch in der Leiche.

Bannister hatte Neuigkeiten aus Nassau. Um vier Uhr, also in einer Stunde, würde ein Flugzeug landen, um die Leiche zur Obduktion auf die Bahamas zu bringen. Dr. West sollte in wenigen Minuten in Nassau eintreffen und würde in der Leichenhalle auf den toten Gouverneur warten.

Und dann saßen im Salon zwei Männer, die Hannah sprechen wollten. Er gab Weisung, einen Lieferwagen zu besorgen, der um vier Uhr mit der Leiche auf dem Flugplatz eintreffen solle. Bannister, der zusammen mit dem Toten nach Nassau zurückfliegen sollte, machte sich mit Chief Inspector Jones auf den Weg, um die Vorbereitungen zu beaufsichtigen.

Der Mann, der sich Frank Dillon nannte, stellte sich vor und erklärte, daß er zufällig nach Sunshine gekommen sei, um hier Urlaub zu machen, und ebenso zufällig den Amerikaner beim Mittagessen kennengelernt habe. Er reichte Hannah sein Empfehlungsschreiben, das dieser mit gedämpfter Freude las. Ein Beamter aus London, der mitten in einer Mörderjagd zufällig hier Urlaub machte, um einmal alles hinter sich zu lassen, ließ an einen Tiger denken, der Vegetarier ist. Dann stellte sich der Amerikaner vor, der zugab, ebenfalls Kriminalbeamter zu sein.

Hannahs Haltung veränderte sich allerdings, als Dillon wiederholte, was Favaro ihm berichtet hatte.

»Sie haben ein Foto von diesem Mendes?« fragte er schließlich.

»Nein, ich habe keines bei mir.«

»Ließe sich eine Aufnahme aus den Unterlagen der Polizei in Miami beschaffen?«

»Ja, Sir. Ich könnte es an Ihre Leute in Nassau faxen lassen.«

»Ja, tun Sie das mal«, sagte Hannah. Er warf einen Blick auf seine Uhr. »Ich werde alles überprüfen lassen, was der Paßbeamte notiert hat, während des letzten Jahres. Jemand mit dem Namen Mendes oder sonst jemand mit einem hispanoamerikanischen Namen, der auf die Insel gekommen ist. So, und jetzt entschuldigen Sie mich bitte. Ich muß dort sein, wenn die Leiche ins Flugzeug gebracht wird und nach Nassau abgeht.«

»Haben Sie zufällig vor, sich mit den beiden Kandidaten zu unterhalten?« fragte McCready, als sie sich verabschiedeten.

»Ja«, sagte Hannah. »Gleich als erstes morgen vormittag. Während ich auf das Eintreffen des Obduktionsbefundes warte.«

»Hätten Sie was dagegen, wenn ich mitkäme?« fragte McCready. »Ich verspreche, ich werde kein Wort sagen.«

»Na schön«, sagte Hannah widerstrebend. Er fragte sich, für wen dieser Frank Dillon eigentlich arbeitete.

Auf dem Weg zum Flugplatz bemerkte Hannah, daß die ersten seiner Plakate an Mauern angebracht wurden, dort wo sich zwischen der Wahlwerbung für die beiden Kandidaten noch Platz fand. Port Plaisance wurde mit Plakaten richtiggehend vollgeklebt.

Auf den amtlichen Plakaten, hergestellt in der Druckerei des Ortes und bezahlt mit Geld aus dem Government House, wurde allen Personen, die bei der Polizei meldeten, wen sie am Dienstagabend gegen fünf Uhr in der Nähe der Mauer des Government House gesehen hatten, eine Belohnung von tausend Dollar in Aussicht gestellt.

Tausend Dollar, das war für die einfachen Leute von Port Plaisance eine phantastische Summe. Sie müßte doch bewirken, daß sich jemand meldete; irgend jemand, der etwas oder eine bestimmte Person gesehen hatte. Und auf Sunshine kannte jeder jeden.

Auf dem Flugplatz sah Hannah zu, wie die gefrorene Leiche in der Maschine verstaut wurde und wie Bannister und die vier Männer des Spurensicherungsteams aus Nassau einstiegen. Bannister hatte versprochen, dafür zu sorgen, daß alles, was von ihnen sichergestellt worden war, in die Abendmaschine nach London gelangte. Ein Streifenwagen von Scotland Yard würde es ins Labor des Innenministeriums nach Lambeth bringen. Hannah hatte nur geringe Hoffnung, daß man dort etwas zutage fördern werde. Woran ihm am meisten lag, das war die zweite Kugel, und die würde Dr. West in Nassau herausholen, wenn er an diesem Abend die Leiche obduzierte. Weil er draußen auf der Start- und Landepiste war, entging ihm Johnsons Wahlversammlung auf dem Parliament Square. Nicht anders erging es den Vertretern der Medien, die über den Anfang der Versammlung berichtet, dann aber den vorüberfahrenden Polizei-Konvoi gesehen hatten und ihm hinaus zum Flugplatz gefolgt waren.

McCready versäumte die Versammlung nicht. Er saß zu dieser Stunde auf der Veranda des *Quarter Deck*.

Ungefähr zweihundert Menschen hatten sich eingefunden, um sich die Ansprache ihres Wohltäters anzuhören. McCready bemerkte ein halbes Dutzend Männer in bunten Strandhemden und mit dunklen Brillen, die Zettel und Fähnchen verteilten. Die Fähnchen zeigten die Farben des Kandidaten, blau und weiß. Die Zettel waren Dollarscheine.

Genau zehn Minuten nach drei Uhr kam ein weißer Ford Fairlane, sicher das größte Auto auf der Insel, auf den Platz gebraust und fuhr zu der Rednerbühne. Mr. Marcus Johnson sprang heraus und stieg die Stufen hinauf. Er reckte beide Arme in der Siegerpose eines Boxers hoch. Die Männer in den bunten Hemden imitierten eine Beifallsalve. Ein paar Fähnchen wurden geschwenkt. Schon Minuten später war Marcus Johnson mitten in seiner Rede.

»Und ich verspreche euch, meine Freunde – ihr seid ja *alle* meine Freunde ...« Das Zahnpasta-Reklamelächeln blitzte aus dem bronzefarbenen Gesicht. »... wenn wir endlich frei sind, wird eine Flut des Wohlstands unsere Insel erreichen. Es wird Arbeitsplätze geben – in den neuen Hotels, im neuen Seglerhafen, in den Bars und Cafés, in den neuen Fabriken für die Fischprodukte, die wir aufs Festland exportieren werden. All das wird für Wohlstand sorgen, und er wird in *eure* Taschen strömen, meine Freunde, und nicht in die Hände von Leuten gelangen, die im fernen London sitzen und ...«

Er bediente sich eines Megaphons, um alle Zuhörer auf dem Platz zu erreichen. Die Ansprache wurde von einem Mann unterbrochen, der keinen Schalltrichter brauchte. Der dröhnende Baß kam von der anderen Seite des Platzes und übertönte trotzdem die Worte des Politikers.

»Johnson«, donnerte Walter Drake, »wir wollen Sie hier nicht haben. Gehen Sie doch dahin zurück, wo Sie hergekommen sind und nehmen Sie ihre Yardies mit!«

Stille trat ein. Die verblüfften Zuhörer warteten darauf, daß der Himmel einstürzte. Noch nie hatte jemand es gewagt, Johnson zu unterbrechen. Der Himmel stürzte nicht ein. Wortlos legte er das Megaphon weg, verließ die Tribüne und sprang in seinen Wagen. Ein Wort von ihm, und das Fahrzeug raste davon, gefolgt von einem zweiten, das seine Wahlhelfer beförderte.

»Wer war denn das?« fragte auf der Veranda McCready den Kellner.

»Reverend Drake, Sir«, sagte der Kellner. Er wirkte ziemlich verängstigt. McCready war nachdenklich. Irgendwo hatte er schon einmal gehört, wie eine Stimme mit solcher Wirkung eingesetzt wurde, und er versuchte sich zu erinnern, wo das gewesen war. Dann fiel es ihm ein: während seiner Wehrdienstzeit vor dreißig Jahren, im Catterick Camp in Yorkshire. Auf einem Exerzierplatz. Er ging in sein Zimmer und rief über die abhörsichere Verbindung in Miami an.

Reverend Drake nahm die Prügel, die er bezog, schweigend hin. Sie waren zu viert und fielen am Abend dieses Tages über ihn her, als er seine Kirche verließ und sich auf den Nachhauseweg machte. Sie schlugen ihn mit Baseballschlägern nieder und drangsalierten ihn mit Fußtritten. Immer wieder droschen sie mit ihren Schlägern auf den Geistlichen ein, der auf dem Boden lag. Als sie ihr Werk getan hatten, ließen sie ihn liegen. Er hätte tot sein können, was sie kalt gelassen hätte. Aber er war nicht tot.

Eine halbe Stunde später kam er wieder zu Bewußtsein und kroch zum nächsten Haus. Die veränstigten Bewohner riefen Dr. Caractacus Jones an, der den Prediger in seine Praxis bringen ließ – auf einem Handwagen – und den Rest der Nacht damit zubrachte, ihn zusammenzuflicken.

Desmond Hannah erhielt an diesem Abend, als er zu Tisch war, einen Anruf. Er mußte das *Quarter Deck* verlassen, um das Telefonat im Government House entgegenzunehmen. Am Apparat war Dr. West aus Nassau.

»Ich weiß ja, daß Leichen konserviert bleiben sollen«, sagte der Gerichtsmediziner. »Aber der hier ist wie ein Holzblock. Beinhart gefroren.«

»Die Leute hier haben ihr Bestes getan«, sagte Hannah.

»Das werd ich auch tun«, sagte der Pathologe, »aber bis ich den aufgetaut habe, vergehen vierundzwanzig Stunden.«

»Bitte arbeiten Sie so rasch, wie es nur geht«, sagte Hannah. »Ich brauche diese verdammte Kugel unbedingt!«

4

Detective Chief Superintendent Hannah entschloß sich, zunächst Mr. Horatio Livingstone zu einem Gespräch aufzusuchen. Er rief ihn kurz nach Sonnenuntergang in seinem Haus in Shantytown an, wo sich der Politiker nach ein paar Minuten am Apparat meldete. Ja, er würde sich sehr freuen, den Herrn von Scotland Yard in einer Stunde zu empfangen.

Oscar steuerte den Jaguar, Detective Inspector Jones nahm den Beifahrersitz ein, Hannah und Dillon vom Außenministerium saßen im Fond. Ihre Route führte sie nicht durch das Zentrum von Port Plaisance, denn Shantytown lag fünf Kilometer weiter unten an der Küste, von der Inselhauptstadt aus gesehen auf derselben Seite wie das Government House.

»Sind Sie mit Ihren Ermittlungen vorangekommen, Mr. Hannah, oder ist das eine amateurhafte Frage?« erkundigte sich McCready alias Dillon höflich.

Hannah diskutierte nie gern mit Leuten, die keine Kollegen waren, über den Stand von Ermittlungen. Aber immerhin, dieser Dillon gehörte offensichtlich dem Außenministerium an.

»Der Gouverneur starb an einem Schuß ins Herz, abgefeuert aus einer großkalibrigen Handfeuerwaffe«, sagte er. »Wie es scheint, wurden zwei Schüsse abgegeben. Eine Kugel ging daneben und schlug in die Wand hinter ihm ein. Ich habe das Projektil sichergestellt und nach London geschickt.«

»Stark verformt?« fragte Dillon.

»Ja, leider. Die andere Kugel scheint in der Leiche zu stecken. Ich weiß mehr, wenn ich den Obduktionsbefund aus Nassau bekomme.«

»Und der Killer?«

»Scheint durch die Tür in der Gartenmauer gekommen zu sein, von der das Schloß abgerissen wurde. Er hat aus rund drei Metern Entfernung geschossen und dann den Tatort verlassen. Anscheinend.«

»Anscheinend?«

Hannah erläuterte seine Idee, das Schloß sei möglicherweise abgerissen worden, um davon abzulenken, daß der Attentäter aus dem Haus selbst gekommen war. Dillon betrachtete ihn voll Bewunderung.

»Darauf wäre ich nie gekommen«, sagte er.

Der Jaguar fuhr in Shantytown ein, eine Siedlung, in der rund 5 000 Menschen lebten. Die behelfsmäßigen Häuschen bestanden aus Brettern, die Dächer aus verzinktem Eisenblech.

Kleine Läden, mit verschiedenen Gemüsesorten und T-Shirts im Sortiment, wetteiferten mit den Behausungen und den Kneipen um den Platz. Es war offenkundig Livingstone-Territorium; von Wahlplakaten für Marcus Johnson war nichts zu sehen, Livingstone-Plakate hingegen klebten überall.

Im Zentrum von Shantytown stand eine Mauer, die ein weitläufiges Grundstück umgab. Das Bollwerk aus Korallenblöcken war nur durch ein Tor unterbrochen, das breit genug für ein Auto war. Dahinter war das Dach eines Hauses zu sehen, des einzigen Bauwerks in Shantytown, das zwei Stockwerke hatte. Gerüchten zufolge gehörten Mr. Livingstone viele der Kneipen im Ort, während er bei den Eigentümern der übrigen Schutzgelder kassierte.

Der Jaguar blieb am Eingangstor stehen, und Stone drückte auf die Hupe. Die ganze Straße entlang standen Barclayaner und starrten zu der schimmernden Limousine mit dem Stander hin. Der Wagen des Gouverneurs war noch nie in Shantytown gewesen.

Im Tor ging ein Fensterchen auf, ein Auge musterte den Wagen, und die Torflügel öffneten sich. Der Jaguar rollte auf einen staubbedeckten Hof und vor der Veranda des Hauses aus. Im Hof waren zwei Männer zu sehen, der eine am Tor und ein zweiter, der an der Veranda wartete. Die beiden trugen identische hellgraue Safarianzüge. An einem Fenster im Obergeschoß stand ein dritter, ebenso angezogener Mann. Als der Jaguar anhielt, zog er sich ins Innere des Hauses zurück.

Hannah, Parker und Dillon wurden in den Salon geleitet, der

billig, aber funktional eingerichtet war, und ein paar Sekunden später erschien Horatio Livingstone. Er war ein großer, fetter Mann, das hängebackige Gesicht zu einem Lächeln verkniffen. Er strahlte Wohlwollen aus.

»Aber meine Herren, was für eine Ehre! Nehmen Sie doch bitte Platz!«

Er bestellte mit einer Handbewegung Kaffee. Dann setzte er sich selbst in einen breiten Sessel, und seine kleinen Knopfaugen flackerten von einem der drei Gesichter vor ihm zum anderen. Zwei weitere Männer kamen herein und setzten sich hinter den Kandidaten. Livingstone wies mit einer Geste auf sie.

»Zwei meiner Mitarbeiter, Mr. Smith und Mr. Brown.«

Die beiden senkten die Köpfe, sagten aber nichts.

»Nun, Mr. Hannah, was kann ich für Sie tun?«

»Ich nehme an, Sir, es ist Ihnen bekannt, daß ich hier bin, um den Mord an Gouverneur Sir Marston Moberley aufzuklären, der vor vier Tagen begangen wurde.«

Livingstones Lächeln erstarb. Er schüttelte den Kopf.

»Eine furchtbare Sache«, polterte er. »Wir waren alle tief erschüttert. So ein großartiger Mann!«

»Ich muß Ihnen leider die Frage stellen, was Sie am Dienstagnachmittag um fünf Uhr getan und wo Sie sich zu der Zeit aufgehalten haben.«

»Ich war hier, Mr. Hannah, hier zusammen mit meinen Freunden, die sich für mich verbürgen. Ich habe an einer Rede gearbeitet, die ich am nächsten Tag vor dem Verein der Kleinbauern halten wollte.«

»Und ihre Mitarbeiter, waren die hier? *Alle?*«

»Ausnahmslos alle. Es war kurz vor Sonnenuntergang. Wir hatten gerade Feierabend gemacht und waren alle hier auf meinem Grundstück.«

»Ihre Mitarbeiter, sind das Barclayaner?« fragte Dillon. Hannah warf ihm einen gereizten Blick zu; dieser Dillon hatte versprochen, nichts zu sagen. Livingstone strahlte.

»O nein, das sind sie leider nicht. Ich und meine Landsleute hier auf den Inseln, wir haben ja praktisch keine Ahnung, wie man einen Wahlkampf aufzieht. Ich habe mir gesagt, ich brauche die Hilfe von Fachleuten ...« Er machte eine Geste und strahlte wieder – ein vernünftiger Mann unter vernünftigen Männern. »... für das Entwerfen von Ansprachen, für Plakate, Flugblätter, Versammlungen.

Meine Mitarbeiter kommen von den Bahamas. Möchten Sie ihre Pässe sehen? Die wurden alle bei ihrer Ankunft geprüft.«

Hannah winkte ab. Hinter Livingstone hatte sich Mr. Brown eine dicke Zigarre angesteckt.

»Haben Sie irgendeine Vorstellung, Mr. Livingstone, wer den Gouverneur umgebracht haben könnte?« fragte Hannah. Wieder erstarb das Lächeln auf dem Gesicht des Dicken, das einen Ausdruck tragischen Ernstes annahm.

»Mr. Hannah, der Gouverneur hat uns allen sehr geholfen, den Weg zur Unabhängigkeit zu beschreiten, damit wir uns endlich vom Britischen Empire lösen können. Das ist auch die Politik Londons. Weder ich noch irgendeiner meiner Mitarbeiter hatten auch nur den Schatten eines Motivs, ihm etwas Schlechtes zu wünschen.«

Hinter ihm hielt Mr. Brown seine Zigarre ein Stück weit weg und schnippte mit dem affektiert langen Nagel seines kleinen Fingers zwei Zentimeter glühende Asche weg, so daß sie nicht auf seine Hose fiel. McCready war sicher, daß er diese Bewegung schon irgendwo einmal gesehen hatte.

»Halten Sie heute noch Versammlungen ab?« fragte er ruhig. Livingstones schwarze Knopfaugen richteten sich auf ihn.

»Ja, um zwölf Uhr werde ich im Hafen eine Ansprache an meine Brüder und Schwestern, die Fischer und ihre Frauen halten.«

»Gestern kam es zu einem Zwischenfall, als Mr. Johnson vor Zuhörern auf dem Parliament Square sprach«, sagte Dillon. Livingstone bekundete keine Schadenfreude, daß die Ansprache seines Rivalen torpediert worden war.

»Ein einziger Zwischenrufer«, sagte er mit blitzenden Augen.

»Zwischenrufe gehören auch zum demokratischen Prozeß«, bemerkte Dillon.

Livingstone starrte ihn an, diesmal mit ausdrucksloser Miene. Hinter den faltigen Wammen verbarg sich Zorn. McCready erinnerte sich, daß er diesen Ausdruck schon einmal gesehen hatte – auf dem Gesicht von Idi Amin, dem Tyrannen von Uganda, wenn ihm widersprochen wurde. Hannah sah ihn mit einem finsteren Blick an und stand auf.

»Ich möchte Ihre Zeit nicht länger in Anspruch nehmen, Mr. Livingstone«, sagte er.

Der Politiker, wieder ganz Wohlwollen, geleitete sie zur Tür. Zwei weitere graue Safarianzüge geleiteten sie vom Grundstück. Wieder andere Männer. Mithin waren sie zu siebt, wenn man den im Obergeschoß dazurechnete. Alle waren Neger außer Mr. Brown, der viel hellhäutiger war, ein Mischling. Er hatte es als einziger gewagt zu rauchen, ohne um Erlaubnis zu bitten – er führte also das Kommando über die anderen sechs Männer.

»Ich wäre Ihnen verbunden«, sagte Hannah auf der Rückfahrt, »wenn Sie es mir überließen, die Leute zu befragen.«

»Entschuldigung«, sagte Dillon. »Sonderbarer Mann, fanden Sie nicht auch? Er ist als Jugendlicher hier weggegangen und vor einem halben Jahr zurückgekehrt – ich wüßte gern, wo er die Jahre dazwischen verbracht hat.«

»Keine Ahnung«, sagte Hannah. Erst viel später, in London, als er sich alles durch den Kopf gehen ließ, fiel ihm wieder diese Bemerkung über Livingstone ein, daß dieser als Heranwachsender Sunshine verlassen hatte. Missy Coltrane war es gewesen, die es ihm gesagt hatte. Um halb neun erreichten sie das Tor von Marcus Johnsons Besitz an der Nordflanke des Sawbones Hill.

Johnsons Lebensstil war ganz anders. Er war offensichtlich ein begüterter Mann. Einer seiner Mitarbeiter in einem psychedelischen Strandhemd und einer schwarzen Brille öffnete die schmiedeeisernen Torflügel und machte dem Jaguar die Auffahrt zum Haus frei. Zwei Gärtner waren bei der Arbeit, kümmerten sich um den Rasen, die Blumenbeete und die irdenen Krüge, in denen Geranien blühten.

Das Haus war ein geräumiges, zweistöckiges Gebäude mit einem Dach aus grünen, glasierten Fliesen, jede einzelne importiert. Die drei Engländer stiegen vor einem Portikus im Kolonialstil aus und wurden hineingeführt. Sie folgten ihrem Führer, einem zweiten »Mitarbeiter« in einem bunten Hemd, durch einen Empfangssalon, der mit Marmorplatten ausgelegt und mit europäischen und hispanoamerikanischen Antiquitäten ausgestattet war. Teppiche aus Buchara und Kaschan breiteten sich über den cremefarbenen Marmor aus.

Marcus Johnson empfing sie auf einer Veranda, deren Boden ebenfalls aus Marmor bestand. Hier und dort standen weiße Korbstühle. Unterhalb der Veranda lag der Garten. Manikürte Rasenflächen erstreckten sich zu einer zweieinhalb Meter hohen Mauer. Hinter der Mauer führte die Küstenstraße vorbei, die Johnson nun doch nicht hatte kaufen können, um sich so direkten Zugang zum Meer zu verschaffen. Jenseits der Mauer erstreckte sich die Mole, die er hatte bauen lassen, hinaus in die Wasser der Teach Bay. Neben der Mole hob und senkte sich auf den Wellen das Riva-40-Rennboot. Mit ihren extragroßen Tanks konnte die Riva auch bei hoher Geschwindigkeit die Bahamas erreichen.

War Horatio Livingstone fett und faltig gewesen, so war Marcus Johnson schlank und elegant von Erscheinung. Er trug einen vollendet geschneiderten cremefarbenen Seidenanzug. Der Schnitt seines Gesichts zeigte an, daß er zumindest zur Hälfte weiß war, und McCready fragte sich, ob Johnson wohl jemals seinen Vater gekannt hatte. Vermutlich nicht. Er war auf den Barclays in ärmlichen Verhältnissen aufgewachsen, von seiner Mutter in einer Bretterbude großgezogen. Sein dunkelbraunes Haar war, mit Hilfe künstlicher Mittel, nicht mehr kraus, sondern gewellt. Vier schwere Goldringe schmückten seine Hände, und die Zähne, die sein Lächeln enthüllte, waren perfekt. Er bot seinen Gästen die Wahl zwischen Dom Perignon und Blue-Mountain-Kaffee. Sie entschieden sich für Kaffee und setzten sich.

Desmond Hannah stellte die gleiche Frage über den vergangenen Dienstag, nachmittags um fünf, und erhielt die gleiche Antwort.

»Ich habe vor einem begeisterten Publikum von weit mehr als hundert Personen vor der Anglikanischen Kirche am Parliament Square eine Ansprache gehalten, Mr. Hannah. Um fünf Uhr beendete ich sie gerade. Von dort aus fuhr ich ohne Unterbrechung hierher.«

»Und Ihre ... Entourage?« fragte Hannah. Mit diesem von Missy Coltrane ausgeliehenen Wort meinte er die Wahlhelfer in ihren bunten Hemden.

»Waren alle zusammen bei mir«, sagte Johnson. Er winkte, und einer von der Entourage schenkte Kaffee nach. McCready fragte sich, warum Johnson wohl barclayanische Gärtner hatte, aber im Haus selbst keine lokalen Arbeitskräfte beschäftigte. Obwohl auf der Veranda das Licht schwach war, nahm keiner der Mitarbeiter auch nur einen Augenblick die dunkle Gangsterbrille ab.

Aus Hannahs Sicht war das Zwischenspiel angenehm, aber unergiebig. Von Chief Inspector Jones hatte er bereits erfahren, daß der Kandidat der Wohlstandsunion auf dem Parliament Square gewesen war, als im Government House die tödlichen Schüsse fielen. Der Inspector war selbst auf den Eingangsstufen der Polizeiwache an dem Platz gestanden und hatte sich die Szene angesehen. Hannah stand auf, um zu gehen.

»Haben Sie für heute noch eine öffentliche Ansprache angesetzt?« fragte Dillon.

»Ja, ganz recht. Um zwei, auf dem Parliament Square.«

»Sie haben gestern um drei dort gesprochen. Es kam zu einem Zwischenfall, soviel ich weiß.«

Marcus Johnson war ein viel glatterer Typ als Livingstone. Er ließ sich keinerlei Gereiztheit anmerken und zuckte nur mit den Achseln.

»Reverend Drake hat ein paar grobe Worte herübergerufen. Nichts von Bedeutung. Ich war mit meiner Rede schon fertig. Der arme Drake, er meint es gut, kein Zweifel, aber wie töricht er denkt. Er möchte, daß die Barclays so bleiben, wie sie in den letzten hundert Jahren waren. Aber der Fortschritt muß kommen, Mr. Dillon, und mit ihm der Wohlstand. Ich habe schon ganz feste Vorstellungen von der Entwicklung unserer geliebten Barclays.«

McCready nickte. Tourismus, dachte er, Glücksspiel, Industrie, Umweltverschmutzung, ein bißchen Prostitution ... und weiß Gott, was sonst noch.

»Und jetzt, wenn Sie mir verzeihen, muß ich einen Redetext verfassen ...«

Sie wurden hinausgeleitet und fuhren zum Government House zurück.

»Danke, daß Sie mich mitgenommen haben«, sagte Dillon beim Aussteigen. »Es war sehr instruktiv, die Kandidaten kennenzulernen. Ich würde gern wissen, wo Johnson in den Jahren seiner Abwesenheit dieses ganze Geld zusammengerafft hat.«

»Keine Ahnung«, sagte Hannah. »In der Kandidatenliste steht als Beruf ›Geschäftsmann‹ Möchten Sie, daß Oscar Sie zum *Quarter Deck* zurückbringt?«

»Nein, danke. Ich spaziere zu Fuß hin.«

In der Hotelbar arbeiteten sich die Medienvertreter durch die Biervorräte. Es war elf Uhr. Allmählich wurde ihnen langweilig. Zwei volle Tage waren verstrichen, seit sie nach Heathrow beordert worden waren, um Hals über Kopf in die Karibik zu fliegen und über die polizeilichen Ermittlungen in einem Mordfall zu berichten. Den ganzen Tag vorher, Donnerstag, hatten sie gefilmt, was sie vor die Kamera bekamen, und jeden interviewt, der bereit war, den Mund aufzumachen. Ihre Mühe hatte nicht viel erbracht: einen netten Schnappschuß mit dem Gouverneur, wie er aus seinem Bett zwischen den Fischen herausgeholt wurde; ein paar Aufnahmen mit Teleobjektiv, die zeigten, wie Parker auf Händen und Knien im Gouverneursgarten umherkroch; und Parkers Fund einer einzigen Kugel. Doch von einer guten, handfesten Neuigkeit konnte keine Rede sein.

McCready mischte sich zum erstenmal unter sie. Niemand fragte, wer er war.

»Horatio Livingstone hält um zwölf am Hafen eine Rede«, sagte er. »Könnte interessant werden.«

Plötzlich waren alle auf dem Quivive.

»Inwiefern?« fragte jemand. McCready zuckte mit den Achseln.

»Hier auf dem Platz hat es gestern ein paar bösartige Zwischenrufe gegeben«, sagte er. »Sie waren alle draußen auf dem Flugplatz.«

Ihre Augen leuchteten auf. Das wäre genau das Richtige: eine nette, kleine Schlägerei oder wenigstens ein ordentlicher Tumult mit Zwischenrufen. Die Reporter begannen sich im Geist Schlagzeilen auszudenken. *Wahlkampfausschreitungen fegen über die Insel Sunshine hinweg* – ein paar Faustschläge wären Rechtfertigung genug. Oder wenn Livingstone auf Ablehnung stieß: *Paradies sagt nein zum Sozialismus*. Das Dumme war nur, daß die Bevölkerung bislang anscheinend überhaupt kein Interesse an der verheißungsvollen Aussicht bekundete, die Unabhängigkeit vom Empire zu erlangen. Zwei neue Teams, die versucht hatten, einen Dokumentarfilm über die Einstellung der Insulaner zur Unabhängigkeit zu drehen, hatten nicht einen einzigen Menschen bewegen können, sich befragen zu lassen. Die Leute gingen einfach weg, wenn Kameras, Mikrofone und Notizblöcke zum Vorschein kamen. Trotzdem packten die Medienvertreter ihre Gerätschaften zusammen und wanderten dem Hafen zu.

McCready nahm sich noch die Zeit für einen Anruf beim britischen Konsulat in Miami, wofür er das mobile Funktelefon in den Aktenkoffer unter seinem Bett benutzte. Er bat um eine Chartermaschine mit sieben Sitzen, die um vier Uhr nachmittags auf Sunshine landen sollte. Es war nur eine vage Chance, aber er hoffte trotzdem, es würde funktionieren.

Livingstones Konvoi traf um Viertel vor zwölf aus Shantytown ein. Einer seiner Helfer brüllte, verstärkt durch ein Megaphon: »Kommen Sie und hören Sie sich Horatio Livingstone an, den Kandidaten des Volkes!«

Andere Gehilfen stellten zwei Schragen auf und legten ein kräftiges, breites Brett darüber – der Kandidat des Volkes sollte das Volk überragen. Um zwölf Uhr wuchtete Horatio Livingstone seinen massigen Körper die Stufen zu der improvisierten Rednertribüne hinauf. Er sprach in ein Megaphon, das einer der Safarianzüge vor ihn hinhielt. Vier Fernsehkameras hatten sich erhöhte Standplätze rund um den Versammlungsort gesichert, von wo aus sie den Kandidaten oder – was viel schöner wäre – die Zwischenrufer und die Schlägereien filmen konnten.

Der BSB-Kameramann hatte das Kabinendach der *Gulf Lady* gemietet. Zusätzlich trug er eine Fotokamera mit Teleobjektiv quer über den Rücken gehängt. Die Reporterin, Sabrina Tennant, stand neben ihm. McCready stieg zu ihnen hinauf.

»Tag«, sagte er.

»Hallo«, sagte Sabrina Tennant. Sie nahm ihn gar nicht zur Kenntnis.

»Sagen Sie«, fragte er leise, »wären Sie an einer Story interessiert, die Ihre Konkurrenz aus dem Feld schlägt?«

Jetzt nahm sie ihn zur Kenntnis. Der Kameramann sah ihn neugierig an.

»Können Sie mit dieser Nikon wirklich dicht, ganz dicht an Gesichter in dieser Versammlung rangehen?« fragte McCready.

»Klar«, antwortete der Kameramann. »Ich kann ihre Mandeln fotografieren, wenn sie das Maul aufmachen.«

»Machen Sie doch Frontalaufnahmen von all den Männern in grauen Safarianzügen, die dem Kandidaten zur Hand gehen«, schlug McCready vor. Der Kameramann hakte seine Nikon los und stellte die Schärfe ein.

»Beginnen Sie mit dem, der allein neben dem Transporter steht«, sagte McCready. »Mit dem, den sie Mr. Brown nennen.«

»Was haben Sie vor?« fragte Sabrina Tennant.

»Kommen Sie mit in die Kabine, dann sag ich's Ihnen.«

In der Kabine sprach McCready mehrere Minuten lang.

»Sie machen Witze«, sagte sie schließlich.

»Nein, mache ich nicht, und ich glaube, ich kann es beweisen. Aber nicht hier. Die Antworten liegen in Miami.«

»Haben Sie sie im Kasten?« fragte sie. Der Londoner nickte. »Von jedem ein Dutzend Nahaufnahmen, aus jedem Winkel. Es sind insgesamt sieben.«

»Schön, und jetzt filmen wir die ganze Versammlung. Ich brauche ein paar Spulen Hintergrundmaterial und zum Schneiden.«

Sie wußte, daß sie bereits acht Filmmagazine hatte, darin eingeschlossen Aufnahmen von beiden Kandidaten, von Port Plaisance, den Stränden, den Palmen, der Start- und Landepiste – genug Material für einen 15minütigen Dokumentarfilm, wenn geschickt geschnitten wurde. Was sie brauchte, war ein Aufhänger für die Geschichte, und wenn der zerknautschte kleine Mann mit der schüchternen Art recht hatte, dann hatte sie den jetzt.

Ihr einziges Problem war die Zeit. Ihr wichtigstes Feature lief in der Sendung *Countdown*, Flaggschiff der aktuellen Berichte im BSB, die in England am Sonntagmittag ausgestrahlt wurden. Sie mußte ihr Material bis spätestens Samstag vier Uhr – am folgenden Tag – von Miami per Satelliten losschicken. Also mußte sie noch an diesem Abend in Miami sein. Es war kurz vor eins, äußerst knapp, um ins Hotel zurückzufahren und eine Chartermaschine in Miami zu buchen, die vor Sonnenuntergang auf Sunshine landete.

»Wie es sich trifft«, sagte McCready, »soll ich ebenfalls heute um vier Uhr nachmittags abfliegen. Ich habe mir eine Maschine aus Miami bestellt. Wenn Sie mitkommen wollen – es würde mich freuen.«

»Wer sind Sie eigentlich?« fragte sie.

»Nur ein Urlauber. Aber ich kenne diese Inseln. Und ihre Bewohner. Sie können mir vertrauen.«

Verdammt, mir bleibt ja nichts anderes übrig, dachte Sabrina Tennant. Wenn die Geschichte wahr ist, darf ich sie mir auf keinen Fall entgehen lassen. Sie ging wieder zu ihrem Kameramann, um ihm zu zeigen, was sie haben wollte. Das große Objektiv der Kamera schweifte träge über die Zuhörermenge, machte hier eine Pause, verweilte dort und wieder woanders. Mr. Brown, der an dem Transporter lehnte, sah, wie sich das Objektiv auf ihn richtete, und kletterte in das Fahrzeug. Auch das filmte die Kamera.

Detective Inspector Jones erstattete mittags Desmond Hannah Bericht. Jeder Besucher, der im vergangenen Vierteljahr auf die Inseln gekommen war, war anhand der auf dem Flugplatz geführten Listen überprüft worden. Keiner von ihnen hieß Francisco Mendes. Hannah seufzte.

Wenn der tödlich verunglückte Julio Gomez sich nicht getäuscht hatte – und das war denkbar –, gab es ein Dutzend Möglichkeiten, wie der so schwer zu fassende Mendes auf die Insel gekommen sein könnte. Das Trampschiff, das jede Woche hier anlegte, hatte gelegentlich Passagiere an Bord, und die amtliche Überwachung des Hafens war sehr lückenhaft. Hin und wieder segelten Jachten vorüber, gingen in Buchten an den Küsten von Sunshine und den anderen Barclays vor Anker. Die Besatzungsmitglieder und Ausflügler vergnügten sich im kristallklaren Wasser über den Korallenriffen, bis man wieder die Segel hißte und weiterfuhr. Jeder, der wollte, konnte heimlich auf die Insel gelangen – oder sie wieder verlassen. Hannah hatte den Verdacht, daß sich Mendes, sobald er bemerkt hatte, daß er erkannt worden war, aus dem Staub gemacht hatte. Falls er überhaupt auf Sunshine gewesen war.

Er rief in Nassau an, aber Dr. West erklärte ihm, er könne mit der Obduktion erst um vier Uhr nachmittags beginnen, wenn die Leiche des Gouverneurs sich im Normalzustand befinde.

»Rufen Sie mich bitte an, sobald Sie die Kugel gefunden haben«, drängte Hannah.

Um zwei Uhr versammelten sich die inzwischen total frustrierten Vertreter der Medien auf dem Parliament Square. Was Sensationen anging, war die Versammlung am Vormittag eine herbe Enttäuschung gewesen. In der Rede war die übliche Forderung, alles zu verstaatlichen, erhoben worden, ein Schwachsinn, den die Briten schon Jahrzehnte zuvor aufgegeben hatten. Die künftigen Wähler waren apathisch gewesen. Was eine Super-Story hätte werden sollen, bestand nur aus Ausschuß. Wenn Hannah nicht bald eine Verhaftung vornahm, fanden die Journalisten, könnten sie ebensogut ihre Sachen packen und nach Hause fliegen.

Zehn Minuten nach zwei traf Marcus Johnson in seinem langen, weißen Cabrio ein. In einem eisblauen Tropenanzug und einem Hemd aus Sea-Island-Baumwolle, an dem der Kragen aufgeknöpft war, erklomm er die Ladefläche des Lastwagens, die ihm als Rednertribüne dienen sollte. Technisch mehr auf der Höhe der Zeit als Livingstone, verfügte er über ein Mikrofon und zwei Lautsprecher, die an zwei Palmen in der Nähe befestigt worden waren.

Als er zu sprechen begann, schob sich McCready unauffällig an Sean Whittaker heran, der als freier Journalist von seiner Basis in Kingston auf Jamaica aus, für den Londoner *Sunday Express* über die ganze Karibik berichtete.

»Langweilig, was?« murmelte McCready. Whittaker warf ihm von der Seite einen Blick zu.

»Ja«, antwortete er. »Ich denke, ich fliege morgen nach Hause.«

Whittaker arbeitete als Reporter und machte seine eigenen Aufnahmen. Eine Yashica mit Teleskop hing um seinen Hals.

»Möchten Sie eine Story hören«, fragte McCready, »die Ihre Konkurrenten aus dem Feld schlägt?«

Whittaker drehte sich zu ihm hin und zog eine Augenbraue hoch.

»Auf welches Geheimnis haben Sie denn ein Monopol?«

»Wollen Sie dahinterkommen? Dann begleiten Sie mich – die Rede ist ohnehin langweilig.«

Die beiden Männer gingen über den Platz, in das Hotel und hinauf in McCreadys Zimmer im ersten Stock. Vom Balkon konnten sie den ganzen Platz unter ihnen sehen.

»Die Aufpasser, die Männer in den bunten Strandhemden und mit den dunklen Brillen«, sagte McCready, »können Sie von denen Nahaufnahmen machen?«

»Klar«, sagte Whittaker. »Warum fragen Sie?«

»Machen Sie die Fotos, dann sag ich's Ihnen.«

Whittaker zuckte die Achseln. Er hatte schon von den unwahrscheinlichsten Leuten Tips bekommen. Manche hatten sich als nützlich erwiesen, andere wieder nicht. Er stellte sein Zoomobjektiv ein und knipste zwei Farb- und zwei Schwarzweiß-Filme voll. McCready ging mit ihm hinunter in die Bar, spendierte ihm ein Bier und redete eine halbe Stunde lang auf ihn ein. Dann gab Whittaker einen Pfiff von sich.

»Ist das koscher?« fragte er.

»Ja.«

»Können Sie es beweisen?« Für eine solche Story brauchte man ein paar Zitate aus berufenem Mund, sonst würde Robin Esser, sein Redakteur in London, sie nicht bringen.

»Nicht hier«, sagte McCready. »Der Beweis findet sich in Kingston. Sie können heute abend zurückfliegen, Ihrer Story morgen vormittag den letzten Schliff geben und sie bis vier Uhr auf den Weg schicken. Um neun Uhr ist sie in London. Genau rechtzeitig.«

Whittaker schüttelte den Kopf.

»Zu spät. Die letzte Maschine von Miami nach Kingston startet um 19.30 Uhr. Ich müßte bis sechs in Miami sein, über Nassau. Das würde ich nie schaffen.«

»So ein Zufall, ich habe selbst eine Maschine bestellt, die um vier nach Miami startet – in siebzig Minuten. Es wäre mir ein Vergnügen, Sie mitzunehmen.«

»Wer sind Sie eigentlich, Mr. Dillon?« fragte Whittaker.

»Ach, jemand, der diese Inseln und diese Weltgegend kennt. Beinahe so gut wie Sie.«

»Besser«, knurrte Whittaker und ging.

Um vier Uhr traf Sabrina Tennant mit ihrem Kameramann auf dem Flugplatz ein. McCready und Whittaker waren bereits da. Um zehn nach vier senkte sich das Lufttaxi aus Miami herab. Sekunden vor dem Start erklärte McCready:

»Ich schaffe es leider nicht mitzukommen. Ein Anruf im Hotel in letzter Minute. Ein Jammer, aber das Lufttaxi ist bezahlt. Einen Preisnachlaß bekomme ich nicht. Zu spät. Betrachten Sie sich also bitte als meine Gäste. Auf Wiedersehen und viel Glück.«

Während des ganzen Fluges beäugten Whittaker und Sabrina Tennant einander mißtrauisch. Keiner der beiden verriet dem anderen, was er erfahren hatte und wohin er unterwegs war. In Miami nahm das Fernsehteam ein Taxi in die Stadt, Whittaker die letzte Maschine nach Kingston.

McCready war ins *Quarter Deck* zurückgekehrt. Er holte sein Funktelefon heraus, programmierte es auf einen speziellen Code und machte mehrere Anrufe. Einer davon galt der britischen Hohen Kommission in Kingston, wo er mit einem Kollegen sprach, der zusagte, über seine Kontakte die richtigen Gesprächspartner zu vermitteln. Ein anderer ging an die Zentrale der amerikanischen Rauschgiftbekämpfungsbehörde DEA in Miami, wo er schon seit langem einen Kontaktmann hatte, da der internationale Rauschgifthandel Verbindungen zum internationalen Terrorismus hat. Dann rief er noch den Chef der CIA-Filiale in Miami an. Als er mit diesen Anrufen fertig war, konnte er mit Grund hoffen, daß man seinen neuen Freunden von den Medien in jeder Weise den Weg ebnen werde.

Kurz vor sechs Uhr sank die orangefarbene Scheibe der Sonne den Dry Tortugas im Westen entgegen, und die Dunkelheit kam, wie immer in den Tropen, erstaunlich rasch. Die Dämmerung dauerte nur eine Viertelstunde. Um sechs rief Dr. West aus Nassau an. Desmond Hannah nahm den Anruf im Privatbüro des ehemaligen Gouverneurs entgegen, wo Bannister die abhörsichere Verbindung mit der Hohen Kommission in Nassau installiert hatte.

»Haben Sie die Kugel?« fragte Hannah gespannt. Ohne die Unterstützung durch die Experten mußten seine Ermittlungen ins Stocken

448

geraten. Mehrere Personen waren möglicherweise der Tat verdächtig, aber er hatte keine Augenzeugen, keinen eindeutig Schuldigen, kein Geständnis.

»Keine Kugel«, sagte die ferne Stimme aus Nassau.

»Was?«

»Sie ist glatt durch ihn durchgegangen«, sagte der Gerichtsmediziner. Er hatte seine Arbeit in der Leichenhalle eine halbe Stunde zuvor abgeschlossen und sich sofort zur Hohen Kommission begeben, um Hannah anzurufen.

»Möchten Sie es im medizinischen Jargon hören oder einfach die Fakten?« fragte der Arzt.

»Die Fakten genügen«, sagte Hannah. »Wie hat sich die Sache abgespielt?«

»Es war eine einzige Kugel. Sie trat auf der linken Seite zwischen der zweiten und dritten Rippe ein, durchbohrte Muskeln und Gewebe, durchschlug die obere linke Herzkammer, was den sofortigen Tod herbeiführte, und trat auf der hinteren Seite des Körpers aus. Die angenehme Nachricht: Die Kugel hat keinen Knochen gestreift. Dusel, aber so war es. Wenn Sie das Projektil finden können – es müßte intakt sein, überhaupt nicht verformt.«

»Sie ist auch nicht von irgendeinem Knochen abgeprallt?«

»Nein.«

»Aber das ist doch unmöglich«, protestierte Hannah. »Der Gouverneur stand ja mit dem Rücken zu einer Mauer. Wir haben diese Mauer aufs genaueste abgesucht. Sie ist nicht im geringsten beschädigt, abgesehen von der deutlich sichtbaren Kerbe, die von der anderen Kugel verursacht wurde, die durch den Hemdsärmel ging. Wir haben den Weg entlang der Mauer abgesucht. Den Kies durchgesiebt. Nur eine einzige Kugel, die andere, durch den Aufprall böse zugerichtet.«

»Nun ja, sie kam unbeschädigt heraus«, sagte der Arzt. »Ich spreche von der Kugel, die ihn getötet hat. Irgend jemand muß sie gestohlen haben.«

»Könnte sie so abgebremst worden sein, daß sie zwischen dem Gouverneur und der Mauer auf den Rasen fiel?« fragte Hannah.

»Wie weit war die Mauer vom Rücken des Mannes entfernt?«

»Nicht mehr als fünf Meter«, sagte Hannah.

»Dann meiner Meinung nach nicht«, sagte der Gerichtsmediziner. »Ich bin kein Ballistikexperte, aber ich glaube, daß es sich um eine schwerkalibrige Waffe gehandelt hat, abgefeuert aus einer Position, die mehr als anderthalb Meter von der Brust entfernt war. Am Hemd fanden sich nämlich keine Schmauchspuren. Aber wahrscheinlich waren es nicht mehr als sieben Meter. Die Einschußwunde ist scharf umrissen und sauber, die Kugel dürfte den Körper mit hoher Geschwindigkeit durchschlagen haben. Sie wurde dabei zweifellos abgebremst, aber längst nicht so stark, daß sie innerhalb von fünf Metern auf die Erde fiel. Sie muß die Hausmauer getroffen haben.«

»Hat sie aber nicht«, protestierte Hannah. Es sei denn, daß jemand sie gestohlen hatte. Wenn es sich so verhielt, mußte dieser Jemand dem Haushalt angehört haben. »Sonst noch was?«

»Nicht sehr viel. Der Mann stand, als er erschossen wurde, mit dem Gesicht seinem Mörder gegenüber. Er hat sich nicht abgewandt.«

Entweder, dachte Hannah, war der Gouverneur ein sehr tapferer Mann oder er hat, wahrscheinlicher, seinen Augen nicht getraut.

»Noch ein letzter Punkt«, sagte der Arzt. »Die Flugbahn der Kugel war schräg nach oben gerichtet. Der Attentäter muß gekauert oder gekniet haben. Wenn meine Entfernungsschätzung stimmt, muß die Kugel aus einer Position von zirka fünfundsiebzig Zentimetern über dem Boden abgefeuert worden sein.«

Verdammt, dachte Hannah, sie muß glatt über die Mauer hinweggeflogen sein. Oder sie hat möglicherweise das Haus getroffen, aber in viel größerer Höhe, nahe der Dachrinne. Parker mußte am nächsten Morgen noch einmal von vorne beginnen. Mit Leitern. Er dankte Dr. West und legte auf. Der umfassende schriftliche Bericht würde ihn mit dem Linienflugzeug am nächsten Tag erreichen.

Parker, der inzwischen sein Spurensicherungsteam von der Polizei der Bahamas eingebüßt hatte, mußte sich allein an die Arbeit machen. Jefferson, der Butler, und der Gärtner hielten vereint die Leiter, während der bedauernswerte Parker an der Hauswand emporstieg und nach dem Einschlag einer zweiten Kugel Ausschau hielt. Er kletterte bis zur Dachrinne hinauf, fand aber nichts.

Hannah nahm sein Frühstück, das Jefferson auftrug, im Salon ein. Lady Moberley kam hin und wieder herein, ordnete die Blumen in den Vasen, lächelte geistesabwesend und wanderte wieder hinaus. Es schien sie nicht zu bekümmern, ob die Leiche ihres verstorbenen Ehemannes – oder was davon noch übrig war – zur Bestattung nach Sunshine gebracht oder nach England überführt wurde. Hannah hatte den Eindruck, daß Sir Marston Moberley bei niemandem, beginnend mit seiner Frau, sehr beliebt gewesen war. Aber dann ging ihm auf, warum sie so unbekümmert wirkte. Auf dem Silbertablett mit den Alkoholika fehlte die Wodkaflasche. Zum erstenmal seit vielen Jahren war Lady Moberley glücklich.

Desmond Hannah war nicht glücklich. Er stand vor einem Rätsel. Je länger sich die Suche nach der zweiten Kugel hinzog, desto stärker wurde das Gefühl, daß sein Instinkt recht gehabt hatte. Der Mord war eine interne Angelegenheit gewesen, das abgerissene Schloß an der Stahltür im Garten ein Ablenkungsversuch. Irgend jemand war aus dem Salon, in dem er jetzt saß, die Stufen hinunter und um den sitzenden Gouverneur herumgegegangen, der dann die Waffe gesehen hatte und aufgesprungen war. Nach begangener Tat hatte der Mörder die eine der beiden Kugeln an der Hausmauer liegen sehen und eingesteckt. Wegen der einbrechenden Dämmerung hatte er die andere nicht mehr gefunden und war davongerannt, um die Waffe zu verstecken, ehe jemand dazukam.

Hannah beendete das Frühstück, ging hinaus ins Freie und schaute zu Peter Parker hinauf, der unterhalb der Dachrinne stand.

»Was gefunden?« fragte er.

»Keine Spur davon zu sehen«, rief Parker hinunter. Hannah ging zur Gartenmauer hinüber und stellte sich mit dem Rücken an die Stahltür. Am Abend zuvor war er auf einen Holzbock gestiegen und hatte über die Tür in die Gasse dahinter geschaut. Zwischen fünf und sechs Uhr herrschte immer reger Verkehr in der Gasse. Viele Leute benutzten sie als Abkürzung von Port Plaisance nach Shantytown; Kleinbauern benutzten sie, wenn sie aus dem Städtchen in ihre Häuschen im Umland zurückkehrten. Beinahe dreißig Personen waren in dieser Stunde in beiden Richtungen durch die Gasse gekommen, die nie ganz leer war. Einmal wurde sie sogar von sieben Personen gleichzeitig durchquert. Der Killer konnte einfach nicht auf diesem Weg gekommen sein, ohne entdeckt zu werden. Warum sollte es an einem Dienstagabend hier anders aussehen als an jedem anderen Abend? Irgend jemand mußte irgend etwas gesehen haben.

Aber auf die Plakate hin hatte sich niemand gemeldet. Wer von den Bewohnern der Insel würde sich tausend amerikanische Dollar entgehen lassen? Das war für die Menschen hier ein Vermögen. Mithin ... war der Killer aus dem Haus selbst gekommen, wie Hannah vermutet hatte.

Die vergitterte Eingangstür zum Government House war am Dienstagabend zu der betreffenden Zeit geschlossen gewesen. Sie schloß sich von selbst, wenn sie zufiel. Hätte irgend jemand geklingelt, wäre Jefferson an die Tür gegangen. Aber niemand konnte einfach durch das Tor, über den kiesbedeckten Vorhof, durch den Eingang, die Halle, den Salon und die Stufen zum Garten hinunter gehen. Kein Eindringling, der zufällig daherkam; die geschlossene Eingangstür hätte ihm den Zutritt verwehrt. Die Fenster im Parterre waren nach spanischer Art vergittert. Einen anderen Weg ins Haus gab es nicht. Es sei denn, der Täter war ein Sportler und hatte die Gartenmauer übersprungen ... Möglich war das.

Aber wie war er dann wieder hinausgekommen? Durchs Haus? Es hätte leicht sein können, daß er gesehen wurde. Über die Mauer wieder ins Freie? Sie war genauestens auf Kratzspuren untersucht wurden, die anzeigen würden, daß jemand darüber geklettert war, und sie war oben mit Glasscherben gesichert. Durch die Stahltür hinaus, die zuvor geöffnet gewesen war? Auch in diesem Fall hätte der Eindringling leicht gesehen werden können. Nein, es sah ganz danach aus, daß der Mörder aus dem engsten Umkreis des Opfers gekommen war. Oscar, der Chauffeur, hatte sich dafür verbürgt, daß Lady Moberley abwesend, in der Kinderklinik, gewesen war. Damit blieben der harmlose alte Jefferson und der junge Haverstock von den Queen's Royal Dragoons übrig.

Hatte die Tat nur *ein* Täter begangen oder waren sie alle daran beteiligt gewesen? Und welches Motiv? Haß, Habgier, Rache, politischer Terror oder die Drohung, einem die Karriere zu ruinieren? Und wie verhielt es sich mit dem toten Gomez? Hatte er wirklich einen gedungenen Mörder auf Sunshine gesehen? Und wenn ja, wo ordnete sich dann Mendes in das Bild ein?

Hannah trat zwei Schritte nach vorn und ließ sich auf die Knie nieder. Noch immer zu hoch. Er legte sich auf den Bauch und stützte sich mit den Ellenbogen ab, zwanzig Zentimeter über dem Gras. Er faßte die Stelle ins Auge, wo Sir Marston mutmaßlich gestanden hatte, nachdem er aufgestanden war und einen Schritt nach vorne getan hatte. Dann sprang er hoch.

»Parker«, brüllte er, »kommen Sie herunter und hierher!«

Parker wäre um ein Haar von der Leiter gekippt. Er hatte den phlegmatischen Hannah noch nie so aufgeregt gesehen. Als er die Terrasse erreichte, flitzte er hinab in den Garten.

»Stellen Sie sich dorthin«, sagte Hannah und deutete dabei auf eine Stelle im Gras. »Wie groß sind Sie?«

»Gut einssiebzig, Sir.«

»Das reicht nicht. Gehen Sie in die Bibliothek und holen Sie ein paar Bücher. Der Gouverneur war einen Meter neunzig groß. Jefferson, besorgen Sie mir einen Besen.«

Jefferson zuckte mit den Achseln. Wenn der weiße Polizeibeamte den Patio fegen wollte, war das sein Bier. Er ging einen Besen holen.

Auf Hannahs Geheiß mußte sich Parker an der Stelle, wo Sir Marston gestanden hatte, auf vier Bücher stellen. Auf dem Gras kauernd richtete Hannah den Besenstiel wie ein Gewehr auf Parkers Brust. In einem Winkel von zwanzig Grad zielte der Besenstiel nach oben.

»Machen Sie einen Schritt zur Seite.«

Parker gehorchte und rutschte dabei von den Büchern herab. Hannah stand auf und ging zu den Stufen, die an der Mauer von links nach rechts zur Terrasse hinaufführten. Er hing noch dort von seinem schmiedeeisernen Halter, wie schon seit drei Tagen und noch länger: der Korb aus Drahtgeflecht, gefüllt mit Lehm, aus dem glänzende Geranien quollen. Sie blühten in derart dichter Fülle, daß man den Korb selbst kaum sah.

»Holen Sie den Korb dort herunter«, sagte Hannah zum Gärtner. »Parker. Bringen Sie den Tatortkoffer. Jefferson – ein Bettlaken.

Der Gärtner stöhnte auf, als sein Werk auf dem Bettlaken ausgebreitet wurde. Eine Blume um die andere zog Hannah heraus und klopfte mit einem Finger den Lehm von ihren Wurzeln, ehe er sie zur Seite legte. Als nur noch der Lehm übrig war, zerteilte er ihn in faustgroße Klumpen und diese dann mit Hilfe einer Spachtel in kleinere, so groß wie Reiskörner. Die Kugel kam zum Vorschein.

Sie hatte nicht nur den Körper des Gouverneurs unbeschädigt durchschlagen, sondern zudem auch noch das Drahtgeflecht des Korbs nicht berührt. Sie war mitten im Lehm steckengeblieben. Sie war perfekt erhalten. Hannah nahm eine Pinzette und beförderte sie in eine Plastiktüte, verknotete diese und ließ sie in ein Glas mit Schraubverschluß fallen.

»Heute abend, mein Junge«, sagte er zu Parker, »fliegen Sie nach London zurück. Mit dem hier. Alan Mitchell wird den Sonntag für mich drangeben. Ich habe die Kugel. Bald werde ich die Waffe haben. Und dann den Killer.«

Im Government House gab es jetzt nichts mehr für ihn zu tun. Er ließ Oscar holen, der ihn zum Hotel zurückbringen sollte. Während er auf den Chauffeur wartete, stand er an einem der Fenster im Salon und blickte über die Gartenmauer hinweg auf Port Plaisance, die nickenden Palmen und die schimmernde See. Die Insel schlummerte in der Hitze des Vormittags. Schlummerte sie oder brütete sie?

Das hier, dachte er, ist kein Inselparadies, es ist ein verdammtes Pulverfaß.

5

Sean Whittaker wurde in Kingston an diesem Vormittag ein erstaunlicher Empfang zuteil. Er war spätabends eingetroffen und hatte sich sofort in seine Wohnung begeben. Am nächsten Morgen kurz nach sieben meldete sich der erste Anrufer. Es war eine amerikanische Stimme.

»Morgen, Mr. Whittaker, hoffentlich habe ich Sie nicht geweckt.«

»Nein, durchaus nicht. Wer ist denn am Apparat?«

»Ich heiße Milton. Einfach Milton. Soviel ich weiß, haben Sie ein paar Fotos, die Sie mir vielleicht gerne zeigen würden.«

»Das hängt davon ab, wem ich sie zeige«, sagte Whittaker. Am anderen Ende der Leitung wurde leise gelacht.

»Wollen wir uns nicht treffen?«

Eine Stunde später trafen sie sich an einer vereinbarten Stelle. Der Amerikaner sah nicht aus wie der Chef der CIA-Außenstation in Kingston. Seine lässige Art paßte mehr zu einem jungen Universitätsdozenten.

»Verzeihen Sie mir«, sagte Whittaker, »aber könnten Sie sich nicht irgendwie ausweisen?«

»Steigen wir in meinen Wagen«, sagte Milton.

Sie fuhren zur amerikanischen Botschaft. Milton hatte zwar sein eigenes Büro außerhalb der Botschaft, aber er war auch dort *persona grata*. Er zückte seinen Personalausweis, zeigte ihn dem Marineinfanteristen an dem Schreibtisch in der Eingangshalle und ging dann voran zu seinem ungenutzten Büroraum.

»Aha«, sagte Whittaker, »Sie sind ein amerikanischer Diplomat.«

Milton korrigierte ihn nicht. Er lächelte und bat Whittaker, ihm seine Aufnahmen zu zeigen. Er blickte sie flüchtig an, aber eine davon nahm seine Aufmerksamkeit gefangen.

»Sieh an, sieh an«, sagte er, »dort also ist er gelandet.«

Er öffnete sein Köfferchen und zog eine Akte heraus. Das Foto auf der ersten Seite des Dossiers war ein paar Jahre früher mit einem Teleobjektiv aufgenommen worden, anscheinend durch einen Spalt zwischen zwei Vorhängen. Doch es zeigte denselben Mann wie auf der neuen Aufnahme, die vor ihm auf dem Schreibtisch lag.

»Möchten Sie wissen, wer das ist?« fragte er Whittaker. Die Frage war überflüssig. Der britische Reporter verglich die beiden Fotos und nickte.

»Fangen wir also mit dem Anfang an«, sagte Milton und las den Inhalt des Dossiers vor; nicht alles, sondern gerade so viel, wie notwendig war. Whittaker schrieb in Windeseile mit.

Der Mann von der amerikanischen Drogenbekämpfungsbehörde DEA war gründlich. Er lieferte Details über eine geschäftliche Karriere, bestimmte Zusammenkünfte, die Eröffnung von Bankkonten, durchgeführte Operationen, verwendete Decknamen, Lieferungen, gewaschene Gelder. Als er fertig war, lehnte sich Whittaker zurück.

»Puh!« sagte er. »Kann ich Sie dafür als Quelle angeben?«

»Ich würde nicht Mr. Milton als Quelle nennen«, sagte der Amerikaner. »Schreiben Sie: ›hochgestellte Gewährsleute innerhalb der DEA‹ – das wird genügen.«

Er geleitete Whittaker zurück zum Haupteingang. Auf den Stufen machte er dem Reporter einen Vorschlag.

»Fahren Sie doch mit den übrigen Fotos zur Polizeizentrale von Kingston. Sie werden vielleicht feststellen, daß man Sie dort bereits erwartet.«

In der Polizeizentrale wurde der nachdenklich gewordene Whittaker hinauf zu Commissioner Forster geführt, der allein in seinem großen, von der Klimaanlage gekühlten Dienstzimmer saß, von dem aus man das Zentrum von Kingston überblickte. Nachdem der Commissioner Whittaker begrüßt hatte, drückte er den Knopf an seiner Sprechanlage und bat Commander Gray dazuzukommen. Ein paar Minuten später stieß der Chef der Kriminalpolizei von Kingston zu ihnen. Er brachte einen Aktenstapel mit.

Die beiden Jamaikaner betrachteten Whittakers Fotos von den acht Leibwächtern in bunten Strandhemden. Commander Gray ließ sich von den Sonnenbrillen nicht täuschen. Er schlug eine Reihe von Dossiers auf und identifizierte einen Mann nach dem anderen. Whittaker notierte sich alles.

»Darf ich Sie beide als meine Gewährsleute angeben?« fragte er.

»Sicher«, sagte der Commissioner. »Jeder von diesen Ganoven hat ein langes Vorstrafenregister. Sie werden derzeit hier gesucht. Sie können mich zitieren. Wir haben nichts zu verbergen. Unser Gespräch ist offiziell.«

Als es Mittag wurde, hatte Whittaker seine Story beisammen. Er übermittelte seine Aufnahmen und seinen Text auf dem gewohnten Weg nach London, erhielt einen langen Anruf des Nachrichtenredakteurs in London und die Zusicherung, daß seine Story am nächsten Tag an prominenter Stelle figurieren werde. Seine Spesen würden nicht beanstandet werden, nicht in diesem Fall.

In Miami hatte sich Sabrina Tennant im Hotel *Sonesta Beach* einquartiert, wie ihr am Abend vorher angeraten worden war. Am Samstagvormittag kurz vor acht wurde sie angerufen. Sie wurde in ein Bürogebäude im Zentrum von Miami bestellt. Es war nicht die CIA-Filiale, aber ein besonders gesichertes Gebäude.

Sie wurde in ein Büro geführt und mit einem Mann bekannt gemacht, der sie in einen Fernsehraum geleitete, wo drei ihrer Videobänder zwei Männern vorgeführt wurden, die im Halbdunkel saßen, sich nicht vorstellten und schwiegen.

Nach der Vorführung der Bänder wurde Miss Tennant wieder in das Büro gebeten, wo man ihr Kaffee servierte und sie eine Weile allein ließ. Als der Beamte, der sie empfangen hatte, zurückkam, schlug er ihr vor, sie solle ihn doch »Bill« nennen, und bat sie um die Standfotos, die am Tag vorher während der Wahlversammlung am Hafen aufgenommen worden waren. Bei den Videoaufnahmen hatte sich der Kameramann nicht auf die Leibwächter Horatio Livingstones konzentriert, so daß sie nur als Figuren am Rande erschienen. Auf den Standfotos waren sie frontal zu sehen. Bill öffnete eine Reihe von Dossiers und zeigte ihr andere Aufnahmen derselben Männer.

»Der da«, sagte er, »der neben dem Lieferwagen. Wie hat er sich genannt?«

»Mr. Brown«, sagte sie. Bill lachte.

»Wissen Sie, was ›braun‹ auf spanisch heißt?« fragte er.

»Nein.«

»Moreno – in diesem Fall Hernan Moreno.«

»Das Fernsehen ist ein visuelles Medium«, sagte sie. »Bilder erzählen eindringlicher als Worte. Kann ich Ihre Fotos hier haben, um sie mit meinen zu vergleichen?«

»Ich lasse Kopien davon machen«, sagte Bill. »Und wir behalten Kopien von Ihren Aufnahmen hier.«

Ihr Kameramann hatte draußen in einem Taxi warten müssen. Er machte heimlich ein paar Aufnahmen von dem Bürogebäude. Es war einerlei. Er glaubte, die CIA-Zentrale zu fotografieren. Darin irrte er sich.

Als sie wieder im *Sonesta Beach* waren, breitete Sabrina Tennant in dem Bankettsaal, den sie sich für diesen Zweck reserviert hatte, auf einem großen Tisch die Fotos aus, ihre eigenen und jene, die ihr ungewöhnlicherweise aus geheimen CIA-Dossiers zur Verfügung gestellt worden waren, während der Kameramann alles filmte. Miss Tennant sprach vor dem Hintergrund der Wand des Bankettsaals und eines vom Hotelmanager geborgten Porträts von Präsident Bush direkt in die Kamera. Es würde genügen, um den Zuschauern den Eindruck zu vermitteln, sie sähen ein CIA-Allerheiligstes.

Später an diesem Vormittag fanden sie ein Stück abseits des US Highway One eine kleine, verlassene Bucht, wo sie vor einem Hintergrund aus weißem Sand, sich wiegenden Palmen und blauem Meer wieder in die Kamera sprach – Rekonstruktion eines Strands auf Sunshine.

Mittags schickte sie über eine Satellitenverbindung ihr ganzes Material an die BSB in London. Auch sie führte ein langes Gespräch mit ihrem Nachrichtenredakteur, während das Personal im Schneideraum das Feature zusammenzusetzen begann. Als die Leute damit fertig waren, war ein aktueller Beitrag von fünfzehn Minuten Länge entstanden, der aussah, als wäre er nur mit einer einzigen Absicht gedreht worden: ein Stück Enthüllungsjournalismus abzuliefern.

Der Redakteur stellte den Programmablauf der sonntäglichen Mittagsausgabe von *Countdown* um und rief sie noch einmal in Florida an.

»Es ist ein satter Knüller geworden«, sagte er. »Gut gemacht, Schätzchen.«

Auch McCready war beschäftigt gewesen. Er brachte einen Teil des Vormittags mit Gesprächen zu, die er über sein mobiles Telefon mit London und Washington führte.

In London erreichte er den Chef der Antiterroreinheit Special Air Service Regiment, SAS, in der Kaserne des Duke of York in der King's Road im Stadtteil Chelsea. Der junge General hörte sich McCreadys Ersuchen an.

»Zufällig ja«, sagte er. »Zwei von ihnen sind im Moment in Fort Bragg und halten dort Vorträge. Ich muß die Sache genehmigen lassen.«

»Dafür fehlt die Zeit«, sagte McCready. »Haben die beiden noch Urlaub gut?«

»Ich glaube, ja«, sagte der General.

»Schön. Dann biete ich den beiden an, sich hier ein paar Tage zu entspannen, einen Erholungsurlaub in der Sonne zu machen. Als meine persönlichen Gäste. Was könnte fairer sein als ein solches Angebot?«

»Sam«, sagte der General, »Sie haben es faustdick hinter den Ohren. Ich werde sehen, was ich tun kann. Aber die beiden machen Urlaub, okay? Nur Sonnenbaden, nichts sonst.«

»Gott behüte!« sagte McCready. »Was denken Sie denn von mir?«

Es war nur noch eine Woche bis Weihnachten, und die Bürger von Port Plaisance beschäftigten sich an diesem Nachmittag mit den Vorbereitungen für die Festtage.

Trotz der Hitze wurden zahlreiche Schaufenster mit Darstellungen von Rotkehlchen, Stechpalmen und Weihnachtsscheiten sowie mit Styropor-Schnee geschmückt. Nur ganz wenige der Inselbewohner hatten jemals ein Rotkehlchen oder eine Stechpalme, geschweige denn Schnee gesehen, doch die alte viktorianische Tradition in England will, daß Jesus inmitten einer solchen Dekoration geboren worden war.

Vor der anglikanischen Kirche schmückte Mr. Quince, umgeben von einem Schwarm eifriger kleiner Mädchen, gerade eine Krippe unter einem Strohdach. In der Krippe selbst lag eine kleine Plastikpuppe, und die Kinder verteilten Ochsen, Schafe, Esel und Hirten malerisch drumherum.

Am Ortsrand leitete Reverend Drake eine Chorprobe für seinen Weihnachtsgottesdienst. Sein tiefer Baß war nicht ganz auf der Höhe. Unter seinem schwarzen Gewand waren seine gebrochenen Rippen mit Dr. Jones' Bandagen umwickelt, um ihm Erleichterung zu verschaffen, und seine Stimme hörte sich keuchend an. Seine Gemeindemitglieder warfen einander bedeutsame Blicke zu. Jedermann wußte, was mit ihm am Donnerstagabend geschehen war, denn in Port Plaisance blieb nichts lange geheim.

Um drei Uhr kam ein zerbeulter Transporter auf den Parliament Square gefahren und hielt an. Dem Fahrzeug entstieg die massige

Gestalt Firestones. Er ging nach hinten, öffnete die Tür und hob Missy Coltrane samt ihrem Rollstuhl heraus. Langsam schob er sie die Main Street hinunter, wo sie ihre Einkäufe machen wollte. Journalisten waren nicht in der Nähe. Die meisten von ihnen waren, gelangweilt, nach Conch Point gefahren, um dort im Meer zu schwimmen.

Missy Coltrane kam nur langsam voran, immer wieder von Begrüßungen aufgehalten. Sie dankte für jeden Gruß und rief Ladenbesitzer und Passanten bei ihren Namen, ohne einen einzigen auszulassen.

»Tag, Missy Coltrane.« »Guten Tag, Jasper ... Guten Tag, Simon ... Guten Tag, Emmanuel ...« Sie erkundigte sich nach Frau und Kindern, gratulierte einem jungen Vater, drückte ihr Mitgefühl für jemanden aus, der sich den Arm gebrochen hatte. Sie machte ihre gewohnten Einkäufe, und die Ladenbesitzer brachten ihre Waren an die Tür, damit Missy Coltrane sie sich ansehen konnte.

Sie zahlte aus einem kleinen Geldbeutel, den sie im Schoß liegen hatte, während sie aus einer größeren Handtasche einen anscheinend unerschöpflichen Vorrat von Süßigkeiten an Kinder austeilte, die sich in der Hoffnung auf eine zweite Ration erboten, ihre Einkaufstüten zu tragen.

Sie kaufte frisches Obst und Gemüse, Kerosin für ihre Lampen, Zündhölzer, Kräuter, Gewürze, Fleisch und Öl. Ihr Weg führte sie durch das Viertel mit den Ladengeschäften zum Kai, wo sie die Fischer begrüßte und zwei Fische und einen zappelnden Hummer kaufte, den eigentlich das *Quarter Deck* bestellt hatte. Wenn Missy Coltrane etwas wollte, bekam sie es auch. Punktum. Das *Quarter Deck* mußte sich mit den Garnelen und den Muscheln begnügen.

Auf dem Rückweg zum Parliament Square begegnete sie Chief Superintendent Hannah, der gerade die Stufen vor dem Hotel herabkam. Er war in Begleitung von Detective Inspector Jones und einem Amerikaner namens Favaro. Sie wollten zum Flugplatz, um dort zu sein, wenn die Vier-Uhr-Maschine aus Nassau landete.

Sie grüßte sie alle, obwohl sie zwei von den drei Männern noch nie gesehen hatte. Dann hob Firestone sie samt dem Rollstuhl hoch, setzte sie im hinteren Teil des Transporters neben den Einkäufen ab und fuhr davon.

»Wer war das?« fragte Favaro.

»Eine alte Dame, die auf einem Hügel wohnt«, sagte Hannah.

»Ach ja, ich habe von ihr gehört«, sagte Parker. »Sie weiß angeblich alles, was es über Sunshine zu wissen gibt.«

Hannah runzelte die Stirn. Seit seine Ermittlungsarbeit an Schwung verloren hatte, war ihm mehr als einmal der Gedanke gekommen, daß diese Missy Coltrane über den Menschen, der am Dienstagabend die Schüsse auf den Gouverneur abgegeben hatte, vielleicht mehr wußte, als sie sich anmerken ließ. Trotzdem, ihre Andeutung, was die »Entourage« der beiden Kandidaten anging, war klug gewesen. Er hatte sich die Wahlhelfer angesehen, und der Instinkt des Polizisten hatte ihm gesagt, daß sie nicht koscher seien. Wenn sie nur ein Motiv gehabt hätten ...

Der Inselhopser aus Nassau landete kurz nach vier. Der Pilot hatte ein Päckchen von der Metro-Date-Polizei für einen gewissen Mr. Favaro dabei. Der Polizeibeamte aus Miami wies sich aus und nahm es entgegen. Parker, der die Glasflasche mit der Kugel, an der so vieles hing, in seiner Sakkotasche hatte, stieg in die Maschine.

»Morgen vormittag wartet in Heathrow ein Wagen auf Sie«, sagte Hannah. »Er bringt Sie auf dem schnellsten Weg nach Lambeth. Ich möchte, daß Alan Mitchell die Kugel so rasch wie möglich bekommt.«

Als das Flugzeug startete, zeigte Favaro Hannah die Fotos von Francisco Mendes, alias »der Skorpion«. Der Brite betrachtete sie genau. Es waren insgesamt zehn Aufnahmen, die einen mageren Finsterling mit angeklatschtem schwarzen Haar und einem schmallippigen, ausdruckslosen Mund zeigte. Die Augen starrten blicklos in die Kamera.

»Mieses Ganovengesicht«, bemerkte Hannah. »Bringen wir die Fotos mal gleich zu Chief Inspector Jones.«

Der Polizeichef der Barclays saß in seinem Dienstzimmer am Parliament Square. Aus den offenen Türen der anglikanischen Kirche drang der Gesang von Weihnachtsliedern, aus der Bar des *Quarter Deck* schallendes Gelächter. Die Medienvertreter waren zurückgekehrt. Jones schüttelte den Kopf.

»Nein, nie gesehen, den Typen. Nicht auf unseren Inseln.«

»Ich bin sicher, daß Julio ihn nicht mit einem anderen verwechselt hat«, sagte Favaro. »Wir sind ihm vier Tage lang gegenübergesessen.«

Hannah neigte dazu, ihm recht zu geben. Vielleicht hatte er den Täter im Government House am verkehrten Ort gesucht. Möglicherweise war die Tat *doch* von einem gedungenen Mörder begangen worden. Aber warum ...?

»Würden Sie diese Fotos bitte herumgehen lassen, Mr. Jones. Zeigen Sie sie herum. Der Mann soll am Dienstag vor einer Woche in der Bar des *Quarter Deck* gesehen worden sein. Vielleicht hat ihn sonst noch jemand gesehen. Der Barkeeper oder ein anderer Gast an diesem Abend. Mag sein, jemand hat beobachtet, wohin er gegangen ist, als er die Bar verließ, oder hat ihn in einem anderen Lokal gesehen ... Sie wissen ja Bescheid.«

Chief Inspector Jones nickte. Er kannte sein Revier. Er würde die Fotos herumzeigen.

Als die Sonne unterging, sah Hannah auf seine Uhr. Parker dürfte vor einer Stunde in Nassau eingetroffen sein und ungefähr jetzt an Bord der Maschine gehen, die durch die Nacht nach London flog. Acht Flugstunden plus fünf Stunden wegen des Zeitunterschieds. Kurz nach sieben Uhr morgens Londoner Zeit Ankunft in Heathrow.

Alan Mitchell, der brillante Wissenschaftler, der dem ballistischen Laboratorium des Innenministeriums in Lambeth vorstand, hatte sich bereit erklärt, seinen Sonntag für die Untersuchung des Projektils aus der Mordwaffe dranzugeben. Er würde es jedem bekannten Testverfahren unterziehen und am Sonntagnachmittag Hannah telefonisch über das Untersuchungsergebnis unterrichten. Dann wüßte Hannah genau, nach welcher Waffe er zu fahnden hatte. Das würde den Kreis der Verdächtigen einengen. Irgend jemand mußte die Tatwaffe gesehen haben. Die Gemeinschaft der Inselbewohner war ja wirklich so klein.

Hannah wurde beim Abendessen gestört. Ein Anruf aus Nassau.

»Leider hat sich der Abflug verzögert«, meldete sich Parker. »Wir starten in zehn Minuten. Ich dachte, Sie möchten vielleicht London davon benachrichtigen.«

Hannah sah auf seine Uhr. Halb acht. Er stieß einen Fluch aus, legte den Hörer auf und setzte sich wieder vor seinen gegrillten Barsch.

Um zehn Uhr saß er in der Bar bei seinem Schlaftrunk, als das Bartelefon klingelte.

»Die Sache tut mir schrecklich leid«, sagte Parker.

»Verdammt nochmal, wo sind Sie denn jetzt?« brüllte Hannah in die Sprechmuschel.

»In Nassau, Chief. Wir sind um halb acht gestartet und eine

Dreiviertelstunde übers Meer geflogen. Dann wegen eines kleinen Maschinendefekts umgekehrt. Die Techniker arbeiten im Moment an der Behebung der Sache. Dürfte nicht mehr lange dauern.«

»Rufen Sie mich noch kurz vor dem Start an«, sagte Hannah. »Ich gebe dann die Ankunftszeit nach London durch.«

Um drei Uhr morgens wurde er geweckt.

»Die Techniker haben den Schaden behoben«, sagte Parker. Eine Magnetspule für die Warnlampe des Außentriebwerks an der Backbordseite ist ausgefallen.«

»Parker«, sagte Hannah langsam und deutlich. »Es ist mir egal, und wenn der Oberzahlmeister in den Treibstofftank gepinkelt hat. Ist das Zeug repariert?«

»Ja, Sir.«

»Also startet ihr jetzt?«

»Sehen Sie, eigentlich noch nicht. Bis zu unserer Ankunft in London hätte die Crew ihre erlaubte Arbeitszeit ohne Ruhepause überschritten. Also kann sie nicht fliegen.«

»Und was ist mit der, die gestern nachmittag, vor zwölf Stunden, die Maschine nach Nassau geflogen hat? Die Leute müssen doch ausgeruht sein.«

»Ja, schon, man hat sie ausfindig gemacht, Chief. Nur hatten die mit einem Aufenthalt von sechsunddreißig Stunden gerechnet. Der Erste Offizier ist zu einem Freund gefahren, der einen Herrenabend gibt. Er steht also nicht zur Verfügung.«

Hannah ließ eine Bemerkung über die beliebteste Fluggesellschaft der Welt vom Stapel, an der ihr Präsident, Lord King, einigen Anstoß genommen hätte, wäre sie ihm zu Ohren gekommen.

»Und was passiert jetzt?«

»Wir müssen warten, bis die Crew sich ausgeruht hat. Dann fliegen wir«, sagte die Stimme aus Nassau.

Hannah stand auf und ging hinaus ins Freie. Keine Taxis, kein Oscar wartete auf ihn. So ging er den ganzen Weg zum Government House zu Fuß, klingelte Jefferson aus den Federn und wurde eingelassen, schweißgebadet von der nächtlichen Schwüle. Er rief Scotland Yard an und ließ sich Mitchells Privatnummer geben. Er rief die Nummer an, um Mitchell über die Verzögerung ins Bild zu setzen, doch dieser hatte sich fünf Minuten vorher auf den Weg nach Lambeth gemacht. Es war vier Uhr nachmittags auf Sunshine, neun Uhr vormittags in London. Hannah ließ eine Stunde vergehen, rief dann im Laboratorium an, wo Mitchell mittlerweile eingetroffen war, und berichtete ihm, daß Parker erst am frühen Abend eintreffen werde. Mitchell war über die Nachricht nicht erfreut. Er mußte durch den bitterkalten Dezembertag die ganze Strecke bis nach West Malling in der Grafschaft Kent zurückfahren.

Am Sonntag rief Parker mittags wieder an. Hannah schlug in der Bar des *Quarter Deck* die Zeit tot.

»Ja«, sagte er matt.

»Jetzt ist alles okay, Chef. Die Crew ist ausgeruht. Sie kann fliegen.«

»Großartig«, sagte Hannah und blickte auf seine Uhr.

Acht Flugstunden plus fünf wegen des Zeitunterschieds – wenn sich Alan Mitchell bereit fand, die Nacht durchzuarbeiten, könnte er, Hannah, am Montag zur Frühstückszeit auf Sunshine seine Antwort haben.

»Jetzt geht's also los?« fragte er.

»Nun ja, nicht ganz«, antwortete Parker. »Wenn wir nämlich jetzt starten, würden wir nach ein Uhr nachts in Heathrow landen. Das ist nicht erlaubt, leider. Wegen des Lärmschutzes.«

»Verdammter Mist! Und was passiert jetzt?«

»Nun ja, die übliche Abflugszeit hier ist kurz nach sechs Uhr abends, die Landung in Heathrow kurz nach sieben Uhr morgens. Sie wollen also nach sechs starten.«

»Aber das bedeutet doch, daß zwei Jumbos gleichzeitig losfliegen«, sagte Hannah.

»Ja, das bedeutet es, Chef. Aber machen Sie sich keine Sorgen. Beide werden voll sein, und die Fluggesellschaft verliert kein Geld.«

»Gott sei Dank dafür«, fauchte Hannah und legte auf. Vierundzwanzig Stunden, dachte er, vierundzwanzig beschissene Stunden. Drei Dinge gibt es auf der Welt, an denen man nichts ändern kann: der Tod, die Steuern und die Fluggesellschaften. In diesem Augenblick kam Dillon mit zwei fit wirkenden jungen Männern die Stufen zum Hoteleingang herauf. Vermutlich sein Geschmack, dachte Hannah wütend. Verdammtes Außenministerium. Er war nicht gerade guter Stimmung.

Auf der anderen Seite des Platzes strömte eine Schar von Mr. Quinces Pfarrkindern, die Männer in dunklen Sonntagsanzügen, die Frauen bunt herausgeputzt, wie Vögel mit glänzendem Gefieder, nach dem Vormittagsgottesdienst aus der Kirche, in den weiß behandschuhten Händen Gebetbücher, auf den Strohhüten wippende Früchte aus Wachs. Es war ein (beinahe) normaler Sonntagvormittag auf Sunshine.

Nicht ganz so geruhsam ging es in den Grafschaften rings um die britische Hauptstadt zu. In Chequers, dem Landsitz des britischen Regierungschefs, war Mrs. Thatcher wie gewohnt früh aufgestanden und hatte sich durch vier rote Kuriertaschen mit amtlichen Papieren gearbeitet, ehe sie sich mit Denis Thatcher vor ein lustig prasselndes Kaminfeuer an den Frühstückstisch setzte.

Als sie damit fertig war, wurde leise an die Tür geklopft, und auf ein »Herein!« trat ihr Pressesekretär, Bernhard Ingham, ins Zimmer. Er hatte den *Sunday Express* in der Hand.

»Hier steht etwas, was Sie vielleicht sehen möchten, *Prime Minister*«, sagte er.

»Wer fällt jetzt wieder über mich her?« fragte die Premierministerin munter.

»Niemand«, sagte der Sekretär mit den buschigen Augenbrauen, »es geht um die Karibik.«

Sie las den groß aufgemachten Artikel in der Bildmitte, und ihre Stirn begann sich zu runzeln. Sie sah die Fotos: Marcus Johnson auf der Wahlrednerbühne in Port Plaisance und, ein paar Jahre früher, durch eine Vorhanglücke aufgenommen. Sie sah Fotos seiner acht Leibwächter, alle am Freitag auf dem Parliament Square aufgenommen, und entsprechende Aufnahmen aus der Kartei der Polizei in Kingston. Der Begleittext bestand großenteils aus umfangreichen Erklärungen von Commissioner Foster von der Polizei in Kingston und von »hochgestellten DEA-Gewährsleuten in der Karibik«.

»Aber das ist ja schrecklich«, sagte die Premierministerin. »Ich muß augenblicklich mit Douglas sprechen.«

Sie ging unverzüglich in ihr Privatbüro und rief Douglas an.

Ihrer Majestät Minister für Auswärtige Angelegenheiten hielt sich zu dieser Stunde mit seiner Familie auf seinem Landsitz auf, einem Herrenhaus, das Chevening hieß und sich in der Grafschaft Kent befand. Er hatte schon *Sunday Times*, *Observer*, und *Sunday Telegraph* durchgelesen, war aber noch nicht bis zum *Sunday Express* gediehen.

»Nein, Margaret, ich habe es noch nicht gesehen«, sagte er. »Aber die Zeitung liegt neben mir.«

»Ich bleibe am Apparat«, sagte die Premierministerin.

Der Außenminister, ein ehemaliger Romancier von einem gewissen Ansehen, erkannte sofort eine tolle Story, wenn er sie vor sich hatte. Diese hier schien aus besonders guten Quellen zu stammen.

»Ja, Sie haben recht, eine Schande, wenn es stimmt. Ja, ja, Margaret, ich werde mir die Sache gleich morgen früh vornehmen und sie von der Abteilung Karibik nachprüfen lassen.«

Aber Beamte sind auch nur Menschen, was in der Öffentlichkeit nicht allzu oft so gesehen wird, und sie haben Familie und ein Familienleben. Jetzt, fünf Tage vor Weihnachten, war das Parlament in den Ferien, und auch die Ministerien waren nur schwach besetzt. Immerhin würde am nächsten Vormittag irgend jemand Dienst tun, und die Frage eines neuen Gouverneurs für die Barclays konnte dann bearbeitet werden.

Mrs. Thatcher und ihre Angehörigen besuchten den Vormittagsgottesdienst in Ellesborough und kamen kurz nach zwölf Uhr zurück. Um eins setzten sie sich mit ein paar Freunden zu Tisch. Unter ihnen befand sich auch Bernard Ingham.

Charles Powell, ihr politischer Berater, schaltete um ein Uhr die BSB-Sendung *Countdown* ein. Er schätzte *Countdown*. Es brachte hin und wieder einige gute Auslandsberichte, und das war seine Spezialität als ehemaliger Diplomat. Als er die Schlagzeilen und die Ankündigung eines Berichts über einen Skandal in der Karibik sah, drückte er den »Aufnahme«-Knopf am Videogerät.

Um zwei Uhr war Mrs. Thatcher schon wieder auf den Beinen – sie sah nie großen Sinn darin, viel Zeit mit Mahlzeiten zu verbringen, hielt sie eher für Zeitverschwendung –, und als sie das Speisezimmer verließ, wurde sie von Charles Powell abgefangen, der schon auf der Lauer lag. In ihrem Arbeitszimmer schob er das Band in ihren Videorecorder und schaltete ihn ein. Sie sah es sich schweigend an. Dann rief sie wieder in Chevening an.

Mr. Douglas Hurd, ein zärtlicher Vater, hatte seine beiden kleinen Kinder, einen Jungen und ein Mädchen, zu einem flotten Spaziergang über die Felder mitgenommen. Er war gerade zurückgekommen und freute sich auf sein Roastbeef, als das Telefon zum zweitenmal klingelte.

»Nein, das ist mir auch entgangen, Margaret«, sagte er.

»Ich habe eine Aufzeichnung«, sagte die Premierministerin. »Es ist wirklich entsetzlich. Ich schicke sie Ihnen. Sehen Sie sie sich bitte sofort an und rufen Sie dann zurück.«

Ein Meldefahrer brauste durch den düsteren Dezembernachmittag, umfuhr London auf dem Motorway M 25 und war um halb fünf in Chevening. Um Viertel nach fünf rief der Außenminister in Chequers an und wurde sofort durchgestellt.

»Sie haben ganz recht, Margaret, entsetzlich«, sagte Douglas Hurd.

»Ich finde, wir brauchen dort einen neuen Gouverneur«, sagte die Premierministerin. »Nicht erst im neuen Jahr, sondern sofort. Wir müssen zeigen, daß wir auf dem Posten sind, Douglas. Sie wissen doch, wer sonst noch diese Berichte gesehen haben wird?«

Der Außenminister wußte natürlich, daß sich Ihre Majestät zwar mit ihrer Familie in Sandringham aufhielt, aber von den Geschehnissen in der Welt nicht abgeschnitten war. Die Königin war eine eifrige Zeitungsleserin und sah sich die Fernsehberichte über aktuelle Ereignisse an.

»Ich werde mich sofort darum kümmern«, sagte der Minister.

So geschah es. Der beamtete Staatssekretär wurde in Sussex aus seinem Fauteuil aufgeschreckt und begann umherzutelefonieren. Um acht Uhr an diesem Abend fiel die Wahl auf Sir Crispian Rattray, einen pensionierten Diplomaten und ehemaligen Hochkommissar in Barbados, der bereit war, die Aufgabe zu übernehmen.

Er versprach, am folgenden Morgen zu seiner formellen Ernennung und zu einer gründlichen Einweisung ins Außenministerium zu kommen. Er sollte am späten Vormittag in Heathrow abfliegen und am Montagnachmittag in Nassau landen. Dort würde er mit der Hohen Kommission weitere Gespräche führen, die Nacht verbringen und am Dienstagvormittag mit einer Chartermaschine in Sunshine eintreffen, um die Zügel in die Hand zu nehmen.

»Es wird wohl bald ausgestanden sein, meine Liebe«, sagte er beim Packen zu Lady Rattray. »Es vermasselt mir die Fasanenjagd, aber was soll man tun? Anscheinend soll ich diesen beiden Schurken die Kandidatur aberkennen und die Wahl mit zwei neuen durchführen. Dann wird man ihnen die Unabhängigkeit gewähren, ich werde die alte Flagge einholen, London wird einen Hochkommissar hinschikken, die Barclayaner werden sich selbst regieren, und wir können wieder nach Hause fahren. Ein, zwei Monate, sicher nicht mehr. Schade um die Fasanenjagd.«

Um neun Uhr an diesem Morgen traf McCready auf der Hotelterrasse Hannah beim Frühstück an.

»Würde es Ihnen sehr viel ausmachen, wenn ich das neue Telefon im Government House für einen Anruf in London benutze?« fragte er. »Ich müßte mit meinen Leuten über meine Rückkehr nach Hause sprechen.«

»Betrachten Sie sich als mein Gast«, sagte Hannah. Er war unrasiert und wirkte müde – er war die halbe Nacht nicht zum Schlafen gekommen.

Um halb zehn rief McCready seinen Stellvertreter an. Was Dennis Gaunt ihm über den *Sunday Express* und das *Countdown*-Magazin berichten konnte, war für McCready die Bestätigung, daß das von ihm Erhoffte wirklich eingetreten war.

Seit den frühen Morgenstunden hatte eine Reihe von Nachrichtenredakteuren in London ihre Korrespondenten in Port Plaisance zu erreichen versucht, um ihnen zu berichten, was der *Sunday Express* in großer Aufmachung gemeldet hatte, und sie dringend um einen Nachklapp zu ersuchen. Nach zwölf Uhr Londoner Zeit verdoppelten sich die Anrufe – inzwischen hatte man auch die *Countdown*-Story gesehen. Doch keiner der Anrufer kam durch.

McCready hatte der Telefonistin im *Quarter Deck* klar gemacht, daß sämtliche Medienvertreter todmüde seien und unter gar keinen Umständen gestört werden dürften. Sie hätten ihn beauftragt, alle Anrufe für sie entgegenzunehmen; er werde ihnen den Inhalt ausrichten. Ein Hundert-Dollar-Schein besiegelte den Pakt. Die Telefonistin erzählte verabredungsgemäß jedem Anrufer aus London, daß sein Mann »ausgegangen« sei, die Nachricht für ihn jedoch sofort nach seiner Rückkehr übermittelt würde. McCready erfuhr dann, was er ausrichten sollte, und unterließ dies prompt. Die Zeit für eine weitere Berichterstattung durch die Medien war noch nicht gekommen.

Um elf Uhr vormittags war er auf dem Flugplatz, um zwei junge SAS-Sergeants willkommen zu heißen, die aus Miami kamen. Sie hatten in Fort Bragg, North Carolina, bei ihren Kollegen von den amerikanischen Green Berets Vorträge gehalten, als ihnen mitgeteilt wurde, sie sollten drei Tage Urlaub auf der britischen Insel Sunshine nehmen und sich bei ihrem dortigen Gastgeber melden. Sie waren nach Miami geflogen und hatten ein Lufttaxi nach Port Plaisance gechartert.

Sie hatten nur wenig Gepäck dabei, doch darunter war eine Reisetasche, in der sich ihre Spielsachen befanden, in Strandlaken

467

eingewickelt. Die CIA hatte freundlicherweise dafür gesorgt, daß die Tasche in Miami an der Zollabfertigung vorbeigeschleust wurde, und in Port Plaisance reklamierte McCready sie, seinen Brief vom Außenministerium schwenkend, als Diplomatengepäck.

Der »Täuscher« brachte die beiden jungen Männer ins Hotel und in einem Zimmer neben seinem eigenen unter. Sie versteckten ihre Tasche mit den »Süßigkeiten« unter einem Bett, verließen dann das Zimmer, sperrten es ab und gingen ausgiebig schwimmen. McCready hatte ihnen bereits gesagt, wann er sie brauchen würde – am folgenden Morgen um zehn Uhr im Government House.

Nachdem McCready auf der Terrasse sein Mittagessen eingenommen hatte, suchte er Reverend Walter Drake auf. Er fand den Geistlichen in seinem kleinen Haus, wo er seinen Leib pflegte, der sich noch nicht ganz von den Blessuren erholt hatte. McCready stellte sich vor und erkundigte sich, wie sich der Pfarrer fühle.

»Sind Sie einer von Mr. Hannahs Leuten?« fragte Drake.

»Nicht ganz«, sagte McCready. »Mir geht es mehr um einen Überblick, während er seine Ermittlungen fortführt: Mich interessiert mehr der politische Aspekt.«

»Sind Sie vom Londoner Außenministerium?« fragte Drake hartnäckig.

»Gewissermaßen«, sagte McCready. »Warum fragen Sie?«

»Ich habe für Ihr Ministerium nicht viel übrig«, sagte Drake. »Meine Mitbürger werden von euch verraten und verkauft.«

»Nun, da verändert sich vielleicht im Augenblick etwas«, sagte McCready, und dann sagte er dem Geistlichen, was er von ihm wollte. Reverend Drake schüttelte den Kopf.

»Ich bin ein Mann Gottes«, sagte er. »Dafür brauchen Sie Leute von einer anderen Sorte.«

»Mr. Drake, ich habe gestern in Washington angerufen, und dort hat man mir erzählt, daß bei den amerikanischen Streitkräften insgesamt nur sieben Barclayaner gedient haben. Und einer von denen wurde als W. Drake geführt.«

»Das war ein anderer«, knurrte Reverend Drake.

»Dieser Mann«, fuhr McCready ruhig fort, »sagte, daß der W. Drake, den sie in ihren Listen hatten, Sergeant im US-Marinecorps gewesen sei. Zwei Jahre in Vietnam. Mit einem *Bronze Star* und zwei *Purple Hearts* aus dem Krieg zurückgekommen. Ich würde gern wissen, was aus ihm geworden ist.«

Der große Geistliche rappelte sich hoch, ging durchs Zimmer und starrte hinaus auf die mit Schindeln verkleideten Häuser zu beiden Seiten der Straße, in der er wohnte.

»Ein anderer Mann«, knurrte er, »eine andere Zeit, eine andere Welt. Heute gilt mein Wirken nur unserem Herrgott.«

»Finden Sie nicht, daß meine Bitte an Sie dem vielleicht entspricht?«

Der große Mann überlegte und nickte dann.

»Vielleicht.«

»Das denke ich auch«, sagte McCready. »Ich hoffe, Sie dort zu sehen. Ich brauche jede Unterstützung, die ich nur finden kann. Zehn Uhr morgen vormittag, im Government House.«

Er verabschiedete sich und spazierte durch den Ort zum Hafen hinab. Jimmy Dobbs arbeitete an seiner *Gulf Lady*. McCready unterhielt sich eine halbe Stunde mit ihm, und sie vereinbarten einen Charterausflug für den nächsten Tag.

Er fühlte sich verschwitzt, als er kurz vor fünf an diesem Nachmittag im Government House eintraf. Jefferson servierte ihm eisgekühlten Tee, während McCready auf Lieutenant Jeremy Haverstocks Rückkehr wartete. Der junge Offizier hatte auf einem Besitz in den Hügeln mit ein paar Landsleuten Tennis gespielt. McCready hatte eine einfache Frage an ihn.

»Sind Sie morgen vormittag um zehn Uhr hier?«

Haverstock überlegte.

»Doch, ich nehme schon an«, sagte er.

»Gut«, sagte McCready. »Haben Sie Ihren großen Dienstanzug für die Tropen hier?«

»Ja«, sagte der Kavallerist. »Hatte bisher nur ein einziges Mal Gelegenheit, ihn zu tragen. Beim Staatsball in Nassau, vor einem halben Jahr.«

»Ausgezeichnet«, sagte McCready. »Bitten Sie Jefferson, ihn zu bügeln und das Leder und Messing zu polieren.«

Haverstock, der sich keinen Reim darauf machen konnte, geleitete McCready zur Eingangshalle.

»Ich nehme an, Sie haben die gute Nachricht schon gehört«, sagte er. »Dieses Bürschchen von Scotland Yard hat gestern die Kugel im Garten gefunden. Absolut unbeschädigt. Er ist jetzt damit nach London unterwegs.«

»Gut gemacht«, sagte McCready, »famos!«

Um acht Uhr aß er mit Eddie Favaro im Hotel zu Abend. Beim Kaffee fragte er: »Was haben Sie morgen vor?«

»Nach Hause fliegen«, sagte Favaro. »Ich habe mir nur eine Woche Urlaub genommen und muß am Dienstagmorgen wieder auf dem Posten sein.«

»Ach so. Wann geht Ihre Maschine?«

»Ich habe ein Lufttaxi für zwölf Uhr bestellt.«

»Sie könnten es nicht auf vier Uhr verschieben?«

»Ich denke schon. Warum fragen Sie?«

»Weil ich Ihre Hilfe gebrauchen könnte. Sagen wir, um zehn Uhr im Government House, ja? Danke, seh Sie also morgen. Verspäten Sie sich nicht. Der Montag wird ein sehr ereignisreicher Tag werden.«

Er stand um sechs Uhr auf. Das rosige Frühlicht berührte draußen auf dem Parliament Square die Wipfel der Palmen. Es herrschte eine köstliche Kühle. Er wusch und rasierte sich und ging hinaus auf den Platz, wo ihn das bestellte Taxi bereits erwartete. Seine erste Pflicht bestand darin, von einer alten Freundin Abschied zu nehmen.

Er verbrachte eine Stunde mit seiner Freundin, von sieben bis acht, trank Kaffee, aß dazu heiße Brötchen und sprach dann seine Abschiedsworte.

»Also, vergessen Sie es nicht«, sagte er, als er aufstand, um zu gehen.

»Machen Sie sich da keine Gedanken«, sagte Missy Coltrane. »Ich vergesse es schon nicht. Und passen Sie auf sich auf, Sam. Sie waren immer ein ganz reizender kleiner Junge.«

Er beugte sich hinab und küßte sie auf die Stirn.

»Und ich«, sagte er, »hatte die schönsten Ferien meines Lebens hier auf Sunshine, bei Ihnen und Onkel Robert.«

Um halb acht kehrte er zum Parliament Square zurück und machte einen kurzen Besuch bei Chief Inspector Jones. Er zeigte dem Polizeichef seinen Brief vom Außenministerium.

»Seien Sie bitte um zehn Uhr im Government House«, sagte er. »Bringen Sie Ihre beiden Sergeants, die vier Constables, Ihren Landrover und zwei einfache Transporter mit. Haben Sie einen Dienstrevolver?«

»Ja, Sir.«

»Den bringen Sie bitte auch mit.«

In London war es zu dieser Stunde halb ein Uhr, doch in der

ballistischen Abteilung des Forensischen Laboratoriums des Innenministeriums, in Lambeth, dachte Mr. Alan Mitchell nicht ans Mittagessen. Er starrte in ein Mikroskop.

Unter dem Vergrößerungsglas lag, von einer Zwinge sanft gehalten, eine Bleikugel. Mitchell betrachtete die Riefen längs des Bleiprojektils, die sich um das Metall wanden. Sie waren die Spuren der Züge in dem Lauf, aus dem die Kugel abgefeuert worden war. Zum fünften Mal an diesem Tag drehte er die Kugel behutsam unter dem Mikroskop und betrachtete die anderen Kratzspuren, die »lands«, die für den Lauf der Waffe ebenso eigentümlich waren wie ein Fingerabdruck für eine menschliche Hand. Schließlich war er zufriedengestellt. Er stieß einen überraschten Pfiff aus und ging eines seiner Handbücher holen. Alan Mitchell besaß eine ganze Bibliothek solcher Bücher, denn schließlich galt er in Europa als der kundigste Waffenexperte.

Trotzdem waren noch andere Tests durchzuführen. Es war ihm bewußt, daß irgendwo, viertausend Meilen jenseits des Atlantiks, ein Kriminalpolizist ungeduldig auf die Untersuchungsergebnisse wartete, aber er wollte nichts überstürzen. Er mußte sich sicher, hundertprozentig sicher sein.

Zu viele Anklagen waren vor Gericht zusammengebrochen, weil andere, von der Verteidigung aufgebotene Experten nachweisen konnten, daß das Beweismaterial des Gutachters, den die Staatsanwaltschaft zugezogen hatte, nicht beweiskräftig war.

Die winzigen Spuren von verbranntem Pulver, die noch an dem stumpfen Ende des Projektils hafteten, mußten untersucht werden. Tests über Herkunft und Zusammensetzung des Bleis, bereits an der verformten Kugel ausgeführt, die er schon seit zwei Tagen hatte, mußten an der zweiten wiederholt werden. Das Spektroskop würde die Molekularstruktur des Metalls enthüllen, das ungefähre Alter und in manchen Fällen sogar die Fabrik identifizieren, in der die Kugel produziert worden war. Alan Mitchell zog das Handbuch, das er brauchte, aus dem Regal, setzte sich und begann zu lesen.

McCready entließ das Taxi am Eingang zum Government House und klingelte. Jefferson erkannte ihn und ließ ihn eintreten. McCready sagte zu ihm, er müsse über die von Bannister installierte internationale Verbindung einen weiteren Anruf machen und habe dafür Mr. Hannahs Erlaubnis. Jefferson führte ihn in das private Arbeitszimmer und ließ ihn allein.

McCready kümmerte sich nicht um das Telefon, sondern widmete sich dem Schreibtisch. Hannah hatte in der Frühphase der Ermittlungen die Schubladen durchgesehen, die er mit den Schlüsseln des toten Gouverneurs aufschloß. Als er sich überzeugt hatte, daß sich darin keinerlei Hinweise auf den Mord befanden, hatte er alle wieder verschlossen. McCready hatte keine Schlüssel dafür, aber er brauchte auch keine. Er hatte die Schlösser am Tag vorher geknackt und gefunden, wonach er suchte. Die beiden Dinge befanden sich in der linken Schublade unten. Er brauchte nur eines davon.

Es war ein imposantes Dokument, steif und cremefarben wie Pergament. Oben in der Mitte befand sich, erhaben und in Gold geprägt, das königliche Wappen: der Löwe und das Einhorn, den Wappenschild stützend, dessen vier Felder mit den heraldischen Emblemen für England, Schottland, Wales und Irland geschmückt sind.

Darunter standen in großen, schwarzen Lettern die Worte geschrieben:

»WIR, ELIZABETH DIE ZWEITE, VON GOTTES GNADEN KÖNIGIN DES VEREINIGTEN KÖNIGREICHS VON GROSSBRITANNIEN UND NORDIRLAND UND ALLER IHRER TERRITORIEN UND ABHÄNGIGEN GEBIETE IN ÜBERSEE, ERNENNEN HIERMIT ... (hier folgte eine Lücke) ... ZU ... (eine weitere Lücke) IM GEBIET VON ... (dritte Lücke).«

Unter dem Text stand in Faksimile die Unterschrift: Elisabeth R.

Es war eine königliche Ernennungsurkunde. Blanko. McCready nahm eine Feder von Sir Marston Moberleys Schreibtisch, tauchte sie ins Tintenfaß und füllte mit gestochener Handschrift die Leerstellen in der Urkunde aus. Als er damit fertig war, blies er leicht auf die Tinte, um sie zu trocknen, und drückte das Gouverneurssiegel auf das Dokument.

Draußen im Salon versammelten sich seine Gäste. McCready warf noch einen Blick auf die Urkunde und zuckte mit den Achseln. Er hatte sich soeben zum Gouverneur der Barclay-Inseln ernannt. Für die Dauer eines Tages.

6

Es waren sechs Gäste. Jefferson hatte ihnen Kaffee serviert und sich dann zurückgezogen. Er fragte nicht, was sie hierhergeführt hatte. Es hatte ihn nicht zu kümmern.

Die beiden SAS-Sergeants, Newson und Sinclair, standen an der Wand. Sie hatten cremefarbene Trainingsanzüge und Turnschuhe an. Beide trugen um die Taille einen Lederbeutel von der Sorte, in denen Touristen gerne Zigaretten und Sonnenöl verstauen, wenn sie an den Strand gehen. In diesen Beuteln befand sich kein Sonnenöl.

Lieutenant Haverstock trug nicht seinen großen Dienstanzug. Er saß auf einem der brokatbezogenen Stühle, die Beine elegant übereinandergeschlagen. Reverend Drake nahm zusammen mit Eddie Favaro das kleine Sofa ein. An der Tür stand Chief Inspector Jones in seinem dunkelblauen Uniformrock mit Silberknöpfen und Rangabzeichen, in Shorts, Kniestrümpfen und Schuhen.

McCready nahm die Urkunde und reichte sie Haverstock.

»Das ist bei Tagesanbruch aus London eingetroffen«, sagte er.

Haverstock las das Dokument.

»Schön, dann geht das in Ordnung«, sagte er und gab es weiter. Chief Inspector Jones las es, nahm Haltung an und sagte: »Ja, Sir.« Er reichte es den Sergeants. Newson sagte: »Mir soll's recht sein.« Sinclair las es und sagte: »Kein Problem.«

Er gab es an Favaro weiter, der es las und murmelte: »Herrgott!«, was ihm einen warnenden Blick von Reverend Drake eintrug, der die Urkunde nahm, las und dröhnte: »Gelobt sei der Herr!«

»Meine erste Amtshandlung«, sagte McCready, »besteht darin, Ihnen allen, Chief Inspector Jones natürlich ausgenommen, die Vollzugsgewalt von Hilfspolizisten zu verleihen. Sie sind hiermit dazu ernannt. Und zweitens sollte ich Ihnen jetzt wohl erläutern, was wir gleich tun werden.«

Er sprach eine halbe Stunde. Niemand erhob Einwände. Dann machte er Haverstock ein Zeichen, und sie verließen den Raum, um sich umzukleiden. Lady Moberley lag noch im Bett und nahm gerade ein flüssiges Frühstück zu sich. Sie und Sir Marston hatten getrennte Schlafzimmer gehabt, und im Ankleideraum des verewigten Gouverneurs war niemand. Haverstock zeigte ihm, wo er suchen mußte, und ging hinaus. Hinten im Kleiderschrank fand McCready das Gesuchte: die Galauniform eines britischen Kolonialgouverneurs.

Als er wieder in den Salon trat, war der Tourist in der zerknitterten Jacke verschwunden, der auf der Terrasse des Hotels *Quarter Deck* zu sehen gewesen war. An seinen Füßen glänzten die George-Stiefel mit den Sporen. Die enge Hose war weiß, und weiß war auch der bis zum Hals zugeknöpfte Uniformrock. Die Goldknöpfe und die vergoldeten

Achselschnüre, die aus der linken Brusttasche kamen, die schräge Ordenskette und die Spitze seines Wolsey-Helms schimmerten im Sonnenlicht. Die Schärpe um seine Taille war blau.

Haverstock war ebenfalls in Weiß, seine flache Offiziersmütze hingegen war blau und hatte einen schwarzen Schirm. Über dem Schirm ragte der doppelköpfige Adler der Queen's Dragoon Guards empor. Die Achselschnüre und die Achselklappen waren gleichfalls vergoldet. Ein glänzender schwarzer Lederriemen war quer über Brust und Rücken gespannt, und daran hing ein schmaler Munitionsbeutel, auch aus schwarzem Leder. Auf der Brust trug er seine beiden militärischen Auszeichnungen.

»So, Mr. Jones, gehen wir«, sagte McCready. »Wir müssen unsere Pflicht gegenüber der Königin erfüllen.«

Chief Inspector Jones war stolzgeschwellt. Noch nie in seinem Leben war er ersucht worden, seine Pflicht gegenüber der Königin zu erfüllen. Der Konvoi, der den Vorhof verließ, wurde vom Jaguar des ehemaligen Gouverneurs angeführt. Oscar saß am Steuer, ein Polizist neben ihm. McCready und Haverstock, die Helme auf den Köpfen, nahmen den Fond ein. Hinter ihnen kam der Landrover, gesteuert von einem zweiten Constable, neben dem Jones saß. Die Rücksitze waren mit Favaro und Reverend Drake besetzt. Ehe sie das Government House verließen, hatte Sergeant Sinclair Favaro einen geladenen Colt Cobra zugesteckt, den der Amerikaner sich unter den Hosenbund geklemmt hatte, unsichtbar unter dem darüberhängenden Hemd. Der Sergeant hatte auch Reverend Drake einen Revolver angeboten, doch dieser hatte mit einem Kopfschütteln abgelehnt.

Die beiden Transporter wurden von den beiden anderen Constables gesteuert. Newson und Sinclair kauerten neben den geöffneten Türen an den Seiten der Fahrzeuge. Die Polizei-Sergeants saßen im zweiten Transporter.

Mit gemessener Geschwindigkeit rollte der Jaguar nach Shantytown hinein. Längs der langen Hauptstraße blieben die Leute stehen und starrten auf den Konvoi. Die beiden Gestalten im Fond des Jaguar saßen kerzengerade da und blickten starr nach vorne.

Am Eingangstor zu Mr. Horatio Livingstones Grundstück befahl McCready dem Fahrer der Limousine anzuhalten. Er stieg aus. Lieutenant Haverstock folgte seinem Beispiel. Aus den Gassen der Umgebung strömten mehrere Hundert Barclayaner zusammen und beobachteten sie mit offenstehenden Mündern. McCready bat nicht, eingelassen zu werden; er stand nur vor den beiden Torflügeln und wartete.

Die Sergeants Newson und Sinclair joggten zu der Mauer hin. Newson verschränkte die Finger seiner Hände, Sinclair stellte einen Fuß hinein, und Newson stemmte ihn hoch. Sinclair, der leichtere der beiden, überwand die Mauer, ohne die Glasscherben zu berühren, die oben einzementiert waren. Das Tor wurde von innen geöffnet. Sinclair trat zurück, während McCready und an seiner Seite Haverstock hineingingen. Die Fahrzeuge folgten ihnen im Schritttempo.

Drei Männer in grauen Safarianzügen, ein Stück weit weg, rannten auf das Tor zu, als McCready erschien. Sie blieben stehen und starrten zu den zwei weiß uniformierten Männern hin, die entschlossen auf den Hauseingang zugingen. Sinclair verschwand. Newson flitzte durch das offenstehende Tor und war gleichfalls nicht mehr zu sehen.

McCready stieg die Stufen zur Veranda hinauf und trat ins Haus. Haverstock hinter ihm blieb auf der Veranda stehen und blickte zu den drei grauen Safarianzügen hin. Sie hielten Distanz. Favaro und Drake, Jones, die beiden Polizei-Sergeants und die drei Constables entstiegen ihren Fahrzeugen und kamen nach. Ein Constable blieb zurück. Dann schloß sich Haverstock der Gruppe drinnen im Haus an. Sie waren jetzt zehn Männer, dazu einer draußen.

Im großen Empfangsraum bezogen die Polizisten an den Türen und Fenstern Posten. Eine Tür ging auf, und Horatio Livingstone trat in den Raum. Er musterte die Eindringlinge mit unverhohlenem Grimm.

»Sie können doch nicht einfach so hereinkommen. Was soll denn das?« brüllte er.

McCready streckte ihm seine Ernennungsurkunde hin.

»Würden Sie das freundlicherweise lesen«, sagte er.

Livingstone las das Dokument und schleuderte es dann verächtlich auf den Boden. Jones hob es auf und gab es McCready zurück, der es wieder in die Tasche steckte.

»Ich hätte gerne, daß Sie alle Ihre Leute, die von den Bahamas stammen, hierherholen lassen, samt ihren Pässen, wenn es Ihnen recht ist, Mr. Livingstone.«

»Wer ermächtigt Sie dazu?« fuhr ihn Livingstone an.

»Ich selber, ich bin die höchste Autorität«, sagte McCready.

»Sie Imperialist!« brüllte Livingstone. »In fünfzehn Tagen bin *ich* die höchste Autorität hier, und dann ...«

»Wenn Sie sich weigern«, sagte McCready gelassen, »werde ich Chief Inspector Jones ersuchen, Sie wegen Verdunkelungsgefahr zu verhaften. Mr. Jones, sind Sie bereit, Ihre Pflicht zu erfüllen?«

»Ja, Sir.«

Livingstone sah sie alle mit finsteren Blicken an. Dann rief er einen seiner Gehilfen aus einem Nebenraum herbei und erteilte die Anweisung. Nacheinander erschienen die Männer in den Safarianzügen. Favaro ging im Kreis herum und sammelte ihre auf den Bahamas ausgestellten Pässe ein. Dann reichte er sie McCready.

McCready sah sich einen nach dem andern an und reichte sie an Haverstock weiter. Der Lieutenant warf einen kurzen Blick auf jeden Paß und gab ein mißbilligendes Geräusch von sich.

»Diese Pässe sind alle gefälscht«, sagte McCready. »Gut gemacht, aber Fälschungen.«

»Das ist nicht wahr«, zeterte Livingstone. »Sie sind völlig in Ordnung.«

Er hatte recht. Sie waren keine Fälschungen. Sie waren gegen eine überaus ansehnliche Bestechungssumme gekauft worden.

»Nein«, sagte McCready. »Diese Männer sind nicht von den Bahamas. Und ebensowenig sind Sie ein demokratischer Sozialist. Sie sind in Wahrheit ein eingefleischter Kommunist, der seit Jahren für Fidel Castro arbeitet, und diese Männer aus Ihrer Entourage sind kubanische Offiziere. Dieser Mr. Brown dort drüben ist in Wirklichkeit Hauptmann Hernan Moreno von der Direccion General de Information, dem kubanischen Gegenstück zum KGB. Die übrigen, wegen ihres rein negroiden Äußeren und ihres fließenden Englisch ausgesucht, sind ebenfalls Kubaner von der DGI. Ich erkläre sie alle wegen illegaler Einreise auf die Barclays für verhaftet, und Sie selber werden wegen Beihilfe festgenommen.«

Moreno war der erste, der zu seiner Waffe griff. Sie steckte hinten in seinem Hosenbund, unter der Safarijacke verborgen, wie die Waffen aller anderen anwesenden Ganoven. Wie der Blitz war seine Hand hinter seinem Rücken und griff nach der Makarow, bevor irgend jemand in dem Empfangsraum reagieren konnte. Ein scharfer Zuruf von oben, vom Ende der Treppe, die zu den oberen Stockwerken führte, stoppte den Kubaner.

»Fuero la mano, o seras fiambre!«

Hernan Moreno begriff gerade noch rechtzeitig. Seine Hand hielt in der Bewegung inne. Er erstarrte. Auch die sechs anderen, die im Begriff waren, seinem Beispiel zu folgen.

Sinclair beherrschte das Umgangsspanisch fließend. Fiambre ist ein Imbiß aus kaltem Fleisch und bedeutet im spanischen Slang Leiche.

Die beiden SAS-Sergeants standen Seite an Seite oben auf der Treppe, nachdem sie sich durch Fenster im Obergeschoß Zugang verschafft hatten. Ihre Touristenbeutel waren leer, ihre Hände waren es nicht. Jeder hielt eine kleine, aber zuverlässige Maschinenpistole, Heckler und Koch MP 5, nach unten gerichtet.

»Diese Männer«, sagte McCready milde, »sind es nicht gewohnt, danebenzuschießen. So, und jetzt fordern Sie bitte Ihre Männer auf, die Hände über den Kopf zu heben.«

Livingstone schwieg. Favaro glitt hinter ihn und schob den Lauf seines Colt unter das rechte Nasenloch des Mannes.

»Drei Sekunden«, flüsterte er, »dann passiert mir ein schreckliches Mißgeschick.«

»Die Hände heben«, krächzte Livingstone.

Vierzehn Hände fuhren in die Höhe und verharrten in dieser Stellung. Die drei Constables kassierten die sieben Schußwaffen ein.

»Filzen«, sagte McCready. Die Polizei-Sergeants filzten jeden einzelnen der Kubaner. Zwei Messer in Kalbsleder-Scheiden wurden gefunden.

»Durchsucht das Haus«, sagte McCready.

Die sieben Kubaner mußten sich nebeneinander mit den Gesichtern, die Hände über den Köpfen, an die Wand stellen. Livingstone saß in seinem Klubsessel, von Favaro in Schach gehalten. Die beiden SAS-Männer blieben auf der Treppe stehen, um einen eventuellen Ausbruchsversuch der Gruppe zu verhindern. Ein solcher Versuch unterblieb. Die fünf Polizisten aus Port Plaisance durchsuchten das Haus.

Sie entdeckten ein ganzes Sortiment weiterer Waffen, einen hohen Dollarbetrag, dazu ansehnliche Beträge in barclayanischen Pfundnoten und ein starkes Kurzwellen-Funkgerät mit Chiffriervorrichtung.

»Mr. Livingstone«, sagte McCready, »ich könnte Mr. Jones bitten, Ihre Mitarbeiter wegen verschiedener Verstöße gegen britisches Recht zur Anzeige zu bringen – gefälschte Pässe, illegale Einreise, das Tragen nicht zugelassener Waffen. Die Liste ist lang. Statt dessen werde ich sie als unerwünschte Ausländer ausweisen. Jetzt, binnen einer Stunde. Sie können bleiben, falls sie Wert darauf legen. Schließlich sind Sie ja auf den Barclays geboren. Aber Sie müßten mit einer Anzeige wegen Beihilfe rechnen, und offen gesagt, ich könnte mir vorstellen, daß Sie sich dort sicherer fühlen, wohin Sie gehören, auf Kuba.«

»Das unterschreibe ich«, sagte Reverend Drake mit grollender Stimme. Livingstone nickte.

Im Gänsemarsch mußten die Kubaner hinaus und zu dem zweiten der beiden Transporter marschieren, der im Hof wartete. Nur einer von ihnen versuchte zu fliehen. Als sich ihm ein Constable der lokalen Polizei in den Weg stellte, warf er den Beamten zu Boden. Chief Inspector Jones handelte mit erstaunlicher Schnelligkeit. Er zog den kurzen Schlagstock aus Stechpalmenholz, von Generationen englischer Polizisten »holly« genannt, aus dem Gürtel. Es knallte laut, als der Schlagstock vom Kopf des Kubaners abprallte. Er sank auf die Knie, ziemlich groggy.

»Lassen Sie das!« ermahnte ihn Chief Inspector Jones.

Die Kubaner und Horatio Livingstone saßen auf dem Boden des Transporters, die Hände auf den Köpfen, während Sergeant Newson über die Lehne des Vordersitzes gebeugt dasaß und sie mit seiner Maschinenpistole in Schach hielt. Die Kolonne formierte sich wieder und rollte langsam aus Shantytown hinaus und dem Fischerhafen von Port Plaisance entgegen. McCready sorgte für ein langsames Fahrtempo, damit Hunderte von Barclayanern sehen konnten, was sich abspielte.

Am Pier wartete die *Gulf Lady*, deren Motor im Leerlauf lief. Durch ein Tau mit ihr verbunden war ein Müll-Leichter, der mit zwei Ruderpaaren ausgerüstet worden war.

»Mr. Dobbs«, sagte McCready, »schleppen Sie diese Herren bitte bis in kubanische Hoheitsgewässer. Oder so weit, bis ein kubanisches Patrouillenboot Kurs in Ihre Richtung nimmt. Dann kappen Sie das Tau. Sie können sich von ihren Landsleuten nach Hause schleppen lassen oder mit auflandigem Wind heimrudern.«

Jimmy Dobbs blickte mißtrauisch zu den Kubanern hin.

»Lieutenant Haverstock wird Sie begleiten«, sagte McCready. »Er ist natürlich bewaffnet.«

Sergeant Sinclair gab Haverstock den Colt Cobra, den Reverend Drake verschmäht hatte. Haverstock stieg auf die *Gulf Lady* und ließ sich, nach achtern blickend, auf dem Kabinendach nieder.

»Keine Bange, alter Junge«, sagte er zu Dobbs. »Wenn einer von den Typen eine Bewegung macht, blas ich ihm die Birne weg.«

»Mr. Livingstone, noch ein Letztes«, sagte McCready und blickte auf die acht Männer auf dem Leichter hinab. »Wenn Sie in Kuba eintreffen, können Sie Señor Castro ausrichten, daß es eine großartige Idee war, durch einen vorgeschobenen Wahlkandidaten die Barclays zu übernehmen und die Inseln dann vielleicht zu annektieren oder sie in ein Ausbildungslager für internationale Revolutionäre zu verwandeln. Aber Sie können ihm auch bestellen, daß daraus nichts wird. Nicht jetzt und überhaupt nie. Er muß seine politische Karriere auf irgendeine andere Weise zu retten versuchen. Leben Sie wohl, Mr. Livingstone, und kommen Sie nicht zurück.«

Mehr als tausend Barclayaner drängten sich auf dem Kai, als die *Gulf Lady* ablegte und Kurs aufs offene Meer nahm.

»Noch eine unerfreuliche Aufgabe, meine Herren«, sagte McCready und ging den Kai entlang auf den Jaguar zu, wobei seine schimmernde weiße Uniform eine Schneise durch die Zuschauermenge schlug.

Das schmiedeeiserne Tor von Marcus Johnsons Besitztum war verschlossen. Newson und Sinclair verließen ihren Transporter durch die Seitentür und katapultierten sich über die Mauer, ohne deren oberen Rand zu berühren. Ein paar Minuten später kam von innerhalb des Grundstücks der dumpfe Laut, den eine harte Hand verursacht, wenn sie mit dem menschlichen Knochengerüst in Berührung kommt. Der Elektromotor begann zu summen, und die Torflügel öffneten sich weit.

Rechts vom Tor befand sich ein Häuschen mit einem Telefonapparat und einer Schalttafel. Auf dem Boden lag ein Mann in einem bunten Strandhemd, neben ihm die zerbrochene Brille. Er wurde in den zweiten Transporter geworfen, in dem die beiden Polizei-Sergeants saßen. Newson und Sinclair flitzten über die Rasenflächen davon und verschwanden zwischen den Büschen.

Marcus Johnson kam gerade die gefliese Treppe zu dem großen Empfangsraum herab, als McCready hereinschritt. Johnson band sich einen seidenen Morgenmantel zu.

»Darf ich fragen, was das bedeuten soll, verdammt nochmal?« wollte er wissen.

»Aber gewiß«, sagte McCready. »Lesen Sie das bitte.«

Johnson gab ihm das Dokument zurück.

»Und? Ich habe mir nichts zuschulden kommen lassen. Sie dringen in mein Haus ein ... Ich werde mich darüber in London beschweren, Mr. Dillon. Sie werden noch bereuen, was Sie sich hier leisten. Ich habe Anwälte ...«

»Gut«, sagte McCready. »Die werden Sie vielleicht schon bald brauchen. Und jetzt, Mr. Johnson, möchte ich gern ein Wörtchen mit Ihren Leuten, Ihren Wahlhelfern, Ihren Mitarbeitern sprechen. Einer von ihnen hat uns freundlicherweise hierher begleitet. Bringt ihn bitte herein.«

Die beiden Polizei-Sergeants zogen den Torwächter hoch, den sie rechts und links gestützt hatten, und ließen ihn auf ein Sofa fallen.

»Jetzt die anderen sieben, wenn Sie so freundlich wären, Mr. Johnson. Samt ihren Pässen.«

Johnson ging durch den Raum zu einem Telefonapparat aus Onyx und nahm den Hörer ab. Die Leitung war tot. Er legte auf.

»Ich beabsichtige, die Polizei zu rufen«, sagte er.

»Ich *bin* die Polizei«, versetzte Chief Inspector Jones. »Tun Sie bitte, worum der Gouverneur Sie ersucht hat.«

Johnson überlegte und rief dann nach oben. Am oberen Treppengeländer zeigte sich ein Kopf. Johnson erteilte die Weisung. Zwei Männer in bunten Hemden kamen von der Veranda herein und stellten sich neben ihren Gebieter. Fünf weitere kamen aus den Räumen im Obergeschoß nach unten. Mehrmals war ein gedämpftes weibliches Quietschen zu hören. Anscheinend war eine Party im Gange gewesen. Chief Inspector Jones sammelte die Pässe der Männer ein. Dem Mann auf dem Sofa wurde sein Paß aus der Gesäßtasche gezogen.

McCready prüfte sie, einen nach dem anderen, und schüttelte dabei den Kopf.

»Sie sind nicht gefälscht«, sagte Johnson mit selbstsicherer Gelassenheit, »und wie Sie sehen, sind alle meine Mitarbeiter legal nach Sunshine gekommen. Daß sie die jamaikanische Staatsbürgerschaft haben, hat nichts zu besagen.«

»Das stimmt nicht ganz«, sagte McCready. »Keiner von ihnen hat angegeben, daß er vorbestraft ist, was gegen Paragraph vier, Absatz B-1 des Einwanderungsgesetzes verstößt.«

Johnson wirkte verdattert, wozu er ja auch Anlaß hatte. McCready hatte die ganze Geschichte gerade erst erfunden.

»Ja«, sagte er mit ruhiger Stimme, »diese Männer gehören alle zu einer kriminellen Clique. Sie werden Yardbirds genannt.«

Die Yardbirds hatten als Straßenbanden in den Slums von Kingston begonnen und ihren Namen von den *back yards*, den Hinterhöfen, die ihr Herrschaftsgebiet waren. Sie waren dann zur Erpressung von Schutzgeldern übergegangen und hatten sich den Ruf übler Gewalttäter erworben. Später hatten sie sich dem Handel mit Haschisch und »Crack« zugewandt und ihre Aktivitäten über die Landesgrenzen ausgedehnt. Die Kurzform ihres Namens war »Yardies«.

Einer der Jamaikaner stand in der Nähe einer Wand, an der ein Baseball-Schläger lehnte. Seine Hand näherte sich verstohlen dem Schläger. Reverend Drake erspähte die Bewegung.

»Halleluja, mein Bruder«, sagte er ruhig und versetzte ihm einen Hieb. Nur einen einzigen, aber der hatte es in sich. In baptistischen Colleges werden viele Dinge gelehrt, doch der Jab aus kurzer Distanz, zur Bekehrung der Gottlosen verabreicht, steht nicht auf dem Unterrichtsplan. Der Jamaikaner verdrehte die Augen nach oben und sackte zusammen.

Der Vorfall hatte Signalwirkung. Vier von den sechs anderen Yardies griffen unter ihre Strandhemden.

»Halt, keine Bewegung!«

Newson und Sinclair hatten gewartet, bis das Obergeschoß, von den Mädchen abgesehen, geräumt war, ehe sie durch die Fenster einstiegen. Jetzt standen sie auf dem oberen Treppenabsatz und sicherten mit ihren Maschinenpistolen den Empfangsraum unten. Hände erstarrten mitten in der Bewegung.

»Sie trauen sich nicht zu schießen«, fauchte Johnson. »Sie können euch nicht alle treffen.«

Favaro überquerte den Marmorfußboden mit einer Rolle und landete hinter Johnson. Er packte mit der linken Hand den Mann an der Kehle und bohrte ihm den Lauf des Colts in die Nierengegend.

»Kann schon sein«, sagte er, »aber Sie sind der erste.«

»Die Hände über den Kopf, wenn Sie so freundlich wären«, sagte McCready.

Johnson schluckte und nickte. Die sechs Yardies hoben die Hände. Sie wurden angewiesen, sich gegen eine Wand zu lehnen, die Hände über den Köpfen. Die beiden Polizei-Sergeants nahmen ihnen die Waffen ab.

»Für Sie bin ich vielleicht ein Yardbird«, fauchte Johnson, »aber ich stamme von diesen Inseln, ich bin ein seriöser Geschäftsmann ...«

»Nein«, sagte McCready ruhig. »das sind Sie nicht. Sie sind ein Kokaindealer. *Damit* haben Sie Ihr Vermögen zusammengerafft, mit

Rauschgiftschmuggel für das Medellin-Kartell. Seit Sie die Inseln als bettelarmer Halbwüchsiger verließen, haben Sie sich zumeist in Kolumbien aufgehalten oder Strohmann-Firmen in Europa und Nordamerika gegründet, um Kokaingelder zu waschen. Und jetzt, wenn es Ihnen recht ist, würde ich gern Ihren kolumbianischen Boß, Señor Mendes, kennenlernen.«

»Der Name ist mir unbekannt. Den Mann gibt's nicht«, sagte Johnson.

McCready hielt ihm ein Foto unter die Nase. Johnsons Augen flackerten.

»Diesen Señor Mendes, oder unter welchem Namen er jetzt auftritt.«

Johnson schwieg. McCready blickte zu Newson und Sinclair hin und nickte. Sie hatten das Foto bereits gesehen. Ein Paar Minuten später waren aus dem Obergeschoß ein paar, kurze rasche Feuerstöße und das Kreischen weiblicher Stimmen zu hören.

Drei Mädchen von lateinamerikanischem Aussehen rannten die Treppe herunter. McCready befahl zwei Constables, sie hinaus auf den Rasen zu führen und zu bewachen. Sinclair und Newson erschienen wieder. Sie stießen einen Mann vor sich her. Er war dünn, von fahler Gesichtsfarbe und hatte glattes, schwarzes Haar. Die Sergeants schubsten ihn die Treppe hinunter und blieben selbst oben stehen.

»Ich könnte Ihre Jamaikaner wegen einer ganzen Reihe von Verstößen gegen die hiesigen Gesetze belangen«, sagte McCready zu Johnson, »aber statt dessen habe ich neun Plätze in der Maschine reservieren lassen, die am Nachmittag nach Nassau abgeht. Sie werden vermutlich feststellen, daß die Polizei der Bahamas sich glücklich schätzen wird, Sie alle zu der Maschine nach Kingston zu eskortieren. In Kingston werden Sie erwartet. So, durchsucht jetzt das Haus.«

Die beiden übrigen Polizeibeamten aus Port Plaisance übernahmen die Durchsuchung. Sie entdeckten zwei weitere Prostituierte, unter Betten versteckt, weitere Waffen und eine große Menge amerikanischer Dollar. In Johnsons Schlafzimmer stellten sie ein paar Unzen eines weißen Pulvers sicher.

»Eine halbe Million«, zischelte Johnson McCready zu. »Die gehören Ihnen, wenn Sie mich freilassen.«

McCready reichte Reverend Drake das Aktenköfferchen.

»Verteilen Sie das Geld an die wohltätigen Einrichtungen auf der Insel«, sagte er. Drake nickte. »Verbrennt das Kokain.« Einer der Polizisten nahm die Päckchen und ging ins Freie, um ein Feuer anzuzünden.

»Machen wir uns auf den Weg«, sagte McCready.

Am Nachmittag um vier Uhr stand die Kurzstreckenmaschine aus Nassau mit wirbelnden Propellern auf der Graspiste. Die acht Yardbirds, alle in Handschellen, wurden von zwei Polizeibeamten von den Bahamas, die sie abholen gekommen waren, an Bord geführt. Marcus Johnson, die gefesselten Hände auf dem Rücken, wartete aufs Einsteigen.

»Nachdem Kingston sie nach Miami ausgeliefert hat, wird es Ihnen vielleicht möglich sein, Señor Ochoa oder Señor Escobar oder wie Ihr Arbeitgeber heißt, etwas zu bestellen«, sagte McCready.

»Richten Sie ihm aus, daß die Übernahme der Barclays durch einen Stellvertreter eine glänzende Idee war. Über die Küstenwache, den Zoll und die Polizei des neuen Staates verfügen, nach Belieben Diplomatenpässe ausstellen, hier völlig unbehindert Labors, Lagerhäuser und Produktionsstätten für Rauschgift bauen und ungestraft Banken zum Geldwaschen gründen zu können – höchst einfallsreich. Und profitabel dazu, mit den Spielkasinos für die Bonzen, den Bordellen ...

Aber sagen Sie ihm von mir, falls Sie die Gelegenheit dazu bekommen, die Sache wird leider nicht funktionieren. Nicht auf diesen Inseln hier.«

Fünf Minuten später hob sich die kistenähnliche Kurzstreckenmaschine von der Piste, legte sich schräg und nahm Kurs auf die Küste von Andros. McCready ging hinüber zu der sechssitzigen Cessna, die hinter dem Hangar stand.

Die Sergeants Newson und Sinclair waren schon an Bord, in der hinteren Reihe, ihre Taschen mit den »Süßigkeiten« vor ihren Füßen verstaut. Sie wurden nach Fort Bragg zurückgeflogen. Vor ihnen saß Francisco Mendes, dessen echter kolumbianischer Name anders lautete, wie sich herausgestellt hatte. Seine Handgelenke waren an den Rahmen seines Sitzes gefesselt. Er beugte sich aus der offenen Tür und spuckte auf die Erde.

»Sie können mich nicht ausliefern«, sagte er in sehr gutem Englisch. »Sie können mich festnehmen und abwarten, ob die Amerikaner um meine Auslieferung ersuchen. Mehr geht nicht.«

»Und das würde Monate dauern«, sagte McCready. »Mein Bester, Sie werden nicht verhaftet, Sie werden nur ausgewiesen.«

Er wandte sich Eddie Favaro zu.

»Es macht Ihnen hoffentlich nichts aus, diesem Burschen die Gelegenheit zu geben, nach Miami mitzufliegen«, sagte er. »Es könnte natürlich sein, daß Sie ihn bei der Landung plötzlich als einen von Metro-Dade Gesuchten erkennen. Danach ist alles Sache von Uncle Sam.«

Sie schüttelten einander die Hände, und die Cessna rollte die Piste entlang, wendete, blieb stehen und raste dann mit voller Pulle los. Sekunden später war sie über dem offenen Meer und schlug nordwestlichen Kurs, nach Florida, ein.

McCready ging langsam zum Jaguar zurück, in dem Oscar auf ihn wartete. Es war an der Zeit, zum Government House zurückzufahren, sich umzuziehen und die weiße Gouverneursuniform wieder in den Kleiderschrank zu hängen.

Als er dort eintraf, war Detective Chief Superintendent Hannah in Sir Marston Moberleys Dienstzimmer und nahm einen Anruf aus London entgegen. McCready schlich sich nach oben und kam in seinem zerknitterten Tropenanzug wieder nach unten. Hannah kam gerade aus dem Büro gelaufen und rief nach Oscar und dem Jaguar.

Alan Mitchell hatte an diesem Montag bis neun Uhr abends gearbeitet, ehe er in Sunshine anrief, wo es erst vier Uhr nachmittags war. Hannah griff ungeduldig nach dem Hörer. Er hatte den ganzen Nachmittag in diesem Raum auf den Anruf gewartet.

»Es ist erstaunlich«, sagte der Ballistikexperte. »Eines der ungewöhnlichsten Projektile, das ich jemals untersucht habe. Schon gar nicht im Zusammenhang mit einem Mordfall.«

»Was ist daran so sonderbar?« fragte Hannah.

»Nun ja, zunächst einmal das Blei. Es ist ungewöhnlich alt. Mindestens siebzig Jahre. Blei von dieser Molekularstruktur wird seit den frühen zwanziger Jahren nicht mehr hergestellt. Das gleiche gilt für das Pulver. Ein paar winzige Spuren davon sind an der Kugel zurückgeblieben. Es ist eine Chemikalie, die 1912 zum erstenmal und ab den frühen zwanziger Jahren dann nicht mehr verwendet wurde.«

»Und die Tatwaffe, was gibt's dazu zu sagen?« fragte Hannah in dringlichem Ton.

»Das ist ja der Punkt«, sagte der Wissenschaftler. »Die Waffe paßt zu der verwendeten Munition. Die Kugel hat eine absolut unverkennbare Signatur, wie ein Fingerabdruck. Einzigartig. Sie hat genau sieben nach rechts verdrehte Rillen, die der Revolverlauf an ihr hinterlassen hat. Keine andere Handfeuerwaffe hat an den Projektilen diese sieben nach rechts verdrehte Rillen hinterlassen. Ungewöhnlich, was?«

»Wunderbar«, sagte Hannah. »Diese Kugel kann nur aus einem einzigen Revolver abgefeuert worden sein, ja? Ausgezeichnet. Und was für ein Revolver ist das, Alan?«

»Der Webley 4.55 natürlich.«

Hannah war kein Experte in Handfeuerwaffen. Er hätte auf den ersten Blick einen Webley 4.55 von einem Colt Magnum .44 nicht unterscheiden können.

»Gut, Alan. Jetzt sagen Sie mir, was ist an dem Webley 4.55 so besonders?«

»Das Alter; er ist eine richtige Antiquität. Er kam 1912 heraus, aber schon gegen 1920 haben sie die Produktion wieder eingestellt. Es waren Revolver mit einem ungewöhnlich langen Lauf, mit keinem anderen zu verwechseln. Sie haben nie viel Anklang gefunden, weil der überlange Lauf den Benutzern immer wieder in die Quere kam. Allerdings sehr zielgenaue Waffen, aus demselben Grund. Sie wurden im Ersten Weltkrieg an britische Offiziere in Frankreich als Dienstrevolver ausgegeben. Haben Sie schon einmal einen gesehen?«

Hannah dankte ihm und legte auf.

»O ja«, hauchte er, »o ja, ich habe schon einen gesehen.«

Er eilte gerade durch die Halle, als er diesen komischen Kauz Dillon vom Außenministerium entdeckte.

»Benutzen Sie ruhig das Telefon. Es ist frei«, rief er, rannte hinaus und stieg in den Jaguar.

Als er hineingeführt wurde, saß Missy Coltrane in ihrem Rollstuhl im Salon. Sie begrüßte ihn mit einem Willkommenslächeln.

»Das ist aber nett, Sie wiederzusehen, Mr. Hannah«, sagte sie. »Möchten Sie sich nicht setzen und eine Tasse Tee trinken?«

»Danke, Lady Coltrane, aber ich bleibe lieber stehen. Ich muß Ihnen leider ein paar Fragen stellen. Haben Sie schon einmal eine Handfeuerwaffe mit der Bezeichnung Webley 4.55 gesehen?«

»Aber nein, ich glaube nicht«, sagte sie sanftmütig.

»Ich erlaube mir, das anzuzweifeln, *ma'am*. Sie haben nämlich eine. Den alten Dienstrevolver Ihres verstorbenen Ehemannes. In der Vitrine dort drüben. Und ich muß ihn leider als wichtiges Beweisstück sicherstellen.«

Er wandte sich ab und ging zu der Glasvitrine. Alles war da – die Orden, die Rangabzeichen, die lobenden Erwähnungen in Tagesbefehlen, die Insignien. Allerdings war die Anordnung verändert. Hinter ein paar von diesen Erinnerungstücken waren ganz schwach Ölspuren an der Stelle zu erkennen, wo früher ein anderer Gegenstand gehangen hatte. Hannah drehte sich um.

»Er ist verschwunden – wohin, Lady Coltrane?« fragte er, mühsam beherrscht.

»Lieber Mr. Hannah, ich weiß wirklich nicht, wovon Sie sprechen.«

Es war schlimm für ihn, wenn er einen Fall nicht lösen konnte, und er spürte, daß ihm dieser langsam entglitt. Der Revolver oder ein Zeuge; er brauchte entweder das eine oder das andere. Weit draußen vor den Fenstern dunkelte die See im vergehenden Licht. Irgendwo dort draußen lag, das stand für ihn fest, in der Tiefe des Meeres geborgen ein Webley 4.55. Mit Ölspuren ließ sich kein Prozeß gewinnen.

»Er war dort, Lady Coltrane. Am Donnerstag, als ich Sie besuchen kam. Dort in der Vitrine.«

»Nein, Sie müssen sich getäuscht haben, Mr. Hannah. Ich habe nie einen ... Wembley gesehen.«

»*Webley*, Lady Coltrane. Wembley – dort wird Fußball gespielt.«

Er hatte das Gefühl, daß er dieses Spiel mit null zu sechs verlieren werde.

»Mr. Hannah, wessen verdächtigen Sie mich eigentlich?« fragte sie.

»Ich verdächtige niemanden, *ma'am*. Ich weiß, was sich abgespielt hat. Der Beweis ist eine andere Sache. Am vergangenen Donnerstag, ungefähr um diese Zeit, hat Firestone Sie mit Ihrem Rollstuhl in den Transporter gehoben, so wie am Sonnabend zu Ihrer Einkaufsexpedition. Ich dachte vorher, daß Sie vielleicht nie das Haus verlassen, aber mit Firestones Hilfe können Sie es natürlich.

Er hat Sie hinunter in die Gasse hinter der Botschafterresidenz gefahren, aus dem Wagen gehoben und mit seinen Pranken das Schloß von der Stahltür abgerissen. Ich hatte gedacht, dazu wären ein Landrover und eine Kette nötig gewesen, aber natürlich hat

Firestone es geschafft. Ich hätte das sehen müssen, als ich ihn kennenlernte. Es ist mir entgangen. Mea culpa.

Er hat Sie durch die offene Tür geschoben und Sie dann allein gelassen. Vermutlich hatten Sie den Webley im Schoß liegen. Er mag eine Antiquität gewesen sein, aber er war die Jahre über immer wieder geölt worden, und er war geladen. Mit einem kurzen Lauf hätten Sie Sir Moberley nie getroffen, nicht einmal, wenn Sie die Waffe mit beiden Händen gehalten hätten. Aber der Webley hat einen sehr langen Lauf, ist sehr zielgenau.

Und Revolver waren für Sie nicht gerade etwas Neues. Sie haben, sagten Sie, Ihren Mann im Krieg kennengelernt. Er war verwundet worden, und Sie pflegten ihn. Und das war in einem Lazarett der Resistance im besetzten Frankreich. Er war beim britischen SOE, und Sie, nehme ich an, beim amerikanischen OSS.

Der erste Schuß ging daneben, und die Kugel schlug in die Mauer ein. Die zweite Kugel hat ganze Arbeit geleistet, blieb dann aber in einem mit Lehm gefüllten Blumenkorb stecken. Darin habe ich sie gefunden. London hat sie heute identifiziert. Sie ist nicht zu verwechseln. Eine solche Kugel konnte nur aus einem Webley 4.55 kommen, wie Sie ihn in dieser Vitrine hatten.«

»O je, mein armer Mr. Hannah. Es ist eine wunderbare Geschichte, aber können Sie sie beweisen?«

»Nein, Lady Coltrane, das kann ich nicht. Dafür würde ich die Waffe oder einen Zeugen brauchen. Ich wette, Sie und Firestone sind von mindestens einem Dutzend Leute in dieser Gasse gesehen worden, aber keiner von ihnen wird auspacken. Nicht auf Sunshine. Nicht gegen Missy Coltrane. Aber zwei Dinge gehen mir im Kopf herum. Warum diesen unsympathischen Gouverneur umbringen? Wollten Sie die Polizei hier haben?«

Sie schüttelte lächelnd den Kopf.

»Die Medien, Mr. Hannah. Die Schnüffelhunde mit ihren ewigen Fragen, ihrer ewigen Suche nach Hintergründen. Immer voll Argwohn gegen alle, die in der Politik tätig sind.«

»Ja, natürlich, die Spürhunde von den Medien.«

»Und was geht Ihnen noch im Kopf herum, Mr. Hannah?«

»Wer Sie gewarnt hat, Lady Coltrane. Am Dienstagabend haben Sie den Revolver wieder in die Vitrine gehängt. Er war am Donnerstag noch an seinem Platz. Und jetzt ist er nicht mehr da. Wer hat Sie gewarnt?«

»Mr. Hannah, grüßen Sie London herzlich von mir, wenn Sie nach Hause kommen. Ich habe es nämlich seit den deutschen Luftangriffen im letzten Weltkrieg nicht mehr gesehen. Und jetzt werde ich nie mehr die Gelegenheit dazu bekommen.«

Desmond Hannah ließ sich von Oscar zum Parliament Square zurückfahren. Er entließ den Chauffeur vor der Polizeistation; Oscar mußte noch den Jaguar polieren, denn am nächsten Tag wurde der neue Gouverneur erwartet. Es wird auch langsam Zeit, daß Whitehall reagiert, dachte Hannah. Er begann den Platz in Richtung auf das Hotel zu überqueren.

»'n Abend, Mista Hannah.«

Er drehte sich um. Ein wildfremder Mann grüßte ihn mit einem Lächeln.

»Äh ...Guten Abend.«

Vor dem Hotel tanzten zwei Jugendliche im Straßenstaub. Einer der beiden hatte um den Hals ein Kassettengerät hängen, aus dem ein Calypso tönte. Hannah erkannte ihn nicht. Es war *Freedom come, freedom go*. Dagegen erkannte er *Yellow bird*; es kam aus der Hotel-Bar. Dabei wurde ihm bewußt, daß er seit fünf Tagen keine Steelband und keinen Calypso gehört hatte.

Die Türen der anglikanischen Kirche standen offen; Reverend Quince erging sich auf seiner kleinen Orgel. Er spielte *Gaudeamus igitur*. Als Hannah dann die Stufen zum Hotel hinaufstieg, wurde ihm klar, daß in den Straßen eine unbeschwerte Stimmung herrschte. Sie paßte nicht zu seiner eigenen Gemütslage. Er hatte einen ziemlich heiklen Bericht abzufassen. Nach einem spätabendlichen Anruf in London würde er am Morgen die Heimreise antreten. Hier gab es für ihn nichts mehr zu tun. Es bedrückte ihn, wenn er einen Fall nicht ganz lösen konnte, doch er mußte sich damit abfinden, daß dieser offiziell immer ungeklärt bleiben würde. Er konnte mit der Maschine, die den neuen Gouverneur nach Sunshine brachte, nach Nassau zurück- und von dort weiter nach London fliegen.

Er ging durch die Terrassenbar auf die Treppe zu, und da war schon wieder dieser Dillon. Er saß auf einem Hocker und nuckelte an einem Glas Bier. Sonderbarer Geselle, dachte Hannah, während er die Treppe hinaufging. Immerfort saß er herum und wartete auf irgend etwas. Aber nie hatte man den Eindruck, daß er auch einmal etwas *tat*.

Am Dienstagvormittag näherte sich aus Nassau eine *de Havilland* brummend der Insel Sunshine, landete und setzte den neuen Gouverneur, Sir Crispian Rattray, ab. Aus dem Schatten des Hangars beobachtete McCready, wie der ältliche Diplomat, in einem feschen cremefarbenen Anzug und einem weißen Panama, unter dem silbrige Haarbüschel hervorlugten, der Maschine entstieg und vom Empfangskomitee begrüßt wurde.

Lieutenant Haverstock, der von seinem Ausflug auf der *Gulf Lady* zurückgekehrt war, machte ihn mit verschiedenen wichtigen Persönlichkeiten aus Port Plaisance bekannt, unter ihnen Dr. Caractacus Jones und sein Neffe, Chief Inspector Jones. Oscar war mit dem frisch polierten Jaguar zur Stelle, und als alle Persönlichkeiten vorgestellt waren, fuhr die Fahrzeugkolonne in Richtung Port Plaisance davon.

Sir Crispian Rattray entdeckte schon bald, daß es für ihn nicht viel zu tun gab. Die beiden Bewerber schienen ihre Kandidatur zurückgezogen zu haben und in Urlaub gefahren zu sein. Er appellierte an andere, sich für die Wahl aufstellen zu lassen. Aber niemand meldete sich; dafür sorgte schon Reverend Drake.

Nach der Verschiebung des Wahltermins im Januar sollte die Londoner Regierung unter dem Druck der Opposition im Unterhaus einräumen, daß eine Volksabstimmung im März vielleicht doch das Richtige wäre. Aber all dies lag noch im Schoß der Zukunft.

Desmond Hannah stieg in die leere *de Havilland*, um nach Nassau zu fliegen. Von der obersten Stufe der Gangway blickte er ein letztes Mal in die Runde. Dort saß Dillon, dieser sonderbare Geselle, mit seiner Reisetasche und dem Aktenköfferchen. Er schien auf irgend etwas zu warten. Hannah winkte ihm nicht. Er nahm sich vor, den Mann zu erwähnen, wenn er wieder in London war.

Zehn Minuten nach dem Start der *de Havilland* landete McCreadys Flugtaxi aus Miami. Er mußte sein Mobil-Telefon zurückgeben und sich bei ein paar Freunden in Florida bedanken, ehe er nach London weiterflog. Rechtzeitig zum Weihnachtsfest würde er zu Hause sein. Er würde es allein in seiner Kensingtoner Wohnung verbringen. Vielleicht, dachte er, werde ich in den Special Forces Club gehen und mit ein paar alten Kameraden ein Glas heben.

Die *Piper* hob von der Sandpiste ab, und Sam McCready blickte noch einmal hinab auf Port Plaisance, das in der Morgensonne seinen Geschäften nachging. Er sah den Spyglass Hill und auf der Kuppe eine rosafarbene Villa vorübergleiten.

Der Pilot flog noch eine Kehre und nahm dann Kurs auf Miami.

Die Maschine legte sich schräg, und McCready sah unten in der Tiefe das Innere der Insel. Auf einem ungeteerten Weg stand ein kleines, braunes Kind, das heraufblickte und winkte. McCready winkte zurück. Wenn der Junge Glück hat, dachte er, wird er heranwachsen, ohne unter der roten Fahne leben zu müssen oder Kokain zu schnupfen.

London, Century House

»Ich spreche gewiß im Namen aller, wenn ich Denis für seine ausgezeichnete Darlegung nachdrücklich danke«, sagte Timothy Edwards. »Da es so spät geworden ist, möchte ich vorschlagen, daß Sie, liebe Kollegen, und ich uns durch den Kopf gehen lassen, ob in diesem Fall eine Ausnahmeregelung möglich wäre, und unsere Auffassungen dazu morgen vormittag vortragen.«

Denis Gaunt mußte dem Beamten von der Dokumentenabteilung das Dossier zurückgeben. Als er sich umdrehte, war Sam McCready verschwunden. Er hatte sich verdrückt, kaum daß Edwards sein letztes Wort gesprochen hatte. Gaunt spürte ihn zehn Minuten später in seinem Dienstzimmer auf.

McCready hatte die Baumwolljacke über eine Stuhllehne gehängt, die Ärmel hochgekrempelt und kramte herum. Auf dem Boden standen zwei Weinkartons.

»Was tun Sie denn da?« fragte Gaunt.

»Meine privaten Siebensachen ausräumen.«

Es gab nur zwei Fotos, und die waren nicht auf dem Schreibtisch zur Schau gestellt, sondern lagen in einer Schublade. Das eine zeigte seine verstorbene Frau May, das andere seinen Sohn am letzten Tag seines Studiums, wie er in seiner schwarzen Robe dastand und schüchtern in die Kamera lächelte. McCready legte die beiden Fotos in einen der Kartons.

»Sie sind verrückt«, sagte Gaunt. »Vielleicht haben wir es geschafft. Nicht dank Edwards, natürlich, sondern dank der beiden Controller. Ich könnte mir vorstellen, daß sie es sich anders überlegen. Wir wissen, daß die beiden Sie mögen und wollen, daß Sie bleiben.«

McCready nahm seinen CD-Player und verstaute ihn in dem anderen Karton. Manchmal, wenn er Gedanken nachhing, legte er gern klassische Musik auf, die beruhigend wirkte. Sein persönlicher Kram füllte kaum die beiden Kisten aus. An den Wänden hingen keine Fotos, die ihn beim Händeschütteln mit hohen Tieren zeigten, und die paar Kopien impressionistischer Gemälde gehörten dem SIS. Er richtete sich auf und sah die beiden Kartons an.

»Nicht gerade viel, wenn man bedenkt, daß ich dreißig Jahre dabei war«, murmelte er.

»Aber, Sam, um Himmels willen, die Sache ist doch noch nicht entschieden. Vielleicht überlegen sie es sich noch einmal.«

McCready drehte sich um und packte Gaunt an den Oberarmen.

»Denis, Sie sind ein großartiger Junge. Sie haben es sehr gut gemacht, da drinnen. Sie hätten es nicht besser machen können. Und ich werde dem Chef vorschlagen, Ihnen die Abteilung zu unterstellen. Aber Sie müssen lernen, das Unvermeidliche hinzunehmen. Es ist vorbei. Das Urteil wurde schon vor Wochen gesprochen, in einem anderen Büro und von einem anderen Mann.«

»Was sollte dann die ganze Anhörung überhaupt, verdammt nochmal?«

Denis Gaunt setzte sich mit trauriger Miene in den Sessel seines Chefs.

»Ach, ich wollte es den Schurken ein bißchen schwermachen. Tut mir leid, Denis, ich hätte es Ihnen verraten sollen. Sorgen Sie dafür, daß diese Kartons irgendwann in meine Wohnung gebracht werden?«

»Sie könnten noch immer einen der Jobs akzeptieren, die sie Ihnen angeboten haben«, schlug Gaunt vor. »Jetzt gerade zum Trotz.«

»Denis, wie der Dichter sagt: Eine einzige Stunde glorreich, süß und toll gelebt zu haben, ist eine Welt ohne Namen wert. Dort unten in der Archivbibliothek zu sitzen oder Spesenrechnungen weiterzugeben, das wäre für mich eine Welt ohne Namen. Meine Zeit ist abgelaufen, ich habe mein Bestes gegeben, es ist zu Ende. Ich gehe meiner Wege. Draußen erwartet mich eine Welt voller Sonne, Denis. In dieser Welt werd ich's mir gut gehen lassen.«

Denis Gaunt machte ein Gesicht, als nähme er an einem Begräbnis teil.

»Der Chef wird Ihnen eine Abschiedsparty geben.«

»Darauf verzichte ich. Ich mag keinen billigen Sekt. Der schlägt sich mir auf den Magen. Und genauso geht's mir, wenn Edwards nett zu mir ist. Begleiten Sie mich hinunter zum Haupteingang?«

Das Century House ist ein Dorf, eine kleine Gemeinde. Auf dem Korridor zum Lift, während der Fahrt hinab ins Erdgeschoß und in der gefliesten Eingangshalle grüßten die Kollegen und Sekretärinnen

McCready – »Hallo, Sam... hallo, Sam.« Sie sagten nicht »Leben Sie wohl, Sam«, aber das war gemeint. Ein paar von den Sekretärinnen blieben stehen, als würden sie ihm gern ein letztes Mal die Krawatte geradeziehen. Er nickte, lächelte und ging weiter.

Am Ende der Halle war der Eingang, und dahinter die Straße. McCready ging der Gedanke durch den Kopf, ob er sich mit seiner Entschädigung ein Häuschen auf dem Land kaufen, Rosen und Kürbisse ziehen, sonntagvormittags in die Kirche gehen, zu einer Stütze der Gemeinde werden sollte. Aber womit die Tage ausfüllen?

Es tat ihm leid, daß er niemals Hobbys entwickelt hatte, die einen ganz in Anspruch nahmen, wie die Kollegen, die Tropenfische züchteten oder Briefmarken sammelten oder in Wales auf die Berge stiegen. Und was könnte er zu seinen Nachbarn sagen? »Guten Morgen, ich heiße Sam, ich war im Foreign Office und bin jetzt im Ruhestand, aber was ich dort getan habe, davon darf ich kein Wort verraten.« Alten Soldaten ist es erlaubt, ihre Erinnerungen aufzuschreiben oder im Nebenzimmer eines Pubs mit ihren Heldentaten Touristen zu langweilen. Aber diejenigen, die ihr Leben im Geheimdienstmilieu zugebracht haben, dürfen den Mund nicht aufmachen. Sie müssen schweigen bis zum Ende.

Mrs. Foy von der Reiseabteilung durchquerte auf ihren klappernden hohen Absätzen die Eingangshalle, eine statuarische Witwe Ende dreißig. Nicht wenige männliche Bewohner des Century House hatten schon ihr Glück bei Suzanne Foy versucht, aber sie hieß nicht grundlos »die Festung«.

Ihre Wege kreuzten sich. Sie blieb stehen und wandte sich McCready zu. Irgendwie hatte sein Krawattenknoten die Mitte seines Brustbereichs erreicht. Sie streckte die Hände aus, zog ihn fest und beförderte ihn wieder hinauf zum obersten Knopf des Hemdes. Gaunt beobachtete sie. Er war zu jung, um sich an Jane Russell zu erinnern, und konnte deshalb den naheliegenden Vergleich nicht ziehen.

»Sam, Sie brauchen jemanden, der Sie nach Hause mitnimmt und Ihnen etwas Nahrhaftes vorsetzt«, sagte sie.

Denis Gaunt sah ihren Hüften nach, wie sie den Weg bis zu den Lifttüren zurücklegten. Der Gedanke ging ihm durch den Kopf, wie es wäre, von Mrs. Foy etwas Nahrhaftes vorgesetzt zu bekommen. Oder auch umgekehrt.

Sam McCready öffnete die Spiegelglastür zur Straße. Eine Woge heißer Sommerluft brandete herein. Er drehte sich um, griff in seine Brusttasche und zog einen Umschlag heraus.

»Geben Sie ihnen das, Denis. Morgen vormittag. Das und nichts anderes wollen sie ja schließlich.«

Denis nahm den Umschlag entgegen und starrte ihn an.

»Sie haben den Brief die ganze Zeit bei sich getragen«, sagte er. »Sie haben ihn schon vor Tagen geschrieben, Sie alter Fuchs.«

Aber seine Worte waren in die Eingangstür gesprochen, die gerade zufiel.

McCready wandte sich nach rechts und ging gemächlich, das Sakko über die Schulter gehängt, in Richtung Westminster Bridge, die eine halbe Meile entfernt war. Er lockerte die Krawatte, so daß sich der Knoten wieder über dem dritten Hemdknopf von oben befand. Es war ein heißer Julinachmittag, einer in der großen Hitzewelle des Sommers 1990. Der frühe Pendlerverkehr strömte an ihm vorbei, der Old Kent Road entgegen.

Vor ihm stieg die Westminster Bridge in die Höhe. Auf dem anderen Ufer ragten die Houses of Parliament in den blauen Himmel, deren Rechte – und gelegentliche Narreteien – zu schützen dreißig Jahre lang Ziel seiner Arbeit gewesen war. Der vor einiger Zeit gesäuberte Big Ben glühte neben der träge dahinströmenden Themse golden im Licht der Sonne.

In der Brückenmitte stand ein Zeitungsverkäufer mit einem Stapel Ausgaben des *Evening Standard*, an dem ein Zeitungsplakat lehnte. Darauf stand: BUSH-GORBY – ENDE DES KALTEN KRIEGES BESIEGELT. McCready blieb stehen, um sich das Blatt zu kaufen.

»Danke, *guy*«, sagte der Zeitungsverkäufer und deutete auf sein Plakat. »Endlich alles vorbei, was?« sagte er.

»Vorbei?« antwortete McCready.

»Klar. Aus und vorbei mit diesen ganzen internationalen Krisen.«

»Eine schöne Vorstellung«, pflichtete Mc Cready ihm bei und ging gemütlich weiter.

Vier Wochen später überfiel Saddam Husseins Armee Kuwait. Sam McCready hörte die Meldung beim Angeln in seinem Kofferradio, zehn Meilen vor der Küste von Devonshire. Er ließ sie sich durch den Kopf gehen und beschloß, einen anderen Köder zu nehmen.